Donde la tierra se acaba

Luis Herrero

Donde la tierra se acaba

la esfera de los libros

Primera edición: enero de 2021

Avenida de San Luis, 25
28033 Madrid
Tel.: 91 296 02 00
www.esferalibros.com

ISBN: 978-84-9164-975-5
Depósito legal: M. 28.309-2020
Composición: J. A. Diseño Editorial, S. L.
Impresión y encuadernación: Black Print
Impreso en España-*Printed in Spain*

Para José Luis Garci, el anciano
de mi tribu. Modelo de independencia.

1

Lira, cerca de Finisterre. 17 de diciembre de 2019

Aquel martes de diciembre el cielo no estaba de buen humor. El viento de poniente arrastraba hacia la costa un manto de nubes color ceniza y la luz de la aurora apenas encontraba resquicios para imponerse a la oscuridad. De vez en cuando, algunos destellos luminosos tintaban de nácar nimbos pequeños. Pero eran reflejos fugaces. Luego los claros se cerraban de nuevo y el manto de nubes volvía a oscurecerse.

David McFarlan, de pie sobre la arena húmeda de la playa de Lira, trataba de rescatar de la penumbra los colores que almacenaba su memoria. Al cerrar los ojos, el gris cobalto del mar se tornó azul marino. Las crestas de espuma, de plata ennegrecida, se volvieron blancas como la sal, y los farallones de roca comenzaron a brillar como huesos de albaricoque. Cuando los abrió de nuevo, todo volvió al color del acero pulido. Entonces acudieron a su cabeza las palabras del abad Ismael: «De los regalos que la naturaleza hace al hombre, ninguno es comparable al de la radiante luz del sol».

Al evocar al anciano sacerdote de Muxía, una sensación de angustia mezclada con una dolorosa contracción en la boca del estómago se apoderó de él. Algunos de sus consejos aún pugnaban por modelar el dictado de su conciencia. «Nada funciona —le dijo la primera vez que hablaron—, pero hay que levantarse cada mañana con el ánimo de que todo puede cambiar».

Hacía falta una fe que McFarlan no tenía para aceptar esa pauta de conducta. Ya habían pasado tres años desde que llegó a aquella aldea que se asomaba al confín de la tierra conocida y sabía que los días de luz y las nubes de nácar eran breves intervalos de un sol que siempre acababa devorado por las tinieblas. Las cosas no cambian, antes o después regresan a su destino.

Esa ley implacable fue la que le condujo al lugar que los griegos llamaban la tierra de los muertos. Cynthia Donaldson, la mujer que había iluminado los dos mejores años de su vida, murió por su culpa. Él la mató. Su brillo se perdió entre las sombras.

De pronto, la voz de Cynthia se encaramó a la rompiente y su cuerpo imaginario brotó del dique donde se levantaba el agua. La vio con cara de búho y cuerpo de mujer, como si fuera la meiga de mal agüero que anuncia a quien la ve la llegada de su propia muerte. Para él, sin embargo, su visión no significaba el presagio de un destino trágico. Ya no tenía ningún sentido aferrarse a la vida. El único amor que le importaba le aguardaba al otro lado del espejo.

—*Post mortem dileximus* —dijo en voz alta.

La primera vez que Cynthia le habló de Finisterre le explicó que cuando la tierra era plana, el mundo se acababa allí. Las almas iban al mar en busca de la vida eterna a bordo de barcos que se despeñaban en el abismo de la nada.

Dickens, con la cabeza ladeada, comenzó a ladrar con impaciencia. Una sombra se desplazaba a la carrera por la orilla del mar. McFarlan escrutó la penumbra y al cabo de unos segundos distinguió la silueta de Manuel Cabaleiro, el sargento de la Guardia Civil del puesto de Muxía. Cabaleiro vivía en Portocubelo y casi todas las mañanas, al amanecer, aunque cayeran chuzos de punta, salía a correr por la playa de Lira. Después, se duchaba, daba cuenta de un buen desayuno, subía a su pequeño Fiat 500 de color rojo y enfilaba la carretera local 550 hasta llegar al cuartelillo. El viaje, de cuarenta y cinco kilómetros, rara vez se demoraba menos de una hora.

Desde la lejanía, avisado de la compañía por los ladridos de Dickens, el sargento alzó el brazo para saludar a McFarlan. Era un hombre alto, de pelo rubio, con perilla bien recortada sobre una tez oscura, labios gruesos y brazos de acero. Rondaba los cuarenta. McFarlan le devolvió el saludo agitando la palma de la mano.

A pesar del intercambio de gestos amistosos, Dickens no dejó de ladrar. Era un retriever de color arena que recelaba ruidosamente de cualquier peligro potencial. Y, para él, todos lo eran. Sin embargo, la primera caricia le hacía bajar la guardia y su desconfianza inicial se transformaba en rendida mansedumbre. No había perro más zalamero y agradecido que él con los hombres untuosos. McFarlan creía que lo habían maltratado siendo un cachorro y que arrastraba desde entonces traumas instintivos. Lo encontró en un descampado, abandonado y famélico, a los pocos días de llegar a Lira. Vio en él la horma de su zapato. Creyó que si le ayudaba a recuperarse también se ayudaría a sí mismo.

—*Cala, can do diaño!* —le ordenó McFarlan con tono imperativo.

Pero el perro no obedeció. Esa era otra de las cosas de Dickens que a McFarlan le sacaba de quicio. Si esa misma orden se la hubiera dado cualquier otra persona, el animal hubiera dejado de ladrar al instante. No era capaz de entender que su marcado acento americano convertía las voces gallegas en sonidos indescifrables. Por muy desarrollado que estuviera el sentido del oído canino, la capacidad de identificar pronunciaciones tan dispares quedaba fuera de su alcance.

McFarlan se acuclilló delante de Dickens y mirándole directamente a los ojos repitió la orden en un castellano de sonoridad bostoniana:

—¡Cállate, perro del demonio!

El perro aún respondió con ladridos más impacientes. Entonces recurrió a la técnica que había aprendido en los últimos meses: puso la mano izquierda bajo su hocico y lo acarició suavemente con los nudillos. Los ladridos cesaron de inmediato. Era un método infalible. La mujer que se lo enseñó sabía cómo tratar a los seres desamparados, de eso no cabía duda.

Al recordarla se puso en pie.

Las olas rugieron como lamentos furiosos.

Su ritmo cardíaco se aceleró de golpe.

Ocho meses antes, aquel mismo mar la había escupido a la orilla de la playa como si fuera el resto de un naufragio. La primera vez que la vio, tendida en la cama, su piel estaba tan pálida que parecía tintada por una lechada de cal. Aún dormía. Mechones dorados, apelmazados por la humedad, ocultaban sus párpados. Había tanta placidez en su semblante que irradiaba luz de otro mundo.

A Cynthia también la había iluminado por dentro aquella misma luz. No cabía duda de que ambas mujeres eran seres luminosos que procedían del mismo planeta. Su mero recuerdo le obligó a entornar los ojos para que su destello no le cegara. Iguales en todo, casi idénticas, las dos habían alumbrado su vida con una intensidad parecida antes de desvanecerse.

Las dos fueron soles devorados por las tinieblas.

McFarlan concentró toda la energía que le quedaba en no bostezar. Se sentía exhausto, agotado. Era como si su cerebro estuviera envuelto en lana, y tenía la sensación de que sus ojos irritados eran demasiado pequeños para sus cuencas. Absorto en ese pensamiento, observó la playa por última vez.

Dickens correteaba a su alrededor, olisqueando barrones y correhuelas. El viento acarreaba la arena hacia el pequeño terraplén, tachonado de camariñas y lirios marinos, que se elevaba hasta alcanzar la meseta ajardinada que rodeaba la casa. Cuando McFarlan dio media vuelta, el océano bramó a su espalda. Él lo tomó como una despedida y musitó un gruñido imperceptible a modo de respuesta.

Comenzó a caminar con determinación. Escaló el desnivel con largas zancadas y se dirigió hacia la entrada de una pequeña cabaña rectangular de madera oscura y techumbre a dos aguas que desafiaba la cercanía del mar con descaro. A la izquierda de los peldaños que subían al cobertizo, junto a un camino de lajas color malva, crecía una higuera de ramas lisas. McFarlan arrancó de cuajo una de las que se abrían hacia el exterior y entró en la casa con ella en la mano. Las cañas le miraban con malicia desde los acantilados.

Las baldosas de la cocina estaban heladas bajo sus pies descalzos. Le sirvió comida a Dickens, calentó en el microondas el café que quedaba en la cafetera y bebió un sorbo. Luego rebuscó en los cajones de la encimera y eligió un cuchillo de hoja afilada. Con él limó los codos de los brotes más pequeños de la rama, la recortó para que midiera aproximadamente un metro y talló la punta en forma de horquilla dejando que los lados de la uve apenas sobresalieran unos milímetros del vértice. Cuando obtuvo lo que buscaba cruzó la puerta de cristal de la cocina y se sentó frente a su mesa de trabajo, situada en uno de los costados de la estancia principal.

La cabaña solo tenía tres habitaciones. El dormitorio, con baño incorporado, estaba en la parte posterior. La cocina ocupaba el lateral de la izquierda. El habitáculo más grande, casi cuadrado, albergaba todo lo demás: salón, estudio, comedor y sala de billar.

Había libros distribuidos por todas partes. De derecha a izquierda y de arriba abajo. Estaban embutidos en las estanterías que cubrían de techo a suelo las paredes del salón, esparcidos sobre la mesa del comedor, apilados en el suelo y tirados en los asientos. Cuando McFarlan estaba pasado de alcohol, que era casi siempre, lanzaba los libros al aire y los dejaba caer a plomo sobre el suelo. Luego los dejaba en el sitio y la postura que determinaba el azar. Los dos únicos sillones desocupados eran los que miraban a la chimenea. El hogar era de piedra y una traviesa de madera rústica embellecía el borde superior de la garganta.

Alrededor del billar no había demasiado espacio para moverse. Las pilas de libros que estaban pegadas a las paredes rodeaban el perímetro de la mesa por tres de los cuatro lados del rectángulo, delimitando un pasillo de un par de metros de ancho. El otro costado, libre de obstáculos, comunicaba directamente con el estudio de McFarlan. La mesa había sido el tablero de un buque de bandera inglesa que se fue a pique en 1982. Un amigo lo encontró en la playa, lo limpió con alcohol de quemar y lo barnizó con aceite de Tung. Tenía cantoneras doradas en las esquinas y refuerzos de hierro en la estructura para darle consistencia. McFarlan se la ganó en una inolvidable partida de póker: escalera real frente a escalera de color, un golpe de fortuna sin precedentes que a McFarlan le hizo soñar con la llegada de tiempos mejores. Pero la racha no tuvo continuidad y su vida regresó a la pesadumbre de siempre.

El escritorio estaba tan desordenado como el resto de la habitación. Alrededor de la máquina de escribir había papeles convertidos en gurruños esféricos, libros abiertos boca abajo, media docena de rotuladores sin caperuza y dos vasos de licor con restos de orujo blanco. Muy pegada al borde superior de la mesa, haciendo la función de pisapapeles de un mazo de folios mecanografiados a doble espacio, sorprendía la presencia incongruente de una Browning de caza del calibre 20 con la báscula niquelada. A su derecha estaba el teléfono. Una luz parpadeaba. Alguien había dejado un mensaje. Y dado lo intempestivo de la hora, McFarlan sabía perfectamente que solo podía tratarse de su agente.

«Me dijiste que habías enviado el borrador de la novela por correo, pero aún no he recibido nada. Mi paciencia tiene un límite, David, y tú casi lo has colmado».

La voz de Patricia Belasco sonaba exageradamente digna, como si hubiera querido exteriorizar su enojo de una forma civilizada. El tono de sus palabras sugería que su paciencia, en efecto, había llegado al límite. Necesitaba pruebas fehacientes que acreditaran que McFarlan había terminado de escribir el libro por el que la editorial le había pagado un buen anticipo. Ella sospechaba que aún no había escrito ni una sola línea, a pesar de que él le dijo un mes antes que el primer borrador ya iba camino a Nueva York por correo ordinario. McFarlan no tenía ordenador, y por lo tanto carecía de correo electrónico. Tampoco usaba teléfono móvil, ni tarjetas de crédito. Había proscrito de su vida cualquier dispositivo tecnológico que pudiera delatar las coordenadas de su paradero.

«Aún no he recibido nada…».

Sí, lo del envío postal fue otra mentira. Al escuchar el mensaje de Patricia por segunda vez, McFarlan sintió el ascenso de la culpa por su garganta como un reflujo ácido. Patricia Belasco había sido su agente desde el inicio de su carrera como escritor. Gran parte del éxito de su primera novela era mérito suyo. Como buena puertorriqueña tenía un temperamento combativo, de sangre caliente, que la llevaba a defender con pasión las causas en las que creía. Y, al principio, nadie creyó más que ella en la causa de David McFarlan.

—Eres condenadamente bueno, Dave. Nadie explora las emociones humanas con un cinismo tan tierno y embaucador como el tuyo. Quien no te conozca pensará que eres una buena persona.

Hubo un tiempo en que Patricia también pensó que McFarlan era una buena persona. Empezó a llamarle Dave la misma noche que se besaron cuando ella tenía dieciséis años. Su padre había enviudado pocos meses antes y ella tuvo que internarlo en un sanatorio cuando empezó a perder la cabeza. Fueron a visitarle aquella tarde.

—Si te acuestas con mi hija —le dijo a McFarlan— no vuelvas por aquí nunca más o te partiré las piernas.

Esa misma noche se quedó a dormir en su casa.

«Los vientos grises, los vientos fríos / soplan donde yo voy. / Percibo rumores de muchas corrientes / en lo profundo. / Todo el día y toda la noche, escucho/ cómo fluyen de aquí para allá…».

Cuando Patricia comenzó a recitar el poema de Joyce, McFarlan posó sus labios sobre los de ella. Sus cuerpos se acercaron hasta fundirse en un abrazo. Mientras la desnudaba, le susurró al oído:

—Todas las corrientes profundas que fluyen por mis venas me llevan a ti.

Patricia se enroscó a su cuello y le respondió:

—Medea ha dormido a la serpiente que protege lo que tanto deseas. Soy toda tuya, Dave. Y lo seré para siempre.

Veinticinco años después, en la voz de Patricia Belasco ya no quedaba ningún vestigio de pasión. El resto del mensaje del contestador solo reflejaba decepción y desesperanza:

«Cuando almorzamos el mes pasado en Santiago de Compostela pensé que las cosas estaban mejorando. Creí que querías tener la mente despejada para cuando Ingrid Bergman volviera a encontrarse con Bogie en Casablanca. Pero estaba equivocada. No sé qué ha pasado, Dave, pero no puedo seguir esperando un milagro que no se va a producir. Si no lo haces tú, nadie lo hará en tu lugar. Solo tú puedes lograr que las cosas cambien».

McFarlan cogió la taza de café entre las manos y miró hacia la penumbra del jardín, pero solo vio el reflejo iluminado del interior del salón en la ventana de la cocina. Tuvo que obligarse a aceptar que aquel hombre de ojos hundidos que le devolvía la mirada era él mismo.

Eligió un folio en blanco y comenzó a escribir con letra apresurada. Rellenó las dos caras sin un solo tachón. Firmó la carta, la releyó despacio, la dobló en cuatro partes y la metió en un sobre. Luego fue a una de las estanterías y buscó el ejemplar de *Los héroes griegos*, de Karl Kerényi. Sabía dónde encontrarlo. Lo abrió al azar y guardó el sobre entre sus páginas.

Después acudió al dormitorio, se quitó la ropa y se puso debajo de la ducha. La sensación del agua tibia resbalando sobre su cuerpo le recordó que hay pequeños placeres por los que merece la pena seguir con vida. Luego se enjabonó la cara con brocha y se afeitó con cuchilla de barbero. Eligió ropa limpia —camisa blanca de franela y pantalones de pana de color hueso— y regresó a la cocina. Sirvió dos tazones de café y los puso encima de la mesa, uno enfrente del otro, como si estuviera aguardando a que alguien viniera a hacerle compañía. Se sentó en la silla más cercana a la puerta y bebió lentamente de su taza mientras observaba cómo humeaba la de su acompañante imaginario.

Durante los ratos que estaba sobrio, el sabor del café le transportaba a una época lejana en la que, siguiendo los consejos de Rilke, excavaba en sí mismo tratando de averiguar si debía convertirse en escritor. Pasaba horas en vela, desde que salía el sol hasta el amanecer del día siguiente, tratando de construir su vida de acuerdo a esa necesidad. Le bastaba con que al final del esfuerzo una sola línea de las que había escrito fuera lo bastante buena. Era el café lo que le mantenía despierto. Gracias a él la vigilia llegó a ser más poderosa que el sueño.

Cuando apuró su taza, cogió la otra, todavía humeante, y la tiró al cubo de la basura sin vaciarla.

Luego volvió de nuevo a su escritorio. Sentado en su silla de trabajo contempló con distante emoción el Nacimiento que le había regalado el abad Ismael durante su primera Navidad en Lira. La Virgen María, San José y el Niño ocupaban un viejo establo de madera. Cada año, el monje se encargaba de colocarlo donde McFarlan pudiera verlo, con la esperanza de que su contemplación llevara algo de paz a su alma atribulada.

—Paz a los hombres que ama el Señor —le dijo el sacerdote cuando lo llevó a la cabaña por primera vez.

—¿Y qué pasa con los otros hombres? —preguntó McFarlan con retadora ironía.

—No hay otros hombres. El Señor es el Sumo Hacedor de todo lo creado y ama por igual a todas sus criaturas. Así que el significado del saludo navideño es sencillo: paz para todos. Sin excepción.

—¿También para los tramposos y los indignos?

—El ángel dirigió ese saludo a los pastores de Belén, que eran la escoria social de su época. Sus coetáneos les consideraban tan poco de fiar que en los pleitos judiciales ni siquiera se les admitía como testigos. Para Dios no hay seres indignos.

—Yo lo soy.

—Lo que tú creas no importa demasiado. Nadie es buen juez de sí mismo. Dejarás de pensar así cuando consigas perdonarte y encuentres la paz que buscas.

—Yo no busco la paz, padre. Solo busco el olvido.

—Entonces buscas algo imposible. Dios no olvida jamás a ningún hombre. La paz es un regalo de Navidad. Quedarse en paz significa quedarse sin deudas. Desde la primera Nochebuena, Navidad y paz son las dos caras de la misma moneda. Espero que este Nacimiento te ayude a recordarlo.

Aquella conversación siempre ocupó un lugar destacado entre sus recuerdos más doctos. Por un instante, el hecho de revivirla hizo que le flaquearan las fuerzas. Sintió en su interior un impulso desconcertante y decidió cortarlo de raíz. Sabía que si lo dejaba crecer acabaría adueñándose de su voluntad y el remordimiento le impediría seguir adelante como tenía planeado.

Desde ese momento actuó con una decisión irreflexiva, como si estuviera poniendo en práctica una coreografía que hubiera aprendido de memoria.

Quitó la hoja que estaba en el carro de la máquina de escribir y leyó la última frase del texto: «Los grises vientos, los fríos vientos soplan donde yo voy». Y luego, más abajo: «Fin».

Apartó la escopeta que sujetaba el mazo de folios mecanografiados, los cogió con ambas manos para que no se desparramaran y los puso delante de él. Colocó la hoja que acababa de releer al final del montón y, a lápiz, cambió el título que aparecía en la primera de todas.

Tachó *Esperándote* y escribió *Donde la tierra se acaba.*

Luego llevó a Dickens a la cocina.

—Eres el amigo infiel más leal que he tenido nunca —le dijo mientras acariciaba su cogote con la palma de la mano.

Antes de dejarlo encerrado abrió la puerta de la nevera.

Cuando regresó al salón buscó en su colección de vinilos el álbum *What a Wonderful World* y dejó que la voz de Louis Armstrong acarreara suficiente valor a su ánimo para poder consumar el plan establecido. Las fotografías que reposaban sobre la traviesa de la chimenea —John Kennedy Toole, Virginia Woolf, Allan Poe, John Berryman, Ernest Hemingway y un joven y sonriente David McFarlan— le contemplaban con un gesto de extraña complicidad.

Finalmente cogió la Browning con la báscula niquelada, se aseguró de que la horquilla que había tallado en la rama de la higuera encajara bien en el gatillo, se sentó en uno de los sillones que miraban a la chimenea y puso la escopeta en su regazo.

El sargento Cabaleiro detuvo en seco su carrera por la playa cuando escuchó el sonido del disparo. Los cormoranes que estaban posados sobre las rocas alzaron el vuelo sobresaltados por la detonación y desaparecieron entre la niebla. Sus graznidos sofocaron los lejanos ladridos de Dickens.

Entonces, un ojal de claridad, como la llaga de una lanzada en el cielo, perforó el manto de nubes y un chorro de luz se derramó por sus bordes como si fuera oro líquido. Cuando se precipitó sobre el mar, el brillo del sol chisporroteó entre las olas.

2

Lira, cerca de Finisterre. Abril de 2019. Ocho meses antes

Cuando apretó el gatillo de su Browning del calibre 20 con la báscula niquelada, David McFarlan ya sabía que la bala iba a dar en el blanco. Fue un impacto limpio. Entre ceja y ceja.

Antes de desplomarse, su víctima le miró por última vez. Dos ojos oscuros y brillantes reflejaron la ansiedad de la luz que agoniza.

¿Por qué?

Si el lenguaje de las miradas fuera audible, el sonido de esa sencilla pregunta habría horadado el silencio que se apoderó del instante posterior al disparo.

McFarlan no se inmutó. Acostumbrado a darle a la vida el único valor que exige la propia conveniencia, la muerte le parecía un trámite anodino, estrictamente funcional, sin traza alguna de solemnidad o de trascendencia. Le traía al fresco lo que pudiera aguardar más allá del último suspiro. Ese era un enigma reservado a los muertos. Él aún estaba vivo.

Se acercó al cadáver con parsimonia. Todavía había rastros de pólvora en el aliento que inhalaba por la nariz. Sujetaba el rifle con la mano derecha como si fuera una jabalina. Con la mano izquierda sacó el pañuelo que llevaba en el bolsillo delantero de la guerrera, lo agitó en el aire para desdoblarlo y se sonó ruidosamente un par de veces antes de volver a guardarlo en un bolsillo del pantalón.

Desde las copas de los árboles, los pájaros respondieron con trinos acompasados al bramido de sus fosas nasales. El luto silencioso de la naturaleza se evaporó. La vida volvió al trajín de sus detalles sonoros. Las ramas de un pino se estremecieron. Un suave golpe de viento trepó entre ellas como si el espíritu del cuerpo sin vida que yacía junto al tronco hubiera alzado el vuelo definitivo. Al agitarse, las hojas le dedicaron un trémulo adiós.

McFarlan hundió la punta de su bota en el costado del fiambre. No hubo reacción. Era un bulto inerte. Un gran charco de sangre se extendía bajo su cabeza formando figuras que cambiaban de aspecto a medida que el terreno lo modelaba. De pronto comenzó a esbozar el contorno de una aureola. Con las suelas, McFarlan arrastró al charco un montón de tierra y la sangre se convirtió en barro rojizo. Luego se acuclilló junto al cadáver y le acarició el cuello. Estaba caliente.

—Tenías que morir —le dijo—. No quedaba otra. Era o tú o yo.

Una voz comentó a su espalda:

—Buen disparo.

—No era difícil. El muy idiota se quedó quieto.

—Sí —respondió la voz a su espalda—. Al verse sorprendidos, los corzos siempre lo hacen.

David McFarlan se volvió y le hizo un guiño a su interlocutor.

Brais Mosqueira le devolvió el gesto de complicidad. Cuando llegó a su lado extrajo un cartucho de la canana que llevaba cosida al chaquetón y se lo ofreció para que recargara el arma.

—Por si entra otro bicho —explicó—. Nunca se sabe.

El tono nasal de su voz contribuyó a darle a la frase un tono siniestro.

Brais tenía la cabeza grande. La frente ancha y el cogote achatado hacían que pareciera una berenjena.

—Los corzos huelen la muerte. Los que anduvieran por aquí habrán huido despavoridos al oír el disparo, como huyen las musas esquivas cuando huelen el fracaso —replicó McFarlan mientras aceptaba el cartucho que le ofrecía su amigo y lo introducía en el cargador del rifle.

—Si un solo disparo sirviera para ahuyentar todas las amenazas que se mueven a nuestro alrededor —respondió Brais— ni tú ni yo hubiéramos necesitado venir al fin del mundo.

—Los borrachos siempre seremos necesarios, amigo mío. El nuestro es el oficio más antiguo de la humanidad.

—Somos borrachos, no putas…

—No son oficios muy distintos. A los dos se llega por el mismo camino.

Brais ponderó la reflexión de McFarlan y al cabo de unos instantes sacudió la cabeza en señal de afirmación.

—¿Qué hacemos con el cadáver? —preguntó McFarlan.

—Le diremos a mi mujer que mande a buscarlo. A cambio pedirá la mitad de la carne, ya lo sabes.

—Es un trato justo.

—No, no lo es —repuso Brais—, pero a Teresa le mueven otros criterios. Si la justicia fuera uno de ellos, ya hace tiempo que me hubiera despeñado desde lo alto de la cascada de Ézaro.

McFarlan sonrió. Aunque su relación con Teresa era intermitentemente borrascosa, en el fondo el aprecio pesaba más que el recelo. A ella no le gustaba que él llenara de alcohol y amargura el tiempo libre de Brais, pero admitía que su influencia, cuando estaba sobrio, también le aportaba cosas positivas. El ambiente de Lira era demasiado opresivo y la soledad pesaba como un fardo. Brais podía hablar con McFarlan de otros lugares y de otros hombres, de países remotos y de selvas peligrosas, y de los héroes que surcaban los mares dispuestos a descubrir tesoros ocultos y fieras mitológicas. De no ser por eso, Teresa le hubiera perdido para siempre. Sin esa clase de sueños, Brais se habría convertido poco a poco en uno de los hombres de piedra del monte Pindo, o tal vez hubiera emigrado como un pato sombrío a los Grandes Lagos de Estados Unidos para morir de tristeza al lado de sus mejores recuerdos.

Brais había nacido en La Coruña alrededor de 1950. Nunca quiso averiguar la fecha exacta. Lo poco que sabía de su llegada a este mundo era que, después de nacer, sus padres le acomodaron en una caja de cartón, le llevaron de noche a la entrada principal de un hospicio y se quitaron de en medio sin dejar ningún rastro. Aunque el carácter impulsivo del acto que les llevó a engendrarlo no era difícil de imaginar, su madre dejó una nota manuscrita que despejaba cualquier duda:

> *Mis errores no valen una vida humana. Que los planes de Dios guíen tu existencia.*

A los doce años, Brais se embarcó como polizón en un mercante de bandera norteamericana que transportaba madera a Savannah, en el estado de Georgia. Durante la travesía hizo amistad con un sobrecargo de Milwaukee llamado Warren que le brindó la oportunidad de trabajar como leñador en el negocio de explotación forestal que dirigía su hermano. Cruzaron juntos en autobuses de línea los estados de Georgia, Tennessee, Kentucky, Indiana e Illinois y llegaron a Wisconsin diez días después de haber arribado al puerto de Savannah. El hermano de Warren trabajaba en un rancho poblado de arces, en la ciudad de Shorewood, pegado a la orilla del lago Michigan.

Los dueños del rancho, William y Susan Donaldson, formaban un matrimonio ejemplar. Tenían una hija que se llamaba Shaina. Shaina y Brais eran de la misma edad. Los dos conectaron desde el principio y se hicieron buenos amigos. Treparon juntos a las copas de los árboles, pescaron caballos rojos en los deltas del lago y aprendieron a hacer sahumerios con palmas secas para sacar a las abejas cuco de las colmenas que colgaban de los tilos. Cuando cumplieron quince años acompañaron a William a cazar lobos grises y con el paso del tiempo llegaron a convertirse en tiradores expertos. Para Brais, aquellos años constituyeron la epifanía feliz a una vida de aventuras que selló su carácter para siempre.

William y Susan Donaldson regularizaron los papeles de Brais y lo acogieron en su casa como a un hijo más. Pero entonces rotó la dirección del viento. Un mal día, la furgoneta familiar patinó sobre una placa de hielo, se salió de la carretera y cayó al fondo de un barranco. Susan protegió con su cuerpo los cuerpos de los chicos. Ella murió en el acto. William llegó desahuciado al hospital y falleció al día siguiente. Shaina tardó tres años en volver a caminar. El accidente le molió casi todos los huesos del cuerpo. Brais, en cambio, salió milagrosamente ileso del percance.

Al quedarse sin hogar, los servicios sociales decretaron su ingreso en un orfanato. Año y medio después pidió que le dejaran ir al hospital para celebrar el cumpleaños de Shaina. Al inclinarse para besarla en la mejilla, después de soplar las diecisiete velas de la tarta, le susurró al oído:

—Si sigo enjaulado en ese hospicio de niños perdidos acabaré convertido en el Capitán Garfio. Prefiero dormir libre debajo de un puente que seguir prisionero en esa ratonera.

Shaina asintió con la cabeza, se bebió las lágrimas con un hondo suspiro y le dio un abrazo de despedida. También a él le costó reprimir la emoción. Después salió al pasillo, saltó por una ventana de la planta baja y se perdió de vista. Desde ese día fue de aquí para allá, como un bote a la deriva, y cuando alcanzó la mayoría de edad se marchó a recorrer el mundo en busca de nuevas aventuras.

A McFarlan le sentaba bien la compañía de Brais. Los días que amanecía sin resaca y no hacía un tiempo de perros iban juntos a las playas de Carnota o de Nemiña con tablas de surf, arrancaban percebes de las rocas con olas de cuatro metros, salían a cazar y se emborrachaban hasta perder el conocimiento. Brais era lo más parecido a un amigo que McFarlan se había podido permitir. A lo largo de una vida solitaria y huraña, primero como escritor a tiempo completo y luego como alcohólico a tiempo parcial, solo se había codeado con amantes ocasionales, colegas envidiosos, alumnos aplicados y lectores fieles y agradecidos. Los papeles de la pareja estaban bien definidos: Brais, aunque era diez años mayor, aportaba la energía vital y McFarlan el suministro de alcohol y las citas literarias.

Cuando iniciaron el camino de regreso a Lira, McFarlan preguntó:

—¿Por qué tardaste tanto en regresar aquí?

—Porque ningún niño imaginativo que nace al lado del océano Atlántico y crece asomado al lago Michigan —respondió Brais— puede dejar de navegar por todos los mares azules o de explorar las espesuras de la tierra. Todos los días detenía el dedo en un punto del mapa y pensaba que algún día viajaría hasta allí. Mi mente estaba llena de mujeres bosquimanas, ciudades milenarias ocultas entre árboles de Hemlock y osos negros con garras asesinas. Después de recorrer medio mundo me di cuenta de que siempre repetimos la misma aventura, así que me harté de buscar El Dorado. Hay lugares que solo existen en nuestra imaginación. El único puerto seguro es el de nuestra infancia. Galicia es la tierra donde nací. Volví para morir cerca de mis peores recuerdos. Son malos, pero al menos me pertenecen. Todo lo demás han sido vidas de repuesto prestadas por extraños.

—¿Es eso lo que le dijiste a tu mujer cuando te lo preguntó?

—Claro que no. A ella le dije que encontré un plano dentro de una botella con las coordenadas exactas del lugar donde se hallaba la chica de mis sueños.

—¿Y te creyó?

—Supongo que no. Pero las mentiras halagadoras, con el paso del tiempo, acaban pareciéndose mucho a la verdad.

—No creo que te cansaras de buscar la tierra prometida. Creo que la encontraste y no te gustó. Viniste aquí porque la Norteamérica que te fascinaba cuando eras más joven, la de Camelot, Hollywood, *El guardián entre el centeno*, el viaje a la luna y la mantequilla de cacahuetes se ha convertido en el templo de un capitalismo grasiento repleto de ranas visón que huelen a cebollas podridas y dentelladas de caimanes que se devoran entre sí.

—No te equivoques de fugitivo —repuso Brais negando con la cabeza—. Ese fue tu caso, no el mío. No me gusta Kennedy, no voy al cine, no he leído a Sallinger, creo que el viaje a la luna solo fue un truco de la televisión y prefiero mil veces la manteca auténtica a la crema de cacahuetes. América nunca me fascinó. A ti sí, porque te dio todo lo que tienes. A mí, en cambio, me lo arrebató.

—Todo lo que yo tengo es lo que me ha hecho un hombre despreciable. Créeme, Brais: cuando me miro al espejo no encuentro en mí ningún vestigio fascinante. No se puede huir de lo que no se tiene. No fue por eso que vine hasta aquí.

—Yo sé muy bien por qué viniste —dijo Brais como si estuviera señalando el doble fondo de la chistera de un prestidigitador.

McFarlan se sobresaltó. Aquella extraña confidencia resonó en sus oídos como una alusión incriminatoria. ¿De verdad lo sabía? ¿Estaba al corriente de que la hija de Shaina murió por su culpa? ¿Y de todo lo demás? ¿Había leído el informe de la autopsia? ¿Qué otra cosa podía saber? ¿Se había carteado con ella? ¿Conocía su trabajo? ¿Era posible que también supiera que se había apropiado de él? No podía descartarlo, desde luego. Pero en ese caso, ¿por qué no le dio la espalda la primera vez que se saludaron? ¿Por qué cultivaba su amistad como si fuera digno de merecerla?

La conversación aún llevó más inquietud a su mala conciencia:

—¿En Nueva York conociste a las dos hijas de Shaina?

—No. Solo a Cynthia. A su hermana Rebecca no llegué a verla nunca.

—Yo tampoco —suspiró Brais con pesadumbre—. Y, sin embargo, Cynthia me habló tanto de ella durante los tres años que pasó aquí que tengo la impresión de conocerla.

—Sé que estaban muy unidas. También a mí me contó muchas cosas de su hermana.

Tras avanzar unos metros sin pronunciar palabra, Brais preguntó a bocajarro:

—¿Por qué crees que no hablamos nunca de Cynthia?

McFarlan dejó de caminar.

¿Iba a ser ese el momento en que su amigo le confesara que sabía todo lo que pasó?

El vértigo le nubló la vista.

—No lo sé.

—¿Te habló Cynthia de mí cuando os conocisteis en Nueva York?

McFarlan dejó que respondiera el instinto. Las palabras no nacían en su cerebro.

—Me dijo que, según Shaina, eras un estúpido pirata que había perdido el mapa del tesoro.

—¿Nada más?

—Que cazabas lobos grises con ella en los Grandes Lagos y que le prometiste que la llevarías a recorrer los rincones más bellos del mundo.

—¿Te habló del accidente?

—Sí. También me habló de eso...

—Aquel barranco se tragó sus sueños —sentenció Brais antes de que McFarlan pudiera interrumpirle.

Las señales de peligro desaparecieron. McFarlan respiró aliviado y se puso a caminar de nuevo. No eran sus fantasmas los que sobrevolaban aquella conversación. Eran los de Brais. Los ángeles oscuros que aleteaban por encima de sus cabezas no procedían de la misma tumba.

—Y su muerte se tragó los tuyos... Ya lo sé, Brais. La vida es una grandísima putada. Es como un cuento escrito por un idiota que no tiene ningún sentido. Así que no trates de dárselo.

—No lo sabes todo —dijo Brais mientras sus ojos se iluminaban como faros que alumbraran una verdad trágica y profunda—. ¡Yo la maté!

McFarlan se sobresaltó. Pero el pellizco de la extrañeza se desvaneció enseguida.

—No digas idioteces —replicó, enfadado—. Tú estabas al otro lado del mundo cuando Shaina murió.

—A veces no hace falta apretar el gatillo para disparar un arma. No pudo soportar que yo viviera sin ella la vida que habíamos soñado juntos. Después del accidente ya no podía trepar a los árboles, ni surcar el mar en barcos de fortuna. No me di cuenta de que cada vez que le enviaba una carta contándole mis aventuras le recordaba todo lo que la vida le había arrebatado. No pudo soportarlo y perdió las ganas de vivir. Yo se las quité.

—¡Eres un viejo imbécil que solo sabe decir gilipolleces!

—Solo digo la verdad. Era como mi hermana y yo la maté.

—¡No! —bramó McFarlan, arrastrado por la furia de su propio remordimiento—. ¡Tú no sabes lo que es matar a alguien de verdad!

—¿Y tú sí? —la pregunta de Brais restalló en el aire como un latigazo.

McFarlan contuvo la respuesta en el último instante. Aunque sabía que el pasado no iba a dejar de atormentarle mientras no lo sacara a la luz, el miedo acabó ganando de nuevo la batalla y, una vez más, el silencio se apoderó de él.

—Necesito un trago —dijo con voz destemplada.

—Acordamos que hoy tocaba ley seca —repuso Brais mientras palmeaba sus bolsillos para demostrar que no llevaba escondida ninguna licorera.

—Mal día para dejar de beber —se lamentó McFarlan.

—Créeme: hoy soy yo quien más lo necesita. Debo quitarme de la cabeza una de esas putas leyendas lugareñas que me cuenta Teresa cuando se achispa.

—¿De qué va?

—De un viudo que tenía dos hijos. El varón se llamaba Egas, y su hermana, Aldara. Vivían en el castillo de Peñafiel, en el monte Pindo. Los dos hermanos cazaban y cabalgaban juntos todos los días. Una noche, Aldara no se presentó a la cena. Su padre y su hermano fueron a buscarla. Registraron el castillo de arriba abajo y preguntaron por ella a todos los sirvientes. Al fin, un ballestero que había estado de guardia dijo que la vio salir al mediar la tarde. Temiendo una desgracia, padre e hijo, con escuderos y criados, hicieron una batida general. Registraron los hórreos y las pallazas de todas las aldeas. Pero no la encontraron. Después de varios días de búsqueda dedujeron que debió atacarla algún jabalí y que sus restos fueron devorados por los lobos. Un buen día, transcurrido mucho tiempo, Egas salió de caza y vio a una hermosa cierva blanca. Armó apresuradamente la ballesta y disparó. La cierva cayó herida de muerte. Con su cuchillo de monte, Egas cortó una de las patas delanteras de la cierva, la guardó en su zurrón y bajó apresuradamente al castillo. Cuando llegó ante su padre sacó del zurrón la pata de la cierva. Entonces ocurrió algo horrible: en lugar de la pata, lo que Egas halló en la bolsa fue una mano de mujer que lucía en uno de los dedos un anillo de oro con una piedra amarilla. Era el anillo de Aldara. Enseguida, padre e hijo corrieron monte arriba hasta el lugar donde Egas había derribado a la cierva. Y allí estaba Aldara, tendida en el suelo, con su vestido blanco manchado de sangre. A uno de sus brazos le faltaba la mano…

—Ya entiendo —dijo McFarlan, yendo al cogollo de la moraleja—. Y tú crees que Shaina, la madre de Cynthia, es tu cierva blanca…

—¡Créeme, David, por mucho que lo intento no consigo quitarme esa historia de la cabeza!

—Solo te lo diré una vez más, Brais: ¡tú no mataste a Shaina! Pero eso no cambia el hecho de que esté muerta. ¡Acéptalo de una vez! Los muertos no tienen deseos y no pueden condicionar el cauce de nuestra vida. El dolor que crees que le causaron tus cartas es producto de tu imaginación. No puedes devolverle la vida, pero sí puedes elegir el modo de recordarla. ¿A qué mujer prefieres tener en tus pensamientos, a la espectadora atormentada que maldice tu libertad sintiendo lástima de sí misma o a la valiente exploradora que iba a ayudarte a descubrir las ciudades milenarias ocultas entre árboles de Hemlock? ¡Tienes que elegir!

De repente, Brais acercó enérgicamente el dedo índice a la comisura de sus labios. McFarlan pensó que le estaba mandando callar porque se había cansado de su discurso, pero enseguida advirtió que el motivo del gesto era distinto. Ya casi habían llegado a la cabaña. A lo lejos se escuchaban voces que venían de allí. Avanzaron con cautela y vieron en la distancia a un hombre desconocido que estaba jugueteando con Dickens. Cuando McFarlan advirtió que acarreaba una mochila de color verde oscuro y que una cámara de fotos le colgada del cuello, blandió el rifle y se dirigió hacia él cargado de furia.

Nada más verle, el intruso se puso de pie y le dijo en inglés a modo de saludo:

—Me llamo Nuño Robla y he venido a ofrecerle un trato.

McFarlan sabía que se trataba de un periodista. Había aprendido a olerlos de lejos. Cuando llegó hasta él, le apuntó con el rifle y mientras levantaba el percutor le respondió en castellano:

—Estoy sobrio y no me tiembla el pulso. Vengo de meterle un balazo entre ceja y ceja a un puto corzo y tardo diez segundos en fijar un blanco y dar en la diana. Si sigue usted aquí para entonces comprobará que no exagero en absoluto.

El reportero alzó los brazos como si dos sogas tiraran de ellos hacia arriba. Quería demostrar que no se tomaba la amenaza en balde.

—Usted gana. Me rindo. Pero le advierto que pierde la oportunidad de ganar mucho dinero…

McFarlan, sin dejar de observarle a través de la mira telescópica, respondió:

—Voy a contar hasta tres y no le garantizo que acabe la cuenta…

—¡Tranquilícese! ¡Me voy! —repuso Robla, levantando de nuevo sus manos por encima de la cabeza.

Lentamente giró en redondo y comenzó a caminar hacia su coche, un Hyundai Kona de color amarillo, que estaba aparcado junto a la entrada de la casa. Rodeó el vehículo por la parte trasera para dirigirse a la puerta del conductor. Antes de abrirla acercó con presteza la cámara fotográfica a su ojo derecho, apuntó hacia McFarlan y le gritó:

—¡Sonría, Jonás!

McFarlan ya se había desentendido de él y subía los peldaños que llevaban al porche. Las palabras de Robla le detuvieron en seco. Se giró hacia él. El flash de la cámara parpadeó un par de veces. McFarlan le apuntó con el rifle y disparó. La bala pasó rozando la cabeza de Robla, que se metió en el coche a toda velocidad. La mochila verde se le cayó al suelo. Arrancó el motor y salió pitando. Dickens comenzó a ladrar repetidamente. McFarlan volvió a disparar, pero el coche ya estaba demasiado lejos. Brais le preguntó:

—¿Has disparado a dar?

—Si el flash no me hubiera cegado —respondió McFarlan mientras se dirigía hacia la mochila tendida en el suelo—, a estas horas ese hijo de puta iría camino del hospital sin el lóbulo de su oreja izquierda.

—¿Y si el disparo se hubiera desviado a la cabeza?

—En lugar de un fiambre, hoy habría despachado dos.

McFarlan recogió la mochila y echó un vistazo a su interior.

—¿Ves algo interesante? —quiso saber Brais.

—Interesante no es la palabra adecuada —respondió McFarlan mientras ojeaba un manojo de folios sujetos por un clip—. Al parecer, el gran periodista Nuño Robla está escribiendo un artículo sobre mí. Escucha esto: «El Jonás de las letras sale del vientre de la ballena». ¡Menuda mierda!

Los dos amigos entraron en la casa y se dirigieron a la cocina. Mientras McFarlan leía el artículo completo, Brais cogió un plato con forma de bacía y lo llenó de galletas para perros. Cuando se lo iba a acercar a Dickens, McFarlan ordenó:

—No le des de comer. Hoy está castigado.

Brais le miró con cara de asombro.

—¡No lo dirás en serio!

—Ese chucho siente debilidad por los periodistas. Le atraen mucho más de lo que a mí me repelen. La naturaleza de su predisposición hacia ellos, ya lo has visto, es una suerte de interés real, casi humano. El muy bastardo nunca rechaza una caricia de esos entrometidos que tratan de alcanzar la fama a mi costa. Hoy el altruismo de Dickens ha llevado nuestra amistad a un punto de ruptura. Ya te lo he dicho: está castigado. No le des de comer.

Brais, incapaz de vencer su perplejidad, miró alternativamente al perro —que aguardaba con impaciencia la comida mientras movía la cola— y a McFarlan, que volvió a enfrascarse enseguida en la lectura del artículo de Robla. Finalmente fijó su mirada en la bacía, en cuyo borde podía leerse «Yelmo de Mambrino» escrito con letras azules, y la puso en el suelo. Dickens hundió en ella su hocico con delectación.

—¿Hay algo interesante en el artículo? —preguntó Brais una vez que se hubo desentendido del perro.

—Solo un puñado de idioteces redactadas por un juntaletras que confunde a Jonás con el capitán Ahab —dijo McFarlan antes de lanzar el manuscrito al cubo de la basura.

—¿Cómo crees que ha sabido dónde encontrarte?

—Será cosa del cretino que vino a tocarme las narices al poco tiempo de llegar aquí. O de los gacetilleros locales que se pasan por aquí de vez en cuando.

—No lo creo. Para ellos solo eres el americano que vive en Finisterre: un buen tema para un artículo de interés humano. Nada más. Ninguno sabe quién eres en realidad.

—Antes o después era inevitable que lo descubrieran. Me sorprende que haya tardado tanto.

Aún seguían hablando cuando sonó el teléfono del estudio. Era Manuel Cabaleiro, sargento de la Guardia Civil del puesto de Muxía. Quería informar de que Nuño Robla, periodista *freelance*, se había personado en el cuartelillo para presentar una denuncia contra McFarlan por tentativa de homicidio.

—Necesito tomarle declaración, señor McFarlan —dijo el agente con voz neutra—, y debo saber si está dispuesto a venir voluntariamente a responder a unas cuantas preguntas.

McFarlan respondió con jovialidad:

—No se preocupe, sargento. Gracias a Dios, hoy estoy sobrio como un juez y puedo conducir sin problemas. Llegaré allí en poco más de media hora. Sin duda debe tratarse de un malentendido. —Cuando colgó el auricular hizo temblar sus labios mediante un sonoro resoplido. Miró a Brais y le dijo con entusiasmo—: El día se pone interesante. Aún puedes hacer tu buena acción del día.

—¿Y qué se supone que debo hacer?

—¡Mentir, amigo mío! La mentira es la única moneda de cambio que se acepta por igual en todos los países del mundo.

Y, a continuación, saludó su propia frase con una sonora carcajada.

3

Lira, cerca de Finisterre. Abril de 2019. Dos horas más tarde

En el cuartelillo, el trámite indagatorio del sargento duró menos de cinco minutos. McFarlan tardó casi una hora en llegar. Durante la espera, el grado de indignación que había llevado a Robla a presentar la denuncia contra McFarlan fue haciéndose progresivamente más intenso.

¿Pero qué se creía ese maldito escritor de mierda? Primero casi le aloja una bala en la cabeza, luego le dice a la Guardia Civil que su denuncia había sido fruto de un malentendido y, para colmo, se permitía el lujo de hacerse esperar como si fuera una novia el día de su boda. Ya no aguantaba más. Un acceso de ira le hizo saltar de su asiento.

—¿Así es como trabaja la Guardia Civil en esta aldea de mierda? —le preguntó a Cabaleiro a voz en cuello.

El sargento ordenaba los papeles desperdigados por la mesa de su despacho. Alzó la mirada por encima de sus lentes y después de fijarla en las pupilas de su colérico interlocutor, respondió con calma:

—No. En esta aldea de mierda, la Guardia Civil no suele ser tan paciente como ahora. Por norma general, a las personas que se sientan donde está usted les obligan a guardar silencio y a no abrir la boca hasta que se les formula alguna pregunta. ¿Le he formulado yo alguna pregunta?

—¿Y eso no le parece raro? Vengo aquí a denunciar que un yanqui loco casi me vuela la tapa de los sesos hace un rato y en vez de tomarse en serio su trabajo, ¿qué hace usted? ¡Al agresor le pide por favor que se pase por aquí cuando le venga bien y a la víctima la tiene esperando en un banco de madera mientras usted no mueve un dedo para que se haga justicia!

—Aquí no impartimos justicia, señor. Si lo que quiere es justicia debería ir al juzgado.

—¡Aquí solo hay un juzgado de paz, por Dios! ¡Estamos en el culo del mundo!

—Pues entonces siéntese en ese banco tan incómodo y no vuelva a molestarme. Ya ve que estoy trabajando.

—¿Su trabajo es ordenar papeles? ¡Yo creía que consistía en detener a delincuentes!

—He leído su denuncia y conozco su versión de los hechos.

—¿Mi versión de los hechos? ¿Acaso insinúa que me los invento?

—Yo no estaba allí. Eso no puedo saberlo.

Antes de que Nuño Robla pudiera replicar se oyó un pequeño alboroto en la entrada. McFarlan y Brais acababan de llegar. El escritor estaba disculpándose con la agente uniformada de la recepción.

—Mi amigo Mosqueira no me ha dejado conducir y me ha traído pisando huevos.

La mujer no respondió. Abrió la portezuela y les dejó pasar. Los recién llegados avanzaron hacia el despacho de Cabaleiro. McFarlan exhibía su mejor sonrisa.

—Perdóneme, sargento —dijo mientras le estrechaba la mano—. No va a creer la noticia…

Robla estaba congestionado y le temblaban las manos. McFarlan se inclinó para saludarle y el periodista captó un atisbo dulce de licor en su aliento. Le negó el saludo y le dio la espalda.

—Esta mañana —prosiguió McFarlan sin darle importancia al desplante de Robla—, Brais y yo hemos abatido a un corzo de treinta kilos.

—Yo me declaro inocente, sargento —terció Brais con una inflexión cómica en su voz—, el único asesino ha sido él. Yo iba desarmado.

—¿Y ha disparado a alguien más esta mañana, señor McFarlan? —interrogó secamente el policía con una neutralidad que carecía de cualquier emoción.

—No, agente. Absolutamente, no.

Robla se levantó de un brinco del banco de madera y gritó, fuera de sí:

—¡Miente! ¡Está mintiendo! ¡Es un puto mentiroso, joder!

—¡Cállese! —ordenó el sargento, sobrepujando el volumen de la imprecación del periodista. —Luego, con calma, le preguntó a Brais—: ¿Estaba usted delante cuando estos dos hombres se han visto esta mañana, señor Mosqueira?

—Sí. Volvíamos de cazar y cuando llegamos a la casa de la playa, este señor —dijo señalando a Robla— estaba jugueteando con Dickens.

—¿Usted lo corrobora? —El periodista asintió con la cabeza. Cabaleiro se volvió de nuevo hacia Brais—: ¿Hubo algún disparo?

—Solo dialéctico, sargento. Ya conoce a McFarlan. Su lengua es peor que un rifle de repetición.

—¡Eso es mentira! —bramó el periodista.

—Deje de gritar —dijo el guardia, dando un manotazo en la mesa.

—El periodista tiene razón —terció sarcásticamente McFarlan—, Brais exagera. Mi lengua no escupe un insulto ingenioso desde hace décadas. Está tan jodidamente seca como mi cabeza.

Robla contuvo el impulso de arremeter contra él.

—¿Firmaría usted una declaración jurada asegurando que el señor McFarlan no disparó contra el denunciante? —preguntó Cabaleiro.

—Naturalmente que sí —respondió Brais sin titubear.

—Muy bien. Eso es todo —dijo el sargento, dando por finalizada la reunión.

McFarlan y Brais salieron del cuartelillo satisfechos por la brevedad del interrogatorio. Robla, en cambio, protestó airadamente por la actitud fraudulenta del testigo.

—Es una mentira infame y usted lo sabe —vociferó—. Esos dos malditos hijos de puta no han dicho una sola verdad. McFarlan disparó contra mí y la bala me pasó tan cerca que aún tengo el zumbido metido en la oreja. Es imperdonable que un hombre que lleva su uniforme pueda quedarse de brazos cruzados mientras esa pareja siniestra se ríe de la ley.

Cabaleiro esperó a que guardara silencio.

—Es su palabra contra la de ellos. Lo siento, amigo. Cuando salga no olvide cerrar la puerta.

Y, sin más, volvió a concentrar su atención en los papeles desperdigados encima de su mesa.

Robla salió a la calle y anduvo unos pasos sin rumbo fijo. El aire brumoso arrastraba una densa calima del norte. La luz era tan difusa que el saliente de Punta Buitra apenas se adivinaba como una silueta amarillenta. Pocos meses antes, Robla había escrito un artículo en el que hacía referencia al origen legendario de esa espesa niebla, que según la tradición cegaba a los marineros y les provocaba siniestros espejismos. La *ameixa* de Cee, un marisco de concha gigante, la propalaba al abrir sus valvas. Sus ojos pequeños detectaban las sombras de las embarcaciones, las hacía naufragar y devoraba a sus ocupantes. Los nativos la llamaban *borraxeira*. Al recordar la leyenda, Robla tuvo la sensación de que iba a ser engullido por el monstruo. Instintivamente decidió refugiarse en el interior del coche. Se apresuró hacia él, abrió la portezuela y una vez dentro se sujetó al volante como si tratara de amortiguar el impacto de una colisión inminente. Respiró hondo varias veces seguidas, tratando de acompasar la lentitud de las inspiraciones, y poco a poco recuperó el dominio de sí mismo.

Luego, el mal humor le acompañó durante todo el viaje de regreso a Lira. Una mezcla de rabia y hambre le carcomía por dentro. Necesitaba aliviar la indignación que despertaba en su ánimo irrefrenables instintos asesinos antes de que se le nublara la vista y acabara empotrando el coche contra un mojón kilométrico o embistiendo sin querer a alguno de los paisanos que circulaban por el arcén de la carretera.

Antes de entrar en Cee vio una estación de servicio y se detuvo para repostar. También quería que el aire le diera en la cara y que el encargado de la gasolinera le recomendara algún sitio cercano donde comer decentemente. Si un soplo de brisa primaveral y un par de buenas centollas no amansaban la ira que le hervía en las arterias, ninguna otra cosa podría conseguirlo.

—¿Lleno? —preguntó el dependiente mientras acercaba la manguera del surtidor a la embocadura del depósito del coche.

—Sí. ¿Hay algún sitio aquí cerca donde se coma bien?

—Muchos. Pero tendrá que darse prisa si no quiere que le cierren la cocina.

Robla miró su reloj y se dio cuenta de que eran las tres y media de la tarde. Otro arrebato de cólera se apoderó de su sistema nervioso.

—¡Hijo de la gran puta! —bramó, trayendo a su memoria el rostro de McFarlan. El empleado de la gasolinera le miró con cara de pocos amigos. Robla no le aclaró que el improperio iba dirigido a otra persona. Ajeno al mal entendido, preguntó con rudeza—: ¿A qué cuchitril de esta aldea cochambrosa puedo llegar antes de que cierren?

—Ni idea —se limitó a contestar el encargado, visiblemente molesto por los modales de su cliente. —Y añadió para zanjar la cuestión—: Son sesenta euros.

Robla cayó en la cuenta de que había enfadado al gasolinero. Y como su instinto de supervivencia le aconsejaba no hacerse más enemigos con el estómago vacío, le tendió un billete de cincuenta y otro de veinte y le dijo que se quedara con el cambio. Nada engrasa mejor las relaciones humanas que un poco de dinero. La estrategia surtió efecto. El hombre recibió la propina con gesto conciliador y los malos humores se desvanecieron de inmediato.

En ese momento, el coche patrulla de la Guardia Civil, con el sargento Cabaleiro al volante, pasó por delante de ellos. Robla musitó al verle:

—¡El Salomón del tricornio! ¡Menudo cretino!

—Si quiere comer bien, siga su rastro —le dijo el encargado de la estación de servicio, tratando de agradecer la generosidad de su malhumorado interlocutor.

—¿Sabe adónde va?

—A Lira. Siempre come en Casa Teresa antes de dar una cabezada en su casa, que está justo al lado, y luego vuelve a Muxía. Es un hombre de costumbres fijas. Hoy va con retraso. Ha debido tener lío en el cuartelillo.

—¡Si yo le contara! —musitó el periodista mientras se metía en el Hyundai Kona de color amarillo.

Había decidido seguir a Cabaleiro. Tal vez pudiera sacar algo en limpio si le invitaba a comer. Su experiencia le dictaba que las sobremesas solían propiciar las mejores confidencias.

Casa Teresa estaba al final de un camino empedrado y estrecho que bajaba hacia la playa. El desvío dejaba a la izquierda la iglesia del pueblo y un hórreo de granito de veintidós pares de pies que tenía a gala ser el más grande del mundo y se adentraba por un descampado hasta una glorieta que marcaba el final del trayecto. A partir de allí el terreno se volvía rocoso y se precipitaba hacia el mar. La entrada del restaurante miraba a una pinada que protegía Portocubelo de miradas indiscretas. Robla vio el coche patrulla de Cabaleiro aparcado en la explanada de acceso al local y estacionó a su lado.

El comedor era pequeño. En una de las mesas, dos hombres apuraban en silencio sus tazas de café. Las otras seis estaban desocupadas. Una camarera introducía los manteles y las servilletas usadas en un cesto de mimbre. Sentado frente a la barra, un tercer hombre conversaba con la mujer que estaba detrás del mostrador. Al no ver a Cabaleiro, Robla le supuso en el lavabo y decidió aguardarle tomando una cerveza.

—¿De barril? —preguntó la dependienta cuando él se la pidió.

—¿Puede ser negra?

—Tal vez quede algún botellín en la cámara.

—Eso estaría bien —convino el periodista.

La mujer cruzó una puerta a su espalda y desapareció. Robla examinó al hombre que había estado hablando con ella. Era un tipo de aspecto huraño, bajo y fornido, con un tajo recto por boca y el cabello gris peinado hacia atrás. Sujetaba entre las manos una copa de coñac. Luego observó a la camarera que se movía entre las mesas. Le llamó la atención la prominencia de sus pómulos y el trazo largo y rectilíneo de su nariz. Aunque no era de una belleza convencional, poseía un magnetismo indudable. No era fácil apartar la mirada de ella. Cuando pasó junto a la única mesa que estaba ocupada, uno de los dos hombres le preguntó:

—¿Fuiste a la fiesta *do Entroido*, Erea?

La chica asintió. Una tímida sonrisa elevó la comisura de sus labios.

—¿Te disfrazaste de marimanta?

Erea negó con la cabeza.

—¡Cómo quieres que una chica como ella se pusiera joroba, sombrero de capirote y verrugas en la cara, Artemio! —dijo el hombre que se sentaba frente a él.

—¿Y por qué no iba a hacerlo? —preguntó Artemio. Su tono insolente dejó claro enseguida que estaba asumiendo el mando de la conversación—. A todos nos gusta disfrazarnos, y Erea, al menos, ya tiene la nariz un poco ganchuda.

—¿Tú la ves apoyándose en un bastón o asustando a los niños que se crucen con ella?

—¡En los *entroidos* todos somos iguales, Juan! Los guapos y los feos. Por eso puedes salir a la calle esos días sin ahuyentar a nadie.

—¡Tú siempre tan *rabudo*, Artemio!

—Y tú tan *pailán*, Juanito.

Erea cortó la discusión dando una fuerte palmada en el aire, que resonó como el gong que anuncia el final de un asalto. A su orden, los dos hombres enmudecieron. Luego extendió las manos abiertas con las palmas hacia abajo y las hizo ascender y descender solicitando calma.

—¡Os está diciendo que bajéis el tono! —dijo la dueña del bar, que acababa de reaparecer sujetando un botellín de cerveza negra en la mano.

Erea volvió a lo suyo.

Cuando se hizo el silencio, el hombre que estaba acodado en la barra se volvió hacia Robla y le preguntó:

—¿Es usted quien se ha visto las caras con el escritor americano esta mañana?

Robla vislumbró la oportunidad de obtener información complementaria sobre McFarlan y se dispuso a entablar conversación con él.

—¿Quién le ha contado que nos vimos?

—Aquí no hay mucho de qué hablar. Las novedades vuelan.

—¿Y qué le han contado?

—No demasiado. Que ha tenido usted que salir por piernas.

A Robla no le gustó ese resumen del relato. Aunque era fiel a la verdad, le retrataba como a un cobarde que había huido del peligro sin plantar batalla. Camufló el gesto de fastidio con una sonrisa forzada y pasó por alto el comentario para no empantanar la charla con disquisiciones ociosas.

—¿Qué sabe usted de él? —le preguntó.

—Poca cosa. No viene mucho por aquí. Su mundo es otro.

—¿Y qué mundo es ese?

—¡Qué sé yo! —respondió el hombre antes de darle otro sorbo a la copa de coñac.

Luego guardó silencio. Estaba claro que no tenía intención de decir nada más. Robla trató de atraerle de nuevo a la conversación soltando un poco de carnaza:

—Ese yanqui de mierda casi me vuela la cabeza con su escopeta de caza. Pero la Guardia Civil no cree nada de lo que digo. ¿Qué le parece? Un alcohólico enfadado con el mundo anda por ahí soltando tiros y los putos picoletos miran hacia otro lado. Al parecer, es mi palabra contra la suya.

—¿Dice usted que le ha disparado?

—Digo que el disparo casi me revienta la sien. La bala me ha pasado rozando. Pero su amigo, ese tal Brais Mosqueira, también lo niega. ¿Se lo puede creer? Dos borrachos sostienen la misma mentira y la Benemérita archiva el asunto mandándome a casa como si en vez de la víctima fuera un embustero.

La dueña del bar había asistido en silencio a la conversación mientras abría el botellín de cerveza negra y vaciaba su contenido en un vaso de cristal. En un plato de café puso una tapa de pulpo a la vinagreta. La invocación de Brais hizo que su semblante se tensara. Se irguió hacia adelante, sujetando el peso del cuerpo en los codos apoyados en la barra, y dijo con solemnidad:

—Si Brais ha dicho que no ha habido disparos, es que no los ha habido. Ese borracho, como usted le llama, no es de los que miente.

—¿Me está llamando mentiroso a mí? —preguntó el periodista a modo de desafío.

—Sí —respondió secamente la dueña del bar.

—¿Y con qué derecho lo hace, si puede saberse?

—Con el que me da ser la propietaria de este local. Si no le gusta, ahí tiene la puerta. Puede irse cuando quiera. Invita la casa.

Robla recibió las palabras de Teresa como si hubieran llegado envueltas en un guante de boxeo y el golpe le hubiera lastimado el mentón. Tardó unos segundos en rehacerse. No podía dar media vuelta y regresar por sus pasos, que es lo que le demandaba el orgullo, porque ese gesto de dignidad malograría su encuentro con Cabaleiro. Y, además, qué coño, estaba en ayunas y se moría de hambre. El estómago abierto no tiene oídos, pero sí lengua. Él tuvo que refrenar la suya para no debilitar más su posición. Después de meditarlo con calma procuró llevar la conversación a un terreno pacífico:

—¿Puedo preguntar por qué no me cree?

—Claro que puede.

—¡Bueno, pues se lo pregunto!

—Porque Brais Mosqueira es mi marido —aclaró Teresa con énfasis triunfal.

Robla no esperaba esa respuesta y se quedó estupefacto.

—¡Parece que he venido al lugar equivocado! —musitó instintivamente.

—¿Quiere la cerveza o no? —preguntó Teresa fijando los términos de lo que parecía una tregua en mitad del combate.

Robla respondió con hechos y le dio un sorbo al vaso que tenía delante.

—Está caliente —protestó.

—Es lo que hay —dijo ella—, ¿la quiere o no?

—Sí, la quiero. Malo será que no me la acabe. Pero, si me permite un consejo, debería meter los botellines que le queden dentro de la nevera. Yo mismo le pediré que me traiga alguno más, si está frío, dentro de un rato.

A Teresa debió de parecerle razonable la observación de Robla porque, sin decir ni mu, volvió a perderse por la puerta que había a su espalda. El hombre de la barra aprovechó la ocasión para tomar de nuevo la iniciativa:

—Teresa es un tojo —dijo—, pero de buena ley. Leal a muerte. Y expeditiva. Yo de usted no me pelearía con ella.

—¿Y ese Mosqueira es su marido?

—No están casados, si se refiere a eso.

—¿Viven juntos?

—Al menos bajo el mismo techo.

Y señaló el piso de arriba.

—¿Viven aquí? —preguntó Robla con cierta inquietud.

—Encima de nuestras cabezas.

—¿Y él está en casa? —la inquietud del periodista se acrecentó.

—Puede que esté o puede que no —respondió el hombre, apretando los labios y alzando las cejas.

—¿Lleva mucho tiempo viviendo en Lira?

—¿Quién, yo?

—No. El otro.

—¿El escritor?

—¡Mosqueira!

—Algunos años.

Robla esperó en vano un mayor grado de concreción.

—¿Cuántos, dos, tres, doce? —inquirió con impaciencia.

—Más de tres y menos de doce.

Robla desistió de hacerle más preguntas.

—¿Y qué le ha traído por aquí? —preguntó el hombre al cabo de un instante.

—Mi trabajo —contestó el periodista—. Escribo un artículo sobre McFarlan.

—¿Es un escritor famoso?

—Es muy conocido en Estados Unidos. Ha ganado un Pulitzer.

—¿Y eso es bueno?

—El Pulitzer —aclaró el periodista— es uno de los premios literarios más prestigiosos que existen en Norteamérica.

—¿Cuánto tiempo hace que lo ganó?

—Dos años. Pero ni siquiera se molestó en ir a recogerlo. Ya estaba desaparecido cuando se lo concedieron. McFarlan es uno de esos escritores tocados por el dedo del éxito que convierten en oro todo lo que publican. Sus dos primeras novelas arrasaron.

—¿Y por qué se vino a vivir aquí?

—Esa es una muy buena pregunta.

—¿Conoce usted la respuesta?

—Todavía no. Trato de averiguarla, pero está claro que él no lo pone nada fácil.

—¿Por eso le disparó esta mañana? ¿Para ahuyentarle?

—Lo ha pillado usted a la primera, amigo mío. Debería alistarse en la Guardia Civil. Al cuerpo le vendría bien gente que supiera reconocer la verdad cuando la tuviera delante. Los agentes que hay ahora no saben hacer la o con un canuto.

En ese momento se abrió la puerta principal del restaurante y apareció el sargento Cabaleiro, con la gorra debajo del brazo, como si hubiera aguardado ese pie para entrar en escena. Robla se quedó sorprendido al verle llegar desde la calle. Cuando el guardia civil se percató de la presencia del periodista disimuló una mueca de fastidio. Se detuvo en el centro de la sala y miró alrededor. Dirigiéndose a Erea, le preguntó:

—¿No está Teresa?

Erea asintió y señaló hacia el almacén con un movimiento de cabeza.

—La esperaré —dijo el sargento mientras se dirigía a la barra.

—Buenos días, Manuel —le saludó el hombre que había estado hablando con Robla.

—Regulares, Valentín —respondió Cabaleiro.

—¿Has detenido a los malos? —quiso saber Valentín.

—Solo les he puesto en su sitio. Los de hoy no eran carne de trullo.

—¿Robaperas?

—Bocazas con mal genio —dijo, mirando de reojo a Nuño Robla.

—Esos son los peores —convino Valentín mientras apuraba la copa de coñac.

—Yo creo que son peores los sordos que los bocazas —terció el periodista dándose por aludido.

Cabaleiro le miró, pero guardó silencio. Valentín le explicó a su amigo uniformado:

—Este señor me ha estado contando su encuentro con McFarlan.

—¿Ah, sí? ¿Y qué te ha dicho?

—Que casi le vuela la cabeza de un disparo.

—Si hubiera querido volársela —razonó Cabaleiro con tranquilidad—, lo habría hecho. Tiene la puntería de un francotirador experto.

—Eso, sí —ratificó Valentín.

—¿Quiere usted decir que no es delito disparar contra alguien que está indefenso si se es un buen pistolero? —protestó Robla interpelando directamente a Cabaleiro.

—No puede demostrar que él le disparó —contestó el sargento—, y además usted no iba indefenso.

—¿Cómo que no?

—Llevaba su máquina de fotos —puntualizó el agente mientras señalaba la réflex Nikon que colgaba del cuello del periodista.

—¿Cree usted que esto es un arma?

—Naturalmente que lo creo.

Robla elevó la mirada al cielo en señal de asombro. Pero no le dio tiempo a replicar. Teresa salió del almacén y le dijo a Cabaleiro nada más verle:

—Llegas tarde.

—Ya lo sé.

—¿Vas a comer?

—¿Puedo?

—Queda algo de cocido. ¿Quieres que te lo caliente?

—Sería todo un detalle.

Robla se animó a preguntar:

—¿Podría calentarme otro plato a mí, por favor? —Teresa miró al sargento para pedirle criterio y él le devolvió una mirada neutral. El periodista captó el cruce de miradas y se apresuró a proponer—: Si el sargento me lo permite, estaría encantado en invitarle. Después de todo —dijo con un tono que apestaba a falsa humildad—, yo soy el culpable de que haya llegado tan tarde. —Ante la falta de entusiasmo que la idea suscitó en Cabaleiro, Robla añadió a continuación—: Tal vez podríamos regar el cocido con un Ribeira Sacra.

La propuesta ablandó la reticencia del sargento. Un vino así compensaba el esfuerzo de aguantar al periodista durante otro rato.

—¿Pongo algo mientras se calienta el cocido? —preguntó Teresa cuando comprendió que Cabaleiro había dado su brazo a torcer.

—Una caña —dijo el guardia civil.

—Dos —corrigió Robla.

Teresa se dirigió al grifo de la cerveza. Tiró las cañas en jarras de porcelana y las colocó con firmeza delante de ellos. La espuma se derramaba por los bordes. Añadió dos tapas de pulpo a la vinagreta. Luego le pidió a Erea que montara una mesa. La chica enseguida se puso manos a la obra.

—¿Me la deja ver? —le preguntó Cabaleiro a Robla señalando la cámara fotográfica.

—¿Le gusta hacer fotos?

—A veces.

Robla descolgó la cámara de su cuello y se la acercó.

—Es digital —le dijo.

—Ahora ya no llevan carrete, ¿verdad? —se interesó el sargento.

—Eso ya es prehistoria. Ahora se conectan directamente a los teléfonos móviles. Pero aquí hay mala cobertura y es mejor usar tarjetas de memoria. En una de 128 gigabytes caben casi quince mil fotos de 24 megapíxeles.

—¿Y dónde se coloca?

Robla le mostró la ranura en el lateral de la cámara.

—Esta mañana fotografié a McFarlan cuando regresaba de cazar —le confesó, orgulloso—, y espero que me paguen bien las dos fotos que le hice.

Erea interrumpió la conversación. Captó la atención de Cabaleiro dándole un golpecito en la espalda y luego le señaló la mesa que había preparado junto a la ventana. Cogió la gorra y la cámara fotográfica, para que Cabaleiro y Robla pudieran transportar las jarras de cerveza y el pulpo a la vinagreta, y los acercó a la mesa. Con un rápido movimiento extrajo de la ranura la tarjeta de memoria de la cámara y, sigilosamente, se la guardó en el bolsillo.

4

Lira, cerca de Finisterre. Abril de 2019. Una hora más tarde

La conversación no siguió los derroteros que Cabaleiro imaginaba. Para su sorpresa, Nuño Robla no sacó a relucir en ningún momento su incidente con McFarlan ni le afeó la conducta por la actitud que había mantenido durante el fugaz interrogatorio en el cuartelillo. No hubo reproches ni malos modos. Los resabios de su encontronazo en Muxía se desvanecieron en cuanto Erea puso el cocido encima de la mesa.

—Huele a gloria bendita —exclamó Robla.

—Aún sabe mejor —dijo Cabaleiro.

La atmósfera se dulcificó al olor de las nabizas que flanqueaban los garbanzos.

—Una buena comida lubrifica los negocios —comentó Valentín desde la barra mientras levantaba su copa de coñac, ya casi vacía, emulando un brindis imaginario.

A continuación, llegó Teresa con la fuente de la carne.

—El jarrete es de ternera gallega y hay chorizo de carne y de cebolla. La cachucha, el morro y el rabo son de la matanza de la semana pasada —explicó antes de regresar a la cocina.

En medio de ese festín no había sitio para las caras largas.

Cuando McFarlan llegó a Lira, en diciembre de 2016, Cabaleiro se preocupó por saber quién era. A veces los extraños guardan oscuros secretos que un jefe de puesto de la Guardia Civil debe conocer si quiere prevenir contingencias indeseables. No le resultó fácil obtener información. Brais solo hablaba de McFarlan con Teresa y ella era todo lo contrario a una mujer chismosa. Las confidencias de alcoba se quedaban en la alcoba. Por mucho que lo intentó, nunca pudo sonsacarle nada relevante.

Su principal fuente informativa fue Antón Soaxe. Antón era el único hombre del pueblo que había ido a la universidad. Hizo la carrera de económicas en Santiago de Compostela y luego vivió dos años en Londres. Por las mañanas estudiaba inglés en una escuela de Watford, a mediodía lavaba platos en un restaurante mexicano de Covent Garden y por las tardes trabajaba de acomodador en un teatro del West End. Su intención era aprobar el máster en administración de empresas de la escuela de negocios tan pronto como consiguiera superar la barrera del idioma y volver a España inmediatamente después para poner en marcha su propio proyecto empresarial: un fondo de gestión para inversores particulares de rentas modestas. Quería ayudar a que muchos trabajadores tuvieran la oportunidad de abrir sus propias empresas independientes y que estas aportasen prosperidad a la maltrecha economía local. La muerte repentina de su padre truncó sus planes. Tuvo que regresar a Lira para cuidar de su madre y hacerse cargo del negocio familiar: una pequeña flotilla pesquera compuesta por dos embarcaciones: un palangrero de veinte metros de eslora y una lancha de bajura que no llegaba a los nueve. «La armada invencible», solía bromear.

Un mes después del regreso de Antón llegó a Lira Cynthia Donaldson.

Cynthia Donaldson era una belleza pelirroja de veintisiete años, con la cara pecosa y los ojos verdes, que no hablaba una sola palabra de español. Los médicos de Milwaukee le habían diagnosticado un trastorno bipolar de tipo 2 que se agravó con un episodio depresivo mayor tras el fallecimiento de su madre: un mal día, la mujer cayó rodando por las escaleras del rancho de Shorewood. Un golpe fatal en la base del cráneo le segó la vida. A los seis meses del accidente, Cynthia viajó a España para conocer al amigo de infancia de su madre. Era la forma más eficaz, según el psiquiatra que la trataba, de mantener abierta la conexión afectiva con ella.

Aunque inicialmente no iba a ser una estancia prolongada, Cynthia se quedó en Lira casi tres años. Cabaleiro sabía por el mancebo de la farmacia que tomaba litio y una combinación precisa de fluoxetina y olanzapina para estabilizar el ánimo, pero resultaba evidente que el fármaco que más la ayudó a salir del hoyo fue la amistad con Antón. Ambos eran de la misma edad, podían comunicarse en inglés y acababan de sufrir la pérdida de un ser querido. Daba la impresión de que el mapa escrito en el cielo, el camino que señalan las estrellas en la Vía Láctea para llegar a Finisterre, había querido conducirles al océano de los muertos para regresarles después a la vida.

Nunca quedó claro si la relación entre Cynthia Donaldson y Antón Soaxe había respetado los límites platónicos de la simple contemplación de la belleza, pero a Cabaleiro le traía sin cuidado si se acostaban o no. De haberlo hecho no hubieran quebrantado ninguna ley de su competencia. Las de carácter moral no lo eran. Lo único que no ofrecía dudas es que Cynthia se enamoró de Galicia sin remisión. Le fascinó su paisaje y le cautivó su gente —hospitalaria pero reservada a la vez—, y decidió empaparse de vistas y hombres recorriendo sus caminos, aprendiendo su idioma y estudiando sus costumbres. Exploró todas las playas, le prohibió a Brais que utilizara el inglés en su presencia, aprendió a cocinar al modo tradicional y recopiló en un cuaderno de notas todas las leyendas locales que habían pervivido a lo largo de los siglos.

Al poco tiempo de regresar a Estados Unidos, Cynthia conoció a McFarlan en la Universidad de Columbia. Ella le habló de Finisterre con tanta pasión que el escritor le prometió que iría a visitarlo en cuanto tuviera la oportunidad de hacerlo. «Debo comprobar por mí mismo —le dijo— si la realidad hace justicia a tus relatos».

Cuando McFarlan apareció en Lira, tres años después de que Cynthia regresara a Estados Unidos, Antón ya se había casado con Erea. La relación entre los dos hombres, intermitente y borrascosa por culpa de la afición al alcohol del escritor americano, llegó a alcanzar cierto grado de intimidad. Cabaleiro obtuvo, gracias a eso, mucha información sobre McFarlan.

Su carrera hacia la cima fue fulminante. Alcanzó el éxito a los cuarenta y nueve años con su primera novela y lo consolidó dos años después, con la segunda. A pesar de ser un escritor de vocación tardía, la crítica lo proclamó como uno de los exponentes literarios de más talento del nuevo siglo. Era profesor en la Universidad de Columbia. Los alumnos lo idolatraban como si fuera una estrella de rock. Sin embargo, tiempo después de su segundo éxito editorial, el mal de altura comenzó a provocar algunos estragos en su cabeza. Cuando todo el mundo esperaba con ansiedad la publicación de su tercera novela, la fama se le indigestó y el fulgor intelectual que llevó a convertirle en la gran atracción del campus neoyorquino comenzó a desvanecerse. En 2015 su popularidad decayó hasta tal punto que, en un solo semestre, el aula pasó de estar siempre llena a quedarse habitualmente medio vacía. La brillantez inicial de sus clases se cargó de afectación y la amenidad se pobló de bostezos. A la vez que decrecía el interés por la instrucción académica de sus alumnos aumentaba el del deseo sexual por sus alumnas. Sus devaneos se hicieron habituales y la sombra del escándalo merodeó desde entonces todas sus andanzas.

La universidad estuvo a punto de despedirle en varias ocasiones. El pliego de cargos siempre era el mismo: conducta inapropiada, alcoholismo severo y absentismo laboral. Los críticos creyeron que su estrella literaria se había eclipsado. El rutilante talento de las letras norteamericanas parecía abrumado por los excesos, hundido para siempre en un mar de ginebra.

Pero el presagio de los críticos no se cumplió. Cuando todos daban por hecho que McFarlan nunca volvería a escribir nada que mereciera la pena, el cínico autor de vida turbulenta que trataba en vano de encontrarse a sí mismo sorprendió al mundo entero con una tercera novela que aún mejoraba las dos primeras. El éxito fue arrollador. Con ella obtuvo el premio Pulitzer. Su nombre se apoderó de nuevo de las portadas. La historia del ave fénix que había renacido de sus cenizas para volver a surcar los cielos rutilantes de la excelencia literaria se convirtió en la pieza más buscada de la prensa norteamericana. Pero ningún periodista consiguió escribirla. McFarlan, que ni siquiera acudió a recoger el premio que le abría las puertas del Olimpo, estaba desaparecido de la faz de la tierra y su paradero se convirtió desde entonces en un absoluto misterio.

—Desde que abandonó los Estados Unidos, hace más de dos años, nadie había sido capaz de localizarle —repitió Robla por segunda vez en pocos minutos.

—Eso no es exacto —matizó el sargento Cabaleiro.

—¿No lo es?

—Otros vinieron a buscarle antes que usted.

—Esos periodistas locales que tratan de entrevistar al exótico residente americano sin saber quién es no cuentan.

—No me refiero a ellos.

—¿Ha habido otros?

Cabaleiro acercó la copa de Ribeira Sacra a sus labios y paladeó el sorbo sin ninguna prisa.

—Buen vino, sí señor —suspiró complacido.

—¿Los ha habido? —insistió Robla para apresurar la respuesta.

El sargento meditaba en silencio la conveniencia de contestar a la pregunta. Su instinto le decía que darle información a un periodista era como darle miel a un oso pardo. Si lo hacía, nunca podría quitárselo de encima. Por otra parte, decirle lo que sabía sería lo más parecido a cortarle las plumas a un pavo real. La idea de bajarle los humos a aquel olis-cón de genio caliente resultaba muy tentadora. La cosa estaba entre el mamífero o el ave —el oso o el pavo real— cuando, de repente, entró en el restaurante un primate.

—Buenas tardes nos dé Dios —dijo a modo de saludo la mujer que lo llevaba en brazos.

Era una mujer fornida, con el pelo blanco recogido en una cola de caballo, papada flácida y labios carnosos. La falda, de picote oscuro, le llegaba hasta los tobillos.

—Buenas y santas —respondió Teresa desde detrás de la barra.

Nuño Robla se quedó mirando hacia la puerta con cara de asombro. Y también de fastidio. No le gustaban los monos. Y menos aún si venían a interrumpir su conversación con Cabaleiro.

—Virtudes es la veterinaria de Lira —le aclaró el sargento en voz baja.

La mujer se desplomó en una silla del comedor, frente a una mesa situada en el centro de la sala, y le pidió a Teresa un té verde. Cogió al mono y lo sentó en la silla de al lado.

—Quédate ahí sentado y no des la lata, Chito.

Chito le miró con los ojos abiertos de par en par, como si le estuviera prestando toda su atención.

—¿Los hubo? —volvió a preguntarle Robla a Cabaleiro tratando de devolver la conversación al punto en el que se encontraba antes de la llegada del primate.

—¿Que si hubo el qué?

—¿Cómo que qué?

—¿Cuál era la pregunta?

—¡Que si algún otro periodista había descubierto el paradero de McFarlan antes que yo!

Un grito a su espalda les advirtió del peligro.

—¡Cuidado! —exclamó Virtudes cuando Chito, desoyendo sus órdenes, se bajó de la silla y comenzó a correr hacia la mesa que ocupaban Robla y Cabaleiro.

El guardia civil se echó a un lado en el preciso momento en que el mono saltaba hacia ellos. Las consecuencias de la finta fueron estrepitosas. El animal resbaló por encima del mantel, la cámara de fotos salió despedida por los aires, los vasos de vino siguieron su estela, la gorra planeó como un platillo volante detrás de ellos y el mono, a bordo de un plato de cocido, acabó aterrizando en el regazo de Robla. El periodista se levantó como un resorte, en medio de un rosario de imprecaciones, y se limpió los pantalones con un pañuelo que sacó del bolsillo. Una oreja de cerdo y medio cachelo cayeron al suelo desde su bragueta. Luego blandió el único cuchillo que quedaba sobre la mesa y lo levantó con gesto amenazador mientras miraba a Chito con ojos asesinos.

—¡Ni se le ocurra hacerle daño! —le advirtió Teresa con voz potente. Teresa había salido de la barra y se dirigía hacia el lugar del estropicio.

—Pues que se largue de aquí —bramó Robla hecho un basilisco—. Estos bichos me dan repelús y hoy no estoy para más agresiones.

Virtudes se levantó de su asiento y fue a coger al mono.

—Pero, Chito, ¡mira la que has liado! ¿Cómo se te ha ocurrido hacer algo así? ¿No ves que ese señor es guardia civil? —Erea apareció con una escoba y un recogedor dispuesta a limpiar el desaguisado. Mirando a Robla, Virtudes añadió—: No sabe cuánto lo siento. Es un cachorro y tiene ganas de jugar. Pero no se preocupe, le garantizo que es inofensivo.

—¿Seguro? —receló Robla, poniéndose de perfil por si el mono volvía a las andadas.

El mono no dejaba de mirarle.

—Segurísimo —confirmó la mujer—. Acabo de vacunarle y la inyección ha debido ponerle nervioso, pero es muy pequeño y a esta edad solo quieren mimos. Ven, Chito, bonito, ven con mamá.

—Hala, criatura, ve con esa señora y deja de dar el coñazo —le animó Robla, ladeando los labios con cierta aprensión.

Erea comenzó a barrer los cristales rotos y los trozos de comida esparcidos por el suelo. Teresa cogió la gorra y la cámara de fotos y los puso encima de la mesa.

—¿Por qué se llama Chito? —preguntó Cabaleiro con semblante divertido. Quería dejar claro que el animal le caía simpático.

—Porque me recuerda al mono de Tarzán. Pero este es macho y el nombre, por fuerza, tenía que ser masculino —respondió Virtudes mientras sujetaba al simio de la mano.

Cuando el mono comprobó que Robla relajaba la guardia, se soltó de la veterinaria y se abalanzó de un brinco sobre su pantorrilla.

—¡Hijo de puta! —voceó el periodista, sacudiendo la pierna compulsivamente hasta que Chito salió por los aires y aterrizó con un gemido sobre las baldosas del suelo.

—¡Ay, Dios mío! —gimió a su vez la veterinaria.

—¡No sea bruto! —dijo Teresa, alzando la voz.

—¿Y qué pretende que haga? —preguntó Robla sin dejar de vigilar al mono, que de nuevo sobre dos patas parecía dispuesto a lanzar otro brinco.

—¡Chito! —lo llamó Virtudes.

Pero en lugar de acudir a su llamada, Chito volvió a abalanzarse sobre Robla. Cabaleiro no pudo contener una carcajada y Erea dejó de barrer, atraída por el espectáculo. Robla le arrebató la escoba de un empellón y se sacudió al mono de encima a escobazo limpio. Teresa le sujetó del brazo para interrumpir la tunda.

—Coño —bufó el periodista—, ¿pero usted de qué lado está?

—Del lado del simio, no lo dude —respondió ella.

—¡Chito, ven! —reclamó Virtudes una vez más.

Pero el mono tenía sus propios planes y volvió a enroscarse en la pierna de Robla.

—Señora, deje de darle órdenes —dijo él— y venga a sujetar a este mono de mierda si no quiere que le meta el palo de la escoba por el culo.

Después de un intenso forcejeo, la veterinaria logró someter a Chito y ponerle la correa que guardaba en el bolso. Robla, sentado de nuevo en su silla, se subió la manga izquierda del pantalón hasta la altura de la rodilla. La huella de un arañazo era patente en su gemelo.

Al verla, Cabaleiro le preguntó:

—¿Duele?

—Escuece —respondió Robla, frotándose la pierna.

Virtudes ató la correa del mono a una de las barras del radiador que había junto a la puerta y se acercó a Robla con cara compungida.

—No sé qué le ha podido pasar. Habitualmente no se comporta de esa manera.

—Debe de ser que no le gustan los periodistas —comentó Cabaleiro sin moverse de su sitio.

—¿Traigo agua oxigenada? —propuso Teresa.

—No creo que haga falta —respondió Robla.

—¿Es usted periodista? —preguntó la veterinaria.

—Lo es —ratificó Cabaleiro.

—Y de los que fisgan más de lo que deben —añadió Teresa.

Robla iba a protestar, pero Virtudes se adelantó:

—No sé qué tienen los animales contra los periodistas —dijo—, nunca olvidaré lo que le ocurrió al americano que estuvo aquí hace un par de años. El gato de angora de Brais le dejó la cara hecha un cristo.

—El gato no era de Brais —puntualizó Teresa—. Era mío. Se llamaba Tristán.

—¿El gato era tuyo? —se extrañó Virtudes—. Pues fue Brais quien lo trajo a mi consulta para saber si se había vuelto loco.

—Era el gato de carácter más afable que haya existido jamás y te aseguro que no estaba loco. El que se volvió loco fue el periodista americano. A lo mejor le dio limosna a una *bruta*.

Las *brutas*, según la mitología supersticiosa de la región, eran meigas siniestras, de cabeza desproporcionadamente grande y cuerpo raquítico, que solicitaban limosna en la calle y la agradecían con besos maléficos que provocaban la locura.

—Es muy posible que fuera eso, sí —convino la veterinaria.

—Le dije que para evitar la maldición tenía que bañarse en el mar todos los días del año, así cayeran chuzos de punta, pero el muy idiota no me hizo caso. Tristán debió oler el hechizo y por eso le atacó. Era un gato muy católico.

—¿Usted le ha dado últimamente limosna a alguna mujer de aspecto espeluznante? —le preguntó Virtudes a Robla dando pábulo a la teoría de Teresa.

Pero a Robla la conversación sobre las meigas parecía traerle sin cuidado. La única historia que le interesaba era la del periodista americano.

—¿Quién estuvo aquí hace un par de años?

—Un colega suyo. Creo que era de Virginia.

—De Nueva York —corrigió Teresa.

Robla le preguntó a Cabaleiro:

—¿Era de él de quien hablaba usted hace un rato?

El guardia civil dio la callada por respuesta.

—Erea lo conoció bien —dijo Virtudes—, ¿verdad que sí, *zagaliña*?

Erea, que había recuperado la escoba y seguía barriendo los cristales del suelo, asintió con la cabeza.

—¿Vino para entrevistar a McFarlan?

—No sé si quería entrevistarle —explicó la locuaz veterinaria—. Durante dos semanas estuvo rondando por aquí haciéndose pasar por ornitólogo...

—Por biólogo —rectificó Teresa.

—Ornitólogo, biólogo… ¡Qué más da! El caso es que nos tuvo engañados durante quince días. Con quien hizo mejores migas fue con Antón, el marido de Erea, ¿verdad que sí? —Erea asintió de nuevo—. Era lo lógico. Después de todo, él era el único que hablaba inglés… Bueno, aparte de Brais, naturalmente —añadió, mirando a Teresa.

A Nuño Robla no le interesaba la relación que el misterioso periodista tuvo con Antón, sino la que pudiera haber mantenido con McFarlan.

—¿Llegó a hablar con McFarlan? —preguntó.

—No supimos que era periodista hasta el día que se marchó. Eso fue justo después del incidente. ¿Hablar, dice usted? No, ese día no hablaron. Pero gritaron, eso sí. Gritaron como si estuvieran poseídos.

Erea seguía el relato con vivo interés. Parecía muy concentrada. Había apoyado la barbilla sobre el extremo superior del mango de la escoba y escuchaba con los ojos cerrados.

—¿Qué incidente? —la pregunta de Robla iba dirigida a Cabaleiro.

El sargento de la Guardia Civil frunció el ceño en señal de fastidio. Aquel no era uno de los recuerdos más felices de su carrera.

Cuando Robert Mulligan llegó a Lira, McFarlan solo llevaba un mes encerrado en la casa de la playa. Al principio era Brais el único que iba a visitarle. Llegaba sobrio antes de la puesta de sol y salía ebrio cuando el día clareaba. A las dos semanas, Brais llevó a Antón de acompañante y desde entonces se hizo frecuente que los tres hombres se reunieran a beber casi todas las tardes. A Cabaleiro no le resultaba extraño. Los tres hablaban inglés y los tres habían conocido a Cynthia. Brais había sido el mejor amigo de su madre, Antón fue su novio y McFarlan, su jefe. El recuerdo de Cynthia, en opinión del sargento, era un imán poderoso que justificaba la existencia de aquel club angloparlante de bebedores empedernidos en el que solo Antón lograba mantenerse en pie después de cada velada. Erea marcaba unos límites y se ocupaba de que su marido supiera respetarlos.

Cynthia y Erea, cada una a su modo, encarnaban un modelo de dulzura —alejado de los melindres y la sonrisa insustancial de las mujeres bobas— que, a juicio de Cabaleiro, estaba desapareciendo a marchas forzadas del eterno femenino. Cynthia tenía un proyecto vital propio, no subordinado a la primacía de hombre alguno, pero era capaz de reivindicarlo sin asperezas ni invectivas desapacibles. Erea, comprometida con la felicidad de Antón por encima de todas las cosas, sabía que nadie da lo que no tiene y basaba la suya en el ejercicio de la libertad, y no en la sumisión obligatoria al conjunto de normas que dicta el manual consuetudinario de los recién casados. A pesar de ese aparente desapego, su sonrisa era de hoja perenne, y su afectividad, un deporte de contacto. Cabaleiro estaba convencido de que la civilización había dado un salto hacia atrás desde el momento en que la amabilidad en la mujer comenzó a percibirse como un rasgo de debilidad frente al hombre. Ninguna de aquellas dos mujeres cayó en la trampa. En una ocasión, Cynthia le dijo a Cabaleiro:

—Hablar con amabilidad te hace veraz, porque lo que no es veraz tampoco es amable.

El hecho de que Antón saliera de las tertulias de la casa de la playa sin haber bebido más de la cuenta le permitía afrontar el resto del día en unas condiciones socialmente provechosas. Cabaleiro creyó que si Robert Mulligan se acercó a él fue por esa razón. Antón encarnaba su única posibilidad de disfrutar de la compañía de alguien que hablara su mismo idioma. McFarlan y Brais, noqueados noche tras noche por el alcohol, tardaban horas en recuperar el dominio de sus sentidos, y al rato de haberlo conseguido ponían rumbo a la borrachera siguiente. Apenas les quedaba tiempo para atender al biólogo americano. Pero que McFarlan y Brais no se codearan con Mulligan no significaba que ignoraran su existencia. Cabaleiro estaba seguro de que Antón no les habría ocultado algo así.

Los acontecimientos se precipitaron cuando Mulligan, a las dos semanas de su llegada a Lira, se reunió con Brais y con Antón en Casa Teresa. Allí fue donde el presunto biólogo destapó sus cartas. En realidad, no era científico, sino periodista. Según dijo, el *USA Today* le había enviado tras la pista de McFarlan. Si había tardado quince días en desvelar su verdadera identidad fue porque antes de hacerlo quería explorar el lugar geográfico elegido por el escritor para ocultarse del mundo y poder documentar, al mismo tiempo, su nuevo estilo de vida. Brais recibió la noticia con estupor y salió corriendo a contárselo a su amigo. Los dos regresaron a los pocos minutos dispuestos a alejar al intruso por las malas. Dickens iba tras ellos.

No hubo palabras, solo puñetazos. Mulligan resultó ser mejor pegador de lo que parecía a simple vista y derribó a McFarlan, que ya empezaba a estar pasado de copas, de un directo al mentón. Mientras Mulligan dirimía con Brais el segundo combate de la noche —mucho más igualado que el primero—, Antón salió en busca de Cabaleiro, que llegó al restaurante cuando la pelea ya había terminado. Brais estaba inconsciente, con señales evidentes de haber recibido una paliza considerable, y Mulligan, sentado y malherido frente a una mesa, trataba de empapar con servilletas de papel los riachuelos de sangre que Tristán, el gato de angora de Teresa, le había abierto con sus uñas afiladas en la cara. A su lado, Dickens le daba apoyo moral con jadeos complacientes cada vez que el periodista americano le acariciaba el cogote.

McFarlan despertó del K.O. inmediatamente después de la llegada de Cabaleiro. Al ver a Dickens al lado de su adversario, le insultó: «*Fucking unfair*», dijo. Luego trató de abalanzarse de nuevo contra Mulligan, pero las piernas no le sostuvieron y cayó redondo. Cabaleiro acudió a socorrerle. Mientras lo hacía, Mulligan se levantó de su asiento y, en riguroso silencio, abandonó el local sin desviar la mirada. El guardia civil no hizo nada para impedirlo. Algo le decía que no había sido el culpable del altercado. Aquello apestaba a legítima defensa. Fue la única vez en toda su vida que Cabaleiro no actuó de acuerdo a las ordenanzas del cuerpo.

—¿Qué incidente? —volvió a preguntar Nuño Robla. Cabaleiro no respondió—. ¿Qué fue lo que pasó? —interrogó acto seguido a Virtudes.

El resumen de la veterinaria fue poco literario:

—Se sacudieron a base de bien durante un buen rato, el periodista americano dejó fuera de combate a McFarlan y a Brais y luego, como si nada, se fue por donde había venido.

—¿Abandonó el pueblo?

—Se evaporó como una sombra cuando anochece.

—¿No publicó el artículo sobre McFarlan?

—Que sepamos, no.

—¿Regresó a Lira alguna vez?

—Hay quien dice que lo vieron por los alrededores un año después, pero yo lo dudo mucho. Me habría enterado.

Robla ponderó la información que le había facilitado Virtudes.

Por doloroso que le resultara tenía que aceptar que él no había sido el primer periodista en localizar a David McFarlan, pero, gracias a Dios, aún tenía la posibilidad de ser el primero en dar a conocer su paradero. Tenía material suficiente para escribir un buen artículo y, además —eso era lo mejor de todo—, había conseguido un par de fotografías para ilustrarlo. Inconscientemente llevó su mano a la cámara y acarició el objetivo como si fuera un trofeo. Fue entonces cuando se percató de la tragedia. Su rostro palideció y lanzó un grito aterrador.

El alarido inmovilizó a las cuatro personas que estaban a su alrededor.

—¿Qué ocurre? —preguntó Teresa cuando se repuso del sobresalto.

—¡La tarjeta de memoria! —balbució Robla—. ¡Ha desaparecido!

Mientras hablaba, Robla no dejaba de señalar la ranura lateral de la Nikon. Estaba vacía.

—Debe haber salido despedida cuando el mono ha tirado la cámara sin querer —dijo Cabaleiro para tranquilizarle.

—Seguro que ha sido eso —ratificó Virtudes.

Robla recorrió el suelo con la mirada, pero no pudo localizarla.

Teresa le pidió a Erea que mirara en el recogedor.

—Vete a ver si está entre los vidrios de las copas que se han roto. ¿Los tiraste a la basura?

Erea negó con la cabeza.

—Seguro que la has barrido sin darte cuenta.

Erea dio media vuelta y se dirigió a la cocina.

Cabaleiro observaba el disgusto de Robla con disimulada satisfacción. Su inquietud por el extravío de las fotos no le producía ninguna lástima. Después de todo, quebrantar el derecho a la propia imagen no era precisamente una actividad encomiable. Aún estaba dándole vueltas a esa idea cuando Erea reapareció en el comedor con gesto de circunstancias. Extendió el brazo y enseñó lo que llevaba en la palma de la mano: la tarjeta de memoria estaba partida por la mitad.

5

Lira, cerca de Finisterre. Abril de 2019. Al día siguiente

Erea acudía a limpiar la casa de la playa tres tardes a la semana montada en una bicicleta azul celeste. La ataba con una cadena a la barandilla del porche, al lado de la escalinata, y de vez en cuando se asomaba por la ventana de la cocina por miedo a que se la robaran.

Antes de salir de Casa Teresa había escuchado a Brais decirle a Cabaleiro que las cosas iban a empeorar.

—Si ese Robla que ayer vino a tocar las narices publica el artículo sobre McFarlan, el pueblo se llenará de curiosos. Será un infierno.

—No vendrán —pronosticó el sargento.

—Me temo que sí vendrán.

—No vendrán.

—Si Robla pudo localizarle sin haber leído nada sobre su paradero, imagina lo que pasará cuando otros lean su artículo.

—Él no leyó nada, pero tal vez pudo escuchar alguna cosa —precisó Cabaleiro, dándole a la frase una inflexión enigmática.

—¿Y quién pudo decírselo?

—Yo no lo sé. ¿Tú tienes alguna conjetura?

—Ninguna.

—¿Seguro?

—Segurísimo.

—¿Cuánto tiempo hace que no te ves con Karina?

La pregunta decretó un silencio sepulcral. Brais miró nerviosamente a derecha y a izquierda para asegurarse de que nadie les escuchaba. Cuando vio que Erea estaba detrás de la barra se quedó mirándola para ver si le asomaba al rostro alguna reacción delatora. Quería averiguar si estaba pendiente de la conversación, pero la chica siguió a lo suyo sin demostrar ningún interés por los asuntos ajenos.

—¿A qué viene esa pregunta? —quiso saber Brais cuando se tranquilizó.

—Tú sabrás —respondió el sargento, arqueando las cejas con visaje de misterio.

—Yo lo único que sé —dijo Brais para orillar cuanto antes la vidriosa insinuación del guardia civil— es que la prensa piojosa nos dará por culo.

—No lo hará.

—¿Y cómo piensas evitarlo?

—Creo que puedo conseguir que el artículo no se publique.

Brais dibujó en el aire uno de esos manotazos que significan «olvídalo» y después, para que su significado mímico no quedara en el equívoco, lo tradujo en tres palabras:

—Eso es imposible.

Cabaleiro se encogió de hombros y replicó con aire profesoral:

—Toma nota, Brais: si uno se queda el tiempo suficiente en un rincón de esta costa, tarde o temprano termina por pasar una gaviota que te caga encima una oportunidad para lograr lo imposible.

—¿Y la gaviota ha cagado ya?

—Creo que sí.

—¿Me lo quieres contar?

—Creo que no.

Brais puso cara de ofendido, se separó de Cabaleiro con ademán displicente y salió del local rezongando maldiciones en inglés: *«Dumbass dickhead»,* le oyó decir Erea cuando pasó por su lado. El viejo aventurero no llevaba nada bien que las conspiraciones se urdieran a sus espaldas. Erea sonrió.

Ella sí que sabía qué clase de oportunidad había puesto en suerte la cagada de la gaviota.

Durante la comida, el sargento había llamado al comandante Souto al puesto de Castellar, en Santiago de Compostela, y le había preguntado por Nuño Robla. Quería saber si era un personaje conocido y si tenía el techo de cristal. Esa fue la expresión exacta: «Techo de cristal». El comandante debió de comprometerse a averiguarlo sin pérdida de tiempo porque a los pocos minutos le devolvió la llamada. A Cabaleiro se le fue iluminando la cara a medida que escuchaba a Souto. En un momento dado, le oyó decir:

—Esa perla de la que hablamos está escribiendo un artículo que, si llega a publicarse, puede atraer a Lira a decenas de periodistas. Las consecuencias no serían agradables. El protagonista del artículo es un famoso escritor americano que no soporta nada bien que el mundo le recuerde. Lleva escondido en el pueblo más de dos años. Es un borracho de muy malas pulgas. Ayer casi le voló la chola a ese plumilla de bragueta fácil con una escopeta de caza. Si puedo evitar que haya jaleo, mucho mejor. ¿Cree usted que Robla aceptaría guardar el dichoso artículo en un cajón de su mesa a cambio de que ignoráramos el asunto del puticlub?

Después de escuchar la opinión de Souto, Cabaleiro formuló su propuesta:

—Cerramos el local, cortamos el suministro de droga y le amenazamos con mandarlo a la trena si vuelve a las andadas. El proxenetismo está castigado con penas de cárcel y multas millonarias.

La conversación no se prolongó mucho más. Cabaleiro y el comandante intercambiaron preguntas y respuestas breves: «Sí, sé quién es Karina. A veces trajina por aquí cuando algún cliente la llama». «No, no quiero que su burdel siga operativo». «No, tampoco pido que los camellos se vayan de rositas». «Claro que me ocuparé de que el asunto quede entre nosotros«. «Gracias, mi comandante, le debo una».

Cuando llegó a la casa de la playa, a Erea le extrañó no ver a McFarlan en su estudio. Aún no eran las siete de la tarde. Lo normal era que a esa hora le hubiera encontrado arrellanado en la silla, inmóvil como un búho, con un vaso de orujo en la mano y la mirada perdida en algún punto borroso de su máquina de escribir.

—Si alguna vez la puta inspiración quiere venir en mi ayuda —le explicó McFarlan la primera vez que ella le descubrió en ese trance—, quiero que me sorprenda cerca del teclado.

A Erea le parecía que el orujo y la inspiración no eran conceptos demasiado compatibles, pero no podía asegurarlo. Ni era escritora ni le gustaba el alcohol.

McFarlan amanecía casi siempre a la hora de comer. Era un hombre de costumbres fijas. La borrachera del día anterior solía durar hasta altas horas de la madrugada y la del día siguiente no comenzaba a gestarse a hasta la caída del sol, una vez que el silencio de las musas dejaba clara su intención de dejarle un día más en la estacada. Durante esas cinco horas, entre las tres y las ocho, McFarlan se comportaba como un ser humano aproximadamente normal. Encendía la televisión para enterarse de las noticias, hojeaba los titulares de la prensa, paseaba a Dickens por la playa, avanzaba en la lectura del libro que tuviera entre manos y le contaba a Erea, mientras ella planchaba la ropa, historias literarias de las civilizaciones antiguas. A eso de las siete se sentaba frente al tablero que Brais había rescatado de los restos de un naufragio y de vez en cuando tecleaba frases aisladas que merecían su inmediata desaprobación. Furioso, extraía de un tirón la hoja mecanografiada, la convertía en una bola de papel y trataba de encestarla en la papelera. Su porcentaje de aciertos rondaba el cincuenta por ciento. Después de una hora de inmovilidad improductiva en su estudio, se preparaba el segundo lingotazo y se trasladaba a uno de los sillones de la chimenea mientras aguardaba la llegada de Brais.

La rutina diaria admitía raras excepciones. Tres o cuatro veces al mes, McFarlan acudía a Muxía para visitar al abad Ismael en la iglesia de San Julián de Moraime. Como tenía que conducir cuarenta y cinco kilómetros de ida y otros tantos de vuelta por una carretera estrecha y sinuosa, esos días no probaba el alcohol. Cuando regresaba a su casa, después de haber prolongado la sobremesa de la cena hablando con el clérigo de amoríos medievales y tumbas secretas, se tomaba una pastilla para dormir y se metía en la cama antes de las dos de la mañana.

Al día siguiente se levantaba temprano, con una extraña y vivificante sensación indolora en el interior de la cabeza, y salía a cazar en compañía de Brais. «Deberíamos dejar de beber y hacer esto con más frecuencia». McFarlan escuchaba la propuesta de su amigo con interés, pero siempre respondía de la misma forma: «Deberíamos, sí, pero si lo hiciéramos recuperaríamos la lucidez y acabaríamos pegándonos un tiro».

Erea sabía que McFarlan no había ido aquella tarde a visitar al abad Ismael porque su coche estaba aparcado en la entrada de la casa. Además, había pruebas concluyentes que demostraban que había estado en su estudio hasta poco antes. Los dos caballetes de madera que sujetaban el tablero estaban descentrados y encima del escritorio reinaba el desorden habitual: alrededor de la vieja máquina de escribir —una Underwood azul marino con los tipos a la vista— había bolas de papel, libros abiertos, bolígrafos sin caperuza y notas manuscritas diseminadas aquí y allá. De un vaso de cristal volcado sobre la mesa partía un reguero de orujo. En un folio que aún estaba introducido en la máquina de escribir, McFarlan había escrito en inglés un párrafo de diez líneas. Era un texto muy triste.

Preciousness.
Disenchantment.
Suicide.

El arranque de la historia no presagiaba un final feliz.

Al colocar el vaso en la posición correcta, Erea se dio cuenta de que algunos papeles estaban mojados. Cuando quiso secarlos con el delantal, una fotografía asomó entre ellos. Era una copia de la misma fotografía que Antón había guardado en su cartera durante mucho tiempo: Cynthia Donaldson aparecía sentada de perfil, con las piernas cruzadas, sobre una roca de la playa de Carnota. Vestía una trenca azul marino que le llegaba hasta la cintura. Tenía las manos en los bolsillos y la espalda ligeramente encorvada hacia atrás. Un largo mechón de pelo rojizo asomaba por el lado derecho de la capucha. Sus ojos verdes oteaban el horizonte. La delgada línea de los labios proyectaba una sonrisa incompleta. La nariz recta le confería al rostro un gesto de confianza que contrastaba con la inseguridad del cielo: las nubes parecían a punto de sollozar.

Erea no podía decir que Cynthia y ella hubieran sido buenas amigas. Apenas se trataron durante los tres años que la americana pasó en Lira. A veces se veían en la subasta de pescado de la lonja de Portocubelo o coincidían en la puerta de la iglesia, después de misa, los domingos que Erea iba a recoger las albas y los corporales para hacer la colada. Aunque no era una mujer religiosa, había heredado de su madre la devoción por Nuestra Señora de los Remedios y la obligación de lavar y planchar las prendas litúrgicas una vez al mes. A pesar de la humedad que almacenaban los muros de cantería del templo, a Cynthia le gustaba quedarse sentada en el último banco hasta que el párroco tenía que cerrar. Entonces se levantaba, hacía una genuflexión mirando al sagrario, aunque sabía que estaba vacío, y se iba caminando hasta Casa Teresa.

En alguna ocasión, Erea y Cynthia hicieron el camino juntas.

—Me gusta la forma de tu nariz —le dijo Cynthia la primera vez que hablaron. Y le explicó que la pequeña protuberancia que se apreciaba en el puente y su forma recta la convertían en una nariz romana—. Las personas con una nariz así sois muy sensibles y tenéis una vida emocional muy desarrollada.

Erea estaba de acuerdo en lo de la sensibilidad, pero no estaba segura de que su vida emocional estuviera muy desarrollada. De hecho, sentía celos de la relación que se había establecido entre Cynthia y Antón. Y no pretendía disimularlo.

Por eso le respondió:

—A mí me gusta el color de tus ojos. Parecen los ojos verdes de un cormorán.

—¡La nariz de los cormoranes es muy ganchuda! —bromeó Cynthia.

—Demuestran mucha personalidad en todo lo que hacen. Su vuelo rasante es muy vistoso, son capaces de bucear a diez metros de profundidad y fuera del agua se colocan sobre las rocas con las alas abiertas. Nada es suyo: ni el cielo, ni el mar, ni las rocas, pero actúan como si fueran dueños de todo. Les gusta llamar la atención.

—¿No te caen bien?

—A veces desplazan a las gaviotas de sus nidos.

Cynthia recibió el mensaje sin endurecer el gesto. Sabía que Erea estaba enamorada de Antón. Todo el pueblo lo sabía, menos él.

—¿Son aves sedentarias? —le preguntó, con tono amable.

—Hay algunas especies que migran en las épocas de frío.

—Entonces no debes preocuparte. Esa es la especie que a mí me gusta.

Erea sabía que Antón guardaba en su cartera la foto de Cynthia. La víspera de su boda quiso romperla en pedazos, pero Erea se lo impidió.

—No serviría de nada que lo hicieras. Si ella significa algo para ti, el hecho de que rompas la foto no cambiará las cosas. Si yo no colmo su vacío, no soy digna de casarme contigo.

Antón guardó la foto de Cynthia entre las páginas de un álbum de recuerdos familiares.

—No llevaba esa foto para recordarla a ella —le dijo—, sino para recordarme a mí mismo que puedo llegar a importarle a alguien. Mientras tú estés a mi lado ya no la necesito.

El recuerdo de aquellas palabras provocó que las lágrimas asomaran a sus ojos. La fotografía aún permanecía guardada en el álbum, como recuerdo de una amistad que extrajo de su marido lo mejor de sí mismo. Gracias a Cynthia, Antón llegó a su vida convertido en mejor persona.

No parecía que a McFarlan le hubiera pasado lo mismo. Erea desconocía la clase de relación que ambos mantuvieron después de conocerse en la Universidad de Columbia, pero saltaba a la vista que a él no le había servido para mejorar. Mientras observaba la fotografía no podía dejar de preguntarse por qué McFarlan la guardaba en su escritorio. ¿Acaso necesitaba contemplarla de vez en cuando para recordar el motivo que le llevó a huir del mundo? ¿Qué significó para él aquella mujer de identidad impetuosa? ¿Fue la daga que le había malherido o la víctima que atormentaba su conciencia? En todo caso, Erea estaba convencida de que a McFarlan el recuerdo de Cynthia no le hacía ningún bien. Daba igual que el alcohol tratara de acallar la voz del desamparo o del remordimiento. Lo cierto era que, al recordarla, McFarlan solo conseguía destruirse a sí mismo.

A Erea le costaba reconocerlo, pero no podía evitar sentirse atraída por él. No era una atracción física, desde luego, ni tampoco el impulso de un sentimiento romántico. Lo que alimentaba ese flujo magnético, extraño e irresistible, tenía que ver con la involuntaria capacidad de McFarlan para enviar la señal de que aún quedaba agua al final del pozo, a la espera de una mano que supiera baldearla. Algunas veces, al divisar la línea del horizonte en los días oscuros, los nubarrones del fondo —que solían ser los más negros— le trasmitían esa misma sensación de bondad secreta. No los juzgaba por su aspecto. Sabía que formaban parte de la retaguardia borrascosa que antecedía a la calma y había aprendido a identificarlos como a mensajeros amistosos. La fachada de McFarlan era igual de negruzca, pero estaba segura de que detrás de las apariencias se escondía un yacimiento que aún estaba por descubrir.

Por eso estaba segura de que las sospechas que pesaban sobre él eran tan falsas como las miradas famélicas de los avaros. Robert Mulligan estuvo muy convincente durante su segunda visita a Lira y ella tuvo que aceptar que las pruebas de su presunta culpabilidad eran abrumadoras. Sin embargo, por mucho que esas evidencias desmintieran el juicio de su instinto, algo en su interior seguía diciéndole que él no era capaz de causar todo el daño que sus acusadores le atribuían.

Antón ayudó a Mulligan a investigar a McFarlan por la amistad que le había unido a Cynthia. El falso biólogo marino le dijo que había sospechas de que el afamado escritor podía haber tenido algo que ver con la muerte de la chica. Mientras cupiera la posibilidad de que fuera cierto, él se sentía obligado a llegar al fondo de la verdad. Luego sobrevino el accidente de Antón. Mulligan pensaba que se debió al sabotaje en el motor del barco. A Erea, esa idea le parecía completamente absurda, pero el dolor de la pérdida sobrepujaba al sentido común y no tuvo fuerzas para negarse a indagar si el alma de McFarlan escondía un pliegue de maldad capaz de hacer algo así. Por eso se había rebajado a ejercer el papel que la tradición popular les asignaba a las *asumcorda*, una suerte de meigas cotillas, *bruxas da rúa,* que espían a la gente, escrutan sus conductas, revuelven en sus armarios y escuchan sus conversaciones. Erea llevaba un año desempeñando ese rol abominable. Cada vez que el espejo reflejaba su imagen, se obligaba a pensar que McFarlan podía ser un asesino. Creía que la insistencia en ese pensamiento lograría acallar su mala conciencia. Pero se equivocaba. En el fondo, sabía que le había vendido su alma al diablo.

Después de observar durante un buen rato la foto de Cynthia se percató de un ruido de fondo que hasta entonces le había pasado inadvertido. Parecía el sonido de un aguacero lejano. Pero el cielo estaba raso. No podía ser el rumor de la lluvia. Aguzó el oído y enseguida lo identificó. Era la ducha del baño de McFarlan. A Erea le preocupó que pudiera haberle sucedido algo malo. No parecía lógico que se hubiera ido de casa sin cerrar el grifo. Se acercó con cautela a la puerta del dormitorio, que estaba entornada, y la golpeó tres veces con los nudillos para anunciar su presencia. Nadie contestó. Entreabrió la hoja y se asomó al interior de la habitación. Estaba vacía. El sonido de la ducha se hizo más intenso. El agua caía a máxima presión. Decidió entrar a comprobar si McFarlan estaba dentro. Cuando llegó al umbral del cuarto de baño se detuvo y llamó con golpes enérgicos. La ausencia de respuesta le llevó a moverse con celeridad. Empujó la puerta y acomodó la vista a la nube de vapor que había condensado el agua caliente. La mampara de vidrio estaba empañada. Al principio creyó que no había nadie al otro lado del cristal, pero enseguida reparó en el bulto que se adivinaba al trasluz de la niebla. Estaba a ras de suelo, sobre el plato de la ducha. Se dirigió hacia allí y distinguió a McFarlan, vestido con pantalón y camisa, sentado en posición fetal. Las manos entrelazadas rodeaban sus piernas. Tenía los ojos cerrados y la frente apoyada en las rodillas. Erea reaccionó sin dudar: cerró ambos grifos, abrió la ventana, cogió una toalla del perchero y la puso a modo de capa sobre sus hombros. Él levantó la cabeza y le brindó una mirada de agradecimiento. Sus ojos azules estaban enrojecidos, pero esta vez no era por culpa del alcohol. Erea comprendió que estaba llorando.

Una hora y media antes, Patricia Belasco había telefoneado a McFarlan desde Nueva York. La llamada le sorprendió en su escritorio, justo después de haber tecleado el primer párrafo de su nueva novela que por fin merecía su aprobación. Aunque eran solo diez líneas, la proeza de haberlas hilvanado sin sentir la tentación de tirarlas a la papelera le permitió encarar la conferencia telefónica con ánimos renovados.

—Hola, Dave. Solo te llamo para saber cuándo tendrás listo el manuscrito —dijo ella sin más preámbulo.

—¿Ahora te comportas como una domadora de circo cabreada? —respondió él confiando en que el sarcasmo le ayudara a mitigar la embestida—. Antes preferías el terrón de azúcar a la punta del látigo.

—Eso era antes.

—Antes eras más humana.

—Tú, en cambio, sigues igual.

—¿Por qué no empezamos otra vez? —propuso McFarlan con tono jocoso—. Yo te ayudo a intentarlo: buenos días, David, ¿qué hora es en España? ¿Las cinco y media de la tarde? ¿Has merendado ya? ¿Has dormido la siesta? ¡Cómo me alegra escuchar tu voz después de tanto tiempo!

Patricia dejó que McFarlan finalizara su representación y luego dijo sin entrar en el juego:

—Faltan seis meses para que venza el plazo que estipulamos en el último contrato, David.

—Lo sé. Me lo recuerdas cada vez que puedes. Últimamente no eres una mujer muy original.

—¿Lo habrás terminado para entonces?

McFarlan sopesó en silencio la utilidad de seguir esquivando los golpes con réplicas irónicas, pero concluyó que esta vez no serviría de nada. Estaba claro que Patricia se había puesto el uniforme de agente implacable y que la única forma de contrarrestar su aspereza pasaba porque él ejerciera de escritor responsable.

—¿Acaso te he fallado alguna vez?

—La pregunta es justo la inversa. ¿Alguna vez has cumplido?

La dureza del combate exigía abrazarse al rival.

—¿Que si he cumplido? Hasta donde yo recuerdo, como un campeón. Nunca has tenido queja de mi rendimiento. ¿No me dijiste tú misma que era la fiera más insaciable que habías conocido?

—¿Lo tendrás listo o no? —le cortó Patricia, tajante.

—Por supuesto que sí.

—¡Estás mintiendo!

—¿Por qué dices eso?

—Porque solo enfatizas las mentiras. Cuando hablas en serio, balbuceas.

—Bueno, en ese caso, déjame ver… Sí, tal vez lo tenga para dentro de seis meses. Aunque no puedo estar seguro del todo. Puede ser que no llegue a tiempo. O a lo mejor, con un poco de suerte…

Hizo una pausa para cambiar la entonación.

—¿Me crees ahora?

—La verdad es que no. Pero me alegra comprobar que al menos no estás borracho.

—¿Borracho? ¡Eso nunca! Ya sabes que quiero tener la mente despejada cuando Ingrid Bergman se vuelva a encontrar con Bogie.

—*Casablanca* habla de un amor verdadero, David.

—Mi novela también.

—Eso no es cierto. Tu novela habla de tipos duros que matan por sobrevivir.

—Ya no. He cambiado el argumento.

—¿Pero qué tontería es esa? —la pregunta de Patricia denotaba verdadero desconcierto.

—No es ninguna tontería. El cambio te sorprenderá para bien.

—¿Y desde cuándo tomas esas decisiones sin consultar?

—Desde el día que descubrí los detalles de una historia de amor y muerte en la España del siglo XVI a la que no pude resistirme. Es tan poderosa que *Romeo y Julieta* a su lado parece un folletín de Stephanie James.

—¿Me estás diciendo que has sustituido la ambición de los personajes que manejan los hilos del mundo, embutidos en trajes de dos mil dólares, por el amor de dos jóvenes que visten jubones y calzas medievales?

—Sí. Creo que ese es un buen resumen de lo que he hecho.

Patricia Belasco enmudeció. Trataba de procesar la noticia antes de decidir cuál debía ser su reacción.

McFarlan la imaginó paseando por su despacho en la planta 36 del edificio del Chase, en la Tercera Avenida de Nueva York. Cuando trasladó allí la sede de su oficina, Patricia pidió que el cable telefónico del auricular midiera seis metros de largo para poder caminar mientras hablaba. Como su mesa estaba colocada en el centro de la habitación, podía recorrer los once metros que separaban las paredes de los extremos. A Patricia le gustaba caminar descalza sobre la moqueta acrílica. De vez en cuando se detenía frente al gran ventanal que daba a la calle y fijaba su atención en los coches o en los viandantes, mientras escuchaba detenidamente las ocurrencias argumentales que le confiaban sus autores. Sobre la encimera que cubría el conducto del aire acondicionado había fotografías dedicadas de algunos de ellos. McFarlan se preguntó si aún seguiría estando la suya: «Para Patricia Belasco, la puertorriqueña de sangre caliente y cabeza fría que salió de la nada para dármelo todo».

La señal acústica del ordenador del despacho indicó que eran las diez de la mañana.

—Tú no sabes nada sobre el amor, David. Si te empeñas en escribir sobre él no te saldrá una novela brillante —dijo

Patricia mientras seguía con la mirada los pasos de un elegante neoyorquino que acababa de ignorar a un saxofonista con las piernas mutiladas que pedía limosna junto a la puerta de la hamburguesería P. J. Clarke's.

Al darse cuenta de que no iba a ser una conversación fácil, McFarlan decidió pasar al ataque.

—¿Es eso lo mejor que puede decirme una cuarentona que aún sigue soltera? ¿Que yo no sé nada sobre el amor? ¿Desde cuándo puede un ciego guiar a otro ciego?

Patricia paladeó la venganza de su orgullo antes de responder como si descargara un hachazo:

—Tal vez te interese saber que voy a casarme con Bob el mes que viene.

McFarlan acusó el golpe. La noticia le trastabilló, pero trató de disimularlo. En un tono que pretendía sonar impersonal, respondió:

—¿Para eso me llamas, Pat? ¿Para decirme que te vas a casar con un hombre que nunca dice una palabra más alta que otra y que te matará de aburrimiento el resto de tu vida?

—No —mintió Patricia—. Te llamo para recordarte que me debes un manuscrito cuya entrega ya has demorado tres veces. La última prórroga expira el 15 de noviembre y te prometo que ya no admitiré más aplazamientos, David. Hablo muy en serio.

—Bob te ha enseñado bien ese oficio, Pat. Hablar en serio siempre ha sido su especialidad. Y, por lo que veo, ahora también es la tuya.

—Y eso, gracias a Dios, me garantiza que el día de mi boda estará en la puerta de la iglesia a la hora convenida. Ya aprendí bastante de los hombres que no cumplen su palabra cuando decidiste plantarme como a un florero.

—¿Hubieras preferido que llegara puntual a la puerta de la iglesia para llevarte vestida de blanco al infierno que te aguardaba si te casabas conmigo?

Patricia no quiso que la conversación siguiera ese curso y volvió al guion que había establecido.

—Si esta vez no cumples tu palabra y no recibo el manuscrito antes del día 15 de noviembre, te prometo que denunciaré el contrato y tendrás que devolver, con intereses, hasta el último dólar del generoso anticipo que has recibido.

A McFarlan no pareció afectarle la amenaza.

—Dale la enhorabuena al hombre de Broadway —dijo—. Y ahora que vas a casarte, deberías empezar a ahorrar. Estas llamadas son demasiado caras. Te mandaré el manuscrito en breve.

Y mientras colgaba el auricular, musitó: «Si lo escribo alguna vez».

La conversación con Patricia se quedó flotando en la cabeza de McFarlan una vez que el silencio exterior se adueñó de la escena.

«Tú no sabes nada sobre el amor». La frase no dejaba de percutir en su cerebro. Sin que pudiera evitarlo, el rostro de Cynthia se hizo presente con extraordinaria nitidez: la piel incólume punteada por pecas diminutas, la recta nariz que le confería ese aire de pasmosa confianza, la llama incendiaria de su agitada melena, aquella inocente veladura de sus ojos que mitigaba la oscuridad de su alrededor...

El recuerdo se hizo tan real que casi podía tocarlo con los dedos. Un acceso de culpa turbó su ánimo. «Tú no sabes nada sobre el amor», «Tú no sabes nada sobre el amor», «Tú no sabes nada sobre el amor».

Patricia tenía razón.

McFarlan se levantó de su silla, fue a una de las estanterías que cubrían de techo a suelo las paredes del salón, localizó el libro *Némesis*, la diosa que vengaba los amores traicionados, y buscó entre sus páginas la foto de Cynthia. Después de mirarla durante un buen rato, sus ojos desobedecieron al dictado de la razón.

«Ninguna lágrima —recordó— es capaz de rescatar el mundo que se pierde ni el sueño que se desvanece».

6

Universidad de Columbia, Nueva York.
Septiembre de 2012. Siete años antes

Las tres bancadas del hemiciclo del aula de la Universidad de Columbia estaban abarrotadas de alumnos. Las clases de literatura clásica del escritor David McFarlan se habían convertido en una atracción académica que trascendía el ámbito de la Facultad de Ciencias Sociales y alcanzaba al resto del campus. Los estudiantes acudían en tropel para oír de cerca los ácidos comentarios del autor de *La mirada de Medea* y *El tercer disparo,* que llevaban varios años en la lista de los libros de ficción más vendidos en Estados Unidos. En el pupitre corrido había más mujeres que hombres. Algunas exageraban sus escotes o acortaban el largo de sus faldas con el único propósito de llamar su atención. A pesar de sus cincuenta y cuatro años, el criterio femenino mayoritario le seguía considerando el profesor más atractivo de todo el claustro. Unos días después del inicio del curso, sus lecciones continuaban siendo acontecimientos multitudinarios.

La voz aguardentosa de McFarlan imponía tanto respeto en el auditorio que cuando paraba de hablar para tomarse un respiro no se escuchaba ni el vuelo de una mosca.

—En la antigua Grecia, cada individuo vivía al menos dos veces en su vida la traumática experiencia de ver su ciudad asaltada por el enemigo. Podrán ustedes imaginar que, en tales circunstancias, contar con la ayuda de algún vecino de dos metros de estatura, sanguinario y feroz, era poco menos que un seguro de vida. A esos energúmenos se les llamaba héroes.

Hizo una pausa y escrutó las caras de los alumnos para medir por sus gestos el grado de interés que despertaban sus palabras. Todas ellas le devolvieron una mirada atenta. En la segunda fila, junto al pasillo de la derecha, una rubia vestida de amarillo hizo parpadear sus ojos varias veces seguidas al darse cuenta de que McFarlan la observaba. Dejó de juguetear con sus trenzas, irguió el cuello y sacó pecho. Las ballenas del sujetador se aplastaron contra la tela del vestido.

—Si tuvierais que elegir a un héroe forzudo que os protegiera de los asedios extranjeros, ¿a quién preferiríais a vuestro lado, a Barack Obama o a Chris Hemsworth?

Decenas de risas brotaron al unísono.

El presidente Obama estaba a esa hora en el despacho del rector después de haber participado en un coloquio sobre la diplomacia internacional y la cooperación entre los pueblos.

—En otro tiempo —continuó McFarlan cuando se extinguió el murmullo de las risas—, los guerreros de Asgard habrían abandonado sus tumbas y se hubieran batido como locos para alejar la amenaza colonizadora de estos muros académicos.

En ese momento se abrieron las puertas del aula y entraron dos mujeres a la vez. Una de ellas era la secretaria del rector. McFarlan la conocía de vista. A la otra, en cambio —una joven pelirroja de cara pecosa, nariz romana y senos precipitados—, era la primera vez que la veía. La secretaria se acercó a él y le entregó una nota. Luego dio media vuelta y se fue por donde había venido. La joven pelirroja se quedó de pie, recostada en la pared, con las manos pegadas a la espalda. McFarlan leyó la nota que acababan de entregarle y la guardó en un bolsillo de la chaqueta. Luego miró hacia los bancos, para ver si localizaba algún sitio libre donde pudiera sentarse la recién llegada, pero desistió enseguida. El hemiciclo estaba lleno hasta la bandera. Consultó la hora en su reloj de pulsera y prosiguió:

—Heródoto relata que en el santuario de Delfos, durante la invasión de los persas, dos gigantescos demonios fallecidos unos años atrás salieron de sus nichos y lucharon a brazo partido. Aquí la palabra *demonio* no significa diablo, sino alma del difunto, o, mejor aún, fantasma. En tiempos de paz, la palabra fantasma era sinónimo de alma buena. Un fantasma era una especie de santo protector… —La sirena anunció el final de la clase. Los alumnos se pusieron en pie como un solo hombre. McFarlan pidió un segundo de atención y dijo con voz potente—: Hoy no podré atenderles. Me han comunicado que nuestro ilustre huésped me espera en el rectorado. Tal vez deba convertirme en el valeroso fantasma que haga frente a las ínfulas colonialistas del invasor…

Las risas volvieron a ser estruendosas.

Mientras McFarlan guardaba sus apuntes en un grueso maletín de color negro, los estudiantes abandonaron el aula intercambiando comentarios de aprobación. La amenidad del nuevo profesor estaba a la altura de su fama.

La secretaria del rector le estaba aguardando en la puerta del edificio principal. Cuando le condujo por el espléndido vestíbulo de estilo gótico, McFarlan entendió qué era lo que tanto le inquietaba. Había vigilantes de seguridad por todas partes. Hablaban a través de micrófonos en las solapas y observaban todo lo que sucedía a su alrededor. La secretaria guio a McFarlan por un pasillo decorado con pinturas del siglo XIX y se detuvo ante una puerta de madera maciza con un sistema de apertura de seguridad. La mujer tecleó el código y la puerta se abrió automáticamente.

La antesala del despacho del rector era de estructura semicircular y estaba llena de ramos de flores. Había sillones de cuero de estilo inglés y divanes Chester dispuestos en los rincones. Una enorme chimenea napoleónica dominaba una pared completa.

Desde detrás de una puerta, a McFarlan le llegó el murmullo de una conversación. Las voces le resultaban familiares. La puerta se abrió y un hombre negro con un traje de tres piezas y un pin de la bandera americana en el ojal de la chaqueta le hizo una seña para que entrara.

Barack Obama, sentado en un sofá y con los pies encima de la mesa, le daba la espalda. El rector, enfrente de él, se levantó al ver a McFarlan y acudió a estrecharle la mano.

—Buenos días, David. —Su voz profunda parecía demasiado estridente y brusca para esa sala.

El presidente norteamericano se incorporó al escuchar el saludo y se volvió hacia él con el mismo entusiasmo que hubiera empleado en abrazar a un niño en plena campaña electoral.

—Así que es usted el hombre que hace magia con las palabras.

—La magia es un desafío a las leyes naturales, señor presidente. Es más propia de la política que de la literatura.

El rector miró a Obama, que forzó una rígida sonrisa. Luego miró a McFarlan y le hizo una discreta señal con el dedo para que moderara su lengua.

—Tiene usted razón. Los políticos somos una pandilla de malos ilusionistas. Pero, por suerte, yo creo que las cosas pueden cambiar. De hecho, cambian. ¿Hubiera imaginado usted a un hombre de color en la Casa Blanca hace solo diez años? —preguntó Obama, retando con la mirada al hombre que se había atrevido a replicarle con insolencia.

—No me importa el color de su piel, señor Obama. Lo que me importa es que usted no se vea a sí mismo como otro ilusionista más que hace juegos malabares con la realidad y que venda a la gente ideas imposibles. Le dieron el Premio Nobel de la Paz por su presunta visión de un mundo sin armas nucleares. ¿De verdad cree que ese mundo es posible?

—¡Claro que sí! —Las palabras de Obama sonaron a desafío—. ¿Le parece mal que tratemos de erradicar las amenazas que pueden asolar el mundo?

—Yo no simpatizo mucho con los visionarios, señor presidente. Venden una realidad alternativa que no existe. Me recuerdan a la literatura fantástica.

—¿Nos sentamos? —se apresuró a proponer el rector para cortar de raíz el duelo que se había establecido entre ellos.

Obama volvió a desplomarse sobre el sofá. El rector y McFarlan se acomodaron en los dos sillones orejeros que estaban enfrente. Al presidente norteamericano le deslumbraba el reflejo del sol en el florero de cristal que había en el centro de la mesa y lo desplazó con la punta del zapato.

—Me han dicho que es usted un buen hispanista —dijo Obama, yendo directamente al grano.

—¡No tanto! —respondió McFarlan—. Solo un devoto admirador de Cervantes, eso es todo.

—¿Habla usted español?

—Me defiendo.

—Yo lo intenté, pero me parece un idioma muy difícil. Cuando tenía veintiséis años recorrí parte de España con una mochila al hombro. Iba andando a todas partes y entraba en los bares para comer bocadillos baratos. Aprendí algunas palabras y en la primera campaña electoral me atreví a hacer un discurso en español en las primarias de Puerto Rico. El resultado fue que Hillary Clinton me derrotó en las urnas…

—Eso, señor presidente, demuestra que…

Obama le interrumpió antes de que McFarlan pudiera acabar la frase.

—Sé lo que va a decir, señor McFarlan. Que la gente de este país prefiere la autenticidad a la falsa apariencia y que me comporté como un mal ilusionista. ¡Bla, bla, bla! Conozco bien ese discurso. Pero gracias a gestos como aquel conseguí que la mayoría de los hispanos me votaran a mí y no a McCain en las elecciones presidenciales.

—Con todo respeto, señor presidente —refutó McFarlan—, usted no consiguió el voto latino por hablar español, sino por prometerles una reforma migratoria que les permitiera regularizar su situación. Una promesa, por cierto, que después incumplió…

—Y eso, lo reconozco, les tiene muy enfadados.

—Los hispanos son conservadores y muy religiosos. Llegaron aquí persiguiendo el sueño americano y valoran una sociedad de oportunidades. No quieren que les den de comer, sino que les pongan en un lugar donde puedan ganarse su comida.

—Un lugar que sientan como suyo, sí. Por eso quiero pedirle su ayuda. Me gustaría que dirigiera un seminario de literatura hispana en Chicago, financiado por la Fundación Annenberg.

McFarlan dio un respingo más próximo a la indignación que a la sorpresa.

—¿Me está usted pidiendo que…?

Ahora fue el rector quien le dejó con la palabra en la boca.

—Sería como una especie de ayuda recíproca. La Casa Blanca le da voz y voto a Columbia en el consejo asesor para la reforma de la ley universitaria y Columbia le da apoyo académico a la Fundación Annenberg enviando a algunos de sus profesores más acreditados para que dirijan sus seminarios de Chicago.

—A ver si lo entiendo bien —McFarlan se arrellanó en el sillón mientras hablaba—, el Gobierno nos permite que influyamos en un proyecto legislativo vinculado al sector público y, a cambio, nosotros apoyamos una iniciativa privada ligada al presidente de Estados Unidos…

En la cara del rector apareció un gesto de dureza como si acabaran de abofetearlo.

—El único beneficio que saca la universidad —replicó con sequedad mientras se removía en su asiento— es el de poder contribuir a que la nueva ley educativa se elabore con los criterios de excelencia que todos queremos.

—¿Y eso no debería ocurrir en todo caso? ¿Tendría sentido que el Gobierno elaborara esa nueva ley sin tener en cuenta la opinión de una de las diez mejores universidades del mundo? ¿Por qué hay que pagar una contrapartida por algo que debería ser obligatorio?

Mientras McFarlan impugnaba los términos del trueque, el rector le hizo una indicación a un ayudante para que se acercara. Le susurró algo al oído y el hombre salió silenciosamente de la habitación.

—No son hechos vinculados —intervino Obama—, la presencia de la Universidad de Columbia en el consejo asesor no está condicionada a que usted acepte la dirección del seminario.

Mientras le escuchaba, McFarlan tuvo la sensación de que aquel rostro tan célebre le resultaba al mismo tiempo desconcertantemente familiar y extraño por completo, como si no lo hubiera visto antes. La imagen que transmitían los medios no reflejaba en absoluto su hieratismo personal, y tampoco su elevada estatura física.

—¿Entonces por qué debería ayudarle?

En ese momento entró en la habitación, acompañada por el ayudante del rector, la joven pelirroja que McFarlan había visto en el aula durante el tramo final de su clase de literatura. Iba vestida con unos ceñidos tejanos de color blanco y un jersey de perlé rosa de cuello vuelto. De cerca aún resaltaba más su cara pecosa. Tenía unos ojos verdes que miraban el mundo a través de un velo misterioso y la llama incendiaria de su larga melena le caía por debajo de los hombros.

El rector se levantó para darle la bienvenida. McFarlan y Obama imitaron su gesto.

—Quiero presentarles a Cynthia Donaldson. Acaba de incorporarse como profesora ayudante de literatura contemporánea al claustro docente de la universidad. Ella sería la coordinadora de los seminarios de Chicago si la iniciativa sale adelante.

—Es un placer conocerles —saludó Cynthia.

Estrechó la mano de Obama, pero a McFarlan le besó en las dos mejillas.

—Voy a denunciarla por discriminación de trato —bromeó el presidente norteamericano.

—No es nada personal, señor presidente —respondió Cynthia, procurando que el comentario sonara amable—. Solo sigo el consejo de los clásicos: «Con el rico y el poderoso, hay que ser orgulloso».

—¿Shakespeare? —preguntó Obama.

—James Stewart en *Historias de Filadelfia.*

—¡Vaya, señorita, sus clásicos y los míos se parecen bastante!

El rector invitó a Cynthia a que se sentara a su izquierda. Una vez que lo hubo hecho, los tres hombres tomaron asiento.

—Le estábamos proponiendo al señor McFarlan que aceptara la dirección del seminario de literatura de Chicago. Pero se muestra reacio a aceptar. ¿Podría usted ayudarnos a convencerle?

—¡Oh, señor McFarlan —dijo la joven con entusiasta jovialidad—, se me ocurren tres razones distintas para que acepte! La primera es que si usted lo dirige será el seminario con más demanda estudiantil desde Wisconsin a Tennessee. La segunda es que contribuirá a una buena causa…

—¿El apoyo a una iniciativa partidista le parece a usted una buena causa? —la interrumpió McFarlan.

—Yo no entiendo nada de política, profesor. Ni siquiera sé distinguir la diferencia que hay entre un senador y un congresista. Pero los beneficios del seminario se destinarán a financiar becas para inmigrantes. ¿No le parece eso una buena causa?

—¿Inmigrantes hispanos?

—Bueno, en este caso, sí. ¿Pero acaso importa? ¿No debería darnos igual cuál sea su lengua, su raza o su religión?

—Pregúnteselo a él —dijo McFarlan, señalando a Obama—. ¿Animar a los hispanos a que perdonen a un presidente que les ha dejado en la estacada le parece un gesto altruista?

El rector echó el peso del cuerpo hacia adelante. Con voz inflexible, le reconvino:

—Señor McFarlan, le ruego que no olvide que está usted delante del presidente de Estados Unidos…

—¡Está bien, está bien! —intervino Barack Obama con ánimo pacificador—. Entiendo el punto de vista del señor McFarlan. Pero dígame una cosa, David: ¿deja de ser buena una obra si se hace de forma interesada? ¿Una novela deja de ser recomendable si su autor la ha escrito con el único afán de ganar dinero?

Antes de que McFarlan pudiera contestar, un camarero les llevó una bandeja con una cafetera de plata y cuatro tazas, y el presidente insistió en quitárselo de las manos para servir él mismo el café. McFarlan sabía que exhibir su humanidad era un truco recurrente de los hombres poderosos. «Tal vez sea una persona interesada —parecía decir—, pero, fíjate, puedo ser tan servicial como cualquiera de vosotros».

—¿Dónde estábamos? —preguntó Obama cuando acabó de servir el café—. ¡Ah, sí, ya me acuerdo! Me debe usted una respuesta, señor McFarlan.

—No hablábamos de la bondad o la maldad de una obra en concreto, señor presidente, sino de su correcta definición.

—No le sigo.

—La señorita Donaldson ha dicho que el seminario no tenía nada que ver con la política. Yo trato de demostrarle que se equivoca. Buena o mala, la obra no es humanitaria, es política.

—Es ambas cosas a la vez —terció el rector.

—Con el debido respeto, rector, yo no comparto su teoría sobre la ayuda recíproca. Me parece una fantasmada.

Cynthia se sintió en la obligación de decir algo para relajar el ambiente:

—Es lógico que diga eso, señor McFarlan. Todos sabemos que es usted un fantasma.

La frase sonó como una pedrada. Obama sonrió.

—Por un momento pensé que estaba usted de mi lado, señorita Donaldson —dijo McFarlan con cierta pesadumbre.

—¿Y quién dice que no es así? Un fantasma, en la Grecia antigua, era una especie de difunto protector de su acrópolis. ¿No es eso lo que ha explicado hoy en su clase?

—Ya veo que ha estado muy atenta —respondió McFarlan mientras le dedicaba una leve reverencia admirativa.

—¿Significa eso que está usted muerto? —preguntó Obama.

—Y también significa que debo matarle, señor presidente. El trabajo de los fantasmas en la Grecia antigua era combatir a los invasores hasta exterminarlos.

—Aunque no siempre lo conseguían —puntualizó Cynthia—. Es un hecho que muchas invasiones se culminaron con éxito.

—¿Cree usted que esta será una de ellas?

—Espero que sí. Eso significaría que al final acepta dirigir el seminario.

—Aún no ha dicho cuál es la tercera razón por la que debería hacerlo.

—¿Acaso no es obvia? La tercera razón, señor McFarlan, es que yo soy la coordinadora.

—¡Dejemos entonces que el escritor se lo piense! —dijo Obama mientras palmeaba a la vez sus dos rodillas y se ponía de pie de un impulso.

Todos se levantaron a la vez de sus asientos y el rector acompañó al presidente hasta la salida. Cynthia y McFarlan se quedaron solos. Ella estaba tan ensimismada que apenas respondió a su apretón de manos cuando se despidieron. Abandonó la universidad y caminó por la avenida Ámsterdam. La confusión que le habían producido sus sentimientos, la rabia de no haberlos sabido sofocar y la euforia de sus efectos llegaban a tal extremo que no sabía qué hacer consigo misma. Dejó atrás las calles 120 y 121. Los momentos de su vida en los que había experimentado la necesidad de un trago eran tan escasos que podía contarlos con los dedos de una mano. Aquel era uno de ellos.

Nada más cruzar la calle 122 vio a su izquierda la entrada del café Max, y sin pensárselo dos veces se dirigió a la puerta. En la terraza, bajo un toldo de color naranja, había media docena de pequeñas mesas circulares rodeadas por sillas de rejilla. Todas estaban ocupadas. Cruzó el portón acristalado y buscó un lugar donde sentarse. Había divanes aquí y allá, con almohadones estampados y cojines a juego, mesas cuadradas de barniz oscuro y mostradores adosados a los tramos de ladrillo de la pared. El resto de la tabiquería era de color rojo.

Entre el parloteo de la concurrencia oyó la voz de algunos españoles en la zona del vestíbulo. Les dio la espalda y fue a sentarse ante una mesa de wengué. El local resultaba acogedor a pesar de sus contrastes. Los tubos metálicos del aire acondicionado estaban a la vista y del artesonado del techo colgaban lámparas de araña con velones de bombillas con forma de lágrima. La tarima del suelo estaba gastada. Cynthia miró asombrada las filas de licores de la estantería que dividía la estancia en dos ambientes simétricos y pidió un vaso largo de Jack Daniel's con Coca-Cola. Enseguida colocaron el vaso delante de ella.

—Oye, hay sitios más baratos para emborracharse en esta ciudad —dijo una voz aguardentosa y familiar a su espalda.

Cynthia cerró los ojos. Se le puso la carne de gallina, y algo oculto desplegó sus alas dentro de ella. «Tiene que ser una broma».

Giró la cabeza.

—Por favor, profesor, no me diga que se trata de una coincidencia.

McFarlan le dedicó una sonrisa malévola. Se había quitado la corbata, como si acabara de salir de una larga reunión.

—Suelo venir a este antro bastante a menudo. Aquí es donde los estudiantes se relajan —McFarlan bajó la voz—, y eso me da la oportunidad de saber lo que piensan sobre mis clases. Muchos profesores vienen aquí a confraternizar con sus alumnos. Cuando están lo bastante borrachos se ponen un poco de sal en la fosa del codo y en la parte anterior de la muñeca y dejan que las alumnas laman la sal antes de beber sus margaritas.

Cynthia suspiró.

—Mire, David, le agradezco el detalle de venir a saludarme, de verdad, pero ahora mismo me vendría bien estar sola un rato. Es posible que por su culpa tenga que buscarme otro trabajo.

—¡No será para tanto! ¿Puedo sentarme?

A Cynthia se le ocurrió que, en otra vida, tal vez le habría gustado ser una joven atractiva en un bar cercano al campus de la Universidad de Columbia y estar acompañada de un novelista famoso, pero ahora mismo se sentía vulnerable. No quería fomentar la atracción que sentía por McFarlan. Si él se percataba de su debilidad, sin duda trataría de manipularla en beneficio propio. Y, aun así, parecía tan obvio que ella le gustaba y que disfrutaba de su compañía que sonrió a su pesar. Sopesó aquella nariz ligeramente aguileña, el cabello rizado y los ojos azules, y se dio cuenta de que tenía una expresión firme e inteligente. Su encanto resultaba irresistible, reconoció Cynthia cediendo a su voluntad. Era evidente que corría grave peligro.

—Necesito saber si aún puedo convencerle de que acepte la dirección del seminario. Si no tengo ninguna opción de lograrlo le ruego que me deje sola, profesor.

—¿Me está usted diciendo que solo quiere mi compañía por lo que puede conseguir a cambio?

—Supongo que sí. ¿Por qué le sorprende tanto? ¿Acaso no es esa la forma masculina de encarar cada nueva relación con alguien del sexo opuesto?

—¿Eso cree?

—A pies juntillas.

—Lamento que su experiencia con los hombres haya sido tan deprimente, señorita Donaldson.

—Todo lo contrario. De los hombres que han significado algo en mi vida guardo un recuerdo maravilloso.

—¿Y no quiere que yo guarde ese recuerdo de usted?

—No se ofenda, profesor, pero no creo que guarde de mí ningún recuerdo. Ni bueno ni malo. Admiro su trabajo, y la firmeza de criterio que ha exhibido hace un rato en el rectorado de la universidad. No todos se hubieran atrevido a desairar al presidente de los Estados Unidos. Pero si no acepta la oferta de dirigir el seminario tal vez pierda mi empleo como profesora ayudante en la Facultad de Ciencias Sociales. Entonces ya no volveremos a vernos y usted olvidará que nos conocimos.

—Albergo la esperanza de que se equivoque.

—Y yo también, si eso significara que acepta la oferta.

—¿No le parece que me está usted haciendo chantaje emocional?

Cynthia volvió a sentir la misma emoción que al final de la conversación en el rectorado. Su mente carburaba a toda velocidad. En menos de un minuto se hizo una composición de lugar sobre la personalidad del hombre que tenía delante. No había duda de que se trataba de una persona ocurrente, irónica y cerebral. Cualquiera que hubiera leído sus libros o asistido a sus clases suscribiría fácilmente esa apreciación. Pero ella captaba también algunos rasgos contradictorios en su conducta. Podía ser caprichoso o testarudo, y, desde luego, cálido o distante. No estaba claro cuáles de esos rasgos eran los dominantes en su manera de ser. De lo que no había duda era de que poseía la fortaleza física de aquel cuyo aprecio por sí mismo se había trasmutado en poder.

—¿Chantaje emocional? ¡No es mala idea! ¿Surtiría efecto?

—¿De qué le serviría que le dijera que sí? Podría mentirle solo para volver a verla.

—Los héroes muertos no mienten.

—Se equivoca por completo. El héroe griego es un embustero de la peor especie. Ulises, con tal de vengarse de un compañero de armas, lo acusó de tener connivencia con el enemigo, y para poder demostrarlo le escondió debajo de la cama un puñado de monedas de oro.

—¿También mentían a sus mujeres?

—Me temo que sí. Casi todos ellos acabaron abandonando el lecho conyugal. Teseo plantó a Ariadna en una isla desierta, Jasón liquidó a Medea, Eneas dejó a Dido en un mar de lágrimas, Paris se zafó de la ninfa Enone…

—Y usted hará lo mismo con Cynthia…

—La diferencia, señorita Donaldson, es que yo no soy un héroe.

—Me alegro por usted. Tal como lo cuenta tiene pinta de ser una ocupación muy fatigosa.

—¡Uy, no! Los héroes reservaban todo su vigor físico para la guerra. En tiempos de paz eran perezosos y holgazanes. La labranza, las labores domésticas o el trabajo artesano eran actividades reservadas a los esclavos.

—¿Y los dioses no castigaban su vagancia?

—En absoluto.

—Entonces eran dioses muy distintos a los del norte de España.

—¿Conoce usted España?

—Pasé tres años en Galicia, en el lugar donde se encuentra el punto geográfico más occidental de Europa. Los antiguos lo llamaban el fin de la tierra.

—¿No fue allí donde Poseidón se enamoró de una muchacha huérfana y transformó la colina donde vivía en una isla rodeada por anillos de agua para que no huyera?

—No es de Poseidón del dios que más se habla en Finisterre.

—¿Ah, no?

—Le contaré una historia, profesor. Hace miles de años se asentó en Galicia el pueblo de los sierpes. Sus gentes eran pacíficas. Tallaban petroglifos, adoraban al dios de sus padres y respetaban la sabiduría de los ancianos. Pero su apacible vida fue sacudida violentamente por la ambición de los más jóvenes, que impusieron la ley del más fuerte. Su arrojo les reportó en muy poco tiempo muchas riquezas. El trabajo les dejó de interesar y se convirtió en la infame labor de los esclavos. Ellos se entregaron a la ociosidad y a los vicios más indecentes. Sus festines nocturnos en la playa, en torno a las queimadas de aguardiente de tojo, duraban hasta el alba. Fornicaban a sus esclavas, sodomizaban a las criaturas adolescentes y ofrecían sacrificios humanos en honor a dioses importados de tierras extrañas. Su dios primitivo les amenazó con descargar su ira contra ellos si no se arrepentían, pero solo unos pocos lo hicieron. Entonces estalló una gran tormenta, decenas de rayos cayeron sobre el viejo poblado y un gran diluvio de arena blanca lo enterró para siempre. Para que la historia no olvidara el poder destructivo de la riqueza, la ociosidad y el vicio, los supervivientes esculpieron una serpiente alada en la roca más céntrica del lugar. El monumento funerario aún subsiste. Yo lo he visto con mis propios ojos.

—Hay historias muy parecidas en casi todas las religiones —dijo McFarlan después de escuchar con atención el relato de Cynthia.

—Pero ninguna de ellas transcurre en un lugar tan bello.

—¿Por qué volviste aquí, si tanto te fascinaba aquello?

—Porque allí la ociosidad se castiga, profesor, y yo no quiero acabar sepultada bajo una montaña de arena blanca.

—Y naturalmente ahora me dirás que, si pierdes tu empleo por mi culpa, el dios de los sierpes te fulminará con sus rayos.

Cynthia reparó en el hecho de que McFarlan la había tuteado por segunda vez consecutiva y procesó ese acercamiento con la misma zozobra con que hubiera permitido que le desabrochara el primer botón de la camisa.

—Te equivocas —respondió ella aceptando las reglas del nuevo tratamiento—, si pierdo mi empleo por tu culpa, te fulminará a ti. Yo pertenezco al grupo de los arrepentidos.

—Aun así, correré el riesgo. Prefiero la ira de los dioses a la de mi propia conciencia. Si ayudara a ganar las elecciones a ese manipulador narcisista que cree que el mundo le admira por su autoritarismo, no podría perdonármelo nunca.

—«Hacer el bien a los villanos es como echar agua en el mar».

—¿Has leído *El Quijote*?

—Dos veces. Aprendí español memorizando muchos de sus pasajes.

—Entonces ahora entiendo dónde aprendiste a desvariar.

—¿Acaso crees que soy una loca?

—Eso espero —dijo McFarlan.

Y Cynthia supo que decía la verdad.

7

Universidad de Columbia, Nueva York. Septiembre de 2012. Al día siguiente

Cynthia Donaldson pulsó el mando inalámbrico del proyector de diapositivas y cuando la imagen siguiente apareció en la pantalla, un temblor de risas se extendió por el aula. En la fotografía se veía a un hombre de larga melena blanca, con una barba puntiaguda que le llegaba hasta el ombligo, tumbado sobre la colcha de una cama rodeada por estanterías de libros. La que servía de cabecero llegaba hasta el techo. El hombre barbudo estaba recostado sobre almohadones de lana. Iba vestido con chaqueta de pijama y unos elegantes pantalones de franela oscura. Llevaba puestos los zapatos, con suelas agujereadas, y tenía las piernas cruzadas a la altura de los tobillos.

—Este hombre tan pintoresco que les ha hecho reír —dijo Cynthia sobrepujando el murmullo festivo de sus alumnos— es un genio de las letras llamado Ramón María del Valle-Inclán. Si se fijan bien, verán que era manco.

En la foto, la flacidez de la manga izquierda de la chaqueta del pijama dejaba patente que al escritor le faltaba el brazo.

Desde el fondo de la sala, alguien dijo:

—¡Manco y astroso!

La clase se echó a reír.

—¿Sabe usted lo que hubiera respondido él a ese comentario? —preguntó Cynthia para acallar el jolgorio—: «Yo hallé siempre más bella la majestad caída que sentada en el trono».

—En este caso —intervino otro—, más que caída está acostada.

Otra carcajada general saludó la ocurrencia.

—Durante un duelo a bastonazos —continuó Cynthia pasando por alto el comentario— tuvo la mala fortuna de clavarse en la muñeca uno de los gemelos de la camisa. La herida se le gangrenó y tuvieron que amputarle el brazo. Pero no se dejen engañar por las falsas apariencias. Detrás de ese aspecto tan estrafalario se esconde uno de los hombres más inteligentes que ha dado el mundo de las letras. Observen sus ojos.

Detrás de unas gafas de cristales redondos, bajo un par de cejas negras como el carbón, los ojos de Valle-Inclán trasmitían lucidez y serenidad contemplativa.

—Al observarlos —dijo otra voz desde su pupitre— me viene a la cabeza la observación que hizo el otro día en su clase el profesor McFarlan: a veces, hacer el ridículo te abre los ojos.

En ese momento, las luces cenitales parpadearon y McFarlan entró en el aula.

—¿Me he perdido algún otro chiste? —preguntó, mirando a la clase con gesto reprensivo.

Un silencio absoluto se adueñó de la estancia. Nadie respondió.

A continuación, inclinándose hacia Cynthia, le dijo al oído:

—Lamento interrumpir, señorita Donaldson. ¿Puede acompañarme, por favor?

—¿Ahora?

Una vez en el pasillo, McFarlan le dijo:

—El rector acaba de llamarme. Quiere vernos a los dos.

—Me temo lo peor —se desahogó Cynthia cuando comenzaron a caminar juntos en dirección al rectorado—. Tengo el presentimiento de que van a despedirme por no haberte podido convencer para que dirijas el seminario de Illinois. ¡Se acabó mi brillante y efímera carrera universitaria!

—No será para tanto —la tranquilizó McFarlan—, pero si fuera lo que tú dices deberías recordar que, para Valle, lo mismo daba triunfar que hacer gloriosa la derrota.

Cynthia se detuvo y le miró con asombro:

—¿Conoces a Valle-Inclán?

—Para aprender un idioma no hay nada mejor que leer a quienes mejor lo dominan.

—Eres un pozo de sorpresas. ¿Cómo has sabido dónde encontrarme?

—Ahora sé muchas cosas de la nueva profesora ayudante de literatura contemporánea que ayer desconocía.

—Para empezar, que existo.

—Sí, eso para empezar. Pero también he averiguado otras cosas.

—¿Por ejemplo?

—Que naciste en Milwaukee, que eres huérfana, que tu especialidad es la literatura española y que abominas la falda.

Cynthia exteriorizó un gesto de extrañeza. Arrugó la frente y ladeó la cabeza.

—¿Cómo sabes lo de la falda?

—Por pura observación —respondió McFarlan, abriendo las palmas de las manos como si fuera un mago que quiere demostrar que no esconde nada en la manga—. Ayer ibas con tejanos blancos y hoy con tejanos azules. ¿Cuántos tejanos de otros colores guardas en tu armario?

—En un rancho en la ciudad de Shorewood, en el Estado de Wisconsin, una chica que viste con falda no puede trepar a los árboles.

—Pero dar clases en Columbia no es lo mismo que subirse a las copas de los arces. Si quieres que los estudiantes te tomen en serio no debes vestir como ellos ni reírles los chistes.

—¡Yo no les río los chistes! —protestó ella, herida en su amor propio.

—Pero tampoco los censuras. En este sitio, todo lo que no está prohibido, es legal, y todo lo legal es admisible. Sin embargo, la actitud de tus alumnos hace un rato no lo era. Si confraternizas con ellos, no te respetarán.

Acababan de llegar al vestíbulo gótico del edificio principal. Recostadas sobre el pilar de uno de los arcos de la bóveda de crucería, un par de alumnas miraban absortas la pantalla del teléfono móvil. Al ver a McFarlan recompusieron la postura de inmediato. La chica más alta —una rubia oxigenada de tez pálida que debía superar el metro ochenta de estatura— guardó el móvil en el bolsillo de sus pantalones de *tweed*. La más baja, morena y exuberante, salió al encuentro del profesor.

—¡Hola, David! —saludó con jovialidad.

Llevaba una minifalda de tela plisada color tabaco y una camiseta entallada que vibraba a la altura del pecho al ritmo de sus rápidas y enérgicas zancadas.

—Hola, Susan —correspondió McFarlan en un tono que evidenciaba cierto embarazo.

—Estábamos viendo el vídeo de tu última clase. ¡Qué fuerte! ¡Estuviste genial! —dijo, ignorando la presencia de Cynthia—. Lo que más me ha gustado es la explicación sobre las diferencias del amor de Afrodita a Hefesto y Ares. Creo que tienes razón: si el amor se convierte en algo obligatorio, muere. ¡Solo la verdadera pasión sobrevive!

—Bueno, la historia de Ares no acaba bien, Susan —balbuceó McFarlan mientras trataba de captar de reojo la actitud de Cynthia—. Ahora tienes que perdonarme. El rector nos espera en su despacho.

—¡Ah, guay! Pero mantenemos nuestra cita de las ocho de la tarde, ¿verdad?

—Sí, sí. Nos vemos a las ocho de la tarde —confirmó él, visiblemente incómodo, mientras reemprendía la marcha hacia el rectorado.

Cuando dejaron atrás a las dos alumnas, Cynthia comentó, sarcástica:

—¿Las ocho de la tarde? ¡Qué horario de tutoría más raro!

—Le ayudo en un trabajo de investigación —respondió McFarlan de forma evasiva.

—¿De investigación? ¡Pero si en esa chica está todo a la vista! No creo que haya mucho que investigar. Hasta Afrodita se ruborizaría por su descaro...

McFarlan no replicó y ella decidió morderse la lengua. «Así que no debo confraternizar con mis alumnos si quiero que me tomen en serio...», pensó, maliciosa.

Cuando llegaron a la puerta de madera maciza con sistema de apertura de seguridad, pulsaron el timbre del interfono y aguardaron a que se activara el abridor eléctrico. Aunque McFarlan recordaba el código de cinco dígitos que había tecleado la secretaria del rector, prefirió respetar las reglas convencionales.

La conversación fue muy breve. El rector les dijo, midiendo el tono de sus palabras para que su mal humor no enturbiara la atmósfera de la entrevista, que la Casa Blanca había reconsiderado la idea de organizar los seminarios de literatura hispana. «Asunto zanjado», concluyó. A continuación, se giró hacia Cynthia y le dijo:

—El profesor McFarlan ha cursado oficialmente una solicitud para que la adscribamos a su departamento de literatura clásica con efecto inmediato. Necesito saber si acepta que tramitemos su traslado, señorita Donaldson.

En ese momento, Cynthia sintió el efecto euforizante de la adrenalina en su estado de ánimo. ¿Ayudante de McFarlan? Su mente hizo un rápido diagnóstico de lo que suponía la oferta: un lujo académico, desde luego, pero también una equivocación personal. El día anterior se había sentido atraída por él. Ahora estaba segura de que esa atracción la arrastraría a la guarida de un cazador implacable que solo buscaba a otra víctima con la que alimentar su ego masculino.

—¿Tengo que contestar ahora? —le preguntó al rector mientras seguía dándole vueltas a la decisión más conveniente.

—Señorita, si tiene alguna objeción yo le recomiendo que...

Pero Cynthia no escuchaba la advertencia del rector. Había una voz dentro de ella que le retaba a aceptar el desafío. «¿Por qué no he de hacerlo? ¿Por qué no debería salir de este desierto, aunque solo sea por una temporada? No puedo pasarme toda la vida sola, sin que nadie me admire y se excite al verme, mientras Rebecca me presenta a agentes inmobiliarios y me voy fosilizando como el guerrero del monte Pindo. Si no vives peligrosamente, no vives. La vida solo florece en el peligro».

—No, señor. No tengo ninguna objeción. Acepto encantada...

Cuando salieron del rectorado, McFarlan le dijo:

—No te arrepentirás.

Cynthia le dedicó una sonrisa de agradecimiento, pero midió sus palabras para no exteriorizar la emoción que sentía por dentro.

—Gracias por proteger mi puesto de trabajo —se limitó a decir lacónicamente.

Luego salió disparada a contárselo todo a su hermana mayor.

Cynthia y Rebecca vivían en el barrio de Queens, en una casa de madera blanca y tejas de pizarra que estaba al final de una calle bordeada de castaños de indias. El césped delantero se veía descuidado y sembrado de hojas, pero la fachada, recién pintada, relucía como un pastel de nata recubierto de láminas de chocolate. Cuando Cynthia se bajó del coche, presa de una excitación que no sentía desde hacía muchos años, no dejaba de preguntarse la cara que pondría Rebecca al escuchar su relato. Un asomo de inquietud le pinzaba el estómago.

Rebecca fue la primera en nacer. Cynthia salió del útero materno media hora más tarde. Por eso se dirigía a ella como «hermana mayor». Aunque el espejo devolvía de cada una de ellas imágenes muy distintas —morena y pelirroja, atezada y pálida, límpida y pecosa, ojos negros y ojos verdes—, la mejor amiga de Cynthia era su réplica en todo lo demás. Estaban fabricadas de la misma pasta. Cada una era una extensión de la otra. Los tics y las debilidades de ambas eran indistinguibles. Las dos ladeaban la cara de la misma forma y se mordían la punta del pelo mientras les hablaban. Tenían el cerebro estructurado en compartimentos estancos, para que no hubiera mezclas heterogéneas en el interior de su cabeza. Cada idea tenía su lugar y había un lugar para cada idea. Ese orden mental se extendía también a la disposición espacial de las cosas. A ambas les obsesionaba el orden. Aun así, lo fiaban todo a la memoria y se apuntaban en las palmas de las manos las cosas que temían olvidar. Eran despistadas y carecían de sentido de la orientación. Las dos detestaban la carne estofada, y ambas se ponían de mal humor si no conseguían dormir al menos ocho horas seguidas. En el lado oscuro de su herencia genética descollaba el trastorno bipolar —trasmitido por vía paterna— que solía conducirles de la depresión a la euforia en ciclos alternos. Aunque Cynthia recibió la peor parte de ese legado maníaco depresivo, últimamente era Rebecca quien estaba baja de ánimo.

Cynthia abrió la puerta y se encontró a su hermana mayor sentada en el suelo del recibidor con las piernas cruzadas, comiendo galletas de queso. En la penumbra, su rostro parecía más lúgubre. Las ojeras le hinchaban los párpados y el pelo revuelto acentuaba su aspecto desastrado. Se notaba que no había hecho nada en todo el día. Sin embargo, como para ellas era importante evitar el bochorno de la enfermedad, Cynthia sonrió y dijo:

—¡Qué contenta estoy de verte!

Rebecca apartó la mirada.

—Me alegro de que una de las dos esté contenta.

Cynthia dejó su bolso en el suelo, se quitó los tacones y se sentó a su lado. Sacó una bolsa de plástico y se la mostró.

—He comprado pistachos, galletas saladas, patatas fritas y chocolatinas. Y también una infusión nueva —explicó, bajando la voz—. Del herbolario.

Rebecca abrió los ojos de par en par al oír el eufemismo para referirse a la farmacia, y su mirada siguió la mano de su hermana mientras ella iba sacando cada uno de los productos y los colocaba en el suelo, delante de ella. Cynthia desenvolvió una chocolatina y le dio la mitad. Rebecca movía la boca con lentitud mientras se la comía, y en un gesto que le partió el corazón, alargó un brazo para tocarle la mano.

La educación de las mellizas no había sido nada fuera de lo común. El dinero que dejaba el rancho de Shorewood no daba para grandes lujos. El largo periodo de tiempo que su madre pasó en el hospital, después del accidente de carretera que la dejó huérfana y le molió casi todos los huesos del cuerpo, hizo que el negocio de explotación forestal quedara desatendido. La muerte repentina de los dos cabeza de familia, William y Susan, hizo que los trabajadores más capacitados buscaran un nuevo empleo y la cuenta de resultados se resintió.

Cuando su madre, Shaina, regresó al rancho tras cuatro años de penosa convalecencia hospitalaria, se enamoró del nuevo capataz —un leñador canadiense de origen irlandés que se llamaba Brendan— y le permitió que se instalara en su casa. Ella buscaba seguridad y él una vida más confortable. No fue un idilio largo. Tampoco feliz. Tan pronto como supieron que iban a ser padres de dos mellizas, su relación se convirtió en un infierno. Brendan quiso que abortara, pero Shaina se negó en redondo.

Una mañana, sin previo aviso, él se quitó de en medio y nunca más volvió a dar señales de vida.

Al dar a luz, a la hija que nació primero le puso el nombre de Rebecca —cuyo significado es mujer que cautiva— en honor de Brais. Ella solía llamarle «cautivador». A la hija que nació más tarde le puso el nombre de Cynthia.

Shaina Donaldson les dio a sus hijas la mejor educación que pudo. Era una mujer estricta y desde muy pequeñas las obligó a tomarse en serio los estudios. Todas las mañanas les colgaba los boletines de notas en la puerta de su dormitorio para que empezaran el día con un recordatorio de que debían esforzarse. Les inculcó que quedar segundas en algo suponía un fracaso inadmisible.

Rebecca y Cynthia pronto destacaron en todo. A los trece años eran las estrellas del equipo de tenis y a los quince fueron finalistas en los campeonatos escolares de taekwondo. Siempre entrenaban juntas. Los chicos temían enfrentarse con cualquiera de las dos. Los domingos asistían con su madre a los oficios religiosos de la iglesia católica y después tomaban clases conjuntas de piano. No les faltaban amigas, pero ambas sabían que ninguna llegaría a alcanzar el grado de intimidad que existía entre ellas. Esa clase de amistad no admitía competencia.

Hacia los dieciséis años, cuando empezaron a entusiasmarse con las revelaciones compartidas de sus cuerpos en desarrollo, se maquillaban y se peinaban mutuamente. Durante la cena, cuando su madre no miraba, escupían en sus pañuelos el hígado rebozado con adobo de ajillo. El olor a ajo tenía un efecto disuasorio para los besos. Sin embargo, no siempre tenían la oportunidad de deshacerse de la comida y las dos terminaron acostumbrándose a los besos con sabor a ajo. Incluso llegaron a encontrarlos más atractivos que los de gusto a colutorio antiséptico. Aunque Shaina Donaldson les tenía absolutamente prohibidas las citas con chicos, ellas se las ingeniaban para sortear su vigilancia. Cuando regresaban a casa y apagaban las luces, Rebecca se metía en la cama con Cynthia para hablar de sus citas respectivas entre susurros, entrelazando las piernas y juntando los dedos, con las cabezas en la almohada, mirándose muy de cerca, respirando cada una el aliento de la otra.

—Creo que me estoy metiendo en un lío —le dijo Cynthia a su hermana antes de compartir la segunda chocolatina.

—¿Qué clase de lío?

—Uno estilo Mark —le confesó dando un suspiro.

Rebecca se sobresaltó.

—¿No te habrás enamorado de un hombre casado? ¡Dime que no, Cindy!

Mark Foreman había sido el gran amor de Rebecca. Estuvieron saliendo más de tres años y cuando ella esperaba que le pidiera matrimonio, él le explicó que no podía hacerlo porque estaba casado. Le prometió que pediría el divorcio, pero Rebecca rechazó la idea. Además de ser católica, no tenía la menor intención de compartir su vida con un hombre que la había tenido engañada durante todo su noviazgo.

—No, no está casado.

—¡Menos mal! —resopló Rebecca, aliviada.

—Pero mucho me temo que la monogamia no está hecha para él —dijo Cynthia rápidamente, antes de que la preocupación de su hermana se disipara del todo.

Rebecca hundió la nariz en la bolsa de galletas saladas y después de inhalar su olor a azúcar y a leche fermentada se metió una entera en la boca.

—¡Mmmmm! Están de muerte —dijo mientras masticaba.

—¿No vas a decirme nada? —le preguntó Cynthia, sorprendida por su aparente indiferencia.

—¿Para qué? —respondió su hermana después de tragar—. Harás justo lo contrario de lo que te diga. Todos los hombres interesantes que he conocido son polígamos. Muy pocos escapan a esa ley universal. A Arnold no le diste ninguna oportunidad. Y te aseguro que era una apuesta segura.

—¡Segura y aburrida a más no poder, Reb! ¡Era agente inmobiliario!

—¿Y eso qué tiene de malo?

—¡Y además tenía tonsura!

—La calvicie es un síntoma de virilidad —repuso su hermana mientras cogía otra galleta.

—Yo no quiero acabar con un agente inmobiliario calvo y retraído que me mantenga amarrada a una mesa camilla el resto de mi vida.

—¿Lo ves? ¡Ese es nuestro problema, Cindy! La vida solo nos parece interesante al lado de hombres que son incapaces de entender lo que es la fidelidad. ¡Las dos somos carne de polígamo!

—¡Por lo menos este es un polígamo interesante que tiene algo en la cabeza, Reb! Escribe muy bien, enseña literatura clásica en la universidad, tiene un mundo propio fascinador —aunque peligroso, eso es verdad— y es independiente. ¡No se casa con nadie!

—¡He ahí el problema! —señaló Rebecca mientras volteaba las palmas de las manos hacia arriba—. A nuestra edad, la mayoría de las chicas ya están casadas. Lo único que quiero es que encuentres a un hombre que te haga feliz…

—¡Venga, hermanita, tú tampoco te casarías con bodrios como Arnold!

El tal Arnold había llegado fugazmente a su vida tres meses antes. Un caluroso domingo de junio, mientras Cynthia estacionaba su coche en el sendero del garaje, vio que la figura desaliñada de Rebecca la estaba aguardando en la puerta de casa. Llevaba puesto un delantal y se había pintado los labios de fucsia. Cynthia se inclinó para besarla y percibió en su aliento olor a tarta de almendra.

—Si sigues así —le dijo mientras sujetaba la cara de Rebecca con las dos manos—, perderás ese tipazo que vuelve locos a todos los hombres.

Como todos los días, Rebecca examinó a su hermana de arriba abajo para ver si encontraba alguna pista —un vestido nuevo, un perfume distinto, un poco de maquillaje— que pudiera revelar si estaba saliendo con alguien.

Un intenso aroma de carne de buey a la parrilla y de algo caramelizado con jengibre inundaba toda la casa.

—Eso huele de maravilla, Reb —dijo Cynthia mientras cruzaba el recibidor—. No deberías haber trabajado tan…

De repente, todas sus alarmas se dispararon. La mesa estaba puesta para tres. Cynthia supo desde ese mismo instante que su hermana le había tendido una encerrona.

—Verás, Cindy, se me ha ocurrido que sería una buena idea…

Mientras hablaba, Rebecca se quitó el delantal, dejando al descubierto una blusa elegante y una falda demasiado ajustada. Había alzado la cara con su mejor sonrisa de anfitriona y estaba mirando al salón por encima del hombro de su hermana.

Cynthia se volvió. Había un hombre de unos cuarenta años en el otro extremo de la sala, junto a la mesa de cerezo con las fotografías familiares. La saludó con una leve reverencia. Cuando inclinó la cabeza, una coronilla calva emergió repentinamente a la superficie.

—Es un placer conocerla, señorita —dijo con afectada solemnidad.

Cynthia se estremeció.

—Es Arnold Sutton —explicó Rebecca con voz recelosa—. Dirige una boyante agencia inmobiliaria en Queens. —Tomó la mano de Cynthia y la condujo hacia él—. Ha sido muy amable y ha venido a tasarnos la casa.

—¿Hemos puesto la casa en venta? —preguntó Cynthia, abriendo los ojos como platos.

—Bueno, solo es por tener una idea de lo que podríamos pedir por ella, Cindy. El señor Sutton opina que este es un buen momento para vender.

—¿Y ha venido en domingo?

—Le he dicho que, si quiere quedarse a comer, será bienvenido.

—Me encantaría quedarme —dijo el hombre—. Siempre que a la señorita Cynthia le parezca bien, naturalmente...

Hablaba con acento nasal, procurando trasmitir una seguridad de la que carecía por completo.

De repente se oyó un chisporroteo de grasa caliente procedente de la cocina.

—Disculpad —dijo Rebecca, acentuando un poco más su forzada sonrisa de anfitriona—. Tengo que ocuparme de la comida. Cynthia, ¿por qué no le enseñas la casa al señor Sutton?

«Lo ha sincronizado todo a la perfección», pensó Cynthia mostrándole a Sutton una mueca de disgusto a modo de sonrisa.

En medio de un espeso silencio que ella no hizo ningún esfuerzo por romper, el hombre movió los dedos con nerviosismo, como si los estuviera ejercitando antes de llevarlos a las teclas de un piano. Los ocupó quitándose las gafas y limpiándolas con un pañuelo.

—Su hermana me ha contado que está pensando en alquilar uno de esos sótanos ingleses típicos de Morningside Heights junto a la Universidad de Columbia. Deben saber que se paga un alquiler muy alto por esos apartamentos tan pequeños.

—Me gano la vida, señor Sutton, y mi gato ocupa muy poco espacio.

—Tal vez pronto necesite una casa más grande. Los niños ocupan más que los gatos.

A Cynthia aquella idea le sentó como una patada en el estómago y cerró los ojos para alejarla de su imaginación.

Si alguien le hubiera preguntado cuál era su tipo ideal, Cynthia no habría sabido describirlo con precisión, pero tenía muy claro que no era ninguno de los señores Sutton que andan por el mundo tratando de acomodar la vida de los demás mientras ignoran qué hacer con la suya.

Sutton reparó en una foto que había encima de la mesa.

—Es asombroso lo poco que se parecen físicamente su hermana y usted. Rebecca me ha dicho que son mellizas —dijo, inclinándose para examinar la fotografía.

Cynthia pensó en no decir nada, pero se le calentó la boca.

—Mire, señor Sutton, mi hermana mayor tiene buenas intenciones. Se preocupa por mí y desde que éramos muy jóvenes se siente obligada a organizarme citas. Pero no quisiera hacerle perder el tiempo.

Una expresión de sorpresa afloró por unos instantes al rostro de Sutton. El hombre reaccionó y dio un paso hacia adelante, listo para negociar.

—Habla usted con claridad, y eso me gusta. Al pan, pan, y al vino, vino. Prefiero su estilo al de las señoras que se tapan la boca con la mano cuando sonríen y toleran cualquier cosa que dicen los hombres. Pero, Cynthia, si puedo ser franco con usted...

El teléfono de Cynthia sonó en el bolsillo de sus tejanos. Sabía que responder delante de él sería una grave falta de respeto.

Respondió.

Era una amiga de la universidad. Aunque se trataba de un asunto meramente rutinario, ella alargó la conversación todo lo que pudo.

—No, no me molestas en absoluto, querida, claro que tengo tiempo para ti. ¿Mi voz suena alterada? Bueno, verás, es que estoy delante de un señor que quiere ligar conmigo y...

Cuando Rebecca llegó con una bandeja de canapés, la puerta delantera de la casa acababa de cerrarse y enseguida se escuchó un motor de coche arrancando.

—¿Qué ha pasado? —preguntó Rebecca mientras se volvía hacia la ventana y veía alejarse el coche de Sutton.

Cynthia oyó que su hermana dejaba la bandeja y se derrumbaba en el sofá. Cuando habló, su voz sonó agotada:

—Solo pretendo ayudar. A nuestra edad, la mayoría de las chicas están casadas. Lo único que quiero es que encuentres a un hombre que te haga feliz…

Después de aquello, las dos hermanas sellaron un trato: Rebecca dejaría de organizar citas a ciegas a cambio de que Cynthia dedicara parte de su tiempo a conocer hombres interesantes en el campus de la universidad. Ninguna de las dos sospechó en ese momento que el acuerdo traería consecuencias inmediatas.

Visto con perspectiva, Arnold había sido el artífice involuntario de que Cynthia comenzara a mirar a los hombres atractivos de Columbia con más interés.

—Fuiste tú quien me lanzó a la búsqueda desesperada de un amante, Reb —le recordó a su hermana mientras las dos devoraban galletas saladas sentadas en el suelo del *hall* de su casa.

—De un marido —corrigió Rebecca—, no de un libertino.

—Yo no he dicho que sea un libertino.

—Pero lo has dado a entender. Me has dicho que te estabas metiendo en un lío estilo Mark.

—Parecido, pero no igual. Ya te he dicho que no está casado.

—¿Le conozco? ¿Cómo se llama?

—De momento no pienso decírtelo. Pero debes saber que hace dos horas he aceptado que me destinen a su departamento de literatura en la universidad.

Rebecca se llevó las manos a la cabeza.

—¿Me estás diciendo que vas a trabajar con David McFarlan? —preguntó horrorizada.

—Yo no he dicho que…

—¡Venga, Cindy! Puede ser que esté un poco depre, pero no he perdido la capacidad de sumar dos más dos. Ayer su nombre no se te caía de la boca. ¡Me contaste su encontronazo con Obama tres veces!

—Ese hombre contagia ganas de vivir, Reb —dijo Cynthia, corroborando el acierto deductivo de su hermana.

—También lo hacía Mark. Y no quiero recordarte el desastre que supuso para las dos.

—Para ti.

—Para las dos —insistió Rebecca—. Por su culpa me quedé en Estados Unidos tras la muerte de mamá y dejé que te fueras sola a España. Esos tres años alejadas la una de la otra nos hicieron mucho daño, Cindy. Desde que volviste, la relación entre nosotras ya no ha vuelto a ser la misma. —La voz se le quebró y el rastro de un sollozo le hizo temblar la barbilla.

Cynthia se puso de rodillas y la abrazó con todas sus fuerzas. La rodeó y la estrechó como si quisiera que los dos cuerpos se fundieran en uno. Juntaron sus frentes y se miraron de cerca, como solían hacer cuando eran adolescentes, y cada una volvió a respirar el aliento de la otra.

—Nadie volverá a separarnos, Reb —le susurró en voz baja—. Lo prometo.

—No dejes que te haga daño, Cindy. Mantente alerta. ¿Lo harás?

—Lo haré, hermanita. Ya sabes que siempre lo he hecho.

Cynthia estaba siendo sincera. Siempre había manejado las riendas de su vida sentimental sin permitir que la pasión le nublara la vista. Solo una vez se inquietó.

Poco después de llegar a Galicia, en septiembre de 2009, la herida que le había provocado la muerte de su madre, Shaina, comenzó a mejorar. El psiquiatra que le recomendó el viaje estaba en lo cierto: ir a conocer a Brais fue la mejor manera de mantener abierta la conexión afectiva con ella.

Gracias a Brais la entendió mejor, pudo explorar los paisajes y los sueños de su infancia y tuvo acceso a los recintos secretos de esa parte de su intimidad que solo quien había sido su mejor amigo conocía. Aquella terapia hizo que su estado de ánimo se estabilizara. El paisaje fascinador de Finisterre ayudó en el proceso curativo. Cynthia había escrito una novela, tres años antes, ambientada allí mismo. El resultado de su esfuerzo fue manifiestamente injusto. El tajo en la roca que delimita el fin de la tierra no era como ella lo había descrito. Al verlo con sus propios ojos se dio cuenta de que los libros y las imágenes que tratan de darlo a conocer solo se aproximan a la superficie misteriosa de su verdadera alma.

Cuando conoció a Antón y fue enamorándose de él, temió que algo más fuerte que su voluntad pudiera marcar el rumbo de su vida. Poco a poco, el mundo que había dejado atrás se iba decolorando en recuerdos cada vez más tenues. Le asustó la idea de poder olvidarlo. Pero no sucedió. En cuanto supo que su hermana estaba anímicamente destrozada por la ruptura con Mark, tardó menos de dos horas en hacer las maletas. Abandonó Lira y regresó a Nueva York en el primer vuelo. Se despidió de Antón en una escueta nota de tres líneas.

Rebecca insistió:

—Júrame que no dejarás que David McFarlan juegue contigo.

—Lo juro.

Cynthia estaba segura de que sería capaz de mantener su palabra. Era probable que aquel reputado cazador de conquistas solo la viera como un trofeo más para la orla de su bragueta, pero ella tenía muy claras sus prioridades y se sentía capaz de marcar las reglas del juego. Siempre lo había hecho.

—Si te hace daño —dijo Rebecca con voz de acero—, le mataré.

Y un extraño resplandor en el brillo de sus ojos dejó patente que hablaba en serio.

8

Nueva York. 31 de diciembre de 2012.
Tres meses después

A simple vista, el local no parecía particularmente elegante: paredes de estuco decoradas con litografías de arte moderno, mesas gastadas, manteles de tergal y cubiertos de acero inoxidable. Pero la elegancia de la clientela era más que evidente. Los hombres vestían trajes a medida y las mujeres lucían vestidos de seda y gargantillas de perlas. McFarlan estaba convencido de que, cuanto más sociable fuera el ambiente, mayores serían las posibilidades de que Cynthia bajara la guardia.

Cuando llegaron ante la chica del guardarropa, Cynthia se volvió levemente de espaldas a McFarlan y él le retiró el abrigo con un elegante movimiento de muñeca. Su vestido de última hora era un atrevido modelito de satén de color verde esmeralda. El pico del escote dejaba ver la parte superior del sostén. Las formas florales de los bordados se marcaban sobre la tela de la pechera.

—Por favor, vengan por aquí, señor McFarlan —dijo el *maître* mientras les conducía hasta una mesa apartada, en una esquina de la sala principal.

A mitad de trayecto, McFarlan se acercó al oído de Cynthia y le susurró:

—Eres la persona más joven del restaurante.

—Aquí tendrán más intimidad —dijo el *maître* cuando llegaron a la mesa que les había reservado.

—No hace falta que nos traigas la carta, Ray —le dijo McFarlan—, solo tomaremos cola de langosta y una botella de Mumm.

—Enseguida —respondió Ray con ademán ceremonioso.

Cuando se quedaron solos, Cynthia se quitó el bolso del hombro y le dedicó a McFarlan una sonrisa radiante, que él devolvió con un guiño de complicidad.

—¿Por qué has elegido una mesa tan apartada? Creía que a todos los escritores os gustaba escuchar las conversaciones de la gente normal para darle autenticidad a vuestros relatos.

—Todos hablan de sus empleos, sus hijos y sus casas de veraneo. Llevan años hablando de lo mismo. Así reafirman la sensación de tener expectativas y experiencias en común.

—Parecen temas de conversación interesantes.

—¿Tienes hijos?

—Sabes que no.

—¿Y casa de verano?

—Tampoco.

—Pues entonces parece que no tenemos nada interesante de que hablar.

—Aún podemos hablar de nuestros empleos.

—No está bien que jefe y subordinada hablen de sus empleos en un sitio como este. Tú acabarías pidiéndome un aumento de sueldo y yo tendría que negártelo. Nos enfadaríamos y despediríamos el año cada uno en nuestra casa, debajo de una ducha bien fría.

Cynthia rio de buena gana.

—¿Entonces de qué hablarías tú la noche de fin de año en un restaurante tan caro y bullicioso de Manhattan?

—Depende de quién fuera mi interlocutor.

—Ya sabes quién es tu interlocutor —replicó ella mientras se retrepaba en la silla—. Espero no haberme vuelto transparente.

Un camarero de chaquetilla blanca descorchó la botella de Mumm, llenó las copas y reservó la botella en una cubitera de alpaca. Cuando volvieron a quedarse solos, Cynthia le recordó la pregunta:

—¿De qué hablarías?

—Hablaría de tu vida amorosa, por supuesto.

—¡De eso nada! Ya puedes ir teniendo una ocurrencia distinta.

McFarlan sonrió con un punto de hastío.

—Si te niegas a contármela no llegaremos a ninguna parte.

Por debajo del tono persuasivo, Cynthia percibió el trasfondo de su impaciencia. McFarlan dibujaba garabatos sobre el mantel con el mango del cuchillo de postre.

—¿Y qué te hace pensar que yo quiero llegar a alguna parte?

Mientras hablaba, Cynthia no podía apartar la mirada de una pequeña miga de pan que se había quedado alojada entre el labio inferior y la barbilla de McFarlan.

—¿Qué me lo hace pensar? Que es la décima vez que salimos a cenar después de pasar todo el día juntos en la universidad.

—En la universidad hablamos de literatura. Ese es el mundo de la ficción. Para hablar de la no ficción debemos salir fuera del campus. Un sitio para cada cosa, y…

—Y cada cosa en su sitio, sí. Conozco tu teoría. La repites muy a menudo.

—Establecimos esa norma el mismo día que me trasladaron a tu departamento, ya lo sabes.

—Lo sé. Y ahora mismo estoy siendo escrupulosamente respetuoso con ella. En la universidad hablamos de ficción. Pero ahora estamos cenando en un restaurante y toca hablar de la no ficción. Por eso te pregunto por tu vida amorosa.

—Hablar de mi vida amorosa es seguir hablando de ficción. Y eso, no toca.

McFarlan sabía que Cynthia era una rocosa adversaria dialéctica. Lo comprobaba a diario en la universidad. Tenía la habilidad de encontrar siempre una respuesta rápida con la que salir airosa de los duelos que él le planteaba, y a menudo su agudeza de ingenio le permitía tomar la iniciativa en la conversación. Para McFarlan, la espontaneidad chispeante de Cynthia no significaba solo la oportunidad de pasar un buen rato. También le proporcionaba una ayuda inestimable a la hora de avanzar en su nueva novela. Cuando se perdía en un laberinto de la trama o necesitaba dar con nuevas ideas, allí estaba ella para guiarle en la dirección correcta.

—¿Qué sabes de tu nombre? —le preguntó McFarlan, dispuesto a dar un rodeo hasta encontrar algún resquicio por el que colarse en su intimidad.

—Sé cómo se pronuncia. Cyn-thia —dijo ella, silabeando—. ¿Acaso debería saber algo más?

—Sí, sí que deberías. Para una persona, su nombre es el sonido más importante del idioma.

—Me llamo como quiso mi madre. Me puso el nombre que a ella más le gustaba. Eso es todo lo que sé.

—En la isla de Delos, una de las más diminutas del mar Egeo, está el monte Kynthos. Kynthia es su gentilicio. Ese es el origen de tu nombre.

—Pues no me gusta ese origen. ¿Saber que me llamo como una montaña debería alegrarme?

—No es una montaña cualquiera. Cynthia también significa diosa de la luna porque el monte Kynthos fue el lugar donde nació.

—Eso ya suena mejor. ¿Y quién era esa diosa?

—No te lo diré hasta que me cuentes algo de tu vida amorosa.

—¿Chantaje?

—Negociación.

—Yo no negocio con chantajistas.

McFarlan sonrió.

—¿Siempre eres igual de testaruda?

—Con pequeñas variaciones, sí. Casi siempre. Mi madre me inculcó que por encima del talento están los valores comunes: disciplina, orden, buena suerte, pero, sobre todo, tenacidad. En la vida siempre sucumbe el más débil.

El camarero llegó con dos platos con cúpula de alpaca en un carrito de madera. Los colocó delante de cada uno de ellos y luego retiró la tapa con un gesto de extremada delicadeza. Las colas de langosta venían acompañadas de flanes de arroz blanco, rodajas de melón y salsa picante.

La cara de McFarlan se iluminó. Acababa de tener una idea.

—¿Crees que el chantaje se ejerce para obtener algún beneficio?

—Lo creo. ¿Adónde quieres ir a parar? —dijo Cynthia, desconcertada por la pregunta.

—Nada me apetece más que probar esa langosta —respondió él señalando la fuente que estaba en el centro de la mesa—, pero estoy dispuesto a privarme de ese placer solo para demostrarte que no te estoy extorsionando. Los chantajistas no ceden, exigen. Yo estoy dispuesto a pagar un precio muy alto a cambio de que me cuentes lo que quiero saber. Esas colas huelen de maravilla.

—Veamos si eres capaz de cumplir lo que dices —Cynthia acodó el brazo derecho sobre la mesa y recostó el mentón en el puño en actitud expectante.

McFarlan se cruzó de brazos y echó la espalda hacia atrás, dando a entender que estaba dispuesto a resistir. Al cabo de un minuto de duelo silencioso, Cynthia se sirvió una cola de langosta en el plato, la partió muy despacio con la pala de pescado y se llevó un trozo a la boca mirándole fijamente a los ojos, como hubiera hecho un torturador con un prisionero muerto de hambre. Repitió varias veces el mismo gesto, con bocados cada vez más insinuantes, hasta que se acabaron la langosta y las rodajas de melón y rebañó el último grano de arroz blanco.

Finalmente suspiró mientras jugueteaba de manera inconsciente con su collar.

—Está bien, tú ganas. Solo ha habido un hombre en mi vida. Un español. Lo conocí en Finisterre. ¿Te basta con eso?

—¿Cómo se llama?

—Antón.

—¿Se acostó contigo?

—¿Qué pregunta es esa? No pienso responder. No es asunto tuyo.

McFarlan había hecho ademán de servirse la cola de langosta en el plato, pero dejó los cubiertos sobre el mantel, se frotó el puente de la nariz y la miró con una mezcla de decepción y hastío, como si, una vez descifrado el croquis, estuviera dispuesto a desistir de la búsqueda del tesoro.

—A cambio de tan poca información —dijo con impostada indiferencia—, prefiero seguir pasando hambre.

—¡No pienso decirte si me acosté con Antón! —su voz sonó firme—. ¿Por qué no me preguntas si estaba enamorada de él?

—Porque el amor no me interesa. El amor vive en la palabra y muere en las acciones.

—¿No crees en el amor?

—Creería en el amor si no creyera en el sexo.

Cynthia se percató de que la mirada de McFarlan se posaba en su escote. Instintivamente entrelazó los dedos de las manos, subió los brazos y los apoyó en el esternón.

—¿Hablas en serio?

—El amor es el sexo del impotente —corroboró él, asintiendo con la cabeza.

Cynthia desenlazó los dedos de las manos y apoyó los brazos encima de la mesa dejando al descubierto el escote de su vestido.

—Así que solo te interesa la espeleología... —dijo, mirándolo de reojo.

McFarlan soltó una sonora carcajada.

—No solo, pero también.

—¡Y luego la ciencia dice que la enferma soy yo!

—¿La ciencia dice eso de ti? —su interés no era fingido—. ¿Hablas en serio?

—¿De verdad te importa? ¿Te entristecería que estuviera enferma?

—¡Naturalmente que sí! ¿Lo estás?

Cynthia echó la cabeza hacia atrás. Miró al techo buscando la palabra adecuada, pero no encontró ninguna.

—Soy bipolar —admitió al fin—. Aunque la tengo controlada, es una enfermedad que no tiene cura.

—Lo siento mucho —dijo McFarlan con sincera condolencia.

—¿Decepcionado?

—Ni mucho menos. ¡Te sorprendería saber la cantidad de genios de la literatura que han sufrido ese trastorno! Virginia Woolf, Allan Poe, Hemingway, Sylvia Plath, Foster Wallace, Mark Twain, Tennessee Williams... Sin ellos mi vida hubiera sido mucho peor.

—Antón me dijo algo parecido cuando se lo conté. Él no leía mucho, pero le gustaba el cine. Me dijo que Vivien Leigh, Marilyn Monroe o Frank Sinatra tenían la misma enfermedad que yo.

—Entonces no hay duda de que estaba enamorado de ti.

Cynthia se dio cuenta de lo que McFarlan trataba de decirle. Si compararla con locos egregios para restarle importancia a su enfermedad mental era un modo de clarear su amor por ella, él acababa de hacerlo con la misma franqueza. El pulso se le aceleró. Para enmascarar su turbación se propuso no darle cancha al silencio. Antes de hablar tuvo que tragar saliva.

—Nunca he conocido a un hombre tan paciente y enamorado de una neurótica. Antón aceptaba con toda normalidad que yo le dijera que George Washington me vigilaba entre los maizales o que las gaviotas graznaban en chiricahua. Me llevaba a la playa o al sanatorio siguiendo las mareas de mi cerebro.

—¿Y a qué se dedica ese hombre ejemplar?

—A la pesca. Es dueño de dos barcos y pasa mucho tiempo en el mar. El mar es, para él, el espejo de su propia vida.

—Entonces podría ser el protagonista de una novela de Conrad.

Cynthia le miró con cara inexpresiva.

—He leído poco de él —confesó mientras se encogía de hombros a modo de disculpa.

—En sus novelas, Conrad convierte el mar en una moral. En *Lord Jim* es la expiación después de un acto de cobardía. En *Nostromo*, la serenidad ante la desgracia. En *El corazón de las tinieblas*, el camino hacia el fondo de la miseria humana. En *El negro del Narcissus*, la mutación de las pasiones...

—¿Y cuál debería leer primero?

—Depende de lo que busques. ¿Huyes del remordimiento, del ansia de poder, de la calamidad o de la frigidez?

—¡Yo no soy frígida!

McFarlan se divertía viendo los esfuerzos de Cynthia por mantener el control de sus emociones. Respiraba más deprisa, su piel había enrojecido, tenía la mirada luminosa y en las dos cumbres del pecho habían florecido las marcas de los pezones.

—La diosa de la luna —dijo en tono confidencial— era virgen.

—Me alegro por ella. Los hombres sois un estorbo. ¿También era fea y enfermiza?

—¡Al contrario! Era bellísima. Despertó el interés de muchos dioses, pero ninguno de ellos logró ganar su corazón. Y de enfermiza no tenía nada. Era la diosa de la caza y los animales salvajes.

—¿Cómo se llamaba?

—Artemisa, hija de Zeus y hermana melliza de Apolo.

—Pues yo no me parezco en nada a Artemisa. Soy enfermiza, no soy bellísima y tampoco…

Se detuvo y trató de buscar un eufemismo en algún lado. No lo encontró y dejó la frase flotando entre ellos.

—¿Tampoco eres virgen? —continuó McFarlan, sabiendo lo que ella trataba de decir.

De pronto, las luces se atenuaron y proyectaron un brillo suntuoso en el mantel y la cubertería. El *maître* hizo pasar a las camareras —todas vestidas con cofias y delantales almidonados—, y las chicas empezaron a servir champán en las copas de todas las mesas, inclinándose entre los clientes con una pose de ballet. En los altavoces de ambiente comenzó a sonar el *«Auld Lang Syne»* y todos los comensales se pusieron de pie como un solo hombre. Cuando finalizó el brindis por el nuevo año, todavía de pie, McFarlan le hizo un gesto al camarero para que les trajera la cuenta. Cuando volvieron a sentarse, le dijo a Cynthia:

—Un amigo mío sostiene la teoría de que los brindis de fin de año siempre nos hacen pensar en personas ausentes. Él dice que siempre van dirigidos a alguien que no está a nuestro lado. ¿Ha sido ese tu caso?

—Sí —respondió ella sin pensárselo dos veces.

El chasco desencajó la sonrisa de McFarlan. Enseguida recompuso el gesto y preguntó:

—¿Antón?

Cynthia negó con la cabeza.

—Rebecca. Mi hermana mayor.

—No sabía que tuvieras una hermana. —El alivio hizo que su voz sonara pletórica.

—De hecho, vivimos juntas. En Queens.

—¿A qué se dedica?

—También es profesora de literatura. Da clases en un instituto de Rockaway Beach a alumnos de origen irlandés. La literatura irlandesa es su especialidad.

—¡No tiene mal gusto! —McFarlan meneó la cabeza como si hubiera visto pasar un Rolls Royce por delante de sus narices—. Swift, Wilde, Stoker, Becket, Joyce, Shaw, Yeats...

Cynthia interrumpió la enumeración de nombres.

—Su favorita es Elizabeth Bowen.

—¿Elizabeth Bowen? ¡Qué elección tan curiosa! —dijo McFarlan con extrañeza y una mueca de desaprobación—. Teniendo tanto donde elegir...

—Padre con problemas mentales, experiencia de orfandad, vida sentimental turbulenta... —La cara de Cynthia parecía estar diciendo: «Elemental, mi querido Watson»—. Si conocieras nuestra historia no te extrañaría en absoluto.

—¿Y cuál es vuestra...?

Cynthia le interrumpió. Estaba claro que quería cambiar de conversación.

—¿Qué hay de ti? ¿Has formulado algún deseo durante el brindis?

—He renovado el deseo del año pasado —dijo McFarlan, aceptando el hecho de que Cynthia se cerraría en banda si él no aceptaba el cambio de tercio.

La mirada de Cynthia se cargó de sorpresa y un asomo de desencanto le endureció el gesto.

—¿El mismo del año pasado?

McFarlan rio de buena gana.

—¡Solo han pasado un par de minutos desde que dejamos atrás el año pasado!

Cynthia se sintió como una estúpida y ese sentimiento le azoró todavía más porque delataba el consuelo que le había producido la aclaración. Estaba siendo demasiado transparente. La luz se concentraba en el tallo de la copa de McFarlan y le iluminaba el rostro. Mientras lo observaba, Cynthia sintió una inquietud que no podía explicar. Sus labios en el borde de la copa, la forma en que la escrutaba —con una mezcla de burla, curiosidad y deseo—, su barbilla partida, su cínica insolencia... Era innegablemente atractivo. ¿Era eso lo que le perturbaba? ¿Desearlo? Alisó su servilleta sobre el regazo para disimular su nerviosismo. Le sudaban las palmas de las manos.

Entonces, la campana le salvó por segunda vez. Un camarero llegó con la cuenta, dejó la pequeña cartera de piel encima de la mesa y se retiró tras hacer una leve reverencia con la cabeza. McFarlan la abrió, le echó un vistazo a la hoja de papel que había dentro, sacó un bolígrafo del bolsillo interior de su chaqueta y garabateó una firma. Los ojos verdes de Cynthia siguieron cada uno de sus trazos desde el otro lado de la mesa. Luego McFarlan dejó caer el bolígrafo sobre el mantel y arrugó la nariz como si hubiera percibido un olor desagradable.

—Demasiado caro, ¿verdad?

—No tanto si la calidad hubiera sido la de otras veces. Pero la langosta estaba correosa y no sabía a nada. A las novias de mis amigos de juventud les hubiera parecido una langosta de plástico.

—¿Te codeabas con chicas tan exquisitas cuando eras joven?

—Todas eran hermosas y tenían la voz llena de dinero. Yo las veía subir a los descapotables color frambuesa de sus novios, con la pamela atada con un lazo de tul en la barbilla, y sin darme cuenta decidí estrellar mi vida contra ese espejo. Aún me quedan cristales clavados por todo el cuerpo.

—En Galicia las mujeres llevan pañuelos en lugar de pamelas, su voz es pobre y viajan en bicicletas de una sola velocidad. Pero la peor de sus langostas, créeme, le da cien vueltas a la mejor que hayan probado en toda su vida las novias ricas de tus amigos. Después de haber vivido allí tres años todas me saben a plástico. Ya no distingo una mala de una regular.

—En ese caso, no tendré más remedio que ir a Galicia.

—Deberías hacerlo. Sus dioses primitivos no tienen nada que envidiar a los griegos.

—¿Qué sabes de ellos?

—Muchas cosas. Soy una experta en todo lo que tiene que ver con la Costa de la Muerte.

—El nombre ya es digno de tragedia griega…

—Los griegos la llamaban *Dutika Mere*, que significa la región de la muerte. Todas las tardes contemplaban con asombro el suicidio del sol. No entendían por qué se arrojaba al país de los muertos.

—Tiene sentido —convino McFarlan—. Para los griegos, el suicidio era una muerte impura que impedía que el alma pudiera encontrar su remanso de paz. El suicidio se asociaba al deshonor. Los hombres debían morir en el campo de batalla.

—¡Qué serían los griegos sin sus héroes!

—¿Tienes algo en contra de ellos?

—Para mí, el verdadero héroe se mide frente al dolor. No todos somos capaces de soportarlo.

—¿Y qué hacemos si no podemos soportarlo? ¿Qué remedio queda cuando no es posible suavizar el dolor físico con el recuerdo de alegrías pasadas?

—Convertirnos en héroes.

—Epicuro, que era más pragmático que tú, recomendaba poner fin al tormento por medio del suicidio.

—¿No es eso un acto de cobardía?

—Es un acto de piedad. Al final de su enfermedad, Kafka le recordó a su amigo, el doctor Klopstock, la promesa que le había hecho de inyectarle una dosis mortal de morfina. El médico vaciló y Kafka le dijo: «Mátame, si no, serás un asesino».

El velo de la mirada de Cynthia se oscureció hasta sepultar el color verde de sus ojos en un abismo casi tan negro como sus pupilas.

—¿Qué te ocurre? —preguntó McFarlan cuando advirtió que se le demudaba el semblante.

—Malos recuerdos.

—¿Tu hermana? —disparó al azar.

—Mi padre —le explicó ella para desahogar la amargura que le ardía en el pecho— era un canadiense de origen irlandés que se fue de casa cuando se enteró que había dejado embarazada a mi madre. Lo único que nos dejó a mi hermana y a mí fue el trastorno bipolar del que antes te he hablado. Si mi hermana Rebecca no hubiera descubierto a tiempo los tubos vacíos de las pastillas que yo me había tomado poco antes, ahora estaría muerta. A mí me hicieron un lavado de estómago y me puse bien, pero ella tardó mucho tiempo en superar el miedo a que volviera a intentarlo. Odió con tanta fuerza al hombre que nos hizo eso —al padre que no conocimos— que necesitó la ayuda de un psiquiatra para poder superarlo. «Tienes que ahogar el mal en abundancia de bien —le dijo—, solo el amor puede vencer al odio». Y desde entonces trató de amar todo lo irlandés. Se aficionó a la cerveza, comenzó a vestirse con jerséis de Aran, se hizo fanática del salmón, se especializó en literatura irlandesa y comenzó a trabajar en un colegio irlandés.

—¿Tu hermana y tú sois gemelas?

—Mellizas.

—La historia que me has contado es conmovedora. Pero contiene un error.

Cynthia le miró sorprendida.

—¿Qué error?

—El trastorno bipolar no es el único legado que recibiste de tu padre. —Esperó a que el silencio solemnizara el efecto de su afirmación y después añadió—: También recibiste de él esa melena pelirroja y esas pecas en la cara que te hacen tan atractiva.

Como si hubiera pulsado un interruptor oculto en el interior de su cerebro, la luz asomó de nuevo al semblante de Cynthia.

McFarlan dio un brinco repentino cargado de entusiasmo.

—Vayamos a un bar de mala muerte donde se tomen la música lo bastante en serio como para que nadie se fije en una chica tan guapa como tú y la ginebra sea lo bastante barata como para bebernos un dry martini cada hora.

—Más alcohol, no. Si en los análisis de la semana que viene se disparan las transaminasas será peor el remedio que la enfermedad. ¿No te importa que demos un paseo?

—No me importa en absoluto. «Si caminamos lo suficiente, alguna vez llegaremos a alguna parte», dijo Dorothy.

—¿Quién es Dorothy?

—¿No has leído *El maravilloso mago de Oz*?

—¡Ah, esa Dorothy! Entonces tú serás mi perro Totó.

—¡Guau, guau! —reaccionó McFarlan, dejando la servilleta en el plato—. Vámonos de aquí.

A la salida, McFarlan se disculpó con el *maître* por no quedarse al cotillón. Como muestra de gratitud le deslizó discretamente un billete de veinte dólares en el bolsillo y le palmeó el hombro como hubiera hecho con un buen amigo.

Fuera ya había parado de llover. Cynthia se cogió del brazo de McFarlan y ambos comenzaron a caminar por Broadway en dirección a la Universidad de Columbia. El aire era vigorizante. Conforme se acercaban al centro del campus, el bullicio empezó a cobrar forma. Una muchedumbre de universitarios se había reunido para despedir el año con una banda de jazz que solía tocar en un local cercano. Todos los chicos iban de etiqueta. Una mujer semidesnuda fingía dirigir la orquesta con una batuta imaginaria. De pronto, un joven con esmoquin se subió a un banco del parque provisto de un megáfono y acalló a los músicos con un gesto de la mano.

—Damas y caballeros —anunció con voz engolada—, ha llegado el momento de ajustar cuentas con el año viejo. ¡Que comience el juicio!

A su orden, un hombre mayor con una túnica dorada y sombrero de copa subió al banco y se colocó a su lado. Llevaba una barba postiza que le llegaba hasta la cintura y con la mano derecha sujetaba un reloj de arena del tamaño de una guitarra.

El maestro de ceremonias desenrolló un pergamino y leyó el pliego de cargos: «La reelección de Obama, la matanza de Aurora, la recesión económica, la crisis del Golfo, las muertes de Ray Bradbury y Neil Armstrong, el huracán Sandy…».

—¡Muerte, muerte, muerte! —rugió la multitud, sedienta de sangre.

—¡Que comparezca el verdugo!

Entonces hizo su aparición un miembro obeso de la fraternidad universitaria. Solo iba cubierto por unos grandes pañales. Se subió al banco y, para regocijo de la muchedumbre, sacó de la cintura una daga de cartón.

—¡Muerte, muerte, muerte! —bramó el gentío.

Alrededor del banco, los estudiantes formaron un corro y comenzaron a danzar en círculo como si fueran comanches invocando a Manitú. En pocos segundos, la tribu entera se unió al baile. El corro se convirtió en un enjambre humano que se movía con frenesí.

—¡Muerte, muerte, muerte! —El clamor se había convertido en un grito de guerra.

Los rezagados llegaron disparados desde la avenida Claremont y en su alocada carrera arrollaron sin querer a Cynthia, que fue a parar al fondo de un charco.

McFarlan la ayudó a levantarse. El barro la había embadurnado desde los pies a la cabeza.

—Estás preciosa —le dijo con una sonrisa burlona después de observarla de arriba abajo.

—Necesitaba un chapuzón —respondió ella mientras se escurría el pelo retorciéndolo con ambas manos—, aquí hace mucho calor para una chica de Milwaukee.

—Venga, vamos a mi casa. Solo está a dos minutos de aquí.

A pesar de estar empapada, Cynthia no parecía impaciente por alejarse de la fiesta. Antes de unirse a McFarlan aún permaneció un instante contemplando la escena estudiantil con expresión divertida. Al hombre de la túnica dorada se le había desenganchado la barba de una oreja y quedó de manifiesto que estaba demacrado e iba sin afeitar. Debía de ser un vagabundo a quien los estudiantes habían sacado de un callejón a cambio de un poco de dinero. Al estudiante que iba en pañales, el frío le había amoratado la piel y no paraba de frotarse los brazos para entrar en calor.

—No sé a cuál de los dos compadecer más —dijo Cynthia cuando alcanzó a McFarlan—, si al año viejo o al nuevo.

—Si pudieras verte en un espejo te compadecerías de ti.

La casa de McFarlan estaba en el número 509 de la calle 121. Cuando doblaron la esquina desde la avenida Broadway pasaron por delante de la iglesia del Corpus Christi, cuya fachada de piedra llamaba poco la atención. De no ser por el rosetón circular del frontis y el color rojo de su doble puerta, situada bajo una cornisa triangular, nadie se giraría para mirarla.

—Esta es mi iglesia preferida de Nueva York —anunció Cynthia, parándose ante ella.

—¿Esta? —preguntó McFarlan con desaprobación.

—No te dejes engañar por las apariencias. Por fuera es poca cosa. Su belleza está en el interior.

—Como la tuya en este momento. Vamos, no te detengas o pillarás una pulmonía.

—Recuerda mucho a la catedral de San Pablo de Londres —respondió ella sin moverse de su sitio—. No en vano la diseñó un discípulo de sir Christopher Wren.

—Nunca he estado en Londres —confesó McFarlan con un punto de vergüenza.

—¿Y en el interior de una iglesia?

—Algunas veces. Pocas, la verdad. No soy un hombre religioso, si te refieres a eso. Y, sin embargo, vivo a menos de cien metros de aquí.

—Yo he pasado muchas horas sentada ante el altar de esta iglesia. En mis peores momentos venía a rezar durante horas.

—Pues si quieres tener la oportunidad de volver no puedes quedarte aquí ni un minuto más o pillarás una pulmonía y tendrás que rezar en el otro barrio. —La cogió del brazo y tiró de ella para obligarla a caminar.

En menos de un minuto llegaron a los Apartamentos Bancroft. La entrada al patio exterior estaba flanqueada por dos pilastras simétricas coronadas por esferas de estuco. Al otro lado había un pórtico con cuatro arcos. Entraron al edificio por el segundo de la derecha y tomaron el ascensor hasta el sexto piso. McFarlan abrió la puerta del apartamento con una llave oculta en una esquina del dintel. Enseguida entraron a un vestíbulo privado con el suelo de mármol, molduras blancas en el techo y un paisaje impresionista colgado en la pared.

—Es una casa preciosa y te la voy a poner perdida si entro con los zapatos puestos.

—No te apures por eso. Aquí tenemos un servicio de limpieza magnífico.

Pasaron a un pequeño comedor iluminado por focos halógenos. La mesa era de ónix y tenía forma octogonal. Franquearon la puerta del fondo y enfilaron un pasillo que daba al dormitorio. La cama estaba hecha y la única prenda a la vista era una americana de *tweed* colgada en el respaldo de una silla delante de un pequeño escritorio.

—Aquí está el lavabo —dijo McFarlan, al tiempo que abría una puerta.

Grandes azulejos blancos de superficie vidriada cubrían las paredes. Tenía dos ventanas, una encima del radiador y otra sobre una bañera de porcelana, con patas de garra, que medía dos metros de largo. En la pared había un mueble de madera envejecida repleto de lociones, tónicos y colonias.

—Mi madre tiene la rara costumbre de regalarme productos cosméticos por Navidad —explicó McFarlan.

Cynthia pasó la mano por el borde de la bañera como si se tratara de la crin de un purasangre.

—Qué hermosura.

—Vamos a probarla.

—¿Cómo dices?

McFarlan se quitó la chaqueta, la tiró al suelo y comenzó a desabrocharse los botones de la camisa.

—Quítate la ropa y ponla en la cesta de la ropa sucia. Luego llamaremos para que la laven.

Cynthia abrió los ojos de par en par y empezó a hablar con excitación:

—No creo que haya servicio de limpieza la noche de fin de año y este vestido no se puede lavar de cualquier manera. Es de seda salvaje y requiere…

—El conserje sabe perfectamente lo que debe hacer con un vestido de seda salvaje —la interrumpió McFarlan mientras abría el grifo—. En estos carísimos apartamentos, diosa de la luna, tenemos servicio de mantenimiento y lavandería las veinticuatro horas del día, los trescientos sesenta y cinco días del año.

—No descubriré mañana que lo tenías todo planeado, ¿verdad? Dime que no le has pagado a esa gente para que me tirara al barro.

—Lo que de verdad lamento es que no se me haya ocurrido una idea tan ingeniosa.

—En ese caso, pensaré que ha sido el destino quien me ha traído hasta aquí —explicó. Y se quitó el vestido.

Un pendiente salió disparado por las baldosas blancas y negras del suelo. Se quitó el zapato derecho de un tirón, pero no consiguió hacer lo mismo con el izquierdo. Se trastabilló y McFarlan tuvo que sujetarla para que no cayera al suelo. Cuando Cynthia trató de retroceder, él la retuvo entre sus brazos y la besó.

No fue un beso enérgico, sino más bien una interrogación.

A modo de respuesta, Cynthia le acarició la mejilla con suavidad.

—Al final no hemos acabado cada uno en nuestra casa debajo de una ducha fría —dijo con dulzura.

—¡Es mejor un baño caliente en la misma bañera! —respondió, eufórico, McFarlan.

Se volvió hacia el armario de los productos cosméticos y estudió con gesto impaciente lo que allí había. No logró decidirse por un jabón concreto, de manera que cogió dos tarros, se acercó al borde de la bañera y vertió el contenido de ambos. Metió las manos en el agua y la agitó para hacer espuma. El vapor despedía un aroma embriagador de lavanda y limón.

Sacó su iPhone del bolsillo del pantalón, antes de quitárselo, y seleccionó en Spotify la versión de Louis Armstrong de *«What a Wonderful World»*.

Cynthia se metió bajo las burbujas y McFarlan se lanzó tras ella igual que un marinero tras una sirena.

9

Muxía, cerca de Finisterre. Abril de 2019.
Siete años después

A McFarlan le seguía sorprendiendo la belleza románica de la iglesia de San Julián de Moraime cada vez que volvía a verla. Situada junto al camino real de Muxía, de espaldas a la playa de Muíños, su fachada principal se alzaba en medio del campo, a la sombra de un árbol frondoso más alto que sus dos campanarios, como si fuera la cabeza de un lobo de piedra. Las orejas eran las torres —una románica y otra barroca—, los óculos circulares que daban luz al interior del templo eran los ojos, y el pórtico de acceso a la entrada principal, con tejado rojizo a dos aguas, era el hocico.

La iglesia estaba dividida en tres cuerpos, separados por dos contrafuertes, y bajo lo óculos había dos ventanas que casi llegaban hasta el suelo, con arcos cincelados, columnas, fustes y capiteles. Si estaban abiertas, a McFarlan le gustaba utilizarlas como vías de acceso para evitar las escaleras que descendían por el pórtico central hasta el arco de medio punto de la puerta noble. Un día resbaló mientras trataba de identificar a las figuras bíblicas del tímpano, y rodó peldaños abajo hasta chocar con uno de los fustes con figura de apóstol que flanqueaban el portón. Había tres a cada lado, y McFarlan —según le explicó el abad Ismael— se dio de bruces contra San Pedro.

—Mal asunto —le dijo al verle el labio partido—, Cefas es el más rocoso de todos. No has podido chocar con un apóstol más duro.

Desde entonces, McFarlan trataba de evitar las escaleras escurridizas del pórtico y cada vez que podía se colaba por la ventana.

Pasado Muíños, McFarlan se había desviado de la carretera 440 por un ramal a su derecha, en dirección al hostal del monasterio, y había detenido el coche en la parte norte, junto a la tapia derruida de las antiguas dependencias monacales. A la izquierda, junto al atrio de la iglesia, había un crucero. Las lápidas de un pequeño cementerio se recortaban sobre el cielo azul. El lugar estaba desierto y no había rastro del abad Ismael por ninguna parte. No estaba en la puerta de acceso al monasterio antiguo, en el muro sur, ni en los ábsides exteriores de la capilla mayor, en la fachada trasera.

Lo llamó a voces. Dos, tres, cuatro veces: «¡Is-ma-el! ¡Monje del Medievo!». Al principio no obtuvo respuesta, pero el cuarto grito fue respondido por una voz ininteligible que llegaba del campanario. McFarlan retrocedió sobre sus pasos y se detuvo junto a la base de la torre barroca. Por encima de las campanas, en el balcón del copete más alto, vio asomado al anciano cenobita haciéndole gestos con la mano.

—¿Qué diablos haces ahí arriba? —le preguntó McFarlan, rodeando su boca con las manos a modo de megáfono.

—Aquí estoy más cerca del cielo —le respondió el anciano mientras se mesaba la barba blanca.

—Si te caes, aún lo estarás más.

—Dios ha prometido perdón a mi arrepentimiento, pero no me ha prometido el día de mañana. Que su llamada me pille aquí arriba o allá abajo carece de importancia.

—Pero si te caes y te espachurras, me pondrás perdidos los pantalones.

—Eso sería imperdonable. Espérame ahí. Bajo volando.

—¡Noooo! Volando, no. Mejor baja por las escaleras.

El abad Ismael desapareció de su vista y McFarlan caminó de nuevo hacia la puerta del muro sur para entretener la espera. Aquella portada abocinada, envuelta por tres arcos que buscaban los capiteles de columnas decoradas con flores de lis, era el elemento artístico que más le gustaba de todo el edificio. No la descubrieron hasta 1975. Estuvo tapiada desde el siglo XVI, cuando los saqueos de los corsarios ingleses obligaron a los monjes a abandonar la abadía, que se comunicaba con la iglesia por ese portillo. En el tímpano, una escultura románica de la última cena mostraba a Jesucristo al lado de un niño y de otros seis personajes que le señalaban con el dedo índice. Eran las mismas siete figuras que estaban esculpidas sobre la portada principal.

Según Ismael, esa representación del cenáculo tiraba por tierra todas las teorías hermenéuticas que veían en la presencia del niño un mensaje entreverado sobre la paternidad biológica de Jesús. Las especulaciones surgieron a raíz del mural que pintó Leonardo da Vinci en el convento dominico de Santa Maria delle Grazie, en Milán, en 1498. Sin embargo, el grabado románico de la iglesia de San Julián de Moraime era tres siglos anterior. «Leonardo no escondió ningún arcano herético en su pintura, si hubiera querido introducir en ella la figura del niño no tenía por qué ocultarla entre los escorzos de los apóstoles. Podía haberlo hecho abiertamente. Ya ves que los benedictinos del siglo XII lo hacían sin ningún tapujo», argumentaba el abad Ismael cuando McFarlan trataba de poner a prueba la solidez de la doctrina católica sobre el celibato de Cristo.

—No te esperaba hoy. ¿A qué debo tu visita?

McFarlan estaba sentado en la escalinata que salvaba el desnivel entre las dos fachadas de la iglesia. Al volverse, vio el rostro amplio de Ismael, arrugado en una enorme sonrisa empastada en oro.

—Anoche me quedé sin orujo y hoy he amanecido sobrio como un juez.

—Pues lamento decírtelo, pero tienes cara de anacoreta resacoso —dijo el abad mientras se sentaba a su lado al final de la escalinata.

—No he dormido bien.

—¿Mala conciencia?

—Si eso me impidiera dormir, sería el mayor insomne del inframundo.

—Allí todos lo son. Los muertos y los espíritus no duermen nunca.

—Razón de más para no morirse. ¿Cómo puede ser que el paraíso no tenga camas?

—En el cielo no existe la fatiga. Dormir carece de sentido.

—¿Y no se hará muy larga la eternidad sin descabezar algún sueñecito?

—En la eternidad no existe el tiempo, aquí sí —respondió Ismael mientras se ponía en pie—, así que lo mejor será que no lo malgastemos. Ven y verás lo que he descubierto.

McFarlan se levantó y le siguió. Subieron juntos la escalinata, dejaron a la derecha el campanario y cruzaron al edificio del siglo XVIII que sustituyó a las antiguas dependencias monacales. Actualmente era un hostal para peregrinos. Su sencillo frontispicio vertical, de piedra del país, tenía seis ventanas en la parte alta. Debajo de cada una había respiraderos rectangulares protegidos por rejas muy gruesas. Encima de la puerta de entrada, un sencillo balcón de hierro forjado era el único adorno de la fachada. Cruzaron una cancela y siguieron bordeando la hospedería hasta llegar en línea recta a un palomar cilíndrico de unos tres metros de diámetro.

—¿Se puede saber a dónde me llevas, monje del Medievo? No serás un sátiro, ¿verdad?

—Deja de llamarme así, polígrafo indiano.

—¿Sátiro? Pero si me llevas a un palomar, ¿qué quieres que piense?

—Lo de sátiro no me molesta. No me llames medieval. Lo mío son los heterodoxos del siglo XVI. Edad Moderna, no Edad Media.

—¿Sátiro moderno, entonces?

—Sátiro significa mordaz. No es una ofensa.

—En la mitología grecorromana un sátiro era un hombre lascivo, con patas y orejas cabrunas, y cola de caballo.

—Lo sé. Hay uno dentro de la iglesia. Algún día te lo enseñaré. Pero ahora mira ahí dentro.

Habían llegado a una excavación cercana al palomar y el abad Ismael estaba señalando una zanja rectangular en la que se veían, semienterradas en el fondo, algunas piezas de cerámica.

—¿Qué es lo que estoy mirando? —quiso saber McFarlan.

—Los restos de lo que pudo ser, al principio, un complejo termal. Han aparecido monedas romanas y visigóticas. Es casi seguro que este lugar cristianizó cultos ancestrales. Si estoy en lo cierto, este es uno de los primeros lugares de Galicia donde se celebraron cultos cristianos.

—¿Y debería sentirme conmovido por el imperialismo de tu fe?

—Sin duda, deberías. La verdad es lo único que perdura. Si mi fe fuera una patraña, hace siglos que se habría diluido como un azucarillo en el bacín de un borracho. Pero no te pido que mires la zanja para que te postres de hinojos ante el poderío evangelizador de Dios Todopoderoso.

—¿Entonces para qué?

—Han aparecido restos humanos. Tibias y calaveras. Probablemente del siglo XV.

—¿Y eso adónde nos lleva? —preguntó McFarlan, desconcertado por la información que acababa de proporcionarle su amigo.

—Creo que el centro termal, con el paso de los siglos, se convirtió en un falso altar.

—¿Perdón? —la extrañeza arrugó su rostro por completo.

—En la Edad Media —explicó el fraile—, la muerte repentina estaba considerada como infamante y vergonzosa. Se la llamaba la muerte fea. Daba tanto miedo que nadie se atrevía a hablar de ella. Era la marca de la cólera de Dios. A esos difuntos no se les podía llevar a la iglesia por temor a que los líquidos de su cuerpo mancillaran el pavimento del templo. Los cadáveres malditos eran arrojados en falsos altares, es decir, en falsos cementerios. *Mortuus altaris.* Vulgares vertederos, ruinas antiguas, para que me entiendas mejor.

—¿Y piensas que Romeo y Julieta pueden estar enterrados ahí dentro?

—Veo que estar sobrio te vuelve perspicaz.

—Las cosas creativas siempre se nos ocurren después de tomar un vaso de vino. Pero yo estoy en ayunas. Por eso no entiendo el alcance de tu descubrimiento. ¿Qué tienen que ver los falsos altares con nuestros amantes suicidas?

—A los suicidas también se les excluía de los camposantos. Desde el Concilio de Braga, en el año 563, la Iglesia prohibió que fueran inhumados en tierra consagrada. Creo que hemos estado buscando en el lugar equivocado.

Meses antes, el abad Ismael había encontrado en un códex amontonado entre viejos pergaminos del monasterio la documentación que McFarlan le reclamaba. Cynthia le contó que un pirata y una joven gallega de Muxía se casaron en secreto en el siglo XV. Juntos vivieron una historia que recordaba mucho a la de Romeo y Julieta. Cynthia estaba fascinada con aquel romance medieval y tenía el firme propósito de escribir una novela. Al poco tiempo de llegar a Lira, McFarlan le pidió al abad que le ayudara a documentar la leyenda.

Según la tradición popular, durante uno de los saqueos del siglo XV, un corsario inglés llamado Berwin se había enamorado de la joven Iria Páez, nacida en Muxía en 1438. Los amantes no se atrevieron a descubrir su amor y se casaron en secreto con la ayuda de un fraile benedictino de San Julián de Moraime, que previamente obligó a Berwin a abrazar la fe católica. Poco después, el corsario inglés regresó a su tierra con el firme compromiso de regresar al año siguiente a Muxía con los recursos necesarios para establecerse con su amada para siempre. A los pocos meses, el padre de Iria quiso obligarla a que se casara con otro. Ella buscó el amparo del fraile benedictino, y este le dio a beber un licor milagroso que tenía la facultad de provocar una muerte aparente durante tres días. Después de examinarla, el médico dictaminó su muerte. La enterraron al día siguiente en las tumbas de la iglesia. Poco después, el fraile la sacó del sepulcro, la devolvió a la vida y huyó con ella al puerto de Plymouth. Antes de que llegaran a su destino, Berwin recibió la noticia de la muerte de su amada. Y, en un arranque de desesperación, se quitó la vida. Cuando Iria vio el cadáver de su esposo tendido en el muelle del puerto, se arrojó al mar. El fraile amortajó ambos cuerpos y los llevó al convento de San Julián para darles sepultura.

Finalmente, tras varios meses de búsqueda, Ismael encontró la referencia a un extraño enterramiento ocurrido en Muxía en 1456. En el documento se aludía al suicidio de una joven pareja de enamorados. Ismael creía que se trataba de la misma pareja de la que Cynthia oyó hablar cuando estuvo en Finisterre.

A McFarlan le llamaba la atención que el origen de la historia se remontara a mediados del siglo XV. Aún faltaban más de cien años para que Shakespeare escribiera *Romeo y Julieta*. Movido por la curiosidad, se ofreció a investigar esa inquietante anacronía y ambos comenzaron a desentrañar juntos el fundamento histórico de la leyenda.

Mientras el abad buscaba el paradero de Berwin e Iria basándose en las referencias que aparecían consignadas en el códex, McFarlan acreditó que el *Romeo y Julieta* de Shakespeare, estrenada en 1597, se había inspirado en una fábula italiana escrita en 1562 por Matteo Bandello, que a su vez adaptó el argumento de un relato previo, *Historia novelada de dos nobles amantes*, escrito por otro autor italiano, Luigi da Porto, en 1530.

—¿Shakespeare plagiaba? —El asombro hizo que Ismael se quedara boquiabierto.

—Shakespeare —le explicó McFarlan— era un genial carpintero del teatro que, desde luego, plagió maravillosamente muchas obras de su época. Montaigne, por ejemplo, era aburridísimo, pero sus textos, adaptados por Shakespeare para los personajes de *La tempestad*, resultan sobrecogedores.

—¿Y cómo encajaba eso Montaigne?

—Nunca lo supo. Murió veinte años antes de que *La tempestad* se publicara. En todo caso, si el único modo de que sus escritos tuvieran éxito hubiera sido permitir que los firmara un autor apócrifo, lo normal es que lo hubiera aceptado de buen grado. Para un escritor, que su creación perdure es aún más importante que su propio nombre. Hay quien dice que todas las obras teatrales de Shakespeare salieron de la pluma del conde de Derby. A él no le importaba que llevaran otra firma.

—¿Luigi da Porto pensaba lo mismo?

—Luigi da Porto también plagiaba. Su *Historia novelada de dos nobles amantes* se inspiró en un cuento de Masuccio Salernitano publicado en 1476. Se titulaba *Mariotto y Gianozza*.

—Nunca había oído hablar de él.

—Nació en una familia noble de Salerno y abandonó los estudios eclesiásticos para convertirse en funcionario de la corte de Alfonso V de Aragón en Nápoles.

Al abad Ismael se le iluminó el rostro como si acabara de presenciar una aparición venida del cielo.

—¿Dices que Salernitano estuvo en la corte de Alfonso V de Aragón en Nápoles?

—No lo digo yo —respondió McFarlan—, lo dice la *Enciclopedia Británica*.

—¡El autor del códex también estuvo en la corte de Alfonso V en Nápoles!

Fue a buscar su cuaderno de notas y pasó las páginas con impaciencia hasta que al fin encontró la referencia que lo confirmaba.

—¡Aquí está! —dijo con voz triunfal—. Fray Fulgencio Barbo estuvo en Nápoles entre 1457 y 1458.

—¿Tratas de decir que fue un cura de Muxía quien le contó a Salernitano la historia que luego plagió Luigi da Porto, más tarde Matteo Bandello y finalmente William Shakespeare?

—Trato de decir, amigo mío, que los verdaderos Romeo y Julieta están enterrados en algún lugar de esta iglesia.

McFarlan se metió en la zanja.

—¿Qué haces? —le preguntó el clérigo llevándose las manos a la cabeza.

—Buscar a esos dos tórtolos. Si están aquí, los encontraremos. Dame instrucciones para dar con ellos.

—Sal de ahí, yanqui loco. No puedes moverte por un *mortuus altaris* como si fueras un elefante en una cacharrería. Pisarás los huesos y los harás polvo.

McFarlan asumió la reprimenda. El borde de la zanja le llegaba a la altura de la barbilla. Extendió el brazo para que el abad Ismael le ayudara a salir. El monje le cogió con fuerza de la muñeca y tiró de él hasta que McFarlan pudo apoyar la rodilla en el borde del surco.

—Eres más fuerte de lo que aparentas —dijo mientras se sacudía el polvo de la ropa.

—Y tú más tonto de lo que yo pensaba. ¿Qué creías que ibas a hacer ahí abajo?

—¡Alguien tiene que hacer el trabajo sucio!

—Pero alguien que sepa lo que hace. Mañana vuelve el equipo de arqueología. Ya hablaré yo con ellos.

—¿Y mientras tanto?

—Mientras tanto vamos a limpiarte un poco. ¡Estás hecho un asco!

El abad Ismael condujo a McFarlan hasta un parterre situado detrás del cementerio del muro norte. El terreno, cubierto de césped, estaba delimitado por un seto de medio metro de altura, entreverado de hortensias. En el centro, un sauce llorón escondía una pila bautismal labrada en piedra. Siguiendo las instrucciones del abad, McFarlan se acercó a ella y se lavó las manos y la cara con el agua que había en su interior. Luego, los dos hombres se sentaron en un banco de madera. Las ramas del árbol tocaban la tierra y formaban una campana vegetal que les envolvía.

—¿Qué hace una pila bautismal en la antesala de un cementerio? ¿No altera eso el itinerario natural de la vida cristiana? Creía que el bautizo se asociaba al nacimiento, no a la muerte.

—En los años sesenta —respondió Ismael—, Carmen Polo, la esposa de Franco, estuvo de visita en Muxía y reclamó para sí dos pilas del Medievo, una bautismal y otra de agua bendita. Pese a que prometió tramitar su traslado, al día siguiente se presentó un camión del Ejército en Moraime para hacer inmediata la entrega. No se firmó ningún papel. En vista de esa experiencia decidimos curarnos en salud y protegernos de futuros espolios.

—¿Hicisteis este jardín para salvar la pila bautismal de la rapiña del dictador?

—¡Nooo! Hicimos este jardín para ser mejores personas. Si se puede reconducir un mal hábito o una tendencia temperamental a través de la caligrafía, también es posible trasladar tu vida a un jardín y decorarla, ordenarla, sosegarla y regarla al mismo tiempo que siegas la yerba, podas las arizónicas o replantas zanahorias silvestres, pies de oso o nabos del diablo.

—¿El diablo tiene nabo?

—Seguramente.

—¿Y huele a perejil?

—La planta, sí. La verga del diablo, lo dudo. Pero su nombre no tiene nada que ver con eso. Se la llama así por la forma de la raíz y su carácter tóxico.

—Pues a mí me gusta como huele.

—Eso es porque te recuerda al olor del vino. Su nombre técnico es *oenanthe crocata. Oenanthe* es un vocablo que deriva del término griego *oinos,* que significa vino.

—¿Y sirve para la elaboración de algún bebedizo?

—Para eso hay otras plantas. Antes de que te vayas te daré una botella de licor verde. Creo que te gustará. Es capaz de tumbar a un toro y tenerlo fuera de combate durante varios días. No descarto que el elixir que el monje medieval le dio a Iria para simular su muerte se elaborara con ingredientes parecidos.

—¿Tú lo has probado?

—Muchas veces. Si se toma con moderación, en las dosis adecuadas, estimula las ganas de vivir. Pero si te pasas de la raya, produce el efecto contrario.

—¿Deprime?

—Noquea.

—Un buen modo de dormir, entonces.

—En absoluto. La resaca es buena, pero el trámite de la cogorza despierta instintos suicidas.

—Mientras infunda el valor suficiente para dejarse arrastrar por ellos, ningún problema.

—¿Estás pensando en suicidarte? —Ismael le miró con atención. Más que sus palabras, le interesaba su semblante.

—Si lo hiciera no lo haría por amor. —El resplandor de una lumbre misteriosa le asomó a los ojos.

—¿No crees en el amor?

McFarlan regresó al instante en que Cynthia le hizo esa misma pregunta la noche de fin de año de 2012. Volvió a verla taparse el escote con los brazos cuando él le respondió que creería en el amor si no creyera en el sexo. Y luego la vio de nuevo en la bañera de su apartamento, desnuda y temblorosa, la primera vez que se abrazaron. Las imágenes comenzaron a desfilar por su cabeza como si fueran reflejos fugaces en las vidrieras de un carrusel que no paraba de dar vueltas alrededor de la historia que vivieron juntos: el sobresalto de su cara cuando les despertó un silencio atronador la noche que se congelaron las cataratas del Niágara. Su ruidosa carcajada a mil quinientos veinte metros de altura en la cima de la montaña rusa del parque de atracciones de Santa Clarita, en California. La puntería de su empeine cuando acudió en su defensa, en un bar de Tucson, y tumbó de una patada en la entrepierna al tipo que le increpaba. La luz de su cara el día que le arrancó, en el piso 102 del Empire, una promesa de amor eterno. Las lágrimas de sus ojos cuando le sorprendió en brazos de otra mujer, horas antes de que todo acabara...

Cada vez que el recuerdo de aquel instante desfilaba por su memoria cerraba los ojos con tanta fuerza que los pómulos casi se le encaramaban a la frente.

—El amor es el sexo del impotente —dijo por fin, como si estuviera recitando la coletilla de una respuesta repetidamente ensayada.

El abad vio cómo se movía el dolor debajo de su piel y le puso la mano encima del hombro en señal de afecto.

—*Post mortem dileximus* —susurró como si estuviera confiándole un secreto.

—No creo que nada nos aguarde más allá de la muerte. —La voz de McFarlan sonó tan fría como un veredicto inapelable.

—Es la inscripción que, según el códex, aparece en las sepulturas de Iria y Berwin: «Nos amaremos después de la muerte». Ellos no pensaban lo mismo que tú.

—¿Crees que daremos con ellos? —preguntó McFarlan, procurando distanciarse de sus recuerdos dolorosos.

—Si no están en el altar de los muertos volveremos a buscar en la necrópolis. Según los documentos del archivo deberíamos haber encontrado allí los restos de quince o veinte enterramientos humildes, pero lo cierto es que no hemos hallado todavía ni siquiera la mitad. El otro día encontramos el broche de un cinturón que pertenecía al uniforme militar de los mercenarios y una cruz griega de bronce. Aún quedan muchos cadáveres por localizar.

—¿No has dicho antes que los suicidas no podían reposar en cementerios cristianos?

—En ocasiones, la familia del difunto conseguía reconciliarle con la Iglesia. Conozco el caso de un prelado excomulgado que esperó ochenta años en un ataúd de plomo, depositado en un castillo, para obtener el derecho a reposar de una vez por todas en tierra santa.

—No me parece bien —objetó McFarlan—. Si un hombre comete un delito o hace daño a alguien, sus familiares o sus amigos pueden reparar el daño infligido o apaciguar la ira de la persona ofendida, incluso pueden confortarle y reclamar misericordia para él. Pero, en estricta justicia, lo que no pueden hacer es relevarle de la responsabilidad del castigo, ni borrar la mancha de su culpa. Culpa, castigo y mérito son asuntos personales. Ningún hombre puede asumir la culpa de otro.

—¿Y es esa la razón por la que no te dejas ayudar? No puedes transferir el peso de la culpa, es cierto. Pero puedes encontrar a alguien que te ayude a soportarla. Hasta Cristo tuvo a su cirineo.

—El daño que hice ya es irreversible. No queda nadie a quien pedirle perdón o a quien confortar.

—En eso te equivocas. ¿Qué hay de ti y del consuelo que necesitas? Por grave que fuera tu pecado tienes derecho a encontrar la paz que todos anhelamos.

El eco de un pequeño alboroto interrumpió su charla. Apartaron las ramas del sauce y vieron a lo lejos a un abuelo, vestido de domingo y engalanado con medallas y escapularios, discutiendo con una mujer veinte años más joven que él. Los dos estaban de pie, junto a la verja que protegía las lápidas sepulcrales del atrio de la iglesia. La mujer vestía un elegante traje azul. Tenía el pelo blanco, pero el rostro conservaba los restos de una incuestionable belleza. El anciano estaba pálido y le temblaban las manos. «Estás mintiendo, bruja, lo que dices no puede ser verdad», le gritaba con los puños cerrados en un gesto de rabia.

—La *vedoira* ha vuelto a hacer de las suyas —comentó el abad Ismael mientras alzaba la mirada al cielo.

—¿*Vedoira*? —preguntó McFarlan sin perder de vista al anciano.

—Las *vedoiras* son meigas que se creen capaces de adivinar lo que sucede en el más allá y les dicen a los vivos si sus familiares muertos están en el cielo o en el infierno.

—¿Y ahora le está diciendo a ese anciano que su mujer está en el infierno?

—No. Le está diciendo que su hija, que murió hace quince años, aún sigue en el purgatorio.

—¿Cómo lo sabes?

—Porque esta escena se repite cada mes. Voy por mi estola —añadió Ismael mientras se levantaba del banco de madera—. Si no rezo un responso ante la tumba de su hija, Arsenio no se moverá de allí en todo el día.

Los dos hombres caminaron juntos hasta la entrada principal. Rodearon la fachada posterior, dejando a la derecha los ábsides exteriores de la capilla mayor, y luego se separaron. El abad descendió las escaleras del pórtico y McFarlan siguió caminando hacia la torre románica. Al doblar la esquina vio a Arsenio con una piedra en la mano, y a la *vedoira* protegiéndose la cara con los brazos. «Arsenio, por el bien del alma de tu hija te ordeno que dejes la piedra en el suelo, o tus pecados alargarán su condena en el purgatorio», decía con voz amable mientras medía la distancia para mantenerse alejada del arma arrojadiza. Pero Arsenio replicó con una lógica que a McFarlan le pareció impecable. «Si mis oraciones no contribuyen a aliviar su quebranto —dijo—, mis pecados tampoco lo agravarán». Y, sin más trámite, le tiró la piedra. El lanzamiento se quedó corto. El anciano comprendió que había elegido una piedra demasiado pesada y se agachó enseguida, con una agilidad impropia de su edad, para hacerse con una más liviana.

La bruja se percató del peligro que entrañaba la maniobra de Arsenio para su integridad física y dándose la vuelta, comenzó a correr. «*Boh, vedoira do diaño*, no huyas o te dejo *chosca* de una pedrada en el ojo», dijo el anciano al salir tras ella. La mujer tuvo la mala fortuna de pisar en tierra húmeda y el tacón de un zapato se le hundió en el barro. A punto estuvo de rodar al suelo después de trastabillarse, pero logró recuperar el equilibrio en el último instante. El zapato se quedó atrás y durante los metros siguientes corrió a corcovos desiguales, subiendo y bajando en función del pie de apoyo, de tal modo que parecía la cabalgadura de un tiovivo, arriba y abajo, a medida que iba perdiendo velocidad. El cayado de Arsenio ya casi le rozaba el cogote cada vez que él lo agitaba con la clara intención de asestarle un estacazo. McFarlan se temía lo peor. Si el abuelo atinaba con el golpe, la mujer de azul, meiga y todo, acabaría con un chichón en la coronilla. Eso, en el mejor de los casos.

La perseguida notaba en su nuca el aliento del perseguidor y decidió desprenderse del otro zapato, lanzándolo lejos de un puntapié, para recuperar la estabilidad y ganar distancia. «Arsenio, por tu hija...», imploraba mientras aceleraba el ritmo de la carrera. «Te voy a *escarallar* el pescuezo», repetía Arsenio una y otra vez. Pocas zancadas después, la mujer descalza pisó un guijarro y lanzó un alarido de dolor mientras seguía corriendo a la pata coja buscando las lajas que conducían a la hospedería. Al anciano comenzaba a faltarle fuelle. Cuando llegó al borde de la zanja del viejo centro termal, a la *vedoira* se le dobló un tobillo y cayó como un fardo al fondo de agujero. «¡Dios Todopoderoso, menuda hostia me acabo de dar!», se la oyó decir desde la profundidad del altar de los muertos.

Al verla caer, Arsenio juzgó que ya había recibido su merecido. «*A todo porco lle chega o seu San Martiño*», musitó mientras se daba la vuelta y volvía por donde había venido. Al cruzarse con McFarlan, le saludó como si tal cosa:

—Buenos días.

McFarlan le siguió con la mirada, rendido de admiración. No sabía si ovacionarle o sacarle a hombros. Aún lo estaba considerando cuando los gemidos de la mujer le urgieron a acudir en su ayuda. Se asomó a la zanja y le brindó la mano, tal como el abad Ismael había hecho con él media hora antes. La mujer se asió con fuerza y dejó que su salvador tirara de ella hasta sacarla a la superficie. Una vez fuera, miró fijamente a McFarlan, sin pronunciar ni media palabra, y lo inspeccionó de arriba abajo con escrupulosa minuciosidad. Cubierta de polvo de pies a cabeza parecía un espectro salido de las entrañas de la tierra.

—Ella está bien —dijo con voz extraña al terminar de examinarle.

McFarlan la interrogó con la mirada.

—Entiende lo que hiciste —añadió la *vedoira* a continuación.

—¿De quién me habla?

—De Cynthia.

En ese momento, McFarlan dio un paso atrás como si la onda expansiva de una detonación le hubiera abofeteado en la cara. El desconcierto le nubló la inteligencia y sintió que todos sus mecanismos cerebrales colapsaban a la vez. Los pulmones se quedaron sin aire. La garganta se resecó. Las palabras morían antes de aflorar a su boca. Una fuerza esotérica le dejó paralizado, sin capacidad de reacción, a merced de una luz que agonizaba lentamente.

—Ella está bien —repitió—. Todos lo están: William Shakespeare y el conde de Derby...

Y, de repente, el último destello de luz se desvaneció en la tiniebla.

—¡Despierta, David! ¿Te encuentras bien? —La voz del abad Ismael le devolvió a la vigilia—. Bebe un poco de este *resolio*.

McFarlan se incorporó y llevó sus labios al borde del vaso que le tendía el fraile.

—¿Qué es esto? —preguntó después de darle un sorbo a un licor de color verde.

—Algo que te rematará o te hará revivir. Enseguida lo averiguaremos.

—¿Qué hago aquí, tirado en el suelo? ¿Qué me ha pasado? ¿Dónde se ha ido la mujer de azul? —El aturdimiento no le dejaba razonar con claridad.

—Bebe un poco más. ¿Ya te encuentras mejor?

—Sí. Este elixir es mano de santo.

—Cuando he salido de la iglesia te he encontrado en el suelo. Has debido de perder el conocimiento. Tal vez haya sido una bajada de tensión. Ya te he dicho hace un rato que no tenías buena cara.

—¿Y la mujer de azul? —volvió a preguntar McFarlan.

—La he visto marcharse con Arsenio. Ya estaban lejos cuando he vuelto. No encontraba la estola y me he entretenido más de la cuenta. Gracias a Dios no ha hecho falta rezar el responso. Esta vez se han ido en amor y compañía.

—¿No se estaban tirando los trastos a la cabeza?

—No que yo haya visto.

—Tengo que dejar de beber —suspiró McFarlan después de rascarse la cabeza.

—Buena idea.

—Pero no conviene hacerlo de golpe. El síndrome de abstinencia me volvería loco. —Se detuvo y suspiró—. Aún más de lo que estoy —musitó—. ¿Te queda licor verde?

—Iba a regalarte un par de botellas. Pero antes debes prometerme que hoy mismo te tomarás la tensión en la farmacia.

—Lo haré. Tu brebaje me sienta de perlas. Esta noche tengo algo que celebrar.

—¿Algo importante?

—Un párrafo de diez líneas.

—¿Las últimas?

—¡Las primeras!

—En ese caso solo te daré una botella.

—¿Y eso, por qué?

—Porque el principio es la mitad del todo. Aún te falta la otra mitad.

—Me parece justo —convino McFarlan.

Miró al abad Ismael y le saludó con una ceremoniosa reverencia.

10

Lira, cerca de Finisterre. Abril de 2019. Al día siguiente

Brais supo que aún estaba vivo porque los lejanos ladridos de un perro fueron horadando poco a poco el silencio absoluto de su conciencia. Los párpados, que hasta entonces habían sido compuertas herméticas de un cuarto oscuro, trataron de abrir un resquicio por el que poder asomarse a la realidad. Pero pesaban como persianas de acero. Cuando al fin logró despegarlos, al cabo de cinco segundos, o cinco minutos, Brais supo que se encontraba en un mundo completamente distinto al que había imaginado. Pensó que estaba en la cama. Alguien parecía estar hincándole la rodilla en el pecho y sentía en la boca el regusto dulzón de su propia saliva. Su mente, durante unos momentos, no sintió nada más que cansancio, como si acabara de llegar de un largo viaje. Pero cuando recuperó la memoria se dio cuenta de que estaba sentado en el asiento del conductor de su vieja furgoneta, a pocos metros de la casa de la playa. Las ruedas delanteras se habían hundido en el alcorque de un macizo de flores y la fuerza de la gravedad le empujaba hacia adelante. La rodilla que le presionaba el pecho era el volante, que se le clavaba por debajo de las clavículas. El regusto melifluo de la boca era el último rastro del licor verdoso con el que McFarlan y él habían regado la celebración de la noche pasada.

Salió como pudo de la furgoneta y estiró sus músculos para desentumecerse. Dickens le ladraba sin parar, mirándole fijamente a la cara. Por encima del tejado de la casa vio la luz grisácea del amanecer. El cielo estaba completamente despejado y supo que haría una espléndida mañana de abril. El morro de la camioneta se había empotrado contra la *carvalinhas* que crecían junto a la higuera de ramas lisas, a la izquierda de los peldaños que subían al cobertizo.

Las pezuñas de Dickens habían dejado sus huellas por todas partes: en los peldaños de la escalera, en la tarima del porche, en la puerta de acceso a la casa, en el macetón que servía de paragüero y en los brazos de la mecedora. Las marcas eran pruebas incriminatorias que no dejaban lugar a dudas sobre la autoría del estropicio. A Brais le sorprendía que un perro tan poco dado a los ataques de histeria hubiera venido enfurecido de la playa —las manchas delataban rastros de la arena apelmazada de la bajamar— y se hubiera abalanzado sobre los objetos del porche como si fueran intrusos peligrosos. «¿Qué mosca te ha picado, se puede saber?». Pero Dickens, como toda respuesta, siguió ladrando y dando saltos acrobáticos alrededor de Brais como si el suelo abrasara. «No tratarás de decirme que a tu amo le ha pasado algo, ¿verdad?». Movido por esa idea, Brais entreabrió la puerta y el perro se coló por la rendija urgido por la ansiedad.

Era evidente que Dickens ya había estado antes merodeando por el interior de la casa. El rastro de sus pisadas delataba un obsesivo recorrido circular alrededor del sofá. Había yesca, piñas y trozos de madera desperdigados por el suelo. Afortunadamente, la chimenea estaba limpia y el barro no se había mezclado con cenizas recientes. Los ganchos del fuelle y el atizador también estaban tirados sobre el parqué. Aunque Brais aún veía borroso y la cabeza no había dejado de darle vueltas, se percató de que un pie descalzo de McFarlan sobresalía por un lateral del sofá. Se asomó por encima del respaldo y le vio acostado de lado, con una pierna estirada y la otra doblada en ángulo recto. El codo izquierdo hacía las veces de almohada y la mano derecha, suspendida en el aire, parecía estar pidiendo la limosna de un silencio que Dickens se negaba a darle. Sus ladridos retumbaban en el interior de la casa como pedradas sobre una plancha de hojalata.

Brais zarandeó a McFarlan con suavidad para medir la profundidad de su modorra. No obtuvo ninguna reacción. Si no fuera por el vaivén respiratorio de su caja torácica podría pensarse que estaba muerto. Le zarandeó por segunda vez con más fuerza, pero el resultado fue el mismo. «A este perro loco le pasa algo raro», dijo en voz alta sin ninguna esperanza de que sus palabras pudieran abrirse paso entre la espesura del sueño de su amigo. Luego dio media vuelta y regresó al porche arrastrando los pies. En el trayecto le dio un puntapié involuntario a la botella de licor que el abad Ismael le había regalado a McFarlan el día anterior. Estaba vacía y rodó por el suelo hasta chocar con una de las estalagmitas de libros que crecían por la habitación.

—¿El hecho de que hayas escrito las diez primeras líneas de tu nuevo libro es motivo suficiente para que abramos la botella de este néctar de dioses? —le había preguntado a su amigo antes de dar el primer trago.

—Graham Greene solía decir que cuando das con la primera frase ya no necesitas preocuparte por el resto.

Cuando llegó al porche, Brais se sentó de golpe en la mecedora. El peso de su cuerpo hizo crujir la rejilla del asiento. Dickens aceleró el ritmo de sus ladridos. «¡Cállate de una vez, perro histérico!», le dijo mientras le daba un manotazo en el hocico. Dickens respondió a la reprimenda de un modo extraño. Enmudeció de repente y sin más echó a correr en dirección a la playa como alma que lleva el diablo. Brais agradeció vivamente el silencio. Se restregó los ojos con la mano y miró hacia el mar en busca de sosiego. Un ave picoteaba en la arena, junto a los peñascos que separaban aquella cala de la siguiente. Dickens alcanzó la orilla y comenzó a olisquear frenéticamente una roca.

Brais miraba sin ver. Los saltos del perro llamaron su atención de nuevo. Eran brincos enérgicos y misteriosos. Parecían los pasos de un baile frenético. Dickens danzaba alrededor de… ¿una roca? Brais aguzó la mirada tratando de enfocar el objeto de la orilla. No, no era una roca. ¿Un fardo? ¿Algún hatillo expelido por las olas? ¿Un animal? Se levantó de la mecedora y se aproximó al terraplén que descendía a la playa. Distinguió mechones dorados extendidos sobre la arena como tentáculos de un pulpo.

Las camariñas y los lirios marinos se estremecieron cuando él comenzó a correr haciendo retumbar la tierra. ¡Lo que Dickens olisqueaba era el cuerpo de una mujer!

Nada más llegar a su lado hincó las dos rodillas en la arena y le buscó el pulso en las venas de la muñeca. Estaba pálida, casi cianótica. Iba vestida con una falda larga, de algodón negro, y una camiseta abotonada de rayas horizontales, con cuello de barco y mangas por debajo de los codos. Estaba empapada, tendida de lado, y la melena rubia le tapaba la mitad de la cara que estaba a la vista. Cuando Brais sintió en la yema de sus dedos el latido de las arterias, se tranquilizó. La volteó boca arriba con suavidad y se quedó mirándola durante unos instantes. Parecía un animal dormido al borde del agua. A pesar de que la arena mojada le rebozaba uno de los pómulos y la punta de la nariz, su belleza era patente. El contorno del rostro tenía forma de diamante. Lucía un lunar en la mejilla izquierda y una sutil hendidura en la cumbre de la barbilla. La camiseta llevaba los dos primeros botones desabrochados y el tercero estaba a punto de desprenderse solo. La tela, pegada al cuerpo, envolvía un torso de curvas proporcionadas.

Brais calculó que la mujer tendría poco más de treinta y cinco años. Trató de reanimarla palmeándole las mejillas y sacudiéndole los hombros, pero ella no reaccionó a ningún estímulo. La tomó en brazos y la llevó a la casa todo lo aprisa que pudo. Dickens saludó la iniciativa con festivos movimientos de cola. El trayecto se hizo especialmente duro durante la subida de los peldaños del porche, pero a Brais aún le quedaron fuerzas para patear la puerta —que se abrió con estrépito— y llegar al dormitorio de McFarlan alargando las últimas zancadas para que el cuerpo de la chica no se escurriera de sus brazos. La dejó caer sobre la cama, que estaba sin deshacer, y la arropó con una manta que sacó del armario. Pensó en quitarle la ropa para que entrara en calor, pero un extraño sentido del pudor le impidió hacerlo. Al salir de la habitación encontró a McFarlan sentado en el sofá, con la cara desencajada por la resaca, luchando contra la turbación de su cabeza.

—¿Qué ocurre? —preguntó con voz pastosa y ronca mientras guiñaba los ojos para acomodarse a la luz.

—Voy a buscar un médico.

McFarlan se tiró del sofá y se puso a cuatro patas sobre la alfombra. Dickens protestó con un gruñido. Al parecer, le disgustaba que hubiera otro cuadrúpedo en casa.

—¿Desde cuándo llamamos al médico por una simple borrachera? —dijo mientras gateaba hacia la botella de licor que asomaba entre los libros del suelo.

—Está vacía —le anunció Brais.

—Mierda.

—Hay una chica en tu cama. Está inconsciente. Dickens la ha encontrado en la playa, escupida por el mar. Tal vez haya habido un naufragio. No tiene buen aspecto, David. Necesita un médico. ¿Cuidarás de ella hasta que vuelva?

McFarlan alzó el cuello y sacudió la cabeza de arriba abajo. Luego apoyó su mano derecha en el respaldo del sofá y buscó un impulso que le ayudara a incorporarse. Pero las fuerzas le fallaron y se vino abajo como un fantoche sin hilos. Al caer se golpeó la barbilla.

—¡Joder!

—¿Te has hecho daño?

—Ya no me queda orgullo que lastimar —farfulló McFarlan desde el suelo.

—¡Cuida de ella! —le pidió Brais antes de abandonar la casa—. Volveré enseguida.

Dickens salió tras él. McFarlan se quedó tumbado boca arriba, incapaz de moverse, y al cabo de unos segundos, masculló con voz casi imperceptible:

—Sí, cuidaré de ella. Pero no le concederé ninguna entrevista.

Cuando volvió a abrir los ojos no podía precisar cuánto tiempo había pasado. Tenía la impresión de que tan solo habían sido unos minutos. Giró media vuelta sobre sí mismo, se puso de rodillas y volvió a apalancarse en el sofá para ponerse de pie. La cabeza empezó a darle vueltas. Le dolía el cuerpo como si lo hubieran molido a palos. Renqueó hasta la puerta de su dormitorio, que estaba entreabierta, y antes de entrar se asomó por la rendija.

Esa fue la primera vez que la vio.

Su piel tersa estaba tan pálida que parecía tintada por una lechada de cal. Más que dormida, parecía una mujer muerta.

Se sentó en el borde de la cama y retiró los mechones rubios, oscurecidos por la humedad, que le tapaban la cara. Aunque sabía que no podía oírla, le susurró al oído:

—No, no me digas nada. Ya sé que tu avión, salvajemente ametrallado por el malvado Kai-Kai, cayó sobre el Orinoco y que tú, la audaz y heroica periodista, tuviste la buena suerte no solo de salvar tu vida sino de colarte en la tienda de Livingstone… Pero no hay entrevista.

Luego destapó el extremo inferior de la manta, desabrochó la hebilla del único zapato que la mujer conservaba puesto, y la descalzó.

Finalmente, vencido por el sueño, McFarlan se deslizó hasta el suelo.

Volvió a despertarse al cabo de un tiempo impreciso. ¿Diez minutos? ¿Cien? Su cuerpo seguía dolorido pero su cabeza comenzó a carburar sin rastro alguno de jaqueca. «El licor de Ismael te mata, pero no te decapita», pensó mientras se sentaba con la espalda apoyada en la pared. Durante la maniobra vio que la chica de la cama tenía los ojos abiertos.

Al verle, el temor sopló sobre ella como una ráfaga de aire nocturno.

—Tranquilízate —dijo él, poniéndose de pie con gran esfuerzo.

—*Where am I?* —su voz era aguda, pero tenía un punto de dulzura que a McFarlan le recordó la suavidad de una fibra de algodón.

—*You're safe.*

La mujer estaba sudando. La fiebre la hacía tiritar. McFarlan intentó lavarle la frente con una toalla húmeda, repitiendo «shhh, shhh», aunque ella no había emitido ni un solo sonido. Al rato, un destello de realidad volvió a los ojos de la chica.

—*Where am I? Who are you?*

Tenía unos labios preciosos en forma de arco. Su voz era aire puro y estaba extrañamente desconectada, como si hablara dormida. McFarlan tocó sus mejillas con el reverso de la mano para comprobar su temperatura y sintió que ardía. Le advirtió que estaba empapada y que debía quitarse la ropa si no quería morir de pulmonía.

La mujer levantó la mirada y asintió con una mezcla de indecisión y de incomodidad.

—¿Crees que podrás hacerlo tú sola? —preguntó McFarlan en inglés procurando que su voz sonara respetuosa.

La debilidad iba devorando poco a poco sus fuerzas. Volvió a cerrar los ojos. La quietud de su cuerpo, sin ningún rastro de tensión muscular, evidenciaba que había vuelto a desvanecerse. McFarlan apartó la manta, desabotonó la falda y tiró de ella arrastrándola hacia los tobillos. Las bragas, de color negro, se ceñían al abdomen y bordeaban un amplio tramo de sus caderas. El vértice de las ingles, los muslos, las rodillas, las piernas: el molde de su anatomía parecía haberse diseñado en el taller de un escultor del Renacimiento. Arrojó la falda al suelo y comenzó a desabrochar los botones de la camiseta. Aún faltaban dos por soltar cuando la mujer volvió a despertarse. Se estremeció y contrajo su cuerpo para ofrecer resistencia, pero McFarlan siguió adelante, repitiendo «shhh, shhh», una y otra vez, hasta que logró su objetivo. Luego cubrió a la chica con la manta. Recogió la ropa mojada y salió de la habitación. Se tumbó en el sofá y se quedó dormido.

Brais llegó con el doctor Varela poco tiempo después. Cuando los dos hombres entraron en el dormitorio, la mujer estaba ladeada sobre la cama, con medio cuerpo fuera del colchón, vomitando pequeñas bocanadas de agua y bilis.

—Acércame una silla —ordenó Varela mientras dejaba su maletín con instrumental médico en el suelo.

Brais entró en el baño, cogió el taburete que estaba al lado del bidé y lo colocó junto a la cabecera de la cama.

—¿Se pondrá bien?

—Aún no puedo saberlo. Puede que sí o puede que no.

El doctor Bieito Varela era un sexagenario de buena planta, alto y delgado, que siempre hablaba con solemne parsimonia. Conservaba una tupida mata de pelo entrecano en la cabeza, tenía la piel bronceada y un bigote de puntas enroscadas debajo de una gruesa nariz.

Se sentó en el taburete y acarició con suavidad la melena rubia de la enferma.

—*I can't throw up* —dijo ella después de sufrir una arcada.

—Dice que no es capaz de devolver —tradujo Brais mientras miraba el torso desnudo de la chica con rendido entusiasmo. Ni siquiera en ese trance tan poco glamuroso, perfilada en un escorzo antinatural, era posible dejar de admirar su belleza.

—¿Hay algún *dengue* en esta casa? —preguntó el médico al percatarse de la situación.

—¿Qué es un *dengue*? —indagó Brais.

—Un mantón.

—Creo que no —respondió mientras apartaba la vista de la mujer. Había entendido el mensaje de Varela—. ¿Necesita mi ayuda?

—Déjame a solas con ella —ordenó el galeno—. Si necesito algo, te avisaré.

Brais salió del dormitorio y fue al encuentro de McFarlan en la zona de estar. Lo encontró tirado en el sofá mirando fijamente al techo. Parecía hipnotizado. Brais le apartó los pies y se sentó a su lado.

—¿Buscas telarañas?

—¿Te refieres a las del techo o a las de los ojos? —inquirió McFarlan sin cambiar de postura.

—¿Aún te dura el guayabo?

—No. Ese licor… —comenzó a decir McFarlan.

—Alquimia celestial —le cortó su amigo.

—¡Pero demoledora! Una sola botella ha sido capaz de acabar con los dos.

—Te noquea pronto, sí. Pero no nubla el juicio. Yo ya tengo la mente completamente despejada. ¡Que Dios bendiga al druida que destiló este brebaje!

—No es cabezón, eso es muy cierto. Pero arrastra a un sueño profundo. Comprendo que a Iria la dieran por muerta.

—¿Quién es Iria?

—La verdadera Julieta.

—Dices cosas muy raras, ¿sabes? ¿No será que aún deliras?

—No, ya no. Hace un rato, es posible que lo hiciera. Juraría que te he visto cruzando el *hall* de mi casa con una sirena en tus brazos. Debe ser una variante del delirio de aquellos que no creemos en los insectos.

—Yo también he tenido un sueño muy extraño —dijo Brais siguiéndole la corriente—. Dickens me llevó hasta una chica que estaba en la orilla de la playa, casi ahogada. La subí a la habitación y te dije que iba a conseguir un médico. Cuando regresé, tú estabas despierto y ella estaba desnuda. Tal vez se trate de la misma sirena de tu delirio. No imagino cómo pudiste quitarle la ropa.

McFarlan puso cara de ofendido.

—No te pases. Hasta los borrachos tenemos nuestros límites.

—¡Lo sé, lo sé! —se apresuró a aclarar Brais—. Sé que eres un depravado con principios.

—¿Principios? No creo que tenga muchos. A mí me pasa lo mismo que a Wilde: las personas me gustan más que los principios, y las personas sin principios me gustan más que nada en el mundo.

—Si no tuvieras principios y fueras como Wilde, no te odiarías tanto. Te gustarías más que nada en el mundo.

—Entonces puede ser que estés en lo cierto: tal vez tenga algún principio escondido en alguna parte.

—Seguramente.

—Pero yo no me odio tanto como crees.

—Sí lo haces.

—Hay gente a quien odio más.

—¿Por ejemplo?

—A todos aquellos que me recuerdan quién soy. Así que haz el favor de no comportarte tú como uno de ellos.

—Para poder recordar a alguien antes hay que haberlo conocido. En este lugar no hay nadie que cumpla ese requisito.

—Todavía no —masculló McFarlan con entonación misteriosa.

—¿Qué quieres decir?

—Los periodistas pueden estropearlo todo.

—¿Lo dices por Robla? —preguntó Brais, restándole importancia a la preocupación de su amigo—. Puedes estar tranquilo. Sé de muy buena tinta que está neutralizado. Aunque no lo sepas, le debes una a tu vecino Cabaleiro. Te lo ha quitado de encima.

—No me refería a ese capullo de Robla.

—¿Entonces, a quién?

—A ella —respondió McFarlan, señalando hacia la puerta de su dormitorio.

—¿Crees que la sirena es una periodista?

—¿Qué otra cosa puede ser?

—¿Lo dices en serio?

—¡Naturalmente!

Brais se levantó del sofá y comenzó a caminar, ida y vuelta, por el borde de la alfombra. Primero se mesó los cabellos, luego levantó los brazos al aire implorando paciencia a la divina providencia y finalmente se detuvo delante de McFarlan. Mirándole fijamente a los ojos, le dijo:

—¿De verdad crees que esa mujer medio ahogada que he encontrado en la playa tiritando de fiebre es una periodista que se ha colocado en trance de morir para acercarse a ti sin levantar sospechas?

—Cosas más raras se han visto —respondió McFarlan antes de ponerse de pie.

—¡Definitivamente, deliras! Y en tu delirio no ves gusanos. Ni siquiera sirenas. ¡Ves fantasmas!

McFarlan iba a replicar cuando se abrió la puerta del dormitorio y salió el doctor Bieito Varela. Brais se abalanzó sobre él.

—¿Se salvará, doctor?

—Nadie está a salvo, amigo mío —sentenció el médico con un asomo de sorna bailándole en los labios—. Por eso conviene estar siempre en guardia. «Vigilad y orad porque no sabéis ni el día ni la hora».

—¡Joder, doctor! ¿Trata de decir que corre el riesgo de espicharla?

—Antes o después, lo hará. De eso no hay duda.

—O sea, que sale de esta, vaya —terció McFarlan mientras se metía las manos en los bolsillos.

—Sí, de esta sí sale —corroboró Varela.

—¿Cuál es el diagnóstico? —quiso saber Brais.

—Merma de riego en el cerebro, fatiga extrema y atracón de agua salada. Esa mujer se ha bebido medio océano Atlántico. Si nos sentamos, os lo explicaré. Hablar estando de pie es propio de forajidos.

—Creía que los forajidos hablaban montados a caballo —replicó McFarlan, presto a concebir un modo más rápido que la carrera a pie para huir de situaciones comprometidas.

—Eso, los de las películas. Pero créeme: aquí nadie sabe equitación.

—Sentémonos, entonces —accedió el dueño de la casa.

Brais y Varela compartieron el sofá. McFarlan, en calidad de anfitrión, acercó una silla del comedor, después de quitar la pila de libros que había encima del asiento, y se acomodó delante de ellos. El doctor comenzó a hablar con su calma característica.

—La baja temperatura del agua —explicó— contrae las arterias y llega menos sangre al cerebro. Eso fue lo que le hizo perder el conocimiento. Además, cuando tragamos mucha agua de mar, los riñones expulsan el exceso de sodio mediante la orina y el resultado es que acabamos deshidratados. La deshidratación hace que aumente nuestra frecuencia cardiaca, que sintamos náuseas, debilidad e incluso que suframos delirios. Además, en el caso de esa chica, como ya os he dicho, la fatiga era extrema. Ha pasado mucho tiempo nadando hacia la orilla. Yo diría que varias horas.

—¿Eso es todo? —preguntó Brais.

—Eso es todo —ratificó el doctor.

—¿No nos vas a decir nada más?

—«Boca ligera prepara su ruina», dicen las Escrituras.

A McFarlan le caía bien el doctor Varela. Admiraba la facilidad con que conseguía sofocar la inquietud de Brais. A su juicio, lo que le daba esa autoridad sobre él no era su vistoso bigote, sino la sensación de que se sentía en el mundo como en su propia casa y que sabía cómo desenvolverse en él.

—No suena tan grave —dijo, aliviado—. Yo había oído que la temperatura del agua podía causar neumonía.

—La persona que repite la mitad de lo que oye ya habla demasiado.

Antes de despedirse, el médico les explicó que la mujer debía beber mucho líquido, dormir todo lo que pudiera y tomarse cada ocho horas el antibiótico cuya receta había dejado sobre el taburete del dormitorio.

—¿Tienen ustedes noticia de que haya habido algún naufragio cerca de la costa? —les preguntó antes de salir.

—Ninguna —respondió Brais.

—Entonces no imagino lo que ha podido pasarle a esa mujer —dijo meneando la cabeza de un lado a otro.

Instantes después, McFarlan volvió a quedarse al cuidado de la misteriosa mujer que dormía en su cama. Calculó que Brais tardaría veinte minutos en volver después de dejar al médico en su casa y se preguntó qué podía hacer durante ese tiempo. Fue a la cocina y se preparó un café. Dickens gemía al otro lado de la puerta trasera, implorando a su amo que le abriera. Antes de hacerlo, McFarlan le conminó: «Los dos sabemos que sientes debilidad por los periodistas, perro traidor. Nunca rechazas sus caricias y tu altruismo hacia ellos ha llevado nuestra amistad a un punto de ruptura, ya te lo dije. Si dependiera de mí, te morirías de hambre. Te doy la última oportunidad: entra, olisquea a la sirena que duerme en mi habitación y dime si es otro Morton Stanley que ha venido en busca del doctor Livingston. Si le ladras sabré que estoy equivocado. Si te rindes a sus pies significará que estoy en lo cierto». Abrió la puerta y el perro entró en la cocina poniendo cara de haber entendido sus indicaciones. Se detuvo ante el yelmo de Mambrino, bebió agua y siguió su camino. McFarlan fue tras él.

La puerta del dormitorio estaba entreabierta y Dickens se coló por la rendija. McFarlan se asomó con cautela. La mujer llevaba puesto uno de sus pijamas y estaba sentada en el borde de la cama. Al verla, el perro comenzó a ladrar. McFarlan sonrió entre dientes con aire de satisfacción. Pero entonces ella puso su mano izquierda bajo el hocico de Dickens y lo acarició suavemente con los nudillos. Los ladridos cesaron de inmediato y el animal se tumbó a sus pies, manso como un cordero.

11

Lira, cerca de Finisterre. Abril de 2019.
Al día siguiente

—Ya conoces a Teresa —dijo Brais con ineluctable certeza—, si ha dicho que viene a llevársela, lo hará. Puedes estar tan seguro como de que la sangre de San Jenaro se licuará otra vez el 16 de diciembre. Y si tratamos de impedirlo, esta vez la lava del Vesubio caerá sobre nuestras cabezas.

McFarlan escuchaba a su amigo con una mezcla de temor y resignación. No sabía quién era San Jenaro, por qué tenía que licuarse su sangre el 16 de diciembre y qué relación guardaba ese misterioso prodigio con el Vesubio, pero sabía por propia experiencia que un enfado de Teresa podía ser más incandescente que la lava de un volcán. Un año antes, como represalia por haber metido a su marido en un lío de faldas, le tapó la nariz mientras dormía y le hizo tragar una cucharada sopera de salsa de chile.

—La culpa es tuya, charlatán. ¿Cómo se te ocurrió contarle a Teresa lo de anoche?

—Me pilló con la guardia baja y se me escapó.

—¿Pero le dejaste claro que no pasó nada?

—Ni claro ni oscuro. ¿Cómo puedo explicar lo que ignoro? La vi beber más de la cuenta, eso es todo. Luego me quedé dormido…

—Dormido, no: borracho.

—Las dos cosas.

McFarlan asintió, intranquilo. La idea de tener que enfrentarse a la versión guerrera de Teresa Aboal, descendiente directa del sanguinario pirata Benito Soto —que a los diecisiete años se enroló en un bergantín brasileño que traficaba con esclavos y a los dieciocho pasó a cuchillo al capitán y se hizo con el mando de la nave—, le producía una sensación cercana al espanto.

—Te dije que la mujer americana traería problemas. Los periodistas no saben hacer otra cosa.

—No insistas en eso. Ella no es periodista.

—No te tragarías su historia, ¿verdad?

—Anoche solo me tragué la última botella de orujo que quedaba en la despensa.

—Fueron dos.

—Pero la otra os la bebisteis vosotros.

—Ella solita se bebió más de la mitad.

—Es verdad que tú estuviste más comedido que de costumbre —concedió Brais.

—No podía darle ventaja. Algo me dice que debo andarme con mucho tiento delante de esa mujer.

—¿No la crees?

—Ni media palabra.

Brais supo que McFarlan estaba diciendo la verdad por el leve endurecimiento de su semblante. Continuó observando su expresión mientras se servían otra taza de café en la mesa de la cocina. Había conocido a muchos McFarlan distintos durante los años que llevaban juntos, pero era la primera vez que se encontraba cara a cara con uno que recelara tanto del peligro. Parecía un centinela que acabara de escuchar el chasquido de una rama. Como un zoólogo que avista una especie buscada durante muchos años, Brais no podía apartar la vista de él. Su amigo tenía la misma mirada, vigilante y temerosa, que había brillado en sus ojos la noche anterior, cuando se abrió la puerta del dormitorio y la mujer americana apareció ante ellos, envuelta en una bata de franela que le venía grande. Estaba muy pálida y le costaba mantenerse en pie. Parecía una sirena deshidratada que quisiera ocultar su cola de pez a los ojos de los hombres.

—Buenas noches —dijo en inglés nada más verles—, muchas gracias por su hospitalidad. Siento las molestias que les estoy causando.

Brais se levantó y le cedió su sitio en uno de los sillones que miraban a la chimenea.

—Me llamo Brais Mosqueira —se presentó mientras se sentaba en la silla del comedor que McFarlan había utilizado el día anterior durante la conversación con el doctor Varela—. Mi amigo se llama David.

—Mi nombre es Alice —dijo ella con expresión amistosa.

—¿No tienes apellido? —la voz de McFarlan parecía salir de detrás de un reflector durante un interrogatorio.

—Lo mismo que tú, según parece —replicó ella sin borrar el rastro de simpatía de su rostro.

—Lo siento, señorita. Mi amigo se apellida Williams. David Williams —mintió Brais.

—Yo me apellido Stocker. Alice Stocker.

—No vendrá usted a chuparnos la sangre, ¿verdad? —bromeó Brais.

Alice respondió con una carcajada.

—¡No! La sangre española es poco nutritiva. He venido a quitarles la cama… y el pijama —añadió mientras mostraba el cuello de la camisa por encima de la bata.

—¿Has dicho sangre española? —McFarlan seguía al acecho—. ¿Qué te hace pensar que en esta habitación hay sangre española?

Alice acusó el golpe y, por primera vez, pareció turbada. El titubeo, sin embargo, solo le duró unos instantes.

—¿Mosqueira no es un apellido español?

—Lo es, señorita. Y Brais es Blas en gallego. Soy español por los cuatro costados, aunque viví mucho tiempo en Estados Unidos. No le haga caso a mi amigo. Es demasiado suspicaz.

Alice miró a Brais con la simpatía con que hubiera mirado a un ser querido en medio de una multitud hostil. Su sonrisa hizo que los labios se estiraran, trazando un ángulo convexo de ciento ochenta grados. Una dentadura muy blanca y bien cuidada se asomó a la boca. Sus ojos azules se entornaron y las mejillas formaron dos surcos laterales, uno a cada lado de la nariz.

—¿Me contará su historia, Brais? ¡Me apetece mucho conocerla!

Su voz sonaba aguda y suave.

—¡Claro! Pero antes debe usted contarme la suya... ¿Cómo llegó a la playa? Estaba casi ahogada cuando la encontré —le dijo mientras le mostraba una botella de orujo—. ¿Le apetece un trago?

—¿Qué bebida es esa?

—Una especie de ron a la gallega.

—En ese caso no puedo rechazarla.

Al dar el primer sorbo, el reflejo de la luz en el cristal le iluminó el rostro: pómulos altos, un lunar en la mejilla al estilo Marilyn Monroe, cabello dorado con raya en medio y cabeza bien proporcionada. McFarlan levantó la mirada y descubrió que ella también le observaba. Alice pestañeó levemente, como si tuviera miedo a parecer grosera. La sensación era la de una primera cita muy extraña. Algo iba a ocurrir, pero ninguno de los dos sabía qué era.

—De verdad que lamento mucho haberles causado tantas molestias —dijo antes de tomar otro sorbo de orujo.

—Me dio un buen susto —insistió Brais, envolviendo sus palabras en una sonrisa indulgente—. ¿Se encuentra bien?

—Mucho mejor, gracias. ¿Cuánto tiempo he dormido?

—Casi día y medio.

Alice suspiró, impresionada. Luego añadió:

—Recuerdo entre brumas la cara de una mujer de cejas altas y pelo castaño obligándome con suavidad a beber agua de limón mientras dormía.

—Era Erea —corroboró Brais—. Una buena enfermera para cualquier dolencia. Se encarga de mantener a raya el oleaje de desorden que sacude esta casa.

Alice miró a su alrededor y al ver los libros apilados en el suelo, en las sillas, en la mesa del comedor y en el alféizar de la ventana no tuvo más remedio que poner en cuarentena los elogios que Brais le había dedicado a la mujer brumosa. No parecía que el orden brillara por su presencia.

—¡Nunca había visto tantos libros juntos! —exclamó con una admiración que parecía sincera—. ¿Son todos suyos?

—Son todos de mi amigo —respondió Brais, señalando con un leve gesto de la cabeza a McFarlan—. Algunos incluso los ha escrito él.

—¿Eres escritor? —Alice miró directamente a McFarlan, que visiblemente incómodo respondió con otra pregunta:

—¿Eres tú una sirena?

—Si no lo he soñado —dijo ella con rapidez—, tú mismo pudiste comprobar con tus propios ojos que tengo dos piernas debajo de la cintura.

Luego sonrió e hizo un gesto hacia McFarlan, que permaneció impasible.

—En realidad —explicó él—, en la mitología griega las sirenas son mitad mujer y mitad pájaro, y antes fueron niñas sencillas y hermosas que ayudaron a Hades a llevar a Perséfone al inframundo para que se casara con él. Su horrible metamorfosis fue su castigo.

—Nunca a lo largo de mi vida había sido descrita como una horrible criatura de la morada de los muertos… Al menos, nunca me lo habían dicho a la cara.

Brais saludó la ocurrencia con una carcajada y la tensión se relajó. Incluso McFarlan parecía divertirse.

—¿Eres periodista? —le preguntó a bocajarro.

—En cierto modo, sí —admitió ella—. Soy fotógrafo. Cubro escenarios de guerra.

—Pues aquí no hay ninguna guerra —dijo Brais temiendo desilusionarla. —Luego miró de reojo a McFarlan y añadió—: Al menos… todavía.

—No estoy aquí por esa razón —repuso Alice—. Estoy aquí por culpa de Mike.

—¿Quién es Mike? —quiso saber McFarlan.

—Un hombre a quien conocí hace tres días. Era judío. Nos enamoramos aquella misma noche durante un tiroteo. Robamos el avión en Trípoli. Era un Cessna. No había otro modo de evitar a las milicias falangistas. Lo tenían reservado para el personal de la embajada. Volábamos a mil pies cuando falló el motor izquierdo. Había viento de cola. Mike era un buen piloto. Trató de mantener el control. Me dijo que no me asustara, que siendo mercenario en Angola había pilotado helicópteros de combate en peores condiciones. Mike sujetó bien los controles, insultó al avión, pero no pudo hacer nada. Estábamos cayendo y cayendo. Justo cuando estábamos a punto de estrellarnos me dijo por primera vez que me amaba. Nos precipitamos al océano. Nunca seré capaz de olvidar el sonido del impacto y el silencio que nos rodeó a continuación. No sé cuánto tiempo transcurrió. Cuando abrí los ojos estaba sola, pero olía a tierra y vi las olas rompiendo en la distancia. Entonces nadé y nadé hasta que noté que mi pie tocaba tierra. Después vi tus ojos azules. Eso es todo.

Brais exhaló un silbido de asombro.

—¡Menuda historia de amor! —exclamó—. ¿Qué fue del chico?

—Ni idea —respondió Alice sin ningún asomo de tristeza en su voz.

McFarlan había escuchado el relato de Alice con distraída indiferencia.

—No pareces muy impresionado —le dijo ella.

McFarlan se encogió de hombros.

—Bueno, no es una mala historia. En Trípoli no hay aeropuerto y el Cessna solo tiene un motor, pero la historia es buena.

—¡Vaya! —suspiró Alice desilusionada consigo misma—, tendría que haber pensado mejor en los detalles. Pero cuando me inventé la historia no supuse que tendría que contársela a un hombre tan perspicaz.

—¿Entonces no viene usted de Trípoli ni su avión se precipitó al mar cuando el motor izquierdo se incendió? —Ahora era Brais el desilusionado consigo mismo—. ¡He picado como un ingenuo!

—La verdad es mucha más prosaica. Lo único cierto es que soy fotógrafa profesional, pero no cubro escenarios de guerra. Mi especialidad es fotografiar espacios naturales. El otro día cogí el crucero que sale de Corcubión y llega a la isla Lobeira. Estábamos rodeando la isla para regresar al puerto y vi un cormorán de una envergadura inusualmente grande. Tenía las alas desplegadas, como si quisiera echar a volar, pero no se despegaba de las rocas. Parecía una escultura viviente. La luz crepuscular era impresionante, de una belleza sobrenatural, y comencé a hacerle fotografías como una loca. A medida que el barco se alejaba fui estirando el cuerpo por la barandilla de popa. Lo estiré tanto que perdí el equilibrio y me fui de cabeza al agua. Nadie se percató. Durante los primeros instantes mi única preocupación fue recuperar la máquina de fotos antes de que se hundiera del todo. Me sumergí un par de veces, pero el peso hizo que se hundiera demasiado deprisa. Cuando traté de gritar para pedir auxilio, el barco ya se había alejado demasiado y nadie me oyó.

—Podía haberse quedado en la isla aguardando ayuda —opinó Brais.

—¡Y lo hice! Estuve más de dos horas esperando a que alguien pasara y pudiera recogerme. Pero anocheció y pensé que sería fácil llegar nadando a la costa. Soy buena nadadora. Llegué a la Lobeira chica sin mucha dificultad y desde allí traté de continuar a la playa de los Carbaliños, pero la corriente me arrastró en la dirección equivocada. Hubo momentos muy duros y me asusté. No veía nada. Por suerte, el brazo de tierra de Miñarzo se iba cerrando hacia mí y pude alcanzar la playa de Lira con las últimas fuerzas que me quedaban.

—Conoces muy bien los nombres de las playas de esta zona para ser americana —receló McFarlan.

—¡Llevo días haciendo un reportaje fotográfico sobre la Costa de la Muerte! —Alice se defendió con elocuencia—. Podría dibujarte un mapa de la zona y anotar todos los topónimos con los ojos vendados.

—Eso solo demuestra que has preparado muy bien tu coartada, señorita como te llames. No demuestra nada más.

Las palabras de McFarlan sonaron como cuchillos imaginarios volando hacia el contorno de Alice, atada a un blanco de madera con las piernas abiertas y los brazos en alto. Después, un silencio espeso atoró la conversación.

—«Sueño con una lengua en la que las palabras, como los puños, rompiesen las mandíbulas» —recitó Alice de memoria para expresar el daño que le infligía la desconfianza de McFarlan.

Pero él no estaba por la labor de la distensión.

—¿De quién has aprendido esa frase?

La pregunta pareció sumir a Alice en un oscuro soliloquio interior cuyo proceso se dirimió por etapas: el asombro estuvo a punto de hacerle decir la verdad, la alarma contuvo sus palabras, la duda llevó a sus labios una mueca de vacilación y finalmente el miedo la dejó paralizada.

Brais salió en su ayuda en el momento justo.

—¡Déjalo, Dave!

—¿Por qué tengo que dejarlo, Brais? Todos sabemos que ese numerito estúpido de náufraga moribunda que ha llegado hasta aquí atraída por el azar es una burda farsa. La frase que acaba de citar es mía. La dice el protagonista de mi última novela. ¡Ella sabe perfectamente quién soy! —Y volviéndose hacia Alice, añadió—: Sé a lo que has venido. Pero no te saldrás con la tuya. No voy a dejar en absoluto que invadas mi intimidad.

En su visión periférica, Alice percibió que el rostro de Brais se volvía hacia ella. Le ardían las mejillas.

—Yo no he mencionado el derecho a la intimidad —dijo, dando un sorbo a su vaso de orujo—. Pero me parece interesante que lo menciones tú.

McFarlan dejó su vaso en el velador que había entre los dos sillones. Parecía estar demasiado crispado como para disfrutar de la copa. Alice había provocado su hostilidad casi sin pretenderlo.

—Si no te hubiera quitado la ropa mojada no te encontrarías ahora tan bien. Tal vez debería haber dejado que enfermaras.

—Tal vez —dijo la chica con sequedad.

Luego cogió la botella y se sirvió otro trago. Estaba nerviosa y derramó un chorro de orujo sobre la manga de la bata.

Brais le lanzó una breve mirada de reproche a McFarlan, que él respondió con un gesto de desdén.

—Sí, sé quién eres —admitió Alice de repente, una vez que terminó de ordenar las ideas en su cabeza—. Soy americana. ¡Cómo no iba a saberlo! Te he reconocido al verte. Tu rostro es muy popular, y aunque haya desaparecido de la sección de cultura, ahora sale con frecuencia en la de sucesos. El caso del escritor desaparecido. No te apellidas Williams, te apellidas McFarlan. Sí, sé quién eres. Y sí, también he leído tu último libro. Como tanta otra gente. Si quieres mi opinión, es francamente bueno. Podría citar muchas otras frases de su protagonista. Pero no, no soy una periodista que haya venido a descubrir tu escondite. Lo creas o no, me trae al fresco que el mundo sepa dónde te escondes.

Brais se coló en la conversación antes de que McFarlan pudiera replicar. Había llegado el momento de pasar a un tema neutral. Sonrió.

—¿Habías estado antes en España?

—Nunca —respondió ella mientras se levantaba de su sillón, se sentaba en el suelo con las piernas cruzadas, al estilo indio, y acercaba al fuego de la chimenea la manga empapada de orujo para que se secara.

—Te gustará.

—No me quedaré mucho tiempo. Mañana mismo volveré al hostal de Santiago donde me alojo, haré las maletas y me marcharé de nuevo a Nueva York. El reportaje que me trajo hasta aquí ya está terminado y las últimas fotos, por desgracia, se han ido al fondo del mar. En pocas horas me perderéis de vista para siempre.

—Eso mismo dije yo hace veinte años y aquí sigo todavía —dijo Brais después de apurar de un trago su segundo vaso de orujo.

—¿Y qué te retuvo?

—El conjuro de una mujer. Teresa debió contratar a una *sabia* para que pasara su pierna nueve veces por mi cuerpo. Eso curó todos mis males y me ató a ella para siempre.

—¿Una *sabia*?

—Una meiga buena. Haberlas, también haylas.

—Conmigo no hay conjuros que valgan —dijo Alice con un rictus de tristeza—. Nadie me retendrá. En cuanto encuentre a alguien que me acerque a Santiago, me iré.

—Yo te llevaré —anunció Brais.

La manga de la bata ya se había secado, pero Alice seguía con el brazo extendido frente al fuego y se le estaba empezando a chamuscar la tela.

—¿De verdad harías eso por mí?

Había un brillo de inmensa gratitud en sus ojos, como si esa demostración de hospitalidad hubiera llevado a su ánimo una rama de olivo después del diluvio.

—Claro que sí. Si no te achicharras antes. Se te está quemando la manga.

Alice se miró el brazo como si perteneciera a otra persona. El alcohol se le había empezado a subir a la cabeza.

La velada se alargó, narcótica y apacible, hasta que Brais se quedó dormido en el suelo. Antes, movido por el amplificador emocional del alcohol, le hizo a Alicia un resumen vindicativo de su propia vida.

—Yo tenía muchas cosas importantes que decirle a un mundo que me despreciaba.

Alice se puso de pie para estirar las piernas mientras atendía las explicaciones de aquel vagabundo aventurero que, al parecer, saltó por la borda de un petrolero tras haber seducido a la mujer del capitán. Una fuerza invisible parecía presionarla hacia el suelo. Tenía las rodillas dobladas y ladeaba la cabeza como si quisiera enderezar un cuadro torcido en algún punto imaginario de su mente.

Brais seguía con su discurso:

—El mundo me llevaba a la deriva por una corriente impetuosa, como si fuera un madero inservible, un despojo de la creación, un despecho humano...

—Deshecho —corrigió McFarlan, que hasta ese momento había presenciado la escena sumido en un silencio sepulcral.

—Si ves que pierdo la capacidad de hablar, amordázame —le pidió Brais—. No quiero llegar a la fase mística. Y, desde luego, no me dejes bailar la muñeira. ¿Protegerás mi virginidad?

—Esa ya la descuidaste tú solo. Pero protegeré tu intimidad, que es a lo que te refieres.

—¡Intimidad! ¡Eso es!

—Aunque, según parece, ese no es mi punto fuerte —añadió McFarlan, mirando de reojo a Alice, que se había vuelto a sentar en el suelo como si fuera una kiowa dispuesta a fumar la pipa de la paz.

Ella saludó la ironía levantando el vaso de orujo por encima de su cabeza, en un brindis tembloroso.

Brais retomó la historia en el punto en el que la había dejado.

—Un leño en medio del oleaje: eso es lo que yo era cuando un golpe de mar me trajo a esta costa. Tierra mirfe…

—Firme.

—La señorita ya lo había entendido. ¿Verdad que sí, señorita?

—A la primera —confirmó Alice.

—Tierra firme, sí. Y ella me acogió en sus brazos.

—¿La tierra?

—La tierra, también. Pero ahora me refería a Teresa. Teresa es… ¿Cómo se lo explicaría? ¡Un apocalipsis de amor!

—¡Qué bonito es joder hablar…! —Alice también había empezado a pelearse con las letras consonantes de algunas palabras—. Uy, no, perdón. Bueno, eso también es bonito, claro. Pero quería decir que ¡qué bonito es poder hablar así de la propia mujer de uno!

—¡Perdón! ¡Noooo es mi mujer! No estamos casados —dijo Brais, levantando el dedo índice en señal de admonición.

Alice coligió, por las noticias que se abrían paso entre la bruma de su cabeza y la incoherencia creciente del relato de Brais, que Teresa era una joven viuda que regentaba la taberna del pueblo cuando Brais llegó a Lira. Llegó de noche. En invierno. No quedó claro el porqué. Al parecer iba huyendo de un predicador, o de un buscador de oro, tampoco ese punto quedó bien establecido. Llevaba más de treinta años recorriendo mundo y según sus cálculos aproximados, porque no sabía el año exacto en que nació, estaba a punto de cumplir medio siglo. Teresa se quedó fascinada por el encanto y el cinismo de aquel hombre misterioso de vida turbulenta. Aunque no estaban casados, ella le decía que le atormentaría después de muerta si no la llevaba al altar. Como buena gallega era supersticiosa y creyó ver en él algo mágico: la encarnación masculina de una especie de hechicera a la que había que enamorar para que revelara el paradero del tesoro que custodiaba. Teresa le enamoró, pero el tesoro seguía sin aparecer.

—Ella cree que el tesoro soy yo —dijo mientras recostaba la cabeza sobre el velador.

—Brais, te vas a hacer daño —le advirtió McFarlan—. Si se vuelca la mesa te darás una bofetada.

—Cualquier día me entierro —prosiguió Brais sin prestarle atención a la advertencia de su amigo— para que ella pueda desenterrarme y encontrar el tesoro que anda buscando.

Mientras hablaba, su cuerpo iba escalando el brazo del sillón y descargando más peso sobre el velador, que acabó por ceder estrepitosamente. Uno de los soportes de la pata se resquebrajó, Brais rodó por el brazo al estilo Fosbury, y se precipitó hacia el suelo de cabeza. El golpe fue morrocotudo. Alice se tapó las orejas con las palmas de la mano para mitigar el ruido de su aterrizaje sobre el parqué y McFarlan tuvo reflejos suficientes para coger al vuelo la botella de orujo que había encima de la mesa. El vaso de Brais se salvó porque cayó sobre su barriga. Tendido en el suelo, todavía despatarrado boca arriba, preguntó:

—¿Qué tal lo he hecho?

—Estupendamente —respondió McFarlan—, pero te queda un suspiro para lo de la muñeira. Yo de ti apagaría el motor.

—Tienes razón.

Y sin más, dio media vuelta y se quedó dormido.

—¿No deberíamos llevarle a la cama? —propuso Alice cuando, llena de asombro, escuchó su primer ronquido.

—Sin la ayuda de la grúa municipal sería imposible. Pesa como un pecado.

Alice abandonó su postura de india y se sentó en el sillón que ocupaba Brais antes de desplomarse.

—¿Eres un hombre religioso?

—No.

—¡Pero hablas de pecado!

—Steinbeck decía que no existen ni el pecado ni la virtud. Solo hay lo que la gente hace.

—¿Quieres saber lo que digo yo? —McFarlan se encogió de hombros—. Yo digo —prosiguió Alice— que el pecado no está en lo que el hombre hace, sino en lo que piensa. No peca el que hace algo indebido, sino el que piensa que es indebido.

Luego, satisfecha con su aportación al conocimiento de las leyes de la vida, apuró de un trago el culín de orujo que quedaba en su vaso.

—Si no tienes cuidado, acabarás como él.

Alice miró el corpachón de Brais tendido en el suelo. Su respiración sonaba como el aliento del espiráculo de una ballena. Parecía sumido en un sueño profundo.

—No parece un final tan malo —dijo ella con una mueca de aprobación.

En ese momento, la voz del caído sonó como un gemido somnoliento.

—Tengo frío. —Y se encogió sobre sí mismo para arroparse con las rodillas.

McFarlan se levantó sin decir palabra y entró en el dormitorio. Enseguida regresó con una manta y un almohadón. Desdobló la manta y cubrió el cuerpo de su amigo. Luego le levantó ligeramente la cabeza y puso el cuadrante debajo de ella. Alice siguió sus movimientos con sorpresa. No esperaba de él ese gesto piadoso.

—Acércame el atizador —le pidió McFarlan, que se había aproximado a la chimenea para avivar el fuego y subir la temperatura de la habitación.

Alice hizo lo que le había pedido. Mientras le veía remover las brasas se percató de que, a diferencia de lo que ella creía, estaba ante un hombre de carácter resolutivo. Se había hecho la idea de que su único punto fuerte era la labia. La llama se encaramó sobre los troncos medio consumidos de la chimenea y el resplandor del fuego tintó la silueta de McFarlan de un tono sanguíneo y ocre. Tenía la espalda fornida, los hombros altos, el cuello firme, la cabeza recta... Agachado frente a aquella luz oscilante, el *Homo faber* había desplazado al *Homo sapiens*. La acción se había impuesto a la palabra.

Fue justo en el momento en que esa percepción se adueñó de ella cuando se sintió poderosa. Le invadió el súbito convencimiento de que si ella también pasaba a la acción sería capaz de manejarle a su antojo, de rendir su hostilidad. Si se lo proponía podía conseguir que el desdén diera paso al deseo.

—¿No te sientes demasiado solo en este rincón tan apartado del mundo?

McFarlan dejó de manipular las brasas de la chimenea y giró la cabeza hacia atrás. Alice estaba sentada en el sillón como una reina en su trono. Se había quitado la bata y tenía las manos ocultas dentro de las mangas del pijama. Los puños colgaban flácidos como los brazos de un fantasma.

—No.

—¿Te basta con el amor de Brais?

—Yo no creo en el amor —respondió McFarlan antes de volver al trajín de los rescoldos—. El amor es el sexo del impotente...

Si McFarlan se hubiera dado la vuelta habría visto que una sombra perturbadora recorría el rostro de Alice hasta hacerlo palidecer. Guardó silencio durante un buen rato. Su cabeza, acelerada por el efecto del alcohol, empezó a pensar muchas cosas a la vez de manera simultánea. Pensó en las frases lapidarias que solían repetir los protagonistas literarios de McFarlan. Pensó en su gato de angora, tan valiente y tan ágil, siempre dispuesto a escalar los lugares más inaccesibles pero sumiso a la hora de las carantoñas. Y, por supuesto, también pensó en el motivo que le había llevado hasta allí.

Alice se deslizaba por un plano inclinado, arrastrada por la inercia del impulso que ya se había puesto en marcha.

—¿Y tú? ¿Qué opinas tú del pecado? —preguntó con lengua estropajosa.

—El único pecado es el fracaso.

—Entonces el éxito es la única virtud...

—Tal vez —dijo McFarlan sin detenerse a considerarlo.

Alice comenzó a abanicarse con la palma de la mano mientras ahuecaba el cuello del pijama para ventilar el torso del cuerpo.

—¡Uffff! ¿No empieza a hacer demasiado calor? —acertó a preguntar, ralentizando la voz para no tropezar con las palabras.

McFarlan miró de reojo a Brais, acurrucado en la manta, y respondió:

—Es el orujo.

—¡Ufffff! —insistió ella mientras comenzaba a desabotonarse la chaqueta—. No lo soporto.

—¡No hagas eso! —le ordenó McFarlan con brusquedad.

—Haré lo que me venga en gana —exclamó Alice, poniéndose de pie en el sillón—. ¡Viva la libertad!

Luego, cada vez más desinhibida, comenzó a dar saltos como si estuviera en una cama elástica.

En uno de los saltos, el sillón se venció hacia atrás y ella cayó de espaldas. La pierna se quedó atorada entre los soportes del brazo y Alice empezó a gemir como si fuera un cervatillo apresado entre las mandíbulas de un cepo.

McFarlan sacó hielo del congelador, lo envolvió en un trapo de cocina y se lo puso sobre el tobillo. Ella soportaba el dolor con silenciosa entereza. Aunque tenía todos los músculos de la cara tensos como gavias, se lamentaba con la boca cerrada. McFarlan improvisó una férula con un ejemplar atrasado de *The New York Times* y la sujetó alrededor del gemelo con cinta de embalar. Luego apiló media docena de libros, puso encima un almohadón, y le acomodó la pierna para que se mantuviera en alto. Finalmente se levantó y le dio un analgésico.

Alice, muy a su pesar, no pudo reprimir una mirada de sincero agradecimiento.

Al cabo de un rato, McFarlan le quitó el hielo y la llevó en brazos a su cama.

Cuando Teresa vino a hacerse cargo de ella, al día siguiente, aún seguía encerrada en el dormitorio.

—¿Ha comido? —preguntó con menos enojo del que McFarlan esperaba.

—Lleva todo el día durmiendo.

—¡Dios Todopoderoso! ¿Una mujer llega medio ahogada a tu casa, al día siguiente dejas que se *escaralle* el tobillo y después de eso aún la tienes en ayunas? ¿Pero qué clase de cretinos sois vosotros dos?

—La chica está bien, Teresa. Bebió más de la cuenta, se cayó del sillón y se hizo un esguince. Eso es todo. Deja que duerma. No hay mejor medicina que esa. Hablo como experto.

—¡Manda *carallo*! —le respondió la mujer lanzándole una mirada iracunda—. ¿Cómo es eso de que está bien? ¿Tiene o no tiene un esguince?

—Uno pequeñito.

—¿Se lo ha visto el médico?

—¡No exageres, Teresiña! —dijo Brais con ánimo conciliador.

—Te digo que la chica está bien, Teresa —insistió McFarlan.

—¿Pasó algo más?

—No.

—Júralo.

—¡Lo juro, coño! Puedo ser un loco, pero no soy un sátiro.

Alice escuchaba la conversación desde el dormitorio, avergonzada por su conducta de la noche anterior, y sabía que McFarlan estaba diciendo la verdad. No dejaba de recordar el esmero con que había cuidado de Brais y de ella en los peores momentos de su accidentada borrachera. No, pensó, tal vez McFarlan no fuera la bestia que había forjado su imaginación.

Y esa duda la dejó perpleja.

12

Lira, cerca de Finisterre. Abril de 2019. Al día siguiente

A McFarlan se le metía el sol en los ojos y tenía que manejar la bicicleta con una sola mano para utilizar la otra como visera. El hecho de que Alice y Brais se hubieran bebido las dos últimas botellas de orujo blanco de su aparador le obligaba a encarar la jornada bajo el dictado forzoso de la ley seca. Recorrió con una mano en el manillar el camino peatonal que une las playas de Lira y Portocubelo bordeando los acantilados y llegó al paseo marítimo antes de las diez. Ninguna nube, ni blanca ni gris, ni alta ni baja, moteaba el cielo azul. La bahía rectangular, protegida en poniente por una escollera con quiebros a derecha e izquierda, estaba repleta de pequeñas embarcaciones amarradas a las boyas. Las gaviotas volaban casi a ras de agua y una límpida luz de domingo chispeaba en las crestas de espuma que rodeaban los farallones.

Un hombre que echaba migas de pan a las aves saludó a McFarlan con la mano. A su lado, un niño de unos seis años corrió a su encuentro.

—¿Me das un paseo?

McFarlan miró al hombre que alimentaba a los pájaros y le interrogó con la mirada. Cuando identificó en su rostro un gesto de asentimiento, levantó al niño por las axilas y lo sentó en el manillar.

—¿Cómo te llamas? —le preguntó.

—Sergio.

—Agárrate fuerte y mantente recto. ¿Lo harás?

—Sí.

—¿Me lo prometes?

—Sí.

La rueda delantera zigzagueó durante unos metros, antes de que el vigor de las siguientes pedaladas la obligara a rodar en línea recta. Sergio se mantuvo erguido y bien sujeto al manillar, fiel a la palabra dada.

—Te has portado muy bien. Eres un chico valiente.

—Sí.

Camino de la lonja se detuvieron en la puerta del almacén de una marisquería. McFarlan echó pie a tierra, sin bajarse de la bici, y se dirigió a una mujer que envolvía navajas en papel de estraza. El niño dio un salto y empezó a corretear por los alrededores.

—Buenos días —la saludó McFarlan, y la mujer le correspondió mirándole de arriba abajo—. ¿Sabe usted si está en casa Diego Galero?

—¿Quién?

McFarlan se había referido al propietario del local por el nombre de pila y su primer apellido para tratar de vencer la desconfianza de la mujer.

—Diego Galero —repitió.

La mujer estiró el pescuezo para mirar la vivienda y le dijo que no con un movimiento de la cabeza.

—¿Está segura? —preguntó McFarlan.

—Lo estoy —contestó ella.

—Ya…

—Creo que el niño va a *escarallar* el timbre —anunció mientras metía el paquete de las navajas en una bolsa de plástico.

McFarlan vio a Sergio con el dedo incrustado en el pulsador de la puerta. Hizo un aspaviento para captar su atención y, en cuanto le miró, le pidió que dejase de llamar.

—¿Sabe si está en casa? —preguntó.

—No parece —dijo la mujer.

—No, no parece —sonrío McFarlan—. ¿Pero le ha visto esta mañana?

—Mire en la lonja.

McFarlan convocó a Sergio con un silbido. El niño acudió a la carrera. McFarlan le encaramó de nuevo al manillar de la bicicleta y pedaleó hasta la lonja.

El edificio, de hormigón blanco, tenía el tejado oblicuo y seis ojos de pez de diámetros decrecientes sobre las cristaleras de la planta superior, a la que se accedía por una escalera metálica de dos descansillos. Los operarios acababan de fijar los precios de la última subasta.

—¡Precio de salida del percebe, cuarenta y dos euros y medio!

Los mayoristas y los restauradores seguían las incidencias de la sesión con los teléfonos móviles pegados a la oreja. En las pantallas digitales del local el precio comenzó a descender hasta que se detuvo en los cuarenta euros y veinte céntimos.

McFarlan distinguió a Teresa entre los pujadores. Ella le dirigió una mirada inquisitiva. Una voz llamó su atención.

—Si me acompaña, le daré lo que me ha pedido.

Era Diego Galero.

—Espérame aquí, Sergio —le dijo McFarlan al niño—. Cuida de la bicicleta. ¿Lo harás?

—Sí.

—¿Me lo prometes?

—Sí.

Galero hizo pasar a McFarlan a una nave en la que se mezclaban el olor a pescado y a esparto húmedo. El color morado de un kimono destacaba como una extravagancia en medio del local. Su dueño, el patrón Manabu, era japonés. Estaba completamente calvo y sus ojos orientales, oblicuos y estrechos, recordaban las branquias de un escualo. Bajo el kimono asomaban dos botas de agua de plástico negro. Manabu estaba sentado en un sillón de mimbre. McFarlan lo saludó con una reverencia.

—Bienvenido —dijo el nipón en un castellano perfecto.

Dio dos palmadas y al instante se personó un hombre vestido con un delantal de hule blanco, con una langosta viva en cada mano.

—Manabu las ha retirado de la subasta —informó Diego Galero—, tal y como usted me pidió. Cada una pesa casi tres kilos.

—Dos novecientos la de la derecha y cincuenta gramos menos la de la izquierda —precisó Manabu con tono profesional—. Me las hubieran quitado de las manos en la subasta.

—¿Cuánto? —preguntó McFarlan.

—Setecientos euros por las dos.

—Eso es mucho.

—En la subasta hubiera pedido ochocientos.

—Y el parón se hubiera producido en seiscientos.

—En seiscientos no hay trato. —Manabu meneó la cabeza para enfatizar su negativa.

—Seiscientos cincuenta es un precio justo —terció Diego Galero—. Si no se las queda él, me las quedo yo a ese precio.

—Por menos de setecientos setenta no las suelto.

—Setecientos sesenta —ofreció McFarlan.

El japonés se removió bajo su kimono morado y cerró los ojos con fuerza, como si no quisiera ver la satisfacción que sus palabras iban a provocar en el semblante de su interlocutor.

—De acuerdo —dijo sin despegar los párpados.

Cinco minutos después, envueltas en papel de periódico humedecido con agua salada, las dos langostas viajaban en el portaequipajes posterior de la bicicleta, dentro de una bolsa de plástico llena de cubitos de hielo. Sergio, sentado de nuevo en el manillar, simulaba con la boca el sonido de una bocina. Cuando llegaron a su destino, McFarlan le preguntó:

—¿Quieres ganarte un euro?

—Sí.

—Corre al bar Pedra Pas y pídele a Carlos los periódicos que tiene para mí. «Los periódicos del americano», dile. ¿Sabrás hacerlo?

—Sí.

—Luego me los llevas corriendo al bar Ranchito. ¿Lo harás?

—Sí.

—¿Me lo prometes?

—Sí.

El sargento Cabaleiro y el doctor Varela aguardaban a McFarlan sentados junto al ventanal del bar Ranchito, que ofrecía una magnífica panorámica de la ensenada del puerto. Los árboles que jalonaban el paseo marítimo, al otro lado de la calle, estaban cuajados de piñas de color ocre.

—Llegas tarde —dijo Varela al verle entrar.

—«La puntualidad es el ladrón del tiempo» —respondió.

—¿Esa frase de quién es? —preguntó el sargento Cabaleiro.

—De Oscar Wilde.

—¿Americano?

—Inglés —respondió el médico.

—Irlandés —puntualizó McFarlan.

—Inglés o irlandés, un cretino —sentenció Cabaleiro—. Ya me gustaría verle esperar a él.

—No encontraba a Diego Galero —se disculpó McFarlan.

Luego levantó la bolsa con las dos langostas para proclamar que la espera había merecido la pena. Las antenas sobresalían del plástico y alanceaban el aire con furia.

—¿Has traído dos? —se extrañó el sargento.

—Una es para Teresa —aclaró McFarlan—. Esa mujer perdona antes si se le lleva una ofrenda.

—¡Esa mujer y todas las que conozco! —apostilló el doctor Varela.

El dueño del bar se acercó a la mesa.

—¿Albariño? —le preguntó a McFarlan.

—Para tomar aquí, sí. Para llevar, dos botellas de orujo blanco. Estoy seco —y acercándole la bolsa que llevaba en la mano, añadió—: ¿Me las guardas?

—¿No prefieres que las prepare y nos las comamos con un poco de tártara recién hecha?

—Una es del doctor. Ya sabes que el sargento no acepta cohechos. La otra es para Teresa.

—Una ofrenda —aclaró el galeno.

—¡Un soborno! —matizó el guardia civil.

—Si es para Teresa, no digo nada —dijo el dueño del bar mientras se daba la vuelta con la bolsa en la mano.

McFarlan se sentó con Varela y Cabaleiro. Se aclaró la voz y comenzó a decir:

—El motivo de esta reunión…

—Ya sabemos cuál es el motivo de esta reunión —le cortó el sargento—. Vayamos al grano: a primera vista, esa mujer dice la verdad. Subió al barco en Corcubión a las cinco y media de la tarde. Iban a bordo seis pasajeros. El patrón no se dio cuenta de que solo desembarcaron cinco…

—Lo que significa —se apresuró a concluir McFarlan— que tal vez sí desembarcó y que lo de la caída por la borda puede ser una patraña.

—Que no la oyeran caer es raro —convino el guardia civil—, pero si el barco ya había rodeado la isla Lobeira y regresaba a Corcubión, los pasajeros estarían en proa. Los otros cinco turistas que viajaban con ella eran de la misma familia y se movían en grupo.

—Además —terció Bieito Varela—, los síntomas que presentaba cuando yo la atendí en tu casa no eran imaginarios. Esa mujer estaba agotada, había tragado mucha agua de mar y tenía hipotermia. Si se cayó del barco o se tiró a propósito, no lo sé. Pero que nadó muchas horas y que llevaba inconsciente un buen rato cuando Brais la encontró es un hecho científico irrefutable.

McFarlan no estaba dispuesto a rendir sus sospechas a las primeras de cambio. Mientras le daba un sorbo al vaso de albariño que el dueño del bar acababa de poner encima de la mesa, procesó la información que había recibido. Luego volvió a dejar el vaso en su sitio y le preguntó a Manuel Cabaleiro:

—¿No podemos interrogar a los miembros de la familia que embarcó con ella en Corcubión? Yo no me trago que se cayera por la borda sin que nadie se diera cuenta. Y, además, su explicación no cuadra. Si el barco salió de Corcubión a las cinco y media de la tarde llegaría a la Lobeira mayor a las seis y cuarto. Ella nos dijo a Brais y a mí que aguardó dos horas a que alguien la viera. Pasadas las ocho ya era noche cerrada. Lo lógico hubiera sido guarecerse en el faro y esperar allí hasta la mañana siguiente. ¿Qué clase de insensato se tiraría al mar en plena oscuridad?

En ese momento se abrió la puerta del bar y entró Sergio con varios periódicos debajo del brazo. McFarlan sacó una moneda de un euro de su bolsillo y se la dio. «Un trato es un trato», le dijo. El niño cerró el puño en torno a su recompensa y salió corriendo del local más contento que unas pascuas.

—¿Qué sentido tiene leer periódicos atrasados? —preguntó el doctor Varela al darse cuenta de que el primer ejemplar a la vista era un *The New York Times* de la semana anterior—. Hoy día podemos saber en tiempo real lo que sucede en cualquier lugar del mundo a través de internet.

—La inmediatez carece de sentido en el fin del mundo —respondió McFarlan mientras ojeaba la portada del rotativo neoyorquino.

La foto de un tornado ilustraba la noticia principal.

—Internet nos trae noticia de lo que pasa en el mundo, pero también nos sitúa en él —dijo el guardia civil—. ¿Me equivoco, David?

—La policía no es tonta.

—¿Y qué tiene eso de malo? —quiso saber el médico.

—Si quieres que el mundo no sepa nada de ti, mucho —explicó Cabaleiro.

Varela miró a McFarlan y comprendió lo que el sargento trataba de explicarle.

—Ya entiendo. ¿Por eso te asusta que la chica que encontró Brais pueda ser una periodista?

—No hablemos en condicional —propuso McFarlan—. No es que pueda serlo. Es que lo es. De eso estoy seguro. ¿Fotógrafa de espacios naturales? ¡No me lo creo!

—Pues deberías —refutó Cabaleiro—. En eso también dijo la verdad.

—¿Cómo lo sabes? —preguntó McFarlan enarcando las cejas.

—Pues porque, como decíamos antes, internet nos sitúa en el mundo, y a ella la sitúa en un estudio de fotografía paisajística de Nueva York que se llama como ella: Alice Stocker. Puedes visitar su página web cuando quieras. Y, por cierto, las fotografías que hace son estupendas.

La tesis de McFarlan de que Alice era una impostora se iba quedando, poco a poco, sin soporte argumental. Cabaleiro había acreditado que embarcó en Corcubión en el crucero de las cinco y media de la tarde, Varela certificaba que había pasado muchas horas en el mar, expuesta al riesgo de morir ahogada, e internet corroboraba la autenticidad de su nombre y de su ocupación profesional. A McFarlan no le gustaba que la realidad desmintiera sus conjeturas, pero la fuerza de los hechos empezaba a ganarle el pulso. Ya empezaba a aceptarlo de mala gana cuando la voz del sargento acudió en su ayuda:

—No obstante —dijo Cabaleiro retrotrayendo la conversación al punto en el que se encontraba cuando llegó Sergio con los periódicos—, lo cierto es que eso de tirarse al mar en plena noche suena muy raro. Apenas hay puntos de luz en la costa. En la playa de los Carbaliños, que es la más próxima a la Lobeira Chica, ninguno. En Carnota, muy pocos. Sin referencias visuales de la orilla, ponerse a nadar es una locura. Nadie en su sano juicio lo haría si tuviera una alternativa mejor. Y, ella, desde luego, la tenía.

Bieito Varela escuchó atentamente las juiciosas consideraciones de Manuel Cabaleiro, pero después de sopesarlas durante un instante, dictaminó:

—El sentido común no puede más que la evidencia.

—¿Y eso qué coño quiere decir?

El tono de voz de McFarlan ponía de manifiesto que no estaba dispuesto a simpatizar con ningún comentario adversativo que impugnara la solidez del razonamiento de Cabaleiro.

—Quiere decir que el sentido común está de vuestro lado. Todo lo que decís es muy sensato. Yo opino lo mismo. Pero la evidencia científica es irrefutable. Por muy absurdo que sea, que sin duda lo es, esa chica estuvo nadando a oscuras durante un buen rato. Da igual que llevara inconsciente dos horas o siete cuando Brais la encontró. ¿A qué hora fue eso, a las siete y media? ¿Y qué más da que se tirara al mar a las cinco de la madrugada o a las nueve de la noche? Ninguna de las dos opciones le da sentido a lo que hizo. ¡Pero lo hizo! De eso podéis estar completamente seguros.

—¿Y no pudo estar nadando cerca de la orilla, después de haber venido aquí por su propio pie, hasta provocarse los síntomas que presentaba cuando la examinaste en mi casa?

—No lo creo. —El médico frunció el ceño en señal de escepticismo—. Se necesita mucho valor para llevar al límite la capacidad de resistencia de tu propio cuerpo cuando corres el riesgo de morir ahogado. El instinto de supervivencia te impulsa a salir del agua cuando empiezas a notar que no te llega oxígeno al cerebro y que la fatiga te deja a merced de las olas. Solo un loco o un suicida sería capaz de hacer algo así. Si lo que quería era una coartada que le permitiera llegar hasta ti sin levantar sospechas, podía haber ideado alguna menos arriesgada.

—Creo —convino Cabaleiro— que Bieito tiene razón.

—¿Por qué no hablas con la familia que viajaba en el barco? —insistió McFarlan.

—Primero, porque no se ha cometido algún delito que la guardia civil deba investigar. Si me he tomado la molestia de meter la nariz en este asunto ha sido por hacerle un favor al doctor. Y, en segundo lugar, porque ya hemos convenido que, a los efectos que a ti te preocupan, no importa demasiado si esa chica se cayó por la borda o no.

McFarlan miró con impotencia a su alrededor. La tarea de desenmascarar a Alice no iba a ser tan sencilla como él había pensado en un principio. Por alguna extraña razón que no alcanzaba a entender, Brais simpatizaba con ella y no estaba dispuesto a secundar sus sospechas. Cabaleiro y Varela tampoco creían que se tratara de una periodista camuflada de mosquita muerta. Desvió la vista hacia el *The New York Times* y leyó el encabezamiento de la primera noticia: «La oleada de tornados afecta a los estados de Alabama, Florida, Georgia y Carolina del Sur. Los tornados han causado hasta ahora veintitrés muertes, muchos heridos y daños severos; además, han dejado sin servicio de electricidad a más de diez mil personas».

La voz lijosa del doctor le sacó de la lectura.

—Sé lo que estás pensando… —dijo mientras afilaba con las yemas de los dedos las puntas de su bigote.

McFarlan estuvo a punto de decirle que los dioses sanguinarios, cuando se enfadaban entre sí, jugaban a ver quién provocaba el desastre natural más mortífero. Gea, Eolo y Poseidón medían su poder con terremotos, tormentas y tornados.

—Piensas que has hecho una pésima inversión —continuó diciendo Varela con su parsimonia característica—, y que para un informe tan decepcionante podías haberte ahorrado el cohecho de la langosta.

—Considéralo un pago por anticipado —respondió McFarlan, aceptando la broma con espíritu deportivo—. Antes o después tendrás que firmar mi acta de defunción y ya no estaré aquí para pagarte tus servicios.

—Espero que sea una muerte natural —añadió Cabaleiro, sumándose a la chanza—. Mi trabajo consiste en evitar las muertes violentas.

Después de salir del bar Ranchito, McFarlan se subió a la bicicleta y regresó a Casa Teresa por el mismo camino peatonal que había utilizado a la ida. Brais le vio acercarse a través de la ventana y salió a su encuentro. McFarlan levantó en alto la langosta que quedaba en la bolsa para poner de manifiesto que llegaba en son de paz.

—No sé si con ese bicho tendrás bastante para aplacar su enfado —le dijo Brais a modo de saludo—. Teresa está que fuma en pipa.

—¿Le has escondido la salsa de chile?

—Sería inútil. Su catálogo de torturas es inagotable.

—Entonces hagamos frente a Cerbero y que los dioses decidan si vivo o muero.

McFarlan hizo ademán de entrar por la puerta principal, pero Brais le aconsejó que lo hiciera por la cocina.

—Es domingo y el restaurante está hasta la bandera. No hay sitios libres. Tendremos que subir al piso de arriba —le dijo—, y creo que es lo mejor que nos puede pasar. Cerbero está atendiendo el comedor y no da abasto.

—¿A pesar de sus tres cabezas?

—De momento las tres las tiene ocupadas en atender el negocio. No creo que tenga tiempo de subir a ajustar cuentas.

Alice estaba sentada en una silla de mimbre, junto a la única ventana de la habitación que Teresa tenía reservada para alojar a clientes de confianza cuando no había camas disponibles en las hospederías del pueblo. Las copas de los pinos que delimitaban la parcela del mesón apenas dejaban ver la franja de mar que separaba la playa de Lira del cabo de Cee. Los rizos de espuma que se colaban entre el ramaje le devolvieron el recuerdo de su estúpida temeridad de hacía tres noches, y volvió a verse de nuevo nadando a oscuras, entre olas de medio metro, con las agujas imantadas del sentido de la orientación dando vueltas en el interior de su cabeza. El exceso de confianza pudo costarle la vida. A plena luz del sol volvió a verificar lo cerca que estaba la Lobeira Chica de la playa de los Carbaliños. Tanto o más cerca que de la Lobeira Grande: menos de mil quinientos metros. El nado entre las islas le llevó cuarenta minutos y podía haber tardado lo mismo en alcanzar la costa si hubiera tenido una referencia visual de su destino. Pero en lugar de nadar hacia el este lo hizo hacia el sur y si no se hubiera topado con la isla de Os Forcados, después de tres horas de lucha extenuante contra el miedo, se habría perdido mar adentro y hubiera muerto ahogada sin remedio.

Tenía que estar más atenta a las advertencias que la vida le planteaba. En pocas horas, no solo estuvo a punto de morir por haber sobrevalorado su capacidad física, también le faltó muy poco para delatarse por haberse pasado de lista. «Sueño con una lengua en la que las palabras, como los puños, rompiesen las mandíbulas»… ¿Cómo no cayó en la cuenta de que esa frase aparecía en el último libro de McFarlan?

«Sueño con una mandíbula en la que las palabras, como a los mudos, se atorasen en la lengua», pensó.

La puerta estaba entreabierta y Alice vio a McFarlan reflejado en el cristal de la ventana. La estaba mirando como si quisiera filtrarse por las cicatrices de su mala encarnadura para examinarla por dentro hasta desentrañar todos sus secretos. Brais estaba a su lado. A Alice le gustaba que los hombres la mirasen y sabía cómo fomentarlo: el modo en que debía fijar la mirada, enseñar los dientes al sonreír, alinear los hombros. Eran trucos que había aprendido en el colegio. Cuando la miraban se hacía la ilusión de que poseía algo digno de ser admirado. Durante toda su vida había intentado vivir instalada en esa ilusión.

Se mordió la punta del pelo y sin dejar de mirar al frente, le dijo:

—Cuando el niño destroza su juguete, parece que anda buscándole el alma.

McFarlan se sorprendió al verse descubierto. Brais tiró de su brazo para obligarle a seguir su camino, pero él ofreció resistencia y no se movió del umbral de la puerta.

—No es buena idea —le susurró Brais cuando intuyó las intenciones de su amigo.

Pero McFarlan desoyó su consejo y aceptó el reto de Alice.

—¿Y en este caso, qué sentimiento predomina —le preguntó—, el de ser un juguete o el de estar destrozada?

Brais volvió sobre sus pasos y huyó despavorido. «No es buena idea, David», «La vamos a liar», «Cerbero nos morderá los huevos», dijo mientras se perdía escaleras abajo.

McFarlan entró en la habitación y Alice se dio la vuelta para mirarle de frente. Tenía escayolada la pierna derecha por debajo de la rodilla.

—El sentimiento que predomina —respondió forzando una sonrisa de circunstancias— es el de estar delante del niño que investiga su destrozo.

Después de la conversación en el bar Ranchito con Bieito Varela y Manuel Cabaleiro, McFarlan había llegado a la conclusión de que si continuaba exteriorizando su hostilidad hacia Alice solo conseguiría que las personas que se movían a su alrededor acabaran simpatizando con ella. Necesitaba cambiar de estrategia si no quería quedarse sin aliados.

—Un niño no sabría calibrar la calidad del género de lo que tiene delante.

A Alice le extrañó la amabilidad de la respuesta de McFarlan. ¿A qué se debía ese cambio de actitud? Instintivamente, se puso en guardia. Sabía por experiencia que si reaccionaba con agrado a la primera caricia, estaba perdida. «Hay que ser muy paciente —respondió el zorro—. Te sentarás al principio más bien lejos de mí, así, en la hierba. Yo te miraré de reojo y no dirás nada. El lenguaje es fuente de malentendidos. Pero cada día podrás sentarte un poco más cerca...».

—Es tan ruin la adulación que para afrentarla basta llamarla por su propio nombre —dijo Alice mientras achinaba sus ojos azules.

—Ya sabes que la función esencial de la adulación es adular a las personas por las cualidades que no poseen —replicó McFarlan.

—¿Scott Fitzgerald?

—Chesterton —corrigió McFarlan negando con la cabeza.

—Si has seguido su consejo, es la segunda vez en cuarenta y ocho horas que me llamas fea.

McFarlan ignoró el comentario.

—Mañana te haré llegar algunos libros. Aquí sola te aburrirás como una ostra.

—Elígelos bien para que pueda leerlos deprisa. Sigo pensando en salir de aquí tan pronto como pueda.

—¿Cuándo te quitan la escayola?

—Dentro de quince días.

—Entonces elegiré tres géneros distintos: relatos, novela y poesía —le dijo mirándola con la cabeza ligeramente ladeada.

Alice captó el significado del gesto y respondió con una mueca instintiva de desagrado. ¿Era eso lo que le molestaba? ¿Sentirse deseada?

No se detuvo a pensarlo. Era un pensamiento desleal que, desde luego, no estaba dispuesta a permitirse.

13

Lira, cerca de Finisterre. Abril de 2019. Al día siguiente

Dickens abrió de un empujón la puerta del dormitorio de Alice y se acercó a la silla de mimbre, junto a la ventana, para darle el libro que llevaba en la boca. McFarlan se quedó en el pasillo contemplando la escena. Ella le siguió el juego. Cogió el libro que le ofrecía el perro y miró el título: *Aullido y otros poemas*. «Oh, Dickens —dijo con voz festiva—, ¿cómo sabías que me gustaba Ginsberg?». Le acarició el hocico y se inclinó para besarle la cabeza. Dickens gimoteó un par de veces y se tumbó en el suelo.

McFarlan dijo desde el umbral de la puerta:

—Un viejo perro aúlla como un lobo, pero no muerde. Es tímido y delicado como un poema, aunque sea de Ginsberg.

—Tampoco yo muerdo, a menos que sea en legítima defensa —respondió Alice girándose hacia él.

McFarlan entró en la habitación y se sentó en el borde de la cama. Llevaba una bolsa de tela colgada del hombro.

—No son tus mordiscos los que temo, sino los del perro de tres cabezas y cola de serpiente que te protege de los seres humanos.

—No sé mucho de mitología.

—¿Y de qué sabes?

—De fotografía.

—Pensé que ibas a decir de literatura. Eres de las pocas personas que conozco a quien le gusta el tono provocativo y obsceno de Ginsberg.

Alice percibió de nuevo señales de peligro. Ginsberg era, en efecto, un poeta atrabiliario y soez que no gozaba del favor del público mayoritario. Al declararse admiradora suya se había significado como una experta en literatura capaz de desenvolverse por los círculos marginales de la Generación Beat. La imagen que pretendía proyectar era justo la contraria. Si McFarlan la descubría, su meticuloso plan no habría servido para nada.

—Lo que me gusta de él es tu técnica narrativa —explicó mientras bajaba la pierna escayolada del taburete que la mantenía en alto y ladeaba su cuerpo para mirar a McFarlan de frente—. Nos la explicaron en la facultad. De otro modo no creo que hubiera sabido nada de él.

—¿Y qué técnica es esa?

—Cuando observo el mundo a través de mi cámara fotográfica procuro enfrentarme a lo que veo, ya sea hermoso o repugnante, sin ningún filtro. Encuadro, enfoco y disparo. Ni exalto la belleza ni mitigo la fealdad. A veces los matices de la luz, las posturas de los objetos o los accidentes imprevistos —la lluvia que se derrama de repente, un rayo de sol que se filtra entre las nubes, un pájaro que invade la escena en el momento de la captura— le dan a la imagen un valor inesperado, pero yo no lo busco. Lo encuentro por pura casualidad. Saber aprovechar las casualidades es parte de mi trabajo. Ginsberg hace lo mismo que yo. No es obsceno lo que cuenta, sino lo que ve.

McFarlan recitó de memoria:

—«He visto los mejores cerebros de mi generación destruidos por la locura, famélicos, histéricos, desnudos, arrastrándose de madrugada por las calles de los negros en busca de un colérico picotazo…».

—Ahí lo tienes —señaló Alice mientras elevaba los brazos y abría las palmas de las manos como si acabara de dar por demostrada su teoría.

—Así que tu trabajo consiste en dar a conocer las cosas que no te gustan…

—En absoluto. Mi trabajo consiste en dar a conocer las cosas como son… No, no, perdón, rectifico: en darlas a conocer como yo las veo. Las buenas y las malas. Las que me gustan y las que me disgustan.

—¡Ah, entonces también eres poeta!

—¿Poeta? ¡Nooo! ¿Cómo se te ocurre decir eso? —Alice procuraba derivar la conversación a otro terreno menos comprometido.

—El otro día —dijo McFarlan, llevándose la mano derecha a la nuca— me quedé mirando una cicatriz de costurones blancos que apareció misteriosamente en el cielo. Tal vez era el rastro de un avión que no vi, o a lo mejor la huella de un pensamiento sin dueño que trataba de perdurar antes de disolverse para siempre. Las dos explicaciones me parecieron plausibles, porque los ojos apuntan en una dirección, pero el conocimiento enfoca objetos invisibles que se esconden detrás de la materia. Creo que eso es más o menos la poesía.

—Es verdad que a través del objetivo de la cámara capto, a veces, esos objetos invisibles de los que hablas. Por eso un fotógrafo puede ver el lado bueno de la mierda.

—¿La mierda tiene un lado bueno?

—Todo tiene su lado bueno si sabemos mirar.

Mientras lo decía, Alice clavó sus ojos azules en McFarlan y se preguntó si podía distinguir en él un lado bueno. Entonces, una serie de imágenes retrospectivas comenzaron a desfilar por su memoria como fotogramas de una película: McFarlan arropando a Brais, McFarlan avivando el fuego para que Brais no pasara frío, McFarlan poniendo hielo en su tobillo después de la caída, McFarlan dándole un analgésico para el dolor, McFarlan llevándola en brazos a la cama…

Tuvo que hacer un esfuerzo para borrar esos recuerdos de su cabeza. Después de dejar el libro de Ginsberg encima de la mesa, le dijo a Dickens: «Alguien me prometió ayer que me haría llegar tres libros de géneros literarios distintos. ¿Te has comido los otros dos? En el hocico solo traías uno de poesía».

McFarlan hurgó en la bolsa de tela que colgaba de su hombro y sacó de su interior dos libros de tapa dura. En la cubierta del más pequeño se veía el dibujo de una calavera con un clavo hincado en el cráneo. Se titulaba *Relatos* y arriba del todo, con letra más pequeña, aparecía el nombre del autor: Edgar Allan Poe. «Dáselo, Dickens —le ordenó McFarlan al perro—, y dile a la dama que en esta casa siempre cumplimos nuestras promesas».

Pero Dickens se quedó mirando el libro con cara de pocos amigos y comenzó a ladrar como si hubiera visto en la calavera la premonición de un grave peligro. Alice le puso su mano izquierda debajo del hocico y lo acarició suavemente con los nudillos. El perro se calmó y se tumbó a sus pies sin mostrar ningún interés por cumplir la orden de su amo. McFarlan comentó, con cara de decepción:

—Un hombre no puede tener peor destino que estar rodeado de perros traidores.

—Poe estaría orgulloso —replicó Alice, saliendo en defensa de Dickens—. ¿De qué sirve escribir cuentos de miedo si no asustan?

—¿Te gusta el terror?

—Mi madre me leía *Hansel y Gretel* y *Caperucita Roja* para dormir. Por la noche tenía pesadillas: el lobo me comía a mí también y me despertaba aterrada, creyendo que nadie me sacaría de su barriga. Pero a la noche siguiente le pedía a mi madre que volviera a leerme el mismo cuento.

—¿Y sabes por qué lo hacías?

—Cuando me psicoanalizaron, durante un experimento universitario, el psiquiatra me dijo que me podía la curiosidad por entender los temores del inconsciente.

McFarlan se puso de pie, apoyó el hombro en el cerco del vano de la puerta y se cruzó de brazos. Quería mirar a Alice cara a cara. La conversación había empezado a interesarle.

—¿Te dijo algo más?

Alice se dio cuenta de que había captado su interés y decidió avanzar un poco más hacia el objetivo que la había llevado hasta allí.

—Me dijo que, al parecer, disfruto explorando el placer de las emociones. Incluso de las que tienen un origen negativo.

—No conozco ninguna emoción que tenga un origen negativo —replicó McFarlan sin dejar que su mirada se desviara un milímetro del rostro de Alice.

A pesar de sentirse incómoda, ella aceptó el reto como si se tratara de acostumbrarse al reflejo de un cristal que quisiera cegarle los ojos para que apartara la vista.

—El miedo, la venganza, el suicidio...

—El origen del miedo, como te explicó el loquero del experimento, es la curiosidad. ¿Qué tiene eso de negativo? Sin ella no podrías ser fotógrafa... Es lo que eres, ¿no?

—¿Y qué hay de la venganza y el suicidio? —respondió Alice para dar un giro a la última pregunta de McFarlan.

—El origen de la venganza es la exaltación de la lealtad. Y el del suicidio, la sublimación de vida. Pero no has contestado a mi pregunta.

—¿Cuál era?

—Te he preguntado si de verdad eres fotógrafa.

Alice jugueteó con el libro de Poe que tenía entre las manos. Al ver cómo se movía la calavera de la portada, Dickens volvió a ponerse en pie y gruñó en señal de medrosa advertencia.

—En el colegio nos obligaron a leer el relato de *El cuervo* —dijo mientras acariciaba de nuevo el hocico del perro con sus nudillos—. Me impresionó el modo en que el cuervo repetía «nunca más». La profesora nos explicó que, de ese modo, Poe trataba de decir «nunca más» a las cosas que nos hieren: la guerra, el dolor, la soledad, la mentira… Desde entonces procuro no mentir.

—¿La soledad te da miedo?

La rapidez de la interpelación no consiguió desconcertar a Alice. La postura de su mentón, inclinado hacia arriba, ponía de manifiesto que no le amilanaba el desafío.

—A mí, no —afirmó rotundamente.

—Pues a mí, sí —repuso McFarlan mientras le enseñaba el otro libro que había sacado de la bolsa de tela.

La modulación del tono grave de su voz indicaba que estaba dispuesto a cambiar de táctica.

La cubierta del libro era un dibujo, sobre fondo rojo, de una pareja que paseaba del brazo por la orilla nevada de un río a la luz de la luna.

—No me gustan los rusos —se apresuró a decir Alice cuando distinguió el nombre de Dostoievski sobre las letras del título.

—¿No me acabas de decir que deploras la mentira?

Dickens comenzó a ladrar de nuevo. Aunque al principio podía parecer que trataba de defender el honor de Alice, pronto quedó claro, por el modo en que miraba el libro que sujetaba McFarlan, que el color rojizo de su cubierta le estaba provocando la misma inquietud que la calavera claveteada del libro anterior.

La voz de Teresa tronó desde el umbral de la puerta:

—¿Se puede saber a qué viene este escándalo? Aquí no se admiten más ladridos que los míos, y, además —dijo, taladrando a McFarlan con una mirada torva—, no están permitidas las visitas en el cuarto de huéspedes. No quebrantaré mis sólidos principios por muchas langostas que me traigas a casa.

Alice dedujo por los gestos de Teresa que les estaba echando de la habitación.

—*We were already leaving* —se disculpó mientras se ponía de pie a la pata coja.

McFarlan la cogió del brazo para ayudarla a mantener el equilibrio.

—Quítate de ahí —mascculló Teresa, echándole a un lado—. Ya la ayudo yo. Si dependiera de ti, acabaría con las dos piernas escayoladas.

Alice le pasó su brazo por encima del hombro y las dos mujeres bajaron las escaleras, peldaño a peldaño, con cuidado de no tropezar.

—¿Pero la langosta estaba buena, o tal vez se la diste al gato de angora para no quebrantar tus sólidos principios? —le preguntó McFarlan en tono de guasa.

—Eso también hubiera ido en contra de ellos —respondió Teresa suavizando el fruncido del ceño—. Haz algo útil y vete delante. Si damos un traspié te *escarallas* tú y nosotras caemos en blando.

—¿Y no hubiera sido más fácil quedarnos arriba?

—¿Con el día tan bueno que hace? Esta *zagaliña* tiene que respirar aire puro. Estar bajo techo, pudiendo evitarlo, invoca a los malos espíritus.

Mientras abría el cortejo, Dickens meneaba la cola con movimientos rápidos y enérgicos.

—Y, además —añadió Teresa al verle—, el perro tiene ganas de mear.

—*I believe that the plaster has been an exaggeration* —comentó Alice cuando al fin alcanzaron la planta baja.

—¿Qué ha dicho? —quiso saber Teresa.

—Que eres una plasta exagerada que reprime su libertad sexual —mintió McFarlan.

—¿Te crees que no sé que *plaster* significa escayola? Por si no lo recuerdas, fui yo quien la llevó al traumatólogo.

—¿Entonces, para qué preguntas?

—Para saber si te reconcilias con la verdad.

—Camus decía que siempre hay dos verdades, una de las cuales jamás debe ser dicha.

—¿Quién es ese cretino de Camus?

—El autor de *La peste.*

—Con razón me olía tan mal.

Salieron a la terraza de la parte posterior del mesón, junto al tendedero, y ayudaron a Alice a que se sentara frente a la repisa de granito que Teresa y Erea solían utilizar para desenvainar guisantes, desplumar pollos o pelar patatas cuando las condiciones meteorológicas lo permitían, que era casi siempre. Si chispeaba, se ponían una *coroza* hecha con paja de centeno. Si arreciaba el frío, se abrigaban con un *dengue* de picote. Si soplaba el viento, se calaban un sombrero con orejeras. Y si lucía el sol, abrían la sombrilla publicitaria de la Coca-Cola que Teresa guardaba en el almacén. Las únicas condiciones meteorológicas que no permitían el trabajo al aire libre eran los diluvios, los vendavales y las heladas. McFarlan cogió dos sillas de tijera del almacén y las acercó al poyete. Teresa acarreó la sombrilla. Dickens, después de haber aliviado su necesidad junto a la base de un pino, comenzó a corretear entre ellos. Teresa no lo vio venir y le pisó la cola. Dickens aulló de dolor. Teresa se sobresaltó por el gemido del perro y, en un acto reflejo, se deshizo de la sombrilla como si fuera un bulto sospechoso. McFarlan la vio volar en dirección a la cabeza de Alice. Instintivamente, soltó las sillas, extendió los brazos y la sujetó antes de que le golpeara la frente.

—*Me cago na cona que te pariu, can do carallo!*

El improperio de Teresa hizo que Dickens saliera por patas.

—Si esto me llega a pasar a mí —dijo McFarlan mirándola con aire de exagerada suficiencia—, me haces eunuco aquí mismo.

—Me alegra ver que aún sirves para algo.

Y, sin más, le arrebató la sombrilla, la introdujo en su soporte, que estaba anclado en una placa de hormigón, dio media vuelta y se fue de allí meneando la cabeza y musitando extrañas imprecaciones en gallego.

McFarlan encaramó la pierna escayolada de Alice a una de las sillas de tijera que había traído del almacén y se sentó en la otra.

—Te he salvado la vida. Espero que no lo olvides.

Desde ese momento, la conversación adquirió un tono más relajado. A ambos parecía sentarles bien el influjo saludable del aire libre.

—La felicidad tiene que ver con tres condiciones ambientales: temperatura, luz y brisa —dijo McFarlan, recordando las enseñanzas del abad Ismael.

Si en ese momento Alice le hubiera preguntado por qué se pasaba el día encerrado en su casa, borracho o taciturno, no hubiera sabido qué contestar. Pero Alice no se lo preguntó. En cambio, le contó que vivía en un bonito apartamento, en la última planta de un edificio de la Séptima Avenida, casi enfrente del Carnegie Hall, y cuánto tenía que pagar de alquiler, y la edad que tenía, y dónde había nacido, y que pagó sus estudios universitarios trabajando de camarera en un café. También le contó que había tenido muchos pretendientes a lo largo de su vida, pero que no buscaba aventuras amorosas con el primer hombre que se cruzaba con ella, y que tenía un hámster llamado Andy. Empezó a hablar de lo difícil que era encontrar buena alfalfa en Nueva York para alimentar a su hámster.

McFarlan pensó: «Esta chica no podría ser una buena novelista, por mucho que lo intentara. Le falta talento para adentrarse en la naturaleza humana de sus criaturas literarias. La invención que está haciendo de sí misma, ese estúpido autorretrato de una chica anodina, convencional, recatada y huraña, no cuadra en absoluto con la personalidad que trasmite su conducta. Tan pronto se pasa de la raya, inventando accidentes aéreos en Trípoli, o se queda corta tratando de presentarse como una doña nadie neoyorquina. Tal vez sea verdad, después de todo, que no le gusten los escritores rusos».

En varias ocasiones estuvo a punto de pedirle que dejara de inventar embustes tan poco convincentes, pero se mordió la lengua una y otra vez, fiel a su nueva estrategia de no exteriorizar hostilidad hacia ella. La incoherencia entre lo que

Alice parecía ser y lo que ella decía que era aún hacía más intrigante la solución del enigma. Poco a poco iba delimitándose una conjunción planetaria perturbadora: se estaban alineando los planetas del misterio, la belleza, el ingenio y la afición por la literatura, y ese mapa celeste marcaba una ruta inexorable hacia el peligro.

Para mantenerse a salvo, McFarlan procuró no hablar de sí mismo. Si lo que Alice pretendía era que él le mostrara las heridas que le habían llevado a esconderse en el fin del mundo, había pinchado en hueso.

Alice analizaba en silencio los esfuerzos del hombre que tenía delante por no delatar el interés que sentía por ella: «Este hombre está empezando a sentirse atraído por mí. No se ha creído nada de lo que le he contado sobre mi vida y, gracias a Dios, cree que soy una pésima inventora de historias. Pero debo tener cuidado. Mi verdadera identidad excita su curiosidad y es evidente que le gusto físicamente. No estoy a salvo. Pensaba que sentiría cierta repugnancia al acercarme a él, pero lo cierto es que su proximidad hace que me sienta protegida. Es una sensación desconcertante y grata de la que debo protegerme si no quiero que acabe despertando mi simpatía».

La incongruencia entre lo que Alice esperaba descubrir cuando fue al encuentro de McFarlan y lo que parecía haber descubierto al conocerle le provocaba un extraño cortocircuito mental. Si se dejaba sorprender por alguna imagen de su lado bueno, un incómodo sentimiento de deslealtad le revolvía el estómago y se obligaba a olvidarla de inmediato. Sin embargo, debía reconocer que la idea de atraer a alguien como él, modelado por un alfarero tan poco común, le gustaba más de lo razonable.

—¿De qué va el libro de Dostoievski? —preguntó a voleo, para ver si se producía un cambio de tercio que ahuyentara su incomodidad.

—De un tipo que vive una vida apartada en un pequeño apartamento de Petersburgo. Una noche conoce a una mujer joven, a la que salva de un borracho que trata de atacarla, y ambos comienzan a conversar hasta que se hacen amigos. Antes de despedirse acuerdan volver a encontrarse al día siguiente, con la única condición de que él no se enamorara de ella.

—Pero, naturalmente, se enamoran —aventuró Alice.

—¿Es eso lo que tú harías que pasara si fueras la autora del libro?

Alice supo que McFarlan estaba volviendo a ponerla a prueba.

—Esa es una pregunta capciosa —respondió, después de pensarlo detenidamente.

McFarlan se sorprendió.

—¿Por qué?

—Porque si te digo que yo haría que acabaran enamorándose, tú pensarás que me gustan los finales románticos.

—¿Y no es verdad?

—No, no lo es. Los finales dulces me empalagan.

En ese momento se agitaron las sábanas que estaban tendidas en el patio trasero y apareció Erea trayendo una bandeja con dos tazas y una jarra llena de café.

Mientras caminaba, canturreaba suavemente una canción.

—¿Es este todo el cargamento de alcohol que Teresa nos envía? —preguntó McFarlan una vez que hubo identificado el contenido de la jarra.

Erea sonrió, giró sobre sus pasos y regresó al mesón canturreando entre dientes.

A Alice se le derramó el café al ir a servirlo.

—Lo siento —se disculpó.

—No importa. El café no me gusta.

Mientras limpiaba la bandeja, Alice retomó el hilo de la conversación.

—Creo que, si yo fuera la autora del libro, la mujer joven y el tipo huraño que la salva del borracho no se enamorarían si su relación fuera solo dialéctica.

—¿Tienes algo en contra de una buena conversación?

—El amor exige admiración y al final siempre tratamos de imitar a las personas que admiramos. Pero las palabras no se pueden imitar. Eso sería un plagio. Los actos, en cambio, sí son imitables. Copiar una buena acción nos convierte en personas mejores. Para enamorarse de alguien es necesario arremangarse y pisar juntos el mismo barro. Con la vida contemplativa no basta.

—Hay una teoría que dice que los hombres aman con los ojos y las mujeres con los oídos.

—Ninguna persona, hombre o mujer, debería conformarse con un amor sordo o ciego.

—No hay espejo que refleje mejor la imagen de un hombre que sus palabras.

—Solo una vez conocí a un hombre desconocido que me enamoró con su conversación.

—¿Te cautivó de tal modo que acabaste dando saltos en un sillón, caíste al suelo y te hiciste un esguince en el tobillo?

Alice se esforzó por sonreír.

—No me refiero a ese hombre en absoluto.

—¿Alguien más elocuente, quizá?

—Más joven.

McFarlan acusó el golpe. Su cuerpo se balanceó ligeramente hacia atrás.

Alice advirtió el chasco y salió en su ayuda.

—Y, sobre todo, más negro. En realidad, era completamente negro. Tan negro como el betún. Le conocí en Botsuana. Era guía de un safari de lujo. Sus jefes me habían contratado para que hiciera un reportaje fotográfico. Pasamos toda la noche hablando en torno a una gran hoguera, a las afueras del *lodge* en el que se hospedaban los miembros de la expedición. Cuando el sol empezaba a despuntar me invitó a recorrer en canoa el lago Natron. El espectáculo era bellísimo. Estábamos rodeados de flamencos. De repente vimos aparecer en una barca a un guerrero mursi, con su cara pintada de rojo, y Mike, que es el nombre que yo le había puesto a mi amigo, comenzó a remar con todas sus fuerzas. Sudaba como el fogonero de un vapor y entonaba oscuras canciones que sonaban a oraciones desesperadas. La noche anterior me había dicho que no le temía a la muerte, pero yo le veía temblar de miedo. A pesar de eso se tiró al agua y zarandeó la barca del guerrero mursi mientras me gritaba que no dejara de remar. Cuando alcancé la orilla corrí despavorida sin volver la vista atrás…

—¿Quieres el café que ha sobrevivido a la riada? —le preguntó McFarlan cuando Alice terminó de contar su historia.

Alice negó con la cabeza y él lanzó la taza tan lejos como pudo. Ella le miró asombrada.

—Nunca más, nadie beberá de esta taza —dijo McFarlan.

Alice hizo un gesto de incredulidad.

—No parece que te haya impresionado mi historia.

—Bueno, no es una mala historia. El lago Natron está en Tanzania, no en Botsuana, y los mursi viven en Etiopía. Pero la historia es buena.

Alice sonrió.

—Oh, olvidé que tú eras el doctor Livingstone.

Erea volvió a salir al patio trasero, con un cesto de mimbre apoyado en la cadera, y comenzó a recoger las sábanas que estaban colgadas en las cuerdas del tendedero mientras tarareaba la melodía de otra balada. McFarlan le hizo un guiño de admiración. Erea se ruborizó, pero siguió cantando bajito.

—Toma nota, periodista —dijo McFarlan—, esta es una historia verdadera: hubo una vez una mujer que se enamoró de un pescador. Cada día le acompañaba al barco y le decía adiós con la mano desde la orilla volviendo cada atardecer a esperarle. Un día la barca no regresó y la mujer enamorada, que hasta entonces había sido encantadora y parlanchina, se volvió muda. Nunca nadie escuchó que una sola palabra saliera de su boca. Pero cada noche desde aquel día, ella rompe a cantar. En el pueblo dicen que es para guiar el regreso del pescador hacia ella.

—Es una historia muy triste —dijo Alice después de un breve silencio.

—Pero es auténtica.

—Eso aún la hace más triste.

—¿Por qué todos los personajes de las historias que inventas se llaman Mike?

—No lo sé.

—¿Quién es Mike?

—Nadie —respondió Alice con un hilo de voz que se ahogaba en su garganta.

—¿Por qué viniste a la playa de Lira?

—Porque me empujó la marea.

—Eres periodista y sabías dónde estaba yo desde el primer momento.

—Por supuesto. Tu fotografía ha aparecido en toda la prensa. Tú eres Livingstone —bromeó Alice sin dejarse intimidar por el interrogatorio de McFarlan—, y yo te he encontrado en el fin de la tierra.

14

Nueva York. Septiembre de 2013. Seis años antes

Salieron de Manhattan por la calle 178 y cruzaron el río Harlem por el puente Alexander Hamilton en dirección al Bronx. Siguieron recto por la I-95, atravesando Crotona, West Farms, Parkchester y Throggs Neck, entre colmenas de ladrillos, casas unifamiliares de miradores hexagonales, ranchos rehabilitados, edificios abandonados y bosques repletos de magnolias, cuyo aroma se colaba por la rendija abierta del cristal de Cynthia. Antes de tomar la salida 8 para incorporarse a Cross Island dejaron a la izquierda una bonita vista panorámica de City Island.

—Ese es mi rincón favorito de Nueva York —explicó Cynthia con voz melancólica—. Todavía conserva el sabor de un pueblo marinero y puedes pasear por callecitas tranquilas de arquitectura victoriana. En la punta sur hay lugares que me recuerdan mucho a Galicia.

—¿Y por qué no estamos yendo hacia allí? —preguntó McFarlan, decepcionado.

—Porque me siento culpable y te debo una invitación a una cena romántica: velas sobre una mesa con mantel, en una terraza junto al mar, con dulce y romántica música…

—¿Y no hay un sitio así en tu Galicia neoyorquina?

—Ni hablar. Mejores langostas que en Manhattan, sí. Lugares lujosos donde comérselas, no.

Entraron en Queens inmediatamente después de cruzar el puente. McFarlan no tomó la carretera de la costa. Pasaron junto a un enorme letrero publicitario que daba la bienvenida a Fresh Meadows y continuaron por una carretera sinuosa, flanqueada por robles y pinos, que atravesaba Long Island hasta desembocar en los Hamptons. McFarlan distinguió la popa de un pequeño barco que se alejaba lentamente por el delta de East Point.

En la terraza del restaurante las mesas ya estaban montadas con manteles de lino, cristalería de color azul y cubiertos con mangos de madera, esperando la hora de recibir a los primeros clientes. Cynthia había cenado varias veces en aquella terraza de tablones blancos que parecía suspendida sobre el agua. Le gustaba sentir las olas rompiendo bajo los pies.

—Hemos llegado a tiempo de dar un paseo antes de la hora de cenar —dijo McFarlan mientras enfilaba uno de los pantalanes del embarcadero.

En el puerto deportivo, decenas de embarcaciones de diferentes tamaños se mecían suavemente, como si estuvieran danzando al ritmo de una música suave que llegara desde el mar.

Cynthia tiró del brazo de McFarlan para indicarle que se detuviera.

—Ya veremos los barcos mientras cenamos —le dijo—, ahora quiero que conozcas la casa donde veraneaba con mi familia cuando era una niña.

—¿Aún existe?

—¿Crees que ha pasado mucho tiempo desde entonces, bobo? ¿Acaso me estás llamando vieja?

—Las casas son como las plantas —repuso él—, si no reciben los mimos de quienes las aman, se mueren antes de lo que piensas.

—Es curioso que digas eso. De pequeña siempre me preguntaba qué sería de esa casa cuando yo hubiera muerto. Le pedía a mi hermana que si ella me sobrevivía no permitiera que la dejaran ajarse. Pero enseguida me daba cuenta de que era una súplica ridícula. El deseo de un muerto no puede condicionar el cauce de la vida. Lo que le sucediera a aquella casa en el futuro, los sueños, las ilusiones, las zozobras, los desamores y las risas que fueran a habitarla cuando yo ya no estuviera pertenece al guion que escriben los vivos, no los muertos. ¿O las casas oyen? ¿Recuerdan? ¿Son leales a los alientos que las hicieron embellecer?

—Oyen, recuerdan y son leales a esos alientos, no lo dudes. Tienen la capacidad de vivir vidas distintas, pero cuando da comienzo una nueva, no olvidan la anterior. Los recuerdos permanecen en los detalles más nimios: en la grieta de una baldosa del suelo o en el marco de una ventana. Al verlas sabemos si son felices o añoran la felicidad del pasado.

—Pues vayamos a ver si me recuerda.

East Hampton Point estaba situado en la orilla de un embalse marino conectado con la bahía Gardiners por una ría artificial. Tierra adentro, una tupida arboleda escondía casitas de color pastel, cabañas de dos o tres pisos con el techo de teja y mansiones de ladrillo con grandes praderas de césped a su alrededor. Después de un paseo de diez minutos a través de calles frondosas llegaron a una colonia de bungalós y se detuvieron delante del que estaba en primera fila. Los perfiles blancos de la puerta y las ventanas contrastaban con el tono oscuro de la fachada, que era de color café. Los tablones estaban dispuestos de forma horizontal y el tejado a dos aguas formaba un triángulo de base alargada.

—¿Es esta? —preguntó McFarlan al ver que Cynthia se detenía delante de ella y la miraba con ojos que escarbaban en la memoria.

—¿Te gusta?

McFarlan demoró un rato la respuesta. Era una casa sencilla, toda de madera, sin ningún rastro de la suntuosidad que exhibían las que estaban a su alrededor. Esa disparidad le daba carácter. McFarlan no hubiera dudado en responder que le gustaba mucho si no fuera porque, en la parte de atrás, se distinguían otras tres o cuatro cabañas idénticas. Cynthia podía leer el pensamiento de McFarlan. Su hermana Rebecca y ella comentaron muchas veces, ante esa misma visión de casas iguales, lo agradecidas que estaban por haber nacido mellizas y no gemelas. Así cada una de ellas podía mantener su singularidad sin perder la conexión identitaria que tanto las unía.

—Me gustaría más si no fuera una réplica de las que hay alrededor —respondió McFarlan.

—No es una réplica exacta —Cynthia extendió el brazo y señaló con el dedo índice hacia la parte superior de la fachada—. Si te fijas en el tragaluz que hay sobre la puerta verás que es distinto al de las otras. El de la mía es triangular, el del resto es una semicircunferencia. Y, además, bajo la barandilla del rellano de la entrada, ¿lo ves?, hay una celosía. En las demás, no. Esa celosía la pusimos Rebecca y yo para que entrara luz en el sótano, que es donde nos sentábamos a escribir en cuanto amanecía.

—¿A escribir? —McFarlan parecía sorprendido.

—Bueno —matizó Cynthia—, algo parecido. Yo me inventaba las historias y ella les daba forma. En eso también somos complementarias. A mí me falta paciencia para cuidar los detalles, pero me sobra imaginación para inventar buenas historias. A ella le sucede todo lo contrario.

—Entonces a ti te tocó la mejor parte del lote —dijo él con inflexión de escritor experimentado.

—¿Estás seguro de eso?

—Lo estoy. Es mejor decir mal algo interesante que no tener nada interesante que decir.

—El último verano que pasamos aquí escribí una novela sin su ayuda. Rebecca me pidió que se la dejara leer, pero yo me negué en redondo. La guardamos en una cápsula del tiempo, junto a unas cuantas fotos, una grabación con nuestras voces y un par de collares que nos regaló mi madre. Le prometí que se la dejaría leer cuando la desenterráramos, siempre que a mi juicio hubiera envejecido bien. De lo contrario, la destruiría para que no quedara de ella ningún rastro. Tampoco en el de su memoria. La enterramos ahí mismo, más o menos en el centro de ese jardín —y señaló hacia el costado izquierdo de la cabaña.

—¿Aún sigue ahí?

—Eso espero. Hicimos un mapa del lugar exacto donde la pusimos, luego guardamos el mapa en una tarrina de cristal con cierre de rosca, y la escondimos en un hueco del tronco de aquel castaño, cerca de la copa.

McFarlan miró hacia arriba, en dirección a las ramas que señalaba Cynthia, y lanzó un silbido de admiración al percatarse de la altura que había que escalar para llegar hasta allí.

—¿Fuisteis capaces de trepar tan arriba?

—Una niña de Wisconsin aprende a subir a los árboles antes que a gatear por el suelo.

—¿Continuaba el mapa en su sitio cuando volvisteis a desenterrar la cápsula?

—Espero que siga allí cuando lo hagamos. La remetimos bien y la resguardamos con resina.

—¿Aún no habéis vuelto? —McFarlan no salía de su asombro—. ¿Cuánto tiempo ha pasado?

—Siete años. Acabábamos de cumplir los veinticinco. Mi madre murió pocos meses después. Dijimos que volveríamos cuando cumpliéramos los treinta y tres. Para eso, como sabes, todavía falta un año. Hoy cumplo treinta y dos.

—¿Por qué a los treinta y tres?

—Porque es la edad de la madurez. Es la edad a la que murió Cristo.

A McFarlan le chocó esa respuesta porque le costaba vincular a Cynthia con el credo de una creencia religiosa. Entonces recordó la conversación que habían mantenido la noche de fin de año en la puerta de la iglesia del Corpus Christi: «He pasado muchas horas sentada ante el altar de esta iglesia. En mis peores momentos venía a rezar durante horas».

Él no era creyente y, desde luego, se resistía a admitir la existencia de un ser sobrenatural dispuesto a ayudar a los afligidos. Pero el catolicismo le caía simpático. Si tuviera que elegir una fe, su elección estaba clara. El calvinismo que impregnaba la cultura americana insistía demasiado en la idea de la culpa, no del perdón, y consideraba que el sufrimiento era la única manera de redimir el pecado. Los católicos, en cambio, le encargaban al amor que redimiera sus faltas. Amar era mejor que sufrir, aunque no estuviera claro que fueran conceptos demasiado distintos.

—¿Crees que la novela te decepcionará cuando vuelvas a leerla el año que viene?

—La verdad es que no lo sé. Y eso que la recuerdo con una nitidez que te sorprendería. Si se la hubieran comido las lombrices debajo de la tierra podría reconstruirla palabra por palabra. No sé si me decepcionará. No tengo ni idea. Nadie es buen juez de sí mismo. Creo que no está mal escrita, modestia aparte, pero ambos sabemos que con eso no basta. A veces el argumento me parece demasiado estúpido.

—¿De qué va?

—De peligro, aventura, amor roto por la desgracia y comienzo de una nueva vida.

—Si crees que son estúpidos los argumentos que siguen esa estructura, te acabas de cargar la mitad de las grandes historias de la literatura universal.

Mientras conversaban rodearon la casa y llegaron al jardín de atrás. En el centro había un castaño de tronco grueso y más de veinticinco metros de altura.

—Mira qué historia más buena se me acaba de ocurrir —dijo Cynthia mientras se golpeaba la frente con las yemas de los dedos—. Aventura: trepo a ese castaño. Peligro: una rama se rompe cuando estoy a punto de llegar a la copa. Amor roto por la desgracia: tú tratas de sujetarme cuando caigo, pero el peso de mi cuerpo te empuja contra el suelo y te desnucas. Comienzo de una nueva vida: después de guardarte luto durante unos días, conozco a otro hombre y me caso con él.

—Si yo fuera tu editor —replicó McFarlan, malicioso—, te propondría algunos cambios antes de publicarla. Trepas al castaño. Eso está bien. La aventura comienza. Se rompe una rama, tú percibes el peligro y te asustas. Te asustas tanto que me pides que suba hasta ti para ayudarte a bajar. Pero yo no nací en Wisconsin y no sé trepar a las copas de los árboles. Te digo que no me siento capaz de hacerlo y que si lo intentara caeríamos los dos al suelo. Pero tú estás muy asustada y suplicas que me arriesgue. Y entonces empiezo a subir. En parte por amor y en parte por egoísmo. Normalmente la vida solo te concede una oportunidad para dar la talla ante ti mismo y ser coherente con lo que piensas, de forma que puedas afeitarte sin rubor ante el espejo cada mañana. Yo no quiero verme como un cobarde cada vez que recuerde que caíste del árbol mientras me quedaba paralizado por el miedo. Llego hasta ti y te tiendo la mano. Pero el pánico la empapa de sudor, no consigo agarrarte bien, te resbalas, caes y te mueres. Yo vivo presa del remordimiento el resto de mi vida. Me siento culpable por haberte fallado, por no haberte sabido proteger. Al final no lo puedo soportar, me pego un tiro en la cabeza y se acaba la historia.

Mientras Cynthia escuchaba las correcciones argumentales de McFarlan, fue acercándose a la pequeña escalinata que daba acceso a la puerta trasera de la casa. Se sentó en el rellano y descolgó las piernas entre los balustres de la barandilla. Con las dos manos se agarró a ellos, como si fueran los barrotes de una celda.

—Tus correcciones —dijo mientras daba pataditas al aire— no respetan la estructura que habíamos convenido. Falta lo del comienzo de una nueva vida.

—Es una nueva vida tan triste y tan breve que acaba en suicidio. ¿Qué haces ahí?

—¿Qué hago dónde?

—Ahí sentada.

—Ahora lo verás. Lo del suicidio es trampa. Un suicidio no es el comienzo de nada. Es el final de todo.

—Hemingway decía que no hay una verdadera historia si no acaba con la muerte. Ahí sentada pareces una niña aburrida o enfadada.

—Estoy a punto de hacer un experimento. ¿Ves el tablón de madera que hay bajo el rellano de la escalera donde estoy sentada?

—¿El que hace de moldura?

—Ese mismo.

—Lo veo.

—Cuando vivíamos aquí, estaba suelto. Lo podíamos abatir haciendo palanca con la hoja de una navaja. Al hacerlo quedaba al descubierto un hueco en el voladizo y allí guardábamos las cajas de preservativos para que mi madre no las descubriera. ¿Tienes una navaja?

—No.

—¿Y unas llaves?

—¿Sirven las del coche?

—Probemos a ver.

McFarlan sacó las llaves del bolsillo y se las lanzó como si fuera una pelota de beisbol. Cynthia las cogió al vuelo. Luego hundió la llave por la juntura, entre el tablón y el rellano de la escalera, e hizo presión hacia fuera. El tablón cedió por la parte de arriba, como la guantera de un coche, y dejó a la vista una cavidad de un palmo de altura. Cynthia metió la mano, tanteó en el interior y dio un grito de júbilo. Cuando sacó la mano tenía una caja de preservativos entre los dedos. Se levantó como si hubiera descubierto un gran tesoro y quisiera mostrárselo al mundo. Con los dos brazos en alto, presa de la euforia, gritó:

—¡La casa me recuerda! ¡No me ha olvidado! ¡Aún guarda mis secretos!

—Es posible que sí —dijo McFarlan, apoyado en el tronco del castaño—, pero yo no me fiaría mucho de esos preservativos. Después de tanto tiempo, con el frío, la lluvia y la humedad, se habrán vuelto más porosos que una bolsa de té.

A Cynthia le duró el buen humor durante toda la noche. Parecía feliz. En aquellos años, la sensación de felicidad llevaba mucho tiempo moribunda. McFarlan la percibía entre los borrachos y los niños, pero en casi nadie más. Si Cynthia le gustó desde el primer momento fue porque siempre estaba dispuesta a buscar el modo de encontrarle el lado divertido a cualquier actividad, incluso a la más plúmbea y monótona. Al principio McFarlan no creyó que pudiera enamorarse de ella, sobre todo porque era muy hermosa, y las mujeres hermosas —si también eran inteligentes—, provocaban en él un profundo sentimiento de inseguridad. Temía que cuando descubriera el hilo que movía sus trucos o se fijara en la flacidez de su barriga, se le caería la venda de los ojos y lo vería tal como era. Pero, poco a poco, el miedo fue desapareciendo y comenzó a acostumbrarse a la sensación de bienestar que le procuraba su compañía. La belleza y la felicidad de Cynthia eran campos magnéticos que le arrastraban hacia ella como no había sucedido antes con ninguna otra mujer. Le gustaba el modo en que ladeaba la cara y se mordía la punta del pelo mientras le hablaba, que se apuntara en las muñecas las cosas que temía olvidar, y, sobre todo, la forma en que tocaba a todo el mundo con las manos, como si quisiera de veras a la gente.

Después de caminar durante un buen rato se sentaron en el borde de un pantalán de la marina, frente a la bocana del puerto. Él apoyó la espalda en el noray de un amarre vacío y ella se recostó en su regazo.

—Tengo algo que confesarte, Dave —susurró con voz zalamera. McFarlan le dirigió una mirada expectante y ella continuó—: El otro día, buscando unos apuntes, abrí el cajón de tu mesa y vi el borrador de la novela que estás escribiendo. No pude reprimir mi curiosidad y leí lo que llevas escrito. Ya sé que me pediste que no hurgara en tus cajones y que no leyera tus papeles, pero no pude evitarlo. No puedes pedirle a un ratón que pase por delante de un trozo de queso sin que le dé un mordisco. ¿Me perdonas?

McFarlan guardó silencio sin apartar la vista de la veleta del mástil que se balanceaba en la embarcación de su izquierda.

Cynthia le miraba con inquietud.

—Vale, querida, quedas perdonada —dijo, tras demorar premeditadamente su respuesta—. Pero te impongo una penitencia. Dado que hurgaste donde no debías y leíste lo que tenías prohibido, dime qué opinas. Y no me dores la píldora. Ya conoces mi lema: con azúcar es peor.

—Creí que no te gustaba conocer la opinión del público sobre lo que escribes antes de publicarlo.

—Es la verdad. Pero, hasta ahora, ninguna ayudante había abierto mis cajones sin permiso para leer un borrador a mis espaldas. Y si lo hubiera hecho, la habría despedido al instante.

—¿Vas a despedirme? —preguntó Cynthia exagerando un susto imaginario.

—Solo si me dices que lo que has leído es una mierda.

—Lo que he leído no es una mierda —la frase acabó en alto, lo que indicaba que la idea aún no estaba completa.

—Pero… —McFarlan la animó a seguir.

—Estás emperrado con matar a la gente. Hace un rato me matabas a mí al caerme del castaño y en tu novela matas al héroe de la historia…

—No es el héroe quien muere.

—¿Ah, no?

—Esa es una de las razones por la que no me gusta que la gente opine de lo que escribo antes de que se publique. Tú cuentas lo que crees que ha pasado, pero eso no significa que haya pasado de verdad. Un libro no puede ser previsible. Si el autor no guarda en el zurrón algunos giros inesperados con los que sorprender al lector, merece que le ahorquen.

Un hombre con gorra de marinero se detuvo a su lado y les pidió un pitillo. Tenía la nariz partida y el rostro ligeramente desfigurado por los rastros de una gran quemadura en el lado derecho. No paraba de sonreír y no parecía importarle que la gente se apiadara de su aspecto.

—Lo lamento —se disculpó McFarlan—, el tabaco es el único vicio que no me puedo permitir al lado de una mujer tan guapa como esta.

El marinero miró a Cynthia con interés. A ella le habría bastado hacer un pequeño avance y él hubiera respondido de inmediato.

—Yo no fumo —le confesó encogiéndose de hombros a modo de disculpa.

El hombre de la nariz partida le devolvió el gesto y, sin borrar la sonrisa de su rostro, les dijo:

—La luna está en cuarto creciente. Formulen un deseo y ella se encargará de que se cumpla.

—¿Podemos pedir cualquier clase de…?

No le dio tiempo a decir nada más. Antes de que pudiera acabar la pregunta, el marinero giró sobre sus talones y la dejó con la palabra en la boca.

—El mayor de todos los misterios es el hombre —comentó McFarlan mientras veía cómo se alejaba de ellos.

—¿Qué deseo pedimos?

—No matar a nadie más. ¿A cuántos hombres y mujeres hemos matado ya en el día de hoy?

—Tú a más que yo. Tú pareces odiar a mucha gente.

—¿A cuántos mataste en la novela que está guardada en la cápsula del tiempo?

—Solo a una chica que se suicida al darse cuenta de que el amor de su vida no iba a poder serle fiel…

—Contado así parece un folletín de tres al cuarto.

—Como tú mismo me acabas de decir, un libro no puede ser previsible. Si el autor no sorprende al lector con algunos giros inesperados, merece que le ahorquen.

—¿Entonces la chica no se suicida?

—Todos nos suicidamos, de una manera o de otra. Comemos mal, dormimos poco, discutimos mucho, nos hacemos daño, corremos riesgos absurdos y malgastamos nuestras fuerzas dando batallas que no nos corresponden o acariciando sueños que no están a nuestro alcance. Si no nos mata el hastío, lo hace la melancolía. Todos nos destruimos lentamente a nosotros mismos, en una especie de suicidio retardado. Créeme, en cuestión de suicidios soy una experta. Si no fuera por…

—Por tu hermana, lo sé —la interrumpió McFarlan—. Si no fuera por ella estarías muerta. Recuerdo que me lo contaste.

—Yo también he pensado mucho en lo que me dijiste aquel día. Y creo que tus héroes tenían razón: los hombres deben morir en el campo de batalla. Recurrir al suicidio para evitar el sufrimiento es un acto de deshonor. Le he dado tantas vueltas a esa idea que se me ha ocurrido un argumento maravilloso para una novela.

—¿Piensas escribirla?

—Solo cuando esté segura de que soy capaz de hacerlo como Dios manda. Primero debo releer la que enterré hace siete años y asegurarme de que ha resistido la prueba del tiempo. No quiero que nadie se ría de mí.

—¿Me dejarás leerla?

—Supongo que sí.

—Y si te digo que es lo bastante buena, ¿escribirás la que tienes ahora en la cabeza?

—Si no me mientes, sí.

—¿De qué va la historia?

—Recuerda mucho a la de Romeo y Julieta. Tiene que ver con una leyenda que me contaron cuando estuve en Galicia.

—Esa sinopsis apesta.

—Lo sé. Pero no juzgues por las apariencias.

—Tiéntate la ropa antes de competir con Shakespeare, jovencita. En el mundo de la literatura, la condena por hacer el ridículo es la más humillante de todas.

—Mi novela, si la escribo, será muy distinta.

—Todos pensamos lo mismo antes de ponernos a escribir. No pienses en hacerla distinta, piensa en hacerla emocionante. Cuando la escribas, no pienses en Julieta...

—Iria.

—¿Perdón? —preguntó McFarlan desconcertado por la interrupción.

—La protagonista se llama Iria.

—Pues no pienses en Iria, piensa en Cynthia. Piensa en lo que te gustaría que te pasara a ti.

—¿Quieres que piense como una española del siglo xv que se enamora de un pirata inglés?

—¿Romeo es inglés?

—Berwin. El protagonista se llama Berwin. Y sí, es inglés.

—¡Me da igual Berwin! No importa su nombre, ni su país, ni su época. Importan sus sentimientos. Si quieres escribir una buena novela, explora los tuyos.

McFarlan se puso en pie. Necesitaba estirar las piernas para que la sangre fluyera con libertad por todo su cuerpo. Cynthia, sentada en el suelo, le miró con agradecimiento.

—Te estás acalorando —bromeó.

—¡Piensa! —dijo él sin prestarle atención al comentario—. ¿Qué hubiera hecho Cynthia Donaldson en el pellejo de Julieta Capuleto?

Cynthia estuvo a punto de recordarle que la protagonista de su novela se llamaba Iria, pero al final se contuvo por miedo a romper la fascinación del momento. Lo hubiera hecho por burlarse de él y ver una vez más cómo se lo llevaban los demonios. Que le interrumpieran cuando estaba dictando una lección profesoral era algo que le indignaba de una manera muy característica: primero concatenaba una retahíla de sucias imprecaciones y luego resoplaba como si fuera el silbato de una locomotora. Ella disfrutaba provocándole ese arranque temperamental, que generalmente acababa entre risas y bromas después de unos minutos de travieso forcejeo entre ellos. Esta vez, sin embargo, no quiso correr el riesgo de cortarle la inspiración. Lo que le estaba diciendo le interesaba.

—Cynthia Donaldson no hubiera hecho cosas muy distintas —le respondió—. Hubiera desafiado las amenazas del amor prohibido. Aunque, eso sí, se las habría ingeniado para salirse con la suya sana y salva.

McFarlan palmeó el aire con un movimiento de desdén.

—¡No hagas trampa! No conviertas una tragedia en una telenovela. ¿Es eso lo que piensas escribir?

—Naturalmente que no.

—Entonces, ¿qué diablos haces respondiendo esa estupidez?

—¡Es que no sé qué quieres que diga!

—No quiero que digas nada. Quiero que sientas. ¡Hazla hablar con tu voz, inspira tú sus palabras, préstale tus emociones!

—Ahora la que se está acalorando soy yo.

—¡Piensa, Iria Donaldson! ¿Qué parte de ti vas a prestarle a tu historia?

Cynthia también se puso en pie. Era verdad que su cuerpo empezaba a calentarse como si un acceso de fiebre se estuviera apoderando de él.

—¿Qué quieres oír, que no hay nada en mí que pueda prestarle? —rugió, defensiva.

McFarlan redobló el énfasis de su voz.

—¡Sí que lo hay! ¡Lo único que quiero es que lo descubras!

—Nací en Milwaukee, a la orilla de un lago que recuerda al mar. Crecí con la permanente tentación de adentrarme en él para escapar de una vida que nos privó, a mi hermana y a mí, de un padre que nos protegiera. Después de eso nunca he esperado demasiado de los hombres. Solo que me brinden su atención, que me aprueben, que me admiren, incluso que me adoren. Pero no que me amen. Los he utilizado para acallar mi desconfianza y la ansiedad que da la certeza del desamor. ¡No tengo ni idea de lo que sintió Julieta! ¿Es eso lo que querías que te dijera?

Su respiración alterada parecía un fuelle que estuviera avivando el fuego que ardía en su interior.

—¡Sí! —dijo McFarlan, eufórico—. ¡Ahí tienes a tu escritora! ¡Escúchala!

Cynthia se acercó hasta él.

—Tengo miedo, David —musitó mientras le estrechaba con todas sus fuerzas.

Él la rodeó con sus brazos.

—Yo seré tu pirata del siglo XV, diosa de la luna. Si hemos de morir, muramos juntos.

—¿Antes de eso no podríamos darnos un baño?

McFarlan se separó de ella lo justo para verle la cara.

—¿Te refieres a ahora mismo?

Ella asintió con la cabeza.

—¿Te atreves o no? —le desafió.

—Un pirata nunca le teme al mar, querida —dijo antes de cogerla de la mano y arrastrarla al agua con él.

Cynthia se sumergió a toda velocidad y comenzó a bucear hacia el fondo. Al cabo de unos segundos emergió a la superficie y levantó en alto sus zapatos de tacón como si fueran dos peces recién pescados.

—Mi idea no era que nos bañáramos tan vestidos —protestó.

Mientras braceaba suavemente para mantenerse a flote, McFarlan replicó:

—Los piratas somos gente impetuosa, ya nos conoces.

Cynthia se acercó al pantalán, dejó los zapatos en la cubierta y sugirió en voz alta:

—Dame los tuyos si no quieres perderlos.

McFarlan hizo lo que le pedía. Entonces, un hombre diminuto y jovial surgió de las sombras y exclamó de repente:

—¿Necesitan ayuda?

—Ya no, muchas gracias —respondió ella—. El pirata se ha rendido y yo he dejado de ser su esclava.

—En ese caso me voy tranquilo —dijo el recién llegado.

Después de aquello, Cynthia y McFarlan aún siguieron en el agua un poco más.

—¿Puedo hacerte una pregunta, David?

—Supongo que te has ganado ese derecho, liberta.

—¿Qué hubieras hecho tú en el pellejo de Romeo Montesco?

—Le hubiera pedido a Shakespeare que me dejara despedirme de Julieta.

—¿Cómo dices?

—Romeo toma el veneno porque cree que Julieta ha muerto, y cuando ella despierta y ve su cadáver, se suicida. ¿Pero qué habría pasado si se llega a despertar mientras él agoniza? ¿Lo has pensado alguna vez?

—No.

—No hay nada más literario que una buena despedida en el umbral de la muerte.

Se agarró a una de las amarras de la embarcación que estaba a su lado y trepó por ella hasta alcanzar la superficie del pantalán. Cuando se hubo sentado en el borde, recitó:

«Por favor, Señor, no abandones nunca a mi querida esposa, perdóname si la he querido demasiado, ¡y ten misericordia de los dos!». Lástima que esa frase no sea mía —añadió después, alzando los brazos al cielo en señal de fastidio.

Cynthia nadó hasta colocarse enfrente de él y le tendió la mano para que la aupara. McFarlan tiró de ella, la sacó del agua y la ayudó a sentarse a su lado.

—¿Me dejas utilizar esa idea en mi novela? —preguntó mientras se enroscaba el pelo para escurrir el agua.

—Ya veremos. Antes debes ganártelo.

Cynthia miró a McFarlan como si tratara de hipnotizarle y tras un breve silencio, le preguntó:

—¿Qué debo hacer?

—Yo te he ayudado con tu novela. ¿Me sugieres tú algún buen final para la mía?

—Lo que llevas escrito incluye peligro, aventura y amor roto por la desgracia, pero le falta la última parte de la estructura argumental: el comienzo de una nueva vida.

—¿Qué propones?

—Pasado el tiempo, la chica conoce a un hombre cautivador llamado Brais y se va con él a recorrer el mundo.

—¿Brais?

—Es un nombre gallego. En inglés sería Blaise.

—¿Por qué tiene que ser ese nombre?

—Porque así le harías un pequeño homenaje privado a mi madre.

—¿Qué tiene que ver Brais con tu madre?

—Cuando mi madre aún era casi una niña, apareció en el rancho de Shorewood un chico de su edad que venía huyendo de una infancia desdichada en España. Se llamaba Brais. Crecieron juntos y se quisieron como hermanos. Él le prometió que la cuidaría siempre y que la llevaría a recorrer el mundo. Pero un accidente dejó a mi madre prácticamente inválida y sus planes se truncaron en la vida real. Tú podrías enmendar esa historia en la ficción.

—¿Qué pasó con aquel hombre cautivador en la vida real?

—Recorrió buena parte del mundo y retornó a Galicia. Fue con él con quien estuve viviendo durante los tres años que pasé allí.

McFarlan guardó silencio. Sabía que cuando regresara a su apartamento no podría concentrarse en su trabajo y que se dedicaría a repasar todo lo que Cynthia y él se habían dicho en las últimas horas. No tenía escapatoria: o daba ya un paso más o acabaría expulsando de su vida la única cosa que amaba en este mundo.

Como si el destino se hubiera confabulado para rubricar esa idea con un guiño de complicidad, en los altavoces del restaurante de la marina comenzó a sonar *«What a Wonderful World»*, interpretada por Louis Armstrong.

McFarlan se acercó a Cynthia y la miró de tal forma que todo a su alrededor pareció oscurecerse. Un misterioso foco de luz apuntaba hacia ellos. Sus manos se rozaron.

—Cynthia —murmuró.

En ese instante, ella deseó que el tiempo se detuviera. Ya sabía lo que McFarlan le iba a decir. Antes de que su boca las pronunciara, las tres palabras centellearon en sus ojos.

—Te cuidaré siempre.

Cynthia se estremeció. La frase resonó en sus oídos como si fuera un susurro llegado desde un verano de su niñez.

15

Lira, cerca de Finisterre. Abril de 2019. Seis años después

Al regresar a la casa de la playa, McFarlan no dejaba de repetirse a sí mismo que en un juicio sumarísimo por deslealtad, él ya estaría frente a un pelotón de fusilamiento. Fue ese regusto agrio de culpa regurgitándole en la boca lo que le hizo recordar la primera vez que mintió a Cynthia para encubrir una infidelidad. La llamó por teléfono, desde el dormitorio de su apartamento, y le dijo que no iría a verla por la mañana porque debía atender a un profesor de la Universidad de México que deseaba invitarle a dar una conferencia en el Distrito Federal.

—Sabes que te quiero —le respondió ella antes de colgar.

Él se enfureció por dentro al escucharlo. Le pareció que aquella respuesta confiada y amable pretendía establecer un derecho de propiedad sobre él. «Si realmente me amaras —pensó—, te comportarías como cualquier otra novia postergada. Te pondrías furiosa y tu rabia me ayudaría a librarme de ti».

—Yo también te quiero —susurró.

Luego dio media vuelta sobre el colchón de su cama y se abrazó a Guadalupe García.

La directora del departamento de literatura inglesa de la mejor universidad mexicana le ronroneó al oído lo excitante que resultaba compartir sus emociones con un escritor de su talento, y mientras se incorporaba para ponerse la ropa le preguntó si podrían volver a verse antes de que su avión despegara a la mañana siguiente.

—Tal vez —respondió McFarlan con apatía.

Solo habían pasado tres meses desde que le prometió a Cynthia, durante la cena en la marina de los Hamptons, que cuidaría de ella para siempre.

Desde aquel día, ese regusto a embocadura de vino agrio le regresaba a la boca cada vez que estaba con una mujer, como si fuera un rastro de culpabilidad que se hubiera fijado en su memoria.

¿Pero por qué había vuelto a notarlo mientras hablaba con Alice?

Cynthia llevaba muerta cuatro años y medio y, al morir, le había robado una parte de su propia identidad. Poco a poco, los recuerdos que compartían iban desprendiéndose de él, como despojos resecos, y esa pérdida se estaba convirtiendo en la primera fase de su propia muerte. ¿Acaso no tenía derecho a aferrarse a la vida?

Dickens fue a darle la bienvenida cuando le vio llegar. Movía la cola y brincaba sobre las patas delanteras como si hubiera olido el aroma salado de una galleta en el bolsillo y se la estuviera reclamando.

—Yo no soy periodista, perro traidor, no seas zalamero conmigo. Vuelve con Alice y que te dé ella de comer. Ya conoces el camino.

Tomó carrerilla para subir los peldaños del porche de una zancada y el perro se quedó en su sitio mirándole con rostro inexpresivo. Antes de abrir la puerta, McFarlan sacó la galleta, se dio la vuelta y la lanzó tan lejos como pudo. Dickens saltó como un gamo, giró en el aire y fue tras ella a toda velocidad.

Una vez dentro de la casa, McFarlan se encaminó directamente a una de las estanterías de la pared y sacó un libro de lomo gris con el título en letras doradas: *Artemisa: el espíritu indómito de cada mujer*. Quería comprobar una fecha. Buscó entre las hojas y localizó una cuartilla doblada por la mitad.

Querido Dave:

Hoy hace siete meses que me declaraste tu protegida. Aquel fue uno de los días más felices de mi vida. Recuerdo cada palabra que nos dijimos y pienso en ellas cada vez que mi sol desfallece. No hay espejo que refleje mejor la imagen de un hombre que sus palabras. Cuando subo al castaño y noto que alguna rama se rompe bajo mis pies, sé que subirás a protegerme. Aunque no hayas nacido en Wisconsin y no sepas trepar a las copas de los árboles. Aunque te impulse a subir el egoísmo de no verte a ti mismo como un cobarde. Aunque te suden las manos por el pánico. Sé que, cuando me alcances, mis dedos no resbalarán entre los tuyos. No caeré. No dejaré que haya sitio en tu vida para el remordimiento de no haberme sabido proteger.

P.D. ¿Te has parado a escuchar la letra de la canción de Armstrong? «Veo árboles de flores verdes y rojas, las veo florecer para ti y para mí. Y entonces pienso: ¡Qué mundo tan maravilloso! Veo cielos azules y nubes blancas, el brillante día bendito y la oscura noche sagrada. Y entonces pienso: ¡Qué mundo tan maravilloso! Los colores del arco iris también están en la cara de las personas. Veo amigos que se dan la mano y dicen cómo te va. Realmente dicen que te amo».

Nueva York, 11 de abril de 2014.

La diosa de la luna

McFarlan había leído esa carta una y otra vez, tras la muerte de Cynthia, hasta aprendérsela de memoria. Ya hacía más de un año que no la revisaba. Cada palabra seguía teniendo el peso de un obús. Al leerla de nuevo volvió a sentir que la punta de un cuchillo le desgarraba el alma, pero el pinchazo más doloroso sobrevino cuando corroboró la fecha que buscaba. Fue escrita un

11 de abril y McFarlan la estaba leyendo pocas horas más tarde de haberle dicho a Alice, otro 11 de abril de cinco años después, lo mismo que Cynthia le había dicho a él: «No hay espejo que refleje mejor la imagen de un hombre que sus palabras».

Fue entonces cuando entendió dónde estaba la traición que tanto le remordía.

Había pretendido obligar a Alice, como si fuera una actriz sustituta, a continuar la representación de la obra en el mismo punto en que se interrumpió tras la muerte de Cynthia. No se había dado cuenta de que esa pretensión la convertía en un personaje sin identidad propia.

El reflujo de la bilis se mezcló con la saliva.

En un juicio sumarísimo por deslealtad, desde luego, él ya estaría frente a un pelotón de fusilamiento.

Para quitarse ese sabor de la boca, fue a la cocina y cogió una de las botellas de orujo blanco que había traído del bar Ranchito el día anterior. Se sorprendió al comprobar que ninguna de las dos estuviera abierta. Llenó medio vaso y se lo llevó a la mesa de billar. Antes de coger el taco, encendió la televisión y bajó el volumen.

Hizo la apertura clásica del billar francés: golpeó con sequedad la bola blanca en el centro del cuadrante superior izquierdo, apuntando a la derecha del ecuador de la roja, y la carambola se consumó después de un elegante recorrido a tres bandas. Concatenó tres o cuatro carambolas seguidas, bebió un sorbo de orujo, dejó el vaso en el borde de la mesa y se acercó a la máquina de escribir de su estudio. Permaneciendo de pie, tecleó unas cuantas palabras en el folio que estaba dentro del carro. Luego volvió a la mesa y siguió jugando. La rutina de las carambolas, los sorbos de orujo y las palabras mecanografiadas en su Underwood continuaron invariables hasta bien entrada la tarde. De vez en cuando alzaba la vista hacia la pantalla de la televisión, que le devolvía imágenes de una película en blanco y negro. Reconoció algunas escenas y también la identidad de los actores.

Cuando la luz exterior comenzó a oscurecerse, la botella de orujo había sufrido una merma considerable y el folio de la máquina de escribir estaba escrito casi por completo.

En ese momento, Louis Jourdan se sentó, con el abrigo puesto, frente al piano de un salón de baile vacío. Joan Fontaine se acercó lentamente a su lado y se sentó en el suelo. Ella escuchaba embelesada. Él, sin dejar de tocar, le arrancó una promesa. McFarlan la evocó en voz alta: «Prométame que no desaparecerá en el aire».

Hubo un primer plano de Joan Fontaine, luego otro de las manos de Jourdan sobre las teclas del piano, y la imagen se disolvió sobre un coche de caballos. En ese instante, McFarlan golpeó con vehemencia la bola blanca del billar, que recorrió un par de veces el largo de la mesa de lado a lado. Arrojó el taco sobre el tapete, retiró de un estirón el papel que estaba escribiendo, elevó la máquina de escribir en el aire y la estrelló contra la pantalla de la televisión.

Abrumado por la pesadumbre, se sentó frente al tablero de su estudio y dejó que el tiempo pasara decantando unidades de medida imposibles de precisar. Minutos después, o tal vez horas después, descolgó el teléfono y comenzó a marcar un número con prefijo internacional. Enseguida, la voz de Patricia Belasco respondió a la llamada.

—¿Dígame?

McFarlan permaneció en silencio. Escuchó de fondo a Bob Nichols preguntándole a Patricia: «¿Quién es?». «Es David —respondió ella—. Dentro de un momento recitará a Whitman».

McFarlan habló por primera vez:

—¿Sabes qué fue lo primero que preguntó Zweig nada más llegar a Nueva York? ¡Dónde estaba la tumba de Whitman!

Patricia se preparó para una larga conversación telefónica. Se arrellanó en la butaca de su despacho de la Tercera Avenida y puso los pies encima de la mesa.

—Siento decirte que Whitman no está enterrado en Nueva York, Dave —dijo mientras dejaba que Bob se sentara en su regazo.

—¿Crees que Zweig se suicidó por eso?

—Sabes de sobra que no fue por eso.

—Acabo de estrellar mi máquina de escribir sobre la cara de Joan Fontaine.

—¿Tan mala era la película?

—La novela era mucho mejor.

—*¿Rebeca?*

—*Carta de una desconocida.*

—¡Ah, sí, en eso tienes toda la razón! ¡La película es más floja que la novela! Añadieron demasiadas cosas en el guion. Las disquisiciones sobre el honor, por ejemplo. El libro no habla de eso para nada. Solo habla del amor…

—De un amor obsesivo.

—El amor siempre es obsesivo, Dave.

—El amor, no, Pat. Lo que es obsesivo es el sexo.

Y entonces comenzó a recitar:

—«Una mujer me espera. Lo tiene todo. No falta nada. Pero todo faltaría si faltara el sexo o si faltara la simiente del hombre suyo».

Patricia le susurró a Bob, apartando la boca de la horquilla del teléfono: «¿Lo ves? Ya está recitando a Whitman. Te dije que lo haría. Casi siempre lo hace cuando está borracho». «¿Crees que tardará mucho en colgar?», preguntó Bob con voz impaciente. «No lo sé, Bob, vete a fumar un pitillo. Supongo que cuando vuelvas habrá terminado».

—¿Cómo es el sexo con Bob, Pat? —preguntó McFarlan instantes después—. ¿Es tan bueno como el que describe Whitman?

—Déjalo estar, Dave. Ya vale. ¿Para qué me has llamado?

—¿Quién desea más a quién? —insistió.

—Si sigues por ese camino, colgaré.

Durante el tiempo que estuvo con Cynthia —rememoró McFarlan en silencio— ninguno de los dos tuvo que plantearse quién deseaba más a quién. Ambos compartían el mismo deseo. Un día, sobre el suelo de parqué de su despacho, con los dos volúmenes de las obras completas de Whitman como almohada, Cynthia y él hicieron el amor desaforadamente. La puerta estaba entornada y, llegado el momento, él tuvo que taparle la boca con suavidad por miedo a que Adam Dexter, a pesar de tener sus auriculares inalámbricos incrustados en los oídos, les escuchara desde el despacho de al lado.

—Cambiaría todo mi trabajo, si fuera realmente mío, por los peores versos de Whitman —susurró McFarlan, ahogando un sollozo.

—Tú también has escrito buenas cosas, Dave —le respondió Patricia Belasco.

—Yo nunca he escrito nada bueno, Pat, créeme. Nunca.

—Eso no es cierto, David. No te fustigues más. Tengo que ir a Londres dentro de unos meses. Haré una escala en España y hablaremos con calma. El otro día estuve arisca contigo. Estaba tensa por la noticia de mi boda con Bob. Sabía que no te gustaría. Te pido que me perdones. Sé que escribirás una gran novela. Aunque hable del amor de dos jóvenes del siglo XV. Será un éxito tan sonado como el último. ¡Veinte millones de copias! ¡Es un récord descomunal!

—No me hables de ese maldito libro. Lo detesto.

Y, sin más, colgó el teléfono.

Dejó caer su cabeza sobre el brazo de la silla y musitó:

—Mi Pulitzer por tu peor verso, Walt. Haremos el intercambio cuando tú quieras.

Entornó los ojos. El sueño le pesaba en los párpados, cargados de agotamiento y alcohol.

Lentamente, se fue quedando dormido.

Al día siguiente, el aire olía a sardinas asadas en Casa Teresa. A la entrada, sentadas en el poyete de la verja, varias mujeres parloteaban mientras cosían redes de pesca deterioradas. Había mar de fondo y el rugido de la rompiente se mezclaba con el graznido incesante de las gaviotas.

En el comedor, los maridos de las tejedoras daban buena cuenta de la sardinada con la que uno de ellos había querido celebrar el estado de buena esperanza de su hija recién casada.

McFarlan les saludó al entrar y rehusó con una sonrisa de agradecimiento la invitación a unirse al festín. Eran las dos de la tarde y su estómago, todavía revuelto por los efectos del orujo blanco, no estaba para grandes proezas digestivas. Preguntó por Brais y le dijeron que lo encontraría en el jardín de atrás. Cruzó por la cocina para ir a su encuentro. Le llamó la atención no ver a Teresa entre los fogones.

Desde el umbral de la puerta vio a un grupo de cinco personas sentadas alrededor de la repisa de granito en la que había estado hablando con Alice el día anterior. Teresa y Erea desenvainaban guisantes. Alice escuchaba atentamente a un hombre de espalda recia que protegía su cabeza con un gorro de lana. McFarlan no podía verle la cara, pero dio por supuesto que se trataba de uno de los hombres que participaba en la celebración. Brais estaba haciendo de traductor:

—Dice que la primera vez que fue al percebe tenía once años. Era invierno. El agua del mar estaba helada. Cada vez que metía la mano entre las rocas le dolía muchísimo.

McFarlan se acercó al grupo.

—Buenos días —dijo sin mirar a nadie en concreto—, ¿puedo sentarme?

Alice le dedicó una sonrisa radiante, que él devolvió con una expresión desconcertada, como si no tuviera claro si era un halago o un desaire.

—Prueba a ver qué pasa —respondió Teresa sin levantar la vista de las vainas de los guisantes.

Erea contuvo una risita. Brais asintió con la cabeza y el *percebeiro* se levantó de su silla de tijera y se quitó el gorro de lana, a modo de saludo, mientras le brindaba una ligera reverencia. Su cabello frondoso estaba algo descuidado, pero su frente brillaba como si fuera un faro que anunciara violentos deseos de serle útil a la gente. A McFarlan le sorprendió lo bien rasurada que tenía la cara.

—Me alegro mucho de verte, Suso —le dijo McFarlan mientras le estrechaba la mano con efusiva cordialidad.

Alice examinaba sus gestos con detenimiento.

Suso Cheda era un buen amigo de Brais. Había sido el mayor de once hermanos, de los que solo seis seguían con vida. Nació en la playa de Nemiña cuando la aldea solo tenía dos casas: un bar y la vivienda de su familia. Durante el invierno no veía a más de quince o veinte personas. Su mundo se acababa ahí. «La Costa era muy dura cuando yo era un niño —le contó a McFarlan el día que se conocieron—. Había días que no teníamos pan. Pescado nunca faltaba, porque éramos familia de *mariñeiros*, pero pan, a veces, no podíamos conseguir. Y eso es tremendo, ¿eh?».

A McFarlan, Suso le cayó bien desde el primer instante. Le fascinaban sus manos: ásperas, fuertes, rígidas, arrugadas por el mar y lijadas por el roce de las rocas. Al hablar las esgrimía como si modelara arcilla invisible.

—*Bos días, mestre* —respondió Cheda.

—Suso me estaba contando —dijo Alice en inglés— que el problema de los *perbeceiros*…

—*Percebeiros* —corrigió Brais.

—Bueno, como se diga. El caso es que cuanto más arriesgan, mejor percebe cogen.

—Donde rompe la ola más grande —ratificó McFarlan— es donde está el mejor percebe.

Brais le explicó a Suso lo que McFarlan acababa de decir. Suso asintió con la cabeza.

—Tienes que tener un ojo en la ola —apostilló— y otro en el percebe, porque si te coge la ola y te arrastra, lo normal es que no salgas. Yo a los jóvenes les digo siempre que los percebes no tienen pies, que si ven unos buenos, pero difíciles de coger, los dejen ahí para el día siguiente.

—*Does it worth it?* —preguntó Alice cuando Brais se lo tradujo.

—¿Merece la pena? —aclaró Brais.

—A veces, no —explicó Suso Cheda—. Una joven viuda bajó a las piedras para ganarse el sustento de sus hijos. La inexperiencia y la necesidad le hicieron olvidar por un momento que nunca se debe dar la espalda al océano. Un golpe de mar, sin previo aviso, le estalló en la espalda y se la llevó al fondo en su primera jornada de trabajo. La Costa de la Muerte es muy dura, muy dura.

—¿Por qué se llama Costa de la Muerte? —quiso saber Alice.

Brais y McFarlan se miraron como si tuvieran que echar a suertes la tarea de responder.

—Quiere saber por qué se llama Costa de la Muerte —informó Brais a Suso Cheda.

El *percebeiro* resopló mientras medía el tamaño de la vasija imaginaria que acababa de moldear.

—Hay muchas interpretaciones —dijo McFarlan, reproduciendo de memoria lo que tantas veces le había contado Cynthia en Nueva York—, pero la leyenda más extendida cuenta que en las noches de temporal y de poca visibilidad, cuando las lluvias tempestuosas o las brumas impedían a los navegantes avistar la costa, pequeños grupos de paisanos colgaban de los cuernos de sus bueyes faroles encendidos y los paseaban por los límites de los cabos. El andar cansino de los animales hacía que el balanceo de los faroles se confundiera con las luces de los barcos. Al verlas, los patrones de los buques que cruzaban la costa creían que eran embarcaciones que navegaban pegadas a tierra, a resguardo de la tempestad. Siguiendo su ejemplo se aproximaban también a la costa y así caían en una trampa mortal...

A medida que Brais iba traduciendo al español el relato de McFarlan, Suso Cheda ratificaba la explicación con enérgicos asentimientos de cabeza. Alice estaba tan fascinada que no dejaba de morderse las puntas de su melena rubia.

—¿Qué clase de trampa? —preguntó.

—Los barcos engañados —prosiguió McFarlan— se precipitaban contra los escollos. En pocos minutos la turba de lugareños acudía a saquearlos. Cuentan algunos que, tras los naufragios, los cadáveres de los marineros aparecían con los dedos amputados. Pero es probable que solo se trate de una invención…

La cabeza de Cheda modificó bruscamente el sentido de sus movimientos. Ya no se desplazaba de arriba abajo, sino de derecha a izquierda.

—No, no, no —interrumpió la traducción—. ¿Invención? ¡Nada de eso! Cuando yo era chaval y encallaba un barco íbamos y lo desvalijábamos entero. Mi abuela me contaba que ellos incluso les cortaban los dedos a los marineros ingleses muertos para robarles los anillos. De invención, nada.

Los ojos de Alice se abrieron como platos. McFarlan la miró con extrañeza: había ladeado la cara como solía hacerlo Cynthia, y por un breve instante tuvo la sensación de que su recuerdo estaba adquiriendo forma corporal.

Entonces, una voz a su espalda desbarató el hechizo.

—¿Crees que te has librado de mí, Jonás?

McFarlan se giró.

La nariz aplastada y los ojos hundidos de Nuño Robla le desafiaron desde la distancia. Su cara parecía la de una fiera en trance de lanzarse contra su presa.

Teresa dejó el perol de los guisantes encima de la repisa de piedra y se levantó como un resorte.

—¿Qué está usted haciendo en mi casa?

Brais y Suso Cheda también se pusieron en pie. Erea y McFarlan siguieron sentados.

—He venido a ajustar cuentas pendientes —dijo Robla arrastrando las palabras, empapadas de ginebra.

—*Cada can que lamba o seu carallo!* —La exclamación de Teresa retumbó como un trueno.

Robla siguió avanzando hacia McFarlan sin atender la advertencia. Tenía los puños cerrados con fuerza. Los nudillos se tiñeron de blanco.

—¿Creías que echándome encima a la Guardia Civil ibas a conseguir que me olvidara de ti? Sé mucho más de lo que imaginas, yanqui de mierda. Y aunque no me dejen publicarlo por culpa de tus enjuagues mafiosos, tal vez pierda mis apuntes en la redacción de un periódico, o se me vaya la lengua en un bar delante de algún periodista que no tenga nada que perder.

Brais dio un paso al frente y le plantó cara:

—Date la vuelta o te rompo la crisma aquí mismo.

El periodista alzó la barbilla, dando a entender que aceptaba el desafío.

—¿Le has dicho a tu amigo lo que cuentas de él cuando Karina se te abre de piernas?

El mazazo paralizó a Brais durante unas décimas de segundo, pero la indignación enseguida transformó la sorpresa en un arrebato de ira. Si Suso Cheda no le hubiera sujetado por el brazo, su enorme corpachón hubiera embestido a Nuño Robla como un miura. Brais forcejeó para zafarse del placaje del *percebeiro* y McFarlan aprovechó esa circunstancia para adelantarse.

—Si no fuera porque estás borracho —le dijo escupiendo cada sílaba—, te atocinaba como si fueras un cerdo.

—¡Mira quién fue a hablar! ¡Míster abstemio! Hoy no llevas escopeta, puto yanqui. ¿Qué harás? ¿Pegarme un puñetazo? ¡No tienes ni media leche!

—¿Estás seguro? —le preguntó McFarlan sin perder la sangre fría.

—Lo estoy. Lo sé todo de ti, gallinaza. Sé lo que le hiciste a Cynthia Donaldson. Sé lo que le hiciste a esa zorra…

McFarlan le hundió el puño en la quijada. El golpe fue tan rápido y tan seco que Robla no lo vio venir y cayó de espaldas como si le hubiera derribado la coz de un caballo.

Todos se agruparon en torno a McFarlan. Brais y Suso Cheda le apartaron a un lado para que no volviera a arremeter contra el intruso, que se revolvía en el suelo tratando de coordinar el movimiento de sus brazos para ponerse en pie. Teresa, siguiendo un rastro de sangre, le cogió la mano para examinarle las falanges de los dedos.

—El aro del anillo te ha desgarrado la piel —le dijo después de reconocerle—. ¿Duele?

—A él más que a mí. Le he clavado la piedra en la mandíbula.

—¡Que se joda! —y dirigiéndose a Erea, le pidió—: Trae el bote de agua oxigenada.

Erea estaba a punto de entrar en el mesón cuando oyó a su espalda el impacto de un golpe sordo y gritos de conmoción. Al darse la vuelta vio el cuerpo de McFarlan tumbado en el suelo. Robla le había atacado por detrás. El impulso de la acometida había lanzado a McFarlan contra la repisa de granito y el golpe en la cabeza lo había dejado inconsciente.

Brais llegó con el doctor Bieito Varela media hora después. Dos de los marineros que estaban en el restaurante habían subido a McFarlan al dormitorio de arriba. Suso Cheda había ayudado a Brais a llevar a Nuño Robla a la comisaría de Carnota, antes de recoger al médico en su consulta, y Teresa cuidaba del herido sentada al pie de su cama. Erea y Alice seguían en la parte trasera del mesón.

Al ver llegar a Varela, Erea se levantó y le pidió con un gesto que le siguiera. Brais se quedó con Alice.

—¿Cómo está David? —preguntó.

—Sigue inconsciente —respondió Varela—. Teresa está ejerciendo presión con una gasa en la brecha que tiene en la cabeza. No es profunda, pero sangra un poco.

—Ese hombre tiene la cabeza muy dura. Se repondrá. Lo extraño es que no le haya pasado nada a la mesa.

—¿Por qué le ha atacado? —Alice parecía salir de una meditación profunda.

—Porque es un periodista frustrado que…

—No me refiero a él —le cortó Alice—. Me refiero a McFarlan. ¿Por qué le ha dado el puñetazo en la cara?

A Brais le desconcertó la pregunta, pero enseguida cayó en la cuenta de que nadie llegó a traducirle la provocación de Robla.

—Porque ha insultado a una mujer a quien él quería mucho.

—¿Quería?

—Sí. Murió hace más de cuatro años.

—¿Cómo se llamaba?

—Cynthia.

—¿Qué le pasó?

Brais se sentó frente a Alice en una de las sillas de tijera. Los ojos azules de la chica aguardaban la respuesta con un brillo de impaciencia. El sonido del mar entrando con fuerza en las rocas del acantilado y el graznido de las gaviotas amortiguaron el suspiro de Brais, que exhaló una bocanada de aliento perezoso. Nubes de color perla ocultaron el sol. El brillo de la hierba se ensombreció.

—Nunca lo ha contado —dijo Brais, bajando el tono de voz.

—¿Nadie lo sabe?

—Yo no he dicho eso.

Alice aguardó a que Brais alargara la explicación, pero al darse cuenta de que le costaba hablar del asunto, optó por cambiar el tercio.

—¿No deberíamos llevar a McFarlan a un hospital?

—Cynthia trajo a David a mi vida. —Brais hablaba despacio, con la mirada perdida en algún punto borroso del horizonte, como si necesitara abstraerse para seleccionar las palabras antes de que salieran de su boca—. Después de pasar tres años conmigo, ella regresó a Nueva York. Allí se conocieron. Le habló tanto y tan bien de este sitio que cuando ella murió, él lo eligió como refugio para apartarse del mundo.

—¿Cynthia estuvo aquí? ¿Contigo?

—Cynthia era hija de la mujer con la que compartí los mejores años de mi vida, desde los doce a los diecisiete. Vivíamos en Shorewood, un pueblecito cerca de Milwaukee. Se llamaba Shaina. Ella fue la hermana que nunca tuve. Un accidente impidió que nuestras vidas siguieran unidas por más tiempo, pero jamás perdimos el contacto. Murió en 2008. Sus dos hijas se quedaron solas en Estados Unidos. Cynthia vino aquí para recuperarse de la depresión que le produjo la muerte de su madre.

—¿Y su hermana?

—Rebecca se quedó en Nueva York. Espero que algún día venga a conocerme —dijo Brais mientras sacaba una cartera del bolsillo trasero del pantalón. Rebuscó en su interior, cogió una fotografía y se la enseñó: una mujer sonriente de pelo rojizo y mofletes anchos, vestida con un traje de gasa azul, llevaba de la mano a dos niñas de unos diez años.

—¿Son Shaina y sus hijas? —preguntó Alice después de contemplar la foto detenidamente.

—La de la derecha es Cynthia. Rebecca es la morena.

—Parecen de la misma edad.

—Lo son. Son mellizas.

—¿Mellizas? —La sorpresa dibujó en el rostro de Alice una mueca de incredulidad—. ¡No se parecen en nada!

—En nada —ratificó Brais—. Cynthia era pelirroja, pecosa y de ojos verdes. Rebecca es morena, tiene la piel inmaculada, y sus ojos son negros como el carbón.

—La piel de Rebecca parece de cristal —dijo Alice mientras se acariciaba inconscientemente el lunar que tenía en la mejilla izquierda.

—La heredó de su madre. Shaina repartió sus dones equitativamente.

—¿Cynthia y McFarlan llegaron a casarse?

—No. Pero la quiso tanto o más que si hubiera sido su mujer.

—¿Cómo lo sabes?

—Porque le oigo invocar su nombre cuando delira.

—¿No habla de ella cuando está sobrio?

—Muy poco. Pero sé que la recuerda a diario. Todas las noches, cuando sale la luna, busca su rastro en el cielo, y aunque no lo encuentre por culpa de las nubes, recita en voz baja un poema. Le he visto hacerlo muchas veces. Al principio, por pura casualidad. La primera vez lo hizo creyendo que yo estaba dormido en el sofá. Volvió a pasar lo mismo dos o tres veces y me picó la curiosidad. Quise saber si era un rito diario y empecé a esconderme detrás de las puertas sin que me viera. Cuando el autómata del reloj de cuco que hay en la pared de la chimenea sale de su guarida para anunciar que son las nueve de la noche, McFarlan, si cree que está solo, se asoma a la ventana y, aunque esté borracho, recita el poema.

—¿Cómo sabes que se lo dedica a Cynthia?

—Porque guarda una fotografía suya entre las páginas de un libro de su biblioteca. En el reverso está escrito ese mismo poema de su puño y letra, debajo de una dedicatoria que pone: «A la diosa de la luna». Él la llamaba así.

—¿Es bonito?

—Júzgalo tú: «Apágame los ojos y te seguiré viendo, cierra mis oídos y te seguiré oyendo, sin pies, te seguiré, sin boca continuaré invocándote...». A base de escucharlo furtivamente he llegado a aprendérmelo de memoria.

Alice se estremeció.

—Yo daría lo que fuera porque alguien llegara a amarme así algún día —dijo con las lágrimas bailándole en los ojos.

Brais se encogió de hombros.

—¡Y quién no! —exclamó mientras una ráfaga de viento sacudía la sombrilla.

Al fondo, el resplandor de un relámpago anunció que se avecinaba tormenta.

16

Lira, cerca de Finisterre. Abril de 2019. Al día siguiente

El rugido del trueno hizo que retumbaran los cristales de la cocina. Los cazos que colgaban de las barras de acero de la pared tintinearon como esquilas. Las luces parpadearon.

—Voy a ver si hay suficiente combustible en el generador —dijo Teresa, levantándose de su sitio en la mesa—. Si nos quedamos sin luz, se jodió el negocio.

—¡Pero si no hay nadie en el comedor, Teresiña! —objetó Brais—. Y con el día que hace, hoy no asomarán la cabeza ni las ratas.

Alice arrugó la nariz en un gesto de repugnancia.

—Por si acaso —respondió Teresa—. Eso nunca se sabe. Iré a mirar antes de echarme un rato en la cama.

—Dice que se va a dormir porque la digestión de la comida le da sueño, pero la verdad es que no quiere entorpecer la sobremesa —aclaró Brais, en inglés, cuando ella salió por la puerta—. Le incomoda lo de la traducción simultánea.

—¿Cuántos años lleváis juntos? —preguntó Alice.

—Muchos. Me parece que veinte.

—¿Y después de tanto tiempo aún no le has enseñado a hablar en inglés?

—Sabe más inglés de lo que parece —dijo McFarlan sacando a relucir una mueca maliciosa—, pero le gusta hacerse la tonta.

Los cuatro habían comido en una pequeña mesa situada en un extremo de la cocina, junto a la salida al patio trasero. Alice tenía la pierna escayolada encima de un cajón de naranjas y McFarlan llevaba puesta una venda alrededor de la cabeza. «Esto parece un hospital de campaña», había dicho Bieito Varela cuando llegó para interesarse por el estado de su paciente.

—¿Te notas fatigado? —le preguntó mientras le echaba un vistazo a la herida.

—Harto de vivir, sí. ¿Eso vale como respuesta?

—¿Vértigos o mareos?

—Los propios del síndrome de abstinencia.

—¿Comportamiento irritable?

—Desde que nací.

—¿Cambios de personalidad?

—¿De qué tipo?

—Comportamientos sociales o sexuales inadecuados, por ejemplo.

—Ni tanganas, ni bestialismo.

—¿Dolores de cabeza?

—Los que me está dando tu interrogatorio, doctor.

—Entonces, todo va bien. Si en veinticuatro horas no has empezado a ver doble, a oír voces en la cabeza o a perderle el sabor al pulpo que hace Teresa, date por curado. Mientras tanto, ni tabaco, ni café ni alcohol. ¿Todo claro?

—Cristalino.

—¿Lo del alcohol también?

—Doctor —anunció McFarlan con una afectación teatral exagerada—, desde hoy me paso a la zarzaparrilla.

Al oírlo, a Brais se le atragantó el trozo de lacón que tenía en la boca y comenzó a toser como si se ahogara.

—*Tose pr'alá* —le ordenó Teresa dándole golpes en la espalda.

—Voy a dejar de beber —anunció McFarlan—. Quiero tener la mente despejada cuando Ingrid Bergman se vuelva a encontrar con Bogie.

Alice hizo una seña difícil de interpretar. Si McFarlan no estuviera seguro de que ella no entendía ni una palabra de español, hubiera jurado que había sido una respuesta de complacencia a su comentario.

—Pero eso a él no le sirvió de mucho —dijo Bieito Varela, ya de pie, mientras se ponía el abrigo y se calaba el sombrero.

Los presentes pusieron cara de no haber entendido el comentario.

—¿A quién no le sirvió de mucho? —preguntó Brais.

—A Bogart —aclaró el médico—. ¡Al final Rick se queda sin Elsa!

—Espero que la historia no se repita —proclamó McFarlan mirando de reojo a Alice, que le devolvió una mirada vacía.

—¿No se queda a comer con nosotros, doctor? —ofreció Teresa—. Hay cocido recién hecho. Y hoy ha salido bueno.

—Es una oferta muy tentadora —respondió él—, pero aún debo ir a ver cómo sigue Amador Bello de su logorrea.

—¡Uy, pues ya puede usted armarse de paciencia! Ayer me crucé con él y lo encontré peor que nunca.

—Bueno, Dios nos ha dado una boca y dos oídos, lo que indica que debemos escuchar el doble de lo que hablamos.

—¿El doble? Con Amador no será menos del quíntuple. Y eso, si va mejor.

Varela se encogió de hombros, resignado a su suerte, y salió del mesón rumbo al aguacero.

Durante la comida, Brais estuvo exultante. Habló de su pasado en Wisconsin, del día que se despidió de Shaina y se fugó del orfanato, de su etapa como tripulante de un petrolero mexicano y de su historia de amor con Teresa.

—Me gustó a primera vista —afirmó antes de vaciar su tercer vaso de vino de un solo trago.

—Lo que más le gustó de mí fue que regentara un bar —repuso ella mientras le rellenaba el vaso hasta el borde.

Al darse cuenta de que el vaso de McFarlan seguía intacto, le preguntó:

—¿Lo de la zarzaparrilla iba en serio?

McFarlan volvió a mirar a Alice de reojo. Apenas habían dejado de mirarse el uno al otro por un segundo durante toda la comida.

—Muy en serio —corroboró.

Brais había comenzado a notar la euforia del alcohol.

—Deberíais haber conocido a Teresa hace veinte años —dijo en voz alta—. ¡Qué mujer! La cola de pretendientes llegaba hasta la playa de Carnota.

La besó en la mejilla y ella dio un respingo en señal de contrariedad.

Fue justo en ese momento cuando el rugido del trueno hizo que retumbaran los cristales de la cocina.

—¡Claro que Teresa sabe más inglés de lo que parece! —corroboró Brais—. ¡Y también sabe latín! Yo creo que es una de esas meigas que aquí llaman *sabias*. Un día vi cómo curaba a Erea de una torcedura pasando una de sus piernas nueve veces por encima de su cuerco.

Cada vez hablaba con más torpeza.

—Hoy no deberías beber más, amigo mío —le sugirió McFarlan, dándole una palmada amistosa en el hombro—. El golpe que me dio en la cabeza el hijoputa de Robla se desinflamará pronto, pero el que le propinó a Teresa en su orgullo al mentar a Karina tardará mucho en deshincharse. O te lo haces perdonar portándote como un bendito, o aún dormirás en el sofá muchas más noches.

—¿Cómo sabes que he dormido en el sofá? —preguntó Brais, sorprendido.

McFarlan puso cara de alumno aventajado.

—Porque no dejas de mover el hombro como si lo hubieras metido en una centrifugadora. Es la típica luxación de una mala noche en un jergón infame.

El silencio de Brais fue tan elocuente como una confesión completa.

—Tienes razón. Voy a ver si duermo un poco y se me pasa la moña. ¿Me dejas tu cama durante un rato? —le preguntó a Alice, con la misma voz con que un niño le hubiera pedido permiso al profesor para ir al baño en mitad de la clase.

—¡Claro que sí! —Alice desplegó una tierna sonrisa de complicidad—. Sueña con los angelitos.

Brais recorrió la distancia hasta la puerta, tanteando los obstáculos para no tropezar contra ellos. Cuando estaba a punto de abandonar la habitación, giró la cabeza y dijo:

—Con los angelitos, no. Hoy soñaré con Shaina. —Y su cara resplandeció como si un relámpago interior hubiera alumbrado los recuerdos casi olvidados de su adolescencia.

Fuera, otro destello de luz iluminó el patio.

Al otro lado de la ventana, en una maceta de barro, crecía un rosal sin hojas, de ramas altas recubiertas de espinas, que a Alice le recordaron las garras afiladas del remordimiento. Cada vez estaba más claro que había juzgado mal a McFarlan.

—¿Siempre cuidas igual de bien de todos tus amigos? —le preguntó cuando se quedaron solos.

—No lo sé. Brais es mi único amigo. No puedo comparar.

—Mejor uno que ninguno. El protagonista de la novela que me dejaste estaba peor que tú. Era un soñador completamente solitario.

—Yo no soy un soñador —refutó McFarlan mientras alzaba las manos abiertas, como si tratara de declarar su inocencia—. Soy un borracho... Bueno, lo era. ¿Te está gustando el libro?

—Es conmovedora la conversación sobre la soledad que los protagonistas mantienen en su segundo encuentro.

—Déjame recordar. —Cerró los ojos para facilitar el trabajo de la memoria, y al cabo de unos segundos, recitó en voz alta—: «Pasarán los años y tras ellos llegará la lúgubre soledad, la tristeza y la angustia. Tu mundo fantástico perderá su colorido, se marchitarán y morirán tus sueños, y caerán como las hojas secas de los árboles. ¡Ay, Nástenka, será triste quedarse solo, enteramente solo, sin tener siquiera nada que lamentar!».

—¿Eres capaz de recordar el libro entero? —Alice no salía de su asombro.

McFarlan hundió la cabeza debajo de sus brazos.

—¡Nooooo! Solo me he aprendido un par de párrafos para preparar esta conversación. Quería impresionarte.

—Pues lo has conseguido.

—Ahora te toca a ti —dijo él, satisfecho por el cumplido de Alice.

—¿Y qué puedo hacer yo para impresionarte? No traigo nada preparado.

—Puedes contarme tu historia. Pero la auténtica, la de verdad. Ahórrate lo de tu trabajo como camarera en un café, lo de la larga lista de pretendientes y lo del hámster llamado Andy.

—¿Crees que nada de eso es verdad?

—No lo creo, lo sé —aseveró McFarlan con rotundidad.

—¿Por qué estás tan seguro?

De nuevo afloró a su rostro el mismo gesto de chico listo que había puesto cuando Brais le preguntó por qué sabía que estaba durmiendo en el sofá.

—Porque derramas el café al servirlo, porque te ruborizas cuando te miran el escote y porque has puesto cara de asco cuando Brais ha mencionado a las ratas. No tienes dotes de camarera, no te has acostumbrado a los requiebros masculinos y no sientes ninguna simpatía por los roedores.

Ahora caía cellisca en vez de lluvia. Eran goterones puntiagudos, casi en forma de nieve, que parecían abrirse paso a cuchilladas a través de las ramas de los árboles.

—Está bien. Te contaré la verdad. Vivo con mi abuela ciega en una casa de huéspedes. —Alice parecía divertirse mientras hablaba—. Es una mujer estricta que me tiene atada a su falda con un cordel para que no me separe de ella. Un día llegó un joven inquilino y alquiló el cuarto de arriba. Le gusté y comenzó a cortejarme prestándome libros. Nos hicimos buenos amigos y…

Llegada a ese punto, Alice enmudeció. Se dio cuenta de que su fábula no debía llegar demasiado lejos.

McFarlan entendió enseguida el motivo de su turbación. Su conocimiento de la condición humana le había enseñado que determinados gestos suelen ser más elocuentes que las palabras y, desde luego, infinitamente más sinceros. Con las palabras se puede mentir. Con los gestos, no. Así pues, instruido en los sofisticados códigos del lenguaje corporal, interpretó el rubor que se había asomado al rostro de Alice como un indicio halagüeño. ¿Podía ser que le hubiera traicionado el subconsciente y que ella también hubiera empezado a sentir algo por el hombre que le prestaba libros? ¿Era eso lo que estaba sucediendo en la vida real? La pregunta quedó flotando en el aire.

Con la sonrisa prendida a los labios, comentó:

—Tal vez la abuela ciega de tu historia sea en realidad una gallega astuta y temperamental. Y quizá no te tenga prendida a su falda con un cordel, sino con una escayola en el tobillo. Puede que el inquilino ya no sea tan joven y que no ocupe el cuarto de arriba. A lo mejor vive en una casa enfrente de la playa… ¿Crees que es posible que yo tenga razón?

Dos movimientos de cejas, deslumbrantes y acompasados, delataron que la pregunta había dado en el blanco. Alice se mordió el labio inferior y trató de hallar la respuesta adecuada. McFarlan casi podía escuchar el mecanismo de su cerebro mientras maquinaba el mejor modo de salir airosa del trance.

—Esa conjetura —dijo al fin, incapaz de encontrar una réplica mejor— no viene a cuento. Te estaba contando la historia de mi vida pasada.

—Ya conozco tu vida pasada: vives en un bonito apartamento enfrente del Carnegie Hall, donde te refugias de las decenas de pretendientes que se rifan tu corazón. Un día te enamoraste de un piloto judío que se llamaba Mike, tuvisteis un terrible accidente a bordo de un Cessna y viniste nadando a mi playa con tu cámara fotográfica para hacer reportajes turísticos. ¿No es esa la síntesis aproximada de todas las patrañas que me has contado hasta ahora?

—La historia sonaba más convincente cuando la imaginé.

—Lo mejor es decir siempre la verdad, a no ser que seas un estupendo mentiroso.

—Y yo no lo soy, ¿verdad?

—No, no lo eres.

—Está bien. Pero no todo lo que te he contado es una patraña. Aunque no lo creas, soy fotógrafa profesional de espacios naturales. El otro día me caí del crucero que sale de Corcubión cuando trataba de fotografiar a un cormorán que estaba posado en unas rocas y traté de llegar nadando hasta la costa. La noche se echó encima y…

En ese momento sonó el teléfono y el final de la frase se diluyó antes de llegar a sus labios.

McFarlan interrogó a Alice con la mirada. ¿Debía atender la llamada?

La voz de Teresa resolvió las dudas.

—¡Ya voy! —dijo mientras hacía su entrada en la cocina.

—¿Pero tú no estabas acostada?

—La tormenta no me deja dormir.

Fue al teléfono y habló con determinación: «Sí. Claro. Entendido. Enseguida. Gracias. Adiós».

Cuando colgó, le pidió a McFarlan:

—¿Puedes acercarme a la iglesia? Al cura no le funciona el coche y Erea no puede volver andando con esta lluvia. Había ido a llevar las prendas litúrgicas y le ha sorprendido el chaparrón. Supongo que Brais estará durmiendo la mona…

—Supones bien —se limitó a responder McFarlan mientras se ponía en pie para hacer lo que Teresa le había pedido.

Se acercó a Alice y se despidió con un beso en la mejilla. Ella no opuso resistencia.

—¿Estás para conducir? No te dará un desmayo por culpa del golpe en la cabeza, ¿verdad? —le preguntó Teresa.

—¿No te parecería romántico que muriéramos los dos juntos? —bromeó él mientras le brindaba un paraguas.

—¿Se puede saber que tiene la muerte de romántico?

Y, antes de salir, Teresa zarandeó la ristra de ajos que colgaba de la puerta.

Aquella noche, McFarlan escribió sin parar hasta el alba. Sus dedos se movían por el teclado de la Underwood a tanta velocidad que, a veces, los tipos se quedaban entrelazados y tenía que separarlos con las yemas de los dedos. Esa rara sensación de fluidez a la hora de dar con la palabra adecuada le produjo tal euforia interior que no necesitó de otros estímulos para alimentar su esfuerzo imaginativo. Fue la primera vez en toda su vida que no probó un solo sorbo de alcohol durante el tiempo que permaneció sentado frente a la máquina de escribir.

Cuando se fue a la cama, rendido por el sueño, aún poseía el recuerdo de Alice en la mesa, el sonido de sus pasos, las miradas interrogativas, las escaramuzas dialécticas, el beso en la mejilla. No tenía nada más, pero eso bastaba para alimentar a un famélico.

A la mañana siguiente se despertó alterado al comprobar que Alice aún seguía en el centro de sus pensamientos. Incluso percibió el sonido de su voz abriéndose paso entre las primeras brumas de la vigilia. No tardó en darse cuenta de que aquella percepción no era meramente imaginativa.

Salió del dormitorio y la vio en el salón hablando con Erea. Estaba a punto de sonreír cuando advirtió que habían ordenado la casa de arriba abajo. La sorpresa le despejó por completo. Ya no había libros encima de las sillas, ni amontonados en mitad de la habitación. Ahora, todos los volúmenes que no cabían en las estanterías estaban debidamente repartidos en decenas de cajones de naranjas que alguien había ido apilando, pegados a la pared, a modo de librería improvisada.

—¿Te gusta cómo ha quedado? —le saludó Alice tras darle unos segundos para que formara criterio.

La voz grave y apergaminada de Brais salió de detrás del sofá:

—Más te vale decir que sí. Llevo todo el día transportando cajas de naranjas y moviendo muebles de un lado a otro.

Era él quien había hecho el trabajo duro.

Erea cargaba dos bolsas grandes de basura y las estaba sacando al porche.

El autómata del reloj de cuco salió para anunciar que eran las cuatro de la tarde. A McFarlan le sorprendió lo tarde que era. Hizo el cálculo y se dio cuenta de que había dormido casi diez horas seguidas.

Fuera, la lluvia continuaba cayendo con fuerza.

Todavía en actitud hermética, McFarlan revisó los cambios con más detenimiento. Alice había dividido los libros en cinco lotes: poesía, teatro, ensayo, cuentos y novela. Cada uno de ellos, a su vez, seguía el orden alfabético del primer apellido del autor. El apaño había liberado mucho espacio y la casa parecía más grande. Además, algunos muebles habían cambiado de lugar, haciendo más coherente la distribución de los ambientes.

—Cuando Hemingway dijo que la papelera debe ser el primer mueble en el estudio de un escritor —respondió McFarlan con voz lúgubre— no creo que se estuviera refiriendo a esto.

Alice interpretó correctamente su estado de ánimo.

—Sé muy bien lo que estás pensando —replicó—. ¿Con qué derecho cambian mis cosas de sitio? ¿Cómo voy a encontrarlas cuando las necesite si ya no están donde yo las puse? Ya no podré vivir a tientas, como hacen los ciegos que conocen de memoria el terreno que pisan.

—Es la verdad.

—Sí, lo es. Pero de eso se trataba, ¿no? ¿Acaso ese mundo desordenado y caótico en el que vivías te proporcionaba la paz interior que andas buscando?

McFarlan saltó como si le hubieran rozado una herida en carne viva.

—¿Y quién te ha dado permiso para organizar mi vida?

—¿Durante cuánto tiempo más quieres seguir viviendo a oscuras? —respondió Alice como si no hubiera escuchado la pregunta—. Si quieres estar sobrio cuando Ingrid Bergman se vuelva a encontrar con Bogie, tienes que hacer algo más que aficionarte a la zarzaparrilla. Hemingway también dijo que si quieres vivir de una manera seria por dentro debes empezar a llevar una vida más sencilla por fuera. Y, sin orden, no hay sencillez.

Mientras la escuchaba, a medio camino entre la irritación y el asombro, McFarlan trataba de averiguar el motivo que había impulsado a Alice a entrometerse en su desorden. ¿Era una prueba de que se interesaba por él o el simple capricho de una mujer acostumbrada a imponer su voluntad sin pedir permiso?

—¿Eso del orden y la sencillez también lo dijo Hemingway?

—No, eso no lo dijo Hemingway. Eso lo digo yo.

McFarlan se dejó caer a plomo sobre la silla de su estudio. Le tranquilizó darse cuenta de que no habían tocado ninguno de los papeles que había encima de la mesa.

—No me gusta que me digan cómo debo vivir —suspiró, abrumado.

Alice palmeó sus caderas con ambas manos a la vez, dando a entender que el lamento era inútil.

—Ya está hecho —sentenció—. Pero si en dos o tres días no te acostumbras al cambio, te prometo que volveremos a dejar las cosas tal como estaban.

Brais se alzó del sofá como si hubieran gritado: ¡fuego!

—¡De eso, ni hablar! Conmigo no contéis para otra paliza como esta. De hecho, con vuestro permiso, me marcho a dormir un rato. Entre las noches en el sofá y las mañanas haciendo de transportista, tengo las articulaciones a punto de descoyuntarse.

—Nos vamos todos —dijo Alice—. Le prometí a Teresa que Erea estaría de vuelta a las tres y ya son las cuatro. No quiero ser yo quien acabe durmiendo en el sofá a partir de esta noche.

Se despidieron con un leve movimiento de la mano.

Mientras la veía marcharse, McFarlan no supo distinguir lo que sentía por aquella mujer de rostro impenetrable. Si se despertaba de noche, al instante se encontraba con una imagen suya en su pensamiento y en el sueño interrumpido ella parecía entregarle todo su tiempo. Pero en la vida real no sucedía lo mismo. El instinto le seguía diciendo que la movían intereses ocultos.

Alice respondió al gesto de despedida de McFarlan con semblante serio, tratando de disimular la satisfacción que sentía por dentro. Su plan había funcionado mejor de lo imaginable. Había podido registrar la casa sin correr riesgos innecesarios, y lo mejor de todo —de eso estaba convencida— es que McFarlan no había sospechado nada.

A la mañana siguiente, Alice telefoneó a McFarlan al mediodía. Quería saber si se estaba adaptando bien a los cambios en la casa y si le apetecía que comieran juntos. McFarlan le respondió que no a las dos preguntas.

—El caos me inspiraba, el orden me desconcentra —mintió.

Lo cierto es que cuando se fue a la cama la noche anterior, pasadas las cuatro de la madrugada, había sido capaz de escribir de un tirón cuatro mil palabras. También mintió para rechazar la comida.

—He dormido mal y me duele la cabeza.

En realidad, llevaba dos días sin probar una sola gota de alcohol y las migrañas habían desaparecido.

Alice disimuló el chasco que le provocó la respuesta lo mejor que pudo y se despidió de él fingiendo naturalidad.

—Mejórate —le dijo.

Y colgó.

McFarlan se quedó quieto, con el auricular en la mano, maldiciendo la absurda ocurrencia de haberle hecho caso a su instinto. Se había prometido a sí mismo que no volvería a ver a Alice hasta estar seguro de lo que tramaba, y ahora contemplaba su desconfianza como si fuera una mujer fea y estúpida a la que desearía no haber conocido. Sin pensárselo dos veces, marcó el número de Casa Teresa. Alice aún no había tenido tiempo de alejarse del teléfono.

—La comida me va bien —anunció de forma precipitada—. Un paracetamol me pondrá como nuevo. ¿Te viene bien a las dos?

—A las dos es perfecto.

Cuando colgó, McFarlan saboreó la sensación, que ya tenía casi olvidada, de lo que significaba tener algo que esperar con impaciencia.

Durante la comida en el restaurante de Casa Teresa, la vitalidad contagiosa de Alice hizo que los temores de McFarlan desaparecieran enseguida. La tirantez del principio dio paso a un clima de confianza en el que no había sitio para el engaño. McFarlan pudo sentir con toda claridad que, poco a poco, el influjo de un campo magnético irresistible le estaba arrastrando hacia ella, como si fuera un planeta succionado por el sol.

—Me ha gustado mucho la novela que me prestaste —dijo ella cuando la conversación se hizo más íntima—. Pero me sorprende que me la dejaras leer.

—¿Por qué?

—Porque el chico no queda en buen lugar. Es un pobre pringado, sin sangre en las venas.

McFarlan sabía a qué se estaba refiriendo. El protagonista del relato se daba cuenta de que se estaba enamorando de la chica, pero decidía ocultar sus sentimientos —como estaba haciendo él con Alice— por miedo a no ser correspondido.

—Es verdad, es un primo —concedió—. Pero ella queda en peor lugar.

—No lo comprendo…

—Accede a casarse con él y cuando aparece su antiguo pretendiente rompe su palabra. ¿No te parece cruel?

Alice le miró con asombro. Echó el peso del cuerpo hacia delante y alargó el cuello como una cobra dispuesta a morder a una víctima indefensa.

—¿Una mujer no puede irse con el hombre que le dé la gana? ¿Ese es un privilegio masculino?

—Una mujer enamorada, no.

—¿Y un hombre enamorado sí? —la pregunta silbó como una bala—. ¿Alguna vez te has parado a considerar el daño que le hace a una mujer la infidelidad del hombre que ama? Dímelo, David, ¿lo has pensado alguna vez en tu vida?

McFarlan tuvo que cubrirse la boca con la servilleta para ocultar una mueca de dolor. Se volvió hacia un lado y clavó su mirada en la oscuridad de la pared, como si las sombras ocultas del pasado hubieran chasqueado los dedos para llamar su atención y remover su conciencia.

Alice apartó su silla.

—¿Me disculpas un momento?

En el cuarto de baño se enfrentó a su reflejo en el espejo. «¡Oh, Dios! ¿Qué he hecho?».

Cuando regresó, los ojos de McFarlan seguían enrojecidos.

17

Lira, cerca de Finisterre. Abril de 2019. Los días siguientes

Las tardes siguientes, McFarlan siguió escribiendo a un ritmo de cuatro mil palabras al día. Se sentaba ante la máquina de escribir a las siete de la tarde y no se levantaba hasta que el peso del sueño, de madrugada, le obligaba a cerrar los párpados. A mediodía, Alice aparecía en la casa de la playa con la comida del restaurante en una cesta de mimbre. Día a día, las conversaciones se hacían más íntimas y la corriente eléctrica que se había establecido entre ellos iba subiendo de intensidad. Las sobremesas duraban hasta las cuatro de la tarde. A esa hora, Brais acudía a recoger a Alice y McFarlan se iba a dormir la siesta.

El día anterior a que le quitaran la escayola, McFarlan le preguntó:

—¿Ya has decidido qué harás cuando estés curada?

Alice demoró la respuesta. Tener que enfrentarse a esa decisión le producía un sentimiento de angustia que su rostro era incapaz de disimular.

—Volveré a mi vida de antes —contestó al fin—. No me puedo permitir el lujo de vivir sin trabajar. Ya llevo aquí más tiempo del razonable.

—¿Y qué contarás de mí?

—¿A quién?

—¡A tus lectores!

—No vuelvas a eso, David. —Una mueca de fastidio le endureció los labios—. Te lo repito de nuevo: no soy la reportera que anda tras los pasos del Livingstone perdido de la literatura americana. Que el mundo sepa dónde estás, me trae sin cuidado. No seas paranoico. No te pega ser así.

—¿Y qué es lo que me pega?

Alice volvió a tomarse su tiempo antes de responder. Para ser estrictamente sincera hubiera tenido que decir que no lo sabía. El mecanismo que activa la inteligencia en el momento de conocer a alguien de quien no se tiene información previa funciona al revés que cuando hay que corroborar la validez de un prejuicio. El primero es un proceso que incorpora impresiones directas. El segundo, en cambio, consiste en desmontar conjeturas preestablecidas. Alice empezaba a saber lo que McFarlan no era, pero aún se sentía incapaz de saber cómo era en realidad. La idea que tenía de él no casaba en absoluto con lo que estaba descubriendo. Aunque todavía era pronto para sacar conclusiones definitivas, su instinto le insinuaba que el veredicto final acabaría complicándole la vida.

—Lo que te pega es saber en quién debes confiar. —Su tono de voz denotaba hastío—. ¿Por qué no confías en mí?

—Porque aún no sé si eres mejor o peor de lo que aparentas. Hay algo dentro de ti que no acaba de aflorar a la superficie.

—Así que soy un misterio…

—Un misterio demasiado atractivo, sí. Si no fuera por eso no estaría tratando de resolverlo.

—Si tardas mucho ya me habré ido.

—¿Cuánto tiempo me queda?

—Depende de lo que diga mañana el médico.

Al día siguiente, Brais y McFarlan la llevaron al ambulatorio de Muxía para que le quitaran el yeso. Al oír el ronroneo de la sierra, Alice se asustó.

—No tema —le dijo la doctora para tranquilizarla—. Se trata de una sierra especial. La hoja es roma y no puede cortarle la piel, aunque es posible que le haga cosquillas.

Brais le tradujo la explicación y ella asintió con la cabeza, dando a entender que estaba lista para pasar la prueba. Al cabo de un par de minutos, suspiró aliviada:

—Creí que nunca me libraría de ese grillete. ¡Pero mi tobillo era mucho más bonito antes! Ahora está pálido y cubierto de escamas. ¿Qué son esas cosas negras que parecen púas de puerco espín?

—Se llaman pelos —bromeó McFarlan—. Crecen si no los depilas.

Después de escuchar a la doctora, Brais le trasladó buenas noticias.

—Dice que el aspecto de tu pie mejorará en pocas horas. Tienes que meterlo en agua caliente un par de veces al día y mover suavemente los dedos y el empeine. Luego debes ponerte una bolsa de hielo en el tobillo y usar muletas durante unos días. Al tratarse de un esguince no tardarás mucho en poder hacer vida normal.

—¿Y de dónde saco yo unas muletas?

—Del maletero de mi coche —respondió McFarlan, guiñándole un ojo—. Ya lo habíamos previsto. Teresa me las dejó hace tiempo, mientras me recuperaba de la paliza que me propinó un colega tuyo. Aún las guardaba en casa.

—¿Un colega mío?

—Un periodista.

—¡Yo no soy periodista! —protestó Alice, malhumorada—. ¿Ya no recuerdas lo que hablamos ayer? Si no confías en mí, que te zurzan.

—Aquel tipo que nos zurró hace dos años tampoco era periodista —intervino Brais—. Él dijo que lo era, pero yo no me lo trago. Sabía pelear demasiado bien. Ningún periodista pega tan duro.

—¿Qué pasó?

—Que nos molió a puñetazos a los dos. Así de claro. El único que le dio su merecido fue mi gato de angora. A él —dijo señalando a McFarlan— le noqueó de un guantazo. Conmigo sudó un poco más. Como solo había unas muletas, Teresa decidió dejárselas al más endeble.

Alice miró alternativamente a los dos hombres que tenía delante y trató de imaginarles en plena pelea. Enseguida convino que Teresa había tomado la decisión correcta. Ella también le habría dado las muletas a McFarlan. Él era, sin duda, el más débil de los dos.

Una vez en el coche, pusieron rumbo al monasterio de San Julián de Moraime. McFarlan quería ver al abad Ismael y Alice tenía ganas de conocer la iglesia. Aunque a Brais las piedras medievales le traían sin cuidado, el monje le caía simpático.

Cuando llegaron, un hombre bajito y gordo, con las sobaqueras empapadas de sudor, porfiaba con el clérigo a voz en cuello. Ismael le escuchaba con paciencia, inclinando ligeramente la cabeza para que sus ojos mirasen sobre el cristal de las gafas. McFarlan sabía que no perdería la compostura, por muchos gritos que moviera el monólogo de su interlocutor. «La amabilidad detiene el torrente de la ira», solía repetir su amigo con infatigable insistencia.

Aguardaron a que el hombre bajito se alejara —cosa que hizo visiblemente enfadado— y fueron al encuentro del abad, que al verles llegar abrió los brazos en señal de bienvenida.

—Tú debes de ser Alice —saludó a la chica en un inglés de impecable acento británico.

—Y usted, el misionero de las causas perdidas —respondió ella, aceptando de buen grado el cariñoso abrazo del anciano.

Su cabello estaba algo alborotado, como la barba y el bigote encanecidos que le ceñían la boca.

—Así me llama Teresa. A ella le gusta decir que es una oveja descarriada, pero le aseguro que es más católica que usted y que yo.

—Yo también soy católico —protestó Brais.

—Lo eres, sí. Aunque lo olvides a menudo.

—No sabía que hablaras un inglés tan académico —intervino McFarlan, todavía con un rastro de sorpresa en el rostro.

—Hay muchas cosas de mí que no sabes. Venid, quiero enseñaros algo.

Los tres visitantes le siguieron hasta el ala norte de la iglesia. Iban despacio porque Alice aún no se había acostumbrado al uso de las muletas. Cruzaron el camposanto —una pradera de yerba salpicada de losas, lápidas y cruces— y encararon la fachada lateral. Adosada a los vanos de las ventanas ciegas del muro estaba la entrada a la sacristía. Era un pórtico rectangular con tejado a dos aguas y paredes de piedra. La puerta estaba abierta.

Al entrar, McFarlan advirtió que los viejos códices y los legajos del archivo estaban desperdigados por el suelo. La mesa donde Ismael los agrupaba estaba revuelta, como si hubieran querido limpiarla de objetos barriéndola con los brazos y no hubieran tenido tiempo de culminar su propósito.

—No te inquietes —dijo Ismael al ver la cara de preocupación de McFarlan—. No se han llevado ningún manuscrito. No venían a eso.

Por la puerta del fondo se accedía a una de las naves laterales del templo. A la derecha, los arcos ojivales de su bóveda comunicaban con la nave central. A la izquierda, impresas sobre la cara interior del muro, unas pinturas murales recién restauradas llamaban la atención por su colorido. Se trataba de una composición de ocho lienzos pétreos en los que estaban representados los siete pecados capitales. En dos de ellos, los intrusos habían hecho pintadas con un espray de tinta roja. Sobre la imagen de una mujer que se clava puñales entre llamas de fuego habían escrito: *«A única igrexa que ilumina é a que arde»*.

En el mismo paño, en el mural contiguo, podía verse a una mujer sentada sobre un cerdo, con un diablo susurrante asomado a su espalda. Enfrente de ella, como símbolo de la virtud contrapuesta, otra mujer rezaba el rosario. Entre ambas, la pintada decía: «Alejad vuestros rosarios de nuestros ovarios».

—¿Quién ha sido? —quiso saber McFarlan.

—¡Vete a saber! —respondió el abad Ismael encogiéndose de hombros—. Algún borracho, supongo.

—¡Los murales son preciosos! —exclamó Alice mientras los examinaba con detenimiento—. ¿De qué época son?

—Buena pregunta —dijo el fraile—. Ni siquiera los expertos se ponen de acuerdo. Basándose en los brocados flamencos que aparecen en las vestiduras de algunas figuras hay quien sostiene que son del siglo XVI o principios del XVII. Sin embargo, la batalla del alma entre pecados y virtudes se representa con un estilo gótico anterior. Incluso ha aparecido la figura misteriosa de un hombre verde entre las hojas de acanto de los capiteles.

—¿Y eso qué significa?

—Que podrían ser pinturas del Medievo. Tal vez de mediados del XV.

Ajeno a la conversación historiográfica, Brais se había quedado observando con curiosidad la figura de un extraño arquero con aspecto esquelético.

—¿Qué pecado capital es este? —inquirió.

—Ninguno —le explicó el clérigo—. La secuencia, como ves, se abre con el símbolo de la cruz, luego vienen las representaciones de la soberbia, la avaricia, la ira, la lujuria, la gula, la envidia y la pereza, y al final aparece la imagen que tú estás mirando: la muerte en forma de arquero infernal. La intención es que queden claras las consecuencias que conlleva desviarse del camino de la fe católica.

—¡Siempre la misma amenaza del castigo eterno!

—Solo para los que no piden perdón por sus errores.

Más interesada por los aspectos artísticos de las pinturas que por las disquisiciones teológicas de sus amigos, Alice comentó:

—Parecen recién restauradas.

—Y es la verdad —corroboró el fraile—. Las pinturas fueron descubiertas en 1970, debajo de la capa de cal que cubría las paredes interiores. Estaban en muy mal estado de conservación. Los trabajos de restauración aún no han concluido. Todavía aparecen de vez en cuando nuevas sorpresas. Hace poco, los expertos descubrieron que al personaje principal de la pereza no se le había descolorido la mano, sino que fue pintado manco. Yo también he encontrado un par de hallazgos interesantes.

—¿Más defectos físicos? —preguntó Brais con un punto de indignación—. ¿Has descubierto cojos, ciegos, sordos o eunucos? A los ojos de la religión, los pecadores siempre somos seres mutilados.

—No, no —refutó el abad sin perder la sonrisa—. Algunos creen que descubrir defectos es señal cierta de sabiduría, pero nada requiere tan poca inteligencia. Lo que yo he descubierto no son defectos, sino indicaciones secretas.

McFarlan giró la cabeza y miró a Ismael como si fuera un faro recién encendido.

—¿Relacionadas con Iria y Berwin?

Más que a duda, su pregunta sonó a deseo.

—Eso creo. Ven, mira esto.

El portal de acceso a la sacristía dividía por la mitad uno de los lienzos pétreos de las pinturas y separaba los murales de la gula y la envidia. El abad se detuvo frente al primero: una mujer empinaba con una mano una jarra de vino, y con la otra sostenía a un cerdo ensartado en un pincho.

—Fíjate bien en el extremo inferior de la púa que sale por la boca del cerdo.

McFarlan se aproximó para observar el detalle que le mostraba el fraile.

—¿Qué debo buscar?

—¿Ves que el festón de la cenefa inferior está compuesto por copas de pinos?

—Lo veo.

—¿De qué color son?

—Rojas y negras. Es una secuencia alternativa.

—¿Todas son rojas y negras?

—Sí, eso es lo que… —McFarlan se interrumpió repentinamente—. ¡Ah, no, hay una de color verde!

—¡Eso es! ¡Justo la que señala el extremo de la púa! —exclamó el abad con voz triunfal—. ¿Te das cuenta?

McFarlan estaba confuso. Ismael le cogió del brazo y le pidió que se acercara al dibujo de la derecha: una mujer se tapaba la cara con la mano y, entre los dedos entreabiertos, escudriñaba la belleza de la joven que tenía delante. Debajo de ellas, representando la virtud de la caridad, otra figura femenina, enlutada de pies a cabeza, contemplaba la escena.

—¿Qué ves aquí? —le preguntó.

Antes de que McFarlan respondiera, Alice se adelantó un paso y señaló un punto concreto del festón de la cenefa.

—Ahí hay otra copa de color verde.

—¡Exacto! —El entusiasmo del anciano iba en aumento—. La señala con el dedo índice la mujer que representa a la caridad.

McFarlan estaba intrigado por el misterio que Ismael trataba de desentrañar.

—No acabo de entender —balbució.

El fraile entró en el soportal que daba acceso a la sacristía, subió los dos peldaños de piedra que salvaban el desnivel y se inclinó sobre la huella del primero, señalando una pequeña marca que estaba grabada en el canto: un motivo vegetal —la copa de un pino— idéntico a los que ornaban la cenefa.

—Las marcas de la gula y la envidia nos mandan aquí —explicó.

—¿Eso tiene algún sentido? —quiso saber McFarlan.

—No estoy seguro. Tengo una teoría, pero reconozco que está cogida por los pelos.

En vista de que el abad no alargaba la respuesta, Alice le interpeló:

—¿Y qué teoría es esa?

—De momento, me la reservo. No quiero exponerme a hacer el ridículo. Ya os la contaré cuando esté más seguro.

—¡Pero antes dijiste que guardaba relación con Iria y Berwin! —le recordó McFarlan.

—Y lo mantengo.

—¿Crees que esa marca señaliza el *mortuus altaris* que andabas buscando?

—Algo parecido —admitió el abad—, pero ya te digo que mi teoría todavía es poco consistente.

—¿Qué necesitas para estar seguro?

—Que ese señor tan enfadado con el que hablaba cuando habéis llegado me haga el favor que le he pedido.

—Sé quién es —intervino Brais, que se había sentado en uno de los bancos que miraban a la capilla lateral sin mostrar excesivo interés por los hallazgos del monje.

—¿Le conoces?

—Se llama Sebastián. Hizo una pequeña reforma en el restaurante de Teresa el año pasado. Tiene una empresa de albañilería. Trabaja bien, pero solo hace arreglos de poca monta.

—Ese es el problema —reconoció Ismael—. Dice que mi encargo le viene grande.

—¿Qué le has pedido que haga? —quiso saber McFarlan.

—Que levante unas cuantas piedras y me ayude a buscar una cripta secreta.

—¿Aquí?

—Aquí mismo.

—Eso son palabras mayores para un albañil como él —admitió Brais.

—Si la cripta está donde yo creo solo hará falta una obra menor para llegar a ella. Pero necesito a un hombre discreto que no se vaya de la lengua. Si el prior de la orden se entera de que actúo por mi cuenta, me mandará a la abadía de Waegwan.

—¿Dónde está eso? —preguntó Alice.

—En Corea del Sur.

—¡A tiro de piedra! —bromeó mientras optaba por imitar a Brais y se sentaba en otro de los bancos de la capilla—. ¿Y por qué no pides los permisos para hacerlo por el conducto reglamentario?

—Porque los trámites se demorarían más tiempo del que me queda de vida. Habría que poner de acuerdo a la administración autonómica, a la local y a la eclesiástica. Me harían preguntas para las que no tengo respuestas y, después de mucho papeleo, el expediente acabaría durmiendo el sueño de los justos. Si quiero salir de dudas no me queda más remedio que incumplir las normas y rezar para que el albañil no haga ningún estropicio que provoque el derrumbe la iglesia. En ese caso, si saliéramos vivos de los escombros, acabaríamos en la cárcel. Eso es lo que teme Sebastián.

—No le culpo —convino Brais.

—Además está asustado por las pintadas. Cree que los grafiteros volverán a entrar en el templo y le pillarán infraganti haciendo lo que no debe. Si eso sucede, el ayuntamiento le cerrará el negocio para siempre.

McFarlan tomó asiento al lado de Alice.

—¿Y crees que le convencerás para que corra el riesgo?

—Tal vez —dijo el abad, desplegando sus brazos al aire—. El licor verde mueve montañas.

—¿Qué esperas encontrar en esa cripta?

—A los protagonistas de tu novela. Y con un poco de suerte, tal vez algo más. Algo sensacional que asombrará al mundo —anunció con voz misteriosa.

Alice no pudo reprimir un mohín de desencanto al darse cuenta de que el fraile no pensaba decir nada más.

—¿Nos vas a dejar con la intriga?

—Si os lo dijera ahora, me tomaríais por loco.

Brais aprovechó el declive de la conversación arqueológica para cambiar el tercio.

—¿Cuál de todos los pecados capitales es el peor? —preguntó mientras señalaba genéricamente los murales que tenía a su izquierda.

—En mi opinión, aquel que exige el remedio de la virtud más valiosa —respondió el abad apuntando hacia la envidia—. «Contra envidia, caridad», dice la Iglesia. La caridad es la base de todo. De la caridad cuelga el amor fraterno. Del amor fraterno, la piedad. De la piedad, la paciencia. De la paciencia, la templanza. De la templanza, el conocimiento. Del conocimiento, la virtud. Y de la virtud, la fe. La caridad es la única virtud teologal que sobrevive a la muerte. En el cielo no serán necesarias ni la fe ni la esperanza.

—*¡Post mortem dileximus!* —proclamó McFarlan con solemnidad.

—¡Eso es!

—¿Qué significa? —quiso saber Alice.

—Nos amaremos después de la muerte —respondió el monje—. Es la inscripción que, según afirma un códice que encontré entre los viejos pergaminos del monasterio, aparece esculpida en las sepulturas de Iria y Berwin.

Alice no conocía en detalle el argumento de la novela que estaba escribiendo McFarlan. Solo sabía que estaba inspirada en una vieja leyenda local que recordaba mucho a la historia de Romeo y Julieta. El abad Ismael le estaba ayudando a documentarla. Cada vez que le pedía a McFarlan que le detallara la trama, él se limitaba a responder:

—Va de peligro, aventura, amor roto por la desgracia y comienzo de una nueva vida.

Alice solía replicarle que todas sus novelas iban de eso. «Sobre todo, la última», le dijo en una ocasión. Pero McFarlan zanjó el comentario con cajas destempladas.

—No quiero que hables de mi última novela. Ni tú ni nadie. No quiero oír hablar de ella nunca más.

Con la secreta esperanza de obtener información sobre la trama novelesca que McFarlan mantenía en secreto, Alice le preguntó al abad Ismael:

—¿Iria y Berwin existieron de verdad?

Su plan funcionó en parte. El monje le contó el romance entre el corsario inglés y la joven de Muxía, su boda secreta, la marcha de Berwin en busca de fortuna, los planes nupciales que el padre de Iria había concebido para su hija, la muerte simulada con la alquimia del fraile benedictino y el trágico final del malentendido. Durante el relato, Alice trató de conseguir que McFarlan explicara cómo encajaba esa historia en la intriga de su novela, pero él permaneció en silencio, como si quisiera preservar de miradas indiscretas el amor que su mundo imaginario le tenía reservado a aquellos dos jóvenes del siglo XV.

De pronto, Brais exclamó:

—El amor imposible es un buen móvil para el suicidio. Es imposible amar a los muertos como se ama a los vivos.

—Pero eso no es lo que pensaban los amantes de Muxía —repuso el fraile, incorporando un manso acento adversativo al tono de su voz—. Berwin nunca dio por imposible su amor con Iria. Por eso se suicidó. *Post mortem dileximus*. Fue a buscarla más allá de la muerte.

—No creo que nada nos aguarde más allá de la muerte —musitó McFarlan entre dientes.

—Lo sé. Ya me lo dijiste. Pero también me dijiste que no crees en el amor. Y, sin embargo, ahí estás: escribiendo una novela sobre el amor más allá de la muerte. ¿No te parece curioso que escribas sobre cosas en las que no crees?

Alice aguardó con interés la respuesta de McFarlan.

—¿Acaso no puede un ateo escribir sobre Dios?

—¡Déjalo estar, David! —interrumpió Brais dando manotazos al aire—. Tú crees en el amor tanto como nosotros, por mucho que digas lo contrario. De hecho, aunque tal vez no lo sepas, tú también te suicidaste por amor. Si enterrarse en vida en el fin del mundo no es una clase de suicidio, entonces, ¿qué diablos es? Por mucho que me joda reconocerlo, el fraile tiene razón: si creyeras que algo nos aguarda más allá de la muerte, hubieras ido hasta allí para encontrarte con Cynthia. Escribes sobre ese corsario del siglo XV porque te ves reflejado en él.

—¿De verdad crees que soy tan idiota?

El abad Ismael se apresuró a responder:

—Una persona es, en buena medida, lo que piensa de los demás.

La conversación había llevado a McFarlan a un terreno incómodo. Viniendo de Brais, la mención de Cynthia no podía considerarse una transgresión ilegítima. Él era el único de los presentes que podía invocar su nombre sin invadir propiedad ajena. Pero eso no mitigó su dolor. Solo duele la verdad. La mentira, irrita. Su mirada se cruzó con la de Alice, que seguía el curso de la conversación con tanto interés como si arrastrara recuerdos de su propia vida. Conmovida por el aire lastimoso de McFarlan, dijo:

—No concibo nada más duro que perder a la persona que amas.

—¿Y quién nos asegura que ese amor en verdad nos correspondía? —replicó el monje—. Es absurdo perseguir lo que quizá Dios no quiere que tengamos.

Brais se revolvió con ganas de pelea:

—¿Es Dios quien elige por nosotros a la persona que debemos amar? ¿Es eso lo que estás diciendo?

—Dios nos ha hecho libres y podemos elegir. Precisamente por eso podemos equivocarnos. A veces elegimos el amor equivocado. Dios respeta nuestro error, pero a veces nos ahorra el sufrimiento de sus consecuencias.

McFarlan se sumó a la refriega:

—¿Insinúas que Berwin se equivocó al enamorarse de Iria y por eso Dios dejó que se suicidara? ¿Dices que le quitó de en medio para que no fuera infeliz el resto de su vida?

El abad se dio cuenta de que había herido sus sentimientos. En la mente del escritor, su reflexión había adquirido una formulación distinta: ¿tuvo que morir Cynthia para ahorrase el sufrimiento que le hubiera supuesto amar al hombre equivocado? ¿Fue su muerte un acto de piedad divina para alejarle de él? Llegados a ese punto, se dijo Ismael, resultaba imperativo dejar de discutir. Sabía por propia experiencia que no hay respuesta correcta a los sentimientos heridos.

—Dios no incita al suicidio de nadie —respondió con ánimo de zanjar la cuestión. Luego suspiró y cambió de tercio—: Aún hay muchas cosas de Iria y Berwin que no conocemos. Cuando acabe de revisar los archivos del monasterio tal vez tengamos una idea más aproximada de lo que les pasó. El problema es que los grafiteros han arruinado buena parte de mi trabajo. Casi todos los documentos que ya había clasificado, códices y apuntes incluidos, están desparramados por el suelo y tendré que volver a revisarlos de nuevo. Tardaré varios días en recomponer el destrozo. Tal vez le pida a algún parroquiano que me ayude a hacerlo.

Alice aprovechó la oportunidad para alejar la conversación del terreno pantanoso de los amores equivocados.

—Yo me ofrezco voluntaria —dijo sin pensárselo dos veces.

McFarlan la miró con extrañeza.

—Eso sería de gran ayuda —admitió el abad—. ¿De verdad puedo contar contigo?

—¡Claro! No tiene mucho sentido que regrese a Estados Unidos hasta que pueda andar sin muletas. Mantenerme ocupada hasta entonces me vendrá bien. Además, la historia de los amantes de Muxía me tiene fascinada. No quiero perderme el final.

—En tal caso —convino Ismael, dando el asunto por zanjado—, quedas contratada desde este mismo instante.

Durante los días siguientes, Alice dividió su actividad entre Muxía y Lira. Por las mañanas acudía al monasterio de San Julián de Moraime en el coche de Brais y ayudaba al abad Ismael a clasificar de nuevo los documentos descabalados por los intrusos. A la hora de comer volvía a la casa de la playa, recogía a McFarlan y se iba con él a almorzar a alguno de los lugares que había seleccionado previamente.

—Antes de volver a Nueva York —le dijo— quiero conocer los sitios de los que hablan las leyendas.

Su primer destino fue la catarata de Ézaro.

«Casi nadie lo sabe —le había dicho Cynthia a McFarlan cuando le habló de aquel sitio por primera vez—, pero Ézaro fue el refugio de los atlantes».

Cuando llegaron al pie de la cascada, Alice le comentó:

—¿Sabías que el río Xallas da un salto de cuarenta metros de altura y se precipita directamente sobre el mar? No hay otra desembocadura igual en toda Europa.

—La belleza del paisaje —respondió McFarlan— está en el salto de agua, pero la leyenda que buscas está a tu espalda.

Alice giró sobre sus talones.

—¿En la ensenada?

McFarlan aún podía oír la voz de Cynthia, cargada de entusiasmo, contándole la historia de la ciudad sumergida.

—Justo en la orilla de enfrente —respondió—. En Duio, un poco más arriba del cabo de Finisterre, al norte de la playa de Langosteira, estaba la mayor ciudad de Galicia. Hay quien cree que era la capital de la Atlántida. Dios la castigó por su soberbia y la sumergió en la profundidad del océano durante un gran cataclismo. Las ballenas se tragaron a los pocos supervivientes y los alojaron en su vientre durante tres días, hasta que las aguas bajaron y volvieron a su cauce. Luego los arrojaron a la costa, dando lugar a poblaciones como Pindo o Ézaro. Las dos fueron refugio de los atlantes.

—En ese caso —dijo Alice—, mañana iremos a Pindo. Tal vez encontremos su rastro.

—No te lo recomiendo. Ir a Pindo no tiene mucho sentido si no puedes subir al monte. Y tú aún no puedes. No estás en condiciones de hacer una excursión tan exigente. Tu tobillo no lo resistiría.

—Entonces dejaremos la visita a Pindo para cuando pueda caminar sin muletas y mañana iremos a la Furna da Buserana. Está cerca de Lourido. Me han dicho que podemos ir en coche por caminos de tierra hasta muy cerca del acantilado. Luego el terreno es plano. Mi tobillo sí que resistirá ese paseo.

—¿Y qué esperas encontrar allí?

—El rastro de otros amantes distintos a los tuyos.

McFarlan no rechistó y, al día siguiente, hicieron juntos el recorrido que Alice había propuesto. Durante el trayecto, ella le contó que, en tiempos remotos, la joven Florinda, hija de un caballero de Nemancos, se enamoró de un trovador llamado Buserán. El padre no veía con buenos ojos aquel romance y encerró a Florinda en el aposento más apartado de su fortaleza. Todas las noches, el joven tocaba el laúd al pie de su ventana. Pero, un buen día, las canciones dejaron de escucharse. Cuando recuperó la libertad, Florinda se enteró por un pastor de que su amado había sido arrojado a las entrañas de una caverna.

—¿Y esa es la caverna a la que vamos? —preguntó McFarlan.

—Suponiendo que sepamos encontrarla.

Habían dejado el coche al final de un camino forestal y se acercaban al acantilado a través de una vereda hollada en la tierra. Enseguida llegaron a una hendidura del terreno que separaba dos farallones rocosos que se adentraban en el mar. Era un tajo abisal en el borde del despeñadero. Alice señaló el saliente de la derecha, más ancho y puntiagudo que el otro.

—La caverna está allí debajo, pocos metros por encima del nivel del mar. Florinda llegó hasta el cantil y gritó su nombre rodeando su boca con las palmas de las manos: «¡Buserán, Buserán, Buserán!».

—Y Buserán le respondió, naturalmente —ironizó McFarlan, dejando que un tono burlón punteara sus palabras.

—Ella escuchó la voz de su amado y, en ese momento, la envolvió una ola gigantesca y la arrastró consigo al fondo de la gruta.

—¿Quién te ha contado esa leyenda?

—Un marinero de Lira. Según me dijo, los pescadores que merodean por aquí todavía escuchan algunas veces las cantigas de Buserán.

—¿Y hemos venido a comprobar si también nosotros podíamos oírlas?

—¿Acaso no oyes tú las voces de Cynthia cuando vienes a los sitios donde ella estuvo sin ti?

Alice sintió que acababa de arrojar una piedra sobre un espejo. Cerró los ojos y maldijo su estupidez. Mientras aguardaba el sonido de los cristales rotos, el vértigo hizo que sus piernas flaquearan. Un silencio helador se adueñó de la espera. Notó que la tierra se hundía bajo sus pies y temió que, en ese instante, una ola gigantesca también pudiera arrastrarla al fondo del acantilado.

—Eso no es asunto tuyo —contestó McFarlan con sequedad.

No parecía enfadado, pero el rictus de la cara y el tono de su voz dejaban claro que la conversación sobre Cynthia había terminado.

A Alice le hubiera gustado decir que sí era asunto suyo. Aunque admiraba el celo con que protegía la intimidad de su relación con Cynthia, para llegar a conocerle del todo necesitaba que él le permitiera asomarse a esa habitación sellada de su pasado. Ahora sabía que un gran amor había roto por dentro al hombre egoísta y cínico que buscaba el olvido en el fin del mundo. Al pensar en ello, se estremeció. Sintió celos de Cynthia y lástima de él. Necesitaba saber si sus heridas tenían cura y si el futuro aún podía depararles alguna oportunidad.

¡Claro que era asunto suyo!

Pero no dijo nada. La pedrada no había roto el espejo y ella pensó que, después de todo, aquello era una buena señal.

18

Lira, cerca de Finisterre. Mayo de 2019.
Los días siguientes

A medida que pasaban los días, las excursiones se fueron haciendo más exigentes. El tobillo de Alice se adaptaba bien al esfuerzo y McFarlan la llevó a conocer los lugares legendarios de la costa. Visitaron el cementerio de los ingleses, en el cabo Vilán, las Torres de Mens, en Malpica de Bergantiños, y el castro de Borneiro. Hablaron de naufragios, de pasadizos secretos y de petroglifos. Por fin, pasados diez días desde que le quitaron la escayola, Alice se sintió con fuerzas para acometer la ascensión al monte Pindo. Fueron en coche hasta la iglesia del pueblo y luego encararon a pie la ruta más larga.

La pendiente se iba haciendo más empinada a medida que ascendían. McFarlan se quitó la cazadora y se la ató a la cintura anudándola por las mangas. No se movía una brizna de aire y el sol picaba como una rozadura en carne viva. Al rato alcanzaron los restos de la fortaleza de San Xurxo, levantada en el siglo X para defender la comarca de los ataques vikingos. Las piedras guardaban formas de viejas almenas, pero se asemejaban más a estructuras cinceladas por la naturaleza que a edificaciones humanas.

McFarlan hundió con alivio el rostro en un riachuelo y permaneció arrodillado sobre las piedras de la orilla, sintiendo el agua fresca correr por su cara mientras arrastraba el polvo y el sudor que la cubrían. Alice se sentó en un peñasco y utilizó el fular para secarse el cuello. Luego lo anudó a la bandolera del bolso y se arremangó el jersey hasta la altura de los codos. Miró hacia la loma rocosa, veteada de musgo, y señaló los dientes de la cresta.

—¿Es ese el castillo que maldijo la Iglesia? —preguntó con una seña de decepción en la boca.

—No. El que tú dices es el castillo de Peñafiel. Está más al norte. Y más arriba. La subida allí es más escarpada que esta. Demasiado dura para mí y demasiado arriesgada para tu tobillo.

—¿Has estado allí alguna vez?

—Una o dos. Para cazar conejos no hace falta llegar tan lejos. Brais y yo solemos quedarnos por esta zona.

—¿Viste la inscripción que hay sobre la roca?

—«Reyes, obispos y presbíteros alejen a todos de este castillo bajo pena de excomunión».

—¿Qué crees que significa?

—Pues que a la Iglesia no le gustaban los sacrificios humanos que se hacían dentro de sus muros, supongo.

—¿Sacrificios humanos en la Edad Media?

—Sacrificios medievales que trataban de perpetuar costumbres ancestrales en honor de Taranis.

—¿Un dios cruel?

—Una versión celta de Júpiter. El señor de las tempestades y las tormentas. Un dios capaz de hacer que el cielo cayera sin previo aviso sobre las cabezas de los hombres. Los sacrificios humanos buscaban apaciguar su ira.

—Nunca he entendido la sed de sangre del Olimpo. La historia de la humanidad hubiera sido menos sanguinaria si los dioses hubieran tenido mujeres que les alegraran la vida.

—Tal vez.

Alice se quitó el safari de paja y la melena rubia resbaló sobre sus hombros. Una ráfaga de aire la enroscó alrededor de su cara. Inclinó a un lado la cabeza y miró a McFarlan con una mezcla de curiosidad y descaro.

—Algunas culturas sostienen —le dijo— que provoca la mujer que lleva el cabello suelto... ¿A ti te lo parece?

—¿Si me parece qué?

—Que provoco.

McFarlan no respondió. Ella le hizo un ademán para que se sentara a su lado, pero él permaneció de pie.

—Deberíamos irnos.

—¿Por qué? ¿Te asusto?

—Aún no. Cada temor a su tiempo. Ahora hay algo que me asusta más que tú.

—¿Y qué es eso que tanto te asusta?

—La tormenta que se acerca por el mar. Taranis se está poniendo de mal humor y no es de los dioses que aplacan su ira con ternura femenina. Este aire repentino traerá nubes negras que aún no vemos y el cielo caerá sobre nuestras cabezas antes de que nos demos cuenta.

—¡Pero si está despejado!

—No por mucho tiempo.

Ella siguió la dirección de sus ojos y sonrió de nuevo.

—Yo pienso seguir hasta la cima, contigo o sin ti, se ponga Taranis como se ponga. Ya verás cómo aplaco su furia.

—Si sigues ascendiendo, te arrepentirás.

Alice se levantó de la roca, se sacudió la parte de atrás de los tejanos y reemprendió la marcha, orgullosa y atrevida, sin dirigirle la mirada. Mientras la veía alejarse, McFarlan comprendió que no tenía más remedio que protegerla. Se encogió de hombros y, a regañadientes, la siguió a distancia a través de una calzada de lajas gigantes. Durante la ascensión Alice se detenía a observar las curiosas formaciones que había provocado la erosión del tiempo en los bolos de granito y eso ralentizaba el ritmo de la subida. Un poco más adelante divisó una imponente figura de piedra que se alzaba al borde del camino. Parecía la silueta pétrea de un hombre gigantesco. McFarlan le explicó que se trataba del guerrero del Pindo. «Según la leyenda era el guardián de la reina Lupa», le dijo.

—¿Una druida soberana?

—Una conversa. Los milagros de los discípulos que trajeron el cuerpo del apóstol Santiago para darle sepultura la llevaron a abrazar la fe católica.

—¿Qué clase de milagros?

—Ella les arrestó cuando fueron a pedirle un trozo de tierra para excavar el sepulcro del santo, pero un resplandor luminoso abrió las puertas de la prisión aquella misma noche y lograron escapar. Sus rastreadores murieron en la persecución. Nadie pudo apresarles. Domaron toros salvajes y vencieron a un dragón con la señal de la cruz. La reina quedó maravillada y se hizo cristiana.

Mientras McFarlan hablaba, las primeras nubes empezaron a motear de gris la línea del horizonte.

—¿Y qué hay del guerrero que la guardaba? —preguntó Alice, ajena aún a la amenaza atmosférica que se cernía sobre ellos.

—Lo único que se sabe de él —bromeó McFarlan— es que al ver todos esos prodigios se quedó de piedra.

La carcajada de Alice fue respondida por el bramido de un trueno lejano que retumbó entre las rocas.

Después de dos horas de caminata llegaron a la cima del monte. Era una gran explanada de granito blanco. La superficie estaba picada de abolladuras naturales que acumulaban en su interior el agua de la lluvia. La vista, desde allí, dominaba Finisterre. El perfil escarpado del cabo se veía brumoso y ocre en la distancia. El cielo ya estaba invadido de nubes negruzcas y el viento soplaba con fuerza. Alice se arrodilló frente a una cazoleta natural de la superficie, hundió sus manos en el agua embalsada y se lavó la cara con ella.

—Ahora veremos si es agua milagrosa —dijo.

—Según la leyenda solo sana a enfermos desahuciados —respondió McFarlan mientras subía la cremallera de su cazadora hasta el tope del cuello para protegerse del frío—. Aunque mucho me temo que es eso lo que seremos nosotros en cuanto la tormenta nos cale los huesos.

—No lloverá mientras sople el viento —repuso Alice, todavía de rodillas, mientras sujetaba el safari de paja con la mano para evitar que saliera volando.

Se puso en pie y con la mano libre se quitó el cinturón. Luego lo pasó por la cabeza, por encima del sombrero, y lo ciñó a la barbilla como una cincha. Acababa de hacerlo cuando una manta de agua comenzó a caer sobre ellos como si todos los cántaros del cielo se hubieran derramado a la vez. Eran gotas gruesas y frías que seguían una trayectoria oblicua, azuzadas por el viento, y azotaban con fuerza la superficie de la piel. Dolían como pedradas.

—Ni eres el tipo de Taranis ni dominas el arte de la previsión meteorológica. —Mientras McFarlan hablaba, su boca exhalaba las salpicaduras del agua que le golpeaba en los dientes.

Alice se abrazó los hombros para protegerse de la lluvia y elevó el tono de voz para sobrepujar el ruido del chaparrón repiqueteando en el suelo.

—¿Hay algún lugar donde resguardarse?

—Conozco uno que tal vez nos ayude a capear el temporal. La cueva Xoana. No te alejes de mí y procura pisar donde yo lo haga.

McFarlan hablaba con tanta seguridad que Alice no dudó en seguir sus indicaciones al pie de la letra. Bajo el influjo intimidatorio del ímpetu de la naturaleza, se sentía a merced de una fuerza incontenible, capaz de fulminarla como a un insecto. Resbaló. Las plantas de sus pies se deslizaron por la superficie mojada de una lasca de granito. Si McFarlan no la hubiera sujetado antes de perder el equilibrio, hubiera rodado por el suelo como un ovillo. La intercesión de McFarlan resultó providencial. Entre sus brazos, la sensación de peligro desapareció. Por primera vez en mucho tiempo, se sintió protegida. Al mirarle a los ojos tuvo la certeza de que mientras permaneciera a su lado estaría a salvo.

Bajaron con precaución, muy cerca el uno del otro. Por aquella parte, el terreno era irregular, de monte bajo, y el camino, poco más que un sendero con vueltas y revueltas que discurría entre lirios y romeros vencidos por la furia torrencial del aguacero. Había bosquecillos dispersos de carballos enanos, troncos de pinos calcinados por incendios recientes y arroyos y azarbes a punto de desbordarse. Las trombas que caían del cielo formaban veladuras grises que a ratos impedían ver más allá de dos metros. Los pinchazos de los goterones sobre sus cuerpos parecían puyas que se licuaban en el momento del impacto. El agua corría por el rostro de Alice, bajo el safari de paja, le empapaba el fular y se filtraba por las hebras del jersey hasta calar el sujetador que iba debajo. A McFarlan, los pantalones se le pegaban a la piel como una costra apelmazada que le impedía moverse con agilidad. Sus pisadas chapoteaban en charcos de fango casi líquido.

Al rato llegaron a un macizo de piedra y se adentraron en las fauces de un corredor que atravesaba la montaña de un lado a otro. McFarlan creía que la cueva Xoana les protegería de la lluvia, pero no tuvo en cuenta que el túnel de viento que se formaba en su interior la hacía inhabitable. Apenas podían mantenerse en pie. Tuvieron que buscar el resguardo de una pequeña quebrada de la fachada posterior, bajo un saliente del promontorio que también les protegía del diluvio.

La ropa mojada, azotada por el vendaval, les hacía tiritar de frío. A Alice le castañeteaban los dientes.

—He visto leña quemada en el interior de la cueva —dijo McFarlan con cierta pesadumbre—, pero no tenemos nada con qué hacer fuego.

—Tal vez sí —respondió Alice mientras hurgaba en el interior del bolso que le cruzaba el pecho.

—¿Tienes un mechero?

—Yo no. Pero si encontramos el *geocaché* que está escondido por aquí cerca, conseguiremos uno.

—¿El *geocaché*? —Aquella era la primera vez que McFarlan escuchaba esa palabra.

—Es una especie de cofre del tesoro que esconden los excursionistas y que luego señalizan con coordenadas GPS accesibles desde internet —explicó ella mientras manipulaba su teléfono móvil—. Esta mañana, mientras repasaba la ruta de la excursión, vi que hay uno oculto cerca de la cueva.

La aplicación le mostraba una brújula que señalaba hacia el este. La ubicación exacta del escondite, según el gráfico de la pantalla, se encontraba al otro lado del pasadizo, justo en el umbral de la entrada por la que ellos habían accedido.

—Hay que volver a cruzar —anunció Alice con voz atribulada.

—¿Estás segura de que en ese cofre encontraremos un mechero?

—Eso creo. La información de internet dice que dentro hay una libreta, un lápiz, un pin, un soplador de burbujas y un mechero.

—¿Y tú te lo crees?

—¿Tienes alguna idea mejor?

McFarlan negó con la cabeza.

—Iré delante —convino—. Ahora el viento nos embestirá por la espalda. Procuraré hacer de tope para que no nos haga volar como a las brujas de los aquelarres. Apóyate en mí si ves que te arrastra. ¿Lo has entendido?

Alice asintió con la cabeza.

McFarlan se pegó a la pared de la galería, con la espalda apoyada en la roca, y comenzó a avanzar con pequeños pasos laterales, procurando apartar con los pies las piedras del suelo para que las plantas se asentaran sobre terreno firme. El tiro de la corriente arrimaba a Alice a su cuerpo. Hicieron todo el recorrido hombro con hombro.

—Si tuviéramos una escoba —dijo él—, podríamos recorrer la comarca entera montados en ella.

Alice agradeció la broma. En la apurada situación en la que se encontraban, el humor ahuyentaba al miedo. El frío le calaba los huesos y los coletazos del viento la zarandeaban como a un pelele. De nuevo adquirió conciencia de su flaqueza. En aquel trance, McFarlan era su mejor escudo. Estar pegada a él era lo único que le hacía sentirse protegida.

Cuando alcanzaron la embocadura del túnel por el lado este buscaron el resguardo de un bolo de granito, fuera de la cueva, y Alice volvió a consultar la información que aparecía en la pantalla de su móvil. El *geocaché*, según el GPS, estaba enfrente de ellos, entre unas rocas que formaban un pequeño promontorio en el borde del camino. Rebuscó entre la maleza y descubrió dos pedruscos colocados de canto en forma de T. Ambos estaban recubiertos de musgo. La roca horizontal estaba un poco caída y bajo el punto de intersección, en el lado izquierdo, se formaba una cavidad triangular. Allí estaba el tesoro. Era una caja redonda, de metal oxidado, que en su día había servido para guardar galletas. La marca comercial aún era legible en la superficie de la tapa.

—No la abras aún. Si se vuela, todo este esfuerzo no habrá servido para nada —sugirió McFarlan. Alice le entregó la caja y él la guardó en el interior de su cazadora—. Hay que volver a la grieta donde estábamos antes. Es el único lugar donde se puede hacer una hoguera. Vete delante de mí y yo te sostendré si el viento te tira de espaldas. Si te ves capaz, recoge los troncos que puedas. Son de hogueras antiguas, pero están secos y hay más que suficientes.

Avanzaron despacio, con los cuerpos echados hacia adelante para compensar la fuerza del viento, y recolectaron los tizones de las fogatas antiguas que el vendaval había desperdigado por el suelo. Cuando llegaron a su pequeña guarida, apilaron los dos cargamentos en una esquina. La hendidura en la roca tenía forma de trapecio. Medía poco más de dos metros de profundidad y aún era más corta de envergadura. Se sentaron muy juntos, pegados a la pared más profunda. Alice desabrochó el cinturón que le rodeaba la barbilla. La hebilla, hundida en la piel, le había dejado una marca en el cuello. El safari de paja era un guiñapo deformado por el agua, blando como un velo pegado a la cabeza.

McFarlan bajó la cremallera de su cazadora y sacó la caja metálica. Antes de abrirla cruzó con Alice una mirada cargada de fatalidad. Ambos sabían que estaban en manos del destino. Si la información de internet estaba en lo cierto y había un mechero en su interior tal vez pudieran prender una hoguera que secara su ropa y calentara sus cuerpos ateridos. De lo contrario, la hipotermia acabaría de entumecer los músculos de las manos y los pies. Los labios de Alice estaban empezando a ponerse azules.

McFarlan tuvo que hacer más esfuerzo del que esperaba para abrir la caja porque sus dedos estaban agarrotados y apenas podía doblarlos. Se encorvó sobre sí mismo y tiró del borde del cierre con las uñas. Cuando liberó la tapa, volcó el contenido del recipiente en el suelo. La información de internet era exacta. Había un bloc de notas, un lápiz bien afilado, un pin del Deportivo de La Coruña, un soplador de burbujas y un mechero de rosca. Antes de comprobar si funcionaba, McFarlan procuró calentar sus manos con bocanadas de aliento. Cuando hizo girar la rueda y la chispa de la piedra encendió la llama de gas, el grito de alegría retumbó en la cavidad de la grieta como un tañido de júbilo.

Fue arrancando una a una las hojas del bloc, le dio unas cuantas a Alice y ambos las fueron arrugando hasta convertirlas en bolas de papel. Amontonaron media docena de ellas y colocaron encima los dos leños más finos de la gavilla. Al contacto con el papel, el fuego del mechero se convirtió en una llamarada intensa que menguó enseguida. McFarlan la avivó con más bolas de papel y la mantuvo encendida hasta que la lumbre prendió en los tizones. Entonces troceó los leños más renegridos y fue añadiendo virutas carbonizadas para que el fuego adquiriera vigor. Fue una ceremonia paciente y concienzuda, que Alice contempló en silencio, casi hipnotizada. En cuanto la hoguera comenzó a prosperar, acercó las palmas al fuego y comenzó a frotarlas hasta que entraron en calor. Mientras tanto, McFarlan fue ampliando el diámetro de la fogata para que admitiera troncos más grandes. Al cabo de un rato la combustión mejoró y el tamaño de las llamas creció hasta alcanzar el medio metro de altura.

Hasta entonces, Alice y McFarlan apenas habían intercambiado unas cuantas palabras aisladas de alegría y precaución. «Estupendo». «Bravo». «Funciona». «No ahoguemos la llama». «Más leña». «No malgastemos papel». Luego, sin darle más importancia, McFarlan comenzó a quitarse la ropa. Se descalzó y puso las botas cerca del fuego. A continuación, puesto en pie, se quitó la cazadora. La escurrió meticulosamente, retorciéndola como si quisiera descoyuntarle las costuras —teniendo cuidado de que el charco de agua no se aproximara al fuego— y la sujetó a la pared, lo más desplegada que pudo, aprovechando las aristas de la roca. Hizo lo mismo con la camisa, con la camiseta interior, con los pantalones... Por último, se quitó los calcetines y los calzoncillos. Se quedó desnudo y se sentó junto al fuego.

Al principio, Alice observó a McFarlan con perplejidad, pero no tardó en darse cuenta de que estaba haciendo lo más razonable. Aunque él no la animó en ningún momento a que siguiera su ejemplo, al cabo de unos minutos de vacilación también ella comenzó a desvestirse. McFarlan mantuvo la mirada fija en el fuego. En un momento dado se levantó para ayudarla a extender la ropa entre los salientes de la pared. Estaba tan azorada que era incapaz de sujetarlas bien. Se quitó el sujetador y se cubrió el pecho con los brazos, procurando que el gesto pasara lo más inadvertido posible. Tenía la piel de carne de gallina. McFarlan volvió a sentarse junto al fuego y puso otro tronco para que la llama no decayera. Alice agradeció el gesto de delicadeza. Él no trataba de explorar furtivamente la desnudez de su cuerpo y hacía todo lo posible para no hacerla sentir incómoda. Al final se sentó a su lado, abrazada a sus rodillas, y dijo con voz humilde:

—Tenías razón. Me arrepiento de no haberte hecho caso. No debí subir a la cima del monte cuando me advertiste del riesgo que corríamos. No sabía que supieras escrutar las tormentas invisibles.

—No eran invisibles —refutó él sin apartar los ojos del fuego—. «Quien lee sabe mucho, pero quien observa sabe todavía más».

—¿Hemingway?

—Dumas.

Para relajar los músculos, Alice cambió de postura. Apoyó las manos en el suelo, por detrás de la espalda, y reclinó el peso del cuerpo en los brazos. El pecho quedó a la vista. Las areolas, pequeñas y redondas, resplandecieron entre las sombras como cimas de cobre. El fulgor de la lumbre hacía muy intenso, casi cristalino, el azul de sus ojos. Eso acentuaba el contraste con el color de su piel, demasiado morena para una americana y demasiado blanca para una española.

—¿Cómo lo consigues? —preguntó.

McFarlan alzó la mirada.

—¿El qué?

—Hablar como si no pasara nada.

Antes de responder, McFarlan enarcó las cejas.

—Solo tengo dos certezas: que he nacido y que tengo que morir. Lo único que cuenta en este mundo es lo que sucede entre esos dos momentos. No hay nada nuevo que escribir sobre eso. Solo la forma de encarar la muerte da sentido a nuestra existencia. Si el sol sale todos los días es porque no tiene otra alternativa.

—¿En algún momento has pensado que íbamos a morir?

—Ni siquiera me lo he preguntado. Pero está claro que la hipotermia no es buena para la salud. A ti ya te hizo perder el conocimiento una vez. Te conocí cuando estabas inconsciente, si no recuerdo mal.

—Y en ese trance me quitaste la ropa, si la memoria no me falla a mí.

—Hoy te has desnudado tú sola. Ya ves que hice lo que hubieras hecho tú de haber podido…

Nunca antes había conocido Alice a otro hombre capaz de mejorar su estado de ánimo mediante un simple acto de presencia. Bastaba que estuviera cerca o que sintiera su mano cerca de la suya para que surgiera de inmediato una confianza absoluta, que se desvanecía en cuanto de nuevo le asaltaba el temor a quedarse sola.

—¿Se te pasó por la cabeza abandonarme cuando decidí seguir caminando hacia la Pedra de Moa?

—Sí.

—¿Por qué no lo hiciste?

Sus labios habían perdido el perfil azulado que tenían un rato antes. Ahora, bien dibujados, gruesos, sensuales, removían en McFarlan sensaciones turbadoras que le hicieron recordar a Cynthia. Pensó en su melena pelirroja y en las pecas de la cara que la hacían tan atractiva. En su cuerpo irresistible y en el mucho tiempo que llevaba lejos de Nueva York, separado de ella para siempre. Sin tocar a mujer alguna.

—Porque quería verte desnuda —respondió, tratando de enmascarar su añoranza tras el sarcasmo.

Alice sonrió sin ganas.

—Ya me habías visto así.

—Pero aquel día estaba borracho.

Alice volvió a abrazarse a las rodillas.

Fuera, el rumor del aguacero perdía intensidad, pero el silbido del viento no menguaba.

—¿Tardará mucho en secarse la ropa?

—Supongo que sí. No es un gran fuego, y si lo hacemos más grande nos quedaremos sin leña. Pero tengo una idea —estiró el brazo y alcanzó el fular que estaba colgado en la pared. Lo colocó en el borde de un tronco y lo acercó al calor de la hoguera—. La tela es fina —explicó— y se secará pronto. No te abrigará mucho, pero al menos podrás cubrirte el pecho.

—O la cabeza —repuso ella—. El pudor es menos exigente que el frío y tengo la cabeza helada.

Entonces se escurrió el pelo, retorciéndolo con ambas manos.

Cynthia había hecho el mismo gesto cuando se cayó al charco del campus de Columbia, la Nochevieja del año que se conocieron. La imagen de ese recuerdo se le coló en su cabeza fuera de foco, borrosa, fría, y él hizo todo lo posible por mantenerla así. Le resultaba más cómodo. Una cosa era el pensamiento abstracto, la nostalgia del cuerpo de Cynthia, que en verdad echaba de menos, y otra la intensidad que podían adquirir sus sentimientos si dejaba que el corazón se metiera por medio. Para un hombre como él, todo lo bello que quedaba atrás era más un lastre que un estímulo. No había otro mundo real, específico, que la escasa porción de tiempo presente que podía soportar sin que el alcohol le nublara el sentido.

—Está dejando de llover —le dijo a Alice cuando advirtió que el chapoteo del agua había cesado—. Llama a Brais y dile que estamos en la cueva Xoana, atrapados por la tormenta. Dile que se dé prisa. Solo queda leña para mantener el fuego encendido durante poco más de una hora.

—Brais no tiene móvil —respondió ella.

—Puedes llamarle a Casa Teresa.

—No sé el número.

—Pero yo, sí. Si lo coge ella, me lo pasas. Entiende el inglés, pero se aclara mejor en castellano.

—¿Y por qué no hemos llamado antes? —preguntó Alice mientras marcaba el número.

—Porque no sabíamos si llegaríamos hasta aquí, porque lo prioritario era entrar en calor y porque en medio del diluvio no les hubiera resultado nada fácil abrirse camino. Tienen que venir andando desde Carnota. No hay otra opción.

«¿Dígame?». La voz de Teresa respondió a la llamada antes de que el teléfono diera el segundo tono. Alice le pasó el móvil a McFarlan, que en pocas palabras resumió la situación:

—La tormenta nos ha pillado en la Pedra da Moa y hemos bajado a la cueva Xoana. Hemos podido hacer fuego y eso nos ha salvado de la hipotermia, pero la ropa está empapada y no queda leña para más de una hora. Si no venís antes de que se enfríen las brasas con mantas, ropa seca y caldo caliente, la reportera y yo nos convertiremos en carne azul.

—¿Qué te ha dicho? —preguntó Alice cuando McFarlan colgó.

—¿Literalmente?

—Sí.

—*Me cago na cona que te pariu*.

—¿Qué significa?

McFarlan se encogió de hombros.

—Que ya vienen a salvarnos.

Alice distendió la tensión de su mandíbula y resopló de alivio.

—Será la segunda vez que Brais me salve la vida en pocos días.

—¿Qué es lo primero que harás cuando llegues a Lira?

—¡Meterme en una bañera de agua caliente llena de espuma!

A McFarlan, la respuesta de Alice le devolvió el recuerdo de Cynthia en la Nochevieja del año que se conocieron. Esta vez, el esfuerzo por difuminar las imágenes que desfilaban por su mente no fructificó. Parecía que estuviera ocurriendo de nuevo. La vio acariciar la bañera de porcelana con patas de garra de su apartamento en Nueva York, quitarse el vestido de seda salvaje cubierto de barro, aceptar después de un débil forcejeo el beso que le ofrecieron sus labios, sumergirse bajo las burbujas que olían a lavanda y limón… Alice le hablaba de algo que tenía que ver con el tizne de la madera quemada, pero él parecía no escuchar.

—¿Lo oyes, David...? Te digo que...

Y lo asombroso era que la evocación de Cynthia no le alejaba de Alice. A veces, el afecto más hondo trata de desplazar al más reciente. Pero el recuerdo de Cynthia no trataba de aminorar la magnitud del sentimiento hacia Alice. Había algo misterioso en su manera de mirar a las dos mujeres que las hacía extrañamente compatibles, como si fueran complementarias, dos partes de un todo que se tendían la mano en la distancia del tiempo para completar su verdadero yo.

Después de ordenar la sucesión de hechos que lo habían llevado hasta allí, miró hacia el mar, lúcido al fin, y comprendió por qué había ocurrido de esa forma y no de otra. Alice había venido a rescatarle. A ayudarle a recorrer el camino de la redención. Entonces, y solo entonces, supo con certeza que estaba enamorado de ella.

Aquella noche fueron a cenar con Brais a la playa de Nemiña. Debían celebrar que habían sido más fuertes que la tormenta. La sensación de júbilo que rodeaba a esa idea forjó entre ellos algo parecido a un vínculo de sangre, de guerra compartida, que les impedía alejarse el uno del otro. Ambos sentían la necesidad de seguir estando juntos.

Recorrieron la costa hasta Cee por una carretera que zigzagueaba directamente sobre el mar, y en Lobelos se desviaron a la izquierda por un camino que discurría entre casas bajas y pequeñas huertas. Luego atravesaron el pinar que bordeaba la ría de Lires. De repente, el mar volvió a aparecer tras los maizales que descendían mansamente hasta la ensenada de Nemiña. El coche ronroneó a lo largo de un sendero de gravilla iluminado por pequeños focos instalados en los bordillos de piedra, y se detuvo en el *parking* del restaurante. Era un viejo caserón pintado de azul cobalto. Las flores malvas de los brezos brillaban a la luz de los faros.

Una corneja graznó en las rocas de la playa.

Alice vio en su reloj que eran poco más de las nueve de la noche. Subió saltando los escalones de dos en dos para probar la fortaleza de sus tobillos y abrió la puerta del restaurante de un enérgico empujón. Una mujer bajita, vestida con pantalones de chándal y una blusa de flores estampadas, la recibió con una mueca enigmática que tanto podía significar un saludo de bienvenida como un reproche. Había tres mesas ocupadas y el murmullo de sus ocupantes bisbiseaba en el eco del salón. Alice eligió una de las mesas que miraban a la terraza.

Una vez que se hubieron sentado, la mujer les preguntó:

—¿Qué va a ser? —y antes de que respondieran, añadió—: La *caldeirada* está buena.

—Pues no se hable más —sentenció McFarlan.

Alice tomó la palabra.

—Me han dicho que aquí hacen las mejores gambas al ajillo de toda Galicia. ¿Podemos pedirlas de aperitivo?

—De aperitivo, no, *riquiña* —se apresuró a decir la señora que les atendía—. Son fuertes y matarán el sabor de la *caldeirada*. Las traeré de postre. ¿Albariño para beber?

McFarlan hizo ademán de rechazar el ofrecimiento, pero Brais se le adelantó.

—Que esté bien frío, por favor.

Cuando las copas estuvieron llenas, Alice levantó la suya.

—Por haber salido vivos de la cueva. ¡Viva la calma después de la tempestad!

—¡Viva! —dijeron los dos hombres solapando sus voces.

Entrechocaron las copas y Alice y Brais bebieron un sorbo de vino. McFarlan humedeció los labios y volvió a colocar la suya encima de la mesa.

—¿Cómo te dejaste sorprender por la tormenta, David? ¿No la viste venir? —preguntó Brais.

—No le culpes a él —se apresuró a responder Alice—. Me previno a tiempo y no le creí. Jamás pensé que el cielo pudiera nublarse tan deprisa.

—Cuando se levanta el viento de poniente es mala señal.

—Pero yo no lo sabía…

—«Ven el viento venir cuando caen los árboles del bosque. Ven las olas venir cuando se hunden los navíos…» —recitó McFarlan.

—¿Joseph Conrad? —preguntó Alice.

—Walter Scott.

—¡Buen tipo! —exclamó Brais—. *Ivanhoe* fue la primera novela que leí con Shaina. Era una edición infantil, con ilustraciones a todo color. Estábamos sentados en la rama de un árbol y se negó a bajar hasta que la terminamos.

—¿Te gustó?

—Hubiera preferido que Ivanhoe se casara con la judía.

—¡Rebecca! —recordó McFarlan en voz alta.

Alice se sobresaltó.

—¿Cómo se llamaba la otra?

—Rowena —respondió McFarlan—. Rebecca de York y lady Rowena.

—Pues yo hubiera preferido que se casara con Rebecca —insistió Brais.

—Lidiar con dos mujeres que se disputan tu amor es complicado. Ojalá hubiera podido casarse con las dos.

—Eso no sería romántico —objetó Brais—. Elegir es descartar. El amor se mide por las renuncias que exige.

En ese momento llegó la dueña del restaurante con la fuente de la *caldeirada*. La dejó en el centro de la mesa y se marchó.

—No hablo de amores simultáneos —dijo McFarlan—. Imagina que Rowena hubiera muerto en los brazos de Ivanhoe por culpa de una flecha extraviada y que Rebecca hubiera llegado después a salvarle de la pena que le consume…

—No entiendo de literatura, pero ese argumento parece un pastel de crema. ¿Tú qué opinas, Alice?

—Que echaré de menos la comida gallega —respondió ella limpiándose la comisura de los labios con la servilleta que colgaba del cuello de la camisa—. Hablar de romances delante de este festín es una manera muy estúpida de perder el tiempo. Esta *caldeirada* está buenísima.

—¿Por qué hablas de echar de menos la comida gallega? —le preguntó Brais— ¿Ya estás pensando en marcharte?

—Antes o después tendré que hacerlo. Tengo que volver a mi trabajo.

Después de eso, los tres hundieron sus cabezas en la fuente y comieron en silencio durante un buen rato.

—Cuando yo vine aquí —dijo Brais—, pensé que no me quedaría por mucho tiempo. De eso hace veinte años.

—Encontraste a Teresa —puntualizó Alice.

—¿Y no encontrarás tú nada que te retenga?

McFarlan le dirigió una furtiva mirada. Ella dudó por un instante antes de responder:

—No es fácil.

—¿No bastan las gambas al ajillo? —preguntó Brais al ver que la dueña del restaurante las traía a la mesa.

—No te digo que no —concedió Alice, desplegando una amplia sonrisa de complicidad mientras las veía chisporrotear en la cazuela de aceite hirviendo.

—Cada vez que tomo gambas al ajillo me acuerdo de Linda —dijo Brais.

—¿Quién es Linda? —preguntó Alice mientras mojaba en la salsa un trozo de pan.

—Una novia que tuve en Hawái. Estaba casada y su marido odiaba el olor a ajo, así que nunca me dejaba pedir nada que tuviera ese sabor para que su marido no se enfadara con ella cuando la besaba al volver a casa. La noche que rompimos me preparé las mejores gambas al ajillo que he probado jamás. Tuve reflujos hasta el día siguiente.

—¡A mí me encanta el ajo! —dijo Alice mientras arrastraba otro trozo de pan por el fondo de la cazuela—. Y en los besos, más que en las gambas.

—David, en cambio, no lo soporta. Le pasa lo mismo que al marido de Linda.

En ese momento, McFarlan pinchó una gamba con el tenedor, la bañó en aceite y se la llevó a la boca.

Alice deslizó su mano por debajo de la mesa y la puso sobre la rodilla de McFarlan. Él la cogió con la suya y desde aquel momento siguieron con las manos entrelazadas sin que Brais se diera cuenta.

Después del postre, Alice se levantó de la mesa y fue a la máquina de discos que había junto a la pared. Seleccionó «Perfidia» y le preguntó a Brais:

—¿Me sacas a bailar?

—Será todo un placer.

El local ya estaba vacío y la mujer del blusón estampado y los pantalones de chándal limpiaba las mesas del comedor.

Durante el baile, Alice intercambió miradas intermitentes con McFarlan. Cuando cesó la música del bolero, Brais, eufórico, besó a Alice en la mejilla.

—¡Guau! —suspiró—. Ya casi lo había olvidado: no hay nada comparable a la suavidad de una canción romántica en compañía de una bella mujer. Tu piel huele como la de Shaina.

Alice se estremeció y él pudo sentir su escalofrío por debajo de sus brazos.

Mientras se dirigían al *parking*, McFarlan dijo:

—Será mejor que conduzca yo. Los dos habéis bebido demasiado.

En otras circunstancias no le hubiera importado conducir, pero esta vez lo que en verdad deseaba era ir sentado al lado de Alice en el asiento de atrás.

En una curva estuvo a punto de salirse de la cuneta por estar más pendiente del retrovisor que del trazado de la carretera.

Cuando llegaron a la casa de la playa, McFarlan y Brais salieron del vehículo.

—¿Podréis llegar de una pieza?

—¡Pero si solo estamos a doscientos metros de casa!

Las luces del coche iluminaban el camino.

—Suficiente para un accidente mortal.

—Borracho eras más interesante —replicó Brais mientras se sentaba al volante y cerraba de un portazo la puerta del conductor.

McFarlan colocó su mano sobre la ventanilla trasera para despedirse de Alice, y ella imitó su gesto desde el otro lado del cristal. Cuando el coche se puso en marcha, McFarlan acudió a sentarse en la mecedora del porche. Dickens, al verle, se tumbó a sus pies.

Durante unos instantes se hizo un repentino silencio.

El coche se había detenido en medio de la oscuridad. Al cabo de unos segundos, el motor volvió a ronronear de nuevo en la distancia. Dickens comenzó a correr y se adentró en la penumbra. Enseguida apareció junto a Alice y ambos se dirigieron hacia la casa.

Solo se oía el rumor de las olas sobre las sombras.

Alice y McFarlan se miraron de pie, cara a cara.

De pronto se estaban besando con las lenguas entrelazadas. El aliento del ajo les ardía en los labios. La mano de Alice estaba dentro de la camisa de McFarlan, abrazándole la piel.

—Ahora ya no puedes volver a Nueva York.

—No —dijo ella—. Ahora, ya no.

Y volvieron a besarse como si ambos tuvieran miedo a que el mundo pudiera acabarse aquella misma noche.

19

Lira, cerca de Finisterre. 16 de marzo de 2018. Un año antes

Al darse la vuelta, Erea vio el movimiento de una sombra a su espalda y supo que alguien la estaba vigilando. Llevaba varios días sintiéndose observada. La tarde anterior, un ruido sospechoso la había obligado a mirar en todas direcciones. No descubrió nada raro y acabó convenciéndose a sí misma de que los nervios le estaban jugando una mala pasada. Ahora sabía que no era así. Contuvo la respiración y afinó el oído. El silencio le devolvió la misteriosa certeza de que no estaba sola. Sin perder la calma, sacó del cesto la última sábana de la colada y la sujetó con pinzas a la cuerda de tender. El patio de su casa era un recinto pequeño cercado por un muro de piedra. En la esquina más cercana a la carretera había un pino negro que daba sombra a la mitad del perímetro. El único refugio que podía guarecer a un observador clandestino era la parte posterior del tronco. Cuando acabó de tender la ropa, apoyó el cesto vacío en su cintura y comenzó a caminar en dirección a la puerta trasera de la casa, pero antes de cruzar el umbral cambió bruscamente de dirección y se dirigió hacia el árbol con paso decidido. Al llegar, se asustó. Detrás del tronco no había nadie. La idea de que pudiera estar padeciendo un brote psicótico aún le preocupaba más que el temor a que la estuvieran vigilando. Tenía el pulso acelerado. El muro de piedra medía dos metros de altura. Aunque no era difícil de saltar, se necesitaba mucha agilidad para hacerlo con tanto sigilo. Reconoció el terreno en busca de rastros que acreditaran la presencia reciente de algún ser humano. El hallazgo de unas pisadas la reconfortó. Por ilógico que pudiera parecer, la prueba de que alguien la acosaba le pareció una buena noticia. Al menos dejaba claro que no se estaba volviendo loca.

Entró en la casa y se sentó en un sillón frente a la chimenea.

¿Un acosador? ¿Un admirador secreto? Años atrás no era infrecuente que los jóvenes la siguieran a cierta distancia por las calles del pueblo. Muy pocos hombres la atraían, pero por una ley deprimente inversamente proporcional, muchos se sentían atraídos por ella. Eran pretendientes que evaluaban en secreto los posibles atractivos y defectos de la frígida camarera que ya había cumplido con creces los treinta años. Ahora rebasaba la barrera de los cuarenta. ¿Quién iba a fijarse en ella?

Desde una de las fotografías enmarcadas que había en la repisa de la chimenea, la mirada de Antón se encontró con la suya y pareció mandarle un aviso. En torno al cuello de su marido, la cadena de plata que ella misma le regaló el último día que estuvieron juntos resplandecía como una vieja promesa.

Erea no dejaba de volver, una y otra vez, al recuerdo de ese día.

El mar estaba en calma. Antón preparaba una fogata con maderas arrastradas por el mar. La marea estaba subiendo y llegaba acompañada de nubes altas que empezaban a adquirir un tono parecido al azafrán. No habían visto un solo barco en todo el día y en la playa de Carnota no había nadie más. Tenían el mundo para ellos solos.

El fuego había prendido con fuerza. La madera crepitaba entre las llamas. Antón colocó una plancha de metal sobre el fuego, echó encima un poco de mantequilla y puso a asar un par de patatas partidas por la mitad. Luego se tumbó al lado de Erea, donde la arena estaba blanda y caliente, justo por encima de la marca de la marea alta. Olía a océano y a hoguera. Estuvieron un rato cogidos de la mano, viendo cómo el círculo del sol se aproximaba lentamente a la línea del horizonte, y luego Erea sacó del bolsillo un envoltorio de papel de seda.

—¡Felicidades! —le dijo mientras se lo entregaba.

—Mi cumpleaños es mañana.

—Pero mañana te vas muy temprano y no estoy dispuesta a celebrarlo de madrugada. Treinta y tres años no se cumplen todos los días. Es la edad de la madurez.

—¡Y de la muerte!

Antón se sentó en la arena y desenvolvió el regalo. Era una cadena de plata. Besó a su mujer y se la puso al cuello mientras ella le fotografiaba. Una capa de sal le cubría los hombros. Parecía un pescador de perlas.

—¿Es un dogal para atarme corto? —bromeó.

—Es un yugo —respondió Erea—. Mientras lo lleves yo sabré que soy la otra bestia de la yunta.

Antón hizo ademán de volver a besarla, pero interrumpió el movimiento de aproximación y se quedó mirando hacia el mar con el cuerpo tenso. Se levantó de un salto. Y entonces la vio. A cincuenta metros de la orilla, en medio de salpicaduras de espuma, una ballena espiró una bocanada de aire. El pequeño surtidor, apenas visible bajo la luz agonizante, parecía un géiser.

—¡Es preciosa! —dijo Antón mientras la señalaba con el dedo con tanto júbilo como si hubiera avistado las Indias desde lo alto de una carabela.

—No será un signo de mal agüero, ¿verdad?

—Todo lo contrario. Tiene pinta de ser amable. Casi todas lo son. A las ballenas amables —dijo Antón llevando de la mano a Erea hasta la orilla del mar— les gusta la música. Cántale una canción. Si viene hacia aquí sabremos que le gustas…

Erea miró a Antón sin saber qué cara debía poner. ¿Estaba hablando en serio? Buscó sus ojos para mantenerle la mirada y hacerle reír, pero él aguantó el desafío sin mover un músculo de la cara. A Erea le gustaba cantar, siempre tenía alguna tonadilla entre los labios cuando tendía la ropa o recogía los platos. Tras el duelo de miradas con Antón, decidió seguirle el juego.

Carraspeó para aclararse la garganta, llenó los pulmones de aire y comenzó a cantar con dulzura:

Ella, ¿dónde andará?
Tal vez aún me recuerda.
Un día se marchó
y jamás volví a verla.
Pero, cuando oscurece,
lejos se escucha una canción.
Vieja música que acuna
viejas palabras de amor…

Mientras Erea cantaba, Antón se pegó a su espalda y la abrazó. Apoyó la cabeza en el hombro de ella y juntó su mejilla a la suya.

—Está claro que no le gusto a la ballena —dijo Erea, interrumpiendo la canción—. Se está alejando de la orilla.

—Es una ballena estúpida —respondió Antón mientras estrechaba más el abrazo—. Deja que se vaya. Yo no me marcharé y te recordaré siempre. Cada vez que escuche esta canción, esté donde esté, regresaré para verte.

Al día siguiente, antes de que el día despuntara, Antón salió a faenar en la lancha de bajura. Erea le despidió desde el muelle. Pero él nunca regresó. Una tormenta devoró la nave y engulló su cuerpo. Desde entonces, al oscurecer, Erea cantaba esa canción todos los días desde la punta del malecón de Portocubelo con la esperanza de que su marido pudiera cumplir la promesa que le hizo.

Al regresar a casa repasaba una y otra vez la última tarde en aquella playa: cada latido, cada parpadeo, cada pisada en la arena hasta el borde del agua. Pero no importaba cuántas veces lo hiciera. El final era siempre el mismo: una contracción visceral en la boca del estómago le recordaba que Antón estaba muerto.

La noticia le llegó por teléfono. El sargento Cabaleiro le dijo que, después de tres días de búsqueda, habían aparecido restos del barco en la ría de Corcubión. Aunque le dijo que Salvamento Marítimo aún iba a mantener un par de días el operativo de búsqueda —tres embarcaciones y un helicóptero—, ella sabía que las esperanzas de que su marido siguiera con vida eran prácticamente nulas. De repente, se sintió sola, expuesta a un viento frío y sin refugio. Se quedó en silencio mucho tiempo, escuchando la respiración entrecortada de Cabaleiro en el otro extremo de la línea telefónica, y alargó su mano hasta el retrato de Antón en la repisa de la chimenea. El vacío era un concepto que ni siquiera se acercaba a describir lo que sentía. Y, sin embargo, no podía llorar. Algo en su interior le secó la fuente de las lágrimas y las palabras. En ese mismo instante supo que no se curaría jamás. El paso del tiempo solo iba a ser una condena que le tocaba cumplir hasta la muerte.

El sonido de unas pisadas la trajeron de nuevo al presente. Esta vez no eran pisadas furtivas que trataban de pasar inadvertidas, sino pasos decididos que se dirigían hacia la puerta de la casa. Al cabo de unos segundos sonó el timbre de la puerta. Erea se levantó y fue a abrir.

Un hombre vestido con pajarita y chaqueta de pana le saludó con una amable sonrisa.

—Buenos días, señorita —dijo con una voz apergaminada y débil, mientras miraba con inquietud a derecha e izquierda—. ¿Me recuerda?

Erea asintió con la cabeza. Se trataba de Robert Mulligan, el detective americano que había llegado a Lira meses antes haciéndose pasar por biólogo marino. Ahora tenía los hombros más encorvados y parecía mucho mayor.

—¿Puedo pasar? —le preguntó sin poder ocultar cierto nerviosismo.

Erea se hizo a un lado y le franqueó la entrada. Robert Mulligan fue directamente al cuarto de estar y se quedó de pie al lado de la chimenea. Se notaba con claridad que sabía por dónde moverse. No era la primera vez que entraba en aquella habitación.

Erea recordó la tarde en la que, al volver del trabajo, vio cómo Antón se despedía de él en la puerta de casa.

—¿Qué quería? —le preguntó a su marido cuando se quedaron solos.

—Que me haga amigo del americano.

—¿Para qué?

—Para que le ayude a investigar un posible asesinato.

Un gesto de gran extrañeza debió desfigurarle el rostro porque Antón no pudo contener un acceso de risa.

—¿Qué te hace tanta gracia?

—¡Has puesto cara de *Balura*!

—¿Eso qué es?

—No es algo. Es alguien. La *Balura* es la meiga más fea de todas. Tiene un rostro verrugoso aterrador, nariz ganchuda y mirada líquida.

—Es la del sombrero de capirote y bastón nudoso, ¿verdad?

—Esa misma.

—Pues ya sabes por cuál de todos los orificios de tu cuerpo te lo voy a meter. Déjate de *caralladas* y cuéntame lo del asesinato.

—Lo del presunto asesinato —matizó.

—¿De quién?

La respuesta la dejó de piedra:

—De Cynthia.

Después de concederle unos segundos para que pudiera reponerse de la impresión, Antón le contó lo que Mulligan le había explicado.

Cynthia había muerto en un accidente de circulación, cerca del refugio donde McFarlan se encerraba a escribir, pero no hubo testigos del siniestro. El coche en el que viajaba se empotró contra un camión contenedor. Nunca quedó claro si era ella quien iba al volante o si hubo un conductor que se dio a la fuga. Junto al coche se encontraron huellas confusas. Cuando la policía se presentó en casa de McFarlan, a las pocas horas, él estaba con síntomas de haber estado bebiendo sin parar durante varios días y tenía marcas de arañazos recientes en la cara. Había estado forcejeando con una mujer. Las conjeturas que vinculaban al escritor norteamericano con la muerte de su novia llevaron a la policía a buscar indicios consistentes que pudieran sostener una acusación razonable, pero la falta de pruebas obligó a archivar la investigación.

—Y si es un caso cerrado —quiso saber Erea—, ¿quién tiene interés en seguir olisqueando?

—Según me ha contado Mulligan, una periodista *freelance*, una tal Rosalyn Dune, no se quedó conforme con el archivo policial y le contrató para que indagara por su cuenta.

—¿Y vas a ayudarle?

En realidad, se trataba de una pregunta retórica. Antes de oírla, Erea ya conocía la respuesta:

—Sí.

El hecho de que Antón hubiera sido buen amigo de Cynthia —el término amistad era menos doloroso que el de noviazgo— le convertía en el cómplice ideal de la investigación. Estaba claro que a Mulligan no le había costado convencerle para que colaborara.

—¿Qué te ha pedido que hagas?

—Es un trabajo fácil. Y limpio. No necesito hacer nada que esté prohibido por la ley. Solo tengo que hacerme amigo suyo y frecuentar su compañía. Mulligan sabe que hablo inglés y cree que mi buena relación con Brais me abrirá las puertas de la casa de la playa para que pueda incorporarme como un contertulio más a sus reuniones nocturnas. Confía en que antes o después, desarbolado por el alcohol, McFarlan perderá el control de sus silencios y contará alguna cosa que arroje alguna luz sobre las circunstancias que rodearon la muerte de Cynthia.

Erea le miró de arriba abajo para medir el grado de persuasión que la propuesta de Mulligan había forjado en su ánimo. Le bastó una rápida ojeada para advertir que estaba decidido a ayudarle y que no sería nada fácil disuadirle de lo contrario. Por eso no lo intentó.

—¿Te parece mal? —le preguntó Antón al percibir el asomo de cautela que afloró a su semblante.

Erea respondió con otra pregunta:

—¿Me prometes que sabrás decir que no a la última copa cada vez que vayas a la casa de la playa?

—Te lo prometo.

Robert Mulligan advirtió que Erea le miraba con desasosiego. «¿Qué es lo que quiere?», parecía inquirir la inquietud de su semblante.

—Le pido que me disculpe —dijo suavizando el tono de su voz todo cuanto pudo—. Sé que hace un rato la he asustado mientras tendía la ropa en el patio. La felicito por su agudeza. Puedo asegurarle que muy pocas personas son capaces de detectar mi vigilancia.

A Erea le sorprendieron sus palabras. La idea que tenía de sí misma no encajaba nada bien con ese elogio. Tras la muerte de Antón se había vuelto una mujer torpe. Tomaba sedantes y dormía toda la tarde. A veces su conciencia se diluía como una llama en mitad del fuego. Una mañana salió de casa y no regresó hasta la hora del desayuno del día siguiente. Tenía la cara hinchada y manchada, y llevaba la ropa sucia. Cuando Teresa le preguntó dónde había estado, ella se limitó a mirarla con ojos vidriosos.

—No pretendía atemorizarla —prosiguió Mulligan—. Solo quería asegurarme de que usted estaba sola. Es de suma importancia que nadie sepa que estoy aquí. ¿Puedo sentarme?

La pregunta sonó como un delicado reproche. Erea cayó en la cuenta de su falta de hospitalidad. Esbozó una disculpa con un movimiento de la boca y extendió la mano invitándole a que se sentara en una de las sillas que rodeaban la mesa del mirador. Ella se sentó enfrente. Sobre la mesa había media docena de libros, un trozo de madera abarquillada donde podían leerse las letras ñ, o y r despintadas por la humedad y una fotografía de Antón en un marco de plata.

—Siento mucho su pérdida —le dijo Mulligan mientras contemplaba la foto—. Era un buen hombre, no hace falta que lo diga. Usted lo sabe mejor que nadie.

Erea le devolvió un gesto de agradecimiento.

¿Estaba siendo sincero o solo trataba de agradar? No estaba segura. Tras la muerte de Antón había pasado de saberlo todo a no saber casi nada.

Mulligan se fijó en el título del libro que estaba encima del montón: *Nada se opone a la noche*. Leyó a distancia el texto que figuraba en la faja: «Después de encontrar a su madre muerta en misteriosas circunstancias, Delphine de Vigan se convierte en una sagaz detective dispuesta a reconstruir la vida de la desaparecida».

—Debe ser gratificante leer tantos libros —comentó.

Erea no hizo ningún gesto. ¿Gratificante? Ella leía para aislarse del dolor. Llevaba tres meses leyendo desde que se sentaba a desayunar hasta que los libros se le escurrían de las manos y se quedaba dormida en la cama.

—¿Le ha gustado?

No obtuvo respuesta. Erea seguía encastillada en un hieratismo impasible que la hacía parecer una efigie de piedra.

—Lo que me ha traído hasta aquí también tiene que ver con muertes misteriosas y labores detectivescas.

Erea frunció el ceño y Mulligan interpretó que había logrado despertar su curiosidad.

—¿Le contó Antón de lo que hablamos cuando vine a verle?

Ella se limitó a parpadear, como si tratara en vano de centrar la atención en su pregunta.

El detective no se desanimó. Buscó en el bolsillo interior de su chaqueta de pana y sacó una carta escrita a mano que estaba doblada por la mitad.

—¿Reconoce la letra? —le preguntó mientras se la ofrecía para que la leyera.

Por un instante, en el gesto impasible de Erea se clareó una contracción de las mandíbulas. Fue como si un golpe invisible la hubiera impactado en el rostro. La letra era de Antón.

—¿Entiende el inglés? —le preguntó Mulligan al darse cuenta de que Erea no hacía ademán de leer la carta.

Ella negó con la cabeza.

Entonces Mulligan tomó el trozo de papel, lo desplegó y leyó en voz alta:

Estimado señor Mulligan:

Después de varias conversaciones con el señor McFarlan en las que no salió a relucir nada relevante en relación a la investigación que le trajo hasta aquí, anoche le oí contar, por fin, algunos detalles que tal vez sean de su interés. Aunque el exceso de alcohol le impedía hablar con coherencia, dijo que nunca había sido capaz de imaginar que los celos pudieran despertar instintos asesinos hasta que Cynthia le hizo sentirlos en su propia carne. En un momento dado, llegó a afirmar que no podía resistir la idea de que ella existiera. «Tenía que hacerla desaparecer si quería recuperar mi vida de antes», dijo textualmente. Luego añadió que aún guardaba en un escondite de su estudio la

prueba de su abominación. Le repito que no hablaba con demasiada coherencia, pero esas frases salieron de su boca tal y como le he dicho. Si tengo oportunidad, buscaré en su estudio a ver si encuentro el escondite secreto al que hizo referencia. Le mantendré informado.
Atentamente,

Antón Soaxe

Dejó que Erea procesara el contenido de la carta mientras la doblaba de nuevo y la guardaba en el bolsillo interior de su chaqueta. Luego sacó su teléfono móvil, toqueteó la pantalla táctil hasta encontrar lo que buscaba y le dijo:

—Un par de semanas después me envió este mensaje de texto: «¡He dado con el escondite! Le escribiré para contárselo todo». Lo recibí a las tres de la madrugada —nueve de la mañana hora española—, el día antes de su muerte.

Erea no sabía cómo reaccionar. Lo que Mulligan le acababa de decir es que la sospecha de que McFarlan tuvo algo que ver con la muerte de Cynthia no era infundada. Lo que Antón escuchó en la casa de la playa sugería que había podido matarla en pleno ataque de celos, o que tal vez la atropelló involuntariamente, después de haber forcejeado con ella, ofuscado por el exceso de alcohol. ¿Pero qué pintaba ella en esa historia? ¿En qué podía ayudar? Antón no le había contado nada de lo que descubrió. Si pretendía que le diera información había llamado a la puerta equivocada.

Como si hubiera leído sus pensamientos, Mulligan aclaró:

—Me gustaría que usted me ayudara a descubrir la verdad, como hizo su marido.

Erea frunció el ceño y negó con la cabeza. ¡Ni hablar!, estaba diciendo su lenguaje corporal.

Mulligan había previsto esa reacción y respondió como si llevara la réplica preparada.

—No le estoy pidiendo que me ayude a investigar la muerte de Cynthia —dijo con voz profunda—. Lo que pido es que me ayude a investigar la muerte de Antón.

El golpe de efecto de Mulligan produjo en Erea un impacto devastador. Su semblante se demudó. Alguna válvula se le abrió en el corazón y notó una gelidez que recorría las venas hasta las puntas de los dedos de las manos y de los pies, con la respiración casi detenida y carne de gallina en todo el cuerpo.

Mulligan aprovechó el momento para asestar el golpe definitivo.

—Piénselo bien —explicó con tono persuasivo—, ¿tiene sentido que Antón muriera al día siguiente de haberme enviado el mensaje que le acabo de mostrar? ¿No le parece una casualidad demasiado sospechosa? Las condiciones del mar de aquel día no eran tan desfavorables como para que su barco se estrellara contra las rocas o se fuera a pique por culpa del temporal. Había viento de fuerza siete y las olas eran de cinco metros. Otros salieron a faenar y regresaron sanos y salvos. ¿Le contó el sargento Cabaleiro que cuando encontraron los restos del motor hallaron pistones y bielas dañadas? Eso es lo que sucede cuando se adultera el combustible. Y si alguien lo adulteró, Erea, es muy posible que el motor no tuviera suficiente potencia para imponerse al oleaje. No estoy diciendo que fuera eso lo que pasara. No tengo ninguna prueba que lo demuestre. Lo único que digo es que pudo pasar…

Mulligan se detuvo para examinar el efecto que sus palabras estaban provocando en el ánimo de Erea, pero ella no mostró ninguna emoción. Su cabeza, desde hacía unos instantes, había vuelto al momento en que el sargento Cabaleiro se presentó en su casa, tres meses antes, con un sobre de papel manila cerrado y marcado con un número de expediente y un trozo de madera.

En el interior del sobre había una bolsa de pruebas transparente, y dentro, una fina cadena de plata. El agua del mar la había oscurecido. El cierre estaba roto.

Cuando Erea volvió en sí, Cabaleiro estaba abanicándole la cara con un periódico. Ella sentía la dureza del suelo contra la oreja y lo único que podía ver desde ese ángulo era una bota del guardia civil. Lentamente se dio la vuelta y miró al sargento. Un gemido ascendió de su garganta y emergió a través de su boca como un aullido. Su cuerpo empezó a temblar y se negó a calmarse. Una herida abierta, devastadora, se extendió por su cuerpo como si quisiera partirle el corazón en dos, a la espera de que alguien le arrancara de cuajo una mitad. Su marido estaba muerto.

No, Cabaleiro no le había dicho nada de pistones y bielas dañadas. Solo le había dado el trozo del casco en el que aparecían tres letras del nombre de la embarcación. Del nombre completo —*Nuestra Señora de la Paz*— solo se habían salvado la ñ, la o y la r.

La voz de Mulligan reclamó de nuevo su atención.

—¿Qué perdemos por investigar? Ahora sabemos que es posible que McFarlan tuviera un motivo para silenciar a Antón. ¿Qué había en el escondite? ¿Encontró pruebas que incriminaban a McFarlan en la muerte de Cynthia? ¿Qué significa esa inquietante confesión de que no podía resistir la idea de que ella existiera y que tenía que hacerla desaparecer? ¿Llegó su marido a averiguarlo? Si es así, él también representaba una amenaza y McFarlan tenía un motivo para taparle la boca ¿No es posible que se acercara al puerto por la noche para adulterar el combustible del barco sabiendo que Antón, al día siguiente, tendría que navegar en condiciones meteorológicas adversas? ¿No le gustaría averiguar si mi sospecha tiene fundamento? ¿Viviría tranquila sabiendo que su marido pudo ser asesinado y que usted no hizo nada por desenmascarar al culpable? Si Antón encontró ese escondite, usted también podría hacerlo. Sé que McFarlan le ha pedido a Brais que le encuentre una asistenta para que limpie su casa y me consta que Teresa ya le ha ofrecido el trabajo a tres o cuatro mujeres del pueblo. Piénselo, Erea, si desaprovecha esta oportunidad lo lamentará el resto de su vida.

Lo que Mulligan le estaba pidiendo es que se convirtiera en una malvada *asumcorda:* que espiara detrás de los visillos, rebuscara en los cajones y mirara por los ojos de las cerraduras. Aunque la idea le resultaba despreciable, Mulligan tenía razón. Tenía que averiguar si McFarlan tuvo algo que ver con la muerte de Antón, y no se le ocurría otra forma de conseguirlo.

20

Lira, cerca de Finisterre. Noviembre de 2019.
Un año y medio después

Aquel sábado, Erea llegó a la casa de la playa antes de la hora de comer. Había decidido adelantarse porque a primera hora de la tarde se iba a celebrar un bautizo en Casa Teresa y quería estar disponible para ayudar en el convite. Candó la bicicleta en la barandilla del porche y entró por la puerta principal.

Alice revisaba los libros que McFarlan había sacado de las cajas de naranjas donde ella los puso siete meses antes y los había ido agrupando de nuevo en columnas arbitrarias por el salón de la casa. Todo volvía a estar tan desordenado como al principio. Los montones estaban hechos sin ningún criterio organizativo aparente.

De vez en cuando, Alice movía alguno de una columna a otra.

Las dos mujeres se saludaron con una amplia sonrisa. Erea se encaminó a la cocina, se puso el delantal y comenzó a fregar los platos que había sobre la encimera. Al rato, Alice se asomó por la puerta. Llevaba un libro en las manos. Había encontrado entre sus páginas una fotografía de Cynthia, sentada de perfil sobre una roca, con las piernas cruzadas y las manos metidas en los bolsillos de una trenca azul. En el reverso había un poema escrito a mano, debajo de una dedicatoria: «A la diosa de la luna». Era un poema de seis versos:

Apágame los ojos y te seguiré viendo,
cierra mis oídos y te seguiré oyendo,
sin pies, te seguiré,
sin boca continuaré invocándote…

—¿Crees que se enfadará si saco esta foto del libro y la pongo en un álbum, junto a las demás que aparecieron mientras ordenábamos la casa?

Erea advirtió que era la misma que había visto sobre la mesa del estudio de McFarlan a mediados de abril.

Dijo que sí con la cabeza. Sabía que había otras, junto a cartas y recortes de prensa, metidas entre las páginas de otros libros. Esa era la forma en que McFarlan archivaba los recuerdos que quería conservar: buscaba el título adecuado y utilizaba el volumen como contenedor. La de Cynthia estaba dentro de *Némesis, la diosa que vengaba los amores traicionados.*

—Erea tiene razón —dijo una voz a su espalda—. Me enfadaré si la sacas de ese libro.

McFarlan, en pijama y con el pelo revuelto, sofocó un gran bostezo con la mano.

—¿Por qué la guardas aquí? —preguntó Alice, echándose a un lado para no obstruir el acceso a la cocina.

—Para saber dónde encontrarla —respondió él mientras se acercaba a la cafetera—. Némesis era la diosa que recibía los juramentos de amor.

Alice dedujo, por el título del libro, que también debía ser la diosa que vengaba los juramentos rotos, y por un momento sintió el impulso de preguntarle si en la historia de amor con Cynthia él fue el traidor o el traicionado. Luego lo pensó mejor y decidió reprimir su curiosidad para no abrir una conversación que pudiera arruinar la excursión que habían programado para ese día. Mientras él se servía una taza de café, ella le dijo:

—¿Te he dicho alguna vez que sueñas en alto?

McFarlan alzó la mirada por encima de la taza, sin separarla de los labios, sorprendido por el hecho de que la pregunta de Alice le hubiera sobresaltado.

La primera noche que durmieron juntos, después de la accidentada excursión al monte Pindo y de la cena con Brais en la playa de Nemiña, le despertó el aullido ronco y despiadado de un animal de ojos centelleantes que ululaba su nombre entre árboles de ramas negras. Al incorporarse de golpe en la cama, una punzada en la cadera contrajo el movimiento de su cuerpo y le obligó a recostarse otra vez sobre el colchón. Estaba empapado de sudor y tenía la respiración alterada por el miedo. Aún trataba de abrirse camino entre la espesura de su cerebro el primer atisbo de lucidez cuando escuchó la voz de Alice acudiendo a su rescate.

—Ya está, David —dijo con suavidad—. Ya ha pasado.

McFarlan la miró con agradecimiento.

—Es mi pasado —explicó—. El viejo monstruo me tortura cuando quiere. Y últimamente, para mi desgracia, quiere con mucha frecuencia.

—Ya no. Hoy ha sido la última vez. Desde este momento me convierto en la guardiana de tus sueños y no permitiré que el monstruo vuelva a molestarte.

Por alguna razón inexplicable, McFarlan acogió esas palabras con la fe de un enfermo que decide no preocuparse más por una dolencia que el médico ha dado por curada. Desde entonces dio por hecho que ninguna amenaza perturbaría su reposo.

Quiso abrazarla, pero el dolor del golpe en la cadera volvió a interrumpir su desplazamiento.

—¿Aún te duele?

—Se me pasará pronto.

Aquella noche, McFarlan la había cogido en brazos, después del beso en el jardín, y mientras la llevaba al dormitorio, urgido por el deseo irrefrenable de hacerle el amor, tropezó con una columna de libros y perdió el equilibrio. Para no aplastarla en la caída hizo un giro acrobático de última hora y su pelvis se golpeó con el lomo de una voluminosa edición de las obras completas de Balzac. Alice no se dio cuenta del percance y continuó con la liturgia exprés de la emergencia amorosa que se había apoderado de ella. Se quitó los tejanos como si le quemaran la piel y se sentó a horcajadas sobre la cintura de McFarlan, que reprimió un gemido de dolor para que nada extinguiera la pira de aquel sacrificio ritual, gozoso y saludable. Rasgó la blusa de Alice con ambas manos y todos los botones saltaron por los aires como si fueran chispazos eléctricos. Luego la abrazó con todas sus fuerzas y la hizo rodar por el suelo, amarrada a él, hasta que la mesa de billar detuvo el volteo. La brega siguió sobre el tapete. Cuando se hundió en su cuerpo, se acabó el mundo.

A medida que se enfriaba, la herida de Balzac iba haciéndose más dolorosa. McFarlan lo interpretó como un mensaje. El novelista francés tenía razón: se puede ser feliz sin amar y se puede amar sin ser feliz, pero amar y ser feliz al mismo tiempo era algo prodigioso. De su pasado guardaba el recuerdo de mujeres despreocupadas, que se daban por satisfechas con la felicidad pasajera que les procuraba el amor de una noche, y de otras, hermosas todavía, con la herida del tiempo asomada al rostro, que se acercaban a él con la única obsesión de demostrarse a sí mismas que seguían siendo deseables. Cuando dejaba de interesarse por ellas, sus delicadas manos se convertían en zarpas.

Pero Alice no pertenecía a ninguna de esas dos estirpes femeninas. En ella, el amor y la felicidad eran dos caras de la misma moneda.

—Déjame que te vea la herida.

McFarlan seguía empapado por el sudor de la pesadilla, pero a ella no le importó restregarse en él para examinar la lesión con todo cuidado.

—Sí, se te pasará pronto —ratificó Alice.

Su voz aún arrastraba efluvios de ajillo.

—¿Me lo prometes?

—Te lo prometo —dijo mientras le besaba el hematoma.

Los labios de Alice le trasmitieron un aliento de vida.

A los pocos minutos McFarlan se durmió, completamente seguro de que aquella pesadilla nunca más volvería a inquietarle.

—En tu sueño de esta noche te has despachado a gusto.

—¿He confesado algún crimen?

Erea irguió la cabeza, atraída por la pregunta.

—¡Ojalá! —Alice seguía con el hombro apoyado en el umbral de la puerta de la cocina—. Eso hubiera sido más interesante. Estabas muy enfadado, casi iracundo. Hablabas con alguien, pero no de crímenes, sino de insultos.

—¿A quién insultaba?

—Eso no lo sé. No pronunciaste su nombre.

—¿Qué le decía?

—Cosas horribles: lechuguino, putañero, seductor de mujeres… Ojalá no hubieras nacido, ojalá no hubieras nacido, le decías una y otra vez.

McFarlan recapacitó unos instantes y explicó en tono profesoral, sin exteriorizar emoción alguna:

—Eso es lo que le dijo Héctor a su hermano Paris cuando este trató de rehusar el combate con Menelao para disputarse el amor de Helena. Se lo he contado a mis alumnos cientos de veces.

Alice le miró con sorpresa.

—¿Cuándo sueñas te conviertes en un héroe troyano?

McFarlan apuró la taza de café mientras calibraba la respuesta. No era con Héctor con quien él se identificaba, sino con el pobre Paris. También él tenía miedo a luchar por la mujer que amaba. Tal vez no era el príncipe troyano quien hablaba en sueños, sino la voz de su mala conciencia.

—¿Quién lo pregunta? —le preguntó a Alice, apartando ese mal pensamiento de su cabeza.

—La guardiana de tus sueños —dijo ella mientras devolvía la fotografía de Cynthia al interior del libro y lo cerraba de un golpe seco.

—¿También lo eres de mis pesadillas?

—¿La de anoche lo era?

—Eso no te lo digo.

Erea cerró el grifo del agua para no perderse ningún detalle de la conversación. Alice cruzó el umbral de la puerta, entró en la cocina y se sentó delante de la mesa. Apoyó los codos en el libro de *Némesis* y sujetó la cara entre las manos.

—¿Sabías que el secretismo produce malestar y relaciones menos satisfactorias? Genera ansiedad y depresión. Leí en un estudio de la Universidad de Columbia que un secreto al que nuestra mente vuelve una y otra vez puede resultar agotador. Hace que nos sintamos solos y aislados. Contarlo, en cambio, ayuda a liberar tensión, produce alivio, y nos acerca más a la persona que elegimos como confidente.

—Pero mis secretos —refutó McFarlan— no merodean mi cabeza. No pienso en ellos a todas horas. Se los confío al dios del silencio y procuro olvidarlos. Luego, un buen trago de whisky hace el resto. Mi depresión y mi soledad, créeme, no tienen nada que ver con ellos.

McFarlan no sabía mentir. A medida que hablaba, su voz iba perdiendo fuerza de convicción. Para disimular su titubeo, forzó una aliteración que camuflara el embuste.

—Si olvidas lo que has olvidado, olvidas recordarlo.

—No sabía que hubiera un dios del silencio —dijo Alice.

—Los griegos tenían un dios para cada cosa.

—¿También tenían uno para las excursiones?

—Hermes es el dios de las fronteras y los viajeros que las cruzan.

—Pues encomiéndate a él mientras te duchas, porque hoy prometiste llevarme a Finisterre.

Antes de que McFarlan saliera de la cocina, Erea le dio un telegrama que guardaba en el bolsillo del delantal. Había llegado a Casa Teresa por la mañana. Él lo cogió y, sin abrirlo, lo dejó sobre la mesa del estudio mientras iba de camino a su dormitorio.

Durante el tiempo que McFarlan tardó en arreglarse, Erea estuvo dándole vueltas a la conversación que había escuchado mientras lavaba los platos. Él había dicho que le confiaba sus secretos al dios del silencio. Si hubiera un libro en la biblioteca que hablara de ese dios, tal vez fuera el escondite que ella andaba buscando. ¿Era ese el contenedor que escondía «la prueba de su abominación», tal y como les había dicho a Antón y a Brais en plena borrachera? Estaba impaciente por averiguarlo.

En cuanto Alice y McFarlan abandonaron la casa, acudió a la estantería donde estaban los libros de mitología y buscó el ejemplar de *Los dioses de la antigua Grecia*. Examinó el índice y localizó la entrada dios del silencio. La consulta le remitió a la página 187. «Si tienes un confidente —pensó mientras finalizaba la búsqueda— tiene que ser él. Estoy casi segura». El capítulo llevaba el nombre de Harpócrates. Leyó las primeras líneas: «Harpócrates es el nombre griego con el que es conocida la deidad egipcia Harpajered, nombre del dios Horus en Alejandría. Los griegos lo adoptaron como dios del silencio…».

Devolvió el ejemplar a su sitio y durante un buen rato buscó algún título que contuviera ese nombre en la portada. Lo encontró en el estante de más arriba. En realidad, era un falso libro que tomaba la apariencia de un pergamino escrito en latín en 1687. Leyó con gran dificultad la inscripción del tejuelo que estaba adherido al lomo: *«Gisb. Cuperi Harpocra-*

tes, sive explicatio imagunculae argenteae perantiquae, quae in figuram Harpocratis formata representat solem».

Cuando lo abrió, los ojos se le iluminaron.

Alice y McFarlan habían reservado una mesa en el restaurante Casa da Crega, en la playa de Caldebarcos, que estaba treinta kilómetros antes de llegar a Finisterre. Pidieron pulpo con almejas, arroz con bogavante y zamburiñas. No quisieron prolongar la sobremesa para aprovechar las pocas horas de luz que aún les quedaban.

Subieron al coche y costearon la ensenada de Ézaro y la ría de Corcubión hasta llegar a Cee. Luego se desviaron hasta la playa de Sardiñeiro y llegaron a Finisterre veinte minutos después.

—Aquí es donde comienza la subida al faro del fin del mundo —dijo McFarlan tras detener el coche junto a la puerta de la iglesia de Nuestra Señora de las Arenas—. Es un trayecto de tres kilómetros. A nuestro ritmo, casi una hora de caminata. ¿Te sientes con fuerzas de hacerlo a pie?

Alice respondió con una propuesta que sonó a orden imperativa:

—Hay un sitio que me gustaría visitar antes de que vayamos al faro.

—¿Qué sitio es?

—La ermita de San Guillermo. El lugar donde estuvo el *Ara Solis*.

—No sé cómo llegar.

—Pero yo sí. Arranca el coche.

—¿No prefieres que andemos?

—Ya habrá tiempo para eso.

Continuaron por la carretera que bordeaba la costa y, un kilómetro después, Alice le pidió a McFarlan que se desviara a la derecha. Una empinada pista de tierra exigió del coche toda su potencia.

—¿Estás segura de lo que haces?

—No del todo.

Enseguida se adentraron en la espesura de un bosque que recubría de pinos silvestres la ladera del monte. El camino se ceñía a la cima, dando un amplio rodeo circular, y desembocaba en una pequeña explanada, pedregosa y descubierta, que solo podía cruzarse a pie.

—Ha llegado la hora de la tracción animal —anunció McFarlan.

—No te apures —le tranquilizó Alice—. Nuestro destino está ahí al lado.

Y era verdad. Nada más cruzar la explanada llegaron a un recinto, vallado con una cerca de madera, en el que podían verse las ruinas de una antigua edificación de base rectangular. En el centro se distinguía con claridad el lecho de lo que parecía la tapa de un sepulcro de piedra.

Alice la señaló con el dedo.

—¿Crees que es posible hacer el amor en esa losa?

—Depende de con quién.

—¿Tal vez con una mujer rolliza en la postura del misionero?

McFarlan negó con la cabeza.

—Con la mujer adecuada no hay catre duro.

—¿Sabías que…?

—Sí, lo sabía —la interrumpió—. Es la *cama do santo*. ¿Tienes prisa por quedarte embarazada?

—¿Solo harías el amor para tener hijos?

—En esa yacija, sí.

—¿Aunque fuera con la mujer adecuada?

—Dudo que la mujer adecuada me lo pidiera.

—Muchas parejas han yacido en ese trozo de piedra a lo largo de los siglos para implorar el don de la fertilidad.

—Y muchas personas ardieron en la hoguera o fueron excomulgadas por aconsejárselo.

—No parece que aquellas cautelas tuvieran mucho éxito —dijo Alice—. La superstición todavía sigue arraigada en los gallegos de esta época.

—Eso es cierto. Ni siquiera el tribunal de la Inquisición fue capaz de arrebatarles sus creencias.

Durante la conversación habían avanzado hasta las ruinas de la ermita y se habían sentado, mirando a la ría de Corcubión, sobre los restos de un muro de piedra. Tenían enfrente, al otro lado del mar, una vista completa del monte Pindo.

—¿Sabes lo que pienso? —Alice hablaba sin apartar la mirada del monte.

—¿Qué piensas?

—Que nos salvamos de morir en medio de aquella tormenta gracias a que me sequé el sudor con el agua de las pías de Moa. Eso me hizo más fuerte.

—No puede ser que nos salváramos por eso —refutó McFarlan mientras arrancaba un brote de yerba y comenzaba a mordisquearlo—. Lo que dice la leyenda es que el agua se vuelve milagrosa después de una gran tormenta. Y hay que beber de siete pías distintas para que la magia te fortalezca. Tú solo bebiste de una, y en ese momento la gran tormenta aún no había comenzado.

—¿De dónde vino entonces mi fortaleza?

—De otra magia distinta. —Se golpeó el pecho con la mano a la altura del corazón y alzó las cejas tres veces consecutivas.

Alice giró la cara y perfiló una sonrisa.

—Funcionó —dijo. Los pómulos se le afilaron y dos hoyuelos chispearon en sus mejillas.

McFarlan respondió guiñándole un ojo.

—¿Por qué querías venir a este sitio? —preguntó él tras un breve silencio.

—Esta ermita —explicó Alice— está construida sobre los cimientos del monumento donde estaba el *Ara Solis*. Creo que era un sencillo templo de cuatro columnas de granito que sujetaban una cúpula de mampostería. Dentro había un altar de pizarra donde reposaba una copa de estaño reluciente. Y sobre la copa, un sol de oro, inmenso y brillante. Los antiguos pensaban que el sol se metía de noche en una copa y surcaba las olas del mar hasta llegar a Oriente.

—Sé lo que es el *Ara Solis* —dijo McFarlan—, pero no has contestado a mi pregunta. ¿Por qué tenías tanto interés por venir aquí?

—Porque soy supersticiosa. Al sol se le atribuía un poder fecundante sobre todas las cosas de la tierra y muchos peregrinos venían hasta aquí para pedir que sus deseos fructificaran. Yo he venido a pedir lo mismo.

—¿Has venido a fecundar un anhelo?

—Algo parecido.

—Pues no tienes más remedio que tumbarte en la *cama do santo*. Es lo que marca la tradición.

—¿No te da miedo que te excomulguen por aconsejarme que lo haga?

—No pueden. Primero, porque no soy católico. Y segundo, porque no te estoy pidiendo que te acuestes con un hombre, sino con un deseo. Eso no es inmoral, supongo...

—Depende del deseo —replicó Alice con malicia.

—¿El tuyo lo es?

—A veces no tengo claro dónde está la frontera entre el bien y el mal.

—Pregúntale a tu conciencia.

—Eso hago. Pero está confusa. ¿Qué harías tú si descubrieras que las cosas no son como creías y te vieras arrastrado a hacer o a decir cosas que van en contra de tus viejos juramentos?

—La verdad no cambia de sitio —respondió McFarlan, tratando de escrutar los pensamientos ocultos de Alice—. Somos nosotros quienes nos movemos a su alrededor. Hay que seguir siempre el camino que nos conduce a ella y renegar de la senda equivocada.

—¿Aunque eso nos haga ir en dirección contraria a la que llevábamos hasta ahora y nos convierta en la persona que denostábamos?

Un frunce sombrío afloró en la frente de McFarlan. ¿Qué era aquello que resultaba ser tan distinto de lo que Alice pensaba? ¿Qué impulso la incitaba a renegar de su proyecto de vida? Y, sobre todo, ¿qué papel jugaba él en esa catarsis? Fuera lo que fuera, la duda encendió en su ánimo un sentimiento de pesadumbre. Con voz cavernosa, respondió:

—San Pablo, desde luego, te diría que sí: aunque tuvieras que darle a tu vida un giro copernicano y te convirtieras de perseguidor en perseguido. —Se detuvo un momento antes de continuar—: Pero no parece que esa luz misteriosa que te interpela por dentro haya sido tan intensa y deslumbrarte como para derribarte del caballo.

Alice advirtió el ceño de las ideas que inspiraban las palabras de McFarlan y trató de disipar su recelo.

—En ello está.

McFarlan agradeció su buena disposición, pero no se dio por satisfecho. Había llegado el momento de desenmascarar la inquietud que tanto la refrenaba.

—¿Qué es lo que te inquieta? ¿Qué quieres saber? —preguntó, franqueándole al fin el acceso a ese rincón de su intimidad que Alice llevaba merodeando desde el día que se conocieron.

Ella titubeó antes de decidir si quería seguir adelante. Luego, preguntó:

—¿Qué es lo que te trajo aquí, David? ¿Por qué desapareciste del mundo? ¿Fue solo el dolor que te produjo la muerte de Cynthia?

—No. —El embozo de una sombra le nubló repentinamente el semblante—. No fue el dolor. Fue el remordimiento.

Alice no preguntó más. Aunque la curiosidad la incitaba a seguir indagando, sintió que no tenía derecho a hacerlo. Por primera vez, el dolor de McFarlan pesaba más que su propia venganza. Ese cambio en la jerarquía de valores era la prueba elocuente, no lo podía negar, de que estaba atrapada en una relación que se le había ido de las manos. El amor había arruinado sus planes. Ahora tenía que elegir.

Al llegar a ese punto, las palabras salieron de su boca sin que mediara ningún estímulo de la voluntad. Sin saber ni cómo ni por qué, se escuchó a sí misma diciendo:

—David, te quiero.

No. No tenía que elegir. Ya lo había hecho.

McFarlan la miró con sorpresa.

—No lo merezco, Alice

—No importa lo que te trajera hasta aquí, Dave. Fuera lo que fuera, el amor puede redimirte.

—¿No quieres saber lo que hice?

—Sí —respondió ella—, pero ya me lo contarás cuando te parezca que deba saberlo.

Sus miradas se entrelazaron. Azul zafiro en los ojos de ella, aguamarina en los de McFarlan. Sus dos mundos estaban a un paso el uno del otro y él decidió juntarlos en un beso que le supo a súplica. «No te alejes de mí», pensó cuando se acercaba a ella. Alice respondió sin oponer resistencia.

—¿Eres un sueño que se va a desvanecer?

—¿Eres tú un soñador que me va a apartar de su vida cuando despierte?

McFarlan extendió el brazo y colocó la palma de su mano sobre la mejilla de Alice.

—¿Es todo lo que somos o parecemos solo un sueño dentro de un sueño? No quiero despertar y descubrir que sigo soñando.

Ella acarició su mejilla contra su mano.

—Soy real. Y estoy contigo. Aquí y ahora. En la tumba del sol. Donde la tierra se acaba. Ya no puedes seguir huyendo.

—¿Por qué viniste a mí?

—Quería saber si eras como me había imaginado.

—¿Y lo soy?

Alice interrumpió la caricia con una sonrisa forzada y respondió en un tono casi imperceptible:

—No.

Rebuscó en su bolso, abrió una cajetilla de tabaco y encendió un cigarro, visiblemente incómoda, como si temiera que la conversación pudiera atirantarse.

—¿Ya sabes quién soy? —le preguntó McFarlan.

—Al menos sé quién podrías llegar a ser si te lo propusieras.

—Y eso te asusta, ¿verdad? —En su rostro hermético se abrió la brecha de una sonrisa amarga—. Te da miedo que esa persona que tú vislumbras pueda arrastrarte a renegar de tus viejos juramentos y te convierta en el ser que denuestas.

Alice exhaló una bocanada de humo. Había un brillo repentino en sus ojos, pero McFarlan no lograba adivinar si era de tristeza o de rabia.

—¿Qué crees que pensarían las personas que solían venir al *Ara Solis* cuando vieron que sobre sus cimientos se había erigido una ermita cristiana? Las creencias no dependen del aspecto del templo que las predica.

—Cada dios tiene su recinto.

Alice negó con la cabeza.

—Di mejor que cada recinto tiene su dios. Yo creí que hallaría dentro de ti un dios distinto. Aquel no me inspiraba piedad. Este, sí.

—¿Y si has encontrado un dios mejor, por qué el hallazgo te entristece?

—Porque para acercarme a él he de cortar las amarras de mi pasado.

Las huellas de los muros laterales de la ermita se prolongaban hacia una enorme roca que cerraba el recinto. McFarlan se levantó y caminó hacia ella.

—Ven —le dijo a Alice cuando encontró lo que buscaba—. Quiero enseñarte algo.

Alice obedeció y se acercó a su lado. McFarlan estaba señalando unas marcas grabadas al pie de la roca.

—Son representaciones solares —le explicó—. La cristianización del templo pagano no borró todos los rastros de los cultos anteriores.

—Pareces conocer muy bien esta zona.

—Te equivocas. No había venido a Finisterre hasta hoy.

Alice lo miró, sorprendida.

—¿Y cómo sabías dónde estaban las inscripciones solares y los restos del *Ara Solis*?

—Porque Cynthia vino aquí cientos de veces y era muy precisa en todas sus descripciones. —La mención de Cynthia impuso otro silencio cargado de expectación que se prolongó hasta que McFarlan dijo en tono confidencial—: Ella era el *Ara Solis*, y tú el dios que venía a destruirla. Me sentí como un traidor hasta que descubrí que sus inscripciones solares nunca se borrarían de mi recuerdo, pero tampoco me impedirían amarte tal como eres. Ojalá seas capaz de llegar a la misma conclusión cuando me confrontes con las sombras de tu pasado.

Alice no respondió. En su fuero interno trató de sumarse a ese deseo, pero un oscuro mandato de su cerebro la obligó a guardar silencio. Sus ojos se apagaron como bengalas consumidas y un escalofrío recorrió su cuerpo. Había comenzado a lloviznar.

—Deberíamos irnos —musitó McFarlan con voz mortecina.

La resistencia interior de Alice a desoír las voces de sus recuerdos impregnó de desasosiego la mirada que se cruzaron el uno al otro. Una vez dentro del coche, McFarlan le preguntó:

—¿Qué me ocultas?

Alice solo acertó a responder:

—No soy periodista.

Luego tiró el cigarro, subió la ventanilla y encendió el motor del coche.

La carretera serpenteaba alrededor de la costa. McFarlan, hundido en su asiento, parecía adormilado. Alice, preocupada, le miraba de reojo. Como McFarlan seguía en silencio, ella se echó a un lado de la carretera y detuvo el coche al borde de un acantilado.

—Por favor, David, ¿qué te pasa?

Él la miró por vez primera.

—A veces no sé distinguir si eres real o formas parte de un sueño. No puedo vivir con el miedo permanente a que desaparezcas cuando despierte. Necesito tenerte para siempre.

Y, sin más, quitó el freno de mano.

—¿Qué estás haciendo, David?

—El amor siempre vence a la muerte, ¿recuerdas?

El parabrisas había comenzado a empañarse. El coche se deslizó lentamente hacia el acantilado. McFarlan y Alice se miraban en silencio. Una rama seca se rompió bajo las ruedas del coche y un fragmento golpeó la carrocería.

—David, te quiero —murmuró Alice.

McFarlan asintió.

—Para siempre.

El coche se deslizó un buen tramo por el desnivel. Dentro, la falta de visión acrecentaba la tensión. Alice puso su mano sobre la de McFarlan, que seguía apoyada en el freno de mano, y le miró con inquietud. Cuando finalmente se apartó de la palanca, Alice detuvo el coche y encendió el motor. Los limpiaparabrisas comenzaron a moverse de nuevo. La visión que apareció ante ellos fue vertiginosa. No se veía el borde del arcén, solo el mar.

—Estás loco —suspiró Alice.

—No, solo soy un pervertido.

Horas después de llegar a la casa de la playa, envuelto en un manto, McFarlan salió al jardín para respirar el aire frío de la medianoche. Le dolía la cabeza y estaba aturdido de planes y palabras, así que se agachó a mojar las manos en la hierba para refrescarse la cara con la escarcha. El telegrama que llevaba en el bolsillo se cayó al suelo. Lo recogió y volvió a guardarlo. Sonaron detrás los pasos de Alice, que se detuvo a su lado. La luz anaranjada de la luna llena iluminaba sus rostros fatigados. McFarlan alzó la vista a las estrellas: tachuelas brillantes, clavadas en la oscura bóveda del cielo, ajenas a cuanto ocurría en la corteza terrestre.

—Vamos dentro —dijo Alice mientras le cogía del brazo.

McFarlan obedeció. Entró en la cocina y se sirvió un whisky. Era la primera vez que necesitaba beber en mucho tiempo.

—¿Algo va mal?

McFarlan negó con la cabeza y le ofreció otro whisky. Ella lo rechazó con un gesto de la mano.

—Podríamos ir a Santiago el fin de semana —dijo él exhibiendo el telegrama que le había dado Erea por la mañana—. Mi agente anuncia su visita.

—¿Estás preocupado? —preguntó ella mientras señalaba el telegrama.

—Tengo noventa mil palabras, pero no sé si están colocadas en el orden correcto. Y aún me faltan otras sesenta mil, más o menos.

—¿Cuándo has quedado con tu agente?

—Mañana a la hora de comer. Ella solo estará aquí un par de horas. Podrías adelantarte para comprar los libros que querías y luego te unes a la comida.

Alice había empezado a encender la chimenea. Sin girarse, preguntó:

—¿Es una mujer?

McFarlan meditó la respuesta.

—A veces.

21

Santiago de Compostela. Noviembre de 2019. Al día siguiente

Antes de bajar del coche, McFarlan tuvo que recordarse a sí mismo que estaba allí para recibir a la mujer que le ayudó a sobrevivir en los momentos difíciles. Por ninguna otra circunstancia hubiera ido a mezclarse con aquel tropel de gente que circulaba a su alrededor como si huyera de un bombardeo.

—¿Seguro que no hay cazas en el cielo?

Alice se agachó para mirar por el parabrisas.

—Solo veo ángeles tocando la trompeta —bromeó.

—La gente huye del Apocalipsis.

El claxon del todoterreno que tenían detrás empezó a sonar con impaciencia.

—Si no te bajas enseguida, ese energúmeno nos matará antes de que se derrumbe el firmamento.

Mientras se dirigía a la puerta de la terminal del aeropuerto, McFarlan tuvo la sensación de estar siendo arrastrado al torrente circulatorio de una sociedad que ya no le resultaba familiar. Dos chicos de quince o dieciséis años, despatarrados en el borde de un macetero, hacían bailar las puntas de sus crestas mohawk al ritmo de la música que sonaba en el interior de pequeños audífonos incrustados en sus orejas. Había gente que le hablaba en voz alta al reloj, aporreaba compulsivamente las pantallas de sus móviles o se desplazaba en patines eléctricos sin manillar.

Los nuevos adelantos estaban cambiando las conductas de los seres humanos.

Cruzó el vestíbulo y se sentó frente a un ventanal que dominaba la pista de aterrizaje. A su lado, un joven con el emblema de la Universidad de Oxford en el bolsillo frontal de la chaqueta llevaba puestas unas gafas de cristal oscuro que parecían de buceo. Se removía nervioso en su asiento y de vez en cuando sacudía los puños como si tratara de tumbar a un púgil imaginario.

Antes de salir de Lira, Alice había consultado en su móvil si el vuelo de Ryanair que había despegado de Gatwick llevaba retraso. El geniecillo maligno que habitaba dentro del aparato dijo que no y ella urgió a McFarlan para que se diera prisa.

—Entre unas cosas y otras —le dijo—, tardaremos una hora y media en llegar a Lavacolla. Si salimos ahora no tendrás que esperar mucho. Si nos retrasamos será Patricia quien tenga que esperarte a ti.

A pesar de los avances tecnológicos, la civilización moderna seguía anclada en las mismas contradicciones de siempre: un vuelo de Londres a Santiago podía durar casi lo mismo que un viaje por carretera de setenta y cinco kilómetros por la sinuosa orografía gallega.

McFarlan consultó su reloj. De acuerdo al horario previsto, el avión de Patricia debía estar a punto de aterrizar. Se asomó al ventanal para ver si lo veía aparecer entre las nubes. El día era gris, pero de momento no amenazaba lluvia.

Mientras miraba al cielo, los altavoces del aeropuerto anunciaron que el vuelo 8379 de la compañía Ryanair procedente de Londres llevaba cuarenta minutos de retraso. McFarlan maldijo la falta de precisión de los inventos modernos y decidió entretener la espera dando un paseo por la terminal.

Frente a los mostradores de facturación se detuvo ante una maqueta de la catedral de gran tamaño. Las torres medían más de tres metros de altura. Un joven profesor de ademanes remilgados y voz aguda les estaba explicando a sus alumnos las características particulares de la fachada barroca. McFarlan se unió a la clase. Le sorprendió descubrir que volvían a interesarle aspectos de la vida que creía cegados para siempre. Se prometió a sí mismo que algún día visitaría el monumento original.

Más tarde se acercó a la librería. Las portadas de la prensa nacional reproducían fotografías a todo color de una manifestación que había congregado en Madrid a miles de personas que protestaban por las condiciones de la vida rural. «Esta es la España olvidada», titulaba el *ABC*. McFarlan se sintió como una trucha que nadaba contracorriente. ¿Qué tenía de malo el olvido? Él había viajado más de cinco mil kilómetros para buscarlo. «El olvido es una forma de libertad», se recordó a sí mismo. Aún pensaba en eso cuando vio en el estante de los libros más vendidos un ejemplar de su última novela. Por un momento tuvo la sensación de ser un prófugo acorralado por la policía. Sintió el impulso de coger la copia y esconderla donde nadie la viera, pero la presencia de varios testigos le disuadió. Compró el libro que estaba expuesto al lado del suyo —una antología de cuentos de Lucia Berlin—, se sentó en la cafetería y leyó el primer relato: «El sábado, después de su muerte, nos quedamos los dos sentados en la bañera. No lloramos. Solo nos quedamos sentados en la bañera hablando de él».

Cuando pasaron los cuarenta minutos comprobó en los paneles electrónicos que el vuelo de Londres ya había aterrizado. Siguió las señalizaciones que colgaban del techo y se sumó al grupo de hombres y mujeres que aguardaban a los pasajeros frente a la salida. Hubo besos protocolarios, abrazos, apretones de manos y palmeos esporádicos en hombros y espaldas. De repente, una rubia con minifalda brincó al cuello de un viajero pelirrojo y bebió su aliento como si tratara de succionarle todo el aire que le quedaba en los pulmones.

Patricia fue de las últimas en aparecer.

Llevaba el pelo recogido hacia atrás y eso aún alargaba más el contorno de su cabeza. Enhiesta como un moái, parecía una efigie monolítica de gesto impenetrable. McFarlan le hizo un gesto con la mano y ella respondió con una tímida sonrisa que apenas estilizó sus grandes labios carnosos.

—Bienvenida al fin del mundo —le dijo él mientras la besaba en la mejilla.

—No tienes pinta de náufrago moribundo.

—Eso es porque no me has visto desnudo. La ropa engaña mucho.

McFarlan llevaba unos chinos de color beige, un jersey verde de lana gorda y un tres cuartos de plumón de ganso.

—El espejo del alma es la cara, no el esternón.

—Dile eso a un hombre famélico y verás lo que te responde.

Cuando llegaron a la parada de taxis, Patricia preguntó:

—¿También has dejado de conducir?

—Me ha traído Alice.

—¿Alice o Alicia?

—Alice en la España de las maravillas.

Subieron al taxi y McFarlan consultó la hoja de papel que Brais le había metido en el bolsillo antes de salir de Lira.

—A la rúa das Hortas, 16. Es un restaurante —le dijo al chófer después de leerla.

—Uno muy bueno —ratificó el taxista.

—Según mi amigo Brais, el mejor de Santiago.

—¿Tiene vistas a la catedral? —quiso saber Patricia.

—Vistas, no —respondió el conductor—, pero está casi al lado.

—¿Y no hay ninguno en la misma plaza?

—Hay un bar en la avenida de Raxoi que tiene unas vistas estupendas. Está al lado del colegio de San Jerónimo. Solo hay que bajar una pequeña escalinata que arranca desde la misma plaza.

—Pues llévenos allí —ordenó Patricia.

McFarlan cogió la nota de Brais y la hizo pedazos.

—Ya veo que sigues siendo una mujer de ordeno y mando.

Patricia se encogió de hombros.

—Soy práctica. Solo voy a estar tres horas en esta ciudad y, si puedo, quiero pasarlas contemplando una obra de arte que es única en el mundo.

—¿Antes la belleza que el puchero?

—Por supuesto.

—¡No solo de pan vive el hombre!

—Esa es la idea. ¿Ya te has hecho católico?

—Todavía no. Pero no lo descarto. Empiezo a pensar que el hombre crece cuando se arrodilla.

—¿Es que piensas pedir perdón por tus pecados?

—Perdona siempre a tu enemigo. No hay nada que le enfurezca más.

—¿Bernard Shaw?

—Oscar Wilde.

El taxi se detuvo en la puerta del hostal de los Reyes Católicos. Patricia y McFarlan avanzaron a pie hasta el centro de la plaza del Obradoiro para contemplar la fachada de la catedral con suficiente perspectiva. Patricia la contempló extasiada, en absoluto silencio, durante un buen rato.

—¿Quieres que entremos? —ofreció McFarlan.

—Me encantaría, pero sé que si lo hacemos no querré salir y nos quedaremos sin tiempo para hablar. Mi avión despega dentro de tres horas.

—Creo que el Pórtico de la Gloria no se puede ver porque lo están restaurando.

—Eso hace las cosas más fáciles —dijo Patricia mientras comenzaba a caminar en dirección al colegio de San Jerónimo—. ¿Qué edificio es ese? —preguntó, señalando el palacio neoclásico que quedaba a su derecha.

—Creo que es el ayuntamiento, pero no me hagas mucho caso. Aunque te parezca mentira, es la primera vez en mi vida que vengo a esta plaza.

—Siempre has sido un percebe. ¿No es así como se dice aquí?

—Aquí los percebes se comen, no se desprecian.

—¿Por eso elegiste este sitio para esconderte del mundo?

Cuando llegaron frente a la puerta del colegio de San Jerónimo descubrieron que el taxista les había dicho la verdad. A su derecha, una escalinata de peldaños muy finos desembocaba en una explanada peatonal, pequeña y recoleta, donde se podía comer al aire libre. Las mesas pertenecían a un restaurante que se llamaba Obradoiro. Desde allí, la vista de la catedral era impresionante.

—¿No tendrás frío?

—Las puertorriqueñas llevamos el calor dentro.

—Demasiado dentro, creo recordar.

Pidieron pulpo, ensaladilla y merluza a la gallega.

McFarlan llamó a Alice con el teléfono móvil de Patricia, pero no obtuvo respuesta. Cuando saltó el contestador, le dejó un mensaje con el nombre y la dirección del restaurante donde estaban comiendo. Antes de colgar, añadió: «Cervantes dijo que en la tardanza suele estar el peligro. ¿Debo preocuparme?».

—¿Crees que no quiere venir? —preguntó Patricia mientras untaba un poco de mantequilla en un trozo de pan.

—Me extrañaría que desaprovechara la oportunidad de conocerte. Se supone que está comprando libros. Tal vez todos los libros de la tienda.

Patricia reparó en el ejemplar que McFarlan había dejado encima de la mesa: *Una noche en el paraíso.*

—Ya veo que tú también has ido de compras —dijo mientras le echaba un vistazo a la portada—. Una elección interesante. ¿Sabías que a Lucia Berlin la llamaban el secreto mejor guardado de las letras estadounidenses? Eso era antes de que tú desparecieras, claro…

—Leí algunos relatos suyos en los setenta. Los publicaba The Atlantic. Era una mujer con mucho talento.

—¡Que no pudo ser testigo de su propio éxito! A ella le hubiera gustado estar viva para saborearlo, y tú, que puedes hacerlo, preferirías estar muerto.

—Nuestras vidas son distintas.

—No creas que tanto: fue profesora universitaria, tuvo tres maridos y libró una dura batalla contra el alcoholismo…

—Yo no me he casado nunca —refutó McFarlan, sin calibrar el efecto de sus palabras.

Patricia le taladró con la mirada.

—Para dejar viudas no hace falta pasar por el altar. ¿Cuántas llevas tú? ¿Alice se va a sumar a la lista?

McFarlan acusó el golpe y dejó que el silencio esponjara la tensión que él mismo había provocado sin proponérselo. El camarero llegó con la ensaladilla. Patricia miraba con fijeza las torres de la catedral.

—Los peregrinos solían llegar aquí desde todo el mundo conocido —dijo McFarlan—, y antes de entrar se lavaban los genitales en un arroyo y le pedían a Dios un buen agente literario.

Patricia no pudo evitar que una sonrisa ablandara la dureza de su rostro.

—Yo le pediré que te deje sin genitales para que no tengas que lavártelos.

—Los eunucos no son buenos escritores.

—Pero jamás olvidan el motivo de su mutilación.

—Ninguna culpa se olvida mientras la conciencia lo recuerde.

—Viniste aquí para olvidar. ¿Lo has conseguido?

—¿Lo has conseguido tú?

—Yo sí.

—Júralo.

—Lo juro.

A McFarlan le hubiera gustado decir que no la creía, pero se mordió la lengua. A medio camino entre la jovialidad y la malicia, recitó en voz alta:

—«Cuando mi amada jura que todo es verdad, la creo aunque sé que miente...».

Patricia frunció el ceño, pero la gravedad de su gesto no traslucía contrariedad, solo zozobra.

—Debo decirte algo, Dave...

—El libro va bien, Pat —la interrumpió McFarlan—. De hecho, te enviaré el primer borrador la semana que viene.

Patricia prosiguió como si no le hubiera escuchado.

—Voy a dejar el trabajo de agente literario. En cuanto me case con Bob, me iré a trabajar con él. Ya lo he decidido. Si quieres, Zylinsky se hará cargo de tus asuntos.

—¿Zylinsky? —McFarlan pronunció su nombre como si fuera el diagnóstico de una enfermedad incurable—. No me jodas, Pat. Es un inútil sin ninguna imaginación. ¡Enséñale el dibujo de una boa que se acaba de tragar a un elefante y te dirá que solo ve un puto sombrero!

—¿Prefieres a Lauper?

—¡Te prefiero a ti! —Echó el cuerpo hacia adelante y se acercó tanto a su cara que sus narices casi se rozaron—. ¡Venga, Pat, no te vayas! Es tu vida. ¿Irte con Bob? No entierres tu talento en un *flop* que no alcanzará las cien representaciones.

—No he venido a pedirte opinión, David —dijo Patricia con una frialdad que helaba las palabras—. He venido a darte la noticia.

Alice dejó el coche en el *parking* de San Clemente, en la avenida de Rodrigo del Padrón, y caminó por la avenida de Fonseca hasta la rúa do Vilar. Giró a la derecha y llegó al café

Casino. Se sentó frente a una mesa de la terraza y pidió una cerveza.

Siete meses después, todo parecía distinto. Las columnas de los soportales del edificio de enfrente se habían estilizado. Las recordaba más gruesas y más comprimidas por el peso de los arcos de la fachada. ¿Era ahora más liviana la carga que soportaban? Claro que no. Tampoco era más luminosa la galería porticada, pero ella la recordaba más oscura. La tienda de *souvenirs* también tenía otro aspecto. La exposición de los artículos del escaparate atosigaba menos. Daba la sensación de que las vitrinas no estaban tan abigarradas. A su izquierda, en cambio, la entrada de la pensión Santa Cruz parecía haber empequeñecido. Le resultaba más lóbrega. Y más angosta. La memoria distorsiona los recuerdos. Los ennegrece o los colorea a su conveniencia.

Alice se preguntó si su equipaje seguiría a buen recaudo. Había dejado una buena propina, desde luego, pero llevaba siete meses desaparecida sin dar señales de vida. ¿Estaría todo como ella lo dejó? Sintió el impulso de levantarse de la silla y entrar en el hospedaje, pero se contuvo. No hay lastre más eficaz que la duda. Pagó la cerveza, guardó el tique en el monedero y entró en la librería San Pablo, que estaba en el portal contiguo, con ánimo de distraerse mirando guías turísticas y colecciones de arte. No sería fácil que hubiera textos en inglés en otra clase de libros.

El local era amplio y acogedor. Tenía el suelo de madera y las columnas estaban pintadas de rojo.

—*Do you speak English?* —le preguntó a la dependienta.

La mujer se encogió de hombros, a modo de disculpa, y negó con la cabeza.

Alice volvió al plan original. Había un mostrador blanco repleto de libros de arte. La mayoría estaban dedicados a la catedral de Santiago. En la portada de uno de ellos aparecía un grabado que le llamó la atención: en la plaza del Obradoiro, algunos turistas contemplaban la fachada del templo recostados sobre una pradera de color malva. Era una guía ilustrada que recreaba, con carboncillos y acuarelas, la metamorfosis de la catedral desde que se construyó la primera capilla, en el siglo IX, hasta la reforma barroca del siglo XVIII. Alice revisó el libro con detenimiento. Examinaba cada dibujo como si fueran radiografías de un proceso de sanación. La idea de que los seres humanos también pudieran embellecer como piedras cinceladas por un escultor todopoderoso aún hizo que sus dudas se incrementaran.

Compró media docena de libros y le dijo a la dependienta que pasaría a buscarlos por la tarde. Luego salió a la calle y deambuló sin rumbo fijo por la ciudad, tratando de poner en orden sus ideas. Estaba tan abstraída que perdió la noción del tiempo. Cuando sonó su teléfono móvil eran las dos de la tarde. No respondió. Al cabo de unos segundos, un tono de aviso reveló que alguien había dejado un mensaje en el buzón de voz. Era McFarlan: «Estamos en el restaurante Obradoiro, en la avenida de Raxoi número 2, al lado de la catedral. Cervantes dijo que en la tardanza suele estar el peligro. ¿Debo preocuparme?».

Alice aún no había decidido si iba a acudir a la comida con Patricia y prolongó su paseo durante otra media hora. Tres chicas jóvenes, vestidas con el uniforme del colegio, pasaron por su lado y sintió el impulso repentino de seguirlas. Parecían tristes. Le resultaba difícil perseguir a mujeres tristes. Hubo un momento en que Alice no sabía si quería encabezar la marcha o huir de ellas. Al rato llegaron a la puerta de su colegio. Una monja las aguardaba en la puerta. Al verlas, las reprendió con severidad. Aunque Alice no podía entender el motivo de la reprimenda, los gestos de la religiosa evidenciaban que se trataba de un enfado muy serio. Alzaba el índice como si fuera un proyectil a punto de despegar en dirección a la luna y su boca exhalaba bocanadas de saliva. Las tres alumnas escuchaban con la cabeza gacha. Alice recordó que ella también solía humillar la cabeza cuando la reprendían en el colegio, aunque fuera por un motivo injusto. Todos los estudiantes reaccionan igual en cualquier parte del mundo. Nunca preguntan cuántas futuras injusticias llevan escritas sus nombres. No reprochan nada, solo obedecen. Los débiles suelen ser seres humanos a los que se puede apilar como a los trastos o a los desechos.

Fue ese pensamiento el que la hizo reaccionar. No estaba dispuesta a agachar la cabeza como una cobarde. Decidió dar la cara y apresuró el paso. Cuando llegó al restaurante, McFarlan y Patricia estaban tomando café.

—Perdón por el retraso —se disculpó al llegar hasta ellos—. Se me ha ido el santo al cielo.

—¡Has venido! —McFarlan suspiró aliviado.

—¿Por qué no iba a venir? —preguntó Alice, mirando a Patricia con determinación.

McFarlan hizo las presentaciones:

—Patricia, mi exagente. —Y luego—: Alice, mi exbiógrafa.

—David cree que eres periodista —dijo Patricia mientras estrechaba la mano de Alice—. El Henry Stanley del nuevo Livingstone.

—Ambas sabemos que David es idiota.

Patricia rio el comentario. Luego añadió:

—De todas formas, si algún día escribes el libro de su hallazgo en el fin del mundo, házmelo saber. Tal vez me interese patrocinarlo.

—Eres su agente literaria. ¿Eso no te plantearía un conflicto de intereses?

—Como él acaba de decir, ya soy su exagente. Tengo vía libre para acabar con su reputación.

Alice interrogó a McFarlan con la mirada.

—Me ha puesto los cuernos con su futuro marido —corroboró él.

Mientras tomaba asiento, Alice aventuró:

—O no le gusta lo que estás escribiendo y no sabe cómo decírtelo o…

Patricia se apresuró a desmentirlo.

—No, no. ¿Romeo y Julieta en la Costa de la Muerte? Es una buena historia. Dos tumbas ocultas en la cripta de un monasterio por un abad que creía que el amor siempre vence a la muerte… ¡Puede ser un éxito!

—¡Y un notición literario! —añadió Alice—. Nadie lo creería. ¡David McFarlan escribiendo sobre el amor!

—Será mejor que me vaya —dijo McFarlan, levantándose de la silla—, así podréis despellejarme a gusto. Le prometí a Brais que estaría a las tres de la tarde en la sastrería donde alquilan los chaqués y ya llego tarde. Faltan poco más de quince días para su boda y aquí son lentos haciendo los arreglos. Luego tengo que pasar por la joyería a recoger las alianzas.

—¿La boda es con chaqué? —preguntó Alice boquiabierta.

—Son las normas que ha impuesto Teresa: el novio y el padrino, de chaqué. La madrina, de largo.

—¿Y los testigos?

—Desnudos.

—Pero podremos llevar pamela, al menos…

—Eso, sí. Y tacones de aguja.

—Qué lástima perderme una boda tan encantadora —terció Patricia mientras se ponía en pie—. Por desgracia, tendré que conformarme con la mía. Ya me mandaréis las fotos. Ahora, lamentándolo mucho, debo irme ya. Mi avión despega a las cuatro y veinte.

—Yo te llevo al aeropuerto —se ofreció Alice.

—¿Seguro? Puedo ir en taxi.

—No me cuesta nada.

McFarlan se acercó a Alice y la besó en la mejilla.

—Algún día yo también lloraré al recordarte —le dijo misteriosamente mientras deslizaba un sobre con todo sigilo en el bolsillo de su impermeable.

A continuación, fijó la mirada en los ojos de Patricia como si fuera un reto de resistencia.

Ella aceptó el desafío durante unos segundos. Luego parpadeó y dijo:

—Buena suerte, Dave.

—Adiós, Pat —respondió él mientras le daba la espalda.

Durante el camino hacia el *parking*, una imperceptible y monótona lluvia obligó a las dos mujeres a acelerar el paso. Subieron al coche y enfilaron la avenida de Rodrigo del Padrón. Alice puso en marcha el limpiaparabrisas. Patricia encendió un cigarro y, sin mirarla, le dijo:

—Si no fuera por la lluvia, no te habría reconocido.

—No te entiendo —respondió Alice con voz débil, sin girar la cabeza.

—Tu nombre era Rosalyn Dune. Hace dos años, en Nueva York, trataste de conseguir que te diera la dirección de McFarlan. Tenías el pelo de otro color. Recuerdo perfectamente que estaba lloviendo. Yo salía corriendo y tú me acosaste cerca del coche. Todavía te estoy viendo con el libro de David en tus manos: «Necesito localizar a ese hijo de puta», dijiste... Por cierto, ¿ya lo has leído?

Alice detuvo el coche en la cuneta y se giró hacia ella por primera vez.

—No esperaba que te acordaras —balbució—. ¿Se lo vas a decir?

—No te preocupes, no pienso decirle ni una sola palabra.

—Te lo agradezco.

—¿Sabes una cosa? Tú estabas en lo cierto: él es un hijo de puta.

Se hizo un corto silencio. Solo se escuchaba el sonido de la lluvia sobre el capó y el zumbido de los coches que pasaban de largo.

—Le conozco desde que era una niña —continuó Patricia—. Nuestros padres eran viejos amigos. Mi padre era el editor de una pequeña revista en la ciudad y él era un joven genio que solía venir a casa con sus poemas deslumbrantes para que se los publicara. Recuerdo que solía asustar a mi madre. «Es muy guapo», me decía. Cuando ella murió, mi padre comenzó a perder la cabeza y tuvimos que ingresarle en un sanatorio. Dave y yo íbamos a verle todas las semanas. Un día, mi padre le dijo: «Si te acuestas con ella, no vuelvas por aquí nunca más o te partiré las piernas». Aquella misma noche me quedé a dormir en su casa. Tenía dieciséis años.

Patricia apagó su cigarrillo en el cenicero. No parecía estar de humor para continuar.

—Tal vez haya cambiado…

—No sé lo que buscas, pero mi consejo es que hagas lo que más te convenga. Él lo hará contigo. En eso no ha cambiado, te lo aseguro. De una manera u otra, siempre acaba ganando.

—O perdiendo —musitó Alice entre dientes.

Puso el coche en marcha y lo condujo a través de la lluvia.

El avión se ocultó rápidamente entre las nubes. Alice esperó a perderlo de vista antes de abandonar la terminal del aeropuerto. Una vez en el *parking*, se metió en el coche, encendió el motor y subió la temperatura del aire acondicionado. Durante un buen rato permaneció inmóvil, con la cabeza metida en los recuerdos que había removido la conversación con Patricia.

Buscó en el bolso el paquete de cigarrillos. Estaba vacío. Miró en la guantera y se palpó los bolsillos de la gabardina. Notó el bulto del sobre que McFarlan había deslizado en uno de ellos y lo sacó para averiguar qué contenía. Era un CD. Lo introdujo en la bandeja del equipo de música del coche y comenzaron a sonar los acordes de apertura de «Perfidia».

Interrumpió la reproducción, arrancó el coche y volvió a Santiago.

Pocos minutos después estaba de nuevo en la rúa do Vilar, frente al hospedaje Santa Cruz.

Detrás del mostrador de recepción, una mujer se sorprendió gratamente cuando la vio entrar.

—Oh, señorita, qué feliz me hace verla. Nos tenía muy preocupados.

—Lamento no haberles llamado antes —respondió Alice con voz afligida—. No pensé que mi ausencia iba a durar tanto. Solo les pido que sigan guardando la maleta hasta que alguien venga a recogerla dentro de unos días. ¿La tiene a mano? Me gustaría echarle un rápido vistazo.

—No hay ningún inconveniente, señorita. Sigue en la habitación que usted ocupó cuando vino. No la hemos alquilado en todo este tiempo porque es temporada baja y nos apañamos con las habitaciones que están en la primera planta —dijo la recepcionista mientras sacaba la llave del casillero—. ¿Pudo encontrar por fin al pariente que buscaba?

Alice tardó unos instantes en responder.

—Ah, sí, sí. Muchas gracias. El pueblo en el que vive, cerca de Finisterre, es una preciosidad. Por eso me ha costado tanto volver.

—Hay muchos pueblos maravillosos por esa zona…

La recepcionista no pudo prolongar la frase. Antes de que lo hiciera, Alice dio media vuelta y subió los peldaños de la escalera de dos en dos.

La habitación estaba al final del pasillo de la segunda planta y tenía el tamaño justo para que cupiera una cama individual. A su izquierda había un estrecho ropero de melamina blanco, y a su derecha una pequeña mesilla de noche. La maleta estaba debajo de la cama. La puso sobre el colchón, la abrió y sacó varios archivos. Cada uno de ellos contenía decenas de recortes de periódicos que hablaban de McFarlan sujetos por un clip. Revisó los que estaban encima del montón: «David McFarlan, de un gran poeta a un gran *bestseller*». «El Pulitzer que asombró al mundo». «Una obra maestra del siglo XXI».

Alice tragó saliva. Entonces, varias fotografías intercaladas en los archivos se deslizaron del clip que las sujetaba y cayeron al suelo. También eran de McFarlan. Al verlas, su semblante se oscureció. Había sido feliz durante los días en que pudo engañarse a sí misma pensando que su amor podía perdurar. Incluso creyó que sería capaz de olvidar.

Pero la faz del hombre que había ido a buscar al fin del mundo borró el recuerdo de la del hombre que había encontrado.

Alice se dio cuenta de que ninguna de esas dos caras podía sobrevivir sin la otra. Ella odiaba a una y amaba a la otra. Un mismo fuego cegaba sus dos sentimientos. Si quería acabar con cualquiera de ellos no le quedaba más remedio que cerrar los ojos y dejar que la misma llama los devorara juntos.

22

Whaley Lake. Septiembre de 2014. Cinco años antes

Las luces multicolor de una estación de servicio situada en la I-84, a la izquierda de Brewster Hill, aún brillaban como luciérnagas fosforescentes bajo la bóveda amoratada del cielo. Un sol muy blanco empezaba a despuntar tras las montañas azules y lejanas de Sears Corners y decoloraba ya la negra oscuridad de la atmósfera. El viejo Chrysler descapotable de Linda Willoughby abandonó la carretera y derrapó en el arcén haciendo un trompo espectacular delante de la cabina telefónica. Linda brincó por encima de la portezuela del coche y le hizo una gentil reverencia al hombre que, lleno de asombro, aplaudía su maniobra circense.

—¿Lo hace muy a menudo? —le preguntó.

—Solo cuando tengo público —respondió ella.

Linda Willoughby era una mujer joven, de unos treinta años, alta y ágil, de rostro redondo y pelo platinado. Iba vestida con pantalones vaqueros agujereados a conciencia y una camisa de sport de color menta. Tras la reverencia le lanzó las llaves, le pidió que llenara el depósito y se metió en la cabina para hacer una llamada. El encargado la oyó canturrear mientras cerraba la puerta.

Marcó el número de la centralita de Pawling y le pidió a la operadora que descolgó el teléfono que le pusiera con el 148 de Mountainview Road. Mientras aguardaba la conexión, Linda repasó mentalmente las palabras que había elegido para presentarse como es debido.

—No contestan.

—Por favor, ¿puede comprobar si el número corresponde a David McFarlan?

—¿Le importa repetir el nombre?

—David McFarlan. ¿Acaso no conoce usted al escritor más famoso de Estados Unidos?

—¿Terminado en ene?

—¿Quiere decir que no sabe quién es? ¿No ha leído nada de él? ¡Estamos hablando del gran David McFarlan, por Dios!

—Lo siento, no sé...

Linda no dejó que la operadora acabara la frase y colgó el auricular del teléfono de un golpe seco. Visiblemente enojada, salió de la cabina y fue en busca del encargado de la gasolinera. Poniendo un billete de diez dólares delante de él, le dijo:

—Te lo doy si sabes quién es David McFarlan.

—Es un astronauta.

Linda hizo un gesto de impotencia, y de camino a la cafetería murmuró:

—La primera bomba debería caer en esta ciudad.

—Por supuesto, pero ahora mismo —respondió el empleado.

Linda dejó escapar una risita y entró en el establecimiento. Un par de clientes sentados frente a la barra escuchaban en la televisión a un político local que lanzaba promesas de campaña. Linda pasó por delante de ellos, de camino al baño, y susurró entre dientes:

—Todo lo que está diciendo es mentira.

Los presentes no pudieron distinguir sus palabras. Cuando regresó, con las manos todavía húmedas, pidió un whisky doble con mucho hielo. El dueño del bar ni siquiera se inmutó. Linda, secándose en la tela de los pantalones vaqueros, insistió dirigiéndose a la pequeña pantalla:

—Fijaos en su cara: todo lo que está diciendo ese tipo es mentira. Se ve a la legua que es más falso que Judas. —Luego, mirando a los ojos al hombre que estaba detrás del mostrador, añadió—: Escucha, Sam, he cambiado de idea. Mejor dame una hamburguesa y un whisky doble con hielo.

El dueño del bar se incorporó, impaciente:

—Mi nombre no es Sam y aquí no servimos alcohol.

—Ok, Sam, entonces dame un par de huevos fritos con beicon y un whisky doble con mucho hielo —respondió Linda, sin apartar la mirada del televisor.

El dueño caminó hasta uno de los extremos de la barra, descolgó el teléfono y dijo en voz alta:

—Si no se marcha de mi establecimiento inmediatamente, llamaré a la policía.

—Está bien, Sam. Me has convencido —dijo Linda con voz burlona—. Dame solo un whisky doble con mucho hielo.

—¡Fuera de aquí! —rugió el hombre.

—Tranquilo, Sam. Solo quería ponerte a prueba. Nadie, salvo David McFarlan y yo, tenemos sentido del humor en América —dio un paso atrás y, sonriendo, se dirigió a la salida.

Cuando la puerta se cerró tras ella, el dueño del bar comentó en voz alta:

—No hay término medio. Las mujeres guapas, o son tontas o están desquiciadas.

Ninguno de los dos clientes que estaban sentados frente a la barra le rio la gracia.

Antes de meterse en el coche, Linda agitó de nuevo el billete de diez dólares ante el empleado de la gasolinera.

—Una estrella de rock —dijo él en un nuevo intento.

Linda negó con la cabeza.

—¿A qué lugar cerca de aquí iría un noctámbulo a esconderse del aburrimiento? —le preguntó.

—Al Armando's. No es que sea la mejor opción, es que es la única. Siga recto hasta Holmes y luego gire a la derecha. En el primer cruce gire a la izquierda. Está antes de llegar a Whaley Lake. No tiene pérdida.

Sentada frente al volante, bajó la ventanilla y le dijo antes de arrancar:

—Aún le queda el último intento.

—Un político —aventuró el gasolinero.

—¡Nooo! ¡David McFarlan es un genio! —gritó.

Las ruedas patinaron en el asfalto y el Chrysler dejó atrás al asombrado empleado de la estación de servicio.

El desvío de Holmes era una carretera de arcilla bordeada de arces. Armando's estaba a poco más de cien metros desde el último giro a la izquierda, en el centro de una pequeña explanada circular que servía de aparcamiento. Un cartel luminoso identificaba el nombre del local. Linda aparcó junto a una furgoneta de color naranja.

Al abrir la puerta tintinearon las barras de acero que estaban colgadas del techo y varios rostros se volvieron hacia ella. Frente a la mesa más próxima se sentaba un muchacho pálido, de pelo muy rubio y muy corto. Llevaba una chaqueta de tela azul, larga y ancha, que le hacía parecer aún más flaco de lo que realmente era. Su aspecto triste, ligeramente suspicaz, contrastaba con el del joven fornido que se sentaba a su lado. Pese a su fuerte mentón y los hombros anchos, había en él algo de niño mimado: una manera afectada de montar un labio sobre otro, de volver la cabeza y de meter y sacar las manos de los bolsillos buscando una pose que le permitiera parecer seguro de sí mismo. Había otro hombre corpulento, de pelo largo y nariz aguileña, dos mesas más atrás. Llevaba unos tejanos deslucidos y una cazadora de nylon. De vez en cuando se frotaba las manos como si tuviera frío.

Linda pasó una mirada indiferente por el local, saltando por encima de aquellos hombres que la miraban como si quisieran desnudarla con los ojos, y vio a McFarlan jugando al billar francés en una mesa del fondo. Estaba solo. Cruzó la sala y se sentó cerca de él. Apoyó su recto espinazo en el respaldo de la silla y cruzó las piernas dejando asomar la rodilla por uno de los agujeros de los vaqueros azules. La tela se ciñó a la piel y delineó sus muslos de forma atractiva. McFarlan ni siquiera la miró. Estaba claro que era una actitud deliberada. Linda era demasiado alta y atractiva para ser ignorada por un reputado mujeriego en un tugurio lleno de hombres.

Sin apartar la vista del tapete, fue a la esquina donde se habían concentrado las tres bolas, casi pegadas, tras la carambola anterior. Se encaramó a uno de los bordes de la mesa y colocó el taco en posición vertical. Lo hizo resbalar entre sus dedos un par de veces, mientras afinaba el lugar exacto del impacto, y con un movimiento enérgico golpeó de refilón la bola amarilla, que desplazó violentamente a la blanca hacia su derecha, describió dos pequeños círculos, como si estuviera rodeando la embocadura de un hoyo, y luego completó un recorrido inverosímil: rebotó en el amortiguador de la banda del fondo, a continuación hizo lo propio en el de la banda izquierda y finalmente besó con suavidad la bola roja.

—Un buen *massé* —dijo Linda—. Aparatoso. Incluso violento. Un golpe muy macho, en resumidas cuentas. Un buen ejemplo visual de lo que es el estilo literario de Hemingway.

McFarlan reaccionó al comentario de la chica como lo hubiera hecho un depredador al escuchar el movimiento de su presa antes de planificar el ataque. Tensó los músculos, inmóvil y silencioso, y fijó su atención en ella. Sin mirarla, comentó:

—Hemingway vaciaría una botella de whisky en su garganta para arruinar una tarde… —Interrumpió la frase y golpeó de nuevo la bola amarilla con un toque extremadamente sutil. La bola rodó muy despacio a través de la mesa y después de acariciar a la bola blanca recortó milímetro a milímetro la distancia que la separaba de su objetivo. En el momento del último contacto, la bola roja apenas se movió. Luego concluyó—: Hemingway era un hombre agónico, con ganas de sufrir.

—Buena lección —dijo ella, puesta en pie, mientras aplaudía la habilidosa jugada de McFarlan—. Mi nombre es Linda Willoughby.

Antes de responder, McFarlan la observó con detenimiento. En el dedo anular de su mano izquierda había una alianza de oro. Calculó que tendría unos treinta años y que por lo tanto debía llevar cinco de casada. Según su experiencia, ese era el momento en que se acababa el sueño romántico y las mujeres empezaban a darse cuenta de que el matrimonio podía ser opresivo, inicuo incluso, tedioso y agotador.

—Encantado. Yo me llamo…

—Sé quién eres —interrumpió Linda con un destello de admiración bailándole en los ojos. Se acercó al taco que había quedado sobre el tapete y le preguntó—: ¿Me permites?

McFarlan le dio la venia con una escueta inclinación de cabeza.

Con una cuidadosa mano, Linda consiguió una carambola que en un no profesional hubiera sido un asunto de suerte.

—¿Dónde aprendiste a jugar al billar, Linda Willoughby?

—Soy la mayor de nueve hermanos. Los otros ocho son varones. A mi madre le sobrevino una enfermedad que la dejó impedida y mi padre luchó por mantener dos trabajos, así que nunca estaba en casa. Tuve que hacerme un chico más para poder ir a donde iban mis hermanos y poder vigilarlos de cerca.

—Una vida virtuosa y un tanto secreta —susurró McFarlan.

—Más virtuosa que secreta, me temo.

—Deduzco que eres admiradora de Hemingway. Has sabido ligar mi carambola a su estilo literario.

—También soy admiradora tuya.

McFarlan se dio cuenta de que estaba tratando de llamar su atención como lo hubiera hecho cualquier joven alumna de la universidad movida por la excitación de la idolatría. Un gran profesor es, ante todo, un gran seductor. Y, en ocasiones, también un rompecorazones. El aula era el lugar más erótico del mundo. Negar eso era pueril. McFarlan había aprendido que cualquier intento de proscribir esa clase de amor era vano. A esas alturas ya era un patrón: sabía que acabarían acostándose juntos, aunque ella no compartiera nada del deseo que a él le movía a poseerla. Solo tenía que jugar bien sus cartas: cuidar la retórica y recalcar la seguridad en sí mismo.

Linda se dirigió a la mesa. Pegó la bola blanca a la banda izquierda, colocó la roja un palmo más arriba, a solo un centímetro del borde, y dejó la amarilla en la esquina inferior del mismo lado.

—Una carambola imposible —observó McFarlan.

—No conozco esa palabra, profesor.

Apuntó con el taco a la bola roja como si quisiera apuntillarla y la picó de tal forma que salió disparada hacia la banda superior, ligeramente abierta hacia la derecha. Descendió en línea recta hasta la banda inferior y después del rebote, ciñéndose a la izquierda, golpeó de lleno a la bola blanca. Después del impacto giró sobre sí misma, sin moverse del sitio, y luego retrocedió hasta la esquina donde estaba la bola amarilla. Ahora fue McFarlan quien aplaudió la carambola.

—¡Bravo! —dijo con sincera admiración.

—Virtuosa y un tanto secreta —explicó Linda mientras ejecutaba una reverencia de agradecimiento flexionando levemente las rodillas—. ¿No es así como has definido mi vida? La acción va y viene, envuelta en un aura de misterio, como en el *Manhattan Transfer* de John Dos Passos.

—No hay misterio en Dos Passos —objetó McFarlan—. La *renverse* que acabas de hacer con tanta maestría describe mejor a Scott Fitzgerald. El estilo de Dos Passos cuadra mejor con un golpe rápido y profundo, sencillo en apariencia, pero enormemente delicado.

Mientras hablaba, enfrentó en el centro de la mesa las bolas amarilla y blanca, cada una pegada a una banda lateral, colocó la roja entre ambas, unos diez centímetros más abajo, y la golpeó con efecto. La bola roja rozó a la blanca, situada a la derecha, rebotó en la banda larga de enfrente, y anduvo y desanduvo dos veces el ancho de la mesa hasta topar con la amarilla.

—Ir de un lado al otro es propio de cualquiera de los escritores de la generación perdida —observó Linda.

—De cualquier escritor —matizó McFarlan—. El escritor debe ser errático y subversivo. Tiene que ponerlo todo en duda. Debe estar contra la moral y las buenas costumbres.

—Pero cada uno tiene su estilo.

—¿Estás segura, Willoughby? ¿Cuál dirías que es el mío?

—¿El del gran McFarlan?

—Ese mismo —dijo él mientras colocaba las bolas sobre el tapete en una posición inviable.

Linda aceptó el reto con optimismo. Se quitó los zapatos, se subió a la mesa, blandió el taco de la manera más heterodoxa y ejecutó una carambola que provocó un silbido de asombro de McFarlan.

—¿Qué estilo es ese? —preguntó.

—El más parecido a la magia —respondió ella.

—Muy bien, Linda Willoughby. Te has ganado una copa.

Levantó la mano y llamó la atención de la camarera que estaba detrás de la barra. Era una mujer gorda, de rostro colorado y hosco, que al ver la señal de su distinguido cliente caminó hacia ellos con cierta pesadez, como si estuviera avanzando por un barrizal que le llegara hasta los tobillos. Llevaba unos pantalones anchos que no ocultaban la solidez rolliza de sus muslos. Los senos redondos y firmes parecían querer perforar la tela de la blusa.

—Un par de *bourbons*, Sandy —ordenó McFarlan cuando la mujer estuvo lo bastante cerca como para distinguir sus palabras.

Antes de dar media vuelta, Sandy interrogó a Linda con la mirada. Cuando ella ratificó su conformidad, regresó a la barra.

McFarlan se sentó frente a una mesa de madera llena de manchas de café y le hizo un gesto a Linda para que ocupara la silla de al lado.

—Solo una copa —concedió ella—. Tengo que conducir.

—¿Vives lejos?

—Veraneo en Camp Herrlich, a veinte minutos de aquí.

—Conozco el sitio.

—¿Has estado allí?

—Un día tuve que llevar a su casa a la mujer que viene a limpiar mi bungaló. Se había quedado sin transporte.

—Lo sé —dijo Linda.

McFarlan no pudo disimular su sorpresa.

—¿Y cómo es que lo sabes?

—Lo sé porque la mujer a la que llevaste es mi tía. Fue ella quien me dijo que el gran David McFarlan estaba escribiendo en un bungaló de Whaley Lake que ella limpiaba dos días a la semana.

—¿Ella sabe quién soy?

—Tengo un póster tuyo en mi habitación —confesó un tanto avergonzada—. Ese tan bonito que se utilizó para la promoción de tu primera novela en el que se te ve con el pelo revuelto de espaldas al mar. Un mar tan azul como el color de tus ojos. En el póster se ve muy bien que son azules idénticos.

—Me siento muy halagado por el cumplido. «El verdadero viaje de descubrimiento no consiste en buscar nuevos paisajes, sino en tener nuevos ojos».

—¿La frase es tuya?

—No. Es de Marcel Proust.

—¿Sabes? —La voz de Linda estaba cargada de entusiasmo—. Es muy estimulante poder estar aquí, charlando contigo. Soy una mujer con grandes ansias de conocimiento y tú, desde luego, tienes el poder de trasmitírmelo.

En ese momento llegó Sandy. La camarera llevaba en la bandeja dos vasos de *bourbon* y un par de cazoletas de barro con guiso de venado. Mientras las colocaba encima de la mesa, dijo:

—Roy dice que lo pruebes. Lo ha hecho como a ti te gusta.

—¿Venado para desayunar?

—Será el plato principal del menú del día. Siempre cocina a esta hora.

McFarlan miró hacia la barra y vio a Roy Ward, el marido de Sandy, trajinando ante un enorme fogón de leña. De las cacerolas llegaba un delicioso aroma a comida. Como los apetitos físicos están muy vinculados, el olor y la visión de aquellas cacerolas humeantes acrecentaron en él el deseo de acostarse con Linda.

—Dale las gracias.

Sandy se fue y Linda retomó la conversación donde la había dejado.

—¿Me enseñarás a escribir? Tal vez podrías leer alguno de mis cuentos y señalarme sus deficiencias.

—Si escribes tan bien como juegas al billar no tengo nada que enseñarte. No sufras, Willoughby, alcanzarás la inmortalidad con esos cuentos.

McFarlan probó el venado y llenó de aire sus pulmones en señal de gozo.

—¿Los leerás?

Sabía que no podría esquivar fácilmente la petición de Linda. No quería parecer grosero, porque eso arruinaría su expectativa de llevarla a la cama, pero tampoco quería prometerle algo que no estaba dispuesto a cumplir. Volvió a cargar el tenedor con el guiso de la cazoleta y lo engulló de un bocado mientras buscaba el mejor modo de salir airoso del paso.

—Mi obligación —dijo mientras masticaba— es tratar de convencerte de que abandones la literatura si no quieres convertirte a ti misma en el enemigo público número uno de Estados Unidos.

—¿Por qué dices eso?

—Como solía decirme un viejo profesor, los artistas representan la individualidad y la creatividad, y eso por alguna extraña razón, es antiamericano.

Linda abrió sus ojos, asombrada.

—¿Henry Miller fue profesor tuyo?

Ahora fue McFarlan quien dibujó un gesto de asombro.

—¿Cómo has sabido que era él?

—Estaba en la «M» de la librería de mi ciudad —respondió ella mientras le acercaba su cazoleta de guiso de venado.

—¿Por casualidad vives en Washington? —La voz de McFarlan sonó risueña y provocativa.

La alusión a la Biblioteca del Congreso hizo reír a Linda.

—Ciertamente. Mi padre es el mayordomo de Obama.

Durante un buen rato, Linda y McFarlan siguieron hablando de libros. Ella no probó bocado, pero él devoró el guiso de las dos cazoletas que les había llevado Sandy.

—No es aconsejable llenar el estómago antes de ponerse a escribir, pero yo no pienso teclear una sola letra hasta haber dormido siete u ocho horas —dijo levantando su copa.

Mientras McFarlan rebañaba la salsa del venado, Linda dijo que le gustaba la literatura americana y admitió entusiásticamente que había leído sus libros. Resultaba evidente que estaba deslumbrada por el escritor. McFarlan pretendía que también lo estuviera por el hombre. Le preguntó cuál era su novelista preferido, y ella citó a Kundera. A McFarlan, la mención de Kundera le dio la oportunidad que esperaba para hablar de sexo. Salieron a relucir las socorridas referencias a la libertad sexual, la pasión sin posesión, el hedonismo, el derecho al placer…

Eran las nueve de la mañana y aún seguían en el bar, hablando sin tregua. No hubo ni un solo segundo de silencio entre ellos. En un momento determinado, Linda le preguntó qué diferencia había entre el sexo practicado por dos personas que se aman y el realizado por dos personas que solo se desean. McFarlan respondió:

—Las personas que se aman saben que pueden confiar el uno en el otro.

McFarlan sabía que para una mujer casada que contempla por primera vez la posibilidad de tener una aventura amorosa no existe frase más excitante y tranquilizadora.

—¿No cabe el amor si se pierde la confianza? —Su voz, que hasta entonces había estado cargada de energía, sonó insegura por primera vez.

McFarlan vio cómo fijaba la mirada en su dedo anular.

—«El amor es un loco tan leal que en todo cuanto hagáis, sea lo que fuere, no hallará mal alguno».

—¿No hay maldad en ser infiel a la persona amada?

—No hay maldad en el hecho de amar.

—¿Y qué pasa con el amor que se traiciona? Un traidor no puede ser admirado, y sin admiración no hay amor posible. El amor sin admiración solo es amistad.

—¿Es eso lo que te pasa a ti? —preguntó McFarlan, tratando de aliviar con la suavidad de su voz el escozor de la herida por la que Linda respiraba—. ¿Has dejado de admirar a tu marido porque te ha sido infiel y te consideras incapaz de volver a amarle?

—¿De verdad te parece tan extraño?

—Se puede admirar un poema de Elliot, un cuadro de Pollock y una tarta de arándanos. Y, aun así, leer a Yeats, contemplar a Rothko o degustar un *brownie* de chocolate no podrían considerarse actos de traición.

Sandy llegó con la cuenta. McFarlan pagó en efectivo y salió con Linda a la explanada del *parking*. No había ni una nube en el cielo.

—Será mejor que vayamos en mi coche —dijo ella—. Cuando hayas dormido unas horas te traeré de nuevo para que recojas el tuyo.

—¿Y qué harás tú mientras tanto? —Las pupilas de McFarlan se dilataron para captar con todo detalle la reacción de Linda.

La voz de la chica sonó agitada:

—Ya improvisaremos algo.

Hicieron el trayecto con las ventanillas bajadas, dejando que el aire puro llevara a sus pulmones una sensación agradable de sensualidad y energía. McFarlan le pidió a Linda que aparcara antes de llegar a Mountainview Road para dar un último paseo antes de entrar en casa.

A medida que iban adentrándose en la espesura del bosque, el aire se iba haciendo más fresco. El sol se deshilaba en finos rayos de luz entre las espesas copas de los árboles. Los bungalós estaban diseminados de tal forma que eran invisibles unos de otros. Por fin llegaron al claro donde estaba el de McFarlan. Era una cabaña de madera, bastante luminosa, con un dormitorio amplio, sala con chimenea y baño con *jacuzzi*. Las maderas, tanto en el interior como en el exterior, estaban barnizadas de color teca.

En cuanto entraron en el bungaló, McFarlan comenzó a desvestirse. Estaba loco de deseo y Linda le miraba con los ojos muy abiertos. Él le quitó la ropa y la tumbó desnuda en la cama. Cuando se inclinó para besarla, Linda le rodeó el cuello con sus brazos. McFarlan enderezó la espalda y, mientras se erguía, la abrazó con todas sus fuerzas. Ella le abrazó la cintura con los pies y ciñó los muslos a sus caderas como si fueran yedras pegadas a un cuerpo inmediato. Hicieron el amor de pie, mientras iban por la sala dando pequeños saltos para mantener el equilibrio.

—Más me vale que el amor sea un loco tan leal que no halle mal alguno en nada de lo que hacemos —susurró Linda justo antes de que su cuerpo se estremeciera.

—No ames a quien no admires —le replicó McFarlan al oído—. Recuerda: el amor sin admiración solo es amistad.

Y mientras llegaban al clímax, la suave brisa que se colaba por la ventana arrastró el eco de sus palabras.

23

Whaley Lake. Septiembre de 2014. Horas antes

Algunas veces, del éxtasis a la zozobra solo hay un chasquido.

¡Ñac!

La rama se quebró sin previo aviso.

Rebecca cerró los ojos. Y luego se vino abajo. La visión de la bahía Gardiners desapareció de su vista. Un instante antes la estaba contemplando desde la copa de un castaño. Se sentía la reina del mundo. Ahora, después de caer a plomo un par de metros, sus pies colgaban en el vacío. Durante la caída, su cinturón se enganchó entre las ramas del árbol y su cuerpo dolorido quedó balanceándose como si fuera el adorno de un abeto de Navidad. Tenía arañazos en la cara y en las manos. Le dolían los brazos, pero aún era más dolorosa la herida del orgullo.

Sin exteriorizar ninguna inquietud, Cynthia contemplaba a su hermana desde el suelo riéndose a carcajadas. Antes de decir nada recogió el frasco de cristal que había caído desde lo alto.

—No te preocupes, hermanita —gritó mientras lo exhibía con energía triunfal—. Tengo a buen recaudo el plano del tesoro. Aunque te hagas polvo si te caes, el fruto de tu esfuerzo ya está a salvo en mis manos.

—Bájame de aquí —gruñó Rebecca—, o te desuello cuando te agarre.

Después de rebañar con el filo de su navaja la resina que protegía la cavidad del tronco donde habían escondido el frasco, Rebecca escarbó con los dedos y se hizo con él. Lo sujetó con la mano izquierda y se echó hacia atrás para guardar la navaja en el bolsillo de sus tejanos. En ese momento, la rama que estaba a su espalda se astilló y ella perdió el equilibrio. Liberó las manos y trató de abrazarse al tronco. El frasco y la navaja cayeron de golpe y ella resbaló medio metro, con la mejilla pegada a la corteza, hasta que acertó a apoyar la planta de un pie sobre una rama del árbol. Pero el peso de su cuerpo también la quebró y siguió descendiendo hasta que su cinturón se enganchó entre el ramaje.

—Siempre has sido una nenaza, Reb. No debí dejarte subir a ti. Estaba claro que no era un trabajo para gente de tu edad.

—¡Te partiré la cabeza si no me bajas, Cindy!

La advertencia funcionó. Cynthia miró a Rebecca colgada de la rama, sopesó la decisión más adecuada y finalmente se encaramó al tronco del castaño y comenzó a trepar con la agilidad de un gato. Cuando llegó a la altura de la rama que soportaba el peso de su hermana, enroscó en ellas las dos piernas y se quedó sujeta por los tobillos, colgada boca abajo como si fuera un mico. Con las manos alcanzó la hebilla del cinturón atorado.

—Agárrate fuerte a algo resistente o cuando te desabroche te irás de cabeza al suelo.

—Date prisa y calla. Sé muy bien lo que tengo que hacer.

Al cabo de unos segundos, ya con los pies en el suelo, las dos hermanas se abrazaron.

—No me ha hecho gracia que te rieras de mí —dijo Rebecca—. Podía haberme roto la crisma.

—Me asusté al verte caer, pero cuando te quedaste colgada como un murciélago ya estaba claro que no iba a ser nuestra última aventura juntas. Debiste dejarme subir a mí.

—¡Yo soy la hermana mayor!

—Y la más torpe.

Se sentaron en la yerba, muy juntas, y apoyaron la espalda contra el tronco del árbol.

—Mira cómo me he puesto —se lamentó Rebecca, extendiendo los brazos y colocando las palmas de sus manos hacia arriba. Estaban cubiertas de arañazos.

—Y eso que no te has visto la cara —Cynthia humedeció la yema de su dedo índice con saliva y limpió la arpadura que recorría la mejilla de su hermana.

—Tú también estás herida —anunció Rebecca al ver sangrar la mano de Cynthia.

—No es nada. Me he clavado la aguja de la hebilla de tu cinturón al desabrocharte. Vayamos a buscar la cápsula del tiempo.

—Dame unos minutos. Necesito tranquilizarme un rato.

—¿Te duele?

—Un poco.

—Creo que David le echó mal de ojo a este castaño cuando vinimos aquí el año pasado.

—¿Trajiste aquí a tu novio?

El tono de la pregunta reflejaba que a Rebecca no le había sentado bien la revelación de Cynthia. No había sitio para terceras personas en la colección de recuerdos que albergaba aquella casa. Allí vivieron juntas el tránsito a un mundo de libertad que burlaba el control de las normas familiares. Sin la obligación de destacar en las competiciones del curso académico, las dos hermanas configuraron allí un espacio propio y exclusivo en el que no quedaba hueco para nadie más. Se entusiasmaron con las revelaciones compartidas de sus cuerpos en desarrollo, imaginaron historias apasionadas de amores prohibidos —que luego escribían en su guarida del sótano a la luz de los hachones de las velas— y aprendieron a descolgarse por los huecos de las ventanas para acudir a las citas con los chicos. Cuando regresaban a casa y apagaban las luces, se metían juntas en la cama y hablaban entre susurros de sus citas respectivas, con las cabezas en la almohada, mirándose muy de cerca y respirando cada una el aliento de la otra.

Cynthia leyó los pensamientos de Rebecca y se arrepintió de su torpeza.

—¿Acaso no se trata de eso, Reb? —preguntó con aire de disculpa—. ¿No debemos permitirle al hombre que amamos que se asome a los rincones de nuestra intimidad?

—No a todos.

—Tienes razón —concedió—. Tal vez por eso el castaño quedó maldito.

—¿Qué pasó?

—Inventó una historia que recuerda mucho a lo que acaba de suceder. Imaginó que yo había trepado a la copa del árbol. Una rama se rompía y cuando estaba a punto de deslomarme le pedía que me auxiliara. Él no se sentía capaz de trepar, pero superaba el miedo y acudía en mi ayuda. Me tendía la mano, que estaba empapada de sudor. Yo resbalaba y me estampaba contra el suelo.

—¿Y te morías?

—Me quedaba tiesa allí mismo.

—¿Y el muy canalla sobrevivía a tu muerte?

—La verdad es que no. Se sentía culpable por no haberme sabido proteger y acababa pegándose un tiro en la cabeza.

Rebecca ladeó la cabeza, mordisqueando las puntas de su negra melena, y suspiró antes de aseverar:

—Si no se hubiera matado él, lo habría hecho yo. Nadie que deje desvalida a mi hermanita vivirá para contarlo.

—La herida que tienes en la cara te hace parecer un malvado pirata cuando hablas así.

Rebecca se llevó la mano a la mejilla y palpó la marca del arañazo.

—¿Crees que me quedará cicatriz?

—¡Noooo! —enfatizó Cynthia a sabiendas de lo mucho que su hermana valoraba la limpidez de su rostro.

—No soportaría esa mácula en mi cara.

—¡Yo la tengo cubierta de pecas!

—Y doy gracias al cielo de que todas te tocaran a ti.

—Está bien, carita de porcelana. ¿Podemos acabar el trabajo que nos ha traído hasta aquí?

—Abre el tarro y examinemos el mapa —respondió Rebecca mientras se ponía de pie.

Cynthia obedeció a su hermana, desenroscó la tarrina de cristal y sacó el tarjetón, doblado por la mitad, que ella misma había introducido en su interior ocho años antes. Al desdoblarlo apareció un croquis con cuatro figuras geométricas. A la izquierda, dos círculos concéntricos, uno mucho más grande que el otro, y enfrente de ellos, dos cuadrados. El más pequeño tenía un punto pintado en el centro. El de mayor superficie, cincuenta veces más grande, estaba justo a su derecha. Una línea recta unía el círculo pequeño con el punto del primer cuadrado. En la mitad de la línea había una equis. Y entre la equis y el punto estaba escrito: «Cuatro metros». Cynthia y Rebecca contemplaron el croquis en silencio durante unos segundos.

—¿Hacía falta un plano para esto? —preguntó Cynthia con cierta decepción.

—Dado nuestro pésimo sentido de la orientación, sí. Sin la ayuda de este croquis podríamos hacer veinte agujeros en el jardín y no encontraríamos la caja.

—¿Tenemos pala?

—La tenemos.

—¿Y la cuerda y el metro?

—El metro lo tengo en el bolsillo y la cuerda y la pala están en el maletero del coche. Voy a por ellos.

Cynthia negó con la cabeza y sujetó a su hermana por el brazo cuando hizo ademán de ponerse en marcha.

—Voy yo —dijo con voz imperativa—. Tú tienes las manos llenas de arañazos.

Dos minutos después, Cynthia reapareció con una rosca de cuerda enrollada al hombro y una pala de jardinería en la mano izquierda. Rebecca la esperaba de pie, junto a un registro de fontanería que estaba casi pegado a un lateral de la casa, a ras de tierra. La tapa de la arqueta tenía una argolla de hierro encastrada en una cavidad circular. Sin mediar palabra, Cynthia anudó un extremo de la cuerda a la argolla mientras Rebecca se dirigía al castaño y rodeaba el tronco con el otro extremo. La cuerda quedó tirante entre los dos anclajes. De repente, el croquis cobró sentido en la realidad. El cuadrado pequeño era la tapa de la arqueta. La argolla, el punto pintado en el centro. El cuadrado de la derecha, la planta del bungaló. El círculo grande, el vuelo de la copa del castaño. El círculo pequeño era el diámetro del tronco. La línea recta representaba la cuerda. Para hallar el emplazamiento exacto de la equis había que medir cuatro metros de cuerda desde el nudo de la argolla. Rebecca volvió al lado de su hermana y sacó el metro del bolsillo. Durante la maniobra se le cayó al suelo un trozo de papel. Rebecca lo recogió para devolvérselo. Al leer el membrete —«Flushing Hospital»— lo retuvo en la mano y le preguntó:

—¿Qué es esto, Cindy? No estarás enferma, ¿verdad?

Cynthia negó con la cabeza, recuperó el papel de un zarpazo y lo guardó de nuevo en el bolsillo.

—Son los resultados de unos análisis que me hicieron hace dos días en el hospital —dijo sin darle mayor importancia—. En la universidad han iniciado una campaña de donación de sangre y quería saber si podía colaborar.

—Ya sabes que no. Las dos tuvimos hepatitis B de pequeñas.

—Pero han pasado muchos años desde entonces.

—Eso no importa. Mamá nos lo dejó muy claro cuando se lo preguntamos.

—Solo quería saber si exageraba. Y ahora, por desgracia, ya sé que no lo hacía.

—¿Te han encontrado algo malo?

—Nada en absoluto. Puedes quedarte tranquila. Estoy como una campana. —Y con voz de mando, añadió—: Venga, vamos a medir.

Rebecca colocó el remache de la cinta extensible sobre la argolla de la arqueta y dejó que Cynthia deslizara el cajetín del metro por encima de la cuerda hasta que la medición alcanzó la distancia exacta. En ese punto clavó la punta de la azada de un golpe seco.

—¿Has medido bien? —preguntó Rebecca desde su posición, aún en cuclillas.

—¿Tan idiota te parezco? ¡Cuatro metros clavados!

—Pues empieza a excavar.

A Cynthia le costaba hundir la pala en la tierra porque la herida de la hebilla le había inflamado la palma de la mano. Tardó más de diez minutos en llegar hasta la cápsula del tiempo. Mientras tanto, Rebecca recogió la cuerda, la enrolló y la devolvió al maletero del coche.

—Aquí está —dijo Cynthia cuando la pala golpeó una superficie metálica.

Escarbó a su alrededor, primero con la pala y luego con las manos, hasta que sus dedos pudieron tirar de la caja hacia afuera. Era de latón y tenía el tamaño de una caja de zapatos.

—No la abras aquí —le pidió Rebecca—. Vayamos al Bostwick's. Allí podrás adecentarte y estaremos más cómodas.

Antes de entrar en el coche, Cynthia miró hacia la casa como si tratara de despedirse de ella para siempre.

—Tengo la sensación de que no volveré jamás a este sitio —murmuró.

—Siempre irá contigo a dónde quiera que vayas. Existirá mientras lo recuerdes.

—¿Y si lo olvido?

—Significará que estás muerta. Y entonces ya no te hará ninguna falta.

Cinco minutos después llegaron al Bostwick's.

Cynthia entró directamente en el aseo para lavarse las manos y Rebecca se acomodó junto a la ventana que miraba a la marina. Pidió dos cafés. La camarera, mientras los servía, le guiñó un ojo en señal de complicidad. «Está todo preparado tal como pediste», le dijo.

Cuando Cynthia llegó a la mesa, Rebecca frotaba la cápsula del tiempo con una servilleta.

—No es la lámpara de Aladino —le dijo—. Deja de manchar la servilleta.

Rebecca se llevó la mano a la sien parodiando un saludo militar.

—Lo que tú digas, hermanita.

Rebecca puso la caja metálica sobre la mesa y antes de abrirla le dirigió a Cynthia una mirada cargada de solemnidad. Su hermana le devolvió un gesto de impaciencia.

Abrirla no fue una tarea fácil. El óxido y la tierra apelmazada se habían adherido a la juntura de la tapa formando un sello inquebrantable. Las dos hermanas hicieron fuerza por turnos tirando de ella con la yema de los dedos, pero su esfuerzo fue inútil y tuvieron que recurrir a métodos más expeditivos. Hincaron la punta de un cuchillo por debajo del borde e hicieron palanca para desatascarla. Al final, una por cada lado de la caja, presionaron a la vez con el mango de las cucharillas y lograron su propósito.

Rebecca sacó de dentro una bolsa de plástico y vació su contenido encima de la mesa: cuatro fotos, un USB, dos colgantes con iniciales de plata y un pequeño estuche de cartón morado con un lazo del mismo color. Cynthia miró el estuche con extrañeza.

—¿Y esto? —preguntó mientras lo cogía.

—No lo abras aún —le pidió Rebecca—. Primero saca la novela. Se ha quedado atascada en el fondo.

Cynthia recordó que habían tenido que meter a presión el sobre donde guardaron el manuscrito de la novela porque su tamaño era más grande que el de la caja. Tiró de él con cuidado de no romperlo y lo puso al lado de las fotografías. Rebecca cogió una de ellas y se la enseñó a su hermana: su madre las sostenía a las dos en su regazo, recién nacidas, y ellas se miraban la una a la otra con los ojos entornados. Estaban envueltas en arrullos blancos, pero cada una llevaba un gorro con borlas diferentes. El de Rebecca, a la izquierda, era rosa. El de Cynthia, de color azul.

—Mamá no quiso que le dijeran si íbamos a ser niños o niñas —comentó Rebecca— y cubrió las dos apuestas.

—Y a mí me encasquetó la masculina —protestó Cynthia.

—Quedó claro desde el principio que ibas a ser la más bruta de las dos.

En la siguiente fotografía soplaban una tarta de cumpleaños. Se las veía de frente, con las mejillas juntas y los mofletes hinchados de aire, inclinadas sobre una vela colorada con forma de número cinco. Rebecca tenía el brazo apoyado sobre el hombro de Cynthia. Morena y pelirroja, atezada y pálida, ojos negros y ojos verdes, cada una había desarrollado su propia identidad. El único rasgo común era el indumentario. Las dos lucían el mismo vestido rojo con el escote en forma de pico.

—Odiaba que me abrazaras de esa manera.

—Soy tu hermana mayor y me inculcaron desde muy pequeña que tenía la obligación de protegerte.

—Solo naciste veinte minutos antes y fue porque te cedí el paso.

—Mira lo que te hubiera pasado si yo no llego a estar allí para salvarte la vida —repuso Rebecca señalando la tercera fotografía.

La cámara las había captado, a los diez años, con los pies en el aire, mientras saltaban sobre un charco de agua embarrada. Iban vestidas con peto vaquero. Rebecca, con dos lazos en las coletas del pelo —uno blanco y otro verde— estaba descalza y cogía de la mano a Cynthia, peinada con trenzas, que había cobrado más impulso en el salto. Llevaba botas de agua amarillas y tenía las rodillas completamente flexionadas. Entre las salpicaduras de lodo que se encrespaban bajo sus pies asomaba, sinuosa, la cabeza de una serpiente.

—Si no te llego a apartar de ella —dijo Rebecca—, esa víbora te hubiera mordido en el tobillo y ahora estarías en el otro barrio.

—Era una culebra de agua y estaba más asustada que nosotras. Se fue reptando a toda velocidad.

—Siempre has tratado de quitarme mérito.

—Al contrario. Mira esa otra foto y dime quién muerde la medalla de oro.

En la instantánea, vestidas ambas con *dobok* de Taekwondo, aparecían mordisqueando a los quince años las medallas del campeonato escolar.

—¡No insinuarás que te dejaste ganar!

—Ambas sabemos que fue así —arguyó Cynthia con un destello de sorna bailándole en los ojos.

Rebecca se fijó en los colgantes que habían salido de la cápsula del tiempo. Cogió el de la letra R y lo colocó sobre la palma de su mano.

—¿No fue ese día cuando mamá nos regaló estos colgantes?

—No —precisó Cynthia—. Ese día nos regaló unos pendientes. Los colgantes nos los regaló cuando cumplimos los veinte.

Rebecca cogió el de la letra C y lo abrochó al cuello de su hermana.

—Ya no recordaba lo bien que te quedaba.

—¿Puedo abrir ya el estuche morado? No recuerdo haberlo metido en la cápsula del tiempo. ¿Lo hiciste tú? —la voz de Cynthia denotaba más ansiedad que desconcierto.

—Aguarda un instante.

Se volvió hacia la camarera y le hizo un gesto con la cabeza. A continuación, las luces se apagaron y una tarta repleta de velas encendidas emergió de la oscuridad.

—Feliz cumpleaños, Cindy —dijo Rebecca cuando la tarta estuvo sobre la mesa.

La camarera daba entusiásticas palmaditas a la espera de que Cynthia soplara las velas.

—Hay treinta y tres exactas —anunció la mujer, emocionada—. Yo misma las he puesto una por una. No se le olvide pedir un deseo.

Cynthia la miró con ganas de querer asesinarla, pero cargó aire en los pulmones y exhaló un soplido profundo que apagó todas las velas.

—Estupendo, estupendo —rubricó la camarera—. Voy a traer los platos.

Cuando se quedaron solas, Rebecca comentó:

—Ahora ya puedes abrir el estuche.

Cynthia obedeció. Dentro, envuelto en papel de seda, había un crucifijo de plata. La figura en relieve mostraba a un Cristo sin apenas señales de padecimiento. Su rostro apacible recordaba al de un hombre dormido. No tenía corona de espinas y su costado estaba incólume. En el reverso había una inscripción grabada: «No hay madurez sin sufrimiento».

—La edad de la madurez —evocó Cynthia.

—Elegimos este día por eso.

—Lo recuerdo muy bien. La edad a la que murió Cristo —dijo mientras mostraba el crucifijo.

—Pero no hace falta que te mueras. No es ninguna indirecta.

—No tengo intención de morirme. Aún quiero ser la hija de aquella mujer que soñaba con tener una familia completa: normalidad, niños, marido, felicidad... Quiero expiar su sufrimiento y reconvertir su vida trágica en una vida dichosa. Quiero demostrarle al hombre que marcó nuestras vidas, dejándonos huérfanas antes de nacer, que era posible elegir otro camino. Quiero demostrárselo, ¿sabes? Yo sí quiero hacerlo bien.

—¡Y lo harás, hermanita! —dijo Rebecca mientras le estrechaba las manos—. No tengo ninguna duda de que lo harás muy bien.

—Toma, yo también tengo un regalo para ti.

Metió la mano en el bolsillo y sacó una pequeña bolsa de fieltro negro con un nudo corredizo en el cierre superior.

Rebecca lo abrió y extrajo un portarretratos de bolsillo. Las filigranas plateadas de la tapa dejaban ver un paño de terciopelo añil en segundo término. En el interior había dos fotos, una a cada lado. A la derecha, un primer plano de Cynthia recién nacida. A la izquierda, otro de Rebecca cuando cumplió los treinta.

—¡Es precioso, Cindy!

—Es para que me veas siempre como a tu hermana pequeña y no se te olvide que debes protegerme.

—No se me olvidará. Te lo prometo. Te protegeré siempre.

—¿Y si no lo consiguieras vengarías mi muerte?

Rebecca resopló. Se arrellanó en su asiento, echó hacia atrás la cabeza y meditó un largo rato en silencio. Del techo colgaba una rueda de timón. Cada cabilla sujetaba una tulipa de tela blanca. «Una araña de mar», pensó. Si algunas lámparas se llamaban como los insectos, ¿por qué las buenas acciones no podían llamarse como las malas? Después de todo, la venganza no dejaba de ser un acto póstumo de protección.

—Cualquiera que te haga daño pagará por ello —dijo, al fin, entre dientes, procurando que su voz sonara como un siseo.

—La protagonista de la novela que quiero escribir, si es que no me arrepiento de hacerlo cuando relea esta otra —comentó Cynthia mientras acariciaba el sobre que contenía el manuscrito de la cápsula del tiempo—, venga la muerte de su marido embadurnando su cuerpo con veneno.

—¡Qué manera más pringosa de matar! ¿No hay otro modo de hacerlo?

—No, no lo hay. El pirata que hunde el buque en el que viaja su marido es un paranoico que avizora los peligros reales y presiente los imaginarios. Nadie se le puede acercar a menos de diez pasos. Todos los días, un catador de alimentos prueba su comida y se niega a beber de botellas que no hayan probado otros antes que él. Solo permite que le acerquen mujeres completamente desnudas, para estar seguro de que no esconden puñales entre la ropa. Mi heroína se convierte voluntariamente en una de esas mujeres. Cada noche, antes de entrar en su camarote, unta algunas partes estratégicas de su cuerpo con un ungüento hecho a base de agua tofana mezclada con arsénico y belladona y sapos desollados y quemados encima de las brasas. Poco a poco, aquel veneno va entrando en el torrente sanguíneo del pirata sin que él se dé cuenta, hasta que un día muere retorcido de dolor.

—Lamento decirte, hermanita, que las mucosas de la vagina absorberían el veneno con más avidez que la saliva de la boca y que tu heroína acabaría envenenada antes que el malvado pirata a quien pretende matar.

—No si ella se aplica diariamente dosis progresivas del preparado para inmunizarse.

—¿Estás segura de eso?

—Del todo. Lo tengo bien documentado. La amante del rey Ladislao de Nápoles utilizó la misma técnica que mi heroína, pero ella también murió por no haberse inmunizado previamente. La muy idiota creyó que la pócima no era mortal y pretendió utilizarla como elixir amoroso.

—¿No sabía que el amor es el peor veneno de todos?

—Veneno y venéreo tienen la misma raíz etimológica —explicó Cynthia haciendo bailar una mueca de repugnancia en los labios—. Proceden del griego. *Venesmon* significa instrumento de Venus para procurar el amor.

—En la venganza, como en el amor, la mujer es más bárbara que el hombre —dijo Rebecca mientras ceñía la mano derecha al contorno de su cuello, en un gesto teatral.

—Procuraré no olvidarlo cuando escriba la novela.

Cynthia sacó el manuscrito del sobre de papel manila y lo hojeó con rapidez.

Al distinguir en su rostro un atisbo de inquietud, Rebecca le preguntó:

—¿Tanto temes que te defraude la que escribiste hace ocho años?

—¡Hace ocho años era una niñata que no sabía nada de la vida!

—Jane Austen escribió *Sentido y sensibilidad* a los veinte. El talento no tiene mucho que ver con la edad.

—Gracias, Cassandra.

Rebecca sonrió.

—Jane quería a su hermana Cassandra más de lo que tú me quieres a mí.

—¿Por qué dices eso?

—Porque ella le dejaba leer las cosas que escribía, y tú a mí no.

Cynthia fue a la primera página del manuscrito, carraspeó un par de veces para afinar la garganta y leyó en voz alta:

—«Aquel martes de diciembre el cielo no estaba de buen humor. El viento de poniente arrastraba hacia la costa un manto de nubes color ceniza y la luz de la aurora apenas encontraba resquicios para imponerse a la oscuridad. De vez en cuando, algunos destellos luminosos tintaban de nácar nimbos pequeños. Pero eran reflejos fugaces. Luego los claros se cerraban de nuevo y el manto de nubes volvía a oscurecerse».

—¿Así empieza? —preguntó Rebecca, con auténtico interés, cuando su hermana se detuvo.

—¿Te gusta?

—Necesito leer mucho más.

—Le echaré un vistazo esta noche y mañana dejaré que la leas.

—Podríamos quedarnos a dormir esta noche en la habitación Treetops de Ober Oaks y leerlo juntas —propuso Rebecca—. Así impediré que te fustigues más de lo necesario.

—Me parece bien lo de Ober Oaks, pero no lo de leer juntas la novela. La vergüenza debe ser propia, no ajena. Además, tú eres como las gallinas: antes de las diez te habrás quedado dormida.

—Me pongo de muy mal humor si no consigo dormir ocho horas seguidas.

—Y yo también —repuso Cynthia, encogiéndose de hombros—, pero no hace falta despertarse a las seis de la mañana. Duermes lo mismo si te acuestas a las tres y te levantas a las once.

—Eso es un desorden.

—Depende de para quién.

Dejaron el coche en el *parking* del Bostwick's y fueron caminando hasta la casa de huéspedes, en el bosque de Springs Hamlet de East Hampton.

Diez minutos después, el dueño, que se llamaba Mickey, les dio la bienvenida con los brazos abiertos de par en par. Durante sus veraneos en los Hamptons, Cynthia y Rebecca solían trabajar en Ober Oaks haciendo labores de jardinería o ayudando en la cocina. Mickey les daba unas monedas y ellas las gastaban en sus juergas nocturnas, cuando burlaban la vigilancia de su madre, para que los chicos no tuvieran que pagar sus copas y luego se creyeran con derecho a cobrarse la deuda robando besos con lengua.

—La habitación Treetops ya está preparada y la cena recién hecha. Acabo de sacar del horno un estofado de carne que reviviría a un muerto.

Cynthia y Rebecca cruzaron una mirada de complicidad. Odiaban la carne estofada.

—Ya hemos cenado —mintió Rebecca.

Micky exteriorizó un gesto de contrariedad.

—Entonces tendré que cenar solo —rezongó.

La habitación Treetops era la suite principal de la casa. Medía casi cuarenta metros cuadrados y estaba dotada de chimenea, cama de matrimonio, baño grande con bañera y balcón orientado a la bahía. Desde allí contemplaron la puesta de sol.

—¡Es magnífica! —exultó Rebecca.

—Si hubieras visto las de Galicia, esta te parecería vulgar.

—Te prometo que algún día iré a comprobarlo con mis propios ojos.

—¿Acaso crees que exagero?

—Siempre has tenido tendencia a exagerar.

—Brais me decía lo mismo.

El semblante de Cynthia adquirió un aspecto extraño, tenso, como el de un centinela que tratara de identificar una sombra que remoloneaba en la lejanía.

—¿Brais es un hombre tan cautivador como mamá decía?

—Allí todo lo es, hermanita. Los hombres, los paisajes, las historias…

—Te pregunto por él. Lo demás no me importa.

—Sí, Reb —corroboró Cynthia dando un hondo suspiro—. Es tan cautivador como mamá decía. Hizo bien en coser su recuerdo a tu nombre. Después de todo, tú también eres un hombre cautivador.

Rebecca encajó la broma de su hermana forzando una sonrisa burlona que luego derivó en un gesto de burla.

—¿Y McFarlan? ¿Él también es un hombre cautivador?

Rebecca dejó la pregunta suspendida en el aire, como si fuera una cometa que aguardara un golpe de viento para remontar el vuelo.

Pero Cynthia jaló del hilo y frustró su deseo.

—Más que Mark Foreman. David, por lo menos, no está casado.

—¿Estás segura de eso, Cindy? Por lo que sé, tiene fama de polígamo. No hace falta pasar por el altar para convertirse en uno.

—Déjalo estar, Reb. No estropeemos el final de este bonito día.

Rebecca fijó la mirada en el círculo del sol, que ya había comenzado a sumergirse en el horizonte marino. Sus párpados languidecieron. Desde que era pequeña, los atardeceres le producían angustia. Le daba por pensar que el sol ya no volvería a salir al día siguiente y que la oscuridad se adueñaría de la tierra. En el fondo le pasaba lo mismo con todas las despedidas. Temía que las personas que se iban de su lado ya no volvieran a formar parte de su vida. A veces, al reencontrarse con ellas, fantaseaba con la idea de que eran impostores que habían suplantado su identidad.

—Desde que regresaste de España —le dijo a su hermana cuando el silencio empezó a pesar demasiado—, la relación entre nosotras ya no ha vuelto a ser la misma.

—¿Dices eso porque un crepúsculo en los Hamptons me parece un acontecimiento vulgar?

—Por eso, también. Pero sobre todo porque te has vuelto más despegada.

Cynthia alzó los brazos por encima de su cabeza, como si tratara de clamar al cielo por una injusticia manifiesta.

—¡Venga, Reb! —protestó—. ¿Cuánto tiempo tardé en volver a tu lado desde que supe que ese hijo de puta de Mark Foreman te había destrozado el corazón? Dejé atrás todo lo que tenía. No solo las puestas de sol, también al hombre que podía haber llenado mi vida.

—Y a veces pienso que eso nos separó —replicó Rebecca—. Yo soy la culpable de que tuvieras que renunciar a lo que tanto querías.

—Eso es una solemne estupidez. Tú eres lo que más quiero, hermanita. No lo dudes. Estamos juntas desde antes de nacer. Nada ni nadie se interpondrá entre nosotras. Te lo prometo.

Una hora después, ya en la cama, mientras Cynthia leía el manuscrito de la novela que había permanecido guardada en la cápsula del tiempo, a Rebecca le removió de nuevo el complejo de culpa.

—¿Me perdonas por haberte alejado de Antón? —susurró, casi vencida por el sueño.

Cynthia se inclinó sobre ella y la besó en la frente.

—Duérmete, Reb. No tengo nada que perdonarte.

—Volveré a verte cuando abra los ojos mañana, ¿verdad?

—Claro que sí, hermanita. Nada podrá separarnos nunca.

—¿Me lo prometes?

—Te lo prometo.

Después de eso, Rebecca se quedó profundamente dormida y Cynthia se sumergió en la lectura de la novela. La historia que había concebido ocho años antes volvió de nuevo a su vida:

Deborah y Asher empezaron a salir cuando apenas tenían trece y quince años. Hasta entonces, ninguno de los dos se había perdido un solo día de la infancia del otro. A los diez años comenzaron a escindirse del grupo. A los doce ya corrían solos por el campo. Se tumbaban en el suelo a contar estrellas, saltaban olas en la orilla del mar y se adentraban de la mano en la espesura del bosque. La naturaleza fue abriéndose paso poco a poco a través de sus cuerpos adolescentes.

A medida que la trama revivía en su memoria, su pensamiento le traía con más insistencia el recuerdo de McFarlan.

Deborah creía que las mujeres se embarazaban por el pecho. Tuvieron que rellenar con respuestas propias los escrupulosos silencios de sus mayores. Todo en ellos comenzó a despertarse al mismo tiempo: la sensualidad, el afecto, la ternura y la inteligencia.

Pero una noche, las cosas se descabalaron. Deborah supo que estaba embarazada y cuando acudió a casa de Asher para darle la feliz noticia, le encontró en brazos de otra mujer. La globalidad de aquel amor insustituible se acabó para siempre.

> En un instante pasé de estar plena, habitada por la persona a quien amaba, con la que había descubierto el primer beso, la piel y las estrellas, a la nada. El dolor interno fue inmenso, infinito. Yo noté que algo se me había roto dentro. Algo tremendo hizo crack. Noté ese ruido. Yo noté que algo se me había roto para toda la vida. Fue un dolor muy profundo. Se me partió el alma. Se apagó la luz. Me rompí por dentro. De repente, me quedé sin una sola raíz.

El golpe la derribó por completo. Intentó superarlo, pero no pudo. Finalmente, enfermó. Perdió a las mellizas y también las ganas de seguir viviendo. Pasó dos años sometiéndose a curas de sueño. Luego probó como monja de clausura. Más tarde huyó a Europa. Y finalmente, a Kenya.

> Me fui a África porque, si no, no habría salido nunca de esa historia. No fui con ningún afán misionero. Fue un acto de desesperación. Como no podía suicidarme, a pesar de que lo pensé mucho, decidí irme a África porque estaba segura de que allí cogería alguna enfermedad que acabaría con mi vida. Fui a África en busca de la muerte.

Aunque la historia estaba parcialmente inspirada en la biografía de su madre, no era a ella a quien su cabeza rememoraba mientras se adentraba en los detalles de la narración. Tampoco al malnacido del padre que no conoció. Brendan casi nunca estaba en sus pensamientos. Estremecida por el eco de la soledad que provoca la traición de un ser querido, la necesidad de un refugio le acercaba una y otra vez el recuerdo de McFarlan. Quería una vida con él. La necesitaba. Una vida completa: marido, hijos, felicidad, certezas. Recordó el deseo que había formulado horas antes, mientras soplaba las velas de la tarta de cumpleaños al lado de Rebecca: «Quiero demostrarle al hombre que marcó nuestras vidas, dejándonos huérfanas antes de nacer, que era posible elegir otro camino. Quiero demostrárselo, ¿sabes? Yo sí quiero hacerlo bien».

Instintivamente desplegó el papel del hospital que se le había caído al suelo delante de su hermana y lo leyó de nuevo. Un escalofrío recorrió su cuerpo. Luego volvió a doblarlo y se lo guardó en el bolsillo.

Ya empezaba a clarear cuando salió de la cama. La novela había superado la prueba del tiempo con mejor nota de lo que ella esperaba. No, no estaba nada mal. Unas cuantas correcciones la dejarían lista para someterse, por fin, al escrutinio público. Trató de imaginar la cara que pondría McFarlan cuando la leyera. No estaba segura de que le fuera a gustar.

Tal vez la encontrara excesivamente emocional. Y pretenciosa. Y poco madura. A lo mejor demasiado solemne. McFarlan no era un juez benévolo. Todo lo contrario. No conocía a nadie con un criterio más insobornable que el suyo. Por eso le urgía tanto conocer su opinión. Estaba preparada para afrontar un veredicto inclemente. A Rebecca, en cambio, le iba a entusiasmar. De eso sí que estaba segura. Ella era la única que podía identificar las claves ocultas que articulaban la trama. En Deborah había mucho de las dos. Algunas páginas eran jirones de su propia vida.

Mientras se ponía los tejanos miró a su hermana, que dormía con la profundidad de un recién nacido. Un temblor le asomó a los labios al verla tan indefensa. Pensó en fotografiar las páginas del manuscrito con el teléfono móvil y enviárselas por WhatsApp, pero decidió que le llevaría demasiado tiempo. Optó por fotografiar solo el primer capítulo. Le había prometido que le dejaría leer la novela por la mañana y al menos debía cumplir parte de su palabra. Ya le mandaría el resto cuando llegara a Whaley Lake.

Miró en internet la dirección del bungaló de McFarlan y la escribió en la palma de su mano para que no se le olvidara. Luego se acercó a Rebecca y la besó con ternura en la mejilla. Al inclinarse vio que debajo de la almohada estaba el portarretratos que ella le había regalado. El detalle la conmovió. Como un acto reflejo, buscó en el bolsillo el crucifijo de plata, lo besó, y volvió a guardarlo. «Cuídala mucho», rezó mientras lo hacía.

Cuando salió de la casa, una ráfaga de aire resonó en sus oídos como si fuera el murmullo de una voz misteriosa y lúgubre. La arenilla le cegó los ojos. Se detuvo y parpadeó un par de veces. De repente, sin saber por qué, se vio luchando por contener las lágrimas. Giró la cabeza hacia el balcón de la habitación donde dormía su hermana. Respiró hondo para aliviar la opresión que sentía en el pecho y echó a andar hacia el coche lo más deprisa que pudo, con el viento agitándole el pelo y un mal presentimiento revoloteando a su alrededor.

24

Whaley Lake. Septiembre de 2014. A continuación

McFarlan se enjabonó la cara con la brocha de afeitar hasta que el espejo del baño le devolvió la imagen de un Papá Noel de barba blanca tan pasado de alcohol que la navaja le temblaba en la mano como si fuera el mango de una batidora. Tenía los ojos vidriosos y el pelo revuelto. Mientras trataba de controlar el pulso declamaba a Rimbaud a voz en cuello: «El buey ha embridado sus ardores; ya nada ni nadie osa arbolar su orgullo genital por boscajes que puebla una grotesca infancia». Linda asomó su cabeza por la puerta y dijo:

—*Los Stupra.* Página 140 de la edición Garner.

McFarlan miró hacia ella y la corrigió sin pestañear:

—Rey et Belhatte. Página 85. *Opera Omnia.*

Ella entró en el baño, divinamente desnuda, y puso los brazos en jarras:

—Eso habrá que comprobarlo. No suelo equivocarme, por muy borracha que esté.

Le costaba mantenerse firme. Después del primer *bourbon* en el Armando's se había tomado otros tres en la intimidad de la cabaña. Su cuerpo se balanceaba como si el mundo de su alrededor no parara de dar vueltas. Estuvo a punto de perder el equilibrio y McFarlan la sujetó para que no se desplomara. Cuando pudo incorporarla le dio una palmada en el culo.

—«Nuestros glúteos ya no son como antes... ¿Estar desnudos así, encontrar sosiego y gozo, apoyando la frente en esa carne gloriosa y libre, soltar gemidos los dos a un mismo tiempo?».

Linda respondió mientras miraba fijamente la desnudez de McFarlan:

—«Tan arrugado y oscuro como un clavel amoratado, respira humildemente, abrigado entre el musgo aún húmedo de amor».

—Si sigues distrayéndome no podré afeitarme.

Linda se sentó en una banqueta y respondió:

—Será mejor que no lo hagas, o acabarás degollado como el cordero del Apocalipsis.

McFarlan alzó los brazos para exteriorizar su sorpresa. El tembleque de la navaja le daba un aspecto siniestro, de asesino lunático.

—¡Pero si me habías dicho que mi barba raspa como la lija! —Hizo una breve pausa y se acercó a la cara de Linda para mirarla de cerca, como si fuera un entomólogo que quisiera contemplar las alas de una mariposa—. Y debe ser verdad. Tus mejillas arden como la lava de un volcán.

—Sí —respondió Linda levantando el índice para recalcar su sentencia—, pero prefiero abrazar a una zarza que a un muerto.

McFarlan soltó la navaja en el lavabo, se arrodilló frente a Linda y la besó apasionadamente. La cara de la chica se hundió en la barba de espuma y ambos salieron del trance como claras a punto de nieve. Al verse en el espejo, a Linda le dio un ataque de risa. Desternillada, acabó doblando la cintura, con el brazo izquierdo abrazado al vientre, mientras señalaba con el derecho el reflejo de su cuerpo en el cristal. McFarlan daba pasos de claqué con los pies descalzos y hacía muecas absurdas con la cara para alimentar su jolgorio. Linda salió del baño sin parar de reír y se tumbó en el sofá que estaba enfrente de la chimenea. McFarlan la siguió. Ella le abrió los brazos, invitándole a tumbarse a su lado, pero él rechazó la insinuación, fue hacia la mesa de madera de la cocina y barrió con los dos brazos las cacerolas, las fuentes y los cubiertos que había encima. Un estruendo metálico se fue apoderando de la habitación a medida que los enseres caían y rebotaban contra el suelo. La perplejidad sobrepujó a la risa y Linda contempló en silencio la extraña ceremonia de McFarlan, que frotaba la superficie de la mesa con las palmas de las manos para asegurarse de que estaba completamente despejada.

—¿Se puede saber qué haces?

—Lo mismo que Jack Nicholson en *El cartero siempre llama dos veces*.

—En la película era Jessica Lange quien despejaba la mesa —respondió ella mientras arqueaba las cejas varias veces seguidas—. Y además nos falta la harina.

—¿Crees que nos podremos arreglar sin ella?

Linda se levantó del sofá y fue a sentarse en la mesa.

McFarlan dio un paso atrás para dejarla pasar y al hacerlo pisó un manojo de espaguetis. Patinó y se precipitó contra el cuerpo de la chica. Ella le abrazó con fuerza para que no cayera.

—Sin la harina, sí. Sin tu integridad física, lo dudo.

—No sufras por eso.

Antes de que él la besara, Linda comentó mientras miraba la comida derramada en el suelo:

—Las hormigas nos invadirán en un santiamén.

—No antes de que yo haya invadido tu cuerpo —replicó McFarlan.

A Cynthia le costaba sujetar con firmeza el volante del coche porque le dolía la herida que se había hecho en la mano con la hebilla del cinturón de su hermana en el árbol de los

Hamptons. Poco a poco, la inflamación había convertido la base del pulgar en un bulto tumefacto. A pesar de ello, estaba contenta. No dejaba de canturrear la canción de Armstrong:

Veo árboles de flores verdes y rojas,
las veo florecer para ti y para mí.
Y entonces pienso: ¡qué mundo tan maravilloso!
Veo cielos azules y nubes blancas,
el brillante día bendito y la oscura noche sagrada.
Y entonces pienso: ¡qué mundo tan maravilloso!

El paisaje era primoroso. Una penumbra rojiza cubría la montaña. Había calculado que tardaría unas tres horas en recorrer las ciento cuarenta y tres millas que separaban los Hamptons de Whaley Lake. Le apetecía el viaje. Le brindaba la oportunidad de poner en orden las ideas que comenzaban a chispear en su cabeza.

Los colores del arco iris
también están en la cara de las personas.
Veo amigos que se dan la mano y dicen cómo te va.
Realmente dicen que te amo.

No paraba de pensar en McFarlan. Tenía ganas de abrazarle. Quería que leyera su novela y que le dijera si era lo bastante buena. Necesitaba abrazarle y sentirse protegida por él. Aunque era consciente de que iba a incumplir la norma sagrada de no interrumpir su concentración mientras escribía, estaba segura de que encontraría el modo de hacérselo perdonar.

Cuando llegó a Mountainview Road aparcó en un claro del bosque y anduvo a pie los últimos cien metros del recorrido. Mientras se acercaba a la casa iba diciéndose mentalmente que la naturaleza era hermosa. El sol ya empezaba a estar alto, pero la temperatura del aire todavía era agradable. La cabaña estaba rodeada de árboles y tenía las paredes barnizadas de color teca. Se detuvo para mirarla a cierta distancia. Parecía sacada de un catálogo publicitario de edificaciones rústicas.

De repente divisó a lo lejos una luz difusa, amarilla, intermitente, como si algo en el interior del bungaló se estuviera convirtiendo en pasto de las llamas. La luminosidad, sin embargo, se apagó enseguida. Cynthia pensó que podía tratarse de una llamarada de la sartén. ¿Tenía algún sentido? Por una parte, le costaba imaginar a McFarlan trajinando ante los fogones de la cocina, pero, por otra, si ese era el caso, resultaba muy propio de él haber dejado que el aceite se calentara demasiado. Confiaba en que no hubiera resuelto el problema lanzando agua sobre el incendio.

En ese instante, el hueco de la ventana empezó a fulgurar de nuevo de manera intermitente, a intervalos cortos e irregulares. No había duda de que aquellos relumbres súbitos eran causados por el fuego. Se alarmó y aceleró el paso para averiguar lo que estaba pasando. Durante el sprint tropezó con la raíz superficial de un cerezo y cayó sobre un cactus silvestre. Al tratar de amortiguar el golpe, las púas se le clavaron en la mano que tenía inflamada. Sintió varias punzadas de dolor y sofocó un gemido. Sentada en el suelo, se arrancó las púas con los dientes y se lamió los picotazos para suavizar la escocedura.

Lamiéndose, llegó al pie de la ventana. Pegó la frente al cristal y lo que vio la dejó paralizada. Adán, enroscado por la serpiente, estaba bufando llamaradas que aullaban como los vientos del infierno al revolcarse en el suelo.

—¡Morid, malditas! Desgraciadas, morid —gritaban aquellos dos seres proscritos del paraíso.

Cynthia giró sobre sus talones, enfiló la puerta del bungaló y se adentró en la casa hecha una hidra. McFarlan, completamente desnudo, apuntaba con un aerosol a un interminable reguero de hormigas mientras la mujer que estaba a su lado, tan desnuda como él, prendía con un mechero las pulverizaciones del insecticida.

—¡Eres un cabrón malnacido! —gritó fuera de sí.

McFarlan se volvió hacia ella, con el gesto descompuesto, pero no fue capaz de articular palabra.

—¿Quién es esta? —preguntó Linda.

Un destello de rabia asomó al rostro de Cynthia. Arrojó el manuscrito que llevaba en la mano sobre el montón de papeles que rodeaban la máquina de escribir, en el escritorio de McFarlan, y acercándose a ella le respondió:

—Yo soy su novia, maldita zorra. Y tú, su puta. Eso salta a la vista.

Las puntas de sus narices casi se tocaron. Las dos exhalaban aire y odio.

El reto fue largo y tenso, como el de dos púgiles que se tantean en busca de un resquicio de debilidad antes de asestar el primer golpe. Por un momento pareció que todo iba a quedar en ese desplante de egos. Solo bravuconadas y fin de la escena.

McFarlan intervino con la esperanza de sellar el armisticio.

—Separaos, no seáis niñatas —dijo con voz conciliadora.

¿Niñatas? Cynthia no se pudo contener. Se dio bruscamente la vuelta y le propinó un puntapié en mitad de la entrepierna. El golpetazo arrancó un aullido de dolor. Luego se volvió de nuevo hacia Linda y trató de agarrarle del pelo, pero unos brazos se acercaron por detrás y la amarraron por la cintura para apartarla de la pelea. Linda aprovechó la ventaja y le arañó la cara con las uñas. Cynthia se defendió con violencia. Apoyó un pie en el borde de la mesa, lo comprimió como un resorte y se impulsó hacia atrás con todas sus fuerzas. McFarlan se precipitó de espaldas contra el suelo. El cuerpo de Cynthia le cayó encima. El rebote de su cabeza contra el parqué produjo el sonido sordo y seco de una carambola.

—¡Le has matado! —gritó Linda mientras se abalanzaba sobre ella y le hundía los nudillos en la mejilla de una trompada descomunal.

A Cynthia le ardía el pómulo. Lo notaba hinchado como un huevo. El dolor era tan intenso que bloqueaba cualquier movimiento de su cuerpo. Pero no se rindió. Mordió a Linda en el tobillo y la tumbó a su lado. Luego saltó sobre ella, la agarró del pelo y aplastó su cara contra el abdomen de McFarlan, que emitió un sonido gutural ininteligible. Quedó claro, al menos, que no estaba muerto. En un instante, la cara de Linda enrojeció como un ascua. No podía respirar. Pensó que moriría de asfixia. Boqueó en busca de aire. Se agitaba como una posesa. Lanzó un codazo y Cynthia se movió para esquivarlo. En ese momento, Linda irguió la espalda y logró liberarse de la mano que le sujetaba el cuello. Las dos mujeres, abrazadas como caimanes furiosos, rodaron por el suelo. Durante el forcejeo, a Cynthia se le cayó del bolsillo el papel de los análisis clínicos.

McFarlan, entre tinieblas, aún las vio bracear durante unos instantes. Las chiribitas que vagaban por sus ojos le ofuscaban la vista. Sentía un dolor insoportable en la cabeza. Poco a poco fue perdiendo el conocimiento y al cabo de un instante ya no vio ni sintió nada más. Absolutamente nada.

Lentamente, el sonido de unos golpes le fueron sacando de la oscuridad inconsciente en la que había estado sumergido durante un tiempo inmensurable. La luz exterior había envejecido. No era luz de mañana. Lejanos al principio, los golpes fueron adquiriendo proximidad a medida que su cabeza recuperaba el control de sus facultades sensitivas. Parecían las embestidas estridentes de un ariete que quisiera derribar la puerta del castillo. El eco de cada impacto reverberaba en el interior de su cerebro, amplificando la intensidad del dolor, como si existiera una conexión inalámbrica que vinculara los dos extremos del proceso.

—Policía. Abran. Policía.

Las voces fueron penetrando en su realidad mientras hacía ímprobos esfuerzos por incorporarse. Lo consiguió por fases. Primero se quedó sentado en el suelo. Luego se encaramó a una silla y aguardó a que el flujo sanguíneo del cerebro se normalizara. Finalmente se puso en pie y se dirigió tambaleándose hacia la puerta.

—Policía. Abran. Policía.

Al percatarse de que estaba desnudo hizo una búsqueda panorámica de sus pantalones por toda la habitación. Finalmente los vio tirados junto al sofá y fue a ponérselos.

—Policía. Abran. Policía.

—Un momento. Ya va —acertó a decir con un hilo de voz demasiado débil para que llegara a oídos de los hombres que vociferaban en la entrada.

Los golpes arreciaban. En cuanto abrió la puerta divisó a dos agentes uniformados con caras de pocos amigos.

Sus semblantes, sin embargo, cambiaron de aspecto nada más ver la pinta de McFarlan.

—¿Se encuentra usted bien? —le preguntó uno de ellos.

La irritación se había transformado en extrañeza.

McFarlan no entendió la pregunta. Acababa de recuperar el conocimiento, la cabeza le iba a estallar, apenas podía moverse y estaba siendo víctima de un allanamiento policial con percusión intimidatoria. ¿Qué clase de pregunta estúpida era esa?

—Está sangrando —le aclaró el policía.

McFarlan se llevó la mano a la nuca y notó la humedad de la sangre.

—Me he dado un golpe —explicó sin entrar en más detalles.

El agente se volvió hacia su compañero y le pidió que fuera al coche patrulla a pedir una ambulancia.

—¿Cree usted que es necesario?

El policía eludió la respuesta.

—¿Puedo pasar?

McFarlan le franqueó la entrada.

—¿Qué ha pasado aquí?

Todo estaba manga por hombro. El menaje de cocina, desparramado por el suelo. Algunas sillas, caídas o rotas. El pie de una lámpara, partido por la mitad. Las cortinas, desgarradas. Parecía un campo de batalla después de una escabechina.

—Hemos tenido una fiesta privada. ¿Se ha quejado algún vecino? Si se trata de eso no era necesario enviar a las tropas.

—¿Conoce usted a Cynthia Donaldson?

Antes de responder, McFarlan fue a sentarse en la única silla que aún permanecía en su sitio. Necesitaba hacerse cargo de la situación. ¿Era posible que Cynthia hubiera avisado a la policía por haberle puesto los cuernos con Linda? ¿Se trataba de una venganza? ¿Qué podía haberles dicho? ¿Había presentado una denuncia por malos tratos, tal vez?

—Sí, por supuesto que la conozco —respondió al fin—. ¿Qué pasa con ella?

En ese momento llegó el agente que había ido al coche patrulla a pedir una ambulancia. Entró en la habitación y se colocó al lado de su compañero. «Ya viene de camino», anunció.

—¿La señorita Donaldson era amiga suya?

La pregunta tenía algo de estridente. A McFarlan le chirrió el tiempo verbal.

—Sí, es mi novia —dijo, confiando en que el uso correcto de las palabras pusiera las cosas en orden.

—¿Ha estado con ella recientemente?

—Sí.

—¿Hace mucho?

—No puedo responder a esa pregunta.

—¿Cómo dice?

El tono de la réplica sonó altivo y desafiante.

—He dicho que no puedo responder a esa pregunta, no que no quiera hacerlo. Me di un fuerte golpe en la cabeza, como bien puede ver, y perdí el conocimiento. No sé cuánto tiempo he estado en ese trance. Ni siquiera sé qué hora es.

—¿A qué hora se dio el golpe en la cabeza?

A McFarlan le costaba recordar.

—No lo sé exactamente —titubeó—. Había bebido más de la cuenta. Ya era de día, desde luego. Más o menos, a las diez, supongo.

—Ahora son las tres de la tarde.

—¿He estado K.O. durante cinco horas?

—Eso parece. Es importante que me diga lo que pasó —sugirió el policía mientras paseaba la mirada por el desorden de la habitación.

—¿Por qué es tan importante que se lo diga? ¿Acaso no soy libre para emborracharme dentro de mi casa con quien me dé la gana?

Los agentes intercambiaron un gesto de incomodidad. Ninguno de los dos quería asumir la tarea de darle la mala noticia que les había llevado hasta allí. Finalmente fue el recién llegado quien dio el paso al frente:

—Cynthia Donaldson ha fallecido esta mañana en un accidente de circulación.

McFarlan no supo cuántos segundos, quizá minutos, necesitó para comprenderlo. Durante ese lapso de tiempo, indoloro y confuso, solo tuvo sensación de ahogo. Un gran suspiro salió de sus pulmones buscando desesperadamente una bocanada de aire que le permitiera volver a respirar.

—¿Se encuentra usted bien?

¿Qué podía responder? No le dolía nada. No pensaba en nada. No sentía nada. Por alguna extraña razón, su cerebro era capaz de bloquear el recuerdo de Cynthia. Pero no, no se encontraba bien. De eso estaba seguro. Sentía vergüenza de su corazón de corcho. Era incapaz de segregar una sola lágrima.

—¿Cómo era su relación con ella?

«Di que la amabas con locura», le dijo la voz interior que removía su conciencia.

—La amaba con locura —respondió él como un autómata.

¿Era verdad que la amaba con locura? ¿Entonces por qué estaba reaccionando con tanta frialdad ante la noticia de su muerte?

¿La noticia de su muerte?

¿De su muerte?

La idea de la muerte aleteaba a su alrededor como si buscara un resquicio por el que poder penetrar, por fin, dentro de su cabeza. Pero McFarlan le cerraba el paso obstinadamente. Creía que mientras pudiera pensar en otra cosa todo aquello seguiría siendo irreal, un mal sueño, una broma macabra, un tenebroso espejismo...

—Debe contarnos lo que ha pasado aquí esta mañana, señor McFarlan. ¿Qué es lo que recuerda?

Y entonces, sucedió.

La pregunta del policía trajo a Cynthia a su memoria.

La vio entrar de nuevo en la cabaña, con la furia de Hera brillándole en los ojos y forcejeando con Linda, y con él, con la rabia de una fiera malherida. En ese instante dejó de ser una imagen borrosa. Toda su vida en común se encarnó en su recuerdo: la vio irrumpiendo en su clase y recostada en la pared con las manos pegadas a la espalda, cayendo al charco del campus de Columbia, metiéndose en su bañera mientras Louis Armstrong cantaba *«What a Wonderful World»* y estremeciéndose en sus brazos cuando él le prometió que siempre la protegería... Esa fue la imagen que le quebró. Sin poder evitarlo, McFarlan comenzó a sollozar como un niño desconsolado. La muerte había impuesto su ley. Y, sin lugar a dudas, era más duro asumirla que padecerla.

Mientras hacía en voz alta un relato breve de lo que recordaba, uno de los policías iba anotando en una libreta los detalles de su declaración.

—¿Cómo podemos localizar a la mujer que estaba con usted cuando llegó la señorita Donaldson?

—No tengo ni la menor idea. Ya le he dicho todo lo que sé: se llama Linda y la conocí en el Armando's a eso de las seis de la mañana —dijo mientras se secaba las lágrimas con el dorso de la mano.

—¿No sabe dónde vive?

McFarlan ya iba a decir que no cuando recordó de repente que Linda era la sobrina de la mujer que iba a limpiarle el bungaló dos días a la semana.

—Creo que vive en Camp Herrlich. Por alguna parte debo tener el teléfono de su tía. Es la asistenta que viene a limpiar la cabaña.

—¿Puede facilitármelo, por favor?

McFarlan sacó del bolsillo trasero del pantalón una billetera y buscó entre las ranuras de las tarjetas de crédito el trozo de papel en el que tenía anotado a lápiz el número de teléfono.

—Aquí lo tiene. La mujer se llama Anne.

Uno de los policías tomó el papel y salió de la cabaña. Su compañero se quedó con McFarlan.

En ese momento llegó la ambulancia.

El paramédico le suturó la herida de la cabeza y desinfectó las heridas que le había provocado el forcejeo con Cynthia. Tenía sus uñas marcadas en los hombros y varios moratones en el pómulo, el muslo y el abdomen. «El golpe ha sido fuerte. Debería estar en observación cuarenta y ocho horas», le dijo. McFarlan negó con la cabeza. El sanitario se encogió de hombros. «Mi obligación es decírselo. Le voy a dar un analgésico. Si ve que no se le pasa el dolor de cabeza, tiene visión borrosa, mareos o dificultad en el habla, vaya al hospital para que le hagan una tomografía».

—¿Cómo ha ocurrido? —preguntó McFarlan a los policías.

La pregunta les desconcertó.

—¿A qué se refiere?

—Al accidente. ¿Qué fue lo que pasó exactamente?

—El coche que conducía la señorita Donaldson se empotró contra un camión contenedor.

—¿Cómo la han relacionado conmigo?

—Llevaba su dirección escrita en la palma de una mano.

—¿Sería tan amable de acompañarnos para identificar el cadáver? —inquirió el otro policía.

McFarlan asintió.

—Déjenme que me adecente un poco —dijo con la voz entrecortada—. No quiero faltarle al respeto después de muerta. Ya lo hice bastante cuando estaba viva.

Los parpadeos azules y rojos de las luces delataban la presencia de un coche patrulla en la distancia. A medida que se iba acercando al lugar del accidente, a McFarlan se le aceleraba el ritmo cardiaco. La idea de ver a Cynthia sin vida le producía dolor físico en el pecho. ¿De verdad quería añadir la imagen de su cadáver a la colección de recuerdos que guardaba de ella?

Un enorme camión contenedor, inclinado sobre el borde de la carretera, dificultaba la circulación. Restos del coche de Cynthia, incrustados bajo sus enormes ruedas, daban idea de la magnitud del accidente.

El agente que les estaba esperando saludó a McFarlan con desinterés.

—¿Qué habéis averiguado? —quiso saber uno de los policías recién llegados.

—La mujer no llevaba puesto el cinturón y salió despedida por el parabrisas. Su cuerpo estaba tirado en mitad de la carretera, a seis metros del coche. Ya han levantado el cadáver. El forense dice que no lleva muerta más de tres horas, así que el accidente debió ocurrir a eso de las once de la mañana. No hay testigos. El camión estaba aparcado en el arcén y su conductor había salido a correr. Tiene la costumbre de correr cinco kilómetros diarios siempre a la misma hora. La muerte de la chica fue instantánea —dijo mientras señalaba la camilla.

Después de eso, los tres agentes se alejaron unos metros para que McFarlan no pudiera escuchar lo que hablaban entre ellos, pero él afinó el oído todo lo que pudo y logró enterarse de gran parte de la conversación: no se podía acreditar a ciencia cierta que Cynthia estuviera al volante en el momento del choque. Había huellas confusas por el lado de la puerta del conductor. Tal vez ella ocupaba el asiento del copiloto y alguien se dio a la fuga al comprobar que estaba muerta.

Al establecer esa conjetura, las miradas de los policías se volvieron sigilosamente hacia él. Era evidente que analizaban su conducta como si fuera la de un sospechoso. Luego otearon la arboleda de Mountainview Road. McFarlan supo lo que estaban pensando. No estaban lejos del bungaló. En coche habían tardado diez minutos en llegar hasta allí porque la carretera daba un largo rodeo, bordeando el perímetro del lago, pero la distancia podía recorrerse a pie en la mitad de tiempo si se caminaba campo a través y luego se cruzaba el puente de madera.

Media hora más tarde llegó otro coche patrulla. Dos policías traían noticias de la declaración de Linda. McFarlan había dicho la verdad. Se conocieron a las seis de la mañana en Armando's, jugaron al billar y tomaron un trago. Dejaron allí el coche de McFarlan y fueron en el suyo hasta el bungaló. Estuvieron juntos hasta que una chica, al parecer novia del escritor, les sorprendió a las diez de la mañana completamente desnudos. Hubo pelea. McFarlan se dio un golpe en la cabeza y perdió el conocimiento. Ellas dos se dieron de lo lindo la una a la otra. Finalmente, ella se fue en su coche a su casa, a eso de las diez y media, y la otra mujer se quedó en la cabaña. No supo nada más de ninguno de los dos hasta que aparecieron los policías en su casa para tomarle declaración.

La identificación del cuerpo de Cynthia fue tan cruel como dolorosa. Tenía la cara llena de cortes, los párpados hinchados y la nariz rota. Un largo mechón de pelo rojizo asomaba por detrás del cuello. La delgada línea de sus labios no proyectaba ninguna expresión, ni buena ni mala, y estaba tan blanca que las pecas de su piel parecían haber desaparecido bajo una capa de polvos de talco.

McFarlan cerró los ojos con todas sus fuerzas. Quería borrar aquella visión estremecedora del disco duro de su cabeza. Apenas retiró unos segundos la sábana que cubría el rostro de Cynthia.

—Sí, es ella —corroboró mientras un nudo de espanto le atenazaba la garganta.

Rompió a llorar de nuevo.

Repentinamente, un tren plateado silbó en la distancia, dejando un largo y fantasmal silencio a su paso.

Cuando regresó al bungaló sintió que los objetos de la casa le contemplaban en medio de un silencio acusador. Todos ellos parecían reprocharle que su egoísmo les hubiera privado de la mirada de Cynthia y que el vacío insustituible que provocaba su ausencia les hubiera arrebatado su razón de ser. McFarlan tuvo la impresión de que, de un momento a otro, la fuerza magnética de un agujero negro iba a empezar a engullir todo el mundo material que le rodeaba. Ningún objeto que Cynthia hubiera visto o tocado iba a sobrevivir. Creyó que no quedaría nada que pudiera evocar su existencia y que su rastro se perdería para siempre. En ese momento sintió la perentoria necesidad de evitarlo. Olfateó el ambiente, como si fuera un sabueso, para inhalar las trazas de su olor que aún pudieran flotar en el aire, se aferró a un portarretratos con su fotografía y clavó la mirada en su rostro para aprendérselo de memoria, invocó su nombre en voz alta una y otra vez, decenas de veces, y acarició los arañazos que había recibido durante la refriega como si tratara de evocar el tacto de las yemas de sus dedos. Mientras lo hacía, se recostó en la pared. A medida que su voz se apagaba, su espalda fue resbalando hacia el suelo hasta que las rodillas ya no pudieron doblarse más y quedó acurrucado como un feto. El silencio zumbaba en sus oídos y su mente revoloteaba, ingrávida, en un oscuro espacio vacío.

En medio de esa nada existencial, una voz interior comenzó a recitar la poesía de Rilke:

Apágame los ojos y te seguiré viendo,
cierra mis oídos, y te seguiré oyendo,
sin pies te seguiré,
sin boca continuaré invocándote.
Arráncame los brazos, y te estrechará
mi corazón, como una mano.
Párame el corazón, y latirá mi mente.
Lanza mi mente al fuego
y seguiré llevándote en la sangre.

Los versos percutían en su cerebro de forma obsesiva. Se levantó y fue a la mesa de la cocina. Desarmó el portarretratos y transcribió el poema de Rilke en el dorso de la fotografía. Después improvisó la dedicatoria: «A la diosa de la luna». El día que McFarlan le explicó a Cynthia el significado de su nombre, la noche de fin de año de 2012, ella le preguntó si creía en el amor y él trató de escandalizarla con su respuesta: «El amor es el sexo del impotente», le dijo. Al recordarlo cayó en la cuenta de que debería haberle respondido de forma distinta. Cicerón estaba en lo cierto: «El amor es el deseo de obtener la amistad de una persona que nos atrae por su belleza». Cynthia le gustó desde el instante mismo en que la vio aparecer por primera vez en su clase de Columbia. Luego sucedió lo imprevisto: la amistad pudo más que el deseo que despertaba su deslumbrante hermosura. Nunca antes le había sucedido algo parecido con otra mujer. Ese amor inédito hasta entonces, casi milagroso, era el que él acababa de liquidar de una puñalada trapera.

Todavía pensaba en la magnitud de su crimen cuando le llamó la atención un papel que asomaba por un resquicio del asiento del sofá. Al tirar de él quedó a la vista el membrete del Flushing Hospital de Queens. Debajo de un número de protocolo aparecía el nombre de Cynthia Donaldson, y la fecha del 11 de septiembre de 2014. Más abajo aún, en el espacio reservado al motivo del examen, figuraba el nombre de la prueba: Beta HCG. Y a su derecha, el resultado: 31094.0 mUI/ml.

Para entender lo que significaba, McFarlan tuvo que cotejar la tabla de valores de referencia que aparecía en la parte inferior. Cynthia estaba embarazada de cuatro semanas.

El mazazo de la noticia le nubló la vista. Se llevó las manos a la cabeza y se desplomó de hinojos sobre el suelo de la habitación. Su cuerpo se dobló hacia adelante como si tratara de vomitar la angustia que regurgitaba en su pecho. Durante un buen rato, las luces de su cerebro se apagaron. Imágenes y pensamientos comenzaron a desfilar por su imaginación sin orden ni concierto, como palabras sueltas incapaces de componer un relato coherente. Hijo, promesa, crimen, destino, futuro, crueldad, tiempo, luz, remordimiento, muerte, muerte, muerte... McFarlan no trató de ponerse de pie porque sabía que si lo intentaba perdería el equilibrio. Apenas podía respirar. Permaneció postrado en el suelo durante días, años tal vez, en medio de una extraña oscuridad desconectada del tiempo.

Luego, poco a poco, una furia incontenible se fue apoderando de él. Los músculos de su cuerpo se tensaron como drizas y un viento iracundo y feroz hizo que se alzara de un brinco. Fue al dormitorio, se encaramó a una silla y bajó la maleta del altillo. La llevó a su escritorio, la abrió de par en par y arrastró a su interior todo lo que estaba sobre la mesa.

25

Salt Lake City. Diciembre de 2016. Dos años después

—«No, no soy tan obtuso como para pedirle a un escritor que rinda más porque esté bien alimentado o que escriba mejor porque tenga hambre. El hambre, y tengo algo de experiencia, acaba siendo sin duda beneficiosa. Pule el estilo de uno, pero de nuevo también lo hace el sentido común».

McFarlan daba la clase vestido con ropa informal. Llevaba un libro en la mano y lo leía en voz alta mientras caminaba de un extremo a otro de la tarima. Sus alumnos tomaban apuntes en un escrupuloso silencio.

–«Creo en la hambruna porque es una experiencia, y ninguna experiencia debe ser desechada por ningún escritor. Pero el hambre prolongada debilita la constitución del hombre dejándole nervioso e irascible, y terminará arruinando su trabajo o torpedeando su desarrollo».

Levantó la vista del texto y dijo dándole a su tono de voz una inflexión exageradamente irónica:

—Si dependiera de mí, sustituiría la palabra «hambre» por «sed».

Una cadena de risas y murmullos se extendió por el aula y relajó la atmósfera académica de la clase. McFarlan cerró el libro de un golpe seco y lo guardó en una mugrienta mochila deportiva. Luego se metió dos dedos en la boca y pidió silencio con un largo y ruidoso silbido. Varias manos se alzaron a la vez y él fue administrando los turnos de intervención de los alumnos que habían solicitado la palabra.

—¿Es una novela?

—No, es un ensayo. Está incluido en una antología prologada por Eliot.

—¿Qué edición es la que está leyendo?

—La de Faber and Faber publicada en 1954. Hay una copia en la biblioteca. Pero ahora —añadió señalando hacia la mochila— está bajo custodia.

—¿Podría darnos alguna indicación, por favor?

—Es un texto de un autor que admiro profundamente, pero cuyas ideas políticas y sociales desdeño también profundamente. Y no hay más indicaciones.

Otro tumultuoso bullicio se apoderó del auditorio. McFarlan silbó de nuevo. En ese momento, una secretaria se asomó por el cristal de la puerta y le hizo señales para que saliera.

—Pero ¿cómo debemos…?

—La clase ha terminado —interrumpió McFarlan—. Quiero un análisis sobre el tema del ensayo. Pero no lo enfoquéis por ahí. Recordad: no es el hambre, es el renacimiento.

Los alumnos se levantaron y comenzaron a abandonar el aula. Algunos de ellos exhibían un rictus de desilusión en la cara. Una chica con el pelo violeta se acercó a la tarima con el pretexto de completar una encuesta para la revista estudiantil de Utah.

—¿Cree usted, como dijo Hemingway, que un buen escritor debería tener innato un detector de gilipolleces?

—Sí. El mío está casi abarrotado —respondió McFarlan cínicamente. La secretaria que había ido a buscarle exteriorizó un gesto de desaprobación al oír el comentario—. Pero ese no es el punto —añadió a continuación, haciendo caso omiso del reproche mímico de la mujer—. El punto es que Hemingway jamás dijo eso.

—El decano le está esperando en su despacho —terció la secretaria con sequedad.

McFarlan, mirándola fijamente, le respondió:

—Estoy seguro de que está usted secretamente enamorada de Ezra Pound. Pero no se haga ilusiones, señorita. Él nunca se hubiera enamorado de usted. Parece judía.

La secretaria se sintió profundamente ofendida.

—¡Señor McFarlan! —exclamó mientras le daba la espalda y aceleraba el paso con la columna vertebral tiesa como una estaca.

La chica de la revista estudiantil salió pitando para contarle a sus amigas la última impertinencia del profesor más heterodoxo del campus. Una de ellas, cuando hubo escuchado el relato, le preguntó:

—¿Crees que el decano lo pasará por alto?

—Ni siquiera estoy segura de que haya ido a su despacho —respondió la chica del pelo color violeta sofocando una risita de conejo—. Lo más probable es que se haya ido a su casa.

—¡Pues desde aquí hasta su casa hay cinco bares!

—Imagínate en qué estado llegará a su cama.

Varias carcajadas saludaron al unísono la mordaz ocurrencia.

Cuando McFarlan llegó al decanato, la envarada novia de Ezra Pound le estaba esperando de pie en el centro del recibidor. Al verle le saludó con un gesto poco humanitario. Le guio hasta una puerta de doble hoja y la golpeó suavemente con los nudillos. Casi al instante se oyó un gruñido procedente del interior. La secretaria abrió la puerta y le indicó a McFarlan que pasara. Él obedeció.

El despacho del decano era una estancia muy grande y profusamente iluminada que olía a madera pulida. Tras un gran escritorio, un hombre de unos cincuenta años estaba ojeando papeles.

—Adelante, profesor, adelante —dijo el decano sin levantar la mirada.

El estandarte con la U mayúscula roja y achaflanada del emblema universitario se alzaba a un lado del escritorio como el telón de un pequeño teatro, y los retratos de los decanos que habían ocupado ese mismo despacho desde 1850 observaban desde la pared que quedaba a su espalda. En una vitrina de cristal, a la izquierda, estaban los tres volúmenes de la primera edición de la Enciclopedia Británica, encuadernados en piel. A la derecha, desde tres altas ventanas con cortinas y visillos, se divisaban los parterres del campus.

McFarlan entró despacio, consciente de que a ambos lados de su mirada quedaban puntos ciegos. El decano señaló vagamente con la cabeza hacia una mesa lateral, donde había una tetera de plata y tazas de porcelana.

—Sírvase un poco de té.

Había otros dos hombres en la sala, sentados en pesados sillones orientados al escritorio. Ninguno se volvió a saludarlo, pero McFarlan reconoció el traje a medida del vicedecano, que estaba sentado con las piernas cruzadas. El otro era el rector en persona, y su cabeza parecía el caparazón de una tortuga entre las hombreras de su chaqueta cruzada de color azul marino. Instintivamente, McFarlan hizo una valoración rápida. Estaba casi seguro de que podía olvidarse de los dos hombres que ocupaban los sillones, incluido el rector, que solo aparecía para cubrir las apariencias. Quien llevaba la voz cantante era el hombre de detrás del escritorio. Llevaba una sencilla rebeca marrón, pero era sin duda el dueño del cotarro.

McFarlan se sirvió un poco de té y sintió los ojos de todos los presentes posados en su espalda. La estancia entera parecía impregnada de una intensa concentración. En cuanto se hubo acomodado, el decano rodeó el escritorio y se sentó en el borde, directamente frente a él, tamborileando con los dedos en la madera y dedicándole una dura mirada escrutadora. Tenía el rostro severo de un juez dispuesto a dictar sentencia: cabello rubio, cejas gruesas y gafas de montura metálica que magnificaban su mirada, como un búho astuto.

—¿Sabe usted cuántas quejas hemos recibido de su conducta en los últimos días, profesor?

—Supongo que está a punto de decírmelo —manifestó McFarlan con calma.

—¡Doce en una semana! Embriaguez, faltas de respeto, impuntualidad, indumentaria indecorosa, absentismo laboral... ¿Hay alguna norma que haya respetado?

—Ya sabe lo que decía Montesquieu: las normas inútiles debilitan a las necesarias.

—¿Nos está diciendo que no podemos vivir con nuestras propias reglas?

—No, señor, lo que estoy diciendo es que un soplo de libertad dignifica la vida de los seres humanos.

—¿Se atreve usted a hablar de dignidad? —la voz del decano se encrespó como un remolino de viento—. ¿Cree que a nuestra universidad no le importa su propia dignidad?

—Lo que creo es que la indignación moral suele ser la excusa que utilizan los idiotas para revestirse de una dignidad que normalmente no merecen.

El decano decidió que ya había tenido suficiente. Estaba harto de las impertinencias de McFarlan. Se levantó y dio un puñetazo en la mesa. Parecía que iba a alzar la voz, pero su discurso se consumió en su cavidad nasal. Abrió las manos y frunció el ceño en una muestra de comprensión.

—Déjenme a solas con el profesor McFarlan —pidió con una sonrisa incierta mientras se pasaba las yemas de los dedos por el cabello.

Cuando se quedaron solos en la sala, McFarlan exteriorizó una mirada de perpleja diversión, como si esperara escuchar el discurso de un borracho en una boda.

El decano permaneció sentado en su sitio. Tenía una nariz larga y gruesa y llevaba el cabello peinado con una raya en medio.

—Con el máximo respeto, profesor, sabemos lo que está ocurriendo aquí, y estamos cansados de todo esto…

En la pantalla de una televisión portátil, un hombre de pelo plateado mantenía una conversación con su joven y elegante esposa mientras desayunaban junto a una piscina de agua transparente. McFarlan, metido en una bañera, reproducía de memoria el diálogo de las repeticiones. En el momento en que sus palabras dejaron de coincidir con los movimientos de los labios de los actores, McFarlan se levantó de malos modos para subir el volumen del televisor. ¡Habían cambiado el texto de lo que él consideraba su mejor secuencia! «¿Quieres decir que estás embarazada?». «¿De quién?». «¿Y qué hago yo ahora con el hijo libanés?», gritaba McFarlan, desnudo frente a la pantalla, estableciendo un diálogo casi surrealista para la pareja de ficción. «Vamos, Van Loy, pregúntale a ella con clase, a lo Clifton Webb». El hombre, sin embargo, después de algunos segundos de conversación versallesca, comenzó a zarandear a su esposa y le gritó enfurecido: «¡Puta desagradecida!». McFarlan cerró los ojos. «Dios mío, ahora ella dirá: maldecirás este día». La actriz mordió sus labios y ejecutó su réplica con convicción: «Maldecirás este día, Van Loy». Mc Farlan, desesperado, volvió a meterse en la bañera y se tumbó en el agua hasta desaparecer debajo de ella. Cuando emergió para tomar aire oyó el timbre de la puerta. «Vete al infierno, quien quiera que seas, ya no hago tutorías en mi casa. Me han despedido», musitó. Y acto seguido volvió a sumergirse en la bañera.

Cansada de llamar al timbre, Patricia Belasco empujó la puerta de la casa y comprobó que estaba abierta. Caminó entre el correo esparcido de la entrada y trató de localizar el paradero de un teléfono que no paraba de sonar. Lo encontró escondido debajo de un montón de libros. Atendió la llamada, dejó el auricular cerca del teléfono y se adentró en el apartamento.

—¿Dave, estás ahí?

McFarlan no contestó, pero Patricia oyó el chapoteo del agua de la bañera. Entró en el baño sin ningún miramiento. Al verla, McFarlan murmuró:

—Lo que me faltaba hoy. El hada madrina con su varita mágica.

Patricia ignoró el sarcasmo.

—Tienes una llamada telefónica. Es el administrador de la universidad.

—Estás muy guapa. ¿Un regalo de tu ilustrísimo dramaturgo? —preguntó McFarlan señalando su vestido.

—Está esperando, ¿qué le digo? —replicó Patricia con frialdad.

—Dile que me acabo de suicidar y que ya no hace falta que me manden el finiquito a casa. Seguro que se alegrarán de ahorrase esa gran fortuna —dijo mientras empezaba a levantarse.

Patricia le pasó una toalla, dio media vuelta y regresó al salón. El desorden convertía la estancia en un área intransitable. Cuando se deshizo del administrador de la universidad, oyó la voz de McFarlan a su espalda:

—Yo también tengo un regalo para ti —le dijo mientras rebuscaba entre el caos de un montón de objetos dispersos.

—No tengo tiempo para aguantar tus humoradas, Dave. —Las palabras salían de la boca de Patricia cargadas de determinación—. He volado cuatro horas desde Nueva York para asegurarme de que entiendes lo que vengo a decirte. No pienso quedarme ni un minuto más de lo estrictamente necesario.

—Dispara.

—Eres un borracho…

—Solo un humilde compatriota de Bogart —interrumpió McFarlan.

Patricia ignoró el comentario y siguió con su discurso:

—No eres capaz de hilvanar quinientas palabras publicables, vives escribiendo con pseudónimo para programas cochambrosos de televisión y das clases en una universidad de segunda, de la que acabarán echándote…

—Ya lo han hecho. Esta mañana…

—Eres una sombra de aquel vigoroso y fructífero McFarlan cuyas historias se disputaban todas las revistas literarias del país. Han pasado cinco años desde que escribiste tu última novela. Te has convertido en una carga para la agencia, Dave, y yo ya no puedo defenderte más…

McFarlan le escuchaba distraídamente mientras seguía rebuscando entre el montón de objetos que estaban diseminados por la habitación. Finalmente encontró lo que buscaba: una miniatura de juguete, la figura sonriente de un hombre blanco que, mediante un tirador, se convertía en un triste hombre negro. Mientras se la entregaba, le dijo:

—McFarlan ayer y hoy. El triunfo y la miseria de un escritor sin talento. Guárdalo afectuosamente. Acabaré vendiéndolo.

—¿Qué quieres hacer con tu vida, Dave?

—Quiero volar la casa. Explosivo plástico —respondió McFarlan mientras comenzaba a afeitarse con una maquinilla eléctrica que había aparecido debajo de una almohada—. Teniendo en cuenta que la casa de al lado es un gimnasio para discapacitados, ¿crees que será lo bastante fuerte?

—Si es para discapacitados, ¿por qué no te haces socio?

—Porque no hace falta pagar un gimnasio como ese para mantenerse en forma.

—Eso sí que es verdad. Tu caso lo demuestra: si sigues entrenando así de duro ganarás el premio al deficiente mental con más trofeos en la vitrina.

—Vendí el último para pagar el pavo de Acción de Gracias.

—¿Había algo que tuvieras que agradecer?

—Tener un hada madrina como tú —remarcó McFarlan mientras se pasaba la mano por la cara para comprobar la calidad del rasurado.

—Pues tu hada madrina viene a decirte, Dave, que rompe el contrato exclusivo que nos ha unido siempre. Se acabó. ¿Lo entiendes?

McFarlan procuró disimular el impacto de la noticia manteniendo impasible la cínica sonrisa que surcaba su rostro.

—¿Ya no podré llamarte cuando esté borracho?

—¿Lo has hecho alguna vez estando sobrio?

—Tengo lejanos recuerdos, me parece.

—Toda tu vida es un lejano recuerdo, Dave.

—A lo mejor aún te sorprendo.

—Lo dudo.

—Propongo un trato: tú me dices cómo folla el hombre de Broadway y yo te escribiré un bello poema a lo Rimbaud.

Patricia le dedicó un gesto de profundo desprecio, dio media vuelta y enfiló la salida. McFarlan trató de cerrarle el paso mientras recitaba en voz alta al poeta francés:

El humano al mamífero más altivo es igual;
el grandor de su miembro sin razón nos extraña;
pues sonó la hora estéril: el caballo fugaz.

—Adiós, David, esta vez para siempre —dijo Patricia después de esquivarle.

—Cuando es para siempre uno solo dice adiós. A veces, ni siquiera eso —replicó McFarlan dándose la vuelta para no perder de vista a Patricia.

Pero ella, sin mirar atrás, cerró la puerta de un sonoro portazo. Desde la acera de la calle aún oía su voz recitando a Rimbaud como si la vida le fuera en ello:

El buey ha embridado sus ardores, ya nada
ni nadie osa arbolar su orgullo genital
por boscajes que pueblan una grotesca infancia.

En ese momento, una chica joven se bajó de un taxi, avanzó hacia ella y le preguntó:

—¿Vive aquí ese príncipe de las letras, el único, el inimitable, el gran David McFarlan?

Patricia le franqueó el paso y le respondió:

—Me temo que la edición en rústica es todo lo que queda.

Dos horas después, la chica del taxi aún ronroneaba entre las sábanas revueltas de la cama de McFarlan. Él acariciaba su cuerpo con el gollete de una botella vacía de *bourbon*, desde el cuello hasta los talones de los pies, y a ella le gustaba sentir el contacto del cristal sobre su piel. McFarlan sabía dónde frotar con más suavidad. «Me han echado de la universidad, encanto», le había dicho a modo de saludo. Pero a la joven estudiante no le importó: «Los nombramientos vienen y van, pero la sabiduría siempre se queda». Hablaron con brevedad del poema de Rimbaud que McFarlan estaba recitando cuando Patricia salió de la casa y a los pocos minutos se pusieron de acuerdo en escenificarlo juntos.

Mi sueño se embocó, tenaz, a su ventosa;
mi espíritu, envidioso del coito material,
hizo de él lagrimal y nido de sus quejas.

—¿Cuándo saldrá tu próxima novela, profesor? —preguntó la chica mientras la botella de *bourbon* descendía de las nalgas hacia la ladera de las piernas.

—Ya no escribo novelas. Los novelistas solo inventan historias que son incapaces de vivir.

—¡Pues no inventes historias imaginarias! Novela tu vida real.

—¿De qué sirve escribir si no puedes recrear la vida a tu manera?

—¿Y para qué quieres recrearla? ¿Acaso cambiarías este momento por algún otro?

McFarlan detuvo el movimiento de la botella a la altura del talón. «Claro que sí, estúpida». Las cuatro palabras pugnaban por invadir el silencio que siguió a la pregunta. Por un momento McFarlan pensó que sería incapaz de interceptarlas antes de que salieran de su boca. ¿Cambiar ese momento por otro mejor?

El rostro de Cynthia se adueñó de su mente.

El duelo entre ellas no admitía comparación. Aquella chica era más joven, desde luego. Y tal vez más guapa. Pero tenía muchas menos cosas que pudieran estropearse. Tal vez solo la tersura de una piel que el tiempo iba a marchitar antes o después indefectiblemente. Trató de imaginar aquel cuerpo radiante consumido por la flaccidez de las arrugas.

El pensamiento surtió efecto.

Es posible proyectar hacia el futuro a los seres vivos y verlos tal como creemos que serán con el paso del tiempo. A los muertos, no. Los cadáveres no envejecen. Los muertos viven anclados en el recuerdo, en el tiempo de lo irreal, y allí se vuelven omniscientes. Nada de lo que hagamos, pensemos o sintamos se les puede ocultar. McFarlan tuvo la sensación extraordinaria de que Cynthia estaba leyendo sus pensamientos, de que sabía lo que iba a pensar incluso antes de que lo hiciera. Esa presencia ilusiva le incomodó. No podía quitársela de encima. Cuando volvió a quedarse solo aún se hizo más opresiva.

Ahora era Cynthia quien repetía las palabras que Patricia había pronunciado dos horas antes: «Toda tu vida es un lejano recuerdo, Dave».

—A lo mejor aún te sorprendo —dijo en voz alta.

Luego el silencio le replicó: «¿A quién quieres engañar?».

Fue a la cocina y abrió todos los armarios en busca de alcohol. Necesitaba un trago. Revolvió en el desorden del salón, miró en los anaqueles de la estantería, debajo de la cama, en el horno, en la cisterna del váter, en las americanas del guardarropa, en los cajones, en los altillos…

Y entonces la vio.

La antigua maleta de cartón duro, con esquineras y cinchas de cuero, estaba al fondo del estante más elevado del ropero, tal como la había dejado el día que se trasladó al apartamento. No la había abierto desde que arrastró a su interior, dos años antes, la máquina de escribir y los papeles que estaban encima de su escritorio en el bungaló de Whaley Lake. Pensó que tal vez hubiera guardado también alguna botella de *bourbon* a medio consumir. La cogió del asa y la bajó al suelo. Al abrirla descubrió que en el rodillo de la máquina de escribir aún estaba metido el folio de su última redacción, con la frase final inconclusa: «Con ánimo renovado por la promesa, sale disparado hacia el coche, lo enciende con su típica furia, y se va dispuesto a tocar el saxo hasta el amanecer. Es incansable. El gemido de las ruedas sobre el asfalto parece…». A McFarlan le estremeció darse cuenta de que había descrito el arranque furioso de un coche horas antes de que una escena parecida, esta vez en la vida real, hubiera precedido a la muerte de Cynthia. Revolvió los papeles para ver si encontraba alguna botella de whisky y se topó con algo que no le resultaba familiar: un sobre grande, de color manila, con un mazo de holandesas escritas a mano en su interior. ¡Era la letra de Cynthia! La distinguió enseguida: caligrafía espaciada, casi cursiva, con curvas en las patas de las letras y pequeños círculos encima de cada i. No tardó en darse cuenta de que era la novela que ella había guardado en la cápsula del tiempo de los Hamptons. Ahora lo veía claro: por eso se había presentado de improviso en el bungaló de Whaley Lake al día siguiente de su treinta y tres cumpleaños. ¡Se la había llevado para que la leyera!

Le echó un rápido vistazo en diagonal y algo captó su atención de inmediato. Un sutil forcejeo entre la curiosidad y el síndrome de abstinencia comenzó a debatirse en su ánimo. Durante un buen rato trató de compaginar la lectura con la búsqueda de la botella de *bourbon*, pero su atención fue inclinándose progresivamente en favor del manuscrito y al final acabó sentando en el sillón de su dormitorio, absorbido por la lectura, sin ninguna noción del transcurso del tiempo.

Al acabar de leer permaneció pensativo por un instante. Se levantó del sillón y enfiló la calle. Cuando casi había cerrado la puerta, la abrió de nuevo, recogió el manuscrito y el MacBook Air que utilizaba para intercambiar correos electrónicos con sus alumnos de la universidad y salió fuera. Buscó una mesa apartada en la cafetería de la esquina y comenzó a transcribir la novela en el ordenador puliendo cuidadosamente el texto como si fuera suyo. Primero revisaba una hoja, tachaba algunas frases, añadía otras, alteraba el orden de las palabras, elegía unos cuantos sinónimos para cambiar las cadencias que entorpecían el ritmo de la composición y finalmente tecleaba el resultado de su revisión en el portátil. Durante los tres días siguientes no hizo otra cosa. Se levantaba temprano, cogía el manuscrito y el portátil, se iba a la cafetería y seguía transcribiendo el mazo de holandesas hasta la hora de comer. Tomaba un sándwich y luego continuaba trabajando hasta la hora de cenar. Antes de dormir se sentaba otro rato bajo la luz de su escritorio y apuraba el esfuerzo hasta que el cansancio le cerraba los ojos. La última noche no durmió. La proximidad del final hizo que su cuerpo segregara suficiente adrenalina para mantenerle en vela.

Al acabar sintió un dolor punzante en la cabeza. Se levantó y fue a mirar por la ventana. Ya era de día. Presionó la frente contra el cristal helado y esa sensación refrescante le reconfortó. Luego observó su reflejo en la ventana. Estaba cansado. Se cubrió la cara con las manos. Cuando las retiró de nuevo se dio cuenta de que había algo especial en su aspecto, como si hubiera perdido la inocencia por primera vez. Mecánicamente apagó las luces una a una, entró en su habitación y se desplomó rendido en la cama.

Seis horas después le despertaron los celos. Cynthia le había robado algo que consideraba propio. Él era el genio de la literatura americana. Había rozado el cielo con su primera novela y casi se había sentado en el mismísimo trono de la gloria con la segunda. Según la crítica era el exponente literario de más talento de su generación. La mayoría de los lectores le idolatraban como si fuera una estrella de rock. Y, sin embargo, la novela de Cynthia era mejor que cualquiera de las suyas. Cuando la opinión pública la conociera, todos los que le habían concedido el título de campeón de las letras de este siglo mudarían de criterio y le ceñirían a ella la corona. «Una criatura nacida de un cadáver ha matado al rey. Macduff ha matado a McFarlan como mató a Macbeth», pensó.

Nunca había sido capaz de imaginar que los celos pudieran despertar en él instintos asesinos. Trató de espantarlos, desde luego. Lo intentó de veras. Pero fue en vano. No podía permitir que la novela de Cynthia existiera. Tenía que hacerla desaparecer.

Entonces vio la caja en forma de libro de un facsímil escrito en latín en 1678 que estaba dedicado al dios Harpócrates, el nombre con que los griegos bautizaron la deidad egipcia Horpajard, el dios Horus en Alejandría. La caja era una lujosa réplica del libro original, con las tapas apergaminadas y el lomo de piel. Sobre un tejuelo verde, entre los dos nervios superiores, el título de la obra estaba escrito en latín con letras doradas. McFarlan la abrió sin contemplaciones, tiró al suelo las láminas xerocopiadas que contenía y guardó en su interior el manuscrito de Cynthia.

—Los griegos te adoptaron como dios del silencio —dijo en voz alta dirigiéndose al falso libro que tenía en las manos—. Espero que sepas guardar para siempre el secreto de mi abominación.

Copió en un lápiz de datos el documento de la novela y lo guardó en su bolsillo. Luego metió una muda en un maletín, introdujo en él la caja con el manuscrito, descolgó el teléfono y pidió un taxi.

—Lléveme al aeropuerto por el camino más rápido —le ordenó al conductor cuando subió al coche.

La voz ronca del interfono interrumpió la reunión que Patricia Belasco estaba manteniendo en su despacho con el equipo directivo de la agencia.

—El señor David McFarlan está aquí y pide verla inmediatamente.

—¿Cómo que está aquí? ¿Quiere decir que está aquí en persona?

—Aguarda en la sala de espera.

—Deme un par de minutos. Enseguida…

El sonido de la puerta abriéndose de golpe dejó a Patricia con la palabra en la boca.

—No puedo esperar, Pat —dijo McFarlan mientras irrumpía en la habitación como un torbellino.

Todos los presentes se levantaron de sus asientos, sobresaltados y sorprendidos, mientras Patricia permanecía impasible en el suyo con el dedo posado todavía en el botón del intercomunicador. El murmullo general dio paso a reacciones individuales de simpatía. Algunos se acercaron a McFarlan y le tendieron la mano para saludarle, pero él atravesó el enjambre de brazos extendidos sin prestarles atención y puso el lápiz de datos sobre la mesa.

—Haz que impriman esto y léelo.

Patricia no perdió el aplomo, pero fue incapaz de reprimir una mueca de disgusto.

—Seguiremos mañana —anunció en voz alta para que los asistentes a la reunión les dejaran solos.

Mientras los directivos desfilaban por la puerta, McFarlan se acercó al gran ventanal que dominaba la Tercera Avenida. La perspectiva desde la planta 36 convertía a coches y a viandantes en miniaturas animadas. Entre el conjunto de fotografías que poblaban la encimera que cubría el conducto del aire acondicionado, McFarlan divisó la suya. «Para Patricia Belasco, la puertorriqueña de sangre caliente y cabeza fría que salió de la nada para dármelo todo», rezaba la dedicatoria.

La voz de Patricia sonó contrariada:

—Creía que te lo había dejado muy claro el otro día.

—¡Di que lo impriman y léelo, maldita sea! —contestó McFarlan, de espaldas a ella.

La mujer hizo un gesto de impotencia, cogió el lápiz de datos, se levantó de mala gana y salió del despacho con los pies descalzos. La moqueta acrílica amortiguaba el sonido de sus pisadas. Cuando regresó, al cabo de pocos segundos, la acompañaba su asociado Walter Zylinsky.

—¡Jesús, David, qué estupenda noticia verte de nuevo por aquí! —le saludó afectadamente el recién llegado—. Acabo de enterarme de tu visita. ¿Finalmente nos has enviado algo?

McFarlan le estrechó la mano sin ningún entusiasmo.

—¿Desde cuándo escribes en ordenador? —intervino Patricia cuando se percató de que McFarlan no pensaba contestar a la pregunta de su socio.

—Desde que enterré la máquina de escribir en una maleta hace dos años.

—Creí que nunca serías uno de esos escritores que renuncian al placer de escuchar el majestuoso tecleo de una Underwood —dijo Zylinsky en tono jovial.

—El alcohol tapona mis oídos.

—Y tus modales —sentenció Patricia.

La secretaria entró en el momento justo en que el silencio comenzaba a hacerse demasiado espeso.

—Son las diez primeras páginas de un total de trescientas —anunció mientras ponía los folios impresos encima de la mesa—. En cuanto pueda traigo las demás.

—¡No me digas que es una novela tuya! —exclamó Zylinsky después de leer el título que figuraba en la primera página—. *Finisterre*. ¿Qué significa?

La voz de McFarlan le interrumpió ácidamente al ver que trataba de coger el manojo de folios.

—Quita tus sucias manos de ahí.

A Zylinsky se le heló la sonrisa en la cara.

—Walter, hablamos más tarde —propuso Patricia con ánimo conciliador.

Volvieron a quedarse solos. McFarlan habló antes de que Patricia pudiera reprocharle su conducta:

—He volado hasta aquí expresamente para pedirte que lo leas. Volveré dentro de cuatro horas. Esta es tu última oportunidad, Pat.

Y, sin más, dio media vuelta y abandonó el despacho sin dar tiempo a ninguna réplica.

Mientras decidía qué hacer durante las cuatro horas que tenía por delante, McFarlan se entretuvo ante el escaparate de una librería de la Tercera Avenida. Le atrajo una lujosa reedición de *Las verdes colinas de África*, de Hemingway, que se exhibía junto a un sofisticado rifle de repetición con la báscula niquelada. Él siempre había querido tener un arma así. A su lado estaba el anuncio de los últimos éxitos editoriales. No le sorprendió el hecho de que hubiera tres mujeres en los puestos de cabeza. La novela se estaba convirtiendo en un género eminentemente femenino. Si había más lectoras que lectores también era lógico que hubiera más autoras que autores. Ese pensamiento pellizcó su conciencia. Cynthia merecía codearse con las mejores. De los nombres del escaparate, el de la británica Anita Brookner era, a su juicio, el más interesante de los cinco. La reedición de su primera obra, *Un debut en la vida*, ocupaba el tercer puesto en la lista de los libros de ficción más vendidos en Estados Unidos. Habían transcurrido dos años después de su muerte. Ese hecho ponía de manifiesto que la ópera prima de un escritor señala la medida de su talento.

McFarlan no dejaba de pensar en Cynthia. No solo podía haber sido la autora de *Un debut en la vida*, sino también su protagonista. Fue profesora universitaria, procedía de una familia excéntrica y pensaba que en las grandes novelas podía encontrar la verdadera manera de entender el mundo. Vivió atrapada en la contradicción que existe entre la fascinación por la literatura y una vida que tiende a ser más prosaica de lo que imaginaba. Anita Brookner ganó el premio Booker con su cuarta novela. Cynthia podía haberlo hecho con la primera. *Finisterre* era diez veces mejor.

Anduvo por la Tercera hasta la calle 45, cruzó Lexington y Park Avenue, y cuando estaba a punto de desviarse por Madison para llegar a la librería Morgan vio en un quiosco de prensa el anuncio de la película *El rebelde entre el centeno*. McFarlan había oído hablar de ella —y no demasiado bien, por cierto— a sus alumnos de Utah. Era la versión cinematográfica de una biografía de Sallinger. Lo interpretó como otro mensaje del destino. El aclamado escritor neoyorquino que se apartó del mundo exterior, convirtiéndose en una especie de extraño eremita, acudía a su encuentro y le susurraba al oído: «Los sentimientos de anonimato y oscuridad constituyen la segunda propiedad más valiosa que le es concedida a un escritor». Consultó su reloj y se dijo que tal vez podía llegar al AMC Empire 25 antes de que diera comienzo la sesión de tarde. Aceleró el paso. Cruzó la Quinta y la Sexta en menos de cinco minutos y llegó a Times Square a las seis en punto. La proyección estaba a punto de comenzar en la sala 22.

Dos horas después, subido en el taxi que le llevaba de regreso a la agencia literaria, trató de averiguar qué era lo que más le había disgustado de la película, si la absurda pretensión de establecer el diagnóstico psicológico que había convertido a Sallinger en un fantasma social por medio de explicaciones demasiado simples, o la manera en que el actor miraba a la cámara con ojos de camión a punto de atropellarle.

Cuando el taxi se detuvo ante la puerta del edificio del Chase, en la Tercera Avenida, eran las ocho y diez de la tarde. Faltaban quince minutos para que expirara el plazo de cuatro horas que le había dado a Patricia para que leyera el manuscrito. En el *hall* del edificio, el servicio de limpieza había comenzado a trabajar. El agente de seguridad de la entrada le reconoció y le franqueó la entrada. Subió a la planta 36. Entró en las oficinas de la agencia. El mostrador de la recepción estaba vacío. El reflejo de una lámpara de mesa iluminaba la penumbra del despacho de Patricia. Entró de improviso y ella se sobresaltó al advertir su presencia. Hubo un largo silencio. McFarlan recogió los folios que Patricia había ido dejando desperdigados por el suelo mientras ella trataba de recuperarse de la emoción que le había provocado la lectura de la novela. Se levantó por fin, dio unos pasos como si huyera de la luz y sin poder evitar que la voz le temblara, dijo:

—Mañana te haremos un nuevo contrato.

—Necesito dinero, Pat —respondió McFarlan con voz anodina.

Patricia se volvió hacia él

—David, es una obra maestra. Nunca creí que fueras tan grande. Perdóname.

—Lo necesito ahora. —Patricia fue a su encuentro como si esperara ser recibida en sus brazos, pero él permaneció impasible y repitió con frialdad—: Ahora, Pat.

Quedaba claro que McFarlan no estaba tratando de suscitar la típica discusión sobre las condiciones económicas de un contrato. Quería dinero para salir de la ciudad, del país, del universo. Patricia, acostumbrada a sus excentricidades, comenzó a extender un cheque.

—Fírmame el manuscrito —le pidió mientras le daba una pluma.

McFarlan dudó por un instante, pero finalmente garabateó su firma en la primera página del original.

En ese momento entró Bob Nichols vestido de esmoquin.

—Llegamos tarde, Pat. Susan y Matthew nos esperan a las ocho y media. Te he llamado varias veces por teléfono, pero nadie ha…

Al ver a McFarlan se detuvo en seco. La extrañeza del encuentro le dejó sin habla.

—Lamento ser tan poco elegante, pero ¿tienes algo de dinero? —le apremió McFarlan.

Nichols miró a Patricia, desconcertado. Ella asintió con la cabeza.

—¿Cuánto? —preguntó mientras sacaba su billetera.

—Todo lo que tengas. Pat te lo devolverá mañana.

McFarlan cogió el fajo de billetes de cien y quinientos dólares que Nichols puso encima de la mesa. Guardó el dinero en su bolsillo y caminó hacia la puerta. Antes de salir giró sobre sus talones.

—Nichols, nunca te lo he dicho: tus trabajos me parecen horrendos, pero tú me pareces un buen tipo. Por eso voy a darte un consejo. El último consejo de McFarlan. Lo juro. Pat es muy fuerte. Muy fuerte. —Y volviéndose a Patricia, añadió—: Gracias por casi todo. No me mandes las galeradas. En la primera página, escribe solo esto: para ella, quien quiera que sea.

McFarlan detuvo un taxi delante de la agencia y se subió a él como si huyera de un incendio.

—¿Dónde vamos? —preguntó el conductor con puro acento neoyorquino.

—A Finisterre.

—¿Cómo dice? —los ojos del taxista se abrieron como platos.

—Finisterre. Latín. El fin del mundo.

—Ah, bien. Sé dónde está ese sitio —respondió el conductor.

«Nunca creí que existiera un Finisterre real. Después de todo, vagamente sé distinguir la realidad del sueño», pensó McFarlan mientras el taxi se perdía entre las luces de Manhattan.

26

Muxía, cerca de Finisterre. Diciembre de 2019. Tres años después

Las palabras del abad Ismael resonaban en la capilla lateral de la iglesia como si fueran los ecos de un cuentista.

—Una antigua leyenda oriental cuenta la historia de un forastero a quien un hombre hospedó en su tienda. En mitad de la noche, el forastero se levantó y, nervioso porque no conseguía conciliar el sueño, blasfemó contra Dios. Su blasfemia despertó al dueño de la tienda, que, escandalizado, lo echó de allí. Por la mañana, se le apareció un ángel que le dijo: «Te envié un forastero para que lo alojaras. ¿Dónde está?». «No le dejé quedarse —explicó el hombre—, porque blasfemó contra Dios». «Dios lleva cuarenta años siendo paciente con él —contestó el ángel—, ¿y tú no has podido serlo ni una noche?».

Se detuvo y observó el semblante de las cinco personas que le escuchaban. Brais iba vestido con el chaqué gris y el chaleco amarillo que había alquilado en Santiago. Tenía cara de pocos amigos porque sabía que él era el forastero blasfemo de la leyenda que acababa de citar el abad Ismael en su homilía. Teresa fue su hospedera. Pudiendo haberle arrojado a la calle desde la primera noche en que se conocieron, ella soportó su ira de borracho, modelo Mister Hyde, con infinita paciencia. Arrimó la boca al oído de Erea, que estaba sentada a su derecha en calidad de madrina, y le susurró:

—Este cura es feminista y solo habla bien de las mujeres. A los hombres, ni agua.

Erea sonrió. Teresa oyó el comentario, torció el gesto y le clavó el codo en el costado. No estaba dispuesta a consentir que Brais restara un ápice de solemnidad a la ceremonia de su boda. Llevaba un traje de rayón de color crema y un sombrero con ala ligeramente inclinada hacia arriba. A su izquierda, McFarlan lucía un chaqué idéntico al de Brais y rostro de americano impasible. Alice, con la mirada extraviada, seguía la ceremonia desde un banco más atrás. Llevaba un vestido corto de seda que le llegaba hasta las rodillas. A su lado se sentaba un hombre mayor, de unos setenta años de edad, embutido en un traje de pana color tabaco. Era muy alto, muy flaco, con el perfil de un ave rapaz, la nariz aguileña, los ojos muy negros, casi de carbón, y el rostro surcado por arrugas que le bajaban por las mejillas hasta el filo de la boca.

Eran las primeras horas de un día gris y húmedo. La silueta del viejo monasterio del siglo XI comenzaba a emerger de la oscuridad.

El abad Ismael hizo una pausa prolongada. Sabía por experiencia que nada atrae más la atención de las personas distraídas que el silencio. Apoyó las manos sobre el ambón de madera del pequeño presbiterio, tomó aire con una profunda inspiración y, de repente, con un movimiento explosivo del brazo, señaló las pinturas murales que estaban impresas en la cara interior del muro de la capilla.

—El bien y el mal —recalcó con voz poderosa— luchan en el interior de todos los hombres. Esas escenas de ahí explican muy bien la naturaleza de la batalla. Cada pecado capital tiene su virtud contrapuesta. Hay que ahogar el mal en sobreabundancia de bien. No hay otra forma de alcanzar la victoria. Esa es la idea básica del cristianismo.

Alice se acercó al hombre del traje de pana que estaba a su lado y le susurró algo al oído. Al escuchar la respuesta, su gesto se endureció. El monje advirtió en ella una sombra, casi imperceptible, que aminoró el brillo de sus ojos.

—Con la ayuda de Dios —dijo Ismael para concluir la homilía—, el bien prevalece siempre. De la misma forma que estas viejas paredes románicas han sobrevivido a la fuerza del viento y a los embates de los piratas y el mar, el alma humana resistirá las insidias del maligno. Ningún hombre sabe lo malo que es hasta que no se esfuerza por ser bueno, de igual modo que solo se conoce la fuerza de un viento hasta que se camina contra él.

Una vez terminada la ceremonia, los presentes se abrazaron a los recién casados. Erea no se separaba del hombre que se había sentado junto a Alice. McFarlan se acercó a la pareja y se dirigió a él en inglés:

—Así que es usted el hombre que vio a Antón luchando contra la tormenta.

—Yo tuve la suerte que a él se le negó —respondió el hombre sin exteriorizar ninguna emoción.

A McFarlan le hubiera gustado preguntarle por los detalles de aquel combate mortal entre Antón y la furia de la naturaleza, pero la presencia de Erea le aconsejó posponer su curiosidad para otro momento.

—¿Vendrá a la celebración de la boda en Casa Teresa? —le preguntó.

—No. Mi mujer me espera en Plymouth. Ayer por la tarde le conté al sargento Cabaleiro todo lo que vi desde mi remolcador el día del accidente. El ferri de vuelta zarpa desde Coruña dentro de tres horas.

—En ese caso le deseo buen viaje.

—Muchas gracias.

Erea le acompañó hasta la puerta de la iglesia. Un taxi aguardaba con el motor en marcha junto a la tapia derruida de las antiguas dependencias monacales. Cuando regresó al interior del templo, después de despedirse del último hombre que vio con vida a su marido, Teresa estaba urgiendo a Brais para que la llevara a Lira.

—Llévanos a preparar el convite —le dijo con firmeza militar.

—Sí, mi ama —respondió él.

El abad remarcó con una broma la sumisión de la respuesta:

—Cuando un matrimonio se lleva bien es porque ella manda y él obedece.

—El matrimonio no debería ser una institución cristiana —opinó McFarlan—. Si tener mujer fuera una buena idea, Dios tendría una.

Teresa se volvió hacia él.

—En misa no has comulgado. ¿Quieres que te dé yo la hostia?

La risa de Erea impuso una tregua. Teresa la cogió del brazo y tiró de ella.

—Vámonos de aquí, *rapaciña* —dijo mientras fulminaba a McFarlan con la mirada—, antes de que acabe cortándole a alguien la *pirola*. Y tú no seas parvo, *carallo* —le espetó a Brais, que permanecía inmóvil al lado del abad—, y llévanos a Lira de una maldita vez.

Cuando Brais se puso en movimiento, el monje le susurró al oído: «Casarás y amansarás, dice el refrán. Tú, tranquilo».

Alice había seguido la conversación por los gestos de sus protagonistas y preguntó en inglés, cuando Ismael, McFarlan y ella se quedaron solos:

—¿Teresa se ha ido enfadada? ¡Brais parecía asustado!

—No te preocupes por él —comentó McFarlan—. Homero tenía razón: «Todo hombre sabio ama a la mujer que ha elegido».

El abad asintió, pero no hizo ningún comentario.

—Voy a desvestirme —anunció con impaciencia—. Quiero enseñaros algo.

El soportal que daba acceso a la sacristía estaba en obras. Una lona de plástico azul cubría los dos peldaños que salvaban el desnivel y un par de tablones colocados por encima, a modo de puente, comunicaban el suelo de la capilla con el interior de la estancia. El monje caminó por encima de las tablas y desapareció. Alice se separó de McFarlan y fue a mirar las pinturas murales de la pared. Se detuvo enfrente de la ira.

—¿Es el pecado capital que más te interesa?

—Es una de las emociones más complejas del ser humano —respondió ella sin darse la vuelta—. Es el motor de un sinfín de reacciones cotidianas: enfado, cólera, odio, rencor, desprecio, venganza… ¿Quieres que siga?

—Según Ismael, el peor de todos los pecados es la soberbia.

—Eso lo dice porque él no tiene cuentas pendientes con la vida.

—¿Y tú aún quieres saldar las tuyas?

—Sí.

—Ya veo que te resistes a romper tus viejos juramentos…

—Aún no tengo claro dónde está la frontera entre el bien y el mal.

—¿No has estado atenta a la homilía de la misa? El truco, según parece, consiste en ahogar el mal en sobreabundancia de bien.

—¿Eso ha dicho el fraile?

McFarlan cayó en la cuenta de que el abad Ismael había hablado en español durante la ceremonia.

—Sí, eso ha dicho.

—¿Y ha explicado qué es el bien?

—Tú eres la católica, no yo. ¿No se supone que para vosotros el bien es sinónimo de caridad?

Alice se dio la vuelta con lentitud y miró a McFarlan con una firmeza que casi le hizo retroceder. Antes de hablar se tomó unos segundos.

—¿Qué crees que debe prevalecer en las acciones humanas, la caridad o la justicia?

La voz lejana del abad respondió a la pregunta de Alice:

—Ser bueno es fácil —dijo desde el portal de la sacristía—, lo difícil es ser justo.

—La experiencia me dice —añadió McFarlan— que cuando un hombre pide justicia lo que suele querer es que le den la razón.

—Venid aquí. Quiero enseñaros algo —les apremió Ismael.

Alice y McFarlan se acercaron. El abad había cogido uno de los dos tablones que estaban tendidos en el suelo y lo estaba apoyando en la pared. McFarlan hizo lo propio con el segundo. Luego, entre los dos retiraron la lona de plástico. Donde antes estaba el primero de los dos peldaños que salvaban el desnivel del acceso a la sacristía ahora había un boquete negruzco que rezumaba humedad y mala espina. Una larga escalera metálica se perdía en la honda oscuridad del agujero.

—Veo que convenciste al hombrecito de grandes sobaqueras para que te ayudara a remover la piedra —dijo McFarlan mientras se asomaba a la embocadura.

—Me costó una caja entera de botellas de licor verde.

—¿Y ha merecido la pena? —quiso saber Alice.

—Dentro de un momento vosotros mismos podréis valorarlo… —hizo una pausa dramática antes de acabar la frase— suponiendo que os atreváis a bajar al vientre de la ballena.

—Entonces, ¡encontraste la cripta! —exclamó McFarlan con voz triunfal.

—La encontré, sí. Las copas de los pinos en las cenefas de la gula y la envidia nos marcaban el camino correcto.

—¿Has visto los sepulcros de Iria y Berwin?

El abad asintió con cabezazos entusiastas.

—¿Y qué pasa con el hallazgo sensacional que iba a asombrar al mundo? —preguntó Alice.

—Todo a su tiempo —respondió el fraile mientras alzaba enigmáticamente las cejas—. ¿Bajáis o no?

Alice alzó los brazos y mientras se dirigía a la escalera metálica exclamó con ardor aventurero:

—¡Remangaros las faldas, señoras mías, vamos a atravesar el infierno!

El abad Ismael la retuvo cogiéndola del brazo:

—Será mejor que vaya yo primero. Conozco el camino. No bajéis hasta que yo os avise.

Se arremangó el hábito, lo anudó con el cíngulo a la altura de la cintura y se quitó las sandalias. «No es el mejor calzado para explorar el submundo —explicó—. El otro día se me engancharon en una roca y no me partí la crisma de milagro». Alice se miró a los pies. Llevaba tacones de aguja. Sin que nadie se lo pidiera, también se descalzó. «Creía que venía a asistir a una boda, no a formar parte de una expedición de arqueología», dijo encogiéndose de hombros.

El haz de una luz apergaminada y vacilante iluminó la oscuridad del escondrijo una vez que el abad hubo completado el descenso.

—He encendido una antorcha —anunció—. Ya podéis bajar. Sujetaré la base de la escalera.

Alice se agarró a los rieles y apoyó la planta del pie en el segundo peldaño. Una bocanada de humedad le recorrió las piernas.

—No mires donde no debes —le dijo al monje mientras empezaba a descender.

—No te preocupes —respondió él—. A base de pensar en las excelencias del cielo he perdido afición por las maravillas del mundo.

Cuando de nuevo estuvieron los tres juntos, McFarlan preguntó con cierto desencanto:

—¿Es esta la cripta que andábamos buscando?

El clérigo elevó la antorcha y fue iluminando el contorno del recinto, que parecía excavado en la roca. Era más largo que ancho. Tres metros por dos, calculó McFarlan. No se veía nada especial, más allá de la rugosidad roqueña de las paredes. Cuando ya casi había completado su recorrido orbicular, la antorcha hizo un quiebro inesperado. Ismael la dejó caer bruscamente casi a la altura del suelo y la acercó con dramática agilidad a la esquina que había a su derecha. Lo que parecía la boca de un pozo brotó de la penumbra.

—¿Qué es eso? —preguntó Alice, sobresaltada.

—El arranque de una escalera de caracol —le aclaró el monje—. Ahora es cuando empieza lo más emocionante.

McFarlan se acercó al redondel de piedra, de no más de medio metro de altura, y comprobó que no dibujaba una circunferencia completa. En la parte más cercana a la pared había una estrecha abertura: el arranque, en efecto, de una tortuosa escalera de caracol.

—¿Es muy profunda?

—Unos cuatro metros. Da tres giros y es muy empinada. Hay una cadena anclada en el costado de la derecha que hace las veces de pasamanos. Os sugiero que os agarréis a ella con fuerza y que piséis con cuidado. Los peldaños son cortos y resbaladizos. Yo iré delante con la antorcha. Tú, David, ve detrás de mí. Pero no te caigas o te vendrás encima de mí y ninguno de los dos vivirá para contarlo. Alice irá la última. Si caemos nosotros no la arrastraremos a ella, y si es ella la que cae tendrá dos cuerpos que le amortigüen el golpe.

—A mí esa idea me parece estupenda —convino Alice.

Después del primer giro, la melena de la antorcha comenzó a iluminar extrañas inscripciones grabadas en la pared.

—¿Qué son? —preguntó McFarlan.

—Nichos —explicó el abad Ismael—. Todos de los siglos XIV, XV y XVI. Los que estamos viendo ahora son los más antiguos.

Siguieron bajando en silencio. Un minuto después llegaron a la cripta.

—Este suelo está helado —protestó Alice.

—Estás pisando lápidas de mármol, querida —le informó el fraile—. Pero tiene solución.

—¿Quieres que te suba a caballo? —le propuso McFarlan.

Antes de que Alice tuviera tiempo de contestar, la cripta comenzó a iluminarse. Primero, un foco. Después, otro. Y otro más. Enseguida, media docena de puntos de luz hicieron posible que aquel lugar prodigioso apareciera ante sus ojos tal y como había sido concebido seiscientos años antes.

Alice exteriorizó su extrañeza:

—¿Cómo es posible que…?

—Proyectores led con batería recargable —le interrumpió Ismael mientras le ofrecía un par de zuecos que acababa de sacar de una bolsa de deportes que estaba en el suelo.

—Caramba, debo reconocer que te lo has montado muy bien para ser un monje del Medievo —dijo McFarlan, sinceramente impresionado.

—Ya te he dicho muchas veces que no me llames monje del Medievo. Lo mío son los heterodoxos del siglo XVI. Edad Moderna, no Edad Media.

—¡Es alucinante! —exultó Alice, subida ya a los zapatos de madera.

La dependencia tenía forma rectangular y estaba rodeada de capillas funerarias. Había dos a cada lado y una más en la cabecera. Los arcos de sus bóvedas eran ojivales, de transición al gótico. No había adornos. Ni tímpanos, ni jambas, ni capiteles, ni artesonados. La sobriedad era la nota dominante. Pero la belleza de aquel lugar, oculto a los ojos del mundo durante siglos, resultaba innegable.

—¿Vivían a ciegas? —inquirió McFarlan.

Antes de responder, el abad Ismael se mesó la barba blanca. Luego señaló al techo.

—Creo que esas dos hendiduras de las esquinas fueron en su día los tragaluces que iluminaban la cámara. Calculo que habrá seis metros de distancia hasta el enlosado de la sacristía. Cuando los saqueos de los corsarios ingleses obligaron a los monjes a abandonar la abadía, debieron tapiarlos para preservar la cripta de miradas indiscretas.

—¡Pero aquí no hay nada de valor!

—Te equivocas.

Dio unos pasos en dirección a la capilla situada al fondo de la estancia, que estaba presidida por un monumento funerario semioculto en la penumbra. Antes de entrar se detuvo ante dos tumbas paralelas que estaban en el umbral. Ninguna de las dos tenía nombre, pero ambas estaban marcadas con la misma inscripción.

—Lee lo que pone la lápida —ordenó el fraile.

McFarlan se quedó absorto al leer la inscripción.

—*¡Post mortem diliximus!* —exclamó enardecido.

—¡Están aquí! —susurró Ismael.

Alice se adelantó un paso y preguntó en voz alta:

—¿Qué me dijisteis que significaba?

McFarlan, sin girar la cabeza, respondió:

—Nos amaremos después de la muerte.

El entusiasmo de Ismael era casi infantil. McFarlan parecía contagiado. Mientras entraban en la capilla principal, el fraile le resumió a Alice su incansable investigación.

—Un monje moribundo me puso en el camino correcto. Yo era un hermano joven, casi un niño, y por muchos meses había estado ayudándole en la enfermería. Un día, casi agonizando, me dijo: «William Shakespeare está enterrado en la cripta».

Alice fue incapaz de reprimir su asombro.

—¡Menuda estupidez!

Ismael sonrió maliciosamente.

—Ya te dije que me tomarías por loco. Yo también creí que el monje moribundo deliraba. Ni siquiera sabía que hubiera una cripta en el monasterio. Era una leyenda que se trasmitía de una generación a otra, pero que nadie había podido verificar… hasta ahora.

—¿Shakespeare está enterrado aquí? ¡No lo creo! —la voz de Alice era una mezcla de escepticismo y ansia.

—Alice no cree en el amor —dijo McFarlan en tono de burla.

—Tú eres el que no cree. Me ha llevado casi un año convencerte —repuso el fraile mientras se agachaba para encender otro proyector.

De repente, una preciosa sepultura de mármol rosáceo, sobre la que se alzaba la estatua de un noble infante, se hizo enteramente visible.

—¡William Shakespeare! ¿Lo entendéis? —voceó, entusiasta—. No sé cómo he tardado tanto tiempo en darme cuenta. El gran genio de Stratford yace al lado de las criaturas que en verdad inspiraron la tragedia romántica más célebre de la literatura universal. El amor siempre conquista a la muerte.

Brais y Teresa estaban bailando al son de las gaitas. Alrededor de treinta invitados llenaban el patio del bar. Había parado de lloviznar y, ocasionalmente, el sol se asomaba entre las nubes. En la mesa de piedra se amontonaban las sobras de los platos y las botellas. Erea trajo más vino y dos grandes tartas de Santiago. Todo era alegría, risas, baile y orujo.

Alice bailaba sola al ritmo de las gaitas mientras McFarlan, sin mucha fortuna, trataba de colar fichas de madera en la boca de una rana de metal. Brais se acercó y se unió a él.

—¿Puedo?

McFarlan le cedió las fichas que le quedaban y Brais fue embocándolas una a una. Cuando le llegó el turno a la última, se giró y la metió de espaldas.

—Podrías ganarte la vida con esto.

—No necesito ganarme la vida. Ya tengo una mujer que me mantiene.

Los dos amigos, cada uno de ellos con una botella en la mano, se alejaron unos metros para charlar.

—¿Y no te humilla ser un mantenido?

—Lo mejor del mundo es casarse a los sesenta y nueve años Es como coger el último autobús en un asiento al lado del conductor. Así es como te transportas bien.

—¿Pero tú no estabas casado ya?

—Sí —respondió Brais—. Varias veces. Pero Teresa no lo sabe.

—¿No se lo piensas contar?

—Si ella supiera cómo ha sido mi vida, no querría tenerme cerca.

McFarlan movió la cabeza en señal de disentimiento.

—Una vez, Chesterton se preguntó a sí mismo: «¿Soy un demonio?». Y luego se respondió: «Soy un hombre. Y por lo tanto llevo dentro de mí todos los demonios». Yo creo que el gordo londinense de seis pies y cuatro pulgadas tenía razón: los demonios son los más fieles compañeros de nuestra vida. Teresa sabe de sobra que tú eres uno de los que forman parte de la suya.

Brais sonrió. No había duda de que algunos pasajes de su vida estaban ligados a los demonios interiores de los que hablaba Chesterton. Y más que a demonios, a demonias. «¿Por qué no hay locución femenina para ese sustantivo? —pensó—. No hay duda de que el demonio tiene cuerpo de mujer».

Después de huir del orfanato, a los diecisiete años, pasó una larga temporada tumbado en la cama con las manos detrás de la nuca y la mirada fija en el techo, pero al cumplir los dieciocho se levantó y se hizo marinero para recorrer el mundo en busca de nuevas aventuras. El mar le curtió. En seis meses se hizo todo un hombre. Un buen día, ese joven luchador de flequillo adolescente se vio arrastrado por un vendaval de pasiones desatadas. El capitán le descubrió en brazos de su mujer y él no tuvo más remedio que saltar por la borda para salvar el pellejo. Cayó al mar y estuvo a la deriva dos días y tres noches, agarrado al flotador que su amante le lanzó por la popa, aprovechando una oportuna distracción de su marido. Le recogió un mercante cuando estaba a punto de morir de sed y le llevó a la Martinica. En Fort-de-France había suficientes canallas para llenar una vida entera, pero él solo esperaba un barco en el que partir lejos.

Después de tres meses de naufragios en burdeles y timbas de juego, ganó el dinero suficiente para pagarse el pasaje en un buque de pasajeros que le llevó a Montevideo. Allí quedó abducido por la frívola esposa de un millonario, irresistiblemente atractiva, que solía pasearse desnuda, con una copa en la mano, por los salones de su mansión. Todos los días, la mujer le llevaba una botella de whisky a su habitación y le exigía que la amara como si el mundo fuera a terminarse aquella misma noche. Se separaron porque ella se enamoró de otro y le dejó tirado.

Harto de que el mar le arrastrara a los brazos de las mujeres equivocadas, decidió echar raíces y en 1970 se casó por primera vez, en el Gran Circo Atómico, con una domadora de tigres. Se separaron en el setenta y dos. Después se volvió a casar en el setenta y cinco, en Hawái, con una mujer de Polinesia llamada Norita. Fue un ritual muy extraño. Nunca se atrevió a poner ese matrimonio en el *ranking*. En el setenta y ocho conoció en México a una buscadora de oro que se llamaba Irma. Reunieron fuerzas y se casaron. Lo único que encontraron fue la cárcel en Guanajuato. Les casó el padre de Irma, que había sido cura de joven. Brais creía que ese había sido su único matrimonio genuino.

—No estoy enamorado de Teresa —dijo Brais después de rememorar los momentos estelares de su vida romántica—, pero siento afecto por ella. Antes de hacerle daño me pegaría un tiro.

—Cuando un hombre se casa por segunda vez es porque adoraba a su primera mujer.

—¿Y qué pasa cuando te casas por cuarta vez? ¿Significa eso que adorabas a las tres primeras?

—Significa que debes cambiar de psiquiatra.

Brais miraba los movimientos y las risas de Alice, que seguía bailando sola al son de las gaitas. Sin apartar la mirada de ella, dijo:

—Ella es joven. Siempre es mejor. Los jóvenes mienten menos. Ella te quiere.

—Sí —respondió McFarlan—. Ella me quiere, pero no quiere quererme.

—Escucha. Esto no es de ningún escritor, es mío: las mujeres son como borradores. Ellas te hacen olvidar todo. Incluso a las mujeres.

Después de reír, McFarlan celebró la ocurrencia de su amigo con un trago. Luego, bajando el tono de voz, susurró:

—Desde el primer momento que la vi supe que ya nos conocíamos. Cuando hicimos el amor sentí que ya lo habíamos hecho antes. Cada gesto, cada movimiento de su cabeza, cada centímetro de su piel me resultaba familiar. Y esto no es literatura, Brais. Es real. Creo que ella me conoce desde hace mucho tiempo.

—Súbete al autobús y coge un buen sitio. Ese autobús se está moviendo sin conductor. Ese es el mejor consejo que puedo darte.

—Pero no sé si es lo que ella quiere que haga. Desde hace días la noto extraña. Ausente. Como si quisiera alejarse de mí.

Una voz a su espalda interrumpió la conversación.

—¿Puedo unirme?

El abad Ismael parecía haber adivinado los pensamientos de McFarlan.

—¿No bailas con ella? —le preguntó mientras se sentaba a su lado, después de haber señalado a Alice con un movimiento de la cara.

—No está de Dios —bromeó Brais antes de que McFarlan respondiera.

—Me parece recordar —dijo el monje tranquilamente— que te enfadaste conmigo la última vez que me oíste decir que Dios permite que nos aferremos a amores que no nos corresponden.

McFarlan replicó:

—¿Me estás animando a que desafíe la voluntad de Dios haciendo algo que Él no quiere que haga?

—No sabes si eso es así. ¿Estamos seguros de que Alice es un amor que no te corresponde?

—¿Eso cómo se sabe? —quiso saber Brais.

—Utilizando la cabeza.

—Desvarías, Ismael —terció McFarlan—. Hablas como un cuerdo. A los cuerdos no hay que hacerles caso cuando hablan de amor. Los cuerdos aman cuerdamente, que es como no haber amado nunca.

—Si supieras algo del amor de Dios no me juzgarías con tanta dureza.

—Creer en Dios no es propio de hombres cuerdos —concedió Brais.

—Podríamos expresarlo así.

—Dios me ha salvado la vida tres veces —continuó Brais—. Por eso creo que me quiere, a pesar de todo. No es una actitud muy cuerda por su parte, pero no seré yo quien se lo reproche.

—¿Qué te pasó?

—Siendo muy joven, en Fort-de-France, viví durante una temporada en un burdel. No tenía otro sitio donde caerme muerto. Un día descubrí que empezaban a salirme sarpullidos en los huevos y, creyendo que era gonorrea, me puse a rezar como si braceara contra la muerte. Meses después, al doblar una esquina, un drogadicto me clavó un cuchillo en el pecho. La hoja se detuvo a dos centímetros del corazón. Después de aquello, el Sumo Hacedor todavía me ayudó una vez más. Estando borracho como una cuba le robé a un contrabandista su Astra Cadix, calibre 22, y jugué con ella tres veces seguidas a la ruleta rusa. Su tambor era de cinco balas.

—Creía que Dios no jugaba a los dados —comentó McFarlan después de beberse de un sorbo el aliento que el relato de Brais había retenido en su garganta.

Brais pasó por alto el comentario de su amigo y le preguntó al abad Ismael:

—Dime, fraile, ¿Dios te quiere más que a mí?

—A ti te quiere mucho, desde luego. Pero su amor no siempre se manifiesta manteniéndonos con vida. A veces su amor nos la quita. ¿Quieres saber cuándo creí en Él?

—Sí, quiero.

—Creí en Dios, siendo un niño, cuando conocí en la guerra a un cura lujurioso y alcoholizado, perseguido por los republicanos, que estando ya a salvo al otro de las líneas enemigas regresó para darle la extremaunción a un amigo agonizante y murió acribillado en pecado mortal.

McFarlan se levantó, hizo una leve reverencia con la cabeza, y se disculpó en voz alta:

—Ya he oído bastantes truculencias por hoy. Con vuestro permiso voy a ver si consigo un asiento al lado del conductor en un autobús que, según parece, ha comenzado a moverse.

Alice, en efecto, había parado de bailar y empezaba a despedirse de los invitados.

—Mucha suerte, amigo —le deseó Brais.

—Averigua si es el amor que te corresponde —añadió, risueño, el abad Ismael.

—¡David! —gritó Brais cuando McFarlan había comenzado a caminar al encuentro de Alice.

McFarlan se detuvo y giró la cabeza hacia él.

—¿Te das cuenta? —le dijo—. Somos la verdadera generación perdida. Nadie nos va a encontrar. Hemos conseguido llegar al fin del mundo.Y es estupendo, ¿no te parece?

—Incluso mejor —respondió McFarlan antes de proseguir su camino.

Cuando llegó hasta ella, Alice le preguntó:

—¿De qué hablabas con tus amigos?

—De sarpullidos en los huevos, puñaladas en el pecho, ruletas rusas, curas libidinosos, muertes heroicas y autobuses con asientos disponibles al lado del conductor.

Alice suspiró, impresionada.

—¿Por qué no habéis vendido entradas?

—Porque era una función a puerta cerrada.

—¿Lo del autobús no desentona con el resto de la conversación?

—Al contrario. Esa ha sido la mejor historia de todas.

—¿De qué va?

—De ti y de mí. —La respuesta le pilló desprevenida. Alice desvió la mirada hacia el suelo y se sumió en un largo y embarazoso silencio. McFarlan titubeó. Con voz insegura, después de tragar saliva, prosiguió—: De lo que se trata, al parecer, es de averiguar si eres el amor que me corresponde. ¿Lo eres?

Alice levantó la cara y le miró a los ojos.

Unos gritos corales le ahorraron la respuesta.

«¡En inglés, en inglés, que la bese en inglés!». Los invitados habían llevado en volandas a Teresa al lado de Brais y demandaban que se besasen. Brais se puso en pie y rodeó a la novia con sus brazos.

«¡En inglés, en inglés, que la bese en inglés!».

Brais pidió paciencia con las manos y tomó la palabra:

—Los ingleses, amigos míos, según he podido comprobar a lo largo de mi vida, son los que menos importancia le dan a la pasión. Son conocidos por ser fríos y dulces. El beso perfecto para ellos debe ser espontáneo e inesperado, a la vez que rápido y dulce.

Nada más acabar la frase, con un veloz movimiento de cuello, puso sus labios en la mejilla de Teresa y los mantuvo durante unos segundos antes de rematar el gesto con un ruidoso resoplido. Teresa sacudió la cara como si acabara de sufrir un escalofrío. Todos los presentes rieron de buena gana y vitorearon a los novios con entusiasmo.

Alice y McFarlan se alejaron lentamente de la multitud y se dirigieron al coche. Poco a poco, los gritos y la música se fueron perdiendo en la distancia.

27

Lira, cerca de Finisterre. Diciembre de 2019.
Al día siguiente

A McFarlan le despertó el sonido de la lluvia sobre el tejado. Estaba amaneciendo. Sin abrir los ojos, palpó el otro lado de la cama y descubrió que Alice no estaba a su lado. Miró el reloj. Eran las ocho de la mañana. Le dolía la cabeza. Tuvo que hacer un gran esfuerzo para espabilarse y pensar con claridad. Todavía se debatía en esa tierra de nadie, a medio camino entre el sueño y la vigilia, que impide distinguir lo onírico de lo real. Al fin pudo hacer el cálculo que le intrigaba, sobreponiéndose a las punzadas que le oprimían la frente, y descubrió que apenas había dormido tres horas. La noche anterior estuvo hablando con Alice hasta las cinco de la madrugada. Aún notaba en la boca el reflujo amargo de la conversación. Se sentó en el borde de la cama y presionó la superficie del cráneo con las palmas de las manos para mitigar el dolor. De repente, dejó de llover. El silencio le zumbaba en los oídos. Cuando atesoró suficiente energía, se puso en pie. La jaqueca le obligó a cerrar los ojos con fuerza. La puerta del dormitorio estaba abierta. Cruzó el umbral y echó un vistazo alrededor del salón. La claridad que se filtraba por las ventanas tenía el color pesaroso de los días de lluvia y el rompeolas del mar retumbaba en la distancia.

—¡Alice! —voceó.

No obtuvo respuesta.

Se asomó a la cocina. No había nadie. En la pala del recogedor vio los cristales rotos del vaso que él mismo había estrellado contra la pared tres horas antes. Al recordarlo, las palpitaciones de la cabeza se agudizaron.

Cuando regresaron de Casa Teresa, la tarde anterior, las copas de más y el optimismo contagioso de la fiesta hicieron que Alice abandonara ocasionalmente aquella extraña actitud de lejanía y silencio que se había apoderado de ella durante los últimos días y que McFarlan trataba de descifrar en vano.

—¿Por qué crees que Teresa se ha casado con Brais? —preguntó ella mientras caminaban hacia la cabaña de la playa bordeando el mar.

—Porque Teresa no paraba de decirle que le atormentaría después de muerta si no la llevaba al altar.

—Así que Brais no se ha casado por amor, sino por superstición.

—La supersticiosa es ella. Al conocer a Brais creyó ver en él la encarnación masculina de una *moura* a la que debía enamorar para que le revelara el paradero del tesoro que custodiaba.

—¿Y lo encontró?

—Teresa acabó creyendo que el tesoro era él.

—Típico de las mujeres enamoradas. Prefieren el engaño a la decepción.

—Yo no diría que Teresa es una mujer decepcionada. La decepción es patrimonio de los idealistas y ella no es de esa clase. Sabe muy bien cómo son las cosas.

—¿Cómo se conocieron?

—Brais dice que encontró en la playa una botella que contenía las coordenadas exactas del lugar donde se hallaba la mujer de sus sueños.

Habían llegado a la pequeña garganta del terreno que delimitaba la parcela de la cabaña. En lugar de saltarla, como hacían casi siempre, caminaron hacia el vértice más estrecho y se detuvieron bajo la copa de un pino que hundía sus raíces en la arena, a pocos metros del mar. Alice fijó su mirada en la orilla.

—Vaya, así que, de alguna manera, a ella también la encontraron en la playa...

—De una manera muy traída por los pelos, sí. Es evidente que aquella botella nunca existió.

—Vete tú a saber.

—¿Crees que es verdad?

—Creo que sería bonito que lo fuera —dijo mientras arrancaba del suelo un manojo de correhuelas y lo acercaba a las fosas nasales para olerlo de cerca—. ¿Qué recuerdas del día que me encontrasteis a mí?

—Fue Dickens quien te vio tumbada en la arena. No paraba de ladrar. Según Brais, tu piel estaba tan pálida que te creyó muerta. Te cogió en brazos y te llevó a mi cama. Allí fue donde te vi por primera vez. Tiritabas de frío envuelta en una manta.

—Y me desnudaste.

—Digamos más bien que te salvé la vida. Estabas a un paso de la pulmonía.

—Me salvó el doctor Varela.

—Varela ayudó, supongo

—¿Qué pensaste al verme?

—Me gustaste más la segunda vez que te vi desnuda, si te refieres a eso. En la cueva Xoana también tiritabas, pero estabas deslumbrante.

Alice frunció el ceño, como si tratara de evitar que aquel recuerdo cobrara vida en su memoria. No quería que la sensación de sentirse protegida por McFarlan hiciera más difícil su decisión.

—No, no me refería a eso.

—Pensé que eras una sirena. Estaba borracho.

—Yo creí que aquello era un piropo hasta que me explicaste que en la mitología griega las sirenas son mitad mujer y mitad pájaro.

—La noticia te impresionó tanto que te caíste al suelo y te hiciste un esguince…

—No fue esa noticia la que me derribó. Fue el exceso de orujo.

McFarlan advirtió que Alice había dejado de mirar hacia afuera. No era el mar, ni las rocas de la playa, ni los cúmulos de color marengo que algodonaban el cielo lo que veían sus ojos. Lo que estaba contemplando era su propia vida.

En ese trance, pensó, no hay sitio para la mentira.

—Dime ahora la verdad. ¿Cómo llegaste a la playa de Lira?

Alice volvió a enfocar la mirada y la nitidez de los objetos le devolvió el dominio de sus palabras.

—¿Me lo preguntas otra vez? Perdí el equilibrio en el crucero turístico de Corcubión y me fui de cabeza al agua.

—¿No buscabas al doctor Livingstone?

—No. Pero encontré al profesor McFarlan.

Alice reanudó la marcha y caminó hacia el pequeño terraplén, tachonado de camariñas y lirios marinos, que se elevaba hasta alcanzar la meseta ajardinada que rodeaba la casa. McFarlan le siguió en silencio. Al verles llegar, Dickens comenzó a ladrar como si hubiera visto fantasmas. Alice se acercó a él, le puso su mano izquierda bajo el hocico y lo acarició suavemente con los nudillos. Los ladridos cesaron de inmediato.

—Para este perro idiota —dijo McFarlan— cualquier ser humano es un peligro potencial.

—Aún no has aprendido su idioma. Solo ladra así cuando da la bienvenida o se despide de alguien.

Ahora, esos mismos ladridos resonaban de nuevo en los oídos de McFarlan.

Pero esta vez eran ladridos reales que llegaban de fuera de la cabaña.

Se asomó a la ventana y vio a Alice alejándose de la verja. Llevaba puesto un impermeable de color rojo. Dickens correteaba detrás de ella meneando la cola. Ella se agachó, le besó en el hocico y siguió caminando en dirección a Casa Teresa. Mientras McFarlan la veía desaparecer se sintió como el niño que ha perdido su cometa y es incapaz de correr tras ella, atónito e impotente.

La discusión que habían tenido horas antes no dejaba de martillearle la cabeza. Los versos de Whitman acudieron a su memoria: «Hay algo en mí, no sé lo que es, pero sé que está en mí, hay algo en ella, no sé lo que es, pero sé que está en ella, que me impide decirle la verdad».

Volvió al dormitorio, se tumbó en la cama y casi al instante se quedó dormido.

Cuando Erea llegó a la casa de la playa, antes de la hora de comer, creyó que estaba sola y acudió directamente a la cocina para coger los utensilios de la limpieza. Vio cristales rotos en la pala del recogedor. Antes de tirarlos a la basura los envolvió en papel de periódico. A continuación, eligió el cepillo de cerda más gruesa y se dirigió al dormitorio de McFarlan. La puerta estaba entornada. Desde el umbral le vio tumbado boca abajo encima de la cama y se detuvo sigilosamente antes de entrar. Volvió sobre sus pasos, procurando no hacer ruido, y regresó a la cocina. No tenía sentido ponerse a limpiar mientras McFarlan siguiera durmiendo. Por mucho que tratara de evitarlo era imposible que no acabara despertándole el ruido de la lavadora o el del arrastre de los muebles si quería barrer como es debido. Pensó en marcharse, pero luego cambió de idea. Sabía que le debía una explicación y estaba claro que no iba a tener otra oportunidad mejor que aquella para escribir la nota que le exigía su conciencia. Fue al escritorio, cogió un folio en blanco y un bolígrafo de tinta negra, se sentó frente a la mesa del comedor y comenzó a escribir con letra clara:

Apreciado David:

Le ruego que me disculpe por no saber escribir bien, pero mientras Dios no me cure la lengua no tengo otra forma de explicar lo mucho que siento haber dudado de su inocencia. Quiero que sepa que hace dos años vino a mi casa aquel señor de América que llegó a Lira haciéndose pasar por biólogo marino. Habló con Antón y le confesó que era un detective privado, contratado por una periodista, y que había venido al pueblo para espiarle. Dijo que tenía sospechas de que pudiera haber sido usted quien mató a Cynthia. Se me hace muy duro escribir esto. Siempre se ha portado bien conmigo y yo no tenía derecho a dudar de su conducta. Antón no debería haberse creído esa patraña, pero ya sabe que Antón y Cynthia estuvieron saliendo juntos en plan de novios hace algunos años y pensó que, por lealtad a ella, debía investigar la verdad. El americano le convenció para que se hiciera amigo de usted y tratara de sonsacarle información sobre la muerte de Cynthia. Antón no me contó nada de las conversaciones que mantenían en la casa de la playa, pero el americano vino a verme y me enseñó una carta que Antón le había enviado poco antes de morir en el mar. Le contaba que le había oído decir que sentía celos de Cynthia y que no podía resistir la idea de que ella existiera. También le decía en la carta que usted había dicho que guardaba en un escondite de su estudio «la prueba de su abominación». Yo no sabía lo que significaba esa palabra. Tuve que buscarla en el diccionario. El americano también me enseñó, cuando vino a verme, un mensaje de texto que Antón le mandó el día antes del accidente. En él le decía que había descubierto el escondite del estudio y que pensaba contarle en una carta lo que había dentro. El hecho de que ese mensaje de texto lo hubiera mandado horas antes de morir significaba, según la opinión del detective americano, que usted podía haber tenido interés en taparle la boca para que no hablara con nadie de lo que había descubierto. Me dijo que alguien po-

día haber adulterado el combustible del barco de Antón para que naufragara. Me pidió que le ayudara a descubrir lo que sucedió y yo accedí a hacer lo que me pedía. Ahora sé que no debería haberlo hecho, pero eso no borra el hecho de que lo hice.

Hace algunas semanas yo también encontré el escondite del que Antón hablaba en el mensaje de texto. Ahora está claro a qué se refería cuando hablaba de los celos y cuál era la prueba de la abominación. No le juzgo. No tengo derecho a juzgarle. Y, desde luego, no le diré nada a nadie, se lo prometo. Lo único que importa es que ahora estoy segura de que sus palabras no guardaban relación con la muerte de Cynthia. Estoy avergonzada por haberlo puesto en duda.

Hace dos días también descubrí que la muerte de Antón fue accidental y que usted no tuvo nada que ver con ella…

Al llegar a este punto, Erea se detuvo. Las lágrimas le nublaron la vista y tuvo que levantarse de la silla para ir a la cocina y sacar un pañuelo de su bolso. Aprovechó el viaje y se hizo una taza de té. Necesitaba tomar algo caliente que le entonara el cuerpo. Se sentó para beberlo con calma. A la vez que el azúcar, la cucharilla removió también los recuerdos que se agolpaban en su cabeza.

¿Cómo había empezado todo?

—Será mejor que te sientes —le dijo el sargento Cabaleiro cuando ella miró con extrañeza al hombre que le acompañaba.

Era un hombre delgado, muy alto, con la cara surcada de arrugas y el pelo cano. Iba vestido con un traje de pana color tabaco.

—Se llama Terry Sanders —explicó Cabaleiro—. Es el patrón de un remolcador de Plymouth. Hemos venido a contarte lo que le sucedió a Antón.

Erea se quedó petrificada.

—*Nice to meet you* —le saludó el inglés con amabilidad.

—No habla español —aclaró el sargento—. Por eso le he pedido a Brais que se acerque para hacer de traductor. ¿Te parece bien?

Erea asintió con la cabeza.

Como si la invocación de su nombre hubiera sido un conjuro, Brais llamó en ese momento a la puerta con su toque característico: cinco golpes rítmicos, una breve pausa y otros dos más espaciados.

Antes de abrir, Erea hizo un gesto a los dos hombres para que tomaran asiento, pero ellos prefirieron aguardar de pie la llegada de Brais. Un minuto después, consumada la breve ceremonia de los saludos, los cuatro se acomodaron frente a la mesa del mirador.

Brais tradujo las palabras iniciales de Sanders:

—Lamento mucho que tenga que enterarse por mí de lo que le ocurrió a su marido, señora. Si la suerte nos hubiera sonreído un poco…

No terminó la frase. Se le veía incómodo. Había determinadas palabras que prefería no pronunciar.

Cabaleiro puso a Erea en antecedentes. Después de que hubieran aparecido los primeros restos del barco de Antón en la embocadura de la ría, Salvamento Marítimo mantuvo a tres embarcaciones y un helicóptero rastreando la zona durante un par de días con la débil esperanza de encontrarle con vida. Pero no hallaron nada y el dispositivo de búsqueda se interrumpió. Después de eso, Cabaleiro habló personalmente por teléfono con todas las autoridades portuarias de la zona, desde Oporto a Ribadeo, en busca de alguna noticia que pudiera ser de utilidad. Pero no hubo suerte. Nadie había avistado más restos del *Nuestra Señora de la Paz*. Todo indicaba que la nave fue hundida por la tormenta y que se encontraba en algún punto desconocido del lecho marino. La investigación se dio por concluida. Sin embargo, Cabaleiro acababa de recibir una información inesperada. Dos días antes, el comandante de marina de Oporto le había telefoneado para decirle que el patrón de un remolcador de Plymouth que colaboraba con ellos había visto el barco de Antón el mismo día de la tormenta. Incluso habló con él poco antes de que desapareciera…

En ese punto, Erea interrumpió el relato de Cabaleiro dando una palmada encima de la mesa y miró a Brais con ojos inquisitivos. Todos entendieron el significado de aquella mirada.

—¿Habló usted con Antón en plena tormenta? —preguntó Brais.

El propio Brais hizo la traducción simultánea de la respuesta:

—Nunca antes había estado en el ojo de una tormenta. Es una experiencia de la que muchos marinos oímos hablar, pero que pocos podemos narrar en primera persona. Toda la furia del viento se detiene de golpe y una extraña tiniebla, una especie de sustancia sobrenatural, comienza a girar alrededor del buque. Cesa el oleaje y el cielo se abre formando una coronilla en la cumbre del remolino que deja ver las estrellas. Fue allí donde nos vimos. Allí estábamos los dos: su barco y el mío. Llegamos a estar tan juntos que parecía que con tan solo tender una mano por encima de la borda podríamos tocar el casco de la otra embarcación. Las pocas estrellas que brillaban sobre nuestras cabezas arrojaban una luz oscura que no dejaba en el agua ningún reflejo. Él andaba corto de combustible, porque llevaba horas exigiéndole al motor la máxima potencia, y le pedí al marinero que le lanzara un par de bidones a la cubierta. Al hacerlo cometió un grave error del que no nos percatamos hasta mucho tiempo después. Sin darse cuenta le dio los bidones de gasolina de la embarcación auxiliar.

Erea recordó en ese momento lo que le había dicho Robert Mulligan: «Cuando encontraron los restos del motor hallaron pistones y bielas dañadas. Eso es lo que sucede cuando se adultera el combustible. Es posible que el motor no tuviera suficiente potencia para imponerse al oleaje».

Ahora sabía, por fin, que nadie adulteró el combustible a propósito. Fue el error involuntario de un marinero que, en aquel momento, después de todo, tenía puestos los cinco sentidos en sobrevivir a la tormenta. El descubrimiento le produjo alivio y remordimiento. La parte buena era que McFarlan quedaba libre de sospecha, y la mala, que ella tendría que convivir el resto de su vida con el baldón de haber puesto en duda su inocencia. En ningún caso le dio por pensar que Antón podría estar vivo si el marinero no se hubiera equivocado al elegir los bidones. Los hechos consumados no admiten enmiendas y todo lo que no fuera aceptar la realidad tal como es, sin quimeras inútiles, siempre le había parecido un ejercicio melancólico de inconformismo estúpido. Solo servía para prolongar el dolor de manera innecesaria.

—El señor Sanders me ha explicado —dijo el sargento Cabaleiro— que las condiciones del mar de aquel día no eran tan desfavorables como para que un barco de las características del *Nuestra Señora de la Paz* se fuera a pique por culpa del temporal. Había viento de fuerza 7 y las olas eran de cinco metros. Hubo barcos que salieron a faenar y regresaron sanos y salvos. Su remolcador salió para ayudar a un pesquero portugués averiado y pudo hacer su trabajo sin excesivas complicaciones.

Brais iba traduciendo en voz alta la explicación del policía y el inglés corroboraba sus palabras con gestos afirmativos de la cabeza.

—Sabíamos que antes o después regresaríamos a la tormenta —relató Sanders cuando el sargento hubo terminado su explicación—. Era inútil mirar a uno u otro lado para tratar de prever la proximidad del momento. Cuando este llegara lo haría de golpe, sin previo aviso, y teníamos que estar preparados para afrontar ese instante con entereza. Su marido no parecía excesivamente preocupado. «Yo soy un experto en navegación complicada —me dijo—. Conozco como nadie los lugares de la costa más lejanos y peor señalados en los mapas. Puedo identificar de memoria los arrecifes, los bajos fondos y las siluetas de los promontorios que hay a veinte millas de la costa».

Erea sonrió con cierta amargura. Era fácil reconocer a Antón presumiendo de su pericia marinera en esos términos. Incluso fue capaz de imaginar el gesto que debió poner mientras lo dijo. Apostaría lo que fuera a que frunció levemente el ceño y arqueó los labios para enfatizar sus palabras.

—Sanders estaba en Plymouth cuando yo llamé al director del puerto —explicó Cabaleiro— y nadie supo que había tenido contacto con el barco de Antón hasta que hace una semana la conversación salió a relucir de forma casual en la comandancia de Oporto.

—Estábamos contando batallitas —ratificó el inglés— y yo relaté mi experiencia en el ojo de la tormenta. El comandante Alves llamó enseguida al sargento para ponerle al tanto y ambos me pidieron que prestara declaración en comisaría. Podía haberlo hecho en Oporto, pero quise venir para contárselo en persona.

Sanders clavó sus ojos negros, oscuros como el carbón, en los ojos de Erea.

—Su marido me pareció una persona notable —añadió—. Fuera de lo común.

—¿Pudieron despedirse? —preguntó Brais.

—No. No tuvimos tiempo. De repente, las tinieblas se transformaron en agua. En un segundo, las olas comenzaron a caer estrepitosamente sobre nuestras cabezas. Aún no había terminado una de barrer la cubierta y ya oíamos a la siguiente caminando sobre el mar, sobre el aire mismo. Todos mis miembros pesaban como plomo. Entumecido de pies a cabeza, sin poder respirar apenas, avancé como pude hasta la proa. Cuando el agua me envolvió, me sabía invisible para su marido. Tampoco yo podía verle a él. El puente, el mástil, la luz de tope, todo se desvaneció de golpe en la horrible densidad de la tormenta. La luz de un relámpago me permitió ver por un instante el barco de Antón adentrándose en aquella batahola. Luego ya no volví a verle más.

Erea dejó de recordar cuando Dickens entró en la cocina y le miró con cara de hambriento. Cogió el yelmo de Mambrino y lo llenó de galletas. En cuanto lo puso en el suelo, el perro se abalanzó sobre la bacía y se olvidó del mundo. Erea le acarició el cogote, apuró su taza de té y regresó a la mesa del comedor para terminar de escribir la carta que había dejado a medias.

Hace dos días también descubrí que la muerte de Antón fue accidental y que usted no tuvo nada que ver con ella…

Después de releer la última frase, añadió:

Tendré que vivir el resto de mi vida con la vergüenza de haber dudado de su inocencia. Espero que sepa perdonarme.

Luego añadió una postdata, dejó la carta en la mesa del escritorio, recogió sus cosas de la cocina y salió de la casa sin hacer ruido.

McFarlan se despertó a la una de la tarde y el silencio que le recibió al abrir los ojos cayó sobre él como una condena. Por primera vez en mucho tiempo percibió la soledad como un castigo. Lo que hasta ahora había sido el refugio de su dolor, la propiedad vallada con alambre de espino y tibias cruzadas bajo una calavera, se había transformado de golpe en un inhóspito campo de concentración que reclamaba a gritos la cercanía de Alice. Sin el sonido de su voz, sin el crujido de la madera del suelo bajo el peso de sus pisadas ni el olor de su cuerpo en el aire que le mantenía con vida, nada de lo que pudiera ocurrir en las horas siguientes tenía para él interés alguno. Alice era la única porción de felicidad que le había sido dada desde la muerte de Cynthia. Lo único que podía esperar con impaciencia era volver a tenerla cerca. En la conversación que tuvieron la noche anterior se lo había dicho sin ambages:

—¿Sabes cuándo me enamoré de ti?

—Tú no crees en el amor. El amor es el sexo del impotente.

—¿Eso te dije?

—¿A cuántas mujeres les has dicho lo mismo?

—He perdido la cuenta.

—Eras un desecho humano cuando te conocí. Pero un fotógrafo puede ver el lado bueno de la mierda.

—¿La mierda tiene un lado bueno?

—Todo tiene su lado bueno si sabemos mirar.

—No me enamoré de ti por tu forma de mirarme.

—¿Por qué fue, entonces?

—Me enamoré de ti porque me hiciste recordar lo que significa tener algo que esperar con impaciencia.

McFarlan se levantó de la cama y fue a la cocina a prepararse un café. Trataba de entender por qué le invadía la terrible certidumbre de que algo había hecho crac en el ánimo de Alice. Su mirada ya no era la misma. Tal vez el lado bueno de la mierda había perdido el combate con la visión de conjunto y la balanza se había inclinado del lado de la verdad. ¿Era eso? ¿Alice se había dado cuenta por fin de que no era el hombre que creía haber descubierto? La sola idea de que pudiera perderla le provocaba vértigo. Se sentó en una silla y aguardó con la cabeza entre las manos a que el motor de la cafetera se apagara. Repasó una vez más la conversación de la noche anterior con la esperanza de hallar algún indicio que refutara el extraño convencimiento de que Alice se había ido para siempre.

—¿Tú cuándo supiste que estabas enamorada de mí?

—Cuando dije que me gustaban los besos con regusto a ajo y tú pinchaste una gamba al ajillo, la bañaste en aceite y te la llevaste a la boca. Yo sabía que el ajo no te gustaba nada.

—Nunca un beso me supo mejor que el de aquella noche.

—Tampoco a mí.

—¿Eres un sueño que se va a desvanecer cuando despierte?

—Mañana lo sabremos.

«Ahora ya lo sabemos», dijo en voz alta para asegurarse de que la frase no formaba parte del mismo recuerdo. Se sirvió el café en una taza de loza decorada con la bandera inglesa y salió al porche con la vana esperanza de ver a Alice caminando por la playa. El viento ya había arrastrado las nubes más negras. La luz era turbia, pero menos plomiza que al amanecer. Las crestas de las olas blanqueaban la superficie rizada del mar. «Una buena vista de la derrota —pensó—. No hay desenlace feliz para una historia de tramposos, de borrachos y de viejos cobardes. Cualquier otro final merecería la horca». Dickens ladró como un lobo. McFarlan se dio cuenta de que él también se estaba despidiendo de ella. «Lo único que cabe hacer es bajar el telón en el momento preciso, amigo mío», le dijo. A pesar de todo, miró una vez más a derecha y a izquierda por si la veía aparecer en la distancia.

—¿Por qué te quedaste a mi lado?

—Quería saber si eras como me había imaginado.

—¿Y lo soy?

—No. Eres mejor. Y eso es lo peor que podía pasarme.

—Puedo envilecerme, si quieres.

—No, no puedes.

—Pídemelo.

—Nunca más.

—¿Mentiste al decir que me amabas?

—Nunca debí venir aquí.

—¿Dónde es aquí?

—Donde la tierra se acaba.

—¿Aún crees que la tierra es plana?

—Aún creo que hay barcos que se despeñan en el abismo de la muerte.

—Pues amémonos después de la muerte.

—¿Es eso lo que le harás decir a Berwin en tu novela cuando hable con Iria mientras agoniza?

—¿Te parece mal?

—Me parece suicida.

Después de aquello, Alice se sumió en un hermético silencio, con la mirada perdida en algún punto borroso del fuego que aún ardía, inquieto y débil, entre los rescoldos de la chimenea. McFarlan hacía esfuerzos por entender lo que estaba pasando. Tenía muy claro que el repaso que acababan de hacer a su historia en común no merecía el doloroso final que Alice proponía. Era tan incoherente como dejar que un pájaro se posara en la palma de la mano, acariciar suavemente sus alas y cerrar el puño a continuación para retorcerle el pescuezo.

La incomprensión, poco a poco, se transformó en tristeza. García Márquez tenía razón: «La peor forma de extrañar a alguien es estar sentado a su lado y saber que nunca la podrás tener». Cuando por fin la tristeza dio paso al mal humor, McFarlan ya sabía que el desenlace era irreversible. Ocho horas después aún era capaz de sentir el enérgico movimiento de su brazo derecho lanzando rabiosamente el vaso de orujo contra la pared. Alice se estremeció con el impacto. Luego se levantó en silencio, barrió los cristales rotos con el recogedor y el cepillo que trajo de la cocina, besó a McFarlan en la frente y se metió en la cama.

McFarlan sintió frío. No sabía calcular cuánto tiempo llevaba sentado en el porche, en mangas de pijama, aguardando el milagro de distinguir la figura de Alice en algún punto del mismo camino que había recorrido por la mañana para alejarse de él. Nada más verla, se dijo, correría hacia ella y la abrazaría con todas sus fuerzas, como se abraza un tesoro que se creía perdido. Una y otra vez imaginó esa escena con la secreta esperanza de que, a base de recrearla, terminara superponiéndose a la de Alice desapareciendo en la distancia. Cuando la temperatura disipó la ensoñación, McFarlan regresó a su dormitorio para darse una ducha de agua caliente.

Se acababa de vestir cuando sonó el teléfono. Era Brais. Su voz sonaba fúnebre y McFarlan pensó por un momento que ya estaba arrepentido de haberse casado.

—Deberíamos ir a cazar —le dijo a modo de saludo.

—¿Tienes que compensar el hecho de que ya te hayan cazado a ti?

—El amor es una patraña, David. Los hombres somos tan estúpidos que nos enamoramos de un lunar en la cara y cometemos el error de casarnos con la chica entera.

—Teresa no tiene ningún lunar en la cara, que yo recuerde.

—No hablo de Teresa.

McFarlan supo que su amigo estaba al tanto de la marcha de Alice y trataba de animarle. Apreciaba el gesto, pero le incomodaba la sensación de que su duelo estuviera expuesto en el escaparate público. Hizo un esfuerzo por aparentar normalidad.

—Tampoco hablas de mí. No he sido yo quien se casó ayer con la chica entera. ¿Dónde tiene Teresa el lunar? ¿En algún sitio confesable?

Brais pasó por alto la broma. Sabía que McFarlan solo trataba de disimular su estado de ánimo.

—¿Cuánto estás de jodido, de uno a diez?

—De uno a diez, nueve y medio.

—Entonces deberíamos ir a cazar. Pegar tiros desahoga un huevo. Y además aún tienes que amortizar el dineral que pagaste por la Browning del calibre 20 con la báscula niquelada. Que la expusieran como reclamo al lado de *Las verdes colinas de África* disparó su precio.

—¿Cómo has sabido lo de Alice?

—Ha dejado una nota de despedida. Si te sirve de consuelo, te diré que parece escrita por una mujer devastada.

A McFarlan no le consolaba en absoluto.

—¿Qué dice la nota?

—¿Textualmente? «En ningún lugar del mundo —leyó Brais— encontraré tanta paz como aquí. Pero no la merezco. Si el amor pudiera más que la justicia me hubiera quedado para siempre. Cuidad de él. El daño que le provocará mi marcha me perseguirá hasta la muerte».

McFarlan se quedó en silencio. Trataba de entender el significado de las palabras que Brais le acababa de leer por teléfono. El recuerdo de lo que había comentado con Alice tras la homilía de la boda comenzó a darle vueltas por la cabeza como si fuera la clave oculta que podía ayudarle a descifrar el enigma. Ella le preguntó: «¿Qué crees que debe prevalecer en las acciones humanas, la caridad o la justicia?». En aquel momento McFarlan no le dio importancia a la pregunta. ¿Cuánto tiempo llevaba Alice tratando de responderla? Tal vez ese fuera el motivo de su cambio de conducta durante los últimos días. ¿Pero qué clase de conflicto interior lleva a plantearse esa disquisición de filosofía moral? Mantuvo el auricular suspendido en el aire durante un buen rato y luego colgó sin decir ni media palabra.

«Si el amor pudiera más que la justicia me hubiera quedado para siempre». Aún seguía dándole vueltas a esa frase cuando reparó en la carta que había encima de su mesa.

La letra parecía sacada de un cuaderno escolar de caligrafía. Los renglones corrían horizontales y paralelos en el papel, unos encima de otros, y no había tachones a la vista. Los márgenes, a derecha e izquierda, parecían delineados con cartabón. Le dio la vuelta a la hoja y miró la firma: Erea.

La extrañeza picó su curiosidad. Por unos instantes, el desconsuelo por la marcha de Alice quedó en segundo plano.

A medida que avanzaba en la lectura, McFarlan se daba cuenta de que, en otras circunstancias, las confesiones de Erea le hubieran conmovido profundamente. En el fondo, pensó, la carta no dejaba de ser otro combate entre la caridad y la justicia. Estaba claro que Erea había supeditado el afecto al merecimiento. Hasta que no estuvo convencida de su inocencia no se permitió el lujo de legitimar el aprecio que sentía por él. ¿Pero qué habría pasado si las sospechas del detective hubieran sido fundadas y las investigaciones hubieran acreditado su culpabilidad? ¿Habría subsistido el aprecio? Probablemente, no. ¿Fue eso lo que le pasó a Alice? ¿Le halló culpable de algún delito que le impedía seguir amándole? ¿Pero cuál? Por mucho que repasaba los hechos del último mes no era capaz de saber en qué pudo haberle fallado. Todo empezó a cambiar a raíz del viaje a Santiago. ¿Fue algo que dijo allí? ¿Fue algo que le dijo Patricia mientras la llevaba al aeropuerto?

Entonces, la postdata de la carta le obligó a incorporarse sobre la mesa. Aquel último párrafo captó su atención por entero:

> *Me siento en deuda con usted. No sé si hago bien, pero algo me dice que debo contárselo. Ayer vino Alice a despedirse de mí. Me dijo que debía regresar a América, aunque la decisión le partía el alma. Me rogó que no se lo contara a nadie y me dio el resguardo del equipaje que guarda en una pensión de Santiago. Me pidió el favor de que me acercara a buscarlo un día de estos y me deshiciera de él. Le dije que sí, pero luego he pensado que tal vez quiera usted echarle un vistazo antes de que lo haga. Si la maleta fuera de Antón, a mí me gustaría saber lo que hay dentro. Le he dejado el resguardo encima de la mesa. Ya me lo devolverá cuando lo estime oportuno.*

McFarlan buscó en la mesa de su estudio. Allí estaba el resguardo: un pequeño papel, poco más grande que un billete de autobús, con el nombre y la dirección del establecimiento impreso en la cabecera: «Hospedaje Santa Cruz, rúa do Vilar», y el número 12 escrito a mano con un bolígrafo de tinta azul.

No lo pensó dos veces. Subió al coche y bordeó la ría de Muros en un santiamén. Pasado el puente de Punta Souto el tráfico se hizo más denso y tuvo que aminorar la marcha. Mientras conducía no dejaba de pensar que la última vez que hizo ese mismo recorrido, era Alice quien iba al volante. A ella no le gustaba correr. Disfrutaba de las vistas y hablaba de los lugares de paso como si formaran parte del paisaje de su infancia. Al llegar a San Paio recordó la leyenda que le había contado: un clérigo se enamoró de una monja y todas las noches se encontraban secretamente en uno de los molinos de agua del camino a Entrecruces, en la *fervenza* secreta del río Outón. En uno de sus encuentros, él le propuso huir a Santiago haciéndose pasar por peregrinos. Ella aceptó, pero no acudió a la cita. «Algunas noches, los lugareños —le dijo Alice con aquella voz de misterio que solía utilizar en sus narraciones míticas— aún pueden ver de vez en cuando al joven clérigo esperando a su amada vestido de peregrino».

McFarlan se preguntó si al contarle la leyenda de San Paio trató de enviarle algún mensaje cifrado. ¿Ya había decidido hacer como la monja y dejarle plantado en mitad de la noche? Esperaba encontrar alguna respuesta cuando llegara a la pensión Santa Cruz.

Al entrar en Santiago, un guardia urbano le indicó cómo llegar a la rúa do Vilar. Al tratarse de una calle peatonal, la mejor opción era dejar el coche en el *parking* de San Clemente, en la avenida de Rodrigo del Padrón, y luego caminar por la avenida de Fonseca hasta llegar a la calle que buscaba.

McFarlan siguió las indicaciones del agente y diez minutos después llegó a su destino. Se trataba de un local pequeño situado en una galería porticada, junto a una tienda de *souvenirs.* Estaba enfrente de la librería San Pablo. La primera vez que visitó Santiago, a los pocos meses de llegar a Lira, compró allí una edición de *El Quijote* ilustrada con láminas dibujadas y grabadas por artistas españoles del siglo XVIII. Subió un tramo de escaleras y llegó a la recepción de la hospedería.

Detrás del mostrador, una mujer joven, de cara redonda y mirada risueña, le dio la bienvenida.

—¿En qué puedo ayudarle?

McFarlan sacó el resguardo del bolsillo y lo puso encima del mostrador.

—¡Ah, sí! —dijo la mujer después de echarle un rápido vistazo—. La señorita Dune me llamó ayer por teléfono para decirme que vendrían a recoger su equipaje.

—¿La señorita Dune? —preguntó McFarlan sin poder disimular su asombro.

—Oh, sí. La señorita Rosalyn Dune. Una mujer un poco misteriosa, si se me permite decirlo. Usted debe ser el pariente que vino a buscar hace ocho meses. Me alegro mucho de que finalmente pudiera encontrarle.

McFarlan se dio cuenta de que había dado con una gallega locuaz, una rara excepción en la especie autóctona de la raza humana. Si le seguía la corriente podría sonsacarle información valiosa.

—Sí, sí —mintió—, se trata de mi sobrina Rosalyn. No la veía desde hace muchos años. Me hizo mucha ilusión que pudiera encontrarme.

—Me dio un buen susto. Al segundo día de estar aquí me dijo que se iba a buscarle y me pidió que le guardara la maleta. Me dio una buena propia. Supuse que regresaría pronto. Pero no volví a verla hasta hace unos días. Pensé que le había pasado algo. Como no daba señales de vida…

—¿Le contó algo de mí?

La mujer se llevó la mano a la barbilla y recapacitó un instante antes de responder:

—No mucho. Creo recordar que me dijo que vivía usted en una parroquia del municipio de Carnota. ¿Lira, puede ser? No lo recuerdo bien. No conozco la zona. Luego me dijo que el pueblo le entusiasmó.

—No exageraba, créame. No ha parado de sacar fotos durante estas tres semanas.

—¿Ah, sí? A mí no me ha enseñado ninguna. Vino como se fue: con las manos en los bolsillos.

—¿Ni siquiera llevaba la cámara de fotos cuando fue a buscarme?

—¿Cámara de fotos? No. No le vi ninguna cámara de fotos. Ya le digo que iba con las manos en los bolsillos.

McFarlan iba recapacitando mientras su rubicunda interlocutora respondía a sus preguntas. Alice no se llamaba Alice, sino Rosalyn, no llegó a Lira por casualidad y tampoco era fotógrafo.

—¿Le dijo a qué se dedicaba?

—¡Sí, era periodista! Cuando llegó le pregunté si quería que le subiera algún periódico a la habitación y me dijo que estaba de vacaciones y que no quería saber nada de periódicos. «Bastante tengo con trabajar en uno», me dijo.

—¿Le dijo en cuál?

—No, eso no me lo dijo. Pero usted debería saberlo, ¿no? ¡Es su sobrina! —razonó la mujer.

McFarlan se maldijo por su torpeza. Necesitaba improvisar una respuesta verosímil que ahuyentara las suspicacias de la recepcionista.

—Es una sobrina muy terca —dijo—. No ha consentido en hablar de su trabajo ni siquiera un minuto. Me dijo lo mismo que a usted: que estaba de vacaciones y que quería olvidarse de todo. Llegué a pensar que la habían despedido y que trataba de ocultarlo para no preocuparme.

—No creo que la hayan despedido —dijo la mujer firmemente convencida—. Me dio una buena propina cuando me pidió que le guardara el equipaje. Nadie da propinas así de rumbosas si se ha quedado sin trabajo.

—Hablando de su equipaje —atajó McFarlan—, si me dice dónde está me haré cargo de él.

—Sí, sí. Por supuesto. Para eso ha venido usted, después de todo. Lo guardo en su habitación. Aún no es temporada alta y no hay mucha demanda —explicó mientras se daba la vuelta y sacaba del casillero la llave de la habitación—. Es la número 12. Dos pisos más arriba. La maleta está debajo de la cama.

McFarlan le dio las gracias, cogió la llave y fue al encuentro de la Alice verdadera.

Al entrar en la habitación se quedó sorprendido. Le costaba imaginar a Alice moviéndose entre aquellas paredes de gotelé que olían a aguafuerte y ambientador de menta. La sordidez no era propia de la mujer que había conocido. ¿Pero qué sabía de ella en realidad? Acababa de descubrir que nada de lo que le había contado era cierto.

Se asomó debajo de la cama, sacó la maleta y la puso sobre el colchón. No pesaba mucho. Del asa aún colgaba la tarjeta de identificación que le habían anudado los empleados del mostrador de facturación del aeropuerto JFK de Nueva York. Alguien había escrito encima de ella dos iniciales: R.D. «Hola, Rosalyn Dune», dijo McFarlan antes de abrirla.

Todo lo que había en su interior eran recortes de prensa agrupados en carpetillas de cartón de colores diferentes. No tardó en darse cuenta de que su vida entera había sido debidamente troceada y clasificada por épocas. Cada dosier tenía su propio rótulo: «Biografía», «entrevistas», «artículos», «universidad», «Pulitzer», «ocaso», «desaparición». Cada archivo incluía también una selección de reproducciones fotográficas. Gracias a ellas, McFarlan pudo contemplar la secuencia gráfica de su propia metamorfosis. El transcurso del tiempo le había ido inflamando las ojeras, afilando los pómulos y hundiendo los ojos en cuencas cada vez más profundas. Morton Stanley, alias Alice Stocker, alias Rosalyn Dune, había hecho un buen trabajo de documentación en su tarea de búsqueda del doctor Livingstone. Espigó algunos recortes al azar: «David McFarlan, de un gran poeta a un gran *bestseller*», «El Pulitzer que asombró al mundo», «Una obra maestra del siglo XXI», «La caída del ídolo», «McFarlan expulsado de la universidad», «El ángel caído», «El extraño mutis de un genio».

Solo había una carpeta sin inscripción. Era diferente a las demás, de cartón más duro y cierre de gomas elásticas. Estaba al fondo de la maleta. Cuando la abrió vio una nota mecanografiada encima de un mazo de fotocopias:

> *He localizado a McFarlan. Una secretaria de su agente literaria resiste mal el alcohol y adora las orquídeas. Ya le dije que mi encanto hace hablar a las piedras. Lo tengo todo arreglado para acercarme a él sin levantar sospechas. Estaré por allí un par de semanas. La mantendré informado.*
>
> *Atentamente,*
>
> *Mulligan*

Luego…

Cuando distinguió los documentos que había debajo de la nota, un ángel de alas negras se apoderó de su alma y le llevó a ese mar oscuro donde nadan los peces que nunca ven la luz.

28

Lira, cerca de Finisterre. 18 de diciembre 2019.
Dos días después

Teresa iba y venía por la sala de espera del hospital clínico universitario de Santiago como si fuera un autómata de conducta programada: doce pasos hasta el ventanal que miraba a la avenida de Barcelona, y otros doce hasta el punto de partida. Ida y vuelta a velocidad constante. En cada giro en redondo hundía el tacón, levantaba el empeine y hacía rotar el cuerpo con un impulso del hombro. Brais la miraba en silencio sentado en una de las sillas adosadas a la pared, junto a la máquina expendedora de refrescos. A su lado, el sargento Cabaleiro y el doctor Varela intercambiaban esporádicos comentarios en voz baja.

—¿Es buena señal que tarden tanto? —preguntó el guardia civil.

—Es señal de que sigue vivo.

—El asunto es feo.

—Mucho.

Al cabo de un rato llegó Alice. Estaba en Oporto, a punto de embarcar en el vuelo a Nueva York de las seis de la tarde, cuando el sargento Cabaleiro la localizó a través de la policía del aeropuerto Sa Carneiro. «McFarlan agoniza», le dijo. Ella no necesitó oír nada más. Alquiló un coche y se puso en marcha. El viaje a Santiago le había llevado menos de tres horas.

—¿Cómo está? —preguntó.

Su rostro estaba descompuesto. Mostraba signos de no haber parado de llorar durante todo el trayecto. Los ojos le brillaban como ascuas.

—No lo sabemos —respondió Brais—. Lleva en el quirófano desde las dos de la tarde y aún seguimos sin noticias.

—¿Cómo ha sucedido?

Brais le tradujo el rápido resumen que hizo Cabaleiro:

—Yo estaba corriendo por la playa de Lira como todas las mañanas y él estaba paseando al perro. Me sorprendió verle despierto tan temprano. No le vi bien la cara, pero diría que tenía la mirada extraviada. No le di importancia. Pensé que podía ser el alcohol. Nos saludamos desde lejos con la mano y seguí corriendo. Algunos minutos después oí un disparo dentro de la casa de la playa. Me acerqué para ver qué había pasado y le vi a través de la ventana sentado frente a la chimenea. La sangre goteaba por el sillón y la escopeta de caza estaba en el suelo. Entré en la casa. Aún respiraba. Pedí una ambulancia por teléfono y luego telefoneé a Bieito.

Al escuchar su nombre, el doctor Varela se sintió en la obligación a darle el relevo en el relato.

—El cañón de la escopeta —explicó despacio para que Brais pudiera traducir sus palabras— debió escurrirse en el momento de apretar el gatillo y la bala dibujó un recorrido ascendente desde el estómago hasta el cuello. No había orificio de salida, así que debió impactar en la clavícula y quedarse alojada en el cerebro. Tenía fuertes hematomas que hacían pensar en una hemorragia interna. No había perdido el conocimiento. Quisimos hablar con él, pero no paraba de repetir frases inconexas.

—¿Qué decía? —quiso saber Alice.

—No lo entendí muy bien. Hablaba en inglés.

Alice interrogó a Cabaleiro con la mirada.

—No puedo asegurarlo —dijo el sargento encogiéndose de hombros a modo de disculpa—. Era una frase de seis palabras, pero solo eran claras la segunda y la sexta. Amor y muerte. *Love* y *death*.

—En un momento dado —explicó el doctor—, comenzó a pronunciar el nombre de Cynthia. Lo hizo varias veces. No paraba de pedirle que le perdonara.

En ese momento, Teresa tomó la palabra por primera vez:

—Yo creo que estaba como una cuba. Solo un borracho de solemnidad se pone una escopeta en la tripa mientras escucha un disco.

—¿Un disco? —se extrañó Alice.

—Cuando entré en la cabaña —aclaró Cabaleiro— estaba sonando una canción de Louis Armstrong.

—¿Cuál?

—*«What a Wonderful World»*.

Un silencio colectivo puso de manifiesto que nadie sabía interpretar el significado de esa tétrica forma de quitarse la vida. Incómoda por la tensión del momento, Teresa insistió en su teoría:

—Debía estar como el primero que ordeñó una vaca.

—También habló de ti —añadió Varela para darle un giro a la conversación.

Cuando Brais acabó de traducirle la frase, Alice fijó su mirada en la del médico.

—No sé mucho inglés, pero creo que dijo: *«Honor your old oaths, Alice»* —prosiguió Varela.

—Sé fiel a tus viejos juramentos, Alice —repitió Brais en voz alta.

Las palabras de Varela trasladaron a Alice al día en que McFarlan y ella visitaron las ruinas de la ermita de San Guillermo. Recordó el sepulcro de piedra y las representaciones solares grabadas en la gran roca que sirvió de refugio al templo del *Ara Solis*. Por un momento, el recuerdo le trajo el sonido de su propia voz: «¿Qué harías tú si descubrieras que las cosas no son como creías y te vieras arrastrada a hacer o a decir cosas que van en contra de tus viejos juramentos?».

«*Honor your old oaths, Alice*», le había respondido McFarlan días después.

El recuerdo de la conversación en la ermita de San Guillermo la retrotrajo a otra que había mantenido con Robert Mulligan en un club nocturno de Nueva York en diciembre de 2017. Ella estaba sentada frente a una de las mesas más alejadas de la barra, donde jovencitas elegantemente vestidas incitaban a beber a hombres solitarios que buscaban compañía femenina. De repente, Mulligan salió de detrás de una columna y se dirigió hacia ella.

—¿Es usted Rosalyn Dune?

Al evocar el eco de ese nombre, Alice se sintió reconfortada. De todas las falsas identidades que había tenido que adoptar para hacer bien su trabajo, la de Alice Stocker era la que le había hecho sentirse más incómoda. En el papel de Rosalyn todo le resultaba más fácil.

Antes de ver el exótico rostro de pómulos altos de Mulligan, ya había percibido sus andares felinos.

—¿Quién más puedo ser? —respondió, insolente— ¿Una lesbiana buscando un rollo de una noche?

Mulligan encajó el exabrupto con espíritu deportivo.

—O un precioso señuelo para un hombre desamparado —replicó con el tono afectado de un mal actor.

De cerca, sus facciones parecían ensombrecidas por una expresión ligeramente siniestra. Se sentó junto a ella y le echó un vistazo a la carta de los cócteles.

—Aquí todo el mundo bebe *gin-tonics*.

—Usted está bebiendo agua con gas camuflada con rodajas de limón.

—¿Cómo lo sabe?

—Soy detective privado, señorita —dijo, sacando a relucir una sonrisa seductora mientras señalaba la cubitera del hielo—. Mal me iría en mi profesión si no supiera distinguir un envase de Perrier.

—No bebo alcohol.

—Mejor para su reputación, querida.

Un hombre bajo y regordete acompañado por una mujer rubia se detuvo ante su mesa. El detective se levantó, intercambió con él un par de frases de compromiso y se volvió a sentar rápidamente.

—Era un amigo mío de la policía —explicó después—. No he podido presentárselo porque estaba con su querida. Aquí las amantes y las mujeres respetables no tienen contacto.

—¿Hay alguna mujer respetable en este antro?

—¿Alguna mujer? —río Mulligan—. ¡No hay ni una sola persona que sea de fiar en todo el local!

—¿Eso me incluye a mí?

—Espero que no.

—¿Y a usted?

—Puede usted fiarse de mí, querida.

Mulligan le lanzó otra sonrisa radiante. Algo en su cara, en su desenvoltura, en su risa escandalosa, llevaba a pensar que en realidad era tan turbio como toda la gente que acababa de señalar.

—No me llame así. No soy su querida.

—No se lo tome a mal. Después de todo, eso es lo que pretendo que la gente crea.

—¿Cómo dice?

—Piense en el policía que acaba de vernos juntos hace un instante. Si nos hubiera sorprendido en el *hall* de un hotel, o en cualquier otro sitio respetable, habría deducido que es usted una mujer interesada en contratar los servicios de un detective privado. Antes o después, créame, habría empezado a meter las narices donde no le llaman. Trataría de averiguar su identidad y la clase de problema que le ha traído hasta mí. Si no la entendí mal, usted me pidió máxima discreción.

—¿Y no podíamos haber hablado en su oficina?

Mulligan volvió a reír con ganas.

—Le aseguro, señorita Dune, que mi oficina es el lugar menos discreto de Nueva York. La policía sabe quién entra y quién sale de las agencias de todos los detectives con cierto prestigio profesional. Nos tienen a todos controlados. Nuestras investigaciones les ponen en la pista de muchos delitos que podrían pasarles inadvertidos. Por eso la cité aquí. Aquí no somos detective y clienta. Aquí somos...

Ella le cortó, tajante:

—Una puta de lujo y un detective salido, ya lo sé.

Mulligan encogió el cuello entre los hombros y apretó los labios. Era su modo de disculparse por haberla citado en un club de alterne.

—En ese caso, vayamos al grano. ¿Qué puedo hacer por usted?

—Ya se lo dije por teléfono. Me he jurado a mí misma que no descansaré hasta localizar a ese hijo de puta.

Mulligan enarcó las cejas.

—¿Tan jugosa es esa exclusiva periodística en la que anda metida? —preguntó—. La investigación que me pide será muy costosa. Le hablo de miles de dólares.

—No se preocupe por eso.

—Lo intentaré —dijo reprimiendo una mueca de resignación—. Cuénteme lo que sabe.

—Cynthia Donaldson, la novia de McFarlan, murió en un accidente de circulación, cerca del refugio donde él se encerraba a escribir. No hubo testigos del accidente. El coche en el que viajaba se empotró contra un camión contenedor que estaba mal aparcado en la cuneta de la carretera. Nunca se supo si era ella quien conducía. Junto al coche se encontraron huellas confusas. Cuando la policía se presentó en casa de McFarlan, pocas horas después del siniestro, él estaba borracho y tenía marcas de arañazos recientes en la cara. Mi teoría es que era él quien iba al volante y que se dio a la fuga cuando vio muerta a su novia sobre la calzada.

—Eso no es lo que sabe, señorita. Es lo que sospecha. ¿La policía investigó la posible implicación de McFarlan en el accidente?

—Durante poco tiempo. Enseguida tuvo que archivar la investigación por falta de pruebas.

—¿En qué año fue eso?

—El archivo se produjo en agosto de 2015, once meses después de la muerte de Cynthia.

—¡Pero él no se quitó del mapa hasta un año después!

—Lo que yo le pido es que averigüe dónde se esconde y que se acerque a él sin levantar sospechas para ver qué averigua sobre su posible implicación en la muerte de Cynthia Donaldson. Estoy segura de que si hace bien su trabajo descubrirá que hay una relación directa entre lo que le pasó a esa chica y su desaparición.

—Tendré que averiguar dónde está su escondite, viajar hasta allí, buscar una coartada convincente y pasar una larga temporada cerca de él para ver si averiguo lo que usted me pide. Ya sé que me ha dicho que no me preocupe por el dinero, pero esto le va a salir por un buen pico, señorita.

—Le pagaré la mitad por anticipado.

—¿De verdad piensa cobrar tanto por un artículo?

—Por un artículo, no. Por un libro.

—Está bien. De eso sabe usted más que yo. Aunque tal vez me haya equivocado de oficio…

—Espero que no. Confío en que sea tan bueno en lo suyo como me han dicho.

—No se apure. Lo soy. ¿Tiene alguna pista de dónde puede estar escondido el gran David McFarlan?

—No. Fui a ver a su agente hace unos días y la abordé cuando salía de su oficina de la Tercera Avenida. Llovía mucho. Apenas tuve tiempo de hablar con ella unos segundos mientras iba hacia su coche. No me quiso ayudar. Le imploré.

«Necesito localizar a ese hijo de puta», le dije. Pero me dio la espalda y me ignoró por completo.

—Digamos que acosar a una persona en plena calle no es la mejor técnica para sacarle información. Creía que los periodistas eran más hábiles en eso.

—¿Qué técnica hubiera utilizado usted si solo hubiera dispuesto de unos segundos bajo un fuerte aguacero?

—Déjeme eso a mí. Mi encanto hace hablar a las piedras.

—¿Cree que podrá localizarle?

—Estoy seguro. Pero dígame la verdad, ¿por qué tiene tanto interés en que lo haga?

—Ya se lo he dicho antes: me juré a mí misma que esa historia no se me podía escapar de las manos.

—¿Y usted siempre cumple sus juramentos?

—Siempre.

«*Honor your old oaths, Alice*».

De repente, un murmullo de voces la sacó de sus recuerdos. El cirujano acababa de entrar en la sala, vestido todavía con la bata quirúrgica. Todos se habían agolpado a su alrededor.

—Está muy grave —informó sin exteriorizar ninguna emoción—. No hay orificio de salida y quedan restos de bala en la parte izquierda del cerebro. Ha sangrado mucho, pero la traqueostomía y la cervicotomía que le hemos practicado muestran que no hay grandes vasos dañados. El proyectil ha comprometido la región submandibular derecha y el pilar orofaríngeo del mismo lado. Le hemos dejado varios drenajes en el cuello y hemos reparado la fractura del maxilar. Esa era la parte fácil. Dentro de veinticuatro horas tendremos que volver a intervenirle para extraerle las esquirlas que tiene en el cerebro.

—¿Se salvará? —quiso saber Teresa.

—Probablemente, no.

La contundencia de la respuesta impuso un silencio devastador que se llevó por delante cualquier atisbo de reacción inmediata. Nadie dijo nada. Nadie se movió de su sitio. Nadie alzó un brazo ni cambió de postura.

—Cuando despierte de la anestesia —prosiguió el cirujano al cabo de unos segundos que parecieron eternos—, podrá hablar. Es posible que vea borroso. Pero la segunda operación será a vida o muerte y mucho me temo que la balanza está desnivelada hacia la peor parte.

Cuando el cirujano abandonó la sala de espera, Brais se acercó a Alice para traducirle lo que les había dicho. Ella lo intuía. La elocuencia de la escena hacía innecesaria la aclaración.

—¿Cuánto tardará en despertarse? —preguntó Teresa mientras Alice y Brais hablaban en voz baja en una esquina de la sala.

—Más o menos, una hora —respondió el doctor Varela.

—Hay que avisar a Erea. Estoy segura de que querrá despedirse de él.

—Yo iré a recogerla —se ofreció el sargento Cabaleiro.

Alice y Brais siguieron hablando en el rincón de la sala durante un largo rato. Teresa escuchaba su lejano bisbiseo. En un momento dado, Varela le preguntó:

—¿Cómo anda Brais de tensión arterial?

Teresa miró hacia su marido. Llamaba la atención la pigmentación de su cara. Estaba muy colorada, como si el corazón le hubiera enviado un repentino flujo de sangre a la cabeza. El leve balanceo de su cuerpo le hizo temer que pudiera desvanecerse. Teresa hizo ademán de levantarse para ir hacia él, pero el médico la sujetó del brazo. «Deja que respire», le dijo.

—No sé cómo tiene la tensión arterial —respondió ella—. ¡Nunca se la mide!

Alice lloraba desconsoladamente. Brais la miraba de forma extraña. Su consternación parecía brotar de su propio dolor más que de la piedad que inspiraba el de ella. En el cuadro había algo incongruente. El sollozo de Alice tenía un atisbo inculpatorio, como si fuera la expresión de un daño causado y no de un daño recibido. Luego, tras un duelo de miradas —la contrición frente a la sorpresa—, él acabó abriéndole los brazos de par en par y Alice se acurrucó en su pecho como una criatura desvalida. El abrazo recordó a un arco iris en medio de una tormenta.

—Ya ha pasado el peligro —informó Varela—. Se le ha pasado el sofocón.

Teresa exhaló un profundo suspiro.

—Hace tiempo que debieron darse cuenta —masculló de forma misteriosa.

—¿De qué? —preguntó el médico.

—Hay meigas que nos confunden. Se disfrazan y ocultan su identidad para acercarse a nosotros sin levantar sospechas. Suelen ser meigas siniestras que hacen enloquecer con sus besos maléficos. Pero cuando se enamoran se convierten en criaturas inofensivas que guardan tesoros escondidos.

—¡No entiendo nada de lo que dices, Teresa!

—Los hombres casi nunca entendéis nada. Ese es el problema.

—¿Me lo vas a explicar?

—Hace tiempo que Alice lleva tratando de decirle a McFarlan y a Brais quién es ella en realidad. Pero no escuchan.

—¿Y quién es en realidad?

—Una bruja maléfica que se enamoró y se convirtió en una bruja buena.

—¿Entonces por qué decidió abandonarles?

—Porque el amor, a veces, hace mucho daño.

Una enfermera llegó en ese momento y anunció desde la puerta:

—El señor McFarlan está empezando a despertarse.

Los cuatro se pusieron en pie como resortes.

—*He's starting to wake up* —tradujo Brais para que Alice lo entendiera.

—Estén preparados —prosiguió la enfermera—. Podrán entrar en la UCI de dos en dos cuando venga a avisarles. Calculo que será en diez minutos. No podrán estar con él mucho rato. En cuanto se pase el efecto del analgésico que le hemos inyectado empezará a sentir dolor y tendremos que sedarlo.

—No sé si quiero entrar —dijo Teresa cuando se fue la enfermera—. No quiero recordarle así el resto de mi vida.

—Yo entraré contigo —se ofreció Brais.

—No. Tú debes entrar con Alice. Yo me quedaré con Bieito hasta que llegue Erea.

Cuando Alice y Brais llegaron a la UCI, el cirujano que había operado a McFarlan les esperaba en la puerta.

—Su amigo tiene mucho cuajo —les dijo—. Le he explicado cuál es la situación y la ha asumido sin pestañear. No es normal que las personas en su situación demuestren tanta entereza. Pero no le fuercen demasiado. Si empieza el dolor, avisen a la enfermera.

—Gracias, doctor —dijo Brais.

Alice se puso las calzas de plástico encima de los zapatos y comenzó a frotarse las manos con el gel hidroalcohólico que había en el vestíbulo. Su corazón latía con tanta fuerza que temía que en cualquier momento pudiera reventar. Aguardó a que Brais estuviera preparado y entraron juntos en la unidad.

Solo había tres camas ocupadas. La de McFarlan estaba a la izquierda, en el box más cercano a la puerta. Llevaba puesto un pijama de color verde, con mangas anchas que le llegaban hasta los codos. Los tubos de la gafa nasal le cruzaban la cara de oreja a oreja justo por debajo de la nariz. Tenía instalada una vía central en la arteria subclavia del hombro izquierdo y otra en la muñeca del brazo derecho. Un par de tubos de drenaje de color azul, sujetos con cinchas ancladas al cabecero colgante de la cama, se hundían entre las sábanas.

Brais tuvo que enjugarse las lágrimas antes de acercarse a su amigo. Alice estaba a su lado, rota por el dolor.

—Eres un puto cabezota, amigo mío…

Al oír la voz de Brais, McFarlan entreabrió los ojos y esbozó una sonrisa que apenas fue capaz de distender un poco la comisura de sus labios.

—Lo que soy es un inútil —susurró con voz muy débil—. Ni siquiera he sido capaz de…

—No hables mucho —le pidió Brais al darse cuenta del esfuerzo que le suponía.

Pero McFarlan acabó la frase:

—… de acabar bien mi último trabajo.

—Si un solo disparo sirviera para ahuyentar las amenazas que se mueven a nuestro alrededor, David, ni tú ni yo hubiéramos necesitado venir al fin del mundo.

—Eso me decías siempre.

—También te decía que mi vida sin ti sería insoportable. ¿Por qué has querido dejarme solo, cabrón?

McFarlan ladeó un poco más la cabeza y miró a Alice, que procuraba beberse las lágrimas mitigando cuanto podía el resuello de cada sollozo.

—¿Por qué huimos de las personas que amamos?

Alice no pudo contener el llanto y se cubrió la cara con las manos.

Brais habló con voz entrecortada.

—Creo que hay algo que deberías saber, David. En realidad, Alice no es…

McFarlan le mandó callar llevando el índice a los labios.

—Sé quién es Alice —musitó.

Alice reaccionó clavando una mirada de profunda extrañeza en los ojos de McFarlan. ¿De verdad lo sabía? ¿Desde cuándo? ¿Quién se lo había dicho? Hasta que se sinceró con Brais, aquella misma tarde, nadie estaba en el secreto.

Como si McFarlan hubiera leído el pensamiento de Alice, añadió:

—Ayer revisé su equipaje, señorita Dune.

Ahora fue el rostro de Brais el que se contrajo en una mueca de extrañeza.

—¿Cómo diste con él? —preguntó Alice.

—Erea me ayudó. Ella te dirá dónde está lo que buscas.

—¿Se puede saber de qué estáis hablando? —interrumpió Brais, presa del desconcierto.

McFarlan ignoró la pregunta de su amigo.

—¿Vendrá a despedirse?

—Aquí nadie se está despidiendo de ti, Dave —dijo Alice, empapando en la manga de su jersey las lágrimas de desconsuelo que anegaban sus ojos.

—Sí, muy bien. ¿Pero vendrá a despedirse o no?

—¿Quién quieres que venga? —indagó Brais.

—Erea.

—Está de camino —anunció Alice.

—Si no llega a tiempo, decidle que el ejemplar de *Los héroes griegos,* de Karl Kerényi, es para ella. Siempre le gustaron las historias de ese libro.

—Ya se las seguirás contando tú cuando te pongas bueno.

—No, Brais. Es aquí donde la tierra se acaba. Los tres lo sabemos.

—¿Ahora quién cree que la tierra es plana? —le reprochó Alice.

—Creo lo mismo que tú, Alice: aún hay barcos que se despeñan en el abismo de la nada.

—No hables de la muerte o vendrá Teresa y terminará el trabajo que dejaste a medias —protestó Brais, tratando de esbozar una sonrisa—. Ya sabes que es supersticiosa.

—Asusta más la eternidad que la nada. Decidle a Ismael que tal vez tuviera razón: detrás de ese miedo hay un resabio de fe.

—¿Quieres que vaya Brais a buscarle? Yo me quedaré a tu lado mientras vienen.

—Si el amor pudiera más que la justicia, te hubieras quedado para siempre.

—Pero yo no vine aquí buscando justicia, Dave —murmuró Alice mientras rodeaba la mano de McFarlan con las suyas.

—Lo sé. Buscabas venganza.

Sí, era venganza, recordó.

Se estremeció al revivir aquel sentimiento de odio: estaba lista para enfrentarse de forma implacable a quienes habían destruido su vida. Estaba lista para dejar de lado todos sus escrúpulos y cumplir su juramento. Todo había cambiado. Su voluntad se concentraba en un único propósito.

—Tenías todo el derecho del mundo —añadió McFarlan.

Alice se volvió hacia un lado y apartó la mirada.

—Nunca debí venir aquí, Dave.

—Mírame. —Ella obedeció—. ¿Mentiste al decir que me amabas?

—¡Noo! —Las manos de Alice se aferraron con fuerza a la suya.

—Entonces hiciste bien en venir. Aunque no lo sabías, viniste a redimirme. Ayer, al descubrir que te había perdido, creí que ya no tenía nada que esperar con impaciencia. Me sentía igual de muerto que cuando vine aquí huyendo de lo que hice…

Brais trató de impedir que siguiera hablando.

—El médico ha dicho que no te fatigues. Descansa un poco.

Pero su intento fue en vano.

—Luego comprendí que estaba equivocado. —La voz de McFarlan sonaba ahora más vigorosa, como si al fin se hubiera liberado completamente del efecto de la anestesia—. Aún quedaba algo que podía esperar: la redención. En la tumba del sol me dijiste que el amor era lo único que podía redimirme. Pero te fuiste. Me dejaste sin él. Solo había un sitio donde podía recuperarlo. *Post mortem dileximus*, ¿recuerdas? Tenía que ir a buscarlo más allá de la muerte…

A Alice le flaquearon las piernas, y Brais tuvo que sujetarla para que no se precipitara contra el suelo. Ahora ya sabía cuál era la frase de seis palabras que McFarlan repetía sin parar cuando Cabaleiro lo encontró desangrándose en su casa: «*We'll love each other after death*».

McFarlan continuó:

—Ahora ya sabes por qué Iria se arrojó al mar al ver el cadáver de Berwin tendido en el puerto de Plymouth.

—Pero yo no estoy muerta, Dave…

—No me estaba refiriendo a ti, Rebecca.

Al escuchar a McFarlan pronunciar su verdadero nombre por primera vez, Alice se quedó petrificada.

—A quien buscaba era a tu hermana Cynthia. Ella me espera con nuestro hijo.

En ese momento, uno de los monitores que estaban junto al cabecero de la cama comenzó a emitir pitidos intermitentes y una enfermera de ademanes enérgicos ordenó a los visitantes que abandonaran la sala.

29

Lira, cerca de Finisterre. Diciembre de 2019.
Dos días después

—No estoy segura de que a David le gustara la idea de que le despidiéramos vestidos de luto.

Rebecca arrastraba las palabras como si fueran cadenas ancladas a sus tobillos. Se sentía obligada a pensar como lo hubiera hecho él. Era prisionera de su recuerdo.

—Le hubiera gustado que estuvieras guapa —le respondió Brais—. El color de tu vestido le habría traído sin cuidado.

—¿Y lo estoy? —Rebecca suspiró—. ¿Estoy guapa?

—Mucho. El traje te sienta muy bien. Y además hace juego con el color de tus ojos.

—El traje me lo ha dejado Erea. Es de cuando era más joven, me ha dicho. Ya no se lo ponía.

—El negro es un color que favorece a todas las mujeres.

—Cynthia decía que a las pelirrojas no.

Brais discrepaba. Nunca había visto a Cynthia más hermosa que el día que salió en la procesión del Santo Entierro de Noya, enlutada de pies a cabeza, durante la Semana Santa de 2010. Su pelo ardía como una brasa bajo la mantilla de blonda que le dejó Teresa para la ocasión. Estuvo a punto de decirlo en voz alta, pero se contuvo. Hablar de entierros en aquellas circunstancias no le parecía lo más oportuno. En cambio, preguntó:

—¿De qué color es tu pelo? El color auténtico, quiero decir.

—Soy morena.

—Morena de ojos negros... Parece el título de un corrido mexicano. ¿Por qué quisiste teñirte de rubia?

—Porque era el color que más distorsionaba mi aspecto real. Hice varias pruebas antes de decidirme. El disfraz de rubia con ojos azules me hacía parecer una mujer muy distinta.

—No sé si me acostumbraré a verte así.

—Lo harás. Dentro de poco te habrás olvidado de aquella rubia de ojos azules con un lunar en la cara a la que recogiste en la playa a punto de ahogarse.

—¿El lunar tampoco es auténtico?

—¡No! Es una pigmentación que desaparecerá, si Dios quiere, dentro de unos meses. El maquillador me dijo que duraría poco más de un año. Y espero que sea verdad. Odio las pecas y los lunares. Estaba orgullosa de mi cara inmaculada.

—Eso lo sé. Cynthia me lo contó. Hablaba mucho de ti. Te echaba de menos. Físicamente erais muy distintas, pero hay gestos y conductas que parecen forjados en el mismo yunque. Debí darme cuenta hace tiempo de ese parecido. ¿Sabes? —al recordarlo, Brais se estremeció—, el día que bailamos juntos en el restaurante de la playa de Nemiña tu piel olía como la de tu madre.

—Ella nos hablaba mucho de ti, Brais. Marcaste su vida para siempre.

—Y ella la mía.

—¿Sabías que eligió mi nombre en tu honor? Rebecca significa mujer que cautiva. Ella nos dijo que a ti te llamaba su hombre cautivador.

—Ella misma me lo contó en la carta que me escribió cuando nacisteis.

—Vivió a tu lado los mejores años de su vida. Siempre decía que la mejor casa que había tenido fue una cabaña que hiciste para ella en las ramas de un árbol.

—¡La recuerdo muy bien! Se la hice en un arce rojo de veinte metros de altura frente al lago Michigan. Subíamos allí y yo le cantaba baladas de Bryan Adams. La que más le gustaba era *«(Everything I Do) I Do It For You»*. Fantaseábamos con recorrer el mundo y explorarlo juntos.

—¿Sabes cantar? —preguntó Rebecca, sorprendida.

—Cuando me despedí de ella, el día de su diecisiete cumpleaños —confesó Brais entornando los ojos para cerrarle a las lágrimas su vía de escape—, le prometí que no volvería a cantar delante de ninguna mujer hasta que nos juntáramos de nuevo. He cumplido mi palabra.

Rebecca avanzó hacia él y le dio un largo abrazo mientras reclinaba la cabeza sobre su hombro.

—Gracias por haberla querido tanto —le susurró al oído.

—Ven —dijo él—. Vayamos al porche. Aún queda un rato para que venga la gente.

Cuando salieron, Rebecca hizo ademán de sentarse en las escaleras del porche, pero Brais no consintió que se manchara el vestido. «El negro es un color peligroso», le dijo. Le cedió la mecedora y él se sentó en el peldaño más alto de la escalinata. Rebecca replicó:

—Más que peligroso, el negro es un color turbio.

—En esta época —dijo Brais mientras escrutaba el horizonte—, todo lo es. Da la impresión de que el sol ha desaparecido para lo que resta de año. Cada día amanece más sombrío, de peor humor, y las olas arrastran crestas de espuma gris.

Rebecca ponderó en silencio la reflexión de Brais y se sintió urgida a hacer algo útil para mejorar la lobreguez del ambiente:

—Cántame una canción —le pidió. Brais giró el cuello y la miró con asombro—. A mi madre no le importaría que rompieras tu promesa por una de sus hijas —razonó ella.

Brais consideró la solicitud durante unos instantes. Daba la impresión de que estaba pidiéndole permiso a su conciencia para romper un compromiso sagrado. Luego, como si hubiera recibido la autorización que invocaba en secreto, aclaró la garganta y entonó la primera estrofa de una ranchera:

Morena de ojos de negros
como mi suerte,
mírame, aunque con ellos
me des la muerte…

—¡Es muy triste! —le interrumpió Rebecca.

Brais se detuvo momentáneamente y dio un salto adelante en la letra de la canción:

Dicen que no se siente
la despedida.
Dile al que te lo cuente
que eso es mentira…

—¡Brais, para!

Más que una protesta era una súplica.

Brais enmudeció y un silencio fúnebre se apoderó de la atmósfera.

—¿Lo oyes? —dijo Rebecca al cabo de un rato, mientras entrelazaba las manos y apretaba los dedos con fuerza—. Es esa jodida clase de silencio que nos recuerda las voces que no volveremos a escuchar nunca más. Cuando me fui de aquí hace tres días no sabía lo que significaba decirle adiós para siempre.

Y entonces, sucedió. La pregunta que había estado aguardando la oportunidad de remover el barro de su conciencia batió sus alas negras y voló hacia ella.

—¿Por qué viniste a Lira?

La voz de Brais atrajo a su memoria aquella otra voz, nasal y anodina, del agente que la llamó a su casa para decirle que Cynthia había muerto en un accidente de carretera. «Cynthia Donaldson ha muerto, Cynthia Donaldson ha muerto». Como una mano desalmada apartando bruscamente la manta de su cama, esa voz maldita aún la despertaba algunas noches y la dejaba tiritando de frío, indefensa y sin refugio, a merced de una soledad insoportable. Tardó varios días en comprender que aquel vacío radical, tan cercano al concepto de la nada, no iba a desaparecer nunca. De golpe, le habían amputado la mitad de su cuerpo y de su alma. Durante el resto de su vida tendría que arrastrar, tuerta, coja y manca, una existencia insustancial carente de sentido.

«No tengo intención de morirme —le había dicho su hermana el día antes del accidente, mientras soplaba las velas de su treinta y tres cumpleaños—. Aún quiero ser la hija de aquella mujer que soñaba con tener una familia completa: normalidad, niños, marido, felicidad... Quiero expiar su sufrimiento y reconvertir su vida trágica en una vida dichosa. Quiero demostrarle al hombre que marcó nuestras vidas, dejándonos huérfanas antes de nacer, que era posible elegir otro camino. Quiero demostrárselo, ¿sabes? Yo sí quiero hacerlo bien». Rebecca se recordó a sí misma estrechándole las manos y prometiéndole que le ayudaría a conseguirlo. «Yo te protegeré, Cindy. Te lo prometo. Te protegeré siempre».

Pero no lo hizo. No fue capaz de protegerla de David McFarlan.

«No dejes que te haga daño, Cindy. Mantente alerta. ¿Lo harás? —le dijo cuando su hermana le contó que estaban saliendo juntos—. Si te hace daño, le mataré».

Mientras Rebecca hurgaba en sus recuerdos, Brais la sentía sufrir en silencio, como si aún estuviera forcejeando con los viejos fantasmas que la llevaron hasta allí. Por eso no le sorprendió su respuesta:

—Vine a Lira para matar a David. Vine a cumplir el juramento que le hice a mi hermana y a hacerle pagar lo que le hizo.

Brais no apartó la mirada de la línea marítima del horizonte.

—¿Y cómo pensabas hacerlo? —preguntó con tranquilidad.

—Convirtiendo mi cuerpo en un veneno.

Ahora Brais sí que se giró hacia ella movido por el asombro.

—¿Cómo has dicho?

—La novela que David estaba escribiendo sobre Iria y Berwin —explicó Rebecca— es la novela que Cynthia quería escribir. Un día antes del accidente, mientras celebrábamos nuestro cumpleaños, me contó parte del argumento. La heroína de su historia, antes de arrojarse al mar, vengaba la muerte de su marido asesinando al pirata que había hundido el barco en el que viajaba. Todas las noches untaba su cuerpo con veneno y se dejaba poseer por él. Poco a poco, el ungüento venenoso se iba apoderando del pirata sin que se diera cuenta hasta que un día moría retorcido de dolor.

—¿No querrás decir que...?

—No, claro que no —le interrumpió Rebecca—. No tuve el valor de rociar mi cuerpo con belladona. Pero la idea de Cynthia me inspiró. Sabía que no conseguiría acercarme a él si antes no lograba seducirle. Teniendo en cuenta que él era tan mujeriego y borracho como el pirata de la novela, estaba segura de que no me sería difícil conseguirlo. Solo tenía que jugar bien mis cartas. Luego no tardaría en presentarse la oportunidad propicia para acabar con él sin levantar sospechas. Que un hombre profundamente ebrio acabe en el fondo de un acantilado o que sufra un accidente de coche mientras conduce no es algo inusual. A nadie le hubiera extrañado.

Mientras escuchaba a Rebecca, Brais observaba a dos cormoranes posados sobre un farallón de la playa que parecían estar descansando de un largo vuelo.

—Lo preparaste todo muy bien, desde luego. Eso demuestra que eres tan metódica como lo era tu hermana. Creaste una identidad falsa en internet de fotógrafa de espacios naturales, contrataste a un detective privado para descubrir su paradero, te bebiste medio océano para hacer creíble tu accidente marítimo, te hiciste un esguince…

—Eso fue un golpe de suerte. No me lo hice a propósito. De hecho, mi plan inicial para prolongar mi estancia en Lira era distinto. Mulligan iba a extorsionar al alcalde de Carnota para que me contratara. Iba a trabajar durante un mes haciendo fotografías para un nuevo folleto turístico de todas las parroquias del término municipal.

—¿Extorsión?

—Era la única forma. Cuando Mulligan estuvo aquí, haciéndose pasar por biólogo marino, descubrió algunos asuntos turbios que al alcalde no le conviene que se sepan. No sé cuáles son. No quise saberlos. Solo me dijo que, si necesitaba una cobertura profesional para quedarme aquí varias semanas, él podía proporcionármela por esa vía.

—¿Sabía el detective que venías a matar a David?

Rebecca se removió en la mecedora, visiblemente incómoda.

—¡Claro que no! Él pensaba que yo era una periodista que iba tras la exclusiva del paradero del gran David McFarlan. Es lo que le dije.

—Te tomaste muchas molestias para urdir un asesinato perfecto. ¿Merecía la pena tanto esfuerzo, Rebecca? ¿Tan grande fue su pecado?

—Hay cosas que tú no sabes, Brais. Cynthia estaba embarazada. Aquel día murieron mi hermana y mi sobrino. David también envió a la muerte a su propio hijo.

Se detuvo para reprimir la emoción que comprimía su pecho. Respiró hondo. Dos veces, tres, cada vez con aspiraciones más profundas.

—Todo eso ya lo sabía —dijo Brais con voz pausada—. David me lo contó.

Aquella revelación inesperada la desconcertó. De repente, la carga incriminatoria de su pliego de cargos había perdido la eficacia que ella le suponía. Durante unos instantes permaneció callada tratando de recomponer los términos de su alegato. Cuando volvió a hablar lo hizo rebajando el énfasis de sus palabras por miedo a quedar expuesta de nuevo a una respuesta exculpatoria.

—¿También te contó que la maldita novela con que ganó el Pulitzer no la escribió él? —preguntó con cautela—. ¡La escribió Cynthia! Estuvo guardada durante ocho años en una cápsula del tiempo. La desenterramos el día de nuestro cumpleaños. Tenía tantas ganas de que David la leyera que, al día siguiente, mientras yo dormía, cogió el coche y me dejó tirada para llevársela. Me envió por el móvil las páginas fotografiadas del primer capítulo. Hay muchas cosas suyas y mías en ese libro, Brais. ¡Es nuestra vida! Y él ni siquiera se molestó en cambiarle el título. Solo hizo unas cuantas correcciones de estilo. Eso es todo. ¡*Finisterre* es un plagio! ¡David se apoderó de su gloria!

Cuando terminó de hablar, Rebecca trató de medir el efecto que había producido su alegato en el ánimo de Brais, pero él seguía de espaldas a ella, con la mirada al frente, sentado en el peldaño más alto de la escalera del porche. Tardó unos segundos en reaccionar.

—Sí, también me lo dijo —respondió al fin—. Y te lo habría dicho a ti, antes de saber quién eras en realidad, si le hubieras dado la oportunidad de hacerlo. No olvides que te amaba de verdad, Rebecca.

—Lo sé.

—Y tú le amabas a él…

—Eso es lo más grotesco de todo. Vine aquí a matar a un hombre y acabé enamorándome de él. David no era el ser depravado que yo imaginaba. Era una buena persona. Culto, ingenioso, divertido, espléndido, protector… Entiendo que Cynthia también se enamorara de él. Pero no podía quedarme a su lado, Brais. No podía hacerle eso a mi hermana. Se lo debía. Cuando ella supo que yo estaba hundida en una profunda depresión por culpa de un desengaño amoroso no dudó en viajar a Nueva York para cuidarme. Sin pensárselo dos veces se alejó de Antón y de ti y vino a estar a mi lado.

—Pero tú estabas viva, Rebecca. —Brais se puso de pie y se colocó delante de ella, con el cuerpo recostado en una de las pilastras del cobertizo—. Su sacrificio al renunciar al hombre que amaba tenía un sentido. ¿El tuyo, qué sentido tenía? David me dijo una vez que los muertos no tienen deseos y no pueden condicionar el cauce de nuestra vida.

—Tenía que cumplir el juramento que le hice a mi hermana —replicó Rebecca.

—Y, finalmente, lo hiciste. Le juraste que matarías a quien le hiciera daño y, de alguna forma, eso es lo que ha sucedido. Siempre el mismo doble juego: la vida y la muerte, el bien y el mal, el amor y el odio, la venganza y la compasión. Ya he visto muchas veces cómo esa pugna, si se encara de forma equivocada, empuja a los seres humanos a un destino trágico.

—Te parezco una persona horrible, ¿verdad?

—Yo no soy quién para juzgarte. Tampoco él lo hizo. Recuerda lo que te dijo en el hospital: aunque tú no lo supieras, no viniste a matarle, viniste a redimirle. Fue tu amor lo que le redimió, Rebecca. Ojalá el suyo te hubiera redimido a ti.

Dickens, de repente, se puso en guardia como si las palabras de Brais hubieran promovido en él un repentino brote de inquietud. Rebecca comprendió que había escuchado algo que aún no era perceptible al oído humano. También ella percibió el eco, imperceptible para los demás, de una voz interior que le decía que su amor había redimido a David de una forma extraña. Ella le había traído el perdón de Cynthia. Por eso David decidió ir a buscarla más allá de la muerte. Pero no le trajo su perdón. De haberlo hecho, la acción de la justicia hubiera decaído y su código moral habría visto alterada su jerarquía de valores. Casi sin darse cuenta, susurró entre dientes:

—El amor no puede más que la justicia.

Brais se arrodilló delante de Rebecca y la cogió de la mano.

—Yo, en cambio, creo que sí. Lo mejor que tenemos es el amor. Ese misterioso poder que sale de nuestros cuerpos. No hay nada más hermoso que pueda sucedernos. El amor, como la música, como la pintura, como los libros, no se busca. Se encuentra. El amor es como la risa. Cuando llega, no hay quien pueda resistirse. Cuando te da el amor, como cuando te da la risa, todas las defensas se hacen pedazos. No hay dinero en el mundo para pagar el amor de una pareja. El amor es la mayor recompensa que tenemos las personas por estar aquí, aunque a veces deje una herida en el alma de por vida.

Los ladridos de Dickens dieron por finalizada la conversación. Brais se levantó y Rebecca se colocó a su lado. En la distancia vieron acercarse a la comitiva. Teresa y Erea, vestidas de luto, escoltaban al abad Ismael, que abrazaba una urna de madera en su regazo. Detrás, Patricia Belasco caminaba en silencio junto al doctor Varela y el sargento Cabaleiro, que lucía su uniforme de gala.

Rebecca y Brais se unieron a ellos en la puerta del jardín y todos juntos bajaron hasta la orilla de la playa.

El sol pugnaba por filtrarse tímidamente entre las nubes grises que cubrían el horizonte.

Los ocho formaron un semicírculo. Al sargento Cabaleiro, en un extremo, y al doctor Varela, en el otro, el reflujo de las olas les rozaba la punta de los pies. En el centro de la formación estaban Teresa y el abad Ismael. El clérigo dio varios pasos al frente y se situó de espaldas al mar. Antes de tomar la palabra carraspeó un par de veces.

—Cuando hace dos días visité a David en el hospital —dijo, tratando de impedir que se le quebrara la voz—, me pidió que le despidiéramos aquí. Sin misas, sin funerales, sin esquelas, sin lágrimas... —Erea empapó disimuladamente las suyas con el pañuelo que llevaba en la mano—. «Esparcid mis cenizas y dejadme buscar a Cynthia entre la niebla», me dijo.

—Rebecca hundió la mirada en la arena para que no la vieran llorar—. Su deseo era cruzar desde esta playa al otro lado del espejo. Y por eso estamos aquí. En las largas conversaciones que tuve con él, en la iglesia de San Julián o dando un paseo por los cantiles, solía decirme que no creía en Dios. Estoy seguro de que ahora, camino de la luz, estará refunfuñando al darse cuenta de que estaba equivocado. Como todos sabéis, no le gustaba que le llevaran la contraria. —Teresa apretó la mano de Brais hasta hacerle crujir los nudillos—. David fue mi amigo. No tengo derecho a juzgar a un amigo que ahora se encuentra, estoy seguro, ante la presencia del Gran Amigo. —Empezó a lloviznar y todos los presentes abrieron sus paraguas. El abad se cubrió la cabeza con la capucha del hábito—. Tranquilo, David, no voy a prolongar el dolor de este acto. Solo me queda una cosa por decir: *Post mortem, dileximus*. Nos amaremos después de la muerte. Amén.

Después sujetó la urna con la mano izquierda y la bendijo con la derecha. Se mesó la barba blanca mientras observaba una a una a las personas que formaban el cortejo fúnebre. Luego se acercó a Rebecca y le dijo:

—De todos los que estamos aquí, tú eres la persona a la que más quiso.

Rebecca le cedió su paraguas y se hizo cargo de la urna. Caminó despacio hacia la orilla. Se descalzó sobre la arena y siguió andando hasta que al agua le cubrió los tobillos. Estaba justo en el sitio donde Dickens la había encontrado ocho meses antes. La lluvia le había empapado la ropa y la melena rubia le cubría la mitad de la cara. Estaba blanca, casi cianótica. Brais se estremeció al verla tal como la recordaba la primera vez que la vio.

—Mañana es Nochebuena —dijo sin apartar la mirada del cofre—. Tú decías que cuando llega la Navidad siempre nos parece un tiempo antiguo, un poco borroso. Un tiempo que creemos haber vivido. Y también decías que solo hay una Navidad, que cada uno de nosotros tiene su Navidad, distinta de la de los demás, y que esa Navidad es la que intentamos reproducir cada año. Si ves a Cynthia entre la niebla dile que en mi Navidad siempre está ella. Guapísima. Con un traje como de oro, bebiendo champán, riendo continuamente, y dejándome estar con ella hasta que me duermo en sus brazos.

Rebecca no pudo seguir hablando y tuvo que parar de hacerlo durante un buen rato. Mientras trataba de sobreponerse a la emoción, los graznidos de las gaviotas resonaron por encima de su cabeza como si fueran gemidos de dolor que se unieran al duelo.

—En fin… ahora tenemos que hacer lo que nos pediste. Tienes que cruzar al otro lado del espejo. Hace una mañana fría, pero con una luz muy bonita. De estaño, dirías tú. Adiós, David. Buen viaje. Te recordaremos siempre.

Besó la urna, la abrió con cuidado y tiró las cenizas al mar.

La cara de un McFarlan feliz dijo con voz sonriente: «No, yo no creo en la muerte. La muerte es un error. Por lo tanto, por favor, no me hables de la muerte en un día como este».

Hubo un fundido encadenado y un joven reportero de televisión, que paseaba con un chubasquero amarillo por la orilla de la playa, se dirigió a la cámara: «Hoy hace justamente un año que, desde este lugar, en Finisterre, España, durante un acto solemne llevado a cabo en la más estricta intimidad, las cenizas de David McFarlan fueron echadas al mar».

El reportaje, subtitulado en castellano, incluía imágenes del interior de la cabaña donde McFarlan pasó escondido del mundo los últimos años de su vida. El escritorio estaba tal como él lo había dejado antes de morir. La máquina de escribir, una Underwood azul marino con los tipos a la vista, estaba rodeada de bolas de papel, libros abiertos, bolígrafos sin caperuza y notas manuscritas diseminadas por todas partes. Una voz en *off* explicaba que la mesa del escritorio había sido el tablero de un buque de bandera inglesa que se fue a pique en 1982. «Un amigo del escritor lo encontró en la playa, lo limpió con alcohol de quemar, lo barnizó con aceite de Tung y le puso cantoneras doradas en las esquinas y refuerzos de hierro en la estructura para darle consistencia». Brais apareció en pantalla rehusando hacer declaraciones. «Mi amigo vino hasta aquí para encontrar el olvido. Yo les pido que respeten su voluntad», dijo en un inglés impecable.

—Podías haberte peinado mejor para salir en televisión —refunfuñó Teresa.

—Y tú podías haber mantenido la boca cerrada. Lo de la mesa del escritorio solo se lo has podido contar tú —replicó Brais.

Los dos estaban en la casa de la playa, delante de la gran televisión de sesenta y cinco pulgadas que Rebecca, cuando todavía era Alice, le había comprado a McFarlan para reponer la que él había roto durante un arrebato de cólera.

—Yo creo que es absurdo que conservemos el estudio de David tal como él lo dejó —opinó Teresa, dándole un giro a la conversación—. Es como tener insepulto el cuerpo de un muerto.

—Pero ya sabes lo que decía el escrito que le dejó a Erea...

—Bueno —rezongó—, pero esa absurda amenaza caduca esta noche. Mañana mismo lo dejaremos todo como los chorros del oro.

La voz de McFarlan impuso un silencio casi religioso.

«¿Amor? Yo creería en el amor si no creyera en el sexo. El amor es el sexo del impotente».

—Ya estamos otra vez con esa tontería —protestó Teresa, disgustada.

Erea chistó llevando su dedo índice a los labios.

«Hombre de impredecibles y contradictorias reacciones heterodoxas, inspirado y mordaz, polemista brillante, su carácter atrabiliario le granjeó serios problemas en las universidades donde impartió clases de literatura antes de desaparecer misteriosamente. Su último libro, *Finisterre*, ganador del Pulitzer en 2017 ha sido definido por los críticos como uno de los más grandes trabajos del siglo XXI. También es el libro más vendido de la década».

Una sucesión de pequeñas entrevistas ilustraba el documental.

«Era un humanista inteligente», glosó el abad Ismael embutido en su hábito benedictino.

«Yo sabía dónde se escondía del mundo, pero renuncié a publicarlo por respeto a su voluntad», mintió el periodista Nuño Robla.

«No, no dejó ningún trabajo póstumo», anunció con sequedad Patricia Belasco.

—Todo esto es una sarta de mentiras —protestó de nuevo Teresa.

Dickens se levantó de la alfombra del sofá y se dirigió a la cocina. Cuando pasó junto al árbol de Navidad rozó con su cuerpo peludo los adornos que colgaban de sus ramas y una bola se estrelló contra el suelo.

El ruido despertó al bebé de cuatro meses que dormía plácidamente en un cesto de hoja de palma, al lado de su madre.

Rebecca lo cogió en brazos y lo arrulló en su regazo.

Madre e hijo habían llegado a Lira dos días antes, siguiendo al pie de la letra las instrucciones del testamento ológrafo que Erea había encontrado entre las páginas del ejemplar de *Los héroes griegos* que McFarlan le legó en el lecho de muerte. Era un folio escrito a mano por las dos caras. Estaba firmado y llevaba fecha de 19 de diciembre de 2019.

—Está clase de testamentos —le explicó a Erea el notario Ernesto Tarragón cuando ella fue a entregarle el documento— es bastante común. Las estipulaciones están muy claras, aunque debo confesarle que son un tanto insólitas. No es frecuente que se establezcan unas cláusulas tan espectrales. El difunto señor McFarlan le pide a usted, Erea Mariño, que me entregue a mí este documento, firmado y fechado por él, para que yo, como fedatario público, pueda acreditar, llegado el momento, si se han cumplido sus últimas voluntades. En tal caso, leo textualmente, «os dejaré vivir en paz para siempre. En caso contrario, es decir, si mis peticiones no son atendidas tal y como han quedado consignadas en este escrito, promoveré que el aquelarre de meigas malignas que impera en el más allá maldiga a los infractores de mis designios y a sus descendientes hasta la séptima generación».

Ernesto Tarragón era un notario escrupuloso, respetuoso a carta cabal con todas y cada una de las directrices reglamentarias de su oficio. De carácter expansivo y amable, tenía el don de saber traducir a román paladino las intrincadas parrafadas de cualquier documento notarial. Como Erea era muda, al jurista le resultaba difícil calibrar la calidad de sus entendederas. En la duda prefirió apurar su capacidad didáctica.

—Las estipulaciones que figuran en este testamento ológrafo, que será válido tan pronto como haya adverado la firma que figura en él, exceden con mucho el ámbito de nuestro ordenamiento jurídico. No incumplirán ustedes ninguna norma si desatienden los deseos expresados por el señor McFarlan y por lo tanto su incumplimiento no acarreará ninguna consecuencia legal. Quiero que este punto quede claro desde el principio. ¿Entiende lo que le digo?

Erea asintió con un golpe seco de la cabeza.

—El señor McFarlan quiere que usted le entregue el manuscrito que encontró en el interior de un falso libro de su biblioteca a la señorita Rebecca Donaldson para que ella pueda esgrimirlo, si lo estima oportuno, como elemento de prueba de la verdadera autoría de la novela titulada *Finisterre*, injustamente atribuida a él.

En esta ocasión, Erea ejecutó dos cabezazos tan vigorosos como el anterior. El notario coligió que el primero significaba que había entendido los términos concretos del encargo y que el segundo ratificaba su disposición a aceptarlo.

—El señor McFarlan prohíbe expresamente que se ordene la mesa de su escritorio durante un año. Pasado ese tiempo, la señorita Rebecca Donaldson pasará a ser nuda propietaria de la casa de la playa donde él residía, siempre y cuando acuda a Lira el día del primer aniversario de su muerte. Le otorga a usted plenos poderes para que disponga a su antojo de los libros y los enseres que hay en la vivienda y le sugiere que la escopeta de caza con la báscula niquelada que compró en Nueva York se la entregue a don Brais Mosqueira.

El notario Tarragón levantó la mirada por encima de la montura de sus gafas para certificar que Erea se estaba haciendo cargo de sus explicaciones. A juzgar por la viveza de sus ojos, pensó, se trataba de una mujer muy espabilada.

—Por último, le da unas instrucciones muy concretas a propósito de lo que tiene que hacer con el manuscrito de su novela póstuma. Tiene que enviársela a Patricia Belasco para que sea ella quien tramite su publicación, pero no podrá ponerse a la venta hasta que pase un año del fallecimiento del señor McFarlan. En cuanto a…

Erea empezaba a impacientarse. Al verla cruzada de brazos, con gesto resignado, el notario comprendió que sus explicaciones estaban resultando ociosas. El manuscrito del señor McFarlan era muy claro y la mujer que tenía enfrente lo había entendido a la perfección.

El reportaje televisivo volvió a ofrecer un primer plano de McFarlan. «La mujer es como una cápsula espacial, cálida y protectora, en la que todos hemos viajado una vez y a la que todos queremos volver apasionadamente. Esa es la ruta del amor».

Brais comentó en voz alta:

—¡Cuánto echo de menos esas frases lapidarias!

—¡Calla, *carallo*! —le conminó Teresa.

McFarlan había comenzado a responder al cuestionario Proust:

—¿Qué se llevaría a una isla desierta?

—Yo soy una isla desierta.

—¿Por quién estaría dispuesto a dar su vida?

—Solo por ella.

—¿Quién es ella?

—Ella es ella.

Rebecca se levantó del sofá, metió de nuevo a su hijo en el cesto de hoja de palma, lo abrigó bien con el embozo de lana y lo llevó consigo a dar un paseo por la playa. Necesitaba estar a solas con él. El día era frío, pero el cielo estaba despejado y la luz traía ese brillo misterioso de los días previos a la Navidad. Justo cuando salía del jardín se cruzó con un mensajero que acarreaba una caja de cartón envuelta en papel de estraza.

—¿Erea Mariño?

Rebecca señaló la casa de la playa y después siguió caminando hacia la orilla del mar. Se sentó en una roca. Tras un largo rato en silencio, dijo en voz alta:

—Sé que puedes oírme, David. He venido a decirte que cada vez que veo en el mar ese brillo alegre y bondadoso que siempre percibí en tus ojos, y que fue lo que me estremeció al conocerte, una emoción encontrada de orgullo y de culpa se apodera de mí. No puedes imaginar cuánto desearía estar a tu lado, sentirme amparada entre tus brazos, ser una nota sostenida dentro de esa sinfonía interminable que, como tú decías, fue nuestro amor. Y poder contarte, amor mío, que en esa mirada inocente del mar me persigue el recuerdo de tus caricias, de tus palabras, de tus silencios... —Miró a su hijo y continuó—: Ojalá que esta candorosa y sensible criatura sea depositaria de lo mejor de nosotros dos. Resulta imposible vivir sin ti. Sin tu voz y sin tu risa. Sin tu mano en mi espalda, en mi cuello, en mi pecho... ¿Sabes una cosa? Esto es un pequeño secreto: nunca me había gustado el nombre de Alice hasta que lo escuché en tu aliento. Desde entonces tiemblo al oírlo. Ah, y una cosa más, David. Si estás con el Dios que nos protege, ya sabe que eres buena persona. Y que acaricias como él. Te llevo en mi alma.

El sonido de unas pisadas reclamó su atención.

Erea caminaba hacia ella con un libro en la mano. Su cara irradiaba una felicidad extraña, como si tratara de esconder sin éxito el secreto de una buena noticia.

Cuando ya estaba cerca de ella escondió los brazos en la espalda y cimbreó levemente la cintura mientras alzaba las cejas a modo de desafío. «Adivina qué es lo que escondo», parecían estar diciendo sus ojos.

Rebecca la interrogó primero con la mirada y luego con palabras apremiantes que aún arrastraban el acento de Milwaukee en los diptongos de las vocales.

—¿Qué *lleveias ahé*?

Cuando Erea le mostró el libro, Rebecca se levantó de la roca como si ardiera. Se lo arrebató de las manos y lo contempló, perpleja. El título estaba escrito con letras doradas: *Donde el mundo se acaba*. El nombre del autor, con letras rojas: Cynthia Donaldson.

—¿*Tú la seiabías*?

Erea asintió.

Su corazón estaba a punto de desbocarse. Lo abrió y buscó la página de la dedicatoria.

«A mi hermana Rebecca, la mitad de mí, la diosa Temis que procuró mi justicia».

—¡Le está devolviendo la gloria que le usurpó!

—Lo triste —dijo Erea de repente— es que le llegue después de muerta.

Antes de que Rebecca pudiera reaccionar, Erea dio media vuelta y caminó de espaldas al sol al encuentro del resto de su vida.

Epílogo

En agosto de 2018, mi mujer y yo fuimos a cenar una noche al refugio veraniego que José Luis Garci y Andrea Tenuta tienen en Guadalmina baja. La parte buena de Marbella, según dicen. Nunca he entendido por qué. Allí, casi todas las casas están diseñadas como si fueran fortines en medio de jardines que huelen a yerba recién segada. En la primera línea de cobertura, las murallas vegetales de setos bien recortados sustituyen a los alambres de espino y los arriates con buganvillas a los sacos terreros. Luego, las hiedras trepan por las fachadas como si fueran lonas de camuflaje para ocultarlas a la vista. Solo faltan calaveras y tibias cruzadas en los troncos de las palmeras para ahuyentar las miradas inoportunas de los curiosos. Los propietarios quieren ver sin que les vean. Pero, ¿qué es lo que ven? Nada que no sobreabunde en los barrios residenciales de las grandes urbes: parterres encantadores, piscinas transparentes, techumbres vecinas de hormigón blanco o copas de acacias y arces japoneses diseminadas aquí y allá por paisajistas expertos. Desde ninguno de esos pulmones botánicos, idénticos a los de Majadahonda o La Florida, pongo por caso, puede verse el mar.

A Garci le gusta que sus amigos vayan a pasar unos días con él y ha dispuesto en el jardín de sus posesiones malagueñas distintos ambientes para que sus huéspedes —casi ninguno ágrafo— puedan romper a escribir sin molestarse unos a otros. En el colmo de la hospitalidad incluso ha consentido que en la habitación de invitados se instale un aparato de aire acondicionado. Teniendo en cuenta que él está firmemente convencido de que el mundo se acabará por culpa de algún germen contaminante que se propague a través de la refrigeración mecánica inventada por el hombre, el gesto solo puede interpretarse como un rasgo de amistad inequívocamente heroico.

Miriam y yo no nos quedamos a dormir en su casa porque estábamos alojados en la mansión despampanante de otros amigos que también han elegido Marbella para quitarse de en medio durante el verano. Llegamos a las nueve de la noche y, de acuerdo al protocolo obligatorio, nos tomamos el dry martini de bienvenida hecho por el propio Garci con la receta de Alfredo Landa.

Al primer sorbo, mi mujer rompió una copa sin querer.

La pérdida fue irreparable si tenemos en cuenta que cada pieza de la cristalería era de un color distinto. Tras la rotura, el juego quedaba irremediablemente incompleto. A pesar del disgusto, Andrea nos agasajó aquella noche con unos deliciosos macarrones con besamel.

Durante esos días yo andaba bastante taciturno.

Unos meses antes, en vísperas de la campaña de la renta, dos de las jefas de La Esfera de los Libros me habían citado en el hotel Palace con fines deshonestos.

—Tienes que escribir otro libro para nosotros —dijo una de ellas nada más tomar posesión de uno de los sillones de cuero verde que rodean la mesa circular más cercana a la falsa chimenea del bar.

—Desiste —le respondí—. No tienes ninguna posibilidad de convencerme.

La otra acudió en ayuda de su compañera y desplegó su mejor argumentario. Dijo que había tenido una ocurrencia genial que estaba llamada a convertirse en un bombazo editorial indiscutible: una novela histórica sobre la infancia y adolescencia de una figura muy relevante de la España contemporánea.

La miré con ojos de viajero de tren, esperando que su propuesta se alejara de mí como el fragmento de un paisaje que discurre a toda velocidad a través del marco de la ventana.

Pero ella no estaba por la labor de ponérmelo fácil. La idea argumental de mi último libro, *Dejé de pronunciar tu nombre*, había sido suya y el resultado final había funcionado mucho mejor de lo que ambos esperábamos. Alcanzó la sexta edición —la primera de 25.000 ejemplares— y durante varios meses se codeó con los libros de ficción más vendidos en España.

—La novela histórica que te proponemos se venderá mucho más y te dará el empujón que buscas para poder vivir en el futuro de los libros que escribas.

Aquella observación era un alarde de juego sucio. Mi interlocutora sabía de antemano lo que yo pensaba decir para rechazar la oferta y estaba tratando de debilitar mi argumentación evasiva por adelantado.

A pesar de todo, lo repetí una vez más: si Dios hubiera querido que yo me ganara la vida escribiendo libros, ya había tenido una decena de ocasiones para hacérmelo saber. Mi trabajo profesional me deja poco tiempo libre y no estaba dispuesto a seguir robándoselo a la vida familiar o a la contemplación de mi ombligo —donde caben amigos, lecturas, películas, partidas de mus y siestas pantagruélicas, entre otras muchas cosas— para pelearme con proyectos literarios cuya gratificación ni siquiera es lejanamente proporcional al esfuerzo que exigen. Soy un escritor muy lento, además de bastante torpe, y la tarea de hilvanar 150.000 palabras que tengan cierto sentido me supone un sacrificio que no se ve recompensado por los magros ingresos de los derechos de autor.

Justo en ese punto de la conversación era donde las dos editoras me estaban aguardando, apostadas tras la taza de café, con la escopeta cargada.

—¿No quieres saber cuál es el anticipo que te ofrecemos? —me preguntó, ladina, una de ellas.

—No hay dinero suficiente para que cambie de opinión —le respondí, orgulloso.

—¿Estás seguro de que no quieres saber la cantidad? —insistió.

Me hice el sordo con argumentos muy sólidos.

La infancia y la adolescencia del personaje histórico que me proponían como protagonista de la novela era un territorio sembrado de minas. Salir vivo de allí era una tarea casi imposible. Además, lo desconocía casi todo sobre el entorno narrativo donde debía transcurrir la acción novelesca. Nunca había visitado aquel lugar del mapa y el *dramatis personae* de la historia estaba plagado de nombres de los que no había oído hablar en mi vida. Estaba claro que yo no era el hombre indicado para escribir esa novela.

—Pero hay mucha documentación que puede ayudarte a que te sitúes —objetaron, tratando otra vez de cortarme la retirada—. Nosotras te podemos hacer llegar media docena de libros que te desasnarían en un par de meses.

—*Dejé de pronunciar tu nombre* —les respondí— salió bien porque yo conocía a casi todos los personajes que estuvieron alrededor de Carmen Díez de Rivera durante aquella etapa de la Transición. Los colores, los olores y los sabores de un lugar concreto, o de una época histórica determinada, no se aprenden leyendo unos cuantos libros. Créedme, no saldría bien.

Estaba tan seguro de la infalibilidad de mis argumentos que ya había borrado de mi cabeza la tentación inconcreta del anticipo con el que pretendían vencer mi obstinada resistencia.

Ellas juzgaron que había llegado el momento de refrescarme la memoria.

—Tú te lo pierdes —y soltaron la cantidad como si arrojaran al mar un lastre atado a mi tobillo.

Ya he dicho antes que estábamos en vísperas de la campaña de la renta.

La oferta se hundió en las profundidades del océano y me arrastró de cabeza detrás de ella.

Cuando le conté a Garci que llevaba tres meses leyendo libros que jamás habría leído por decisión propia y que me había esclavizado voluntariamente a un odioso proyecto literario por el único influjo del vil metal, él me miró con ojos de libertador y me ofreció una salida.

—Yo tengo guardada una historia estupenda que te serviría para escribir una buena novela. Si quieres, te la regalo.

Se trataba, según me contó acto seguido, de la idea argumental de una película que nunca llegó a rodarse porque Paul Newman, el actor que él quería que encabezara el reparto, declinó el ofrecimiento.

—Fui a verle a su casa de Los Ángeles —me dijo— y le expliqué los detalles del proyecto. Hablamos durante un buen rato pero al final me dijo con franqueza que estaba hasta arriba de trabajo y que no tenía tiempo material para rodar otra película. Como a mí no me atraía la idea de hacerla con ningún otro actor, guardé en un cajón los cincuenta folios que había redactado y ahí siguen todavía. Si te gustan, son tuyos.

A continuación entornó los ojos, como si tratara de escudriñar el recuerdo de un relato que llevaba largo tiempo traspapelado en su memoria, y comenzó a desmenuzar los detalles de la historia.

—El protagonista es un escritor americano de gran éxito, David McFarlan, que después de varios *bestsellers* consecutivos, en plena crisis creativa, decide cortar de raíz todos los lazos que le unen al mundo exterior, abandona Estados Unidos y se refugia en una preciosa casa al borde del mar, en un pequeño pueblo de la costa española de Finisterre. Solo su agente literario conoce su paradero. La historia comienza una fría mañana invernal. Muy temprano, McFarlan comienza a desarrollar una inquietante y meticulosa ceremonia: rompe la rama de un árbol y la recorta con una navaja hasta que parece una horquilla. Después se ducha y se rasura la barba con una cuchilla de afeitar. Va a la cocina, prepara dos tazas de café y las coloca encima de la mesa. Mientras bebe de la suya, sus ojos se fijan en el vapor humeante que sale de la otra. Cuando termina, coge la segunda taza y la tira sin vaciar al cubo de la basura. Luego deja abierta la puerta de la nevera, acaricia a su perro, que se llama Dickens, y lo deja encerrado en la cocina. Pone un disco de Rossini, coge el rifle que guarda en una vitrina, se tumba en el sofá, coloca la horquilla de madera en el gatillo y se dispara.

—¡Joder, qué arranque más potente! —le dije para darle un respiro—. ¿Novela negra?

—Es más una historia de suspense. Está más cerca de Hitchcock que de Fritz Lang.

Era verdad que se trataba de una historia hitchcockiana. En los labios de Garci, que es uno de los mejores narradores orales que conozco, sonaba cargada de suspense. Andrea y Miriam le escuchaban hipnotizadas.

—¿Cómo sigue? —le pregunté para que no prolongara en exceso el respiro que se había tomado para calibrar la expectación de su audiencia.

—Después —respondió él— entra en escena Tom Cruise.

Si lo que pretendía era desconcertarnos, lo consiguió.

La alusión a Cruise tenía su razón de ser. Según desveló enseguida, era el actor que él quería como segundo protagonista de su película: un joven y brillante estudiante universitario que conduce un descapotable, hace trompos al tomar las curvas, salta por encima de la puerta y exuda vitalidad por los cuatro costados. Su nombre en la ficción era Willoughby.

—Si quieres la historia, es tuya. Te la regalo.

Y se la acepté. En aquel momento no supe que lo había hecho, pero mi cabeza tomó en ese instante la decisión de escribir la historia de Garci.

Durante el resto del verano todavía estuve forcejeando con la novela que me había encargado La Esfera de los Libros. Acabé de leer todo lo que se había publicado sobre la infancia y adolescencia del personaje público en cuestión e incluso fui capaz, con no poco esfuerzo, de escribir los tres primeros capítulos. Suficiente para saber que, si seguía adelante, la malhadada ocurrencia de la editorial acabaría por amargarme la vida.

En septiembre abandoné definitivamente el proyecto.

A partir de entonces, la idea de ponerle los cuernos al personaje público con David McFarlan fue madurando en mi ánimo como una tentación silenciosa e irrefrenable.

Por fin, pocos meses después, consumé la traición sin decírselo a nadie.

En marzo de 2019 les pedí a dos de mis cuñadas, Ibone Huerta y Eva Romero, que me ayudaran a traducir del inglés los cincuenta folios que Garci había redactado a finales de los ochenta para Paul Newman. No quería que se perdiera ningún matiz del texto original. Si el elenco de agradecimientos se ordena por orden cronológico, sus nombres deben ser los primeros en figurar en la lista.

Mi siguiente paso consistió en distribuir los fragmentos del texto traducido en una secuencia narrativa adaptada a la estructura de la novela. Cuando encajé las piezas, me puse a escribir. El 17 de abril terminé el primer capítulo. Ese mismo día se lo envié por correo electrónico a mi buena amiga Belén Ripoll, una lectora empedernida que ya me había ayudado a pulir desafueros durante la redacción de *Dejé de pronunciar tu nombre*.

—¿Qué opinarías de una novela cuyo primer capítulo fuera este? —le pregunté.

Cuando lo leyó, su respuesta no pudo ser más halagadora:

—¡Guauuuuu! —me escribió—. ¡Es precioso! Estoy intrigadísima. ¿Lo tienes ya todo en la cabeza o vas a improvisar? Me ha gustado muchísimo.

Ni que decir tiene que tanta amabilidad, entre onomatopeyas y superlativos, me dio el empujón que necesitaba para consumar el adulterio literario. Finiquitada mi relación con el personaje público de La Esfera de los Libros me eché en brazos de David McFarlan. Si Belén hubiera sabido que estaba siendo cómplice involuntaria de una traición en toda regla tal vez se hubiera mordido los labios antes de contestar al correo electrónico que le envié. Ella es una firme partidaria de la fidelidad. Gracias, Belén, por tus palabras de ánimo. Sin ti nada hubiera sido lo mismo.

Durante las semanas siguientes Belén y Miriam, mi mujer, fueron leyendo los nuevos capítulos a medida que yo finalizaba el primer borrador. Ninguna de las dos se andaba con contemplaciones. Tras leer el tercer capítulo, Belén me escribió:

—Por fin salen mujeres en la novela, aunque parecen mujeres duras y ásperas, o sea, un poco hombres. Así son las mujeres de tus libros.

Una vez más, tenía razón. Me cuesta mucho (lo sé) meterme en el pellejo de una mujer y mirar al mundo desde allí dentro. Por eso quiero introducir en esta lista de agradecimientos el nombre de Graham Green. Tras volver a leer *El final del affaire* (el título de la edición que cayó en mis manos hace años era *El final de la aventura*) entendí un poco mejor lo que Belén trataba de transmitirme en su mensaje. Dice Vargas Llosa que Sarah, la protagonista de la novela de Green, es el mejor personaje femenino de toda su obra.

A mediados de julio había escrito cien páginas, pero la idea de estar avanzando en una novela que no tenía nada que ver con la que figuraba en mi contrato me hacía sentir incómodo. El 15 de julio le escribí un email a la editorial confesando mi doble juego. La respuesta se demoró 24 horas: «¡Vaya noticia preverano nos das! Hace mucho calor para estos *shocks* editoriales. Vamos a leer las páginas que envías con calma y buena disposición y el 23 nos vemos».

Y el 23, en efecto, nos vimos. El resumen de la conversación cabe en dos ideas: buenas palabras («la novela no tenía mala pinta») y un montón de sugerencias:

La acción no podía transcurrir hace cuarenta años (cuando Garci la imaginó), sino en el presente.

Donaldson no podía llamarse Donaldson ni ser americano. Tenía que ser español.

Los personajes no podían beber whisky, sino orujo.

Debía suprimir las referencias a la política.

Willoughby no debía ser un hombre, sino una mujer.

De todas las enmiendas sugeridas, esta última era la que planteaba más dificultades. Si Willoughby era una mujer, ¿quién podía aparecer en la costa de la muerte dispuesta a ajustar cuentas con McFarlan? Lo estuvimos discutiendo durante un buen rato y en algún momento del forcejeo afloró la idea de que la nueva joven Willoughby tuviera una hermana melliza. La editorial aplaudió la idea. Al parecer, las historias de hermanas estaban teniendo mucho tirón comercial.

Salí de la conversación con sentimientos encontrados. La idea de poder seguir con la novela, sin tener que devolver la parte del anticipo que ya había utilizado en pagar a Hacienda, me reconfortaba. Revisar las 112 páginas que llevaba escritas para ajustarme a los criterios que ella había fijado, me fastidiaba. Reconstruir la idea argumental para que desapareciera el Tom Cruise del guion de Garci y entrara en escena la hermana melliza de su sustituta, me torturaba.

Vino entonces en mi ayuda una magnífica novela que cayó en mis manos por casualidad. *Infiltrada*, de D. B. John, cuenta la historia de Jenna, una profesora de Relaciones Internacionales en la Universidad de Georgetown que acepta hacerse de la CIA con el propósito de encontrar a su hermana gemela, Soo-min, desaparecida en una playa de Corea del Sur. Se trata de una trama de política y espionaje, con el telón de fondo de la dictadura norcoreana de Kim Jong-il, en el que la relación de las dos hermanas aparece plasmada con una profundidad psicológica y un lirismo literario de muchos quilates. La historia me conmovió y me hizo entender que el amor fraterno puede llegar a ser más poderoso que el amor romántico. Cynthia y Rebecca les deben mucho a Jenna y Soo-min.

El 26 de julio terminé de reescribir el primer capítulo y se lo remití a la editorial por correo electrónico con este encabezado: «Ya es 2019. Donaldson se llama Brais (Blas en gallego) y el whisky se vuelve orujo blanco». La respuesta, ese mismo día, fue así de escueta: «¡Está tomando buena forma!». Luego, en la postdata, vinieron los adversativos de rigor: «¿McFarlan, antes de pegarse un tiro, se viste con una camisa y un pantalón de lino… ¿en pleno diciembre en Galicia?».

Me di cuenta de que seguir mandando uno a uno los capítulos corregidos daría lugar a un montón de observaciones parecidas, atinadas pero retardatorias, y preferí seguir adelante con el único contraste de Miriam y Belén.

Terminé de escribir los 29 capítulos del primer borrador el 9 de mayo de 2020. Mientras releía de un tirón las 400 páginas no dejaba de preguntarme cuánto había quedado de la idea original de José Luis Garci. La idea de decepcionarle me encogía el estómago. Fui consciente de que ese temor rondaba mi cabeza cuando estaba terminando el último capítulo. Tal vez por eso quise asegurarme de que hubiera más de él de lo que había sobrevivido a mi adaptación literaria y utilicé algunos monólogos de sus películas en el tramo final de la novela. La reflexión sobre el amor que Brais le hace a Rebecca antes de acudir a la playa de Lira para tirar al mar las cenizas de McFarlan es la misma, letra por letra, que la del *off* de Blas Otamendi en el final de *Historia de un beso*. Un poco más adelante, cuando Rebecca se despide de McFarlan delante de sus amigos, repite las mismas palabras que Julio pronuncia ante la tumba de Blas. El monólogo de Rebecca frente al mar, cuando acude a Lira un año después de la muerte de McFarlan, es el que protagoniza Lucrecia Richmond mientras invoca el recuerdo de su amado Carlos en una escena de *El abuelo*. Hay más emoción en esos fragmentos de Garci, me temo, que en cualquier otro pasaje de la novela.

Mandé el borrador completo el día 10 de mayo y puse en copia a tres personas más con el propósito de que me ayudaran a identificar los puntos más débiles del texto antes de darle la última mano de pintura. Lorena López-Lobo, amiga y colega en el programa de la radio, meticulosa y poco aficionada a las contemplaciones, me señaló algunos desconchones de menor cuantía y me dio su plácet con palabras elogiosas que le agradecí sinceramente. Lo mismo hizo Isa Rodríguez, una lectora insaciable, enfermera de profesión, que ya me había ayudado con sus sabios consejos a no escribir tonterías durante el tiempo que McFarlan permanece ingresado en la UCI. No puedo decir lo mismo, sin embargo, de Ayanta Barilli.

Ayanta, desde luego, no se conformó con señalar grietas menores y hacer comentarios generales sobre el borrador que le remití. Ella, directamente, me esclavizó con continuas objeciones. Me convirtió en un siervo de su juicio crítico implacable. Me obligó a tachar, a enmendar, a reescribir, a suprimir párrafos enteros y a añadir nuevas escenas. En una ocasión me dijo: «Escríbeme una escena entre Alice y McFarlan. Porque ahora escribes para mí, no lo olvides. Una escena donde se acabe el mundo». Tardé casi dos meses en corregir el borrador hasta dejarlo a su gusto. En el último email, el 2 de junio, me escribió por fin: «¡Terminado! Me ha gustado mucho, Luis. Es una historia honda, y muy especial. Tienes que estar orgulloso de lo que has escrito. Sin azúcar. La verdad». Si lo que me dijo es cierto, gran parte del mérito es suyo. Gracias, Ayanta. Te has ganado mi amistad imperecedera.

No puedo ocultar que sus palabras me llenaron de gozo —no hay nada más balsámico que una caricia sobre llagas de latigazos— y rebajaron el miedo al rechazo cuando le remití a la editorial el texto definitivo de la novela.

Ahora, el único juicio que me importa es el de los lectores que hayan llegado hasta aquí. Si he conseguido hacerles pasar un buen rato, el esfuerzo habrá merecido la pena.